Richard Ford

La Couronne brisée

Havrefer – 2

Traduit de l'anglais (Grande-Bretagne)
par Olivier Debernard

Bragelonne

Milady est un label des éditions Bragelonne

Cet ouvrage a été originellement publié en France par Bragelonne

Titre original : *The Shattered Crown – Steelhaven book 2*

ISBN : 978-2-8112-1861-4

Bragelonne – Milady
60-62, rue d'Hauteville – 75010 Paris

E-mail : info@milady.fr
Site Internet : www.milady.fr

À maman.

Remerciements

Une fois encore, je remercie mon agent, John Jarrold, pour son aide et ses conseils. Cette année, je promets que nous irons à la rôtisserie ensemble.
J'exprime ma gratitude éternelle à toute l'équipe de Headline, ces gens qui travaillent d'arrache-pied pour rassembler mes mots dans des livres qu'ils proposent à tous les lecteurs qu'ils peuvent trouver. Je remercie en particulier Patrick Insole, Caitlin Raynor, Tom Noble, Christina Demosthenous et Joanna Kaliszewska.
Je souhaite également remercier tous les lecteurs qui se sont donné la peine de poster des commentaires à propos du *Héraut de la tempête*. Vos remarques sont toujours les bienvenues.
Pour finir, je remercie le type qui est responsable de tout ce cirque, à savoir mon éditeur, John Wordsworth. Allez, plus qu'un roman et le cycle sera terminé.
Enfin… peut-être.

Prologue

Le pont du Sauveur enjambait la Storvoie entre Havrefer et la vieille ville. Il avait été baptisé en hommage au vénéré Arlor, cet ancien héros élevé au rang de divinité par les masses ignorantes.

Quand on se tenait au milieu du pont et qu'on regardait vers le nord, le fleuve semblait se faufiler comme un serpent entre les champs et les bois. Il apportait en ville toutes sortes d'offrandes des terres en amont : les immondices des États libres, les corps boursouflés d'une nation condamnée.

Il apportait également la proie de Forêt.

La pluie était forte. Les gouttes mitraillaient le pont et alimentaient le courant rapide du fleuve. Enveloppé dans un manteau trempé, Forêt se tenait au milieu du pont. Il observait la grande barge qui approchait. La ligne de flottaison était basse et quatre rames maniées avec énergie s'agitaient en rythme de chaque côté de l'embarcation. Un homme de grande taille se tenait à la proue. Il faisait mauvais temps, mais il avait rejeté sa capuche en arrière. Malgré la distance, il était impossible de ne pas remarquer son port altier. Cela n'avait rien de très étonnant : c'était le général d'une célèbre libre compagnie, un seigneur-mercenaire habitué aux champs de bataille, un redoutable combattant doté d'un esprit aiguisé – il n'aurait pas vécu si longtemps si cela n'avait pas été le cas. Pour rester à la tête d'une libre compagnie, il valait mieux savoir se montrer brutal et rusé. On ne commandait pas des guerriers motivés par l'argent quand on n'était pas capable de mater les jeunes loups qui s'efforçaient de prendre votre place.

Plusieurs hommes se tenaient derrière lui, des vétérans aux tempes grisonnantes, prêts à se sacrifier pour leur chef. Mais le général savait qu'il ne craignait rien pour le moment. Havrefer était le centre politique des États libres, et ses ennemis, les féroces Khurtas, se trouvaient à des centaines de lieues au nord. Et puis, les ennemis de la cité n'étaient pas *ses* ennemis. Le général n'avait pas encore prêté serment et promis de défendre la ville à la tête de ses hommes.

Forêt était là pour l'en empêcher.

La barge était désormais à portée de tir. Le jeune homme prit son arc en if sous sa cape. Accrochée à sa ceinture, une poche contenait une cordelette de chanvre enduite de cire afin de résister à l'humidité. Les gouttes d'eau finiraient quand même par la détendre, mais Forêt aurait le temps de remplir sa mission.

D'un mouvement rapide et élégant, il fixa la cordelette à chaque extrémité de l'arc et tira une flèche de son carquois. Il était seul sur le pont balayé par la pluie et personne ne faisait attention à lui. Les portes situées à l'est étaient surveillées par des Manteaux Verts, mais ceux-ci s'étaient réfugiés dans le poste de garde et ils ne remarqueraient rien. Sur la barge, le général et ses hommes étaient aveuglés par la pluie battante. Ils ne le verraient qu'au dernier moment. Trop tard.

Forêt encocha la flèche et visa l'embarcation qui approchait. Dans son dos, il sentait la brise venant de la mer de Midral. Le trait n'en serait que plus rapide.

Tandis qu'il vidait ses poumons, la pluie se calma. La cible était nette et Forêt imagina la flèche fendre l'air. Pendant cet instant de parfaite immobilité durant lequel le temps semble impatient de reprendre son cours, il lâcha la corde de l'arc.

Le projectile fila, dissimulé par le mauvais temps. Il fondit vers le général mercenaire en tourbillonnant sur lui-même. Forêt retint son souffle et écarquilla les yeux pour ne pas manquer le moment funeste.

Un bouclier surgit de nulle part. Un mercenaire s'était élancé pour protéger son général. Le trait transperça la plaque de bois, mais il n'eut pas la force de frapper sa cible. Sur la barge, les soldats réagirent sans perdre un instant. Ils érigèrent une barrière de boucliers afin de protéger leur chef, et des cris fusèrent pour ordonner aux rameurs de changer de cap et d'accoster au plus vite.

Ce n'était pas le moment de se lamenter sur son sort ou de se demander par quel miracle un mercenaire avait pu intercepter la flèche avec une telle adresse. Forêt sauta sur le parapet et rejeta sa cape noire en arrière pour accéder plus rapidement à son carquois. La barge avait ralenti et les rameurs essayaient frénétiquement de coordonner leurs efforts afin de remonter le courant. Les rames plongeaient dans le fleuve et les hommes grognaient tandis que des nuages de vapeur s'élevaient de leurs corps couverts de sueur.

La corde de l'arc vibra à un rythme frénétique. Un rameur poussa un cri de douleur quand une flèche se planta dans son dos. Deux autres traits filaient déjà vers leurs cibles. On aurait dit qu'un détachement entier d'archers se tenait sur le pont. Huit tirs, huit morts. Le dernier rameur eut le temps de se lever. Il voulut s'élancer dans l'espoir d'échapper à son destin, mais il ne fut pas assez rapide. Son corps bascula dans le fleuve tandis que Forêt encochait la dernière flèche.

Un rang de soldats se tenait devant le général en le protégeant de leurs boucliers. La défense était excellente et même un tir d'une grande précision n'aurait pas réussi à la franchir. Forêt attendit. Privée de ses rameurs, la barge fut entraînée vers le pont du Sauveur. Il observa la scène avec attention. Les soldats avaient tiré leurs épées et levé leurs boucliers. Ils le regardaient avec méfiance. Le jeune homme resta immobile. La barge glissa sous une arche, et dès qu'elle eut disparu, Forêt se débarrassa de son arc et de son carquois. Il sauta alors dans le vide et saisit une pierre en saillie pour se projeter sous le pont. Il atterrit à la poupe de la barge et dégaina aussitôt son épée et son poignard. Il examina rapidement les quatre hommes qui assuraient la protection du général pour identifier leurs points faibles. L'opération n'aurait pas dû se passer ainsi, mais le Père avait été clair : le chef des mercenaires devait mourir. Forêt savait s'adapter. *Il glisserait entre eux comme une brise à travers les branches d'un arbre.* Il connaissait son devoir. La proie ne devait pas s'échapper.

La barge était ballottée par le courant. Trois soldats approchèrent d'un pas mal assuré tandis que le quatrième – celui qui avait intercepté la flèche – restait en arrière pour protéger son chef. Les trois hommes avançaient boucliers levés et épées pointées vers le pont. Forêt fut impressionné par leur discipline : ils affrontaient un seul adversaire, mais ils demeuraient vigilants. Il s'agissait de vétérans et il convenait d'être prudent, mais il était hors de question de leur laisser l'initiative.

Le jeune homme fit un rapide pas de côté et monta sur le plat-bord avant de bondir vers le premier homme. Le mercenaire leva son bouclier pour bloquer le coup d'épée, mais Forêt s'y attendait. Avant même de toucher le sol, il écarta le bouclier d'un coup de pied et sa rapière s'engouffra dans la faille. Conscient de sa vulnérabilité, le guerrier frappa d'estoc avec fébrilité. Sa lame fendit la tunique de Forêt, mais pas davantage. Le poignard de Forêt se planta entre deux côtes. Le mercenaire s'effondra en crachant du sang. Un de ses camarades s'élança. Forêt tournoya comme un danseur de ballet. Il para le coup d'épée et son poignard s'enfonça dans la gorge de son adversaire. L'homme écarquilla les yeux et serra les dents pour lutter contre la douleur. Forêt croisa son regard. Le soldat n'avait aucune chance de survivre à une telle blessure et il le savait. Le jeune homme libéra son poignard d'un geste sec et le mercenaire bascula en arrière en essayant vainement de comprimer sa gorge pour endiguer le flot de sang.

Le troisième soldat chargea en poussant un cri de rage qui couvrit à peine le crépitement furieux de la pluie. Il se prépara à frapper avec son bouclier afin de projeter Forêt dans le fleuve. Le jeune homme resta immobile, vulnérable. Il s'accroupit au dernier moment et glissa son épée sous le bouclier. Emporté par son élan, le mercenaire s'empala sur la lame. La mort le pétrifia un instant, puis il lâcha son arme et son bouclier avant de s'effondrer dessus.

Forêt vit une lueur de crainte passer dans les yeux du général, mais il savait que le dernier soldat était sans doute le plus dangereux.

Poussée par le courant, la barge sortit de sous le pont pour filer vers la mer. Il n'y avait personne à la barre et l'embarcation était secouée comme si elle était prisonnière d'un tourbillon.

Le dernier soldat avait sauvé la vie de son général en bloquant une flèche que personne n'aurait dû voir – et encore moins intercepter –, mais Forêt n'avait pas peur de lui. L'entraînement de cet homme n'était rien en comparaison de celui qu'imposait le Père des Assassins. Le mercenaire n'avait aucune chance.

La barge partit brusquement en avant et Forêt chargea. En employant cette tactique rudimentaire, il espérait pousser le mercenaire à avancer, mais l'homme resta derrière son bouclier. Il se contenta de plier un peu plus les jambes. Forêt attaqua en faisant des moulinets. Il feinta à gauche, à droite et à gauche de nouveau, mais son adversaire anticipait les assauts et il les parait sans difficulté avec son bouclier. Forêt recula de quelques pas en se préparant à une contre-attaque. Il frapperait avec son poignard. Il viserait la main qui tenait l'épée. Mais le mercenaire ne bougea pas.

— Tue-le ! cria le général. Qu'est-ce que tu attends ?

Le mercenaire ne prêta aucune attention aux ordres de son supérieur et Forêt éprouva une pointe de compassion envers lui. De toute évidence, cet homme était meilleur combattant que son chef et il était d'une fidélité inébranlable. Malheureusement, il était sur le chemin de Forêt et il devait donc mourir.

Le jeune homme brandit son épée et bondit vers le général comme s'il avait l'intention de le frapper. Le mercenaire s'interposa aussitôt. Forêt comptait sur cette loyauté, sur cette détermination et cet esprit de sacrifice. Le courage et l'abnégation de cet homme allaient lui coûter la vie.

Forêt pivota en l'air et frappa au cœur. Le mercenaire leva son épée avec l'énergie du désespoir et il dévia la lame qui s'enfonça dans l'épaule. Il laissa échapper un grondement menaçant en sentant la morsure douloureuse de l'acier et recula en titubant. Forêt dégagea son arme d'un coup sec et se prépara à porter le coup de grâce. Au moment où il frappait de nouveau, la barge heurta l'imposante muraille de pierre qui longeait la Storvoie. L'embarcation gîta et le soldat perdit l'équilibre. Il tomba par-dessus bord et disparut dans le fleuve tandis que la coque se brisait avec des craquements secs.

L'eau envahit le pont et Forêt se tourna vers le général. Celui-ci avait dégainé son épée. Son visage était déformé par la colère, mais la peur brillait toujours dans ses yeux.

Forêt avança. Il avait de l'eau jusqu'aux chevilles. La barge heurta la muraille une fois de plus. Les lattes du pont se fendirent et se brisèrent. Les craquements couvrirent le crépitement de la pluie sur le fleuve. À la proue du navire, le général avait adopté une garde défensive. Sa posture était parfaite, mais il en fallait davantage pour impressionner Forêt.

L'officier laissa échapper un grognement de défi pour provoquer son adversaire, mais il était vieux et lent. Sa jeunesse et sa vivacité n'étaient plus qu'un lointain souvenir. Forêt para un coup maladroit sans difficulté et il contre-attaqua aussitôt. Il détourna l'épée de son adversaire dans un claquement métallique et sa lame s'enfonça dans la poitrine de sa proie. Tandis qu'il dégageait son arme, une lueur d'incompréhension passa dans le regard du général, comme s'il n'arrivait pas à croire qu'il était mort. Et puis ses yeux se voilèrent et il s'effondra sur le pont.

Forêt leva la tête et s'aperçut que le navire filait vers le pilier en pierre qui supportait les vestiges du pont des Charognards. Sans prêter attention à l'eau qui montait, il regarda la barge se précipiter au-devant de la destruction. Une poignée de secondes avant le choc, il bondit et s'accrocha à une saillie avant d'effectuer un rétablissement.

L'embarcation se fracassa et se brisa en deux. La Storvoie l'engloutit en quelques instants. Les corps du général et de ses hommes furent emportés par les courants perfides de la mer de Midral.

Forêt n'eut aucun mal à escalader les murailles de Havrefer. Il n'en eut pas davantage à déjouer la surveillance des Manteaux Verts qui s'étaient réfugiés dans leurs guérites pour échapper à la pluie.

Le déluge avait chassé les passants et les rues étaient désertes. Forêt en fut heureux. Il préférait le froid et la pluie à la foule grouillante des individus qui sillonnaient la ville comme des somnambules. Il détestait ces gens, il détestait cet endroit, mais sa loyauté envers le Père des Assassins le condamnait à demeurer dans ce cloaque. Une loyauté inébranlable.

Il ne lui fallut pas longtemps pour regagner les tunnels plongés dans une obscurité écœurante. À l'abri de la pluie battante, il se mit en route vers le sanctuaire. Certains passages étaient inondés à cause des violentes chutes d'eau, mais Forêt connaissait bien le dédale souterrain et il arriva rapidement à la caverne centrale.

Il s'agenouilla en silence et attendit. Il fallait prendre son mal en patience : le Père des Assassins ne rendait de comptes à personne, et il s'écoulait parfois des jours avant qu'il regagne le sanctuaire. Mais par chance, il était impatient d'entendre le compte-rendu victorieux de son fils.

Une voix jaillit des ténèbres.

— Le général ?

— Il est mort.

Forêt estima préférable de ne pas raconter que l'opération avait été plus difficile et plus longue que prévu.

Le Père approcha.

— Je suis satisfait, dit-il en apparaissant à la faible lumière d'une torche.

Il avait les traits tirés, défaits. Il avait pleuré la disparition de Montagne pendant des jours et celle de Rivière plus longtemps encore. Rivière avait toujours été le préféré du Père des Assassins. Forêt l'avait détesté à cause de cela et sa haine avait redoublé quand son frère les avait trahis. Quand il s'était retourné contre leur Père.

— Je vis pour obéir, Père. Je vis pour détruire les ennemis…

— Je sais, mon fils, l'interrompit le Père des Assassins.

Il y avait une pointe d'agacement dans sa voix, et pendant un instant, Forêt se demanda s'il n'allait pas sentir la morsure du fouet. Mais le Père posa la main sur sa tête.

— Tu es le plus fidèle de tous, mon dernier fils. J'ai une nouvelle tâche pour toi.

— Parlez, Père ! s'exclama Forêt.

Il ne demandait que cela : une nouvelle occasion de se montrer digne de sa confiance.

Il remarqua alors que le vieil homme tenait deux clous en fer dans la main. Il les frottait entre le pouce et l'index comme si cela lui apportait un certain réconfort.

— Tu seras peut-être moins enthousiaste lorsque tu connaîtras les détails de l'opération.

— Je ferai tout ce que vous demanderez.

Le Père sourit.

— Je le sais, mon fils.

Il recula d'un pas et fit signe à Forêt de se lever. Le jeune homme obéit. Il était impatient de connaître sa nouvelle mission.

— Rivière est à la baie de Keidro. Il s'occupe des seigneurs de la Route du Serpent et il ne lui faudra pas longtemps pour les mettre au pas. Quand il aura rempli sa mission, il ira à Aluk Vadir pour recevoir de nouvelles instructions. Tu l'y attendras. (Le Père regarda Forêt droit dans les yeux.) Et tu le tueras.

Forêt avait compris les paroles de son Père, mais… c'était impossible. En d'autres circonstances, il se serait mis en route sur-le-champ pour exécuter les ordres qu'il venait de recevoir, mais aujourd'hui… Il secoua la tête.

— Le tuer ? Nous avons passé un marché et il a fait ce qu'on attendait de lui, alors pourquoi…

— Tu défies mon autorité, Forêt ?

Les paroles du Père le mordirent plus cruellement qu'un coup de fouet, et il s'inclina d'un air honteux.

— Non, Père. Je ferai ce que vous me demandez.

Le Père des Assassins posa une main sur l'épaule du jeune homme.

— Je le sais, mon fils, répéta-t-il.

Sa voix avait retrouvé son calme. Toute trace de colère avait disparu.

— Je comprends ton hésitation. Nous avons passé un marché, en effet, et les termes de ce marché devraient être respectés, car sans honneur, nous ne sommes rien. Cependant, il faut parfois prendre du recul afin de privilégier les priorités. Ce sont des choses que tu n'es pas encore capable de comprendre.

Forêt croyait en son Père. Il croyait en ses paroles. Il songea que les « priorités » avaient sans doute un lien avec le héraut étranger qui avait apporté un message et un vieux portefeuille en cuir. Depuis sa visite, le Père avait perdu son calme habituel et il se comportait de manière curieuse. Il avait des sautes d'humeur, et parfois, il semblait avoir peur de quelque chose. Forêt s'était inquiété. À plusieurs reprises, il s'était caché et il avait vu son Père regarder dans le portefeuille en cuir en articulant des paroles silencieuses. Le jeune homme n'avait jamais eu le courage de lui demander ce qu'il y avait à l'intérieur.

Il n'avait pas à savoir certaines choses.

— Je n'ai pas besoin de comprendre, Père. J'obéirai à vos ordres.

Un doute traversa l'esprit du jeune homme. De qui émanaient vraiment ces ordres ? Du Père des Assassins, ou d'Amon Tugha, le chef de guerre auquel le vieil homme semblait avoir prêté allégeance ?

— Voilà qui me comble de joie, mon fils. Je sais que je te demande d'accomplir une tâche difficile. Rivière était ton frère et il est normal que tu aies encore de l'affection pour lui.

— Je ne dois rien à ce traître.

Le Père des Assassins sourit.

— Sa trahison te brûle comme elle me brûle. Mais ne crains rien. Tu auras l'occasion de te venger. Tout comme moi.

Le vieil homme porta les clous à ses lèvres comme s'il cherchait à se rassurer.

Forêt fronça les sourcils.

— Vous allez vous venger, Père ?

— Oui, mon fils. La reine dont Rivière s'est amouraché est encore en vie. Avant de tuer ton frère, tu lui diras que je n'ai jamais eu l'intention de respecter ma part du marché. Que je ne tiendrai pas ma promesse. Quand tu le verras, j'aurai déjà arraché le cœur de sa bien-aimée pour le déposer aux pieds d'Amon Tugha.

— Dans ce cas, je pars sur-le-champ, dit Forêt.

Il sortit de la caverne en sentant les yeux de son Père dans son dos et le poids de sa mission sur son cœur.

Rivière les avait trahis, il avait tué Montagne et il s'était retourné contre le Père des Assassins… mais quand même… était-il juste de revenir sur sa parole ? Même si on l'avait donnée à un traître ?

Juste ou injuste, Forêt n'avait pas le choix et il le savait. Rivière serait bientôt mort. Et la reine également.

Chapitre premier

Waylian n'avait jamais affronté de telles températures. Le froid s'infiltrait dans sa cape et son justaucorps pour lui glacer les os. Les frissons se transformaient en tremblements et les tremblements laissaient place à l'engourdissement.

Il avait pourtant connu des hivers rigoureux à Ankavern. Au cours de l'un d'eux, le hameau de Groffham avait été coupé du reste du monde pendant près d'un mois, mais une saine gestion des provisions avait permis de passer cette difficile période sans autres problèmes que quelques grondements d'estomac. Waylian était encore un enfant – il avait à peine sept ans – et il ne s'était pas rendu compte du danger. Il avait envie de jouer dans les congères, de lancer des boules de neige contre les arbres pour faire tomber les pointes de glace accrochées aux branches. On l'avait chaudement habillé, et quand il avait commencé à ne plus sentir ses doigts, il était rentré chez lui pour se réchauffer devant un bon feu de cheminée et un bol de bouillon brûlant.

Eh bien! ici, il n'y a pas de bouillon brûlant! Il n'y a que la sombre perspective de mourir tout seul, les miches glacées!

Le vent hurlait. La neige fouettait son visage et sa cape claquait autour de lui comme les ailes d'un corbeau furieux. Des bourrasques menaçaient de l'arracher au sentier de montagne pour le précipiter vers une mort certaine.

Le jeune homme avait envie de crier et de pleurer, mais ses larmes auraient gelé sur ses joues. S'il s'était rappelé le chemin pour redescendre vers Murargent, il aurait fait demi-tour sans un instant d'hésitation, mais il était complètement perdu. Tous les sentiers se ressemblaient et les tourbillons de neige l'aveuglaient. Oh, certes, il avait une carte – cette maudite carte –, mais compte tenu des circonstances, elle lui était aussi utile qu'un service à thé en porcelaine.

Waylian se recroquevilla derrière un rocher ; cependant, le vent continua à hurler à ses oreilles et à s'infiltrer sous ses vêtements. Il récupéra le sac qu'il portait sur le dos et l'ouvrit. Il n'eut pas besoin de regarder à l'intérieur pour savoir ce qu'il contenait : une carte humide et inutile, une malheureuse pomme et une demi-miche de pain. Il ne restait plus de bœuf séché ni de fromage. Il s'était comporté comme le dernier des idiots en les mangeant dès les premières protestations de son estomac.

Il laissa échapper un sanglot avant de regarder à l'intérieur du sac avec une lueur d'espoir dans les yeux. Comme s'il s'attendait à voir de la nourriture jaillir du néant. Il ne vit rien d'autre que la pomme et le pain moisi. Oh ! il y avait aussi la lettre que sa maîtresse lui avait donnée, un rouleau de papier fermé du sceau de la vouivre. Au moins, il ne l'avait pas perdue. Cette brave magistra Gelredida.

La foutue salope !

Tout était sa faute. Tout. Il allait mourir de faim ou de froid dans ces satanées montagnes. À cause d'elle. Mais pourquoi avait-il accepté cette mission ? Il n'était pas un explorateur, ni un héros. D'un autre côté, comment aurait-il pu refuser ? C'était l'occasion de montrer qu'il était plus qu'un simple apprenti.

Et tu as merdé dans les grandes largeurs, hein ?

Waylian songea soudain à Groffham. Il aurait pu y mener une vie paisible au lieu d'affronter la mort silencieuse qui l'envahissait peu à peu. Il songea à l'hiver au cours duquel on l'avait envoyé à la tour des magisters, quelques mois plus tôt. La neige lui semblait bien inoffensive, alors. Voilà où son ambition l'avait conduit : à une fin humiliante et solitaire au sommet d'une satanée montagne.

Après tout, on n'a que ce qu'on mérite, n'est-ce pas, Waylian Grimm ?

Il aurait dû se douter que l'aventure se terminerait mal. C'était écrit dans les étoiles. Il lui aurait suffi de lever la tête pour voir les mauvais présages. Le voyage entre Havrefer et Murargent s'était déroulé sans l'ombre d'un problème – à condition d'oublier sa monture libidineuse et les interminables chevauchées qui lui avaient laissé ses fesses à vif. Mais ces désagréments n'étaient rien en comparaison de ce qui l'attendait à l'arrivée. Oh, Murargent offrait un spectacle impressionnant, avec ses hautes tours et ses solides murailles qui se dressaient à l'ombre des montagnes de Kriega, mais la moralité de ses habitants laissait quelque peu à désirer. C'était l'avis que Waylian s'était forgé lorsque trois malandrins l'avaient dépouillé de sa bourse, puis de ses sandales pour faire bonne mesure. Ils avaient quand même eu l'amabilité de lui laisser sa robe, et le jeune homme avait pu déambuler dans les rues de la cité sans mourir de honte.

Pouvait-on imaginer pire après une telle mésaventure ?

Bien sûr qu'on peut imaginer pire.

Waylian avait découvert l'adresse de Crozius Bowe, mais au lieu de rencontrer l'érudit collet monté qu'on lui avait décrit, il s'était retrouvé face à un fossile complètement sénile. Le jeune homme avait passé une demi-journée à expliquer qui il était et pour quelles raisons il se trouvait à Murargent. Il avait dû faire un effort surhumain pour ne pas fourrer la missive au fond de la gorge du vieux débris. Et quand Bowe avait enfin accepté de le croire, il s'était lancé dans un monologue incompréhensible – des inepties à propos de pactes anciens et de forteresses dans des montagnes lointaines.

Bowe lui avait donné la carte inutile ainsi que de vagues indications pour ne pas se perdre dans les montagnes de Kriega. Il avait également fait quelques recommandations quant aux préparatifs, mais Waylian avait choisi de les ignorer. Il s'était rendu dans un magasin de ravitaillement pour s'équiper et obtenir des conseils dignes de ce nom. Le meilleur conseil aurait été de ne pas se lancer dans ce périple, bien entendu, car il fallait être fatigué de vivre pour s'aventurer seul dans les montagnes. Mais la magistra lui avait confié une mission et Waylian était déterminé à l'accomplir. Il avait donc haussé le menton comme un héros de légende et s'était mis en route vers son destin.

Maintenant, il comprenait qu'il s'était comporté comme un imbécile – un imbécile suicidaire –, mais il était trop tard pour revenir en arrière.

Il s'accroupit sur l'étroit chemin glacé et attendit que les grondements de son estomac s'apaisent. Il ne mangeait plus que pour chasser les malaises ou les vertiges. Il devait se rationner, car il ignorait combien de temps il lui faudrait errer de col en col pour trouver ce qu'il cherchait – à supposer qu'il trouve ce qu'il cherchait. Waylian marchait dans la montagne depuis trois jours. Il était fatigué, il ne se sentait pas bien et rien ne laissait penser qu'il touchait au but.

Son estomac cessa de protester et le jeune homme se leva tant bien que mal. Il serra sa cape autour de lui et tira sur la capuche pour se protéger des rafales de neige qui l'aveuglaient. Cela ne servit pas à grand-chose. Les flocons volaient dans tous les sens, y compris de bas en haut. Ils s'infiltraient dans ses narines et piquaient ses yeux. Waylian se remit en route. Il scrutait le chemin pour ne pas tomber dans le vide et ce fut donc par le plus grand des hasards qu'il leva la tête. Et qu'il aperçut la bête tapie sur un surplomb.

Waylian s'immobilisa au milieu de la tempête de neige. La créature était à peine visible, mais il distinguait ses yeux qui l'observaient. Deux puits de ténèbres dans un univers blanc.

Que faire ? Reculer avec lenteur ? S'enfuir en courant ? Se précipiter vers l'animal en hurlant à tue-tête dans l'espoir de l'effrayer ?

Non. Mieux valait éviter la dernière solution.

Le jeune homme continua à regarder et il commença à distinguer des détails. Il avait d'abord cru qu'il avait affaire à un félin – des léopards des montagnes vivaient dans le Nord –, mais la créature ressemblait à un croisement entre un loup et un ours. Elle se tenait prête à bondir, les épaules en arrière, les muscles tendus.

Waylian recula d'un pas sans quitter l'animal des yeux. Il leva une main et la posa contre la paroi pour être sûr de rester sur l'étroit chemin et éviter une chute mortelle. La créature ne bougea pas. Peut-être qu'elle ne lui voulait pas de mal. Peut-être qu'elle allait se contenter de...

La bête bondit.

Waylian n'attendit pas de voir ce qu'elle avait l'intention de faire ensuite. Il se retourna et détala. Le sentier était dangereusement pentu et le jeune homme faillit rouler cul par-dessus tête. Il dérapait sur les rochers et ses bottes projetaient des plaques de neige dans le vide. Il respirait par à-coups et de minces nuages de vapeur s'échappaient de sa bouche. Il n'entendait que les claquements de ses bottes et de sa lourde cape. Ni halètement animal, ni grognement furieux, ni bruit de pattes mues par des muscles puissants. Il estima néanmoins préférable de ne pas s'arrêter pour regarder derrière lui. La créature l'avait sans doute pris en chasse, mais il n'avait pas la moindre intention de lui faciliter la tâche.

Le chemin serpentait à flanc de montagne et il faillit tomber dans le vide à plusieurs reprises ; pourtant, il réussit toujours à retrouver son équilibre au dernier moment. Il courait à une vitesse qu'il aurait jugée impossible quelques minutes plus tôt. Il s'aperçut qu'il était moins fatigué qu'il ne le croyait – ou peut-être était-il facile de se transformer en athlète quand on était poursuivi par un animal sauvage.

Waylian atteignit un espace plat et osa enfin jeter un coup d'œil par-dessus son épaule.

Sa curiosité lui sauva la vie.

Un cri jaillit de sa gorge dans un souffle glacé quand il découvrit que la créature n'était que quelques mètres derrière lui. La panique le submergea et il perdit l'équilibre. Il tomba au moment où l'animal bondissait. Une masse de griffes et de crocs enveloppés de fourrure blanche et hirsute passa au-dessus de sa tête et atterrit en soulevant un nuage de neige. Elle se retourna avec un grondement rageur. Waylian la regarda, les fesses gelées et les yeux écarquillés par la peur. S'il ne trouvait pas quelque chose à faire dans les plus brefs délais, il allait connaître une fin très désagréable. Les griffes du monstre étaient affûtées comme des rasoirs et ses crocs étaient aussi effilés que des poignards.

Le jeune homme attrapa son sac sans prendre le temps de réfléchir. Il n'avait rien d'autre sous la main. Il se préparait à le lancer vers le monstre quand il se rappela ce qui l'avait conduit dans ces fichues montagnes. C'était de la folie, mais... Alors que la créature approchait à pas lents, il plongea la main dans le sac pour récupérer la lettre scellée. Il la sortit et l'agita devant lui.

— Viens donc ! cria-t-il pour couvrir les hurlements du vent. Tu n'as pas envie de t'offrir un bon repas ?

Bien sûr qu'il veut s'offrir un bon repas. Grimm, tu n'es qu'un misérable abruti !

L'animal inclina la tête sur le côté, déconcerté. Puis il poussa un grondement furieux. Waylian lança le sac de toutes ses forces et la créature l'attrapa entre ses crocs avant qu'il touche le sol. Il ne lui fallut qu'une poignée de secondes pour le réduire en lambeaux.

Waylian n'en demandait pas davantage.

Il se leva et remonta le sentier en courant. Il espéra que l'animal se contenterait du contenu du sac, mais il ne se faisait guère d'illusions. Une pomme et un bout de pain n'assouviraient pas la faim d'un tel monstre.

Le vent soufflait de plus en plus fort, mais Waylian n'y prêta pas attention. Il avait d'autres chats à fouetter. Tandis qu'il courait, il s'aperçut qu'il marmonnait des litanies d'obscénités sur un ton gémissant. Il maudissait sa malchance, ses parents et cette vieille carne de Gelredida.

Il jeta un rapide coup d'œil par-dessus son épaule. La bête était encore loin, mais il ne ralentit pas pour autant. Il avait mal aux jambes et aux bras. Un froid glacial avait envahi ses poumons. Il courut jusqu'à ce qu'il n'en puisse plus.

Il atteignit une sorte de plateau et s'arrêta pour reprendre son souffle. Penché en avant, les mains sur les cuisses, il inspira l'air pauvre en oxygène et recracha des nuages de buée glaciale. Pendant un bref moment, il se surprit à espérer que le monstre avait abandonné la poursuite, puis il leva la tête et croisa les yeux mauvais qui le contemplaient à travers les rideaux de neige.

La créature était là. S'agissait-il d'un loup des montagnes ou d'un ours ? C'était sans importance. Waylian était coincé.

Le jeune homme tituba en arrière, glissa et tomba sur les fesses. L'animal poussa un hurlement victorieux dont l'écho se répercuta entre les montagnes. Waylian fit un effort surhumain pour garder le contrôle de sa vessie. Sa seule chance d'échapper à la mort, c'était d'invoquer une malégie et de pulvériser le monstre. Malheureusement, son pouvoir ne s'était pas manifesté depuis la terrible nuit à la chapelle des Goules, et il ne semblait pas disposé à se réveiller maintenant.

Il attendit. Il attendit que la créature bondisse. Il attendit que les griffes le déchirent. Il attendit que les crocs s'enfoncent dans sa gorge et arrachent sa chair.

La bête était immobile. Elle le regardait avec intensité.

Waylian entendit un cliquetis, puis un grognement derrière lui. Le monstre était à moins de quatre mètres et il n'avait guère envie de le quitter des yeux, mais la curiosité l'emporta et il tourna la tête avec lenteur. À travers les tourbillons de neige, il crut distinguer un cavalier et sa monture. Il songea qu'il était peut-être sauvé et son cœur bondit de joie. Quelqu'un venait à son aide – et si ce quelqu'un ne venait pas à son aide, il y avait tout de même une chance pour que le monstre le trouve plus appétissant qu'un modeste apprenti.

Le cavalier portait une armure de bronze. Waylian n'en avait jamais vu de semblable : chaque pièce semblait avoir été forgée de manière à ressembler à une aile de dragon… ou de vouivre. Le cheval portait un caparaçon, en bronze également.

Le jeune homme resta assis dans la neige pendant une éternité, les fesses gelées. Le monstre et le cavalier étaient immobiles. Il fallait attendre. Quand l'un attaquerait l'autre, ou quand l'un se lancerait à la poursuite de l'autre, Waylian saurait dans quelle direction s'enfuir.

La bête rugit comme pour lancer un défi. Le cavalier éperonna sa monture et avança sans la moindre hésitation. Les grondements, les griffes et les crocs ne semblaient pas l'impressionner le moins du monde.

Il s'arrêta et mit pied à terre. Il tenait son bouclier et sa lance avec assurance.

Et le combat commença.

D'un geste naturel, le guerrier leva son arme à hauteur de l'épaule et ramena le bras en arrière. Le monstre se baissa en prenant appui sur ses pattes antérieures, prêt à bondir. Waylian, qui se trouvait entre les deux adversaires, s'éloigna précipitamment en pataugeant dans la neige épaisse. Il se réfugia contre une paroi rocheuse.

Le guerrier lança son arme avec une force étonnante. La lance fila à travers les flocons tourbillonnants et le monstre bondit. Le projectile le frôla au moment où ses pattes quittaient le sol. Les espoirs de Waylian fondirent… comme neige au soleil. C'était fini ! Son mystérieux sauveur allait être arraché de son armure comme un bulot de sa coquille avant d'être dévoré tout cru. Mais le sauveur en question ne semblait pas avoir l'intention de servir d'en-cas. Il réagit avec une rapidité stupéfiante. Il pivota et se glissa sous le monstre en dégainant son épée dans les tintements de son armure.

La créature atterrit avec souplesse et se retourna aussitôt. Le guerrier resta baissé derrière son bouclier. Les deux adversaires s'observèrent en silence. Waylian entendait ses dents claquer malgré les sifflements furieux du vent. Puis l'homme et la bête s'élancèrent. Les bottes du chevalier foulaient la neige tandis que les griffes du monstre grattaient le sol pour permettre aux muscles de développer toute leur puissance. Ils bondirent en même temps, mais le guerrier sauta sur le côté. Il tendit une jambe pour prendre appui contre un rocher et il frappa au moment où la créature passait près de lui. Un coup rapide et précis. La lame s'enfonça et ressortit en un éclair. L'homme retomba sur ses pieds et fit quelques pas avec une assurance presque désinvolte. Sans même regarder par-dessus son épaule. Derrière lui, le loup – ou l'ours, ou quelle que soit son espèce – atterrit lourdement et resta immobile. La neige vira au rouge autour du corps ramassé en boule.

Le guerrier avait gagné et Waylian faillit éclater de rire tant il était soulagé. Il faillit seulement. Il réussit à se lever en s'appuyant contre la paroi. Des torrents de remerciements étaient prêts à jaillir de sa bouche, mais il avait la gorge nouée et il était incapable de prononcer un mot. Il réussit péniblement à articuler un grognement reconnaissant.

Le guerrier rengaina son épée, puis il s'agenouilla près de la créature et l'examina comme s'il cherchait à évaluer le prix de sa fourrure. Il n'accorda même pas un regard à Waylian lorsque celui-ci approcha en titubant.

— Excusez-moi...

Waylian avait du mal à parler. Ses épaules tremblaient plus que jamais. Si l'homme à l'armure de bronze l'entendit, il ne se donna pas la peine de réagir.

— Je... vous suis... éternellement reconnaissant.

Le guerrier lui adressa un rapide coup d'œil et hocha la tête.

De toute évidence, c'était un homme d'action plutôt qu'un orateur.

— Je… je cherche le fort, poursuivit Waylian. Je suppose que vous êtes…

— Pas mon problème, lâcha le guerrier en se dirigeant vers sa monture.

Il plongea la main dans une sacoche de selle tandis que Waylian approchait d'un pas mal assuré.

— Je vous en prie… Je viens de Havrefer. On m'a confié une mission. Je dois…

Le guerrier passa devant lui avec deux longueurs de corde dans les mains. Il s'agenouilla près de la créature et lui attacha les pattes. Avec une force stupéfiante, il saisit le cadavre et le chargea sur une épaule.

Waylian le regarda faire. Le froid s'insinuait dans ses os et il eut le terrible pressentiment qu'il allait mourir ici, seul, dans ces maudites montagnes.

— S'il vous plaît, dit-il dans un sanglot. Je vous en conjure, il *faut* que vous me conduisiez au fort. Je dois apporter un message. Si vous m'abandonnez ici… je ne survivrai pas…

— Pas mon problème, répéta le guerrier.

Waylian sentit une colère brûlante envahir son ventre. Elle ne le réchauffa pas, mais elle améliora grandement son élocution.

— Si vous avez l'intention de me laisser là, je me demande bien pourquoi vous êtes venu à ma rescousse !

Le guerrier s'arrêta et se tourna vers lui. Sous son casque, ses yeux n'exprimaient aucune compassion.

— J'suis pas là pour toi. J'suis là parce que cette bestiole commençait sérieusement à nous emmerder.

Waylian se sentit idiot, et un peu coupable.

— Je suis désolé. Je suppose que ce monstre a dévoré de nombreux villageois des environs.

Le guerrier esquissa un mince sourire.

— Les villageois des environs ? Qu'est-ce que j'en ai à foutre des villageois des environs ? Cette chose a bouffé six chèvres du seigneur-maréchal. C'est pour ça que je l'ai tuée.

Waylian n'avait aucun espoir d'attendrir cet homme, mais il devait essayer.

— Je vous en prie. Conduisez-moi à ce seigneur-maréchal. Je dois lui parler.

— Pas mon problème, dit le guerrier en se tournant pour partir.

— Mais je dois lui apporter ceci ! s'exclama Waylian en brandissant le parchemin scellé entre ses doigts gourds.

Le guerrier jeta un coup d'œil en direction du jeune homme et vit le sceau qui ressemblait à la vouivre de sa cuirasse. Il haussa les épaules.

— Il fallait le dire tout de suite.

Il se dirigea vers son destrier et glissa la créature en travers de la selle avant d'aller récupérer sa lance. Waylian le regarda faire en se demandant si la conversation était terminée.

L'homme prit les rênes de sa monture et se mit en route. Il fit trois pas, puis tourna la tête.

— Alors ? Qu'est-ce que tu attends ?

Waylian n'avait pas besoin d'encouragements supplémentaires. Il rejoignit son étrange compagnon en avançant à grand-peine dans la neige épaisse.

— Tiens, rends-toi utile.

Le guerrier lui tendit sa lance. Waylian la prit à deux mains et faillit basculer en arrière tant elle était lourde. Il suivit le guerrier et le destrier sans protester. Il était sauvé. Il espéra que le fort n'était pas trop loin.

Et qu'il pourrait se réchauffer près d'un bon feu de cheminée.

Un énorme feu de cheminée.

Chapitre 2

Epiak était mort au cours de la nuit. Il était mort sans bruit, tranquillement. Regulus Gor savait que ce n'était pas ainsi que le jeune homme aurait voulu quitter ce bas monde.

Les Zataniens n'aspiraient pas à une fin paisible. C'était un peuple de guerriers fiers et redoutables et les Gor'tanas faisaient partie de l'élite. Il n'existait pas de pire déshonneur que de fuir devant l'ennemi, et la honte dévorait les entrailles de Regulus. Il se consola en songeant qu'il aurait l'occasion de se racheter et de restaurer son prestige au sein des tribus d'Equ'un. Le temps de la vengeance viendrait, mais en attendant, il lui faudrait supporter l'humiliation et survivre assez longtemps pour préparer son retour.

Regulus continua à veiller le mort tandis que le soleil se levait sur les montagnes. Il mesurait deux mètres dix et la lumière dorée du petit matin éclairait son corps puissant. Une crinière de boucles épaisses couvrait son crâne et cascadait dans son dos. Ses doigts pianotaient sur le pommeau de son épée, une arme en acier noir d'un mètre cinquante, un cadeau de son père pour fêter sa cérémonie de l'ascension. C'était sa seule possession, mais il n'avait pas besoin d'autre chose.

Ils n'avaient pas le temps d'ériger un cairn et Epiak gisait sur le sol. Leandran, le plus ancien et le plus sage du groupe, s'était agenouillé près du corps pour réciter les formules qui permettraient au disparu de gagner l'au-delà au plus vite. Il avait chanté les louanges de Kaga le Créateur et de Hama le Chercheur. Avec un peu de chance, Epiak atteindrait les étoiles avant que le Marcheur Noir le rattrape. Une fois arrivé, Gorm l'Ancien le jugerait pour décider s'il devait retourner sur terre en tant que guerrier ou en tant qu'esclave. Regulus ne savait pas quel sort attendait Epiak. Le jeune homme s'était battu avec courage pendant des jours, mais il avait été blessé et avait succombé à une mort paisible dans son sommeil. Seul Gorm pouvait décider s'il méritait de redevenir un guerrier.

Les autres membres du groupe veillaient le corps. Ils n'étaient plus que neuf. Neuf hommes pour représenter la tribu du Gor'tana. Il ne restait plus grand-chose de la gloire récoltée par son père, mais Regulus saurait se montrer digne de lui. D'innombrables guerriers viendraient se ranger sous sa bannière. Il en était certain. Les victoires qu'il remporterait dans le Nord laveraient son honneur.

Leandran termina ses prières et se leva. Regulus fit un signe et tout le monde se mit en marche. La cérémonie s'arrêtait là, sans lamentations ni pleurs. Epiak était parti affronter le jugement de Gorm l'Ancien. Si ses camarades voulaient le venger, les occasions ne manqueraient pas.

Les guerriers se dirigèrent vers le nord sans perdre de temps. Ils avaient quitté les plaines herbeuses d'Equ'un deux jours plus tôt pour entreprendre la traversée des montagnes désertiques qui les séparaient des Terrefroides du Nord. Le territoire des Sans-Griffes.

Regulus était encore un enfant lorsque le roi de fer avait envahi Equ'un. Il avait écrasé les Aeslantis et, incidemment, libéré les tribus zataniennes. C'était pour cette raison que

Regulus et ses hommes marchaient vers le nord. Le guerrier espéra que cela en valait la peine.

Leandran pressa le pas pour se ranger à sa hauteur. Son visage ridé exprimait une vague inquiétude. Le vieux guerrier avait le crâne rasé. Il avait été puissamment bâti, mais aujourd'hui, il n'y avait plus que des tendons dans ses membres filiformes. Il n'avait cependant rien perdu de son habileté et il était aussi redoutable que les jeunes hommes de la tribu. Sa peau noire avait pâli par endroits. Cette décoloration aurait humilié la plupart des guerriers, mais Leandran maniait la lance et la griffe comme personne.

— Ils ne doivent pas être loin derrière, dit-il.

Il avait la fâcheuse habitude de débiter des évidences.

Regulus tourna la tête pour regarder ses hommes. La plupart étaient blessés et la traque durait depuis des jours. Ils avançaient toujours d'un bon pas, mais ils ne tiendraient pas le rythme très longtemps. Contrairement à leurs poursuivants.

— Dans ce cas, nous les affronterons, Leandran, dit Regulus avec une certaine satisfaction.

Leandran hocha la tête, mais Regulus sentit qu'il était inquiet. Le vieil homme n'était pas un lâche – il ne l'avait jamais été –, mais il n'avait pas envie de mourir dans les montagnes, loin de chez lui. Regulus le comprenait fort bien, mais si les dieux en avaient décidé ainsi, il irait au-devant de son destin.

Regulus maudit Faro en silence. C'était à cause de lui s'ils en étaient là. Et puis il maudit les Kel'tanas qui l'avaient aidé. Faro avait été le guerrier le plus respecté et le plus influent du Gor'tana. Selon les règles traditionnelles, Regulus devait hériter du titre de chef, mais son père n'avait jamais caché que si Faro en était digne, il le choisirait comme successeur.

Faro n'avait pas eu la patience d'attendre et il avait scellé un pacte secret avec les guerriers de la tribu du Kel'tana. Un pacte de sang.

Les Gor'tanas et les Kel'tanas étaient ennemis jurés depuis la Révolte des Esclaves. Faro n'avait pas eu de mal à convaincre les Kel'tanas qu'une attaque-surprise servirait leurs intérêts.

Ils étaient arrivés par une nuit sans lune. Dans le plus grand silence, Faro et ses alliés avaient massacré de nombreux Gor'tanas et avaient volé le clan au père de Regulus. Les agresseurs avaient eu l'audace d'arracher les dents et les griffes du vieux chef et de les enterrer pour s'assurer qu'il ne redeviendrait pas un guerrier dans sa prochaine vie.

Regulus n'était pas présent pendant l'attaque. Il était parti chasser avec plusieurs de ses hommes. Lorsqu'il avait appris la mort de son père, il avait tout de suite compris ce qui allait se passer : Faro allait conclure une alliance de sang et exiger que Regulus et ses fidèles se soumettent à son autorité. Et dès que l'occasion se présenterait, Regulus connaîtrait le sort de son père. Faro ne pouvait pas prendre le risque de le laisser en vie, de crainte qu'il se venge. Regulus, lui, ne pouvait pas combattre Faro tant que celui-ci gouvernait le Gor'tana avec le soutien du Kel'tana. Il n'avait pas eu d'autre choix que de s'enfuir. Et les chasseurs de Faro s'étaient lancés à sa poursuite.

Ils n'avaient pas perdu de temps et étaient parvenus à prendre leurs proies par surprise. Regulus et ses hommes s'étaient battus avec courage, mais la plupart d'entre eux avaient été tués au cours de la bataille. Seule une poignée avait réussi à s'échapper. Maintenant, ils étaient loin de chez eux, pourchassés par un ennemi implacable et épuisés.

Les alliés de Faro les traqueraient jusqu'à ce qu'ils soient tous morts.

Regulus fit une pause au sommet d'un promontoire et observa ses derniers guerriers. Peut-être feraient-ils mieux de rester ici et d'établir une position défensive ? Mais la bataille tournerait au massacre. Ils mourraient sans gloire et Regulus n'aurait jamais l'occasion de se venger. Ses hommes accepteraient-ils de se battre ? Saisiraient-ils la chance de mourir avec panache ou préféreraient-ils continuer à fuir comme des lâches ? Regulus s'arracha à ces sombres pensées. Les Gor'tanas étaient *sa* tribu, *ses* guerriers. Il était leur chef et ils le suivraient jusqu'aux portes de l'enfer. Il avait l'intention de leur offrir une mort plus glorieuse qu'une vulgaire boucherie.

— La porte n'est plus très loin, dit Leandran en haletant. Si nous réussissons à l'atteindre, ils cesseront peut-être de nous poursuivre.

— Peut-être, marmonna Regulus.

Il était peu probable que les Kel'tanas renoncent si facilement, mais ce n'était pas inenvisageable.

— Ou peut-être ferions-nous mieux de trouver une position surélevée et de nous préparer à les affronter ?

— Si nous les affrontons ici, ils nous écraseront sûrement. Ce serait une mort courageuse, mais une mort tout de même. Tu sais combien je rêve d'une belle bataille, Leandran, mais nous ne méritons rien de moins qu'une mort héroïque. Je veux qu'on écrive des histoires sur notre ultime combat.

Leandran esquissa une moue sceptique.

— Tu crois qu'on écrira des histoires sur nos exploits dans le Nord ?

— Je suis sûr qu'on n'en écrira pas si nous mourons ici. J'ai entendu dire que dans les Terrefroides, les conteurs voyagent à travers tout le pays pour porter la parole de leur roi et narrer d'anciennes histoires. Je vais leur donner de quoi écrire des légendes qui dureront mille ans.

— Je n'ai jamais aimé les histoires, marmonna Leandran en s'éloignant à grands pas.

Un sourire narquois se peignit sur les lèvres de Regulus. Il lui était facile de pardonner le caractère ombrageux du vieil homme, car il était d'une loyauté sans faille.

Les fuyards coururent pendant la plus grande partie de la journée et ralentirent lorsque le soleil amorça sa descente. Regulus franchit une crête et sentit son cœur se gonfler d'espoir. Ses hommes et lui allaient peut-être avoir l'occasion de regagner un peu de leur honneur perdu.

Une vallée s'étendait en contrebas, une vallée si profonde qu'on aurait dit qu'un dieu avait abattu une hache géante au milieu des montagnes. Une gigantesque arche en obsidienne encadrée par deux tours penchées se dressait au centre. Les tours ressemblaient à d'immenses guerriers figés dans une lutte éternelle, leurs armes croisées au-dessus de leurs têtes.

Il était impossible de dire à quelle race ces deux colosses avaient appartenu, car ils portaient de lourdes armures de plates et des casques cachaient leurs visages.

Les tribus des Sans-Griffes appelaient cet endroit la Porte de Bakhaus. Ce nom faisait sans doute référence à un ancien héros. C'était là que les Aeslantis avaient été vaincus. C'était là qu'on avait semé la graine de la liberté pour les Zataniens. Regulus contempla les tours avec des yeux émerveillés. Il se demanda quelles mains puissantes avaient pu ériger de tels monuments.

Le spectacle galvanisa les guerriers qui se dépêchèrent de descendre au fond de la vallée. La Porte de Bakhaus marquait l'entrée des territoires du Nord, la frontière avec les Terrefroides. Quand ils l'auraient franchie, il y avait de bonnes chances pour que leurs poursuivants rebroussent chemin. Tout n'était pas perdu.

Tandis qu'ils passaient sous l'arche, Regulus observa les tours avec un mélange de crainte et de respect. Elles étaient distantes de cent cinquante mètres et leurs bases mesuraient une quinzaine de mètres de large. La vallée, parfaitement rectiligne, était si longue qu'on n'en voyait pas le bout. C'était là que les Aeslantis et les tribus des Sans-Griffes s'étaient affrontés. C'était là que les hommes-bêtes qui maintenaient les Zataniens en esclavage depuis des siècles avaient été vaincus.

Les Aeslantis s'étaient aventurés dans les Terrefroides en quête d'esclaves et de villages à piller, mais le roi de fer ne les avait pas laissés faire. Il ne s'était pas contenté de prendre la tête de son armée de Sans-Griffes, il avait rassemblé les guerriers de toutes les tribus d'Equ'un.

Les Aeslantis s'étaient engagés dans la vallée avec l'intention de se battre sous le monument qui leur inspirait force et courage. On racontait que leurs cris de guerre résonnaient entre les montagnes et qu'on les entendait jusque dans les prairies d'Equ'un. Ils avaient rassemblé dix mille guerriers bardés de fer. Une armée unie et invincible.

Mais cela n'avait pas suffi.

Les Aeslantis avaient chargé, mais ils avaient été repoussés encore et encore. Les habitants des Terrefroides étaient plus petits que leurs adversaires, mais ils étaient tout aussi féroces. Ils se battaient avec passion et honneur. Ils subirent néanmoins des pertes terribles, et le sol de la vallée se gorgea de sang. Leur défaite semblait inéluctable, mais les Aeslantis n'avaient pas compté sur l'intervention des sorciers du Nord. Alors que les hommes-bêtes s'apprêtaient à écraser l'armée des Sans-Griffes, ils furent brutalement arrêtés. Leurs armures comprimèrent leurs corps, l'air cessa de circuler dans leurs poumons, leur sang gela dans leurs veines.

Le roi du Nord chargea à la tête de ses cavaliers lourds et il n'eut aucun mal à écraser les Aeslantis qui avaient échappé aux sortilèges.

Regulus leva les yeux vers l'arche géante et une partie de lui regretta de ne pas avoir assisté à cette gigantesque bataille. Malheureusement, les Zataniens n'avaient pas pu se ranger aux côtés des autres tribus d'Equ'un. Ils n'étaient alors que des esclaves soumis depuis des siècles. Les Aeslantis les élevaient et les entraînaient pour en faire des gladiateurs, car leur taille et leur férocité garantissaient un spectacle de qualité. Les Zataniens étaient d'origine humaine, il n'y avait aucun doute sur ce point, mais ils avaient des crocs et des griffes. On affirmait que ces transformations étaient le résultat d'ignobles maléfices aeslantis et de croisements contre-nature. Les Zataniens n'avaient jamais connu autre chose que les chaînes, mais tout allait changer avec la défaite de leurs maîtres.

La révolte avait éclaté dès que la nouvelle de la victoire du roi de fer s'était propagée parmi les esclaves d'Equ'un. Les Zataniens avaient compris qu'une chance incroyable se présentait à eux et ils l'avaient saisie. La férocité qu'on leur avait inculquée depuis des siècles pour le plaisir des Aeslantis leur avait assuré une victoire rapide sur les quelques hommes-lions épuisés qui avaient échappé au massacre de la Porte de Bakhaus. Au cours de ces glorieux affrontements, les Zataniens avaient gagné leur liberté et décimé leurs anciens maîtres.

Regulus était déterminé à montrer aux tribus des Sans-Griffes de quoi un guerrier zatanien était capable. Il était déterminé à prouver sa valeur au nom du Gor'tana et au nom de son père. Si son petit groupe réussissait à atteindre les terres du Nord et à survivre au périple, Regulus prêterait allégeance au roi de fer des tribus des Sans-Griffes. Il lui offrirait son épée et il lui montrerait sa force et sa férocité. Il se battrait pour lui et il détruirait ses ennemis pour en faire le plus grand roi de l'histoire des Sans-Griffes. Et quand la nouvelle des exploits de Regulus franchirait les frontières d'Equ'un, le Zatanien regagnerait les prairies de sa terre natale et il deviendrait le chef du Gor'tana. Si Faro était encore en vie, Regulus le défierait et ils s'affronteraient à coups de griffes et de crocs, comme le voulait la tradition.

Si Faro avait eu le courage de défier le père de Regulus, la situation aurait sans doute été différente. Regulus aurait peut-être accepté de lui jurer fidélité. Mais aujourd'hui, il n'en était plus question. Jamais.

Tout ce que Faro obtiendrait de lui, c'était une mort douloureuse.

Les guerriers franchirent la Porte de Bakhaus et remontèrent la vallée en direction du nord. Regulus savait que ses hommes étaient affamés, mais ils marchaient sans protester. Ils n'avaient pas le temps de chasser, pas le temps de manger. Il leur faudrait attendre d'être dans les Terrefroides.

La route était difficile et le soleil était sur le point de se coucher quand ils atteignirent l'extrémité de la vallée. Un vent frais et agréable soufflait du nord. De vastes prairies et une forêt s'étendaient au loin. Ils touchaient au but. Peut-être que les Kel'tanas n'auraient pas le temps de les rattraper. Regulus s'autorisa un petit sourire.

Ses guerriers étaient épuisés et il décida de passer la nuit à cet endroit. Leandran aboya des ordres, puis il envoya un éclaireur chasser et un autre rassembler du bois. Regulus aurait voulu participer, mais un chef de tribu ne pouvait s'abaisser à des tâches aussi triviales. Il s'accroupit et détacha le fourreau de sa grande épée. Il le posa sur ses genoux et regarda autour de lui.

Tandis que ses guerriers vaquaient à leurs occupations respectives, il sentit une présence. Il tourna la tête et découvrit le puissant Janto Sho, qui se tenait à quelques mètres de lui. Sa peau noire le rendait presque invisible dans la faible lumière du soir. Il avait les cheveux rasés sur les côtés et rassemblés en chignon. Ses yeux perçants brillaient dans la pénombre, des yeux bleu ciel alors que tous les Gor'tanas avaient les yeux verts. Les deux hommes s'observèrent sans un mot, puis Janto avança et s'accroupit près de Regulus.

— Tu crois que les Sans-Griffes nous accepteront ? Ce sont des êtres stupides et faibles, dit-il en pianotant sur les manches de ses haches jumelles.

— Ils n'étaient pas faibles quand ils ont vaincu les Aeslantis à la Porte de Bakhaus. Et un roi qui refuse des guerriers prêts à se battre pour lui est un imbécile.

— Mais que sait-on vraiment d'eux et de leurs coutumes ? Ils sont peut-être nos ennemis.

Regulus haussa un sourcil.

— Comme tu étais le mien, Janto Sho du Sho'tana.

Le sombre guerrier resta silencieux.

Alors qu'il chassait seul dans une prairie, Janto était devenu la proie de trois Aeslantis en maraude. Les hommes-bêtes l'avaient traqué pendant une demi-journée avant de l'acculer. Janto était épuisé et il n'avait plus la force de fuir. Si Regulus n'était pas venu à son aide, il aurait sans doute été déchiqueté. Les deux Zataniens avaient combattu côte à côte et tué deux de leurs adversaires avant que le troisième s'enfuie. Au cours de la nuit, ils s'étaient repus de la chair de leurs ennemis et, bien qu'ils appartiennent à des tribus différentes, Janto avait juré fidélité à son sauveur. Il avait prêté le serment du sang et il faisait partie des guerriers de Regulus. Il attendait une occasion de rembourser sa dette depuis des années et Regulus savait que le Kel'tana s'impatientait. Une fois qu'il serait libéré de son serment, rien ne garantirait sa loyauté, et Regulus évitait de lui tourner le dos.

— Les tribus de Sans-Griffes ont besoin de guerriers et leur roi encore plus, poursuivit Regulus. Un homme s'attire des ennemis dès qu'il s'assied sur un trône. Si nous lui prouvons notre fidélité, il nous acceptera.

— Tu en es sûr ?

Regulus secoua la tête.

— Non, mais quel autre choix avons-nous ?

Les yeux bleus de Janto s'illuminèrent.

— Nous attendons ici. Nous nous battons et nous mourons avec honneur.

— Et qui rapportera notre honorable mort, Janto ? Qui chantera notre glorieuse défaite ? Ne crains-tu pas qu'on nous oublie ? Je veux laisser une marque dans l'histoire.

Regulus s'aperçut qu'il serrait l'épée posée sur ses cuisses. Il n'était pas d'accord avec Janto, mais une partie de lui avait envie de suivre son conseil, de faire face et de combattre. Il savait cependant qu'à l'issue de la bataille, il s'envolerait vers les étoiles pour commencer une nouvelle vie. C'était hors de question, il lui restait des choses à faire avant de mourir.

Il devait se venger avant de se présenter devant Gorm.

Le premier éclaireur s'était posté à l'entrée de la vallée. Les deux hommes se levèrent en le voyant revenir en courant.

— Ils arrivent ! dit-il, hors d'haleine. Les chasseurs du Kel'tana. Ils sont à moins de deux lieues.

Regulus se tourna vers ses hommes qui s'étaient arrêtés de travailler. Il vit qu'ils étaient épuisés. Il sentit leur souffrance et leur désir de combattre, de cesser de fuir. Oui, ils pouvaient attendre l'ennemi ici et lui tendre une embuscade, mais leurs chances de victoire étaient infimes. Ils ne connaîtraient pas une mort héroïque. S'ils s'échappaient, ils auraient l'occasion de se couvrir de gloire, de retrouver une partie de leur honneur et de leur fierté perdus.

— Nous allons marcher de nuit, déclara Regulus.

Plusieurs guerriers grimacèrent de dépit, mais tout le monde ramassa ses armes sans protester. Leandran prit la tête du groupe. Le plus âgé semblait être le moins fatigué.

— Nous ne pouvons pas fuir éternellement, dit Janto avant que Regulus rejoigne ses hommes. Ils nous rattraperont tôt ou tard.

Regulus le toisa. Ses yeux verts étaient glacés.

— Dans ce cas, tu obtiendras enfin ce que tu souhaites, Janto Sho. Et nous recevrons tous la mort que nous méritons.

Janto soutint le regard de son chef pendant un moment, puis il baissa la tête et courut rejoindre ses camarades. Regulus jeta un dernier coup d'œil vers les montagnes, vers leurs poursuivants infatigables, puis il suivit ses hommes.

Chapitre 3

On avait dit à Janessa que le pouvoir se mariait mal avec le confort et la tranquillité. Elle était assise sur le trône de Guideciel depuis assez longtemps pour avoir découvert que c'était la vérité. Elle était désormais la reine Janessa, Souveraine de Havrefer et des États libres, Protectrice de Teutonia et Gardienne de la Foi d'Arlor. Elle n'avait pourtant pas l'impression d'avoir changé. Que devait-elle faire pour acquérir une aura royale ? Pour inspirer le respect ? Pour devenir aussi sage que son père ? Les gens attendaient tant d'elle. Elle espéra qu'elle avait hérité d'une partie des qualités du défunt roi.

Voilà des semaines qu'elle assurait les responsabilités de chef d'État et de reine, qu'elle écoutait les requêtes de hauts personnages qui semblaient incapables de prendre la moindre initiative. Ces hommes avaient consacré leur vie à accumuler du pouvoir, mais ils refusaient de prendre une décision sans l'aval d'une autorité supérieure. Quelle ironie. Janessa songea que la plupart d'entre eux s'intéressaient plus aux avantages de leurs fonctions qu'aux devoirs qu'elles impliquaient.

La jeune fille, elle, n'avait pas demandé à prendre les rênes du pays, mais on ne lui avait guère laissé le choix.

Des requêtes arrivaient des quatre coins des États libres. Le seigneur-gouverneur de Cuivreporte et le Haut Abbé de

Grippacier étaient particulièrement insistants, car ils étaient tous deux terrifiés à l'idée que les Khurtas assiègent leurs cités. Le seigneur Cadran de Braega – ou plutôt ses tantes qui le manipulaient à leur guise – avait demandé des renforts pour lutter contre les Khurtas qui ravageaient ses terres, mais il n'y avait pas de renforts disponibles. Même les porte-étendard de Havrefer avaient dû participer à des opérations d'arrière-garde qui avaient à peine ralenti le flot des sauvages qui déferlaient sur le pays. Ankavern et Murargent, pourtant à l'écart des zones de combat, la harcelaient pour obtenir des troupes et des vivres. Pourquoi ces cités ne se débrouillaient-elles pas toutes seules ? Ne s'étaient-elles pas rendu compte que la terrible vague de sang et de destruction ne s'intéressait pas à leurs territoires ? Les envahisseurs voulaient frapper au cœur des États libres. Ils voulaient raser Havrefer.

Le poids des responsabilités avait failli broyer la jeune fille, mais elle ne s'était pas laissé abattre. Elle avait la chance d'être en sécurité à Guideciel – pour le moment, du moins – alors qu'au-delà des remparts de la capitale, les habitants des États libres étaient massacrés par un ennemi implacable. Ses vaillantes troupes se sacrifiaient pour offrir un peu de répit à Havrefer, pour lui permettre de consolider ses défenses avant l'inévitable attaque.

Les moindres faits et gestes de la jeune reine étaient commentés par les membres de la cour. Depuis trois cents ans, les affaires de la Couronne se conduisaient aux yeux de tous – enfin, aux yeux des personnes qui avaient accès à la grande salle du trône. Celle-ci était toujours envahie par une armée de flagorneurs, de nobles et de nobliaux, de chanceliers, de chambellans et d'intendants. Janessa ne connaissait pas la plupart d'entre eux, mais il y avait une femme qu'elle ne connaissait que trop bien.

Une femme qui la surveillait sans cesse. Une femme qui jugeait et critiquait chacune de ses décisions. La baronne Isabelle Magrida.

Ô combien Janessa regrettait l'époque bénie où les Rois-Épée pouvaient faire exécuter leurs ennemis – et parfois même leurs amis – en toute impunité.

La jeune fille siégeait en s'efforçant de conserver un calme royal. Elle s'estimait bonne comédienne, et de toute manière, il était improbable qu'on lui fasse l'ombre d'un reproche. Elle était reine depuis quelques semaines seulement, mais cela avait suffi pour découvrir le degré d'obséquiosité auquel les courtisans s'abaissaient. Elle avait remarqué que les gens se comportaient différemment depuis son couronnement. À l'exception d'Odaka. Odaka était resté égal à lui-même : sévère et loyal. C'était un roc sur lequel elle pouvait s'appuyer à tout moment. Sans lui, elle ne savait pas comment elle aurait supporté le fardeau de ses responsabilités. Mais Odaka était absent, et en attendant son retour, elle ne disposait plus que d'un seul conseiller : Rogan, le sénéchal des inquisiteurs. Celui-ci se tenait à ses côtés et il surveillait la salle du trône comme un vautour tournoyant au-dessus d'une carcasse en putréfaction.

En règle générale, Rogan restait discret. Son travail n'avait rien de très agréable. Il consistait à rassembler des informations sur les ennemis des États libres et à prendre les mesures nécessaires pour les neutraliser. Janessa ne se faisait aucune illusion sur la manière dont les renseignements étaient collectés. Des rumeurs affirmaient que l'inquisition disposait de repaires secrets dans toute la ville, avec des pièces spéciales pour faire parler les récalcitrants. On racontait également que le sénéchal en savait plus que quiconque sur l'histoire de la torture et les différentes techniques d'interrogation. Janessa ne l'aimait pas, mais son père avait estimé que Rogan et ses inquisiteurs étaient indispensables à la sécurité du royaume. L'avenir semblait lui avoir donné raison.

Un homme aux cheveux gris franchit à grands pas l'arche menant à la salle du trône. Il tenait un casque bosselé sous un bras et portait une veste verte frappée d'un blason représentant la couronne et les épées de Havrefer. Malgré son âge avancé, il se tenait droit et levait le menton avec fierté.

Tandis que l'inconnu approchait, le sénéchal Rogan se pencha vers la jeune reine et murmura :

— Le haut connétable des Manteaux Verts, Majesté.

Janessa resta silencieuse. Elle n'aimait guère dépendre de l'inquisiteur pour obtenir de telles informations, mais elle était heureuse qu'il soit là pour les lui donner. Le haut connétable s'agenouilla devant elle et elle lui fit signe de se lever.

— Majesté, dit l'homme d'une voix rendue rauque par des dizaines d'années passées à aboyer des ordres. Pour la troisième journée consécutive, nous devons faire face à de sérieuses émeutes dans les quartiers des Entrepôts. Nos magasins de grain sont intacts, mais la populace semble décidée à s'y introduire par la force pour se servir. Et compte tenu de l'arrivée récente de plusieurs libres compagnies de mercenaires, nous ne pouvons pas faire grand-chose pour empêcher la ville de sombrer dans le chaos. Douze de mes hommes ont été blessés en essayant de mettre fin à des altercations dans les rues, et les dégâts matériels s'élèvent à plusieurs milliers de couronnes. Nous avons besoin de renforts, Majesté.

« Nous avons besoin de renforts. » C'était toujours la même rengaine. « Nous avons besoin de renforts. Nous avons besoin de provisions. La famine menace. Nous allons mourir. »

— Comme vous le savez, haut connétable, je suis dans l'incapacité de satisfaire à votre demande. (Elle avait prononcé ces paroles à de nombreuses reprises au cours des dernières semaines.) Je ne peux pas rappeler des troupes du front.

— Dans ce cas, il est urgent de décréter la loi martiale, Majesté. Il faut que mes hommes puissent punir les émeutiers et mater les libres compagnies avec toute la fureur d'Arlor. Si nous ne faisons rien, les entrepôts de grain seront pris d'assaut avant dix jours et il n'y aura plus une taverne sûre dans toute la ville.

Janessa s'attendait à ce genre de requête – Odaka l'avait mise en garde. Décréter la loi martiale, c'était autoriser les Manteaux Verts à faire respecter l'ordre avec une main de fer. La jeune fille avait espéré qu'elle n'aurait pas à en arriver là. Havrefer avait déjà été soumise à la loi martiale pendant le règne de Carcan et, plus récemment, pendant la Longue Sécheresse. Les souverains qui avaient pris la décision l'avaient chèrement payé : leurs têtes avaient fini sur des piques plantées sur les remparts de la cité. Mais ce n'était pas pour sa tête que Janessa avait peur. En accordant des pouvoirs étendus aux Manteaux Verts, elle sauverait de nombreuses personnes, mais la répression ferait des centaines de morts. Si les silos et les entrepôts étaient pillés, la famine serait terrible, mais ferait-elle autant de victimes que des Manteaux Verts autorisés à tuer les émeutiers ? Quelle reine serait-elle si elle cautionnait de tels massacres ? On la surnommerait sans doute Janessa la Despote. On la comparerait à la Reine Écarlate qui se baignait dans le sang de ses sujets. La jeune fille avait toujours su qu'il ne serait pas facile de porter la couronne de fer. Elle avait toujours su que sa première tâche consisterait à repousser un envahisseur impitoyable, mais elle n'avait jamais imaginé qu'il lui faudrait réprimer le peuple qu'elle espérait sauver.

— Non, dit-elle. Trouvez un autre moyen de gérer la situation, haut connétable.

Les sourcils gris de l'officier se froncèrent et, pendant un instant, elle crut qu'il allait protester. Son dévouement à la Couronne l'empêcha d'exprimer ses critiques et Janessa admira sa loyauté. Elle comprenait sa position, mais elle ne changerait pas d'avis.

Le sénéchal Rogan se pencha sur elle comme une ombre menaçante.

— Avec votre permission, Majesté.

La jeune fille se rendit compte que la silhouette imposante d'Odaka lui manquait terriblement. Odaka Du'ur, ancien régent des États libres et conseiller de confiance.

— Il y a un moyen de répondre aux besoins du haut connétable, poursuivit Rogan. Nous pourrions ouvrir les prisons de quartier et y rassembler les compagnies de mercenaires. Cela permettrait de limiter la violence, et les Manteaux Verts pourraient se concentrer sur la protection du quartier des Entrepôts.

— Vous proposez d'emprisonner les hommes qui viennent défendre la cité contre l'envahisseur, sénéchal ?

Rogan esquissa l'un de ses rares sourires. Il ressemblait à un serpent s'apprêtant à dévorer un rat.

— Qui parle de les emprisonner, Majesté ? Il s'agit simplement de les loger. Dans leurs nouveaux quartiers, ils pourront s'agiter autant qu'ils le voudront. Ils se quereleront entre eux et la population ne fera plus les frais de leur agitation. Cela libérera de nombreux Manteaux Verts que le haut connétable pourra réaffecter à d'autres tâches.

Janessa regarda l'inquisiteur en s'efforçant de trouver un inconvénient à sa proposition. Elle n'avait aucune confiance en cet homme et elle était à peu près certaine qu'il lui cachait quelque chose. Elle n'ignorait pas que la plupart des geôles étaient placées sous l'autorité de l'inquisition. Malgré ses efforts, elle fut incapable d'imaginer une meilleure solution.

— Très bien, dit-elle. Cet arrangement satisferait-il à vos besoins, haut connétable ?

L'homme aux cheveux gris la regarda avec des yeux écarquillés – Janessa avait vu cette expression à de nombreuses reprises –, mais il savait qu'il n'obtiendrait rien de plus. La jeune reine s'était trouvée dans une position semblable une vingtaine de fois depuis son accession au trône et elle s'était vite forgé une réputation : quand elle prenait une décision, il était inutile de vouloir la faire changer d'avis.

— Il le faudra bien, Majesté, dit-il en cachant sa déception derrière une élégante révérence.

Il pivota sur les talons sans attendre qu'elle lui donne congé et quitta la salle du trône.

— Une décision éminemment diplomatique, Majesté, souffla Rogan. Vos talents de chef d'État se développent un peu plus chaque jour.

Janessa hocha la tête, mais elle avait la désagréable impression d'avoir été manipulée. Rogan lui présentait toujours ses conseils de manière à la convaincre qu'elle – et elle seule – avait pris la bonne décision. La jeune fille était consciente de l'influence qu'il exerçait sur elle, mais elle n'avait jamais eu à se plaindre de ses suggestions. Il convenait cependant de le garder à l'œil : il manigançait peut-être quelque chose. Et si elle le faisait suivre ? Oui, mais qui pouvait surveiller l'homme chargé de surveiller la cité ?

Dès que le haut connétable quitta la salle du trône, Janessa entendit des bruits de pas approcher. Ce fut avec soulagement qu'elle aperçut Odaka Du'ur entrer à la tête d'une garde d'honneur – quatre chevaliers du Sang en armure écarlate dont les plates étaient ornées de gravures dorées représentant des ronces. La jeune reine n'avait pas vu Odaka dans sa cuirasse grise depuis le jour de son couronnement. Ses traits trahissaient une inquiétude croissante et il semblait plus que jamais accablé par ses responsabilités.

— Majesté, dit-il en posant un genou à terre et en s'inclinant. Je souhaiterais m'entretenir avec vous… en privé.

Janessa lui fit signe de se lever. Elle s'apprêtait à donner congé aux courtisans qui encombraient la salle du trône lorsque Rogan posa sa vilaine patte griffue sur son épaule. La souveraine regarda la main sacrilège d'un air furieux et le sénéchal la retira précipitamment.

— Majesté, le protocole doit être respecté. En ce qui concerne les affaires d'État, il est stipulé que la salle du trône ne peut pas…

— Dehors ! aboya Odaka avant que le sénéchal ait le temps de terminer sa phrase.

Les courtisans se précipitèrent aussitôt vers la grande arche de l'entrée. Personne n'avait envie de s'attirer les foudres de l'imposant conseiller.

Rogan haussa un sourcil désapprobateur.

— Vous aussi, sénéchal, lâcha Odaka sans même chercher à dissimuler le mépris qu'il éprouvait pour l'inquisiteur. Votre présence n'est pas nécessaire.

Si Rogan se sentit insulté – ou s'il envisagea de protester –, il n'en laissa rien paraître. Le visage impassible, il s'inclina vers Janessa et traversa la salle du trône d'un pas tranquille.

Odaka attendit qu'il sorte sans même lui accorder un regard. Lorsque ce fut chose faite, il s'approcha de la reine.

— Je suis profondément désolé que mon absence vous ait obligée à supporter le sénéchal, Majesté, dit-il dans un murmure.

Voilà qui ressemblait davantage à l'Odaka que Janessa connaissait.

— Ce n'est rien, dit-elle. Je suis parfaitement capable de m'occuper de Rogan. (La jeune fille faisait de son mieux pour parler avec une assurance qu'elle était loin d'éprouver.) Quelles sont les nouvelles du Nord ?

Odaka était encore plus grave que d'habitude.

— Les armées des États libres sont en difficulté. Le général Hawke est à la tête des derniers conscrits de Havrefer. Le duc Logar a envoyé les porte-étendard de Valdor. Les autres nobles n'ont pas dépêché de troupes. Ils préfèrent renforcer leurs défenses plutôt que de venir au secours de la capitale. Nos soldats mènent un vaillant combat d'arrière-garde, mais ils ne résisteront pas longtemps.

— De combien de temps disposons-nous ?

Le visage d'Odaka s'assombrit un peu plus.

— Dix jours. Peut-être moins. Tout dépend du courage et de la détermination de nos guerriers. L'objectif d'Amon Tugha est clair : il veut assiéger et conquérir Havrefer.

Janessa n'avait jamais eu de doutes sur les intentions du seigneur de guerre. L'Elharim avait essayé de la faire disparaître, mais son assassin n'avait réussi qu'à tuer sa dame de compagnie ainsi que le seigneur Raelan Logar. Non, elle n'avait jamais eu de doutes, mais elle avait espéré de tout son cœur qu'elle se trompait. Odaka venait de briser ses dernières illusions.

— Nous devons nous préparer à défendre la ville, dans ce cas, dit-elle avec autant de fougue que possible.

— Nous allons le faire, Majesté. Je vais convoquer un conseil d'urgence pour discuter de ce problème. En attendant, le maréchal Farren a envoyé ces hommes pour qu'ils assurent votre sécurité.

Janessa regarda les quatre chevaliers. Ils faisaient partie des guerriers d'élite de son père et ils se seraient sacrifiés sans l'ombre d'une hésitation pour le protéger. La jeune fille se demanda si elle était capable d'inspirer une telle loyauté.

— C'est inutile, dit-elle. Les Sentinelles me protègent. La place de ces soldats est sur le front, avec leurs camarades qui combattent l'ennemi.

— Mais, Majesté, vous avez besoin d'une garde personnelle, et ces hommes sont les meilleurs dont nous disposons.

— Je n'en doute pas, Odaka. Raison de plus pour les envoyer affronter l'ennemi. Ils n'ont rien à faire à Guideciel. Le palais est sûr.

Odaka secoua la tête.

— Nous savons tous les deux que ce n'est pas vrai. (Il regarda la jeune fille comme s'il se préparait à développer ses arguments, mais il renonça.) Très bien. Je vais renvoyer ces hommes dans le Nord.

Janessa fut certaine de voir une lueur de soulagement passer dans les yeux des quatre chevaliers. Ils n'avaient qu'une envie : retourner au combat.

— Cependant, reprit Odaka, je vais demander à Garret de choisir ses meilleurs éléments et de les affecter à votre protection. De jour comme de nuit.

Janessa ouvrit la bouche pour protester, mais Odaka se pencha en avant avec une expression implacable.

— Ses meilleurs hommes, Majesté. De jour comme de nuit.

Janessa comprit qu'elle ne remporterait pas cette bataille.

— Très bien. Merci, Odaka.

— Il n'est pas nécessaire de me remercier, Majesté. Je vous sers comme j'ai servi votre père.

Janessa se leva. Pendant une fraction de seconde, elle eut envie de serrer Odaka contre elle. Pour se sentir en sécurité. Un instant seulement. Elle était presque certaine qu'il glisserait ses bras autour d'elle pour lui rendre son étreinte.

Elle passa devant lui, descendit le petit escalier de pierre qui menait au trône et traversa la salle.

Tandis qu'elle remontait les couloirs éclairés par des torches, une crampe lui tordit le ventre. Ce n'était pas la première fois que cela lui arrivait. Quelques nuits plus tôt, cette nausée l'avait réveillée et elle avait vomi dans son pot de chambre.

C'était sans doute lié à la pression de sa charge et aux responsabilités qu'elle devait assumer. Elle n'avait parlé de ce malaise à personne. Elle devait être forte. Elle devait se montrer digne de son père. Elle n'avait pas le droit de se plaindre.

Une vague d'angoisse la submergea et son front se couvrit d'une pellicule de sueur. Elle eut l'impression que sa robe l'étouffait. Elle eut le plus grand mal à regagner sa chambre sans s'effondrer. Elle fut soulagée en voyant que la gouvernante Nordaine l'attendait patiemment, mais ses genoux la trahirent avant qu'elle ait le temps d'atteindre son lit. Elle se plia en deux et fut secouée par des haut-le-cœur. Un mince filet de bile coula au coin de sa bouche. Nordaine se précipita vers elle. Elle la débarrassa de la lourde couronne en fer avant de lui caresser les cheveux.

Quelques semaines plus tôt, Janessa et Graye échangeaient encore de cruelles histoires à propos de la gouvernante, mais aujourd'hui, Nordaine était la seule confidente de la reine. La jeune fille revit le visage de Graye. Comme son amie lui manquait ! Elle se remémora son hurlement quand l'énorme Montagne l'avait saisie au cou...

Janessa se plia en deux et elle vomit de nouveau. Un terrible sanglot la secoua.

— Venez, dit Nordaine en la guidant vers le lit.

Janessa s'assit et elle croisa le regard de la gouvernante. Ses yeux étaient remplis de bonté et de compassion. La jeune fille eut honte de s'être moquée d'elle avec tant de méchanceté.

— Mais qu'est-ce qui m'arrive ? demanda-t-elle. Je dois être forte.

— Vous l'êtes, assura Nordaine.

Elle esquissa un sourire et glissa les mains dans le dos de la jeune fille pour défaire les lacets de son corsage. Janessa sentit qu'elle respirait mieux. Depuis quelque temps, elle mangeait de moins en moins, mais elle avait l'impression que sa robe rétrécissait de plus en plus.

— Non. Je suis faible, malade. Peut-être faudrait-il appeler un apothicaire ?

Le sourire de Nordaine s'élargit.

— Un apothicaire ne pourra rien pour vous, chère petite.

— Qu'est-ce que vous voulez dire ? demanda Janessa.

— Je ne voulais pas y croire, mais il n'y a plus de doute possible, déclara la gouvernante en posant une main sur le ventre de la jeune fille.

— Mais de quoi parlez-vous ?

Nordaine la regarda avec douceur.

— Votre Majesté est enceinte.

Janessa la contempla pendant une éternité.

Puis elle se plia en deux et vomit sur sa robe.

Chapitre 4

Les Sentinelles de Guideciel étaient un ordre aussi ancien que le palais lui-même. Kaira avait étudié leur histoire mouvementée de longues heures durant et elle avait appris les principes et les traditions de cette estimée caste de chevaliers. Celle-ci avait été créée quarante ans à peine après la mort d'Arlor, et le roi Burfain l'avait chargée de la surveillance de Guideciel après que son fils avait tenté de lui ravir la couronne. Depuis ce jour, les comploteurs souhaitant renverser les monarques de Havrefer se méfiaient de la loyauté indéfectible des Sentinelles et de leurs éventuelles représailles.

Ces gardes d'élite ne garantissaient pas un règne long et paisible – l'histoire était là pour en témoigner –, mais il s'était écoulé presque mille ans avant qu'un usurpateur s'empare de la couronne de fer – et Conrik le Second avait vite connu une fin brutale. Son frère, Cedrik, avait formé un nouvel ordre – les chevaliers du Sang – et, une nuit, il lança ses redoutables guerriers à l'assaut de Guideciel. Il tua Conrik et chassa les Sentinelles. Une guerre civile éclata lorsque le fils de Conrik, Hadrik, rassembla les Sentinelles et assiégea le palais. Après plusieurs batailles sanglantes, un accord fut conclu. Cedrik et Hadrik régnèrent ensemble sur Havrefer et une paix précaire s'installa. Quand les deux souverains furent assassinés le même jour, l'héritier de Hadrik, Conhor, décida que la sécurité du palais serait confiée aux Sentinelles et que les chevaliers du Sang formeraient sa garde personnelle. La mission des deux ordres n'avait pas changé depuis.

Kaira estimait que les Sentinelles vénéraient Arlor et Vorena avec moins d'ardeur que les Bouclières, mais elle était mal placée pour le leur reprocher : elle avait renoncé à la religion depuis un certain temps. Elle n'était plus une prêtresse-guerrière. Elle était désormais au service de la reine et de la cité. Vorena occuperait toujours une place privilégiée dans son cœur, elle lui apporterait toujours force et courage, mais le temple d'Automne appartenait au passé. Kaira était triste d'avoir quitté les sœurs avec lesquelles elle avait grandi et aux côtés desquelles elle s'était battue, mais elle faisait maintenant partie d'une autre caste de guerriers.

Elle avait eu un peu de mal à s'habituer aux changements, car au temple, il n'y avait que des femmes. Cependant, il n'avait pas fallu longtemps pour que ses camarades masculins la traitent avec le même respect que les Bouclières. Les Sentinelles étaient choisies pour leur habileté au combat. C'étaient des guerriers fiers et fidèles qui passaient de longues heures sur les terrains d'entraînement pour parfaire leurs techniques. Il était donc tout à fait normal qu'ils admirent et respectent Kaira pour ses talents. L'ancienne Bouclière, elle, était impressionnée par leur dévouement à la Couronne et elle avait hâte de se montrer digne d'eux.

Elle était la seule femme de la caserne et elle était logée avec les hommes. Si le capitaine Garret avait eu des craintes à ce sujet, elles s'étaient vite dissipées : les Sentinelles avaient reconnu les talents de Kaira et elles la traitaient comme n'importe quel camarade.

Il n'en allait pas vraiment de même avec Merrick.

Kaira jeta un coup d'œil dans la petite pièce qui faisait office de salle de repos et de réfectoire. Merrick était assis à sa place habituelle et regardait par la minuscule fenêtre. Il serrait et desserrait les mâchoires en tapotant le sol du pied.

— Nous devrions nous rendre dans la cour d'exercice, dit Kaira en se mettant debout.

Le jeune homme leva les yeux et haussa un sourcil.

— Est-ce que c'est ta solution à tous les problèmes ? Aller s'entraîner ?

— Un esprit sain dans un corps sain, rétorqua la jeune femme.

— Tu as juste envie de m'affronter. Je vais finir par croire que ces petites séances comblent tes pulsions sadiques.

Elle sourit.

— Ma foi… Je dois cependant avouer que ça devient lassant de te coller raclée sur raclée.

Kaira avait constaté qu'elle faisait des progrès en matière d'humour. Depuis qu'elle avait quitté l'univers cloîtré du temple, elle se découvrait de nouveaux talents. Les Sentinelles n'étaient pas aussi strictes que les Bouclières, mais aux yeux de Merrick, la caserne était une prison.

Il avait eu du mal à s'habituer à la vie militaire ; toutefois, il avait compris qu'il devait prouver sa valeur – aux autres comme à lui-même – et il s'était entraîné aussi dur que Kaira. La jeune femme avait pourtant remarqué qu'il avait l'air inquiet depuis quelque temps. Peut-être regrettait-il son ancienne vie, sa liberté perdue, le sexe… et l'alcool. Mais Merrick avait poursuivi ses efforts et Kaira avait été impressionnée. Il avait gagné en force et son habileté à l'épée était stupéfiante ; pourtant, il était ailleurs.

Il lui adressa un petit sourire qui ne la trompa pas. Il avait perdu l'assurance et l'arrogance qu'il affichait lors de leur première rencontre. En le regardant, Kaira entrevoyait l'enfant qui avait été abandonné par son père, qui avait vu sa mère emportée par l'épidémie de chancre exquis et avait fini par dilapider la fortune familiale.

Elle avait parfois l'impression que la cour d'exercice était la seule chose qui lui apportait un peu de réconfort.

— Eh bien ! allons-y quand même, dit-il avec enthousiasme.

Kaira le suivit dehors. Plusieurs de leurs camarades s'affrontaient déjà sous l'œil vigilant du capitaine Garret.

L'officier avait de lourdes responsabilités et cela se lisait sur son visage. Kaira ne l'enviait pas. Non seulement il était chargé de la protection de Guideciel et de la reine, mais il lui faudrait bientôt défendre la cité contre l'envahisseur. Les Sentinelles seraient en première ligne pour affronter les hordes de Khurtas et il était impératif de s'entraîner tant qu'on en avait le temps.

Alors qu'elle traversait la place, Kaira reconnut deux Sentinelles qui se battaient en duel devant leurs camarades. Statton était beau garçon, et c'était sans doute le meilleur escrimeur de la caserne après Merrick et elle-même. Elle l'avait affronté, lui et Waldin, lorsqu'elle était venue s'engager. Elle les avait vaincus, mais ils lui avaient donné du fil à retordre.

Statton se battait contre Leofric, une recrue prometteuse arrivée peu de temps après Kaira et Merrick. Le jeune homme était doué, mais il n'était pas de taille à affronter un guerrier expérimenté.

Merrick et Kaira observèrent le combat.

Statton n'avait aucun mal à pénétrer la défense de son adversaire. Il jouait avec lui au lieu de porter un coup décisif. Kaira songea que c'était idiot : Leofric ne progresserait pas si l'on ne corrigeait pas ses erreurs. Mais Garret était chargé de l'entraînement et elle n'avait pas l'intention de critiquer ses méthodes.

— Ça suffit ! lança l'officier en voyant Statton parer la lame de son adversaire pour la énième fois. Tiens, tiens, nos maîtres-escrimeurs nous font l'honneur de leur présence.

Il fit un geste en direction de Kaira.

Les Sentinelles se tournèrent pour regarder la jeune femme et son compagnon. Ils avaient pris l'habitude de les appeler les « maîtres-escrimeurs ». Ce surnom agaçait Kaira au plus haut point, mais il laissait Merrick indifférent.

Le jeune homme sourit et se pencha vers elle.

— Il est clair que nos frères Sentinelles ont grand besoin d'une nouvelle leçon. (Il prit une épée en bois sur un râtelier et la fit virevolter avec adresse.) Il serait inconvenant de les décevoir.

Garret sourit à son tour, puis il fit un signe de tête en direction de la cour d'exercice, comme pour approuver la déclaration du jeune homme. Kaira était stupéfaite par la tolérance dont le capitaine faisait preuve à l'égard de Merrick. Il n'aurait jamais accepté une telle arrogance de la part d'une autre Sentinelle. Garret était un officier sévère, mais il traitait toujours Merrick avec gentillesse. Il se sentait sans doute responsable de sa déchéance après la disparition de son père.

Merrick gagna le centre de la cour d'exercice à grands pas, puis regarda autour de lui comme s'il cherchait à provoquer quelqu'un, n'importe qui. Kaira commençait à trouver ce numéro ennuyeux. Elle se tourna vers Leofric, qui lui tendit son arme avec un bref sourire. Merrick l'avait ridiculisé à de nombreuses reprises et il avait hâte d'être vengé.

Kaira alla se placer en face de Merrick. Celui-ci affichait une expression confiante et ravie, mais la jeune femme le connaissait depuis assez longtemps pour voir au-delà de ce masque de suffisance. Merrick Ryder était un être profondément inquiet. C'était un épéiste hors pair, il avait un charisme irrésistible et certaines personnes le trouvaient beau, certes, mais aux yeux de Kaira, c'était un enfant solitaire dans un corps d'adulte.

Ce qui ne l'empêcherait pas de faire tout son possible pour le vaincre.

— Quand vous voulez, lança Garret.

Kaira attendit, immobile. Merrick avait baissé sa garde pour la provoquer, mais ce n'était pas la première fois qu'elle l'affrontait. La patience n'était pas le fort de Merrick et il ne supporterait pas ce petit jeu très longtemps.

Le jeune homme fit un pas en avant, la garde toujours baissée. Kaira ne bougea pas. Elle tenait son épée avec une certaine nonchalance, la pointe à hauteur de la taille.

Comme elle l'avait prévu, Merrick passa à l'attaque. Il feinta vers le bas avant de frapper vers le haut. Le coup était spectaculaire, mais elle le para sans difficulté. Elle ne se relâcha pas pour autant. Avec Merrick, la prudence était de mise. Ses approches étaient prévisibles, mais il était capable de modifier ses attaques en un instant. Ce n'était pas un adversaire à prendre à la légère.

Le jeune homme recula en souriant. Solidement plantée sur ses jambes, Kaira ne recula pas, même quand il attaqua de nouveau. Il enchaîna quatre coups rapides de gauche à droite. Kaira para les trois premiers sans mal et le dernier de justesse. Merrick continuait-il à progresser alors qu'elle stagnait ? Elle chassa cette pensée sur-le-champ. On ne doutait pas de soi pendant un affrontement. C'était le meilleur moyen de se faire battre.

Les Sentinelles commentaient le combat à voix basse. Certaines soutenaient Kaira, d'autres Merrick. Malgré ses grands airs, le jeune homme était populaire. Il était toujours prêt à lancer une plaisanterie, à amuser ses camarades. Kaira ne pouvait pas s'empêcher d'envier sa décontraction naturelle. Elle était moins réservée que par le passé, mais elle avait encore du mal à exprimer ses pensées et ses sentiments. Elle avait cependant son lot d'admirateurs. Les Sentinelles les plus âgées éprouvaient un grand respect pour son habileté et son sens de la discipline, mais elle savait qu'elle n'obtiendrait pas davantage. Merrick, lui, était apprécié par ses camarades, qu'il le veuille ou non.

Le jeune homme repartit à l'assaut avec l'intention de lui faire prendre appui sur la jambe arrière. Kaira para la première série d'attaques, puis elle pivota et se baissa pour éviter un coup de taille. Elle frappa d'estoc en visant les côtes. Merrick esquiva au dernier moment – à la grande joie des Sentinelles. Les guerriers riaient, ravis et excités par le spectacle.

Tandis que Merrick reculait, Kaira prit l'initiative. Elle le suivit et enchaîna plusieurs coups. Ce fut au tour du jeune homme de parer et d'esquiver. Les lames en bois s'entrechoquaient à un rythme saccadé, dont les échos résonnaient au-dessus de la cour d'entraînement.

Le combat se poursuivit et la cadence s'accéléra. Les deux adversaires frappaient, se baissaient, esquivaient, virevoltaient. Ils étaient en sueur et l'air froid de l'après-midi ne les rafraîchissait pas. Merrick n'affichait plus son petit sourire arrogant. Il avait les sourcils froncés et les mâchoires contractées. Kaira le dévisageait avec un mélange de férocité et de détermination implacable, comme pour le pousser à la faute par le seul pouvoir de sa volonté. Elle était déterminée à remporter la victoire.

Les deux combattants firent une pause pour reprendre leur souffle. Ils se toisaient comme des fauves à l'affût. Kaira bénissait ces moments où Merrick semblait vraiment vivant, où elle affrontait un adversaire à sa mesure.

Le combat reprit. Alors qu'ils échangeaient une nouvelle succession de bottes et de parades, Kaira entrevit une faille – un infime défaut dans la garde de Merrick. Elle frappa aussitôt. Le coup était téméraire, car il la laissait sans défense, mais avec un peu de chance, son adversaire n'aurait pas le temps d'en profiter. Sa lame en bois glissa au-dessus des bras du jeune homme et s'immobilisa contre sa gorge. Si elle avait été en métal, un flot de sang aurait jailli d'une plaie béante. Kaira s'autorisa un petit sourire, mais sa joie fut de courte durée. Elle sentit quelque chose contre son ventre. Elle baissa les yeux et vit la pointe de l'épée de Merrick appuyée contre son estomac. Elle avait peut-être tranché la gorge de son adversaire, mais celui-ci lui avait transpercé le ventre. Ils étaient morts tous les deux.

Merrick sourit tandis que les Sentinelles éclataient de rire et grognaient de satisfaction. Plusieurs guerriers applaudirent.

— Vous deux, affirma Garret, on peut vraiment dire que vous ne faites qu'un.

Merrick haussa un sourcil d'un air grivois, mais Kaira secoua la tête.

Ils restèrent dans la cour pour observer leurs camarades. Merrick bavardait avec naturel tandis que Kaira se tenait à l'écart, discrète. Leofric se dressait à côté d'elle. Apparemment, il préférait le mutisme austère de la jeune femme à la jovialité bruyante de Merrick et de certains de ses camarades. Ce n'était pas la première fois qu'il se comportait ainsi, et Kaira était fière qu'il respecte ses talents et qu'il la prenne comme modèle. Il avait encore des progrès à faire, mais c'était un garçon prometteur.

L'entraînement prit fin et Garret rassembla ses hommes autour de lui.

— Vous avez bien travaillé, dit-il. J'ai remarqué des améliorations notables. Allez vous reposer un peu. Je veux tout le monde en tenue de combat à 8 heures, ici même.

D'habitude, aux huit coups de cloche, les Sentinelles patrouillaient dans les couloirs et les jardins de Guideciel. Les guerriers hochèrent la tête et se dispersèrent pour vaquer à leurs occupations respectives.

Kaira prit le temps de se laver et de prier, comme toujours. Peu de Sentinelles pratiquaient les rituels de la foi d'Arlor avec une telle rigueur, mais la jeune femme n'avait pas changé ses habitudes. Elle n'était plus une Bouclière, mais elle était encore le bras armé de Vorena. Elle était toujours l'instrument de sa vengeance divine et la protectrice des faibles.

Les Sentinelles se rassemblèrent dans la cour d'exercice bien avant que les cloches sonnent huit coups. Garret les attendait déjà.

— Bien, dit-il. Vous connaissez tous la musique. Pas besoin de faire traîner les choses, pas besoin de serments à n'en plus finir. Kaira, Merrick, avancez.

Les deux jeunes gens obéirent. Garret sortit deux médaillons qui étincelèrent à la lueur des torches. Kaira comprit ce qui se passait.

— À genoux, ordonna l'officier. On ne va pas rester plantés là toute la nuit.

Kaira obéit sur-le-champ, mais Merrick prit son temps. Au bout de quelques instants, la jeune femme crut qu'il hésitait, qu'il avait des doutes. Elle tourna la tête vers lui et vit qu'il souriait.

Il faut toujours qu'il fasse son intéressant. C'est plus fort que lui.

Garret approcha de Merrick. Si l'attitude du jeune homme l'agaçait, il n'en laissa rien paraître.

— Merrick Ryder, jures-tu de défendre le porteur de la couronne de fer jusqu'à ton dernier souffle ?

L'officier s'exprimait sur un ton blasé, comme s'il posait cette question pour la millième fois.

— Ouais, répondit Merrick sans se départir de son sourire.

Kaira songea que ce n'était sûrement pas la réponse prévue par le protocole. Garret glissa le médaillon autour du cou du jeune homme.

— Kaira Feuillevent, jures-tu de défendre le porteur de la couronne de fer jusqu'à ton dernier souffle ?

La jeune femme ne répondit pas.

Feuillevent ? Pouvait-elle rejoindre le corps des Sentinelles sous ce nom ? Avait-elle encore le droit de le porter ?

Garret s'agita. Le silence de la jeune femme l'embarrassait. Kaira devait accepter ou refuser. Ce n'était pas le moment de se poser des questions philosophiques sur son nom.

— Je le jure, dit-elle sans lever la tête.

— Pour Guideciel, et pour la reine ! déclarèrent les Sentinelles tandis que Garret faisait glisser le médaillon autour du cou de la jeune femme.

La cérémonie était terminée. Merrick et Kaira appartenaient désormais au corps des Sentinelles.

Il n'y eut pas de fête, pas de félicitations, pas de rituels. Kaira se sentit étrangement rassurée par cette simplicité. Après une vie monacale stricte et empreinte de ferveur religieuse, elle était heureuse de faire partie d'une unité aussi dévouée que les Bouclières, mais libérée du fardeau du dogme.

Elle alla récupérer son épée et son bouclier avant d'aller patrouiller à l'extérieur des murailles de Guideciel en compagnie de Merrick. Celui-ci était étrangement silencieux, et Kaira se demanda à quoi il pouvait bien penser. Malgré sa désinvolture, il était fier de l'honneur qu'on venait de lui accorder. La jeune femme, elle, était heureuse de refaire partie d'un tout.

Elle éprouva pourtant une pointe de regret quand elle tourna la tête vers le sud de la cité et qu'elle aperçut les statues de Vorena et d'Arlor. D'une certaine façon, elle aurait voulu être au temple et s'entraîner avec ses sœurs. Celles-ci iraient bientôt combattre Amon Tugha, car personne ne semblait en mesure de ralentir l'avancée du chef de guerre elharim.

Réussirait-on enfin à l'arrêter lorsqu'il se présenterait devant les murailles de Havrefer ?

Kaira Feuillevent songea qu'elle n'aurait pas longtemps à attendre pour le savoir.

Chapitre 5

Les Manteaux Verts étaient épuisés. Les visages étaient sombres, les sourcils froncés et les mâchoires contractées. Personne ne s'était engagé pour combattre les habitants de la cité, pour réprimer des émeutes à coups de boucliers et de gourdins. Les gardes de Havrefer auraient sans doute mieux supporté cette épreuve s'ils n'avaient affronté que des hommes, mais il y avait aussi des femmes et des enfants parmi les mécontents, des affamés aux yeux sauvages. Il aurait fallu être idiot pour ne pas se rendre compte que ces malheureux étaient désespérés. Ils avaient besoin d'aide, mais personne ne leur en donnerait. Les réserves de grain devaient être protégées, et c'était aux Manteaux Verts de s'acquitter de cette tâche.

Nobul Jacks ne se plaignait pas. Il avait apposé sa marque sur le contrat d'engagement et il avait la ferme intention de faire son devoir. Ce n'était pas la première fois qu'on lui confiait ce genre de travail. Il avait accompli de tristes et sanglantes besognes pour le compte du roi Cael et des États libres. Il s'était acquitté de sa tâche sans gloire et il était prêt à recommencer. Mieux valait en finir au plus vite, et espérer que le remords ne troublerait pas son sommeil.

Ses camarades étaient moins pragmatiques. Ils étaient assis près d'un immense entrepôt en compagnie de plusieurs dizaines de Manteaux Verts. Nobul percevait leur nervosité.

Les paupières de Merlu tremblaient si fort que son visage semblait animé d'une vie propre. Le vieil homme avait été durement ébranlé au cours des derniers jours, et il avait de plus en plus de mal à supporter le poids de son âge.

Bilgot s'efforçait de cacher ses émotions, mais il avait aussi peur que les autres. Et peut-être même plus. Ses yeux étaient toujours en mouvement, comme s'il craignait quelque chose – quelque chose qu'il ne serait pas capable d'affronter. Malgré ses fanfaronnades et son insolence, ce n'était qu'un pleutre. Nobul s'en doutait depuis le début. En règle générale, les plus grandes gueules ont les plus petites couilles.

Dustin et Edric résistaient mieux à la pression. C'étaient des garçons solides, des jumeaux qui partageaient un puissant lien fraternel. Mais ils avaient peur, eux aussi.

C'était Anton qui s'en tirait le mieux. Il accomplissait sa sinistre besogne d'un air froid et décidé. Son visage triste était un masque impassible. Les derniers jours avaient sans doute renforcé sa détermination. De tous les membres de la patrouille, c'était lui que Nobul aurait choisi pour assurer ses arrières. Pour remplacer Denny.

Cette pensée le fouetta douloureusement. Il avait essayé de repousser la mort du jeune homme au fond de sa mémoire, en vain. Ce n'était pas grave. Après tout, Nobul méritait de souffrir. C'était à cause de lui que Denny était mort. Il n'aurait pas été plus coupable s'il avait jeté le jeune homme dans le vide. Cette pensée le torturait, mais quelle importance ? Ce n'était qu'une douleur, qu'un démon parmi tous ceux qui le harcelaient sans répit.

Un de plus, un de moins, quelle différence ?

Le sergent Kilgar surveillait ses hommes d'un œil perçant et ne manquait jamais de leur remonter le moral lorsque c'était nécessaire. Ils se connaissaient depuis assez longtemps pour savoir ce qu'ils avaient à faire. Les Manteaux Verts lui obéissaient sans poser de questions. Jusqu'ici, cela leur avait plutôt bien réussi. Il n'y avait eu ni mort ni blessé au sein de l'unité, mais la peur était omniprésente.

Nobul savait pourtant que les affrontements récents n'avaient rien à voir avec une véritable bataille. Celle-ci arrivait du nord avec les hordes hurlantes et grondantes des Khurtas. Nobul s'en moquait. Qu'ils viennent. Qu'ils assiègent la cité. Qu'ils essaient de la raser. Quelques individus les attendraient de pied ferme pour les tailler en pièces. Et Nobul serait le premier d'entre eux.

Une partie de lui était impatiente d'en découdre avec les Khurtas. Une autre partie lui répétait qu'il fallait d'abord régler les problèmes présents.

— On dirait qu'il va flotter, dit Anton en observant les nuages gris d'un air furieux.

Il annonçait la pluie depuis quatre jours, mais il n'était pas tombé la moindre goutte.

— Tu crois que c'est le moment de se préoccuper du temps, abruti ? lâcha Bilgot avec le petit sourire qui cachait sa peur.

Il ne faisait rire personne, mais il fallait quand même qu'il la ramène, qu'il s'affiche comme le bouffon du groupe. Il finirait peut-être par comprendre… ou pas.

Merlu se leva avec peine et agita une main ridée.

— On s'en fout de tout ça, dit-il.

À cet instant, Nobul aperçut un jeune Manteau Vert surgir d'une allée et se précipiter vers eux.

— Ils arrivent ! lança le garde.

Tout le monde se mit en position. Ils montaient la garde depuis quatre jours et ils étaient épuisés. Kilgar avança de quelques pas et Bodlin, le second sergent, se rangea à ses côtés. Le jeune homme s'arrêta devant eux et se pencha en prenant appui sur ses cuisses. Il haletait comme s'il avait traversé la ville en courant.

— Alors ? grogna Kilgar.

— Ils arrivent… par les Palanquées…

— Ils sont combien ?

Le garde secoua la tête.

— Des centaines, on dirait.

Kilgar grommela un juron. Nobul compatit. Il ne sautait pas de joie, lui non plus. Le pont d'Aldwark avait été fermé pour empêcher les réfugiés de la vieille ville de traverser la Storvoie et d'envahir le reste de la cité, mais les Palanquées étaient un quartier à part. C'était une entité presque indépendante qui s'étirait à l'embouchure du fleuve en reliant l'ancienne et la nouvelle ville. Il était impossible d'en interdire le passage, à moins de les raser par le feu.

— D'accord, les gars, dit Kilgar en se tournant vers la vingtaine d'hommes chargés de protéger l'entrepôt. On forme les rangs.

Les gardes avaient déjà commencé à s'aligner de manière rudimentaire, mais ils n'étaient pas assez nombreux pour défendre le bâtiment. Ils n'avaient d'autre choix que de se poster devant les grandes portes et de prier.

Bodlin ordonna à ses hommes de bloquer deux ruelles qui débouchaient devant l'entrepôt. Les passages étaient étroits et une poignée de gardes pouvaient les tenir toute la journée avec leurs boucliers. Le problème, c'était la rue principale. De ce côté-là, il était impossible d'arrêter une vague de plusieurs centaines d'émeutiers.

Ce n'était pas un travail de fantassin. Quelques cavaliers n'auraient eu aucun mal à disperser la foule, mais tous les hommes capables de monter à cheval avaient été envoyés dans le nord du pays. Personne n'avait imaginé qu'on aurait besoin d'eux pour maintenir l'ordre à Havrefer, et les Manteaux Verts allaient devoir se charger de la besogne. À l'ancienne.

Nobul s'installa au milieu du premier rang. Ses camarades savaient tous de quoi il était capable et ils avaient insisté pour qu'il occupe cette place. Nobul n'en aurait pas accepté d'autre. Il voulait être au cœur de l'action, au cœur de la violence. Là où il avait le plus de chance de se faire tuer.

Anton était à sa gauche, Kilgar et Bodlin à sa droite. Nobul s'était aperçu que Bodlin était un bon sergent et il le respectait presque autant que Kilgar. Il avait croisé trop de sous-officiers qui se contentaient de lancer des ordres depuis l'arrière, et savait reconnaître un chef compétent quand il en voyait un. Kilgar et Bodlin montraient l'exemple. Mais un sergent compétent n'empêchait pas la mort de vous faucher quand votre heure sonnait.

Au cours des jours précédents, les Manteaux Verts étaient parvenus à repousser plusieurs bandes d'émeutiers qui cherchaient à s'emparer du grain stocké dans l'entrepôt, mais ils n'avaient jamais affronté une foule de plusieurs centaines de personnes. Même avec de bons chefs, ils ne réussiraient pas à arrêter cette marée humaine. Nobul espéra que le jeune Manteau Vert avait exagéré. Si ce n'était pas le cas… bah ! on verrait bien.

Les gardes ajustèrent leurs armures, puis sortirent leurs gourdins et leurs lances. Un bref silence s'installa. Comme si tous les habitants de la ville avaient soudain disparu. Tout était calme, tranquille. Des souvenirs traversèrent l'esprit de Nobul. Des souvenirs anciens, sombres et terribles. Il en allait toujours ainsi. La quiétude avant le carnage. C'était le moment de faire le bilan : qu'avait-on fait de sa vie ? Que restait-il à faire ? Que regretterait-on le plus si la bataille tournait mal ? Ces questions apportaient un peu de réconfort à certains hommes, mais pas à Nobul Jacks.

Des claquements d'ailes résonnèrent. Une mouette se posa devant les gardes et les observa du coin de l'œil. Son regard glissa sur les hommes inquiets… et s'arrêta sur Nobul. Comme pour le défier. La mouette le toisa d'un air mauvais, plein de morgue. Un jeune homme du premier rang cracha dans sa direction et un peu de salive blanche s'écrasa à trente centimètres de l'oiseau. Celui-ci resta de marbre.

— C'est ça l'ennemi dont vous avez la trouille ? lança un garde. Vous inquiétez pas, les gars, je crois que je peux m'en charger tout seul.

Quelques éclats de rire montèrent des rangs. Certains – trop bruyants – exprimaient plus de peur que d'amusement. L'angoisse était palpable.

Nobul se contenta de regarder. Et d'attendre.

La mouette déplia ses ailes blanches et s'envola à l'instant où la clameur monta au bout de la rue. Les Manteaux Verts ne s'interrogèrent pas longtemps sur son origine. Les émeutiers apparurent, armés de bâtons, de briques et de gourdins de fortune. Une foule dense et bien plus impressionnante que les groupes précédents. Des centaines de gorges qui criaient vers le ciel.

— Ils sont là ! lança Kilgar tandis que les réfugiés envahissaient la rue et déferlaient comme une vague sale et nauséabonde. Tenez vos positions ! Restez en ligne avec ceux qui vous encadrent !

Il continua à donner des ordres, mais plus personne ne l'entendait. Pas même Nobul, qui se tenait à côté de lui. Sa voix était couverte par les cris et les glapissements de ces maudits crève-la-faim qui venaient chercher de quoi survivre. Ils étaient affamés, désespérés, mais ce n'était pas le problème de Nobul Jacks. Son boulot consistait à les arrêter. Et si possible, à survivre.

Les émeutiers s'immobilisèrent à cinq mètres du premier rang de Manteaux Verts. Ils criaient, ils crachaient leur faim et leur colère en direction des gardes qui leur barraient le chemin. Cela allait durer un certain temps. Jusqu'à ce que l'un d'eux trouve le courage de passer à l'attaque. Il le paierait chèrement.

Nobul essaya de ne pas les regarder, de ne pas voir leurs visages. S'il apercevait un gamin famélique au milieu de cette vague de misère, il risquait d'avoir un moment d'hésitation – et de prendre un coup de surin dans la gorge.

Ce ne sont pas des gens. C'est une foule. Une foule qui est là pour te descendre et piller l'entrepôt.

Tandis que la horde aboyait sans approcher davantage, l'ancien forgeron sentit qu'Anton s'agitait. Le gamin avait la trouille. Il était sans doute prêt à se faire dessus. On ne s'habituait jamais à ce genre de situation. On n'apprenait jamais à contrôler sa peur. Il fallait l'avaler et la vomir sous forme de rage.

Au milieu de la foule, un émeutier lança une pierre. Celle-ci frôla Nobul et ricocha sur le casque du garde qui se tenait derrière lui. Nobul entendit un cri de douleur sous les hurlements furieux. Les projectiles se mirent à pleuvoir. Des bâtons et des boules de boue séchée – ou, plus probablement, d'excréments. Une bouteille s'écrasa et vola en éclats aux pieds de Nobul. Son contenu éclaboussa ses bottes. De l'urine, à coup sûr.

Deux émeutiers bondirent en avant. Ils brandirent leurs armes de fortune et grognèrent comme des chiens pendant quelques secondes, puis ils reculèrent précipitamment pour se fondre dans la foule. Les Manteaux Verts ne bougeaient pas et Nobul fut impressionné par leur discipline. Ils formaient un groupe solide, mais les hostilités n'avaient pas encore commencé.

Un réfugié s'élança en agitant un manche de pioche. Il voulut l'abattre sur le casque d'un garde, mais il n'en eut pas le temps. Un Manteau Vert lui porta un coup de lance à l'épaule. L'émeutier poussa un hurlement de douleur et recula en titubant, une main plaquée sur sa plaie. Nobul songea qu'il n'y avait que deux réactions possibles : soit les manifestants prenaient peur et battaient en retraite, soit ils cédaient à la colère et attaquaient.

Et comme de bien entendu, ils choisirent la seconde solution.

Une nouvelle pluie de projectiles s'abattit sur les Manteaux Verts – avec beaucoup moins d'excréments et beaucoup plus de cailloux. Puis les réfugiés chargèrent. Les gardes repoussèrent les premiers rangs à coups de gourdins, mais la foule, galvanisée par sa propre audace, se transforma en torrent furieux.

Nobul était armé d'une vénérable matraque qu'il avait renforcée avec des bandes d'acier. Ce n'était pas une arme létale, mais elle pouvait le devenir s'il le décidait. Tandis que les émeutiers chargeaient – une vague d'yeux écarquillés et de dents gâtées –, l'ancien forgeron choisit sa cible. Il ne fallait pas attaquer au hasard. C'était le meilleur moyen pour frapper dans le vide. Non, il fallait choisir quelqu'un et attendre qu'il approche pour lui expliquer à quoi servait l'instrument contondant entre vos mains.

Autour de Nobul, Anton et Kilgar frappaient la vague furieuse comme des bouchers débitant une carcasse de bœuf.

L'ancien forgeron se mit au travail. Trois visages déformés par la haine apparurent devant lui. Son bras s'abattit avec force et rapidité. Les visages se couvrirent de sang avant de refluer précipitamment. Sous la pression des émeutiers, les gardes se retrouvèrent serrés les uns contre les autres. Nobul leva sa matraque au-dessus de sa tête pour continuer à frapper sans encombre. La plupart de ses camarades n'eurent pas ce réflexe et furent bientôt incapables de bouger les bras. Les Manteaux Verts étaient désormais acculés contre le mur de l'entrepôt, et il n'y avait aucun moyen de se replier.

Les émeutiers ne pouvaient plus se battre non plus. Ils se mirent à cracher des insultes, à crier qu'ils étaient affamés et que les Manteaux Verts étaient des salauds qui voulaient les faire crever de faim. Ils poussaient toujours, mais les gardes les empêchaient de pénétrer dans l'entrepôt. Ce n'était plus qu'une masse compacte qui s'agitait en vain.

Au bout de plusieurs minutes de cohue et d'hystérie, les émeutiers comprirent qu'ils n'arriveraient à rien. Ils commencèrent à reculer tandis que des gardes distribuaient quelques coups de gourdin sans enthousiasme. Soudain, Nobul entendit des cris au bout du premier rang. Un petit groupe de réfugiés avaient agrippé le sergent Bodlin pour l'entraîner avec eux.

Nobul et le sergent Kilgar s'élancèrent. Bodlin était tombé par terre et un homme lui assena un coup de pied à la tête. Nobul décida que ce salopard serait sa première cible. Son gourdin s'abattit sur les épaules du réfugié qui s'effondra aussitôt. Cela ne suffit pas à intimider le reste des émeutiers. Ils avaient trouvé une proie et n'avaient pas l'intention de la lâcher si facilement. Ils n'avaient pas réussi à s'emparer du grain, mais un scalp de Manteau Vert compenserait leur échec.

Nobul n'était pas d'accord.

Bodlin tendit les bras. Son visage était couvert d'hématomes et il crachait du sang entre les dents qui ne jonchaient pas encore les pavés. Nobul lui saisit le poignet au moment où on l'attaquait. Il vit un bâton s'abattre sur lui, mais Kilgar frappa l'agresseur qui bascula en arrière. Le sergent avança en distribuant des coups de gourdin pendant que Nobul attrapait Bodlin sous les épaules pour le tirer en arrière. Plusieurs gardes vinrent leur prêter main-forte. La foule battait en retraite et les Manteaux Verts mouraient d'envie de les encourager à accélérer le mouvement.

Lorsque Nobul atteignit les portes de l'entrepôt avec Bodlin, les réfugiés fuyaient en direction de la vieille ville.

Les Manteaux Verts se laissèrent tomber sur les pavés et restèrent ainsi pendant un long moment, sans rien faire d'autre que respirer. Deux d'entre eux avaient des coupures et des hématomes au visage. L'un d'eux arborait une plaie sanglante sur le front, mais les blessures à la tête étaient toujours très impressionnantes. Bodlin avait perdu plusieurs dents, et du sang maculait sa figure, mais cela ne semblait pas le gêner outre mesure. Il ne lui fallut pas longtemps pour se lever et ordonner à ses hommes de se rassembler. Nobul retint un sourire.

— J'ai l'impression que ça va être à ton tour de nous payer un pot, sergent Bodlin, dit Kilgar.

— Peut-être même deux, acquiesça le second sergent en adressant un clin d'œil à Nobul.

Bodlin et ses arbalétriers avaient tiré la patrouille de Kilgar d'un sacré merdier pendant le nettoyage de la vieille ville. L'opération visait à trouver des logements pour accueillir les réfugiés qui venaient de les attaquer. Quelle ironie.

Deux ou trois émeutiers étaient allongés à terre. Des gardes les rassemblèrent dans un coin sans vérifier s'ils étaient morts ou vivants. Nobul était incapable d'en vouloir à ces malheureux. Ils crevaient de faim et cherchaient sans doute de quoi nourrir leurs familles. Qu'aurait-il fait à leur place ? Certes, mais lui, les Manteaux Verts ne l'auraient pas empêché d'entrer dans l'entrepôt.

Il s'assit et aperçut un jeune garde regarder par un interstice entre les portes du bâtiment. L'homme avait faim, lui aussi.

— N'y pense même pas ! lança Bodlin.

Le garde se retourna aussitôt, une expression coupable sur le visage.

— J'avais pas l'intention de faucher quoi que ce soit, sergent, dit-il.

C'était certainement un mensonge. Le jeune homme réfléchit un instant.

— Mais quand même, qui s'en apercevrait si on prenait de quoi manger un peu ? Après tout, on travaille dur, non ?

Bodlin secoua la tête, puis il esquissa un sourire qui dévoila ses gencives ensanglantées.

— Eh bien ! Vas-y, mon gars ! Sers-toi !

À ces mots, les Manteaux Verts retrouvèrent toute leur ardeur. Ils se rassemblèrent autour du jeune homme qui ouvrait les portes et ils entrèrent en poussant des cris de joie. Ils se turent en découvrant l'immense salle dans la triste lumière de l'après-midi.

L'entrepôt était vide.

— Tu croyais quand même pas que tu gardais des réserves de grain ? demanda Bodlin. C'est juste un leurre.

Le sous-officier se tourna et s'éloigna avec un petit sourire satisfait, laissant derrière lui des gardes affamés aux yeux écarquillés.

Nobul aurait pu sourire avec Bodlin. Il aurait pu. Mais il ne réagit pas. Il se demanda combien d'autres leurres il défendrait au cours des prochains jours. Il se demanda s'il allait risquer sa vie pour un mirage sans valeur.

Il leva les yeux et des gouttes s'écrasèrent sur son visage.

— Ah ! s'exclama Anton. Je vous l'avais bien dit qu'il allait pleuvoir !

Nobul ne l'avait jamais vu si heureux.

Chapitre 6

Chevalier dans le corps des Sentinelles de Guideciel. Merrick fit un effort pour ne pas éclater de rire.

L'honneur. Le devoir. L'uniforme.

Mais qu'est-ce qui lui avait pris ?

Il portait désormais le petit médaillon avec la couronne et les deux épées entrecroisées. Le médaillon que son père avait porté avant lui. Qu'est-ce qu'un fils pouvait désirer de plus ?

Kaira, elle, était aux anges, bien entendu. Elle était toujours aussi silencieuse et renfrognée, mais Merrick percevait sa joie et sa fierté. C'était normal. La jeune femme avait grandi au temple d'Automne. Quand on avait passé sa vie dans une citadelle remplie de chevaliers taciturnes, la vie de Sentinelle était un véritable paradis.

Merrick leva les yeux et regarda Kaira, qui était assise sur le lit du haut. Elle contemplait le médaillon posé sur sa poitrine.

— Tu es contente de toi ? demanda-t-il.

Elle tourna la tête comme si elle l'avait à peine entendu.

— Hein ?

— Tu es enfin une Sentinelle à part entière. Tu es contente ?

— Ce n'est pas vraiment le mot.

— Fière, alors ? Prête à accomplir ton devoir ?

Kaira fronça les sourcils.

— Je suis prête à servir ma reine et ma cité. À intervenir en tant que bras de…

— Oh, arrête un peu tes conneries ! On est coincés comme des rats. On s'est précipités dans un cachot dont on a fermé la porte avant de jeter la clé. C'était une idée à la con.

Kaira se leva et le scruta comme si elle mourait d'envie de l'étrangler. Elle réussit à se dominer et prit la parole d'une voix calme.

— C'est comme ça, Merrick. Fais-toi une raison. (Elle se tourna pour sortir, puis s'arrêta.) Et rappelle-toi que c'était ton idée. Nous avons choisi de nous engager pour survivre autant que pour servir.

Il ne l'avait pas oublié.

— Et nous avons survécu. (Il écarta les bras pour montrer la pièce austère.) Et regarde un peu comment nous vivons.

— Tu es toujours incapable de penser à quelqu'un d'autre que toi, hein ? Je croyais pourtant que tu avais changé, qu'il y avait un espoir de rédemption en toi.

Cette réflexion fit sourire le jeune homme.

— As-tu envisagé la possibilité que je me contrefoute de la rédemption ? Tout le monde n'est pas rongé par la culpabilité, Kaira.

— Continue à le répéter.

Son regard était une accusation, un jugement et une condamnation.

En temps normal, Merrick aurait répliqué : *Va te faire foutre ! Ton opinion, tu peux te la tailler en pointe et te la carrer dans ton cul de petite sainte !*

Mais il garda cette réplique pour lui. Pas par respect envers la jeune femme. Pas parce qu'elle l'expédierait à l'autre bout de la ville d'un grand coup de pied aux fesses s'il osait lui parler ainsi. Non, juste parce qu'elle avait raison.

Merrick détestait bien des choses : son père, la Guilde, l'autorité sous toutes ses formes, les bouteilles et les poches vides… mais tout cela n'était rien en comparaison de la haine qu'il éprouvait envers lui-même. À cause de la fortune qu'il avait dilapidée, du talent qu'il n'avait pas exploité et des chances qu'il n'avait pas su saisir. Aujourd'hui, il avait l'occasion de se racheter et il se comportait avec sa morgue habituelle.

Tu es vraiment le prince des cons, Ryder !

Il s'apprêtait à protester, à affirmer qu'il avait bel et bien changé, quand le jeune Leofric apparut dans l'encadrement de la porte.

— Le capitaine Garret veut vous voir tous les deux, dit-il.

Merrick regarda Kaira, mais celle-ci se contenta de hausser les épaules.

— Pour quelle raison ? demanda-t-il.

— Il ne l'a pas dit, et je ne lui ai pas posé la question, répondit Leofric.

De toute évidence, le jeune homme ne l'aimait pas, mais Merrick s'en fichait. Ce gamin était aussi intéressant qu'un cul-terreux et il se passait fort bien de sa conversation.

— On ferait bien d'y aller, alors, dit-il en se levant et en lissant sa tunique.

Son numéro de bon petit soldat ne suscita qu'un lourd silence qui s'éternisa jusqu'à leur arrivée dans la cour. Garret était assis et buvait du thé. Deux Sentinelles au garde-à-vous se tenaient devant lui. Tandis qu'il approchait, Merrick reconnut Waldin et Statton.

Le capitaine posa sa tasse et observa Kaira et Merrick d'un air satisfait.

— J'ai une mission à vous confier, dit-il.

L'espace d'une fraction de seconde, Merrick revit l'entrepôt où on l'avait conduit de force. Friedrik et Bastian l'y attendaient. Ils lui avaient confié une mission, eux aussi. Ils lui avaient ordonné de vendre des milliers de réfugiés à un marchand d'esclaves. Merrick avait failli y laisser sa peau. Il était impatient de savoir ce qu'on allait lui demander aujourd'hui.

— Cette mission exige deux fines lames, et elle est de la plus haute importance pour le royaume, poursuivit Garret. Et sacrément dangereuse.

Il s'interrompit et observa les quatre Sentinelles qui se tenaient devant lui. Apparemment, il s'attendait à ce qu'on lui pose des questions et qu'on lui demande des détails à propos des dangers qu'il venait d'évoquer. Merrick savait que Kaira n'ouvrirait pas la bouche – elle aurait sauté de la tour des magisters sans une seconde d'hésitation si le capitaine le lui avait ordonné. Waldin et Statton ne diraient rien non plus et Merrick n'avait pas l'intention de passer pour un pleutre en se faisant remarquer.

— Notre reine a demandé des gardes du corps. Des gardes qui la surveilleront jour et nuit. Où qu'elle aille, vous ne la lâcherez pas d'une semelle. Je ne pense pas qu'il soit utile de souligner l'importance de cette mission.

Merrick n'eut pas le temps de protester.

— Non, capitaine, dit Kaira. Ce sera un honneur de servir la reine.

Dieux! Et pourquoi elle ne lui baisait pas le derrière tant qu'elle y était ?

Waldin et Statton laissèrent échapper des grognements pour signifier qu'ils acceptaient la mission avec enthousiasme.

Garret se tourna vers Merrick, qui restait étrangement silencieux.

— Et toi ? demanda-t-il.

Le jeune homme sourit.

— Je ne vis que pour servir, dit-il.

Le capitaine ne goûta pas son trait d'humour.

— Par deux fois, des assassins se sont introduits à Guideciel dans l'intention de tuer la reine. Je suis à peu près sûr qu'ils recommenceront. Vous serez peut-être amenés à vous sacrifier pour notre souveraine. Si tu ne t'en sens pas capable, Merrick, dis-le tout de suite et je trouverai quelqu'un pour te remplacer.

La réalité s'imposa à Merrick comme une paire de gifles. Garret avait toléré sa désinvolture parce qu'il estimait avoir une dette envers la famille Ryder et parce que le jeune homme était un escrimeur hors pair, mais c'était terminé.

Et c'était peut-être la chance que Merrick attendait.

— Bien sûr que je m'en sens capable, dit le jeune homme.

Avec un peu trop de fougue.

Garret fronça les sourcils.

— Tu n'as pas intérêt à merder sur ce coup-là, Ryder. Tu as enfin l'occasion de faire quelque chose de ta vie. (Le capitaine se leva et vida sa tasse.) Suivez-moi.

Les quatre Sentinelles lui emboîtèrent le pas. Le petit groupe traversa la cour d'exercice et franchit les portes qui menaient au palais.

Quand il était enfant, Merrick avait arpenté ces couloirs en compagnie de son père, Tannick. Celui-ci lui avait montré le trône sacré des États libres et expliqué qu'il avait la lourde tâche de protéger le roi qui s'y asseyait. Merrick l'avait écouté avec attention. Il avait été impressionné par la majesté du bâtiment et il avait espéré qu'un jour, il suivrait les traces de son père.

Merrick avait grandi, mais le palais était toujours aussi éblouissant. Le jeune homme le redécouvrit pourtant avec une vague amertume. Le souvenir de son père réveillait un certain ressentiment – voire un soupçon de haine – à l'égard de cet endroit. Tannick avait disparu depuis des années, mais il empoisonnait encore la vie de son fils.

Ils parvinrent dans l'imposante salle du trône, et les Sentinelles se rangèrent sur le côté, tandis que leur capitaine avançait. La reine était assise sur le siège de pierre. Merrick s'était promené dans les couloirs du palais à de nombreuses reprises, mais il n'avait jamais été présenté à la femme pour laquelle il devrait peut-être se sacrifier.

Avec sa couronne sur la tête et son expression calme et digne, Janessa aurait dû être la parfaite image d'une reine, mais elle était enveloppée dans une aura de vulnérabilité, de fragilité. Merrick éprouva la soudaine envie de la protéger. Peut-être à cause de son jeune âge, ou de sa beauté. Ou bien par sens du devoir ?

Par sens du devoir ? Ah ! De qui te moques-tu, Ryder ? Tu ne connais même pas le sens de ces mots ! Tu foireras cette mission comme tu as foiré le reste de ta vie.

Le jeune homme tenta de chasser ses doutes. Il devait se montrer à la hauteur de ce défi. Pour une fois. Jusqu'à présent, il avait méprisé les Sentinelles comme il méprisait le reste du monde. Aujourd'hui, il avait une chance de se conduire honorablement, de se racheter, d'accomplir quelque chose dont sa mère aurait été fière. Ce n'était pas le moment de céder à ses vieux démons.

Garret s'arrêta devant Janessa et posa un genou à terre avant d'incliner la tête. Les quatre Sentinelles l'imitèrent, et tout le monde attendit que la jeune souveraine prenne la parole.

— Capitaine Garret, que me vaut le plaisir de vous voir ? demanda la reine.

Elle parlait d'une voix aimable et dépourvue de la moindre autorité. Et Merrick vit au-delà de l'image qu'elle voulait donner d'elle. Il ne se tenait pas devant une reine, mais devant une jeune fille assise sur un trône. Ce n'était pas un chef d'État, mais une enfant qu'on avait jetée dans la rivière sans lui avoir appris à nager. Merrick ne savait que trop bien ce qu'on ressentait dans de telles circonstances.

— Majesté, dit Garret. (Le capitaine se redressa avec précaution et ses vieilles articulations grincèrent.) Permettez-moi de vous présenter mes quatre meilleurs guerriers. Statton, Waldin, Merrick et Kaira. Ils se sont tous portés volontaires pour assurer votre protection.

Ce n'est pas tout à fait vrai, Garret, songea Merrick. *Je ne me rappelle pas m'être porté volontaire pour quoi que ce soit.*

— Je vous en prie, levez-vous, dit la reine.

Les quatre Sentinelles obéirent. Janessa les observa d'un air satisfait, puis elle se leva à son tour.

— Suivez-moi.

Elle traversa la salle et passa devant les guerriers pour se diriger vers les portes. Garret parut légèrement décontenancé, mais il lui emboîta le pas. Kaira jeta un coup d'œil à Merrick. Celui-ci haussa les épaules. Cette invitation inopinée était sans doute contraire au protocole. Cette jeune fille lui était de plus en plus sympathique.

Les guerriers suivirent la souveraine dans les profondeurs du palais et traversèrent un dédale de couloirs avant d'émerger dans les jardins. Les arbres et les buissons étaient nus. Ici et là, quelques topiaires appréciaient modérément l'air froid de l'hiver.

— Vous pouvez rester ici, capitaine, dit Janessa.

Garret s'arrêta et les quatre Sentinelles suivirent la reine sur un petit chemin pavé. Merrick jeta un coup d'œil derrière lui.

Tu as intérêt à surveiller tes paroles, Merrick. Si tu dis une connerie, tu risques de le regretter jusqu'à la fin de ta vie.

—Depuis combien de temps servez-vous parmi les Sentinelles ? demanda Janessa en glissant une main sur un buisson de lavande sec et sombre.

Waldin et Statton répondirent qu'ils faisaient partie de l'unité depuis plusieurs années. Kaira et Merrick restèrent plongés dans un silence confus. La reine se tourna vers eux d'un air interrogateur.

—En ce qui nous concerne, cela ne fait que quelques semaines, Majesté, dit Merrick.

Compte tenu des circonstances, il avait jugé préférable de prendre la parole. Les conversations mondaines n'étaient pas le point fort de Kaira.

—Et Garret vous a quand même choisis pour assurer ma protection. Il doit vous faire une confiance aveugle.

—Je ne suis pas une Sentinelle depuis très longtemps, Majesté, mais mon père a servi dans cette unité. Je suis souvent venu au palais quand j'étais enfant.

Janessa le regarda d'un air étonné.

—Vous perpétuez donc une tradition familiale ?

Et ça ne m'attire rien d'autre que des ennuis.

—En effet, Majesté.

—Nous avons donc un point commun. Nous avons tous deux repris le flambeau paternel.

Cette remarque irrita Merrick plus qu'il ne s'y attendait. La simple idée de suivre les traces du salaud qu'avait été Tannick le hérissait.

— Et vous, Kaira ? s'enquit la reine. Qu'avez-vous fait pour mériter la confiance du capitaine Garret ?

La jeune femme ne répondit pas. Elle ouvrit la bouche, mais aucun son n'en sortit. Elle n'avait pas l'habitude de chanter ses propres louanges, surtout devant une personne de sang royal.

— Kaira Feuillevent est une ancienne Bouclière, Majesté, répondit Merrick. Et elle n'est guère bavarde.

Janessa le regarda.

— Avez-vous l'habitude de parler à la place des femmes qui vous entourent, Merrick ? (Le jeune homme ne sut quoi répondre.) Si tel est le cas, je peux vous assurer que vous n'aurez nul besoin de parler à ma place.

— Je n'oserais jamais…

— Non, s'il vous plaît. N'osez jamais.

Elle poursuivit sa marche à travers les jardins.

Les Sentinelles la suivirent. Merrick était surpris par l'assurance de la jeune fille. Peut-être l'avait-il sous-estimée. Peut-être avait-elle l'étoffe d'une reine.

Au bout d'un long silence, Janessa s'arrêta et contempla un arbre nu.

— Donneriez-vous vos vies pour moi ? demanda-t-elle.

Merrick ne s'attendait pas à une question aussi directe, mais il connaissait la réponse appropriée.

— Nous avons juré de défendre le porteur de la couronne de fer jusqu'à la mort, Majesté.

— Je ne vous ai pas demandé de me répéter un serment, Merrick. Dites-moi plutôt ce que vous pensez vraiment.

Ce que je pense vraiment ? Mais je pisse de joie ! Je suis impatient de vous faire un rempart de mon corps. Je meurs d'envie d'être lardé par les lances et les flèches qu'on jettera tôt ou tard dans votre direction.

— Nous…

— Nous ne vivons que pour servir, Majesté, l'interrompit Kaira. Pour servir la cité de Havrefer. Pour servir la Couronne. Et pour vous servir. Nous avons mis nos sentiments et nos émotions de côté lorsque nous avons prêté serment. Désormais, nous ne voulons rien d'autre que remplir notre devoir.

La reine esquissa un sourire en entendant ces paroles, puis elle secoua la tête.

— Je vous ai posé cette question parce que j'ai du mal à comprendre qu'on soit prêt à mourir pour moi. Je n'ai jamais voulu une telle chose.

Les yeux de Janessa se perdirent dans le vague, comme si elle pensait à quelqu'un en particulier. Merrick savait que plusieurs hommes avaient été tués lors des deux tentatives d'assassinat. À en juger par sa réaction, la jeune fille se sentait responsable de leur mort. Un lourd sentiment de culpabilité semblait peser sur ses épaules.

— Si cela peut vous rassurer, Majesté, je n'ai aucune intention d'être tué.

Merrick avait parlé sans réfléchir et sa remarque était aussi impertinente qu'idiote. Mais alors qu'il s'attendait à une réplique acerbe, la jeune fille sourit.

— Moi non plus, Merrick. Alors nous sommes d'accord. Aucun d'entre nous ne mourra. Je ne demande rien de plus.

Sur ces mots, elle fit demi-tour et retourna à l'endroit où attendait Garret. Le capitaine des Sentinelles affichait une mine inquiète, mais la reine le rassura en posant une main sur son bras.

— Ils feront l'affaire, Garret. Vous avez fait un bon choix. Je pense.

Et elle regagna le palais.

Garret regarda Merrick avec un soulagement évident.

— Tu as réussi à ne pas faire l'imbécile, dit-il. Je te félicite.

— Comment as-tu pu douter de moi ? demanda le jeune homme avec un grand sourire.

Garret secoua la tête et partit rejoindre la reine.

Plus tard, dans la caserne, Merrick et Kaira enfilèrent leur armure tandis que le ciel s'assombrissait. L'assurance du jeune homme avait fondu comme neige au soleil au cours de la journée. Dans quelle galère s'était-il embarqué ?

Il allait risquer sa vie pour une femme – pour une adolescente – qu'il ne connaissait même pas. Pour une reine… *sa* reine. Sa reine ? Que lui arrivait-il ? Il n'avait jamais tenu la religion et la Couronne en haute estime, et voilà qu'il se préparait à se sacrifier pour un maître qu'il n'avait pas choisi ?

Il était devenu fou.

Qu'avait-il à y gagner ? Où était le bénéfice ? Où était la récompense ? À en croire les autres Sentinelles, les assassins qui risquaient de s'en prendre à la reine étaient des démons doués d'une force et d'une rapidité surnaturelles. Merrick Ryder était certes un escrimeur hors pair, mais il n'en restait pas moins humain. Comment pouvait-il protéger la reine contre de tels adversaires ?

Le jeune homme jeta un coup d'œil en direction de Kaira et vit qu'elle portait son armure avec fierté. Son visage ne trahissait pas le moindre doute, pas la moindre hésitation. Pendant un instant – une seconde de pure folie –, Merrick envia sa loyauté aveugle et son dévouement naïf. Que n'aurait-il donné pour partager ses principes et sa rigueur morale ?

Mais il n'était pas comme Kaira. Il n'avait jamais servi que les intérêts de sa petite personne. Il n'avait jamais risqué sa vie pour un ami ou pour un parent. Il n'avait jamais dépensé un sou pour aider quelqu'un d'autre – enfin, pas de son plein gré en tout cas.

— Est-ce que nous devons vraiment faire ça ?

Les mots sortirent de sa bouche avant qu'il ait le temps de les retenir. Il connaissait pourtant la réponse. Il savait ce que Kaira allait dire, mais il fallait quand même qu'il l'entende.

La jeune femme le regarda. Elle n'avait aucune crainte, aucun doute.

— Oui, dit-elle. C'est notre devoir. Le tien comme le mien. Tu sais que cette tâche est juste et c'est pour cette raison que tu hésites.

Il réfléchit un instant, mais il ne comprit pas le sens de cette remarque.

— Qu'est-ce que tu veux dire ?

— Tes doutes prouvent que tu es en train de changer, Merrick. Ils prouvent que tu deviens un être humain responsable.

Bordel ! Et c'est censé me rassurer ?

— Et tu crois que cela vaut la peine de risquer sa vie, hein ?

Kaira secoua la tête.

— Nous mourons tous un jour ou l'autre. Est-ce que tu préférerais mourir pour des raisons futiles ?

— Je préférerais ne pas mourir du tout.

— Oui, tu me l'as déjà fait comprendre. Mais un jour, bientôt, tu seras peut-être amené à faire un choix. Peut-être amené à te sacrifier pour quelqu'un. Tu dois décider si tu en es capable ou non. Et tu dois décider vite.

Sur ces mots, elle sortit du bâtiment en laissant la porte ouverte pour qu'il la suive.

Merrick la regarda s'éloigner. L'idée de mourir afin de protéger la reine n'était pas dépourvue d'un certain attrait, mais le jeune homme aurait pu citer mille choses qui le séduisaient davantage. Et s'il quittait les Sentinelles, où irait-il ? Dans les rues, en attendant que la Guilde mette la main sur lui ?

Non. Il avait une épée, une armure et Kaira pour l'épauler. Ensemble, ils formaient une citadelle imprenable dans une cité bien défendue.

Que pouvait-il leur arriver ?

Alors qu'il se dirigeait vers la porte pour rejoindre Kaira, il se demanda si, le cas échéant, il serait capable de se sacrifier pour quelqu'un. Pour une jeune fille qu'il connaissait à peine, par exemple.

Il espéra qu'il n'aurait pas à répondre à cette question.

Chapitre 7

La cave sombre et humide se cachait sous un taudis de la Porte septentrionale – mais il n'y avait rien d'autre que des taudis du côté de la Porte septentrionale. Loque avait appris qu'il existait des milliers de caves identiques dans la cité, des repaires minables où la Guilde pouvait faire disparaître n'importe quoi, marchandises ou individus.

— Je n'ai pas l'argent, monsieur Friedrik. Je vous le jure. Je ne l'ai pas.

Les paroles avaient fusé d'une bouche ensanglantée dans une série de hoquets frénétiques. Elles suintaient le mensonge.

À moins que ce soit la vérité. Loque ne savait pas trop. Non, il s'agissait sans doute d'un mensonge, sinon pourquoi aurait-on infligé un tel traitement au propriétaire de ladite bouche ?

Walder était attaché à une chaise. Il était éclairé par une lanterne accrochée au-dessus de sa tête, mais la lumière ne pénétrait pas les ténèbres qui l'entouraient. Il semblait être seul dans la cave. Seul au monde. Son visage était tuméfié, ses vêtements crasseux. Son haut-de-chausses et sa chemise étaient déchirés et maculés d'urine. Il avait du mal à respirer. Son visage couvert de larmes exprimait un désespoir total. Il n'était même plus capable de réfléchir. Le spectacle aurait retourné l'estomac des voyous les plus endurcis, mais Loque avait l'habitude. Elle avait assisté à des dizaines de séances de tabassage et entendu des centaines de cris de douleur. Elle n'aimait pas se l'avouer, mais cela ne lui faisait plus grand-chose.

Un homme entra dans le cercle de lumière et Walder laissa échapper un couinement. Harkas était un redoutable salaud qui ne souriait jamais. Il se pencha vers le prisonnier et le toisa sans un mot. Son visage était inexpressif.

Son poing partit comme une flèche et frappa tel un coup de poignard dans la nuit. Il s'écrasa sur le ventre rebondi, et les poumons de Walder se vidèrent d'un coup. Le bruit fit sursauter Loque. Un souvenir lui traversa l'esprit. C'était des années plus tôt. Des gamins de rue avaient capturé un chaton et ils l'avaient torturé pendant une éternité. La fillette les avait regardés faire, trop effrayée pour intervenir, trop bouleversée pour s'enfuir. Les enfants avaient fini par jeter le malheureux animal dans un feu, après lui avoir coupé les oreilles et la queue. Walder avait laissé échapper le même sifflement que le chaton.

Harkas se retira dans les ténèbres. Walder cessa de gémir et il se remit à supplier.

— Je suis désolé… je suis désolé. Je voudrais tant savoir où il est passé…

Loque aussi. Elle avait hâte que la séance de torture se termine.

— Si je le savais, je vous le dirais, monsieur Friedrik. Je vous le jure. Je vous en prie, ne me tuez pas, monsieur Friedrik. J'ai des bouches à nourrir.

Loque avait entendu ce genre de supplications si souvent qu'elle était blasée. *Ne me faites pas de mal. J'ai des enfants. Ma vieille mère souffre de la goutte. Ma femme est enceinte, monsieur Friedrik, ne me tuez pas.* Au départ, elle y avait cru et avait éprouvé de la pitié pour les pathétiques imbéciles qu'on torturait devant elle. À présent, elle s'ennuyait ferme en écoutant leurs jérémiades. Et elle était certaine qu'il en allait de même pour *lui*.

Walder respirait à grands coups. Il se tut et scruta les ténèbres. Friedrik avança dans la lumière à pas lents.

Loque était toujours impressionnée par la peur que suscitait ce petit homme jovial aux cheveux bouclés. Elle faisait partie de la Guilde depuis un certain temps et elle y avait rencontré de sacrés salopards, mais pas un n'arrivait à la cheville de Friedrik.

— Walder, dit Friedrik. (Il parlait comme s'il était en compagnie d'un vieux camarade et non pas d'un pauvre type ligoté sur une chaise.) Walder, Walder, Walder.

Il esquissa un large sourire, le genre de sourire qu'on adresse à un ami pour lui dire : *Ne t'inquiète donc pas, tout ça est sans importance.* Walder sourit à son tour, mais Loque vit le désespoir envahir ses yeux. Le moment était crucial et il le savait. Sa vie allait se jouer au cours des prochaines secondes.

— Je te crois, bien sûr, poursuivit Friedrik. (Il leva les mains comme si l'affaire n'était qu'un triste malentendu qui se réglerait devant une chope de bière.) Tu as fourgué la marchandise pour nous, comme nous te l'avions demandé. La somme que tu nous as remise ensuite était un peu légère, mais pour quelle raison nous mentirais-tu ?

Walder ouvrit la bouche pour parler, mais Friedrik leva un doigt et l'homme la referma aussitôt. Loque tressaillit. Friedrik ne supportait pas qu'on l'interrompe. Elle laissa échapper un soupir de soulagement en le voyant tapoter l'épaule de Walder.

— Ce n'est pas grave, camarade. Ce sont des choses qui arrivent. Libérez-le.

Deux types émergèrent de l'obscurité. Ils se penchèrent pour couper les liens. Walder regarda autour de lui avec des yeux éberlués.

— C'est tout, monsieur Friedrik ? Je peux partir maintenant ?

Friedrik fronça les sourcils.

— Est-ce que tu peux partir ? Oui, Walder, tu peux partir. Dès que tu m'auras donné ce que tu me dois.

Il tendit la main. Harkas apparut et posa un petit couteau sur la paume ouverte.

Walder contempla la lame, et les dernières traces de couleur refluèrent de son visage. Il secoua la tête mais ne dit pas un mot.

— Il est clair que tu n'as pas l'argent, Walder, reprit Friedrik. (Il lui tendit le couteau.) Alors tu me dois… voyons voir… disons deux doigts. Je te laisse décider lesquels. À ta place, je choisirais les petits doigts. J'en veux deux, et je les veux maintenant.

Walder le dévisagea, puis jeta un rapide coup d'œil autour de lui. Trois personnes se tenaient dans la lumière, mais Loque savait qu'il y en avait d'autres dans l'obscurité. Elles n'attendaient qu'un mot de Friedrik pour intervenir. Walder le savait également.

— Je vous en prie, dit-il d'une voix si aiguë que Loque eut l'impression d'entendre un animal gémir. Je trouverai de l'argent. Je vous donnerai…

— Il est trop tard pour les arrangements, l'interrompit Friedrik en secouant la tête.

Il regardait Walder d'un air compatissant, comme s'il n'était qu'un simple exécutant, comme si ce n'était pas lui qui avait demandé à cet homme de se trancher deux doigts.

— Allons, dépêchons-nous, Walder. Je ne vais pas y passer la journée.

— Mais… je ne peux pas…

Walder contempla la lame avec effroi avant de lever les yeux vers Friedrik.

— Mais si, tu peux, lâcha celui-ci.

Toute trace de compassion avait disparu de son visage. Il affichait une expression inquiétante qui laissait clairement entendre qu'il n'accorderait ni pitié, ni sursis.

— Parce que si tu ne le fais pas, mes hommes vont te couper autre chose, et quoi qu'ils choisissent, je te garantis que tu regretteras de ne pas t'être contenté de deux doigts.

Walder comprit qu'il n'avait pas le choix. Il se leva et prit le couteau, puis il s'agenouilla et posa sa main à plat sur la chaise. Il jeta un bref coup d'œil en direction de Friedrik, mais il n'y avait aucun espoir de ce côté-là.

Il entreprit de se couper le petit doigt comme s'il s'attaquait à un morceau de viande trop coriace. Loque ferma les paupières et tourna la tête. Elle entendit un long gémissement, puis un tintement métallique.

— Que les dieux soient damnés, murmura Friedrik sur un ton frustré.

Loque ouvrit les yeux et vit que Walder s'était évanoui, terrassé par la douleur et la peur. Son petit doigt saignait, mais il était toujours attaché à sa main.

— Ma chère, si tu veux bien te donner la peine, dit Friedrik.

Loque sursauta, interloquée, avant de lever les yeux. Il souriait comme s'il lui avait demandé de lui couper une part de gâteau.

— Hein ? bafouilla-t-elle en espérant qu'elle avait mal compris.

— Ses doigts, explicita Friedrik avec une pointe d'impatience. Allons, on ne va pas rester dans ce trou à rats jusqu'à la fin des temps !

Tout le monde regardait la fillette. Tout le monde la regardait en attendant qu'elle fasse quelque chose. Il n'y avait pas d'échappatoire. Si elle refusait d'obéir, Walder ne serait pas le seul à perdre un morceau de son anatomie.

Loque approcha de l'homme allongé par terre, dont la main baignait dans une petite flaque de sang. Le couteau était encore sur la chaise. La lame tranchante brillait dans la faible lumière de la lanterne.

Ça t'avancera à rien de tourner autour du pot, ma fille. Obéis et fais ce qu'on t'a demandé de faire. Tu ne peux pas te payer le luxe d'éprouver de la pitié. Walder y passera quoi qu'il arrive. Si tu n'accomplis pas la besogne, quelqu'un d'autre s'en chargera.

Elle ramassa le couteau et s'agenouilla près de Walder. Celui-ci respirait avec peine, mais au moins, il ne sentirait rien. Loque plongea la main dans sa poche et en tira un mouchoir. Elle le tordit, puis le serra très fort autour du petit doigt avant de faire un nœud. Avec un peu de chance, ce garrot improvisé limiterait l'hémorragie.

Walder ne réagit pas lorsqu'elle saisit sa main pour la poser sur la chaise. Il ne gémit ni ne pleura quand elle appuya le couteau sur l'auriculaire. Il ne cria pas et n'écarquilla pas les yeux quand Loque abattit son poing sur la lame qui trancha chair et os.

Deux ou trois hommes ricanèrent en regardant le doigt sectionné. Loque fit un effort pour endiguer le flot de bile qui remontait dans sa gorge.

Elle leva les yeux et vit que Friedrik souriait avec satisfaction.

— N'oublie pas qu'il faut en couper *deux*, dit-il avec un geste impatient.

Obéis. Tu n'as pas vraiment le choix.

Loque prit l'autre main et fit ce que Friedrik demandait.

L'image des doigts coupés la hanta pendant un moment. Elle tourbillonna dans sa tête tandis qu'elle quittait la cave humide en compagnie de Friedrik et de son imposant garde du corps, et ne se dissipa que lorsqu'ils arrivèrent dans la salle commune. L'établissement disposait d'une cuisine et d'un bar, mais ce n'était pas une véritable taverne. C'était le repaire attitré de Friedrik. Loque avait vite découvert que celui-ci appréciait son petit confort. En vérité, c'était un homme plutôt casanier. En dehors de sa manie d'amputer les gens de certaines parties de leur anatomie – ou de les obliger à le faire –, rien ne le distinguait d'un individu ordinaire.

Loque s'assit avec lui tandis que les autres hommes restaient en retrait. Des assiettes d'agneau rôti accompagné de légumes étaient posées devant eux, mais la fillette n'avait pas faim. Elle pensait encore à Walder. Elle poussa la nourriture du bout de sa fourchette en la contemplant avec dégoût.

— Qu'est-ce qui se passe, petite Loque ? demanda Friedrik. (Sa bouche était maculée de graisse.) Tu n'as pas faim ? (La fillette secoua la tête et il haussa les épaules.) Tu ferais mieux de manger, ou le cuisinier va se mettre en rogne.

Loque savait que le cuisinier se fichait comme de sa première chemise qu'elle mange ou non. Friedrik, en revanche... Son air amical n'était qu'une façade. Il suffisait d'un instant pour qu'il se transforme en dangereux cinglé mû par une colère et une haine silencieuses. Pourtant, Loque n'avait jamais eu à se plaindre depuis qu'elle avait commencé à travailler pour lui, quelques semaines plus tôt. Friedrik la traitait comme une sorte d'animal domestique.

Elle portait de beaux habits – mais pas de robes tape-à-l'œil comme dans les fêtes collet monté du quartier de la Couronne : un pantalon cousu à la main, une chemise en soie et un gilet brodé. Ses chaussures – auxquelles elle avait eu du mal à s'habituer – étaient ornées de boucles qui brillaient comme de l'or et elles étaient cirées et polies comme un miroir. Chaque matin, Loque se coiffait comme Friedrik le voulait et elle attachait ses cheveux avec une barrette en argent.

Comment était-ce arrivé ? Comment était-elle devenue le bras droit de cet homme ? Elle était incapable de le dire. Dans l'entrepôt, quand elle lui avait glissé un couteau sous la gorge en exigeant de faire partie de la Guilde, elle n'espérait qu'un simple poste de pinceuse de rue. Apparemment, il l'avait à la bonne, et avait l'intention de la garder près de lui.

Ce qui ne l'empêchait pas d'être ce qu'il était. Au cours des semaines qui avaient suivi son admission au sein de la Guilde, Loque avait assisté à d'innombrables tabassages et séances de torture – elle était incapable de se rappeler combien. Pourtant, Friedrik ne lui avait jamais demandé d'y participer. Avant aujourd'hui. Elle espéra que cela ne présageait pas de sinistres changements.

Mais de quel droit se plaignait-elle ? N'avait-elle pas réalisé son rêve le plus cher : faire partie de la Guilde ? Elle n'aimait certes pas la manière dont Friedrik traitait les gens, mais elle n'avait aucune intention de retourner vivre dans la rue.

Loque leva sa fourchette et la planta dans un morceau de navet cuit au four. Elle le fourra dans sa bouche et Friedrik sourit. Elle fit un effort pour lui rendre son sourire, mais tandis qu'elle mâchait, elle crut entendre Walder gémir et revit ses mains mutilées. Elle mastiqua le bout de navet jusqu'à ce que ses mâchoires soient douloureuses, puis elle l'avala d'un coup.

— Voilà qui est mieux ! s'exclama Friedrik avant de couper un bout de viande.

Voilà qui est mieux.

Loque ne voulait pas se plaindre, mais elle se sentait prisonnière. Que pouvait-elle faire ? Qu'était-elle censée faire ? Retourner dans la rue ?

Plutôt crever !

Et puis, Friedrik ne la laisserait pas partir comme ça. Friedrik *était* la Guilde et il ne lui faudrait pas longtemps pour la retrouver.

Elle était coincée, mais elle avait de la nourriture, des vêtements et un toit au-dessus de sa tête. Que pouvait-elle demander de plus ?

Une vie où je ne serais pas obligée de regarder des types se faire démolir ?

Eh bien, la perfection n'était pas de ce monde. Loque faisait partie de la bande de Friedrik. Elle faisait partie du premier cercle, pour le meilleur et pour le pire. Alors mieux valait la fermer et faire avec.

Loque jeta un coup d'œil aux autres membres de l'équipe. Ses nouveaux camarades.

Il y avait Harkas, bien entendu. Un salopard silencieux, un colosse. Il lui prêtait rarement attention, mais elle l'évitait autant que possible. Ses yeux restaient vides tant que Friedrik ne lui donnait pas l'ordre de frapper ou de torturer quelqu'un.

Gros Shirl était un incapable, mais il était loyal. C'était son couteau que Loque avait volé quand elle avait rapporté la tête de Krupps à l'entrepôt. Elle ne le lui avait jamais rendu.

Il était glissé dans un fourreau accroché à sa ceinture. Si Shirl lui en voulait, il était assez prudent pour ne pas le montrer. Il n'avait aucune envie de s'attirer les foudres de Friedrik.

Yarrick et Essen étaient les deux derniers membres du premier cercle. Les deux hommes parlaient entre eux, mais ils s'adressaient rarement aux autres. Ils avaient tous les deux un visage fin et de larges épaules. Loque se demandait parfois s'ils étaient parents, mais elle n'avait jamais osé leur poser la question.

Et puis il y avait les voyous, les brutes, les serpents et les rats qui allaient et venaient. On leur demandait généralement d'aller dépouiller ou poignarder quelqu'un – parfois les deux en même temps. Loque faisait de son mieux pour ne pas écouter leurs conversations. Elle craignait d'apprendre des choses qu'elle aurait préféré ignorer. Elle avait d'ailleurs découvert qu'elle était très douée pour ce genre d'exercice : ignorer ce qui lui déplaisait.

Elle leva les yeux et regarda Friedrik s'empiffrer comme un porc. Elle se rappela le jour où elle lui avait sauté dessus avant de glisser un couteau sous sa gorge. Si elle avait enfoncé la lame jusqu'à la garde, les choses seraient différentes. Walder aurait encore tous ses doigts, par exemple.

Friedrik leva la tête et sourit, la bouche pleine. Loque lui rendit son sourire. Puis la porte de la taverne s'ouvrit et deux hommes apparurent.

La fillette les reconnut aussitôt malgré la pénombre qui dissimulait leurs visages. À Havrefer, il n'y avait que deux personnes capables d'entrer dans cet établissement avec une telle assurance, sans s'incliner avec respect en tortillant leurs couvre-chefs.

Le premier était grand et solidement bâti. Une épaisse moustache noire surmontait une bouche sévère. Ses yeux brillaient d'un éclat carnassier, comme ceux d'un loup à l'affût. Son compagnon était mince, son visage émacié, ses yeux profondément enfoncés dans leurs orbites. Il était voûté, mais il traversa la salle comme s'il était le propriétaire des lieux.

Loque eut le plus grand mal à cacher son malaise lorsque Bastian et Palien approchèrent. Elle posa sa fourchette et s'appuya contre le dossier de son siège en faisant de son mieux pour ne pas attirer l'attention. Friedrik continua à manger comme si de rien n'était.

Bastian tira une chaise pour s'asseoir. Palien resta debout, une lueur rapace dans les yeux. Il s'écoula plusieurs secondes avant que Loque comprenne qu'il lorgnait les assiettes. On aurait pu croire qu'il allait bondir sur la table pour dévorer leur contenu.

Bastian regarda Friedrik manger d'un air dégoûté. Loque avait découvert que le dégoût faisait partie de ses expressions les plus aimables. Comprenant que Friedrik n'avait pas l'intention d'interrompre son repas, il se pencha en avant.

— Nous l'avons trouvé, dit-il.

Loque ne savait pas de quoi il parlait, mais c'était sans doute important, car Friedrik se figea, bouche ouverte, un morceau de viande au bout de la fourchette. Après un moment, il posa l'ustensile avec délicatesse et se laissa aller contre le dossier de sa chaise.

— Où ? demanda-t-il.

— C'est là tout le problème, dit Bastian. On raconte qu'il se serait engagé chez les Sentinelles. Garret l'aurait pris sous son aile. Apparemment, il le connaît depuis des lustres. Il lui fait confiance.

— Il fait confiance à Ryder ? À un ivrogne qui passe son temps dans les bordels ? Ce type est le dernier des corniauds.

— Je ne sais pas ce qu'il est, mais il a accepté cet enfoiré dans son unité, et donc il le protège.

— Et ? Je ne vois pas où est le problème.

— Le problème, c'est que nous ne pouvons pas nous infiltrer dans Guideciel, et que la loyauté des Sentinelles est sans faille. Même si nous parvenions à rencontrer Garret et à lui faire une offre, il ne trahirait jamais un frère d'armes.

— Voilà qui est ennuyeux, commenta Friedrik d'un ton songeur.

Loque ignorait qui était ce Ryder, mais d'après ce qu'elle avait entendu, la Guilde tenait absolument à lui mettre la main dessus. La fillette n'aurait pas voulu être à sa place. Où qu'il se terre, il n'allait pas faire de vieux os.

— Nous avons besoin d'un espion, intervint Palien. (Loque tourna la tête vers lui et elle croisa son regard de loup affamé.) Quelqu'un qui sait entrer et sortir n'importe où sans se faire remarquer. Quelqu'un qui pourrait surveiller ses déplacements, et peut-être le convaincre de quitter la caserne.

— Oui, et je crois que nous connaissons la personne idéale pour ce genre de mission, ajouta Bastian en jetant un coup d'œil à Loque.

La fillette prit conscience qu'elle avait de plus en plus de mal à respirer. Une question lui brûlait les lèvres, mais elle n'osait pas la poser.

Friedrik s'en chargea à sa place.

— Et qui donc… ? (Il s'interrompit et se redressa en voyant Bastian regarder Loque d'un air de prédateur.) Non ! C'est hors de question. C'est mon… mon…

— Ton quoi ? demanda Bastian avec un rictus méprisant. Ton nouveau jouet ? Tu joues à la poupée maintenant ? Moi, je dis qu'il est temps que cette gamine se rende utile. Tout le monde doit travailler, Friedrik, dans ta bande comme dans la mienne.

— J'ai dit *non* !

Le visage du maître de la Guilde se durcit. Loque avait vu cette expression des centaines de fois. De nombreuses personnes perdaient le contrôle de leur vessie quand elles voyaient Friedrik ainsi.

Bastian n'en faisait pas partie.

— Eh bien ! moi, je dis *oui* ! Elle a prouvé de quoi elle était capable. Elle t'a rapporté une tête coupée, si mes souvenirs sont exacts. Une tête qu'elle est allée récupérer dans une caserne de Manteaux Verts. C'est un sacré exploit, pour une petite poupée.

Friedrik bouillait de colère, mais il ne trouva aucun argument contradictoire. Il tourna la tête vers Loque, puis vers Bastian, puis vers Loque de nouveau.

La fillette aurait voulu parler, exprimer son avis, mais elle était en présence de deux maîtres de la Guilde. Que pouvait-elle dire ?

— D'accord, déclara enfin Friedrik. Je suis sûr qu'elle en est capable. Elle peut s'infiltrer, le surveiller et le conduire dans un piège quand nous le déciderons. Qu'est-ce que tu en penses, Loque ?

Tous les yeux se tournèrent vers la fillette. En comprenant l'étendue de ce qu'on attendait d'elle, Loque eut l'impression qu'une énorme épée suspendue à un fil se balançait au-dessus de sa tête.

— Ouais, pas de lézard, dit-elle sans réfléchir.

Friedrik sourit et se laissa aller contre le dossier de sa chaise.

— Bien, dit-il. Le problème est réglé. Ryder bouffe déjà les pissenlits par la racine.

Chapitre 8

Les montagnes étaient loin derrière. Leurs pics se dressaient au-dessus de l'immense forêt qui s'étendait vers le nord. Pendant cinq jours, Regulus avait conduit ses hommes à travers des bois denses en craignant une attaque-surprise, mais ils avaient réussi. Ils étaient parvenus à atteindre les Terrefroides des tribus des Sans-Griffes.

Ils découvrirent un étrange paysage fait de collines ondoyantes, de murets en pierre et de cours d'eau puissants. C'était très différent d'Equ'un où les plaines s'étendaient à l'infini et où l'on pouvait voyager pendant des jours sans trouver le moindre ruisseau.

Leandran s'approcha de Regulus, qui contemplait le panorama.

— Nous devons nous remettre en marche, dit-il en frissonnant.

Regulus comprit qu'il était glacé jusqu'aux os. Ils n'avaient pas l'habitude d'affronter des températures si basses et Leandran souffrait plus que les autres, à cause de son âge.

— Je sais, acquiesça-t-il.

Il jeta un coup d'œil à ses hommes. Ils en avaient assez de cette fuite sans fin.

— Il est peut-être temps de faire face, mon vieil ami ?

Un sourire édenté se peignit sur le visage de Leandran.

— Je serai à tes côtés quoi que tu décides. Sache-le.

— Je le sais, dit Regulus en lui tapotant l'épaule avec fermeté.

Il soupira et scruta les environs à la recherche d'une position défendable. Le terrain ne se prêtait pas à une embuscade et il n'y avait pas de construction qu'ils auraient pu fortifier. Il n'y avait que des collines sur lesquelles s'asseoir en attendant l'ennemi.

Regulus tourna la tête vers la forêt. Leurs poursuivants ne tarderaient pas à apparaître. Son petit groupe avait-il une chance de trouver le roi des Sans-Griffes avant d'être exterminé ?

Il en doutait.

S'ils devaient se battre, mieux valait mourir en faisant face plutôt qu'en fuyant la queue entre les jambes. Regulus aurait voulu gagner le Nord et laver son honneur, mais il était trop tard. Il esquissa un sourire amer en songeant à ce qu'il aurait pu faire, aux batailles qu'il aurait remportées au nom de son père et du Gor'tana. Mieux valait ne pas y penser, s'il ne voulait pas être envahi par le regret.

— Là, dit-il soudain à ses guerriers. (Il pointa le doigt vers une pente qui glissait vers la forêt.) Nous allons nous reposer là.

— Alors qu'ils sont juste derrière nous ? demanda Hagama.

Regulus le toisa avec détermination.

— Oui. Et j'espère bien qu'ils sont juste derrière nous.

Le petit groupe commença l'ascension avec lassitude. Regulus sentit la présence de Janto Sho près de lui.

— Nous courons là-haut pour les attendre ? Dans le froid ? Loin de chez nous ?

— Tu préfères continuer à fuir ? Jusqu'à ce que nous mourions d'épuisement ? répliqua Regulus. Et puis, cet endroit en vaut un autre pour une dernière bataille.

Janto éclata d'un rire rauque.

— Oui, tu as peut-être raison. Mais, et tes projets ?

Regulus haussa les épaules d'un air sombre. Il aurait voulu devenir une légende, qu'on chante ses exploits aux quatre coins d'Equ'un... mais après tout, peut-être tout cela n'était-il pas si important qu'il l'avait cru.

— Ils trouveront d'autres héros pour leurs histoires, lâcha-t-il sans tourner la tête.

Ils s'installèrent et attendirent en silence. Les heures passèrent, et pendant que ses hommes se reposaient, Regulus observa l'orée de la forêt. Ce fut seulement lorsque le soleil arriva à son zénith – sans apporter beaucoup de chaleur – que l'ennemi apparut.

Un éclaireur émergea d'entre les arbres, les yeux rivés sur le sol en quête de traces. Il s'arrêta, puis leva le nez pour renifler d'éventuelles odeurs. Ce fut à ce moment qu'il aperçut les guerriers sur le flanc de la colline. Regulus savoura l'expression affolée de l'éclaireur avant qu'il fasse demi-tour et coure se réfugier dans la forêt.

— Debout ! ordonna Regulus.

Il se leva et dégaina son épée noire.

Ses hommes l'imitèrent. Certains étaient résignés, mais personne ne protesta et Regulus en éprouva une pointe de fierté. Ses guerriers n'étaient pas nombreux, mais ils obéiraient à leur chef jusqu'au bout. Il fut rassuré par la lueur qui brillait dans les yeux de Janto. Le Sho'tana était impatient de se battre. Le carnage à venir le mettait en joie.

Quelques minutes plus tard, plusieurs silhouettes émergèrent de la forêt. Regulus n'avait aucune idée du nombre de ses poursuivants, et quand il n'en compta qu'une vingtaine, il éprouva un bref soulagement. Il n'avait que neuf guerriers, mais ils étaient redoutables.

Et puis il reconnut le chef ennemi, et ses espoirs s'envolèrent.

Gargara du Kel'tana était le complice de Faro. Il l'avait aidé à prendre le contrôle de la tribu. Il avait tué plusieurs des meilleurs guerriers du père de Regulus.

Le féroce Kel'tana ne quitta pas Regulus des yeux tandis qu'il grimpait la colline à la tête de ses hommes. Son visage suintait la haine – ce qui était un peu curieux, car en toute logique, c'était Regulus qui aurait dû être en proie à une colère vengeresse. La réputation de Gargara le précédait. Sa force et sa cruauté étaient légendaires, tout comme son orgueil et son arrogance. Regulus songea alors qu'il avait peut-être une chance d'échapper à la mort.

Gargara s'arrêta à quelques mètres de lui, aussitôt imité par ses hommes.

Ils avaient sorti leurs armes et leurs griffes.

— Gor ! cracha-t-il avec mépris. Mon seigneur Faro t'a marqué du sceau de la mort. Je suis ici pour m'assurer que la sentence sera exécutée, mais tes guerriers n'ont aucune raison de mourir. Agenouille-toi devant moi et je te promets que ce sera rapide.

Regulus jeta un coup d'œil à ses hommes. Malgré leur fatigue, ils étaient déterminés.

— Mes guerriers sont loyaux, Gargara du Kel'tana. Ils resteront à mes côtés jusqu'à la mort. Je me demande si les tiens feraient de même.

Gargara leva le menton avec colère. Sa crinière noire balaya son visage.

— Il suffit ! Je ne suis pas ici pour faire la conversation. Agenouille-toi devant moi ou vous mourrez tous.

— Bon nombre d'entre vous nous suivront dans les étoiles.

Regulus remarqua que plusieurs hommes de Gargara ne semblaient pas très enthousiastes à l'idée de se battre. La plupart d'entre eux étaient aussi fatigués que ses guerriers.

— Il existe cependant une manière de flouer le Marcheur Noir de ses proies. Un duel. Toi et moi, Gargara. Par les dents et par les griffes.

Regulus ressentit un profond sentiment de joie : ce défi était une insulte à l'honneur de Gargara. Mais il en fallait davantage pour intimider le champion du Kel'tana. Gargara sourit. Ses crocs étincelèrent à la lumière du soleil et ses yeux brillèrent d'impatience.

— J'ai tué cent gamins tels que toi par les griffes, dit-il en se débarrassant de son épée et de sa hache. (Les deux armes tombèrent à terre.) J'ai déchiqueté la gorge de vingt autres par les crocs. Mais toi, je te réserve un sort spécial, pourriture de Gor'tana.

Regulus planta son épée noire dans le sol meuble.

— Eh bien ! viens, dit-il dans un grondement haineux. Ma gorge t'attend. Viens la déchiqueter.

Gargara s'élança en foulant le sol d'un pas lourd. Regulus ne bougea pas. Il laissa la rage l'envahir tandis que ses griffes jaillissaient à l'extrémité de ses doigts. Il retroussa les lèvres pour dévoiler ses crocs et poussa un rugissement.

Les deux hommes bondirent l'un vers l'autre et furent aussitôt entourés par leurs guerriers. Gargara prit l'initiative et attaqua à grands coups de griffes. C'était un colosse couvert de cicatrices récoltées au cours d'innombrables combats. Sa redoutable réputation n'était pas usurpée. Regulus avait du mal à éviter ses attaques et il savait qu'une seule erreur aurait de terribles conséquences. Tandis qu'il se baissait pour esquiver un nouvel assaut, Gargara plongea tête en avant pour essayer de le mordre. Regulus bondit en arrière et les crocs acérés le manquèrent de peu. Il sentit l'haleine chaude et fétide de son adversaire sur sa peau.

Les deux hommes s'immobilisèrent et se toisèrent. Regulus s'accroupit pour se préparer à bondir et Gargara s'élança de nouveau, les yeux écarquillés par la rage. Regulus lui ouvrit la cuisse d'un rapide coup de griffes. Il essaya d'enchaîner une nouvelle attaque, mais il n'en eut pas le temps. Gargara lui laboura la poitrine en y traçant trois sillons sanglants. Les deux hommes reculèrent et s'observèrent en haletant. Les guerriers regardaient l'affrontement en silence.

Gargara fit un pas en avant et Regulus remarqua que son expression de haine s'était quelque peu dissipée. La douleur qui montait de sa cuisse devait lui rappeler qu'il s'était trompé : son adversaire n'était pas un gamin, mais un guerrier expérimenté. Cette découverte avait atténué sa colère, mais cela ne dura pas. Il poussa un nouveau rugissement et repartit à l'attaque. Regulus l'attendait avec impatience.

Les deux hommes échangèrent des coups rapides et s'infligèrent de profondes blessures, d'où jaillirent des gerbes de sang. Leurs grondements de colère gagnèrent en intensité et en frénésie. Gargara plongea de nouveau pour mordre. Regulus esquiva et frappa. Gargara recula, mais pas assez vite. Les griffes de son adversaire lui labourèrent le visage du nez jusqu'à l'oreille. Une pointe noire fendit un œil.

Gargara poussa un nouveau hurlement, mais de douleur. Un filet de sang coula entre ses doigts tandis qu'il essayait vainement de contenir l'hémorragie. Regulus eut envie de sourire, mais il savait qu'il n'avait pas encore remporté le combat.

Il se précipita vers Gargara pour profiter de son avantage. Il frappa à la gorge, mais son adversaire n'était pas le champion du Kel'tana pour rien. Au moment où Regulus bondit, Gargara se fendit sans se préoccuper des griffes et des crocs qui avaient déchiré son corps à de nombreuses reprises. Il tendit un bras et saisit Regulus à la gorge.

Incapable de se libérer, Regulus sentit les griffes de son ennemi s'enfoncer dans la chair de son cou, de plus en plus fort. L'air lui manqua et il tomba à genoux. Gargara le contempla d'un air mauvais. Il ne prêtait aucune attention à son œil blessé. Il esquissa un sourire qui dévoila deux rangées de dents affûtées comme des rasoirs. Regulus sentit la honte monter en lui quand il imagina son adversaire déchiqueter son cœur et le dévorer pour absorber sa force. Sa défaite allait humilier un peu plus la mémoire de son père et le Gor'tana tout entier.

Sa vision devint floue. Dans un dernier sursaut d'énergie, Regulus leva une main vers le pagne de Gargara et lui saisit les parties génitales. Le Kel'tana n'eut pas le temps de céder à la panique. Regulus serra le poing et émascula son adversaire alors que celui-ci pensait déjà avoir remporté la victoire.

Gargara lâcha Regulus et recula en titubant tandis que son hurlement strident se répercutait entre les collines. Regulus ne laissa pas passer cette chance. Un rictus féroce découvrit ses crocs et il se jeta sur son adversaire avant de le mordre à la gorge. Le champion du Kel'tana s'effondra. Des flots de sang jaillissaient de son cou et de son bas-ventre.

Regulus recula en chancelant. Il toisa les guerriers qui l'avaient poursuivi pendant si longtemps, puis il jeta les parties génitales sur le corps de Gargara qui agonisait au sol.

Il envisagea de laisser les Kel'tanas filer et regagner leurs terres natales pour dire à Faro qu'un jour, il reviendrait pour devenir le chef de la tribu de son père.

Mais Janto Sho ne l'entendait pas de cette oreille.

Le terrible affrontement avait exacerbé sa soif de sang, ou peut-être avait-il juste envie de se battre. Le Sho'tana laissa échapper un rugissement puissant, puis il décapita un Kel'tana avec sa première hache et fendit le crâne d'un autre avec la seconde.

Regulus dut renoncer à faire preuve de clémence. Ses guerriers se lancèrent à l'attaque, menés par le jeune Akkula et le vénérable Leandran. Les Kel'tanas furent pris de court, mais ils ne tardèrent pas à réagir. Regulus eut à peine le temps de récupérer son arme plantée dans le sol. Deux hommes se précipitèrent sur lui. Il évita le coup d'épée du premier et trancha la jambe du second avant de parer une nouvelle attaque. Si son adversaire pensait qu'il était épuisé par son combat contre Gargara, il n'allait pas tarder à comprendre son erreur. La fièvre du duel n'avait pas eu le temps de s'apaiser et Regulus poussa un cri de rage. Il écarta l'arme de son adversaire avec violence et le Kel'tana trébucha dans la pente de la colline. Regulus vit la faille dans la garde et frappa aussitôt. Sa lame noire s'enfonça dans l'épaule de l'homme et poursuivit son chemin dans la cage thoracique.

Il dégagea son épée et constata que ses guerriers s'étaient occupés de leurs ennemis. Dix cadavres kel'tanas gisaient par terre et une poignée de survivants fuyaient vers l'orée de la forêt tandis que les Gor'tanas rugissaient pour célébrer leur victoire.

Une victoire chèrement payée.

Quatre de leurs camarades avaient été tués : Oetera, Felik, Churnik et Theoda. Ils avaient été de braves et loyaux guerriers et avaient combattu aux côtés de Regulus depuis leur adolescence. Le chef zatanien espéra qu'ils atteindraient les étoiles avant que le Marcheur Noir ait vent de leur mort.

Il n'eut pas le courage de critiquer la précipitation de Janto. Les Kel'tanas auraient sans doute attaqué quoi qu'il arrive.

Ils n'étaient plus que six, mais ils fêteraient la victoire comme s'ils étaient mille. Leandran poussa un nouveau cri de triomphe en regardant les Kel'tanas qui s'enfuyaient dans la forêt. Regulus se joignit à lui, et bientôt, les voix des six guerriers zataniens se mêlèrent en une terrible cacophonie.

Lorsque le soleil se coucha derrière l'horizon, ils allumèrent les quatre bûchers funéraires qu'ils avaient préparés pour leurs camarades. Leandran se chargea des rites. Ils laissèrent les corps des Kel'tanas aux charognards. Regulus n'avait aucune envie de compromettre leur voyage vers les étoiles et il ne les dépouilla pas de leurs armes naturelles. À l'exception de Gargara.

Les guerriers se rassemblèrent et regardèrent avec mépris le corps qui gisait au milieu des crocs et des griffes qu'on lui avait arrachés. Regulus avait remporté le duel, et l'honneur lui revenait donc d'être le premier à participer à la curée.

Leandran lui tendit un couteau à lame étroite. Regulus s'agenouilla et inséra la pointe dans la gorge béante, avant de fendre la chair jusqu'au nombril. Puis il plongea une main dans la cage thoracique et fouilla à l'intérieur jusqu'à ce qu'il trouve le cœur. Il l'arracha dans un bruit écœurant et le brandit en signe de victoire.

— Pour le Gor'tana ! cria-t-il.

Il mordit dans l'organe et le sang de Gargara ruissela sur son menton. Il avala un morceau de chair en en savourant le goût, celui de la victoire.

Tandis que les flammes consumaient les corps de leurs camarades, les guerriers entreprirent de dévorer Gargara. Ils n'assouvirent leur faim que tard dans la nuit, et au petit matin, ils se réveillèrent près des braises des bûchers funéraires, indolents et rassasiés. Il ne restait presque plus rien du cadavre.

Leandran s'approcha de Regulus, qui regardait vers l'est.

— Et maintenant ? demanda le vieil homme. Nous nous sommes débarrassés de nos poursuivants, mais il n'est pas impossible que nous allions au-devant de sérieux ennuis si nous nous enfonçons plus loin dans les Terrefroides.

— Je l'espère bien, dit Regulus. Les ennuis, c'est la raison pour laquelle nous sommes venus ici. Les ennuis et la gloire. Et j'ai l'impression qu'ils nous attendent dans cette direction.

Il fit un geste désinvolte vers l'est.

— Ce n'était pas les ennuis qui manquaient chez nous. Je doute que ceux qui nous attendent dans ce pays soient pires.

Leandran lui adressa un clin d'œil et partit réveiller ceux qui dormaient encore.

Regulus regarda ses hommes. Leandran, vieux et mince, se tenait près de Janto, sombre, renfrogné et inquiétant. Il y avait aussi Hagama, Kazul et le jeune Akkula. Les cinq guerriers qu'il lui restait pour reconquérir la gloire de sa tribu, pour que le Gor'tana redevienne fort.

C'était un début.

Regulus espéra que les ennuis les attendaient bien à l'est. Et si ce n'était pas le cas, par le Marcheur Noir ! il se chargerait d'en créer.

Chapitre 9

La Porte de Lych se trouvait à l'extrémité est des murailles de Havrefer. Elle était protégée par une barbacane haute d'une quinzaine de mètres et encadrée par deux statues représentant des guerriers encapuchonnés. Nobul ne savait pas qui étaient ces personnages, mais ils étaient impressionnants, et modérément accueillants.

La patrouille de l'ambre était chargée de surveiller la porte depuis deux jours. C'était une mission tranquille et Nobul commençait à trouver le temps long. La Porte septentrionale était un endroit dangereux, certes, mais on y trouvait de quoi s'occuper. Enfin, il ne devrait pas se plaindre. C'était toujours mieux que de se prendre des pierres et de la merde sur le coin de la figure dans le quartier des Entrepôts.

La Porte de Lych était ouverte du lever au coucher du soleil. Elle était empruntée par les marchands qui venaient d'Ankavern par la Grande Route orientale pour vendre leurs produits en ville. Nobul était très moyennement enthousiasmé par le spectacle des processions sporadiques qui allaient ou revenaient du marché de la Porte orientale, mais il savait qu'il aurait bientôt l'occasion de faire de l'exercice. Dans quelques jours, ce ne seraient plus des fermiers et des pêcheurs qui se présenteraient à la porte, mais des hordes de Khurtas. L'ancien forgeron savait qu'il n'aurait pas le temps de s'ennuyer à ce moment-là.

Il faudrait veiller à garder la tête sur les épaules – au sens propre du terme.

Un chariot tiré par un cheval s'arrêta sous la porte massive. Nobul approcha et hocha la tête en direction du vieux débris qui tenait les rênes dans ses mains tordues par l'arthrite. L'ancien forgeron saisit la bride, puis il tapota le nez de l'animal en lui murmurant quelques mots pour le calmer pendant qu'Anton fouillait le véhicule. Nobul se demanda ce qu'il espérait trouver. Des espions khurtiques couverts de peintures de guerre et de scarifications ? Prêts à bondir et brandissant des armes dégoulinantes de poison pour massacrer le premier venu ? Peut-être qu'Amon Tugha lui-même se cachait au milieu de la marchandise, bien décidé à s'emparer de la ville à lui tout seul.

Anton termina son inspection et fit signe à Nobul de laisser le chariot passer.

Un chariot plein de navets.

Le véhicule avait à peine franchi la porte que Merlu poussa un cri depuis le sommet de la barbacane. Le vieil homme pointait le doigt en direction de la Grande Route orientale.

— Des cavaliers ! Un putain de tas de cavaliers ! Et ils ont de la quincaillerie avec eux !

Nobul se tourna et ne vit rien d'autre que la route qui s'étendait jusqu'à l'horizon en longeant la côte. Le vieux Merlu avait-il des hallucinations ? Ses yeux lui jouaient-ils des tours ? Ça n'aurait pas été la première fois qu'il voyait des choses qui n'existaient pas. Et puis l'ancien forgeron aperçut quelque chose, quelque chose qui claquait au vent. Un étendard.

Nobul se préparait à attraper Anton par le bras et à se précipiter dans la barbacane en criant de fermer la Porte de

Lych au plus vite lorsque Kilgar apparut. Le sous-officier plissa les yeux et regarda vers la route. Le premier cavalier était désormais assez près pour qu'on distingue son armure de bronze étincelante, mais trop loin pour qu'on aperçoive les motifs de l'étendard qu'il brandissait.

— Qu'est-ce que tu en penses, Lincon ? demanda Kilgar, qui ignorait le véritable nom de Nobul. Amis ou ennemis ?

Nobul était incapable de répondre à cette question, mais à quoi bon prendre des risques ?

— On devrait fermer la porte et le leur demander à l'abri des murailles. Si ce sont des amis, ils comprendront. Si ce sont des ennemis, on ne se fera pas surprendre le cul au vent.

Kilgar hocha la tête.

— Fermez la porte ! aboya-t-il en entrant dans le poste de garde, Nobul sur les talons.

Les deux hommes montèrent l'escalier de pierre pour gagner le poste d'observation qui donnait vers l'est. Merlu était à son poste, les yeux fixés sur la route. Nobul crut distinguer un certain enthousiasme sur les traits du vieux soldat.

— Qu'est-ce qui te rend si heureux ? demanda-t-il.

Les épaules de Merlu tressautèrent tandis qu'il riait en silence. Il pointa un doigt osseux vers la route.

— Tu sais qui c'est ?

Nobul porta une main à son front pour ne pas être ébloui. Il faisait froid et le vent soufflant de la mer de Midral était glacé, mais le soleil était chaud et brillant. Depuis le poste d'observation, l'ancien forgeron distingua la colonne plus nettement. Il aperçut de nouveaux étendards et plusieurs centaines de cavaliers. Il était incapable de les compter. Tous portaient des armures et des casques brillants.

— Une libre compagnie ? offrit Nobul.

Merlu secoua la tête.

— Regarde leurs drapeaux.

En fin de compte, le vieux soldat avait encore de bons yeux.

Les cavaliers approchaient, mais Nobul avait toujours du mal à distinguer les motifs des étendards qui claquaient au vent. Il crut apercevoir…

— Les gardes de la Vouivre, dit Kilgar. (Un sourire se dessina sur le visage sévère du sergent.) Par le sang d'Arlor, ce sont les putains de gardes de la Vouivre.

Nobul regarda les cavaliers en se demandant d'où ils sortaient. Il connaissait le légendaire ordre de la Vouivre, ces chevaliers qui venaient au secours de Havrefer lorsque la cité en avait cruellement besoin. Ce qui était le cas aujourd'hui.

Chaque homme portait une armure en bronze, une épée accrochée à la ceinture et un bouclier frappé d'une vouivre prenant son envol. Les casques étaient arrondis et ils descendaient bas sur les gorgerins. Les spallières et les genouillères avaient la forme d'ailes de vouivre. Les caparaçons des chevaux étaient du même style. L'homme qui chevauchait en tête de la colonne se distinguait par son casque orné de deux ailes de vouivre et l'énorme épée sanglée dans son dos.

Nobul remarqua un autre personnage singulier. Il retint un sourire en apercevant le jeune garçon en robe brune, qui semblait complètement perdu au milieu des guerriers en armure. Qu'est-ce que ce gamin faisait là ?

De nombreuses personnes s'étaient rassemblées devant la porte, à l'intérieur de la cité. Certaines s'inquiétaient de voir les lourds battants fermés, d'autres n'étaient là que pour satisfaire une curiosité malsaine. La nouvelle se propagea comme une traînée de poudre et la foule se fit de plus en plus nombreuse.

— Ça risque de poser un problème, commenta Kilgar en contemplant la marée humaine.

Il ordonna à Dustin et à Edric d'aller chercher le haut-commissaire.

Les premiers cavaliers étaient désormais dans l'ombre de la Porte de Lych. L'homme au casque ailé et à la gigantesque épée leva un bras. La colonne forte de plusieurs centaines de chevaliers s'arrêta avec une synchronisation presque parfaite.

Kilgar baissa les yeux d'un air perplexe. Il tourna la tête vers Nobul qui ne savait pas quoi faire non plus. Avant que le sergent ait le temps de prononcer un mot, le garçon en robe brune l'interpella.

— Euh… Vous pourriez nous ouvrir la porte ? demanda-t-il. Je crois qu'on nous attend.

C'était presque drôle de voir ce gamin parler au nom de l'imposante colonne de chevaliers.

Kilgar regarda Nobul.

— Bon, ben, vas-y alors, dit-il entre ses dents serrées. Va ouvrir cette putain de porte.

Nobul descendit pour ôter la lourde barre en bois qui maintenait les battants fermés. La barbacane était également équipée d'une herse qu'on pouvait baisser pendant un siège, mais elle n'avait pas été utilisée depuis des dizaines d'années. Elle ne tarderait pas à reprendre du service, songea l'ancien forgeron. La porte s'ouvrit et Nobul contempla l'armée de chevaliers. Leur chef le toisa comme s'il ne valait pas mieux qu'un tas d'excréments.

Il donna un coup de talon à son destrier sans prononcer un mot et la colonne se remit en marche. Tandis qu'il passait devant l'ancien forgeron, le garçon en robe brune tourna la tête vers lui.

— Merci, dit-il avec un sourire embarrassé.

Ce fut à cet instant que Nobul le reconnut. Il l'avait vu quelques semaines plus tôt dans la chapelle des Goules. C'était le gamin au visage couvert de poussière qu'il avait aperçu pendant qu'il serrait le corps de Denny dans ses bras.

Il ne savait pas qui il était, mais de toute évidence, il ne s'en était pas trop mal tiré.

— Bon, ouvrez un chemin ! ordonna Kilgar, qui avait rejoint Nobul au pied de la barbacane.

À ces mots, les gardes de la patrouille de l'ambre avancèrent pour dégager la rue. Le vieux Merlu n'était pas très efficace, mais Bilgot, avec ses larges épaules et son ventre gras, était idéalement bâti pour ce genre de tâches. Il écartait les curieux ébahis d'une simple bourrade. Nobul, Anton et Kilgar firent de leur mieux, mais la patrouille progressait avec lenteur. La nouvelle de l'arrivée de la colonne de guerriers s'était répandue dans toute la Porte orientale et les gens affluaient pour voir les fameux chevaliers de la Vouivre qui étaient de retour à Havrefer.

La patrouille de l'ambre et les nouveaux arrivants allaient émerger de la foule rassemblée devant la barbacane lorsqu'il se passa quelque chose au bout de la rue. Les curieux furent écartés sans ménagement et Nobul aperçut le haut-commissaire, encadré par Dustin et Edric. L'officier était suivi d'un détachement de Manteaux Verts. Tous ouvrirent la bouche et écarquillèrent les yeux en voyant la colonne de chevaliers en armure de bronze qui se frayait un chemin dans les rues de la cité.

— On dirait que vous ne mentiez pas, les gars, dit le haut-commissaire en levant la tête vers le premier cavalier.

L'inconnu inclina son casque ailé. Nobul vit que sa barbe était taillée avec soin et que ses yeux brillaient d'une lueur intense.

— Je suis le seigneur-maréchal de la Garde de la Vouivre, et je suis ici pour rencontrer la reine, déclara l'homme.

Il n'en dit pas davantage. Il resta planté sur sa selle comme s'il était le putain de duc de Valdor en personne et qu'il attendait qu'on le traite avec tout le respect qui lui était dû.

Le haut-commissaire en resta bouche bée. De toute évidence, il ne savait pas quoi faire.

— Eh bien… il ne va pas être facile d'obtenir une audience avec la reine comme ça, sans prévenir.

— Faites-moi confiance, elle trouvera le temps de me recevoir, lâcha le seigneur-maréchal.

Nobul songea qu'il n'avait sans doute pas tort. Il était fort probable que la reine bouscule l'ordre du jour pour accorder une audience à cet homme.

Le haut-commissaire n'eut pas le temps d'imaginer de nouvelles excuses : d'autres personnes approchèrent en écartant la foule. Des Sentinelles du palais de Guideciel, cette fois-ci. Elles ne semblaient pas particulièrement étonnées de découvrir des gardes de la Vouivre dans les rues de la ville.

— Suivez-nous, déclara leur officier. Le palais est…

— Je sais où se trouve le palais, mon jeune ami, l'interrompit le seigneur-maréchal en donnant un coup de talon à sa monture.

Nobul recula pour laisser passer les chevaliers. Il ne réussit pas à les compter avec précision, mais ils étaient au moins deux cents. Ils n'arrêteraient pas les Khurtas à eux seuls, mais leur présence serait un atout pour la défense de la ville. Nobul espéra qu'il aurait l'occasion de voir la réaction de ces maudits sauvages quand ils se retrouveraient nez à nez avec les plus grands chevaliers du monde connu.

— C'est pas un spectacle qu'on voit tous les jours, remarqua Merlu tandis que les derniers cavaliers s'éloignaient en direction du quartier de la Couronne, une foule enthousiaste sur les talons.

Nobul se contenta de secouer la tête.

De retour à la caserne, il alla ranger ses armes, puis il se débarrassa de son gambison vert. Kilgar l'observait. Il mourait d'envie de lui dire quelque chose, mais il semblait attendre que l'ancien forgeron lui demande ce qu'il voulait. Malheureusement pour lui, Nobul n'appréciait guère l'art de la conversation.

Les deux hommes se regardèrent pendant un moment, puis Kilgar inspira un grand coup.

— C'est une bonne chose qu'ils soient là. Je parle des gardes de la Vouivre.

— Ouais, je suppose, dit Nobul.

Le silence retomba. Kilgar inspira de nouveau.

— Ça ne va plus tarder maintenant, tu sais. Ça sera la même chose qu'à la Porte de Bakhaus. La merde et le sang. Les pleurs et les hurlements. Tu te sens capable de supporter ça une fois de plus ?

Nobul hocha la tête. À vrai dire, il craignait que la bataille à venir soit encore pire que celle de Bakhaus. Là-bas, ils avaient eu la possibilité de battre en retraite. Ici, ils étaient dos à la mer. Nobul était bon nageur, mais pas assez pour traverser la mer de Midral jusqu'au Dravhistan.

— On tiendra, dit-il. On l'a déjà fait.

— Ouais, tu as raison. On a survécu pour raconter la bataille.

Le silence s'installa de nouveau. Kilgar avança et se pencha vers Nobul comme s'il ne voulait pas qu'on entende ce qu'il allait lui dire. Les deux hommes étaient pourtant seuls dans la pièce.

— Ce n'était pas ta faute, tu sais, souffla-t-il. Ça aurait pu arriver à n'importe lequel d'entre nous. N'importe lequel d'entre nous aurait pu être à ta place cette nuit-là. Et n'importe lequel d'entre nous aurait pu crever à sa place.

— Je sais, dit Nobul qui n'avait guère envie d'aborder ce sujet.

— Denny avait une haute opinion de toi. Je suis sûr qu'il a été heureux que tu sois près de lui… à la fin.

Nobul eut l'impression de recevoir un coup de poing dans le ventre. C'était à cause de lui que Denny avait fait une chute de quinze mètres, et le jeune homme ne l'aurait sûrement pas remercié s'il avait survécu. Mais que pouvait-il dire ? Devait-il raconter à Kilgar ce qui s'était vraiment passé ? Lui dire que Denny avait tué son fils ? Qu'il voulait punir ce petit salopard depuis bien longtemps ? Et qu'il avait saisi l'occasion quand celle-ci s'était présentée ?

On raconte qu'on se sent apaisé quand on livre ses chagrins à autrui. Nobul n'en était pas convaincu. Et de toute manière, il n'avait pas l'intention de parler de cela avec Kilgar. Il se sentait coupable, certes, mais c'était à lui de porter ce fardeau. Et il le porterait.

Il s'apprêtait à prendre la parole quand Anton entra. Il regarda ses deux camarades avec son éternel air triste, puis il entreprit de se débarrasser de sa tunique et de son casque.

— Réfléchis, dit Kilgar en tapotant l'épaule de Nobul. Si tu veux en parler, tu sais où me trouver.

Putain, si Kilgar avait eu ses deux yeux, il lui aurait sans doute adressé un clin d'œil complice. Nobul n'était pas très sûr d'apprécier cet aspect de la personnalité du sergent. Il préférait le militaire dur et impressionnant. Il ne le trouvait pas très bon dans le rôle du prêtre et du confesseur.

Kilgar partit. Nobul attendit quelques minutes avant de se diriger vers la porte. Anton avait terminé de se changer et les deux hommes sortirent en même temps. Ils marchèrent côte à côte un moment, puis Anton leva les yeux et sourit. Voilà qui était surprenant. Depuis son engagement, Nobul n'avait pas vu les lèvres du jeune homme frémir une seule fois.

Est-ce que tout le monde devenait dingue ?

— Euh… Ça te dirait, une bière, Lincon ?

Eh bien. Apparemment, la moitié des membres de la patrouille de l'ambre crevaient d'envie de bavarder et de philosopher avec lui sur le grand cycle de la vie.

— Non, merci, lâcha Nobul.

Anton baissa les yeux et retrouva son air de chien battu. Nobul éprouva une pointe de culpabilité. Ce type était censé être un camarade, un frère d'armes, et il ne faisait même pas l'effort de prendre un verre avec lui.

T'es vraiment un sale con, Nobul Jacks.

— Allez, d'accord pour une bière. Mais juste une, hein ? dit-il sans réfléchir.

Il n'avait pas bu d'alcool depuis des mois. Peut-être qu'il le méritait. Dans quelques jours, il passerait l'essentiel de son temps à se battre. Autant s'amuser un peu tant qu'il en avait l'occasion.

— Je connais un endroit, dit Anton en retrouvant son sourire.

Nobul ne l'avait jamais vu ainsi, mais ce changement de personnalité le dérangeait moins que celui de Kilgar. Il frissonna en songeant aux airs prévenants du sergent.

Les deux hommes se dirigèrent vers la Porte septentrionale, passèrent devant un ensemble de maisons en ruine et remontèrent des rues glacées. La boue avait gelé et elle était aussi dure que la pierre. C'était la saison idéale pour se promener dans le quartier – à supposer qu'on puisse avoir envie de se promener dans ce quartier. Au moins, l'air froid cachait la puanteur.

Les deux hommes poursuivirent leur chemin et Nobul commença à se demander si Anton savait où il allait.

— T'es sûr que c'est par là ? demanda-t-il.

— Oh, on n'est plus très loin, Nobul. On est presque arrivés.

— Si tu le dis.

Anton s'engagea dans une ruelle qui n'avait rien d'accueillant. Il y avait peu de chance de trouver une taverne agréable dans ce genre d'endroit. En fait, il y avait peu de chance de trouver quoi que ce soit d'agréable dans ce genre d'endroit. C'était curieux. Anton n'était pas un dur-à-cuire et il ne fréquentait sûrement pas les bouges de la cité.

Au moment où cette pensée lui traversait l'esprit, Nobul fronça les sourcils. Anton l'avait appelé « Nobul ».

Et il n'avait pas réagi.

Il voulut ouvrir la bouche, mais quelque chose de dur s'abattit sur sa nuque. Sa vision se troubla et il posa un genou à terre. Néanmoins, il resta conscient.

— Il est pas assommé ! Balance-lui un autre coup ! lança un type d'une voix affolée.

Nobul pivota tant bien que mal. Il vit le gourdin s'abattre et il eut à peine le temps de lever un bras pour le bloquer. L'impact le fit grimacer de douleur et il laissa échapper un grognement. Il entendit des bruits de pas sur le sol gelé. Il comprit qu'il devait réagir sans perdre de temps. Il se redressa brusquement et porta un terrible coup à la tempe de l'homme au gourdin. Celui-ci partit en arrière, mais Nobul chancela. Il essaya de garder son équilibre, puis quelqu'un arriva dans son dos et lui enfila un sac sur la tête.

Les lacets de la poche de tissu se serrèrent autour de son cou.

— Mais tapez-lui dessus ! cria une voix sur un ton presque hystérique.

Nobul recula pour plaquer la personne qui se tenait derrière lui contre un mur, mais il trébucha. Quelque chose s'écrasa sur son épaule – une planche, ou un autre gourdin peut-être. Il grogna de nouveau et la colère le submergea. Il attendit le coup suivant, et quand il arriva, il donna un coup de pied au jugé. Un cri de douleur lui apprit qu'il avait fait mouche. Nobul attrapa le sac et essaya de s'en débarrasser.

— Bon sang ! Mais venez m'aider, lança une voix derrière lui. Ce salopard est fort comme un bœuf !

Nobul tendit le bras et saisit un poignet. Il tira son propriétaire vers lui et lui assena deux coups de poing. Il sentit les cordons de la poche de tissu se relâcher tandis que les poumons de son agresseur se vidaient dans un sifflement douloureux.

Il voulut arracher le sac, mais un gourdin s'abattit sur sa tête et il s'effondra.

La dernière chose qu'il entendit fut les échos des coups de pied et de poing qui pleuvaient sur lui.

Chapitre 10

Janessa était à quatre pattes. Un mince filet de bile pendait à ses lèvres avec obstination, refusant de se rompre et de tomber dans le bol posé par terre. Les longues boucles rousses de la jeune fille baignaient dans le récipient rempli de vomissures, mais elle n'en avait cure.

Elle ne demandait qu'une chose : que son calvaire prenne fin.

Ses mains glissèrent sur son ventre et elle eut l'impression que le renflement était plus dur en son centre. Nordaine ne serait bientôt plus la seule à savoir ce qui se passait… À supposer qu'elle soit encore la seule.

Et ensuite ? Qu'allait-il arriver ? Comment la cour allait-elle réagir ? La moitié des courtisans la méprisaient et attendaient qu'elle commette un faux pas pour conforter leurs propres pouvoirs. Comment réagirait la moitié qui lui était fidèle ?

La Reine Catin. Voilà comment on l'appellerait. Les courtisans ricaneraient et jaseraient dans son dos. *Qui est le père ? Ce pourrait être n'importe qui. J'ai entendu dire qu'il suffit d'une rose rouge et d'un compliment bien tourné pour lui faire écarter les cuisses. C'est sûrement le jeune seigneur Raelan Logar. On raconte que c'était un sacré trousseur de jupons. Non, non, j'ai entendu dire que c'était Leon Magrida, bien qu'elle refuse de l'épouser.*

Mais les ragots des courtisans ne l'intéressaient pas. Elle ne se souciait que du peuple de Havrefer. Son peuple.

Les gens ne considéreraient-ils pas cette grossesse comme une trahison ? Continueraient-ils à lui faire confiance ?

Reine Catin ou pucelle, son objectif demeurait le même : protéger les habitants de Havrefer. Elle affronterait le tyran déterminé à raser la cité et elle se battrait pour remporter la victoire. Quel que soit son état.

Elle se leva tant bien que mal et s'assit sur le lit en savourant le recul de la nausée. Elle devait être dans un état pitoyable. Les cheveux ébouriffés, trempés de sueur… mais c'était sans importance.

Que devait-elle faire ?

Devait-elle prendre un mari, et le plus vite possible ? Janessa avait décidé qu'elle régnerait seule, mais l'enfant qu'elle portait avait bouleversé la situation et considérablement réduit son champ de manœuvre.

Devait-elle épouser Leon Magrida ? Voudrait-il d'elle maintenant qu'elle était enceinte ? Peut-être pouvait-elle le tromper ? Mais à quoi pensait-elle ? Les opinions de Leon étaient sans importance. La baronne Magrida était prête à tout pour s'emparer du trône, y compris à marier son fils à une putain à trois sous.

Non !

Elle ne devait pas sombrer dans le désespoir. Pourquoi envisageait-elle d'épouser un homme qu'elle méprisait ? Cette simple pensée la fit frissonner. Elle ne pourrait jamais se donner à un autre homme alors que Rivière était… quelque part.

Un bref élan de panique la traversa. Ne l'avait-il pas abandonnée ? Allait-il revenir ? La reprendrait-il dans ses bras ? L'emporterait-il loin de cet endroit ?

Janessa secoua la tête.

Tout cela n'était qu'un rêve, une vie qu'elle désirait de tout cœur, mais qu'elle ne connaîtrait jamais. Janessa Mastragall ne fuirait ni Havrefer, ni ses responsabilités.

Les problèmes liés à la naissance d'un bâtard devraient attendre. Au nord, ses armées avaient été défaites. Les Khurtas seraient aux portes de la cité dans une poignée de jours. Amon Tugha approchait.

On l'avait informée que la Garde de la Vouivre était arrivée, mais ces puissants chevaliers ne suffiraient pas à vaincre une armée de plusieurs dizaines de milliers de guerriers. La cité tout entière allait devoir se mobiliser et s'unir pour combattre un ennemi implacable. Les gens avaient besoin d'un phare et Janessa était déterminée à être leur lumière.

Ce n'était pas en pleurant sur son sort qu'elle aiderait Havrefer.

Elle se leva d'un air résolu au moment où l'on frappait à la porte. Elle savait que c'était Nordaine. La gouvernante était plus prévenante que jamais depuis quelques jours, mais elle se gardait bien d'offrir la moindre suggestion à sa maîtresse. Elle savait que Janessa devait trouver sa voie.

La reine la fit entrer. Nordaine posa une assiette près de la jeune fille sans dire un mot, puis elle alla laver le bol rempli de vomissures.

Janessa ne mangeait presque plus, mais la gouvernante apportait un peu de nourriture chaque jour.

Nordaine essuya la sueur qui couvrait le corps de sa maîtresse avec de l'eau fraîche, puis elle lava ses cheveux souillés. Quand elle eut terminé, elle alla chercher une robe de cour et aida la jeune fille à l'enfiler. Le vêtement était aussi austère que la salle du trône où la reine dirigeait le pays.

Quand elle fut prête, Janessa sortit dans le couloir. Ses Sentinelles l'attendaient, comme toujours. Kaira affichait une expression sévère et résolue. Merrick était plus détendu, mais il se mit au garde-à-vous dès qu'il l'aperçut.

Janessa connaissait à peine ces deux soldats, mais elle s'était tout de suite sentie en sécurité en leur compagnie. Les courtisans et les habitants de Havrefer pouvaient bien penser ce qu'ils voulaient, il ne lui arriverait rien de mal tant que Kaira et Merrick assureraient sa protection.

Ils traversèrent les couloirs de Guideciel et entrèrent dans le grand hall. Janessa vit qu'Odaka l'y attendait. La salle du trône était vide – déserte – et Odaka semblait mal à l'aise.

— Où est la cour ? demanda Janessa. Où est notre audience quotidienne ?

Odaka fit un pas en avant.

— Avant d'aborder les questions de cour, Majesté, je souhaiterais régler un problème qui réclame votre attention immédiate. Le sujet est particulièrement délicat et il serait malvenu de l'évoquer devant l'audience habituelle.

Janessa fut décontenancée. Les affaires d'État – en dehors de celles qui relevaient de la chambre de guerre – étaient conduites en public. Pourquoi une telle discrétion ?

Odaka poursuivit :

— Un émissaire de la compagnie commerciale de la Lune Blanche est arrivé. Je n'ai pas besoin de vous rappeler l'extrême importance de cette visite.

Il n'en avait pas besoin, en effet. La Lune Blanche était affiliée à la ligue des banquiers, une puissante organisation dont les membres étaient issus de différentes nations bordant la mer de Midral. Une organisation dont dépendait la survie de la cité. Si Janessa parvenait à convaincre son représentant de la soutenir financièrement, les libres compagnies se précipiteraient à Havrefer.

— Je dois le rencontrer tout de suite ?

Janessa n'était guère enthousiaste à l'idée de négocier l'avenir de la cité et du pays, mais elle savait qu'elle n'avait pas le choix. L'émissaire n'entamerait les discussions avec personne d'autre qu'elle. Il n'accepterait pas d'intermédiaires. Cette tâche lui revenait, à elle seule.

— Il est arrivé à l'improviste, Majesté, et il a demandé une audience immédiatement.

L'émissaire n'était pas un roi – était-il seulement noble ? –, mais si Odaka se pliait à ses exigences, c'est qu'il devait être très puissant.

— Très bien, dit la jeune fille. Nous le recevrons.

— Je le conduis à vous, Majesté. Mais n'oubliez pas : il ne vous proposera pas son or sans contrepartie. Vous allez entamer une danse qui risque d'être longue et difficile. C'est un jeu de stratégie, en somme. N'acceptez rien tant que nous ne sommes pas certains de ce qu'il veut en retour.

Janessa hocha la tête.

Odaka sortit pour aller chercher l'émissaire, et la jeune fille s'installa sur le trône, encadrée par Kaira et Merrick. La nausée était revenue, mais elle n'avait aucun lien avec l'enfant qui grandissait dans son ventre. L'émissaire de la Lune Blanche tenait le sort de Havrefer entre ses mains. Janessa espéra que le prix de son aide ne serait pas trop élevé.

Odaka revint à la tête d'un petit cortège. Le conseiller Durket marchait derrière lui. Il jacassait à propos de l'histoire de Guideciel et des raisons pour lesquelles la salle du trône était si austère. Janessa prêta à peine attention à ses conseillers. Elle se concentra sur l'homme qu'on conduisait à elle.

Il ne semblait pas particulièrement dangereux. Il était un peu plus petit que la moyenne, le teint olivâtre. Une écharpe était enroulée autour de sa tête. Il portait une simple robe noire et ses mains étaient cachées dans les manches. Tandis qu'il approchait, Janessa remarqua qu'il avait du khôl autour des yeux. Ce maquillage lui conférait une certaine féminité malgré sa fine moustache et sa barbe.

Quatre hommes le suivaient. Sa garde personnelle, sans doute. Tous avaient le crâne rasé. Ils portaient des tuniques et des pantalons rouges qui contrastaient avec leur peau sombre. Aucun n'était armé.

Le petit groupe s'arrêta au pied de l'escalier menant au trône et Odaka prit la parole.

— Azai Dravos de la compagnie commerciale de la Lune Blanche.

Dravos inclina la tête, mais ses yeux maquillés restèrent fixés sur la reine.

— Mes salutations, Votre Glorieuse Majesté. (Il parlait avec un fort accent, mais cela ne manquait pas de charme.) Puis-je avouer que votre splendeur est mille fois plus éclatante qu'on le raconte ? J'ai rencontré les reines de toutes les nations de l'Orient, mais aucune n'est aussi belle que vous.

Janessa n'en était pas convaincue, mais elle sourit tout de même.

— Je suis certaine que vous n'êtes qu'un vil flatteur, Azai Dravos. Je vous souhaite la bienvenue dans ma cité. J'espère que votre séjour y sera des plus agréables.

— Une cité admirable. Je regrette de ne pouvoir m'y attarder pour contempler ses innombrables merveilles.

Bien sûr. Tu aurais voulu rester assez longtemps pour voir les Khurtas arriver devant nos portes. Je suis sûre que le spectacle sera fascinant.

— J'ose espérer que vous aurez le temps de profiter du palais. Le chancelier Durket va vous conduire, vous et votre suite, à vos appartements.

Azai Dravos sourit, mais une lueur embarrassée passa dans ses yeux.

— Je crains de ne pouvoir m'attarder, Majesté. Je souhaiterais aborder sans délai l'affaire qui m'amène ici…

Janessa sentit son estomac se contracter. Elle ne devait pas laisser Dravos prendre l'initiative. Elle voulait son argent – au plus vite –, mais elle n'avait pas l'intention de se laisser mener à la baguette.

— Ridicule ! dit-elle. C'est hors de question. Durket, veillez à ce que nos hôtes s'installent dans des appartements aussi luxueux que possible.

— Mais…

— Le sujet est clos. (Janessa s'était efforcée de parler avec autorité et elle fut agréablement surprise par le résultat.) Vous avez fait un long voyage et je serais une bien piètre reine si je vous laissais repartir sans vous faire goûter à notre hospitalité.

Azai Dravos prit un air ennuyé, mais il soutint le regard de Janessa et répondit en souriant.

— Au nom de la compagnie commerciale de la Lune Blanche, je remercie Votre Majesté pour sa générosité. Je suis impatient de m'entretenir avec vous et d'aborder les détails de notre affaire… au plus tôt.

Il recula et s'inclina sans attendre qu'elle lui donne congé. Ses hommes l'imitèrent. Durket les accompagna dans le couloir en continuant à jacasser. Odaka approcha et hocha la tête d'un air satisfait.

— Bien manœuvré, Majesté. Mais Dravos n'attendra pas très longtemps, et nous sommes nous-mêmes pressés. Je vous suggère de le recevoir en privé une fois qu'il se sera reposé. Il a tous les atouts en main. Il sait que nous sommes aux abois et qu'il peut demander tout ce qu'il désire, ou peu s'en faut.

— Et que désire-t-il ?

Odaka secoua la tête.

— Cela peut être bien des choses. Un taux d'intérêt exorbitant, de futurs marchés très favorables à son employeur… Il pourrait même exiger qu'un représentant de sa compagnie siège en permanence à votre cour. En attendant de le rencontrer en tête à tête et d'en appeler à ses bons sentiments, je suis à peu près sûr qu'il ne cédera sur rien.

— Mais que pouvons-nous lui offrir ? Notre champ de manœuvre est bien étroit, et nous n'avons pas le temps de négocier pendant des mois pour arriver à un accord équitable.

La situation empirait à chaque instant. Pourrait-elle conserver le sang-froid d'un joueur professionnel alors que l'avenir de la cité reposait sur ses épaules ?

— En fin de compte, nous devons nous préparer à accepter toutes ses demandes si nous voulons sauver Havrefer. Le marché que nous passerons avec la ligue des banquiers sera coûteux, Majesté, mais il nous faudra l'accepter.

— Dans ce cas, nous ne pouvons pas faire grand-chose. Dravos a tous les atouts en main, en effet.

Elle avait parlé sans s'adresser à personne en particulier.

Chapitre 11

Merrick se tenait à droite de l'énorme trône en pierre. Il avait failli éclater de rire la première fois qu'il s'était planté dans cette morne salle pour assurer la protection de la reine. Deux mois plus tôt, il se promenait dans les rues de la ville en quête de prostituées, d'alcool et d'une bonne partie de cartes. Tout le monde voulait sa peau et il se demandait encore comment il avait pu échapper à la Guilde.

Mais aujourd'hui, il était au palais de Guideciel. Il portait une armure et une épée. Il avait été choisi pour protéger la femme la plus puissante des États libres.

Il fallait bien reconnaître qu'il ne s'en était pas trop mal tiré.

Kaira se tenait à droite de la reine. Son visage était sévère, presque dur. Le rôle de garde du corps lui convenait à merveille. Merrick savait que l'ancienne Bouclière n'hésiterait pas un instant à se sacrifier pour sauver la reine.

Eh bien ! ça en faisait au moins un sur deux.

Au cours des derniers jours, il avait découvert que la souveraine gérait la cour avec assurance. Cela l'avait surpris, mais il ne savait pas trop à quoi il s'était attendu. Au départ, il avait trouvé que Janessa ressemblait à une enfant naïve nageant dans un bassin rempli de requins, et puis il avait fini par admirer sa manière de procéder. Elle se montrait toujours calme, diplomate et mesurée. Si Merrick avait eu affaire à la moitié des crétins revendicateurs et voraces qu'elle avait rencontrés, il les aurait envoyés se faire foutre à grands coups de pied au cul.

Il se méfiait du marchand étranger qui venait d'arriver. Cet Azai Dravos lui déplaisait au plus haut point, et pas seulement parce que son parfum était infect. Il fut soulagé lorsqu'il quitta la salle du trône.

Une fois l'émissaire parti, les Sentinelles postées dans le couloir laissèrent entrer le flot des cuistres habituels. Merrick ne savait pas encore lequel il méprisait le plus, mais il y travaillait.

Le seigneur-gouverneur Argus de Cuivreporte se tordait les mains. Il avait supplié dix fois qu'on lui accorde des renforts, alors que de toute évidence, les Khurtas n'avaient pas l'intention de faire route au sud et d'assiéger sa cité. Tout le monde se demandait pourquoi il restait à Havrefer, car il aurait été plus en sécurité à Cuivreporte. Peut-être que cela l'amusait. Ou peut-être attendait-il la chute de la cité dans l'espoir de grappiller quelque chose dans les décombres.

Le général Hawke se tenait non loin du trône. Il avait regagné Havrefer depuis plusieurs jours, laissant ses armées au nord sous le commandement du duc Bannon Logar. Il affirmait qu'il était rentré pour superviser les défenses de la ville, mais Merrick avait senti sa fatigue. Selon toute probabilité, il était venu se reposer loin des combats incessants.

Le maréchal Farren, lui, était impatient de retourner sur le front. Le chef des chevaliers du Sang était un personnage impressionnant et son armure affichait fièrement les marques des batailles qu'elle avait traversées. Son œil zébré d'une cicatrice tressautait parfois, comme pour se débarrasser d'une poussière gênante. Farren ne cachait pas le mépris que lui inspiraient les Sentinelles de Havrefer et entretenait la vieille rivalité entre les deux ordres. Il avait la réputation d'avoir mauvais caractère, mais Merrick n'avait pas encore fait les frais de ses colères. Cela viendrait.

Odaka Du'ur se tenait au pied de l'escalier menant au trône, bien entendu. Il présidait aux affaires de la cour. Merrick ne savait trop à quoi s'en tenir au sujet de cet homme. Il se trompait rarement sur la nature des gens, mais le conseiller à la peau sombre affichait toujours une expression impassible. Il semblait dévoué et prêt à protéger la reine avec la même ferveur que les Sentinelles. Restait à savoir si c'était par loyauté ou par intérêt personnel…

Tout le monde n'était pas aussi inaccessible qu'Odaka. Le sénéchal Rogan, qui se trouvait de l'autre côté de l'escalier, était un personnage particulièrement répugnant. Comment pouvait-on tolérer ce salopard à la cour ? Si Merrick en avait eu le pouvoir, il lui aurait interdit de quitter son donjon des tortures pour l'empêcher de faire peur aux honnêtes gens. Enfin, il lui aurait au moins ordonné de faire son sale boulot avec un peu plus de discrétion. Le chef de l'inquisition souriait et se comportait normalement, mais il était trop accommodant. Merrick avait fréquenté les rues pendant trop longtemps pour ne pas le remarquer. On ne pouvait pas être aussi aimable et désintéressé – surtout quand on passait le plus clair de son temps à torturer des gens. Chaque fois que ce bâtard mielleux ouvrait la bouche, Merrick sentait sa peau se hérisser et sa main glissait vers le pommeau de son épée. Janessa écoutait Rogan avec attention, mais elle ne suivait pas toujours ses conseils. Merrick espérait qu'il en resterait ainsi.

Les courtisans tournèrent la tête à l'unisson en entendant quelqu'un entrer dans la salle du trône. L'homme était hirsute. Il portait des fourrures sur les épaules et un arc dans le dos. Une hache et un couteau étaient accrochés à sa ceinture. Son visage était plus rêche qu'un vieux morceau de cuir. Il avait des cheveux gris, mais il marchait avec l'assurance d'un jeune homme malgré un léger boitement.

Il s'agenouilla devant le trône et inclina la tête avec une ferveur qui n'était pas feinte.

— Oban Demiwyrd, Gardien du Nord, Majesté, dit-il d'une voix qui trahissait son âge. Je vous apporte des nouvelles du front.

— Levez-vous, Oban Demiwyrd, et faites votre rapport.

Le Gardien se leva avec prudence. Le poids des ans se faisait sentir dans les grincements de ses genoux. L'homme se redressa, le souffle court.

— Les nouvelles ne sont pas bonnes, Majesté. Le duc Logar a ordonné une retraite générale. Nous essayons de retenir l'ennemi au pont de Ruprofond depuis trois jours, mais nos pertes sont terribles. Ces maudits bâtards de Khurtas refusent de… Euh, je vous prie de m'excuser, Majesté.

Il se tut et prit un air contrit, comme si jurer devant la reine était un crime passible de pendaison.

— Poursuivez, dit Janessa.

— Je n'ai pas grand-chose d'autre à vous raconter. Sans les libres compagnies pour nous aider, nous ne pouvons compter que sur les porte-bannières de Valdor, de Dreldun et de Havrefer. C'est trop peu. Une horde de quarante mille Khurtas se dirigent vers la cité, et pour les arrêter, nous n'avons que des jurons et des prières, Majesté. Dans quelques jours, ils frapperont aux portes de la ville.

Il se tut et regarda autour de lui comme s'il craignait que quelqu'un s'avance et le gifle pour le punir d'apporter de mauvaises nouvelles. La reine lui sourit.

— Nous apprécions la diligence avec laquelle vous avez accompli votre tâche, Oban Demiwyrd.

— Ça n'a pas été de la tarte, Majesté, dit le Gardien d'une voix timide.

— Où se trouve Logar à présent ? demanda quelqu'un.

Merrick leva les yeux. Le maréchal Farren toisait le Gardien avec colère. Son œil zébré d'une cicatrice tremblait.

— Euh… à moins de cinq jours au nord, seigneur. Les Khurtas ont fait une courte pause à Ruprofond pour piller et brûler le village. Notre armée se repose à trente lieues au sud.

— Combien d'hommes reste-t-il ? demanda le général Hawke.

Il avait essayé de parler sur un ton aussi martial que Farren, mais avait échoué lamentablement.

— Je dirais huit mille, six mille peut-être. C'est difficile à estimer. On n'a pas vraiment eu le temps de compter les blessés et les morts pendant qu'on avait les Khurtas sur les talons.

Merrick sentit une pointe d'amertume dans les paroles d'Oban. Il se demanda si le Gardien songeait aux camarades qu'il avait perdus ou s'il contenait son mépris pour ce général qui avait abandonné ses hommes pour le confort et la sécurité du palais.

Odaka Du'ur se tourna vers la reine.

— Il faut envoyer une libre compagnie pour escorter notre armée jusqu'ici. Les porte-bannières ne doivent pas être massacrés par l'ennemi avant qu'ils puissent battre en retraite.

Le sénéchal Rogan leva la main avant que Janessa ait le temps de répondre.

— Ah, voilà qui est problématique, dit-il avec un sourire.

Il affichait toujours un air précieux, même quand il annonçait de mauvaises nouvelles. Chaque fois qu'il prenait la parole, Merrick faisait un effort surhumain pour ne pas lui enfoncer son gantelet dans la gorge.

— Les libres compagnies n'ont pas été payées. Les Frères du Soleil et les Boucliers Consacrés ne lèveront pas le petit doigt avant d'avoir touché l'intégralité de leurs soldes. Les Faucons de Minuit menacent de quitter la ville avant deux jours si on ne verse pas le reliquat qui leur est dû.

— Dans ce cas, il suffit de les payer, dit le seigneur-gouverneur Argus.

Merrick songea que cette affaire ne relevait pas de ses attributions.

— Avec quoi ? demanda le général Hawke. Les coffres sont vides !

Cette déclaration fut suivie d'un long silence. Si les coffres étaient vides, ils étaient dans le pétrin jusqu'au cou.

Odaka prit la parole.

— Sa Majesté doit rencontrer quelqu'un qui pourra renflouer les caisses du royaume. Il n'y a pas à s'inquiéter de ce côté-là. Sénéchal, informez les libres compagnies qu'elles seront bientôt payées.

Le sénéchal esquissa un petit sourire.

— Ces individus sont des mercenaires et je crains qu'ils fassent peu de cas des promesses. Ils ne croient qu'en la monnaie sonnante et trébuchante. C'est la seule chose qui peut acheter leur loyauté.

Merrick sentit Janessa s'agiter près de lui. Elle était mal à l'aise. Cette pièce était la salle du trône, un endroit où elle était censée prendre des décisions grâce aux lumières de ses fidèles conseillers qui, pour le moment, se disputaient comme des gamins dans une cour de récréation.

— La situation est catastrophique, dit le maréchal Farren. S'ils refusent de se battre de leur plein gré pour la Couronne, il suffit de les obliger à le faire. Nous avons bien mobilisé les mercenaires avant la bataille de la Porte de Bakhaus. Nous n'avons qu'à recommencer.

— Nous avons mobilisé d'*anciens* mercenaires devenus citoyens des États libres, rectifia Rogan. Et ces hommes étaient quand même payés par la Couronne.

Le général Hawke secoua la tête.

— C'est de la folie. Si Cael était là, il les ferait se battre, de gré ou de force.

Hawke avait rendu hommage à l'ancien roi et, du même coup, insinué que sa fille était incapable de gérer la situation présente. Merrick entendit Janessa pousser un soupir abattu et il vit ses doigts se crisper sur les accoudoirs de pierre. Pendant un instant, il crut qu'elle allait se lever et laisser éclater sa colère, mais quelque chose la retint.

Merrick eut envie de l'aider, mais il était peu probable qu'elle le félicite s'il tirait son épée pour exiger le silence.

— La situation est sous contrôle, déclara Odaka. La reine va bientôt rencontrer un financier.

— Vraiment ? lâcha Argus. Comme c'est rassurant. Et que va-t-elle proposer comme garanties ? Quels gages va-t-elle lui donner pour le convaincre qu'il récupérera son investissement ? La cité risque d'être rasée dans quelques jours. Qui serait assez fou pour lui prêter de l'argent ? Peut-être la reine pourrait-elle nous le dire ?

Il se tourna brusquement vers Janessa, et Merrick saisit instinctivement la poignée de son épée. Il fut le premier surpris par sa réaction. Était-il plus dévoué qu'il l'imaginait, ou avait-il seulement envie d'apprendre les bonnes manières à ce crétin pompeux ?

Heureusement pour lui, quelqu'un le devança.

— Surveille tes paroles, espèce de salopard !

Oban Demiwyrd avait dégainé le couteau accroché à sa ceinture.

Argus recula d'un pas. Il tourna la tête vers les deux Sentinelles, mais aucune ne bougea.

Merrick vit Janessa se pencher en avant. Avait-elle l'intention d'ordonner l'arrestation d'Argus, ou voulait-elle seulement demander à Oban de rengainer son arme ? Merrick ne le sut jamais.

Le capitaine Garret entra dans la salle du trône d'un pas pressé. Il était en armure et portait son casque sous le bras. Un lourd silence s'abattit et tous les yeux se tournèrent vers lui. Les courtisans s'écartèrent précipitamment pour laisser passer l'imposant guerrier. Des bruits de pas résonnèrent dans le couloir.

Et ils entrèrent.

Ils avancèrent en colonne par deux. Leurs armures de bronze brillaient et leurs casques ouvragés dissimulaient leurs visages. Les deux chevaliers qui ouvraient la marche s'arrêtèrent à l'entrée et brandirent leurs bannières, de manière que tout le monde voie ce qu'elles représentaient : une vouivre rouge sur fond vert. Leurs camarades continuèrent à avancer avec une parfaite synchronisation. Ils étaient plus de cent. Les chevaliers du premier rang mirent un genou à terre, puis ceux du deuxième, du troisième et ainsi de suite. On aurait dit des livres posés sur la tranche s'abattant les uns sur les autres. Merrick était stupéfait. Une telle discipline ne s'acquérait qu'au prix de longues heures d'entraînement.

Trois autres chevaliers en armure de bronze entrèrent à grands pas. Le premier était coiffé d'un grand casque orné d'ailes et une épée à deux mains était accrochée dans son dos.

Les deux autres le suivaient. L'un d'eux portait une fourrure blanche sur ses spallières, celle d'un grand prédateur des régions neigeuses.

Garret regarda les trois hommes s'arrêter devant le trône, puis s'agenouiller, têtes baissées.

— Majesté, dit-il, puis-je vous présenter les gardes de la Vouivre, ainsi que leur seigneur-maréchal ?

— Vos serviteurs jusqu'aux portes de la mort, déclara le guerrier au casque ailé.

Sa voix avait quelque chose de curieux, une pointe d'autorité qui réveilla des souvenirs dans la tête de Merrick. Mais non, c'était impossible…

— Nous avons été informée de votre arrivée et nous vous sommes reconnaissante de votre aide, seigneur-maréchal, dit Janessa. Le capitaine Garret va se charger de vous trouver des logements, à vous et à vos hommes.

— Sur-le-champ, Majesté, dit Garret en s'inclinant. Je vais les installer dans les casernes de Guideciel, et ils jouiront des mêmes privilèges que les Sentinelles.

Merrick vit une expression de fierté passer sur les traits du capitaine. Tout le monde connaissait les exploits des gardes de la Vouivre : ils avaient combattu pendant la guerre des Dragons, banni les goules et conduit la Purification des îles Sanglantes. Mais il y avait autre chose. Garret semblait les considérer comme de vieux camarades.

— Quoi ? s'exclama le maréchal Farren en avançant d'un pas. Vous invitez ces… gens chez nous sans crier gare ? Nous ne savons rien d'eux ! Et s'il s'agissait d'espions de l'Elharim ? Qui peut se porter garant de leur loyauté ?

— Moi, gronda Garret.

Son ton exprima clairement tout le mépris qu'il éprouvait pour Farren et ses chevaliers du Sang. Mais le seigneur-maréchal des gardes de la Vouivre avait déjà fait un pas en avant.

— Nous sommes ici à la demande de la cité. Nous sommes ici pour défendre ses habitants et sa reine. Si nous avions de mauvaises intentions, ne pensez-vous pas que vous seriez désormais au courant ?

Farren se tourna vers la reine avec brusquerie.

— Qu'on les installe dans les geôles en compagnie des autres mercenaires ! Mais pas à Guideciel. Qu'ont-ils fait pour mériter un tel honneur ?

— En effet, intervint le général Hawke d'une voix hésitante. Nous ne savons rien de ces hommes.

— En revanche, *nous* savons beaucoup de choses sur *vous*, dit le seigneur-maréchal. Nous savons que vous avez laissé notre roi se faire assassiner. Nous savons que vous avez abandonné vos armées face aux Khurtas pour vous réfugier ici comme des rats. Ne parlez pas d'honneur alors que vous ne connaissez même pas la définition de ce mot.

— Surveille tes paroles, chien ! s'exclama Farren en avançant d'un air menaçant.

Le seigneur-maréchal ne bougea pas, mais le guerrier de droite – celui qui portait la fourrure sur ses spallières – surgit devant Farren, l'épée à moitié dégainée.

— Un pas de plus et je t'arrache ton putain d'œil qui cligne comme celui d'une catin sur un trottoir, lâcha-t-il.

On ne parlait pas ainsi en présence de la reine, mais Merrick songea que cet homme lui était sympathique.

Farren le toisa. Son œil clignait avec frénésie, mais il n'approcha pas davantage.

Le seigneur-maréchal s'avança vers le trône et ôta son casque.

Merrick vit son visage et il eut l'impression que son estomac se tordait dans son ventre. Il se sentait aussi faible qu'un enfant. Sa vessie menaçait de le trahir. Il avait envie de s'enfuir en courant. Un flot de souvenirs le submergea. Les punitions, les coups, les entraînements… les entraînements sans fin… et les critiques permanentes. Toujours des critiques. Jamais un putain de compliment.

— Majesté, dit le seigneur-maréchal. Je suis Tannick Ryder, ancien capitaine des Sentinelles de Guideciel. Il y a vingt ans, on m'a demandé d'entraîner la Garde de la Vouivre afin que celle-ci retrouve sa gloire d'antan. Aujourd'hui, je reviens protéger la cité et votre vie. Ne vous contentez pas d'accepter mon serment de loyauté, acceptez mon épée.

Sur ces mots, il tira l'arme gigantesque accrochée dans son dos. Merrick vit les muscles de Kaira se contracter de l'autre côté du trône. La jeune femme posa la main sur le pommeau de son épée quand le seigneur-maréchal dégaina, mais le chef de la Garde de la Vouivre s'agenouilla en présentant la lame magnifique à la reine.

Odaka leva les yeux vers Janessa. Merrick était incapable de deviner ce que le conseiller pensait. De toute manière, il n'en avait cure. Le jeune homme avait déjà assez de mal à contenir ses propres démons, des démons issus du passé qu'on ne pouvait pas combattre avec des armes. Des regrets, de la colère, de la tristesse, un sentiment de perte.

Il redevint un enfant abandonné et sans défense. Et le responsable, l'homme qui aurait dû le protéger pendant toutes ces années, était juste devant lui. À moins de trois mètres.

— Seigneur-maréchal Ryder, dit Janessa en se levant, nous sommes honorée de vous accueillir dans notre cité. La Garde de la Vouivre a toujours combattu aux côtés des soldats de Havrefer et des États libres. Elle a toujours protégé notre peuple quand il était menacé par un grand malheur. Aujourd'hui plus que jamais, nous avons besoin de votre aide.

— Nous défendrons Havrefer jusqu'au dernier, Majesté, déclara Tannick Ryder.

Il se redressa et rengaina son arme.

Il s'inclina avec déférence, puis il se tourna et remonta la haie formée par les guerriers caparaçonnés de bronze. Garret adressa un hochement de tête entendu à Merrick avant de suivre le seigneur-maréchal.

Lorsqu'ils franchirent la porte, les gardes de la Vouivre se levèrent et sortirent comme un seul homme. Le spectacle était impressionnant. Le guerrier à la fourrure blanche attendit quelques secondes de plus. L'épée toujours à moitié tirée, il observait Farren, qui le toisait avec fureur. Quand le dernier garde de la Vouivre sortit de la salle du trône, le guerrier gratifia le maréchal des chevaliers du Sang d'un rictus méprisant, puis il rengaina son arme et rejoignit ses camarades.

— Vous prenez des risques en les accueillant ici, Majesté, dit Rogan dès que le guerrier fut parti.

Janessa se contenta de lever la main.

— Il suffit, dit-elle. Que tout le monde sorte.

Odaka entreprit aussitôt de chasser les courtisans. Merrick regardait droit devant lui, plongé dans un état de stupeur. La reine remarqua son émoi, mais elle l'interpréta mal.

— C'est un miracle, souffla-t-elle tandis qu'une interminable file de courtisans se dirigeait vers la porte.

— C'est une manière de voir les choses, Majesté, lâcha Merrick.

— Vous ne partagez pas mon avis ?

Il tourna la tête vers elle en se demandant s'il devait lui révéler son secret. Elle était sa reine et elle portait déjà le sort d'une nation entière sur ses épaules, mais…

— Je suis certain que la Garde de la Vouivre combattra fidèlement aux côtés de vos armées, Majesté, mais méfiez-vous de leur seigneur-maréchal.

— Pourquoi dites-vous cela ?

Et puis elle comprit.

— En effet, Majesté. Tannick Ryder est mon père.

Chapitre 12

Tandis qu'elle escortait la reine depuis le grand hall, Kaira remarqua que celle-ci avait les poings serrés contre les cuisses. Les articulations de ses doigts étaient blanches. Elle n'avait pourtant aucune raison d'être inquiète : la légendaire Garde de la Vouivre était venue au secours de la cité. C'était la première bonne nouvelle depuis qu'Amon Tugha avait envahi les États libres. Pourtant, Janessa affichait une mine soucieuse.

La jeune fille traversa le palais en compagnie des deux Sentinelles, mais elle ne regagna pas ses appartements. Elle s'enfonça dans les entrailles de Guideciel et se dirigea vers la chambre de guerre. Elle ordonna à ses deux gardes du corps de s'arrêter dans le couloir et ouvrit une porte. Kaira eut le temps d'y jeter un coup d'œil et aperçut une salle austère avec, au milieu, un socle sur lequel reposait Helsbayn, l'épée légendaire des rois de Havrefer.

— Restez ici, dit la reine.

Elle entra et ferma la porte derrière elle.

Les deux Sentinelles attendirent un moment, puis Kaira laissa échapper un murmure anxieux.

— À ton avis, qu'est-ce qu'elle est en train de faire ? demanda-t-elle.

— Et comment je le saurais ? répliqua Merrick. Je ne suis pas devin !

Kaira était habituée aux réflexions sèches de son camarade, mais aujourd'hui, il était d'une humeur de chien. Elle était cependant trop inquiète pour se préoccuper de ses états d'âme.

— Tu crois qu'on devrait entrer ?

Merrick la regarda en fronçant les sourcils.

— Si elle avait l'intention de se tuer, je ne pense pas qu'elle ferait ça à l'épée. Ce n'est pas très facile de se décapiter tout seul avec une lame de plus d'un mètre. Remarque, je parle sans savoir : je n'ai jamais essayé.

Kaira secoua la tête d'un air agacé. Merrick ne lui serait d'aucune aide. Quelque chose tourmentait Janessa, il n'y avait aucun doute sur ce point. Que devait-elle faire ? Elle avait reçu l'ordre de rester devant la porte, mais Garret n'accepterait pas cette excuse s'il arrivait malheur à la jeune fille.

Un bruit métallique résonna à l'intérieur de la pièce. Kaira regarda Merrick qui se contenta de hausser les épaules. Il se passait quelque chose d'anormal. Elle devait entrer.

— Eh bien ! Reste ici ! siffla-t-elle à l'intention de son camarade.

Et elle ouvrit la porte.

Janessa était assise par terre. La vénérable Helsbayn était posée à côté d'elle. La jeune fille leva la tête. Elle avait les yeux remplis de larmes.

— Je n'arrive même pas à soulever cette maudite épée, dit-elle. Comment pourrais-je me battre avec ?

Kaira ferma la porte et approcha.

— Vous n'aurez pas à vous en servir, Majesté. Personne ne vous demande de combattre.

— Mais mon père était un grand guerrier ! répliqua la jeune fille tandis que Kaira l'aidait à se lever. (Elle épousseta sa robe et regarda l'épée d'un air mauvais.) Comment pourrais-je conduire mes armées si je ne sais pas me battre ? Pourquoi accepterait-on de m'obéir si je ne prends pas la tête de mes soldats ?

— Il est vrai que le roi Cael était un grand guerrier, Majesté, mais il n'est pas nécessaire d'être un bon général pour être un bon souverain. Votre force dépend des personnes que vous rassemblez autour de vous. De la loyauté que vous inspirez.

Janessa réfléchit à ces paroles.

L'épée qui gisait par terre semblait baigner la pièce dans son halo de gloire. Un mètre vingt d'acier gravé de runes. Trente centimètres de garde et une poignée couverte de motifs alambiqués à la mode des anciens Teutons. Des quillons et un pommeau en métal nu.

— D'ici peu, je risque de ne plus avoir le choix, dit Janessa. Il faudra peut-être que je me tienne au sommet des remparts pour rallier mes fidèles. Comment puis-je demander à mes sujets de défendre la ville en restant terrée à l'intérieur du palais ?

— Ils se battront quoi que vous fassiez, Majesté. N'oubliez pas qu'ils luttent aussi pour leur survie, pour leur famille, pour leur pays.

— Je voudrais partager votre confiance.

La loyauté de Kaira était indéfectible, mais elle savait que la reine avait raison de s'inquiéter. Dans les États libres, de nombreuses personnes n'hésiteraient pas à prêter allégeance à l'Elharim pour sauver leur vie… ou pour obtenir un peu plus de pouvoir. Elles n'auraient aucun scrupule à servir un maître étranger.

La jeune femme vit le désespoir envahir les yeux de Janessa. Ce n'était encore qu'une enfant, qui cédait à la peur.

— Eh bien ! dit Kaira. Nous allons raffermir votre confiance.

Elle se pencha et ramassa Helsbayn.

Elle fut surprise par son poids. Une épée de cette taille n'aurait pas dû être si lourde. Pas si elle était en acier. Comment diable Janessa était-elle parvenue à la soulever de son socle ? Kaira la prit en main. L'arme était mal équilibrée, pesante et peu maniable. Pourquoi Cael s'était-il battu avec cette camelote pendant tant d'années ? C'était incompréhensible. La légende affirmait que Helsbayn faisait partie des neuf épées forgées par Arlor, un armurier sans égal. Kaira avait du mal à y croire. Malgré sa réputation, cette arme ne valait pas un clou.

C'était cependant l'épée ancestrale des Mastragall, une épée forgée un millénaire et demi plus tôt. Elle faisait partie de l'héritage de Janessa, et si la jeune fille était obligée de se battre, elle le ferait avec cette arme.

— Majesté, regardez-moi bien, je vous prie.

Kaira saisit Helsbayn comme il le fallait.

— Vous devez la tenir à deux mains, la droite près des quillons. Gardez la lame contre vous. Vous pouvez même la poser sur votre épaule si elle est trop lourde. (Janessa n'aurait pas le choix, compte tenu du poids de l'arme.) Avancez le pied gauche et gardez le droit en retrait. Votre équilibre sera meilleur.

La reine observa la jeune femme avec attention. De toute évidence, elle n'avait jamais reçu le moindre entraînement militaire.

— Essayez, Majesté, l'encouragea Kaira en tendant l'épée.

Janessa la prit. L'arme sembla devenir plus légère entre ses mains et la jeune fille n'eut pas trop de mal à la soulever.

Elle fit de son mieux pour imiter la garde de Kaira, mais sa posture était maladroite et peu efficace.

— Vous devriez peut-être commencer avec une épée d'entraînement, Majesté.

— Non, répliqua la jeune fille. Je dois apprendre et vous allez me servir de professeur. Cette arme est celle que je dois porter ; pourquoi apprendrais-je avec une autre ?

Kaira hocha la tête.

— Très bien, Majesté.

— Et quand vous me servirez de professeur, vous vous dispenserez des « Majesté ». Janessa suffira amplement.

— Comme il vous plaira... Janessa.

Kaira éprouva une sensation de gêne en appelant la reine par son prénom. Elle ne faisait qu'obéir aux ordres, mais elle avait l'impression de lui manquer de respect.

Elle dégaina son arme et adopta une garde défensive. Elle pointa son épée vers le haut et légèrement en avant. Janessa l'imita et Kaira constata avec surprise qu'une Bouclière novice n'aurait guère fait mieux. La jeune fille réussit même à incliner la lourde lame à l'angle adéquat.

— C'est bien, dit Kaira en songeant que son élève avait de bonnes dispositions. La prochaine fois, je vous suggère de choisir des habits mieux adaptés aux exercices physiques.

Janessa grimaça un sourire en regardant la robe qui la couvrait des chevilles jusqu'au cou.

— En effet. Dois-je me faire fabriquer une armure ?

— Chaque chose en son temps, se dépêcha de répondre Kaira.

Elle se sentait de plus en plus à l'aise en compagnie de la jeune reine.

— Est-ce que je peux frapper ? demanda Janessa en se préparant à brandir la lourde lame au-dessus de sa tête.

— Juste une fois, répondit Kaira en regrettant de ne pas avoir été plus ferme sur les armes d'entraînement.

Janessa leva Helsbayn. Kaira frissonna en songeant que l'épée allait lui échapper et lui fendre le crâne, mais la jeune fille la tenait sans difficulté.

— Regardez devant vous, ordonna Kaira. (Elle se rappela soudain la cour d'entraînement du temple d'Automne.) Regardez toujours votre adversaire, jamais votre arme.

La jeune fille obéit aussitôt. Son air hésitant laissa place à une expression concentrée.

— Et rentrez la langue !

Le bout de langue disparut.

— C'est plus facile que je le pensais, dit la jeune fille en souriant.

— Restez concentrée. Maintenant, abattez la lame. Avec force, mais sans en perdre le contrôle. Moins vite !

Janessa suivit les indications de la Sentinelle à la lettre. Une fois encore, Kaira fut stupéfaite par sa force. Une Bouclière expérimentée aurait eu du mal à manier une arme si lourde.

— Je pense que cela suffira pour aujourd'hui, dit la jeune femme en rengainant son épée.

— Merci, Kaira. Cette leçon a été très instructive.

La Sentinelle hocha la tête et se dirigea vers la porte. Elle songea alors qu'elle aurait dû commencer par désarmer la reine. Elle se tourna aussitôt. Trop tard.

Emportée par l'exubérance de la jeunesse et l'excitation, Janessa leva son arme plus vite que pendant la leçon. Il n'était pas rare que les recrues inexpérimentées se montrent un peu trop enthousiastes, et en règle générale, cela se terminait mal. Kaira avait vu de nombreux accidents dans les cours d'entraînement.

Janessa brandit Helsbayn au-dessus de sa tête et la lame couverte de runes s'abattit en sifflant.

Le cœur de Kaira s'arrêta.

L'épée trancha la moitié du socle sur lequel elle reposait quelques minutes plus tôt. Le bloc de pierre bascula et se brisa par terre. Janessa et Kaira restèrent silencieuses un long moment, les yeux écarquillés.

Le socle était en granit massif et une arme ordinaire n'aurait jamais réussi à le fendre avec une telle facilité – surtout dans les mains d'une novice, et presque une enfant.

Janessa regarda Kaira en serrant la poignée d'Helsbayn.

Puis elles éclatèrent de rire.

Kaira approcha et prit l'épée avec douceur. Helsbayn était toujours aussi lourde et mal équilibrée. La jeune femme eut le plus grand mal à la glisser dans son fourreau.

— Je pense que nous devrions la laisser là, dit-elle en appuyant l'arme contre les vestiges du socle.

— Je crois que vous avez raison, dit Janessa.

Elles sortirent sans se départir de leur sourire. Merrick les regarda avec curiosité, mais aucune des deux femmes ne lui raconta ce qui venait de se passer.

Les deux Sentinelles escortèrent la reine à ses appartements, où la gouvernante l'attendait. Elles passèrent le reste de la journée à surveiller la souveraine, mais Kaira ne jugea pas utile de parler de la leçon d'escrime à son camarade. Elle était heureuse de partager ce moment secret avec Janessa.

Plus tard, Waldin et Statton vinrent les relever et ils retournèrent à la caserne. Merrick resta silencieux. Kaira aurait dû savourer cette tranquillité inhabituelle, mais elle comprit que le jeune homme n'était pas dans son état normal quand elle le vit contempler la cour d'entraînement d'un œil absent.

Le silence devint soudain plus désagréable que ses bavardages incessants.

— Quelque chose ne va pas ? demanda-t-elle. Tu t'es comporté de manière bizarre toute la journée.

Merrick se tourna vers elle, l'air agacé.

— Tu ne l'as pas entendu ? Tu n'as pas fait attention quand il s'est présenté à la cour comme un noble de province ? Tannick Ryder ? Le *seigneur-maréchal* Tannick Ryder. Un titre qui lui va comme un gant.

Kaira se maudit en silence. Comment avait-elle pu ne pas faire le lien ? Elle avait été tellement surprise par l'arrivée de leurs nouveaux alliés qu'elle n'avait pas remarqué que le seigneur-maréchal de la Garde de la Vouivre portait le même nom de famille que Merrick.

Celui-ci tourna la tête vers la cour où les gardes de la Vouivre s'étaient entraînés jusqu'au coucher du soleil avant de se retirer dans les bâtiments qu'on leur avait assignés.

— Je suis désolée, dit Kaira. Je n'ai pas fait attention.

La jeune femme se rappela vaguement la conversation qu'ils avaient eue quelques semaines plus tôt. Merrick lui avait raconté qu'il avait été abandonné par son père lorsqu'il était enfant.

— Je n'aurais jamais imaginé que…

— Non, tu n'aurais jamais imaginé, évidemment. Nous sommes chargés de protéger la reine et tu ne penses à rien d'autre.

— Arrête de te comporter comme un sale gamin, Merrick. Tu es un homme. Je comprends ta surprise, mais il est là maintenant. Si tu as un problème, va en parler avec lui.

Une solution simple, mais Merrick n'était pas encore prêt à l'adopter. Il se contenta de secouer la tête et laissa échapper un long soupir irrité.

Kaira avait du mal à comprendre sa réaction. Elle n'avait jamais connu ses parents et elle avait vécu au temple de l'Automne depuis sa plus tendre enfance. Si elle avait rencontré son père ou sa mère, elle ne pensait pas qu'elle aurait eu la moindre difficulté à leur parler. Mais Kaira affrontait toujours les problèmes de front alors que Merrick faisait tout pour les éviter, même s'il devait fuir quelque chose qui se trouvait sous son nez.

— Tu ne le connais pas, dit-il sur un ton amer. Tu ne sais pas comment il est. Il ne va pas m'accueillir à bras ouverts. Nous n'étions pas très proches.

— Dans ce cas, je ne vois pas pourquoi tu réagis ainsi. Si tu le détestes tant, fais comme s'il n'était pas là. Il fera sans doute de même.

La jeune femme regretta aussitôt ses paroles. Compte tenu de l'état de Merrick, sa remarque était aussi brutale que maladroite. Le tact n'avait jamais été son point fort.

— Faire comme s'il n'était pas là, hein ? Ouais, c'est une bonne idée. Du même tonneau que « Pourquoi tu n'arrêterais pas de boire et tu ne t'engagerais pas dans un ordre de chevaliers qui vivent comme des moines et qui protègent le palais au péril de leur vie ? » C'est facile. Il suffit d'ignorer le père qu'on n'a pas vu depuis dix-huit ans. L'homme qui a disparu en te laissant, toi et ta mère, dans la misère.

— Dans ce cas, va lui demander des explications.

Kaira sentait la moutarde lui monter au nez. Elle savait que Tannick avait abandonné son fils et sa femme, mais dans la misère ? D'après ce qu'elle avait entendu, il leur avait laissé une petite fortune.

— Vos chemins doivent se croiser de nouveau. Il ne sert à rien de repousser l'inévitable.

Merrick la regarda d'un air dur, puis son expression s'adoucit.

— Tu as raison, je devrais aller le voir. Me présenter. Lui dire que je perpétue la tradition familiale. (Il entreprit de lisser son uniforme.) Lui montrer que je ne suis pas tout à fait un raté.

La porte de la pièce s'ouvrit avant qu'il ait le temps d'ajouter un mot. Garret entra à grands pas. Les lueurs des bougies le paraient d'une aura inquiétante. Kaira se mit aussitôt au garde-à-vous, mais le capitaine ne lui prêta pas attention.

— J'avais l'intention de venir te voir plus tôt, dit-il à Merrick, mais j'avais des problèmes à régler.

— Je n'en doute pas, dit le jeune homme en tournant la tête vers la cour d'entraînement. J'étais justement en train de me dire qu'il fallait que je règle les miens. Je suppose que je dois lui apprendre que je suis ici. Que je suis en vie.

Garret baissa les yeux et sa bouche s'entrouvrit comme s'il voulait dire quelque chose, mais qu'il ne savait pas comment le formuler.

— Il sait, dit-il enfin. Il sait déjà que tu es ici.

Un bref silence s'installa.

— Et ? demanda Merrick.

— Et il ne veut pas te voir.

— *Il* ne veut pas *me* voir ? Est-ce que c'est une putain de plaisanterie ? C'est lui qui m'a abandonné !

— Il a appris ce qui était arrivé, à toi, à ta mère et au domaine familial. Et il a de nouvelles responsabilités, maintenant.

— Des responsabilités ? Depuis quand ce salaud connaît-il le sens de ce mot ?

Les mâchoires de Garret se contractèrent.

— C'est un immense honneur d'être nommé seigneur-maréchal de la Garde de la Vouivre, dit-il d'un ton sévère. C'est un poste dont lui seul était digne, une fonction qu'il était le seul à pouvoir remplir. Ça n'a pas été facile pour lui.

— Ça n'a pas été facile pour *moi* ! Et tu le sais ! J'ai fait des conneries, je le reconnais, mais cette époque est terminée. Je suis une Sentinelle. Je suis un garde du corps attitré de la reine et il ne veut toujours pas me voir ?

— Je suis sûr qu'il est fier de toi… à sa manière. Mais il se passe des choses trop importantes pour…

— Qu'il aille se faire foutre ! Qu'il continue à jouer les nobles chevaliers. Il a toujours été plus intéressé par les soldats et les chevaux que par les membres de sa famille, de toute façon.

Merrick se tourna vers la fenêtre.

Garret ouvrit la bouche pour dire quelque chose, mais il se ravisa et sortit.

Kaira approcha de Merrick, mais elle ne savait pas quoi lui dire.

— Quel connard ! lâcha son camarade.

La jeune femme n'eut pas le cœur de le contredire.

Chapitre 13

Waylian avait rarement savouré des plaisirs plus intenses que celui d'un bon bain chaud, mais de tous ceux qu'il avait pris, aucun n'égalait celui dans lequel il trempait à ce moment. Il avait l'impression de se débarrasser de la douleur et des misères qu'il avait endurées au cours des dernières semaines. Le froid mordant, les journées à cheval, les compagnons de route plus que douteux. Toutes ces souffrances s'envolaient avec la vapeur qui montait vers le plafond.

Le jeune homme ne savait pas qui était le propriétaire de ces appartements, mais à en juger par les livres et les divers objets qui s'y trouvaient, il s'agissait d'un magister de haut rang. En règle générale, les simples apprentis comme lui n'avaient pas le droit de prendre des bains – surtout dans les quartiers d'un membre supérieur de la Caste. Ils devaient se contenter d'un chiffon humide enduit de savon. Mais Waylian avait accompli une mission dangereuse et de la plus haute importance.

Lorsqu'il avait regagné Havrefer en compagnie des gardes de la Vouivre, deux chevaliers Corbeaux – dépêchés spécialement pour lui – l'avaient aussitôt conduit à la tour des magisters. Le jeune homme pensait rencontrer maîtresse Gelredida, mais il ne l'avait pas vue. On l'avait installé dans ces appartements, on lui avait offert de la nourriture et du vin – du *vin*, ô combien il avait adoré le vin –, puis on lui avait proposé un bain chaud. On lui avait même apporté du savon parfumé.

Allongé dans l'eau – désormais noire de terre et de crasse –, Waylian songea qu'il n'aurait aucun mal à s'habituer à un tel luxe. En fin de compte, il avait eu raison de se lancer dans ce dangereux périple. Peut-être devrait-il demander de nouvelles missions de ce genre, et obtenir de nouveaux privilèges ?

Ou peut-être ferait-il mieux de s'abstenir.

Un frisson le traversa de part en part quand il songea aux montagnes glacées. Ses sphincters se contractèrent sous le coup de la terreur lorsqu'il revit les crocs du terrible prédateur qui l'avait attaqué. Et l'arrivée opportune de son sauveur n'avait pas marqué la fin de son calvaire, loin de là.

L'homme qui avait tué le monstre l'avait conduit à travers les montagnes enneigées jusqu'au fort de la Vouivre. En chemin, Waylian avait appris que le guerrier s'appelait Cormach Filsapute – il s'était demandé comment un chevalier membre d'un ordre aussi noble et prestigieux pouvait porter un nom aussi déshonorant. Mais lorsqu'il avait pénétré dans la forteresse, le jeune homme avait découvert que les héros de légende n'étaient pas vraiment tels qu'il les imaginait.

Ils étaient fort disciplinés, certes. Ils s'entraînaient sans cesse en polissant leurs talents de guerrier en prévision de batailles qu'ils étaient impatients de livrer, mais ils avaient le regard mauvais et méprisant. Ils toisaient Waylian avec une morgue à peine dissimulée. Ils ne supportaient pas la faiblesse, chez eux comme chez les autres, et le jeune homme était l'incarnation même de la faiblesse.

Waylian avait passé une éternité – c'était du moins son impression – à agiter sa missive en demandant à parler à l'officier commandant avant d'attirer, enfin, l'attention du seigneur-maréchal. Si l'adolescent espérait avoir affaire à un homme plus accueillant que les autres chevaliers, il avait été cruellement déçu. Le seigneur-maréchal ne lui avait pas prêté la moindre attention, mais il avait lu la lettre avec beaucoup d'intérêt. Quand il avait annoncé à ses hommes qu'ils partaient à la guerre, la nouvelle avait été accueillie avec enthousiasme. Waylian avait eu l'impression qu'ils étaient surtout impatients de se battre, et que le sort des États libres était secondaire.

Personne ne l'avait remercié d'avoir apporté le message au péril de sa vie. Les gardes de la Vouivre l'avaient ignoré pendant qu'ils se préparaient au long voyage vers le sud. Personne ne lui avait proposé la moindre nourriture, et il avait été obligé de quémander de quoi survivre. Un chien aurait refusé ce qu'on lui avait donné. Les réserves de vivres étaient très limitées dans ces montagnes. Le seigneur-maréchal avait même ordonné d'abattre les chèvres auxquelles il tenait tant en prévision du voyage vers Havrefer.

Les gardes de la Vouivre s'étaient préparés comme si Waylian n'était pas là, et ils l'auraient sans doute abandonné au fort si le jeune homme n'avait pas insisté auprès du seigneur-maréchal pour qu'on le ramène à Havrefer.

On avait accepté sa requête à contrecœur, et on lui avait confié le cheval le plus rosse de tous. C'était une bête colérique et imprévisible qui mordait Waylian au moment où il s'y attendait le moins. Peut-être le jeune homme n'avait-il pas de chance. Ou peut-être que les animaux ne l'aimaient pas, tout simplement.

Le retour avait été presque aussi terrible que l'aller, mais il avait survécu. Il avait affronté toutes les épreuves et les avait surmontées. Et aujourd'hui, il savourait enfin les récompenses de son dur labeur.

Les gardes de la Vouivre étaient arrivés à Havrefer. Les problèmes étaient donc résolus, n'est-ce pas ? Amon Tugha et ses hordes n'avaient plus la moindre chance de victoire. Peut-être même battraient-ils en retraite quand ils apprendraient que les guerriers de légende avaient rejoint le camp des États libres.

Waylian comprit qu'il cherchait vainement à se rassurer. Au fond de lui, il savait que le conflit avait à peine commencé. Ce bain était peut-être son dernier moment de répit, son dernier luxe avant que la boucherie commence.

Il était donc déterminé à en profiter le plus longtemps possible. Il ferma les yeux et se laissa glisser dans la baignoire. L'eau arriva à hauteur de son nez et une douce chaleur l'envahit.

Voilà comment il fallait vivre.

La porte de la pièce s'ouvrit.

Maîtresse Gelredida entra et le regarda sans dire un mot. Waylian remercia les dieux que l'eau soit assez sale pour dissimuler ses parties intimes, même si la vieille femme ne s'y intéressait pas le moins du monde.

— Ainsi, vous avez survécu. (Le jeune homme hocha la tête, la bouche toujours dans l'eau.) Vous ne pouvez imaginer à quel point cela me comble de joie.

Gelredida ne semblait pas particulièrement heureuse, mais elle ne semblait *jamais* heureuse. Et puis, c'était sans importance. Elle avait envoyé Waylian accomplir une dangereuse mission au cours de laquelle il avait failli mourir… à plusieurs reprises. Le jeune homme avait maudit sa maîtresse plus d'une fois, espérant qu'elle finirait au fond des enfers, ou plus bas encore.

— Bon travail, Waylian. Je suis fière de vous.

Ah bon ? Alors tout va bien dans ce cas. Voilà un compliment qui récompense amplement mes efforts. Après tout, j'ai juste failli être dévoré par un monstre et eu le plaisir de supporter la compagnie de brutes épaisses qui m'auraient laissé mourir en pleine montagne si je ne les avais pas suppliées de m'emmener.

— Merci, magistra, dit-il en sortant les lèvres de l'eau.

— Ne restez pas là-dedans toute la journée. Vous allez avoir la peau toute ridée. Et puis, j'ai encore besoin de vous. Vous avez du pain sur la planche.

— Bien, magistra. Je vous rejoins dans quelques instants, magistra.

La vieille femme hocha la tête et sortit.

Waylian aurait voulu l'ignorer, lui adresser un geste vulgaire – après qu'elle lui eut tourné le dos –, lui dire – tout bas – d'aller se faire voir… La vieille carne ! Après tout ce qu'elle lui avait fait endurer…

Il se contenta de sortir de la baignoire. Malgré le feu de cheminée, la pièce était fraîche. Il se dépêcha de se sécher et enfila la robe propre qu'on avait déposée sur une chaise.

Tu es le roi des abrutis, Waylian Grimm. Tu cours après cette vieille bique comme un chien après son maître. Tu fais tout pour la satisfaire. Tu lui lèches les bottes en espérant qu'elle daignera te lancer un os en guise de récompense.

Le jeune homme se regarda dans le miroir un moment. Il y avait une éternité qu'il n'avait pas contemplé son reflet. Il trouva le spectacle assez plaisant. Ses cheveux étaient plus longs – il n'avait pas eu de quoi les couper pendant son périple – et il aimait bien la manière dont ils encadraient son visage. Son menton et sa lèvre supérieure étaient désormais couverts d'un infime duvet. Il était plus mince, et les lignes des mâchoires étaient plus nettes. Devenait-il séduisant ?

C'est ça, rêve.

Malgré les épreuves qu'il avait affrontées, il était toujours le bon vieux Waylian. L'incapable de service. C'était peut-être pour cette raison que Gelredida l'avait choisi. Parce que sa vie n'avait aucune importance. Parce que personne ne pleurerait sa mort.

Il était quantité négligeable. Un reliquat inutile.

Oui, la magistra avait affirmé qu'elle avait besoin de lui à ses côtés, mais tout le monde avait envie d'un fidèle compagnon. Chaque sorcière avait son familier.

Le jeune homme secoua la tête à cette pensée.

— Tu es une construction de matière sans intérêt, se murmura-t-il avant de quitter la pièce.

Il n'alla pas loin. Sa maîtresse l'attendait au bout du couloir. Il la suivit comme un chiot tandis qu'elle se dirigeait vers la tour des magisters à grands pas. Ce n'est qu'en arrivant au dernier étage et en entrant dans le magnifique hall que Waylian comprit qu'ils se rendaient à la chambre du Creuset.

— Je ne doute pas un seul instant de l'inutilité profonde de cette audience, dit Gelredida tandis que deux chevaliers Corbeaux fixaient les étranges bracelets à ses poignets afin de neutraliser ses pouvoirs. Mais il nous faut quand même essayer.

Les grandes portes s'ouvrirent, et Waylian suivit sa maîtresse. Rien n'avait changé. Les cinq pupitres se dressaient toujours comme d'anciens mausolées devant les archimaîtres.

Waylian les passa en revue : Hoylen Crabbe, avec ses cheveux noirs et son air sévère ; Crannock Marghil, avec son visage ridé et ses fines lunettes posées au bout de son nez ;

Drennan Plie, avec sa crinière grise, son éternelle expression furieuse, son œil bleu et son œil vert ; Nero Laius et son air affable – Waylian l'avait vu invoquer ses pouvoirs et il savait que c'était un redoutable malégien ; Lucen Kalvor, le plus jeune et sans doute le plus dangereux de tous.

Gelredida avança vers eux et Drennan Plie se pencha en secouant la tête. Ses longs favoris frissonnèrent.

— Encore vous ? dit-il. (Son expression furieuse s'adoucit et laissa place à un amusement qui n'avait rien de sincère.) Il me semblait que nous avions répondu à votre question, Gelredida. À moins que vous veniez nous voir pour une autre raison ?

— Non, Drennan, répondit la magistra. Je viens une fois encore vous demander d'ouvrir les yeux. Amon Tugha ne s'arrêtera pas avant que Havrefer soit réduite en cendres. La Garde de la Vouivre est descendue de ses montagnes pour nous défendre. Si elle a le soutien de la tour des magisters, l'Elharim ne parviendra jamais à franchir les murailles de la ville. Vous avez tout intérêt à participer à l'effort de guerre. Si vous ne faites rien, vous mourrez sûrement.

— Ce ne sont que des hypothèses, intervint Crannock Marghil en la regardant par-dessus ses lunettes. Vous ne pouvez pas prédire l'issue de la guerre si nous acceptions une fois de plus de mettre notre pouvoir au service des États libres.

Gelredida secoua la tête à son tour.

— Je sais ce qui se passera si vous restez assis sans rien faire, Crannock. Votre inaction entraînera votre fin et celle de chaque homme, femme et enfant de Havrefer.

— Nous vous avons donné notre réponse, Sorcière rouge, dit Hoylen Crabbe. Nous demeurerons neutres. (Il baissa les yeux comme s'il avait honte des paroles qu'il venait de prononcer, mais ses sourcils restèrent froncés, comme toujours.) Nous compatissons aux problèmes de la ville, mais les enjeux sont trop importants.

— Pardon, Hoylen ? interrogea Gelredida. Mais de quels enjeux parlez-vous ? Qu'est-ce qui pourrait être plus important que la sécurité de la cité ? Que la sécurité de la reine ? Que la sécurité de ses sujets ? Mais de quoi avez-vous peur ?

Elle s'interrompit. Elle regarda les archimages les uns après les autres, puis elle hocha la tête, comme si elle venait de comprendre les raisons de leur lâcheté.

— Il vous terrorise à ce point ? Les grands archimaîtres, les membres du Creuset, n'osent pas lever le petit doigt de peur de contrarier *un seul* prince elharim. Vous êtes les mages les plus puissants du monde connu ! Où est passé votre courage ?

Son cri résonna entre les murs de la salle.

Les archimaîtres restèrent silencieux.

Gelredida avança d'un pas.

— Drennan, dit-elle sur un ton presque implorant. Nous ne nous apprécions guère, mais vous devez comprendre pour quelles raisons nous devons nous battre ? (Drennan détourna les yeux.) Hoylen. (Elle fit un pas de plus.) Vous m'avez aidée par le passé. Vous m'avez aidée à sauver la cité et le royaume des envahisseurs aeslantis. Si cela a quelque importance pour vous, aidez-moi de nouveau. (Hoylen secoua la tête et Gelredida se tourna vers l'archimaître suivant.) Crannock, regardez au fond de vous. Vous savez qu'on ne peut pas faire confiance à l'Elharim. Vous savez que j'ai raison.

Le vieil homme leva une main tremblante et ôta ses lunettes.

— Nous sommes sensibles à tout ce que vous avez fait pour Havrefer, et pas seulement au cours des derniers mois, dit-il. Votre force et votre sagesse sont inestimables à nos yeux, mais nous ne pouvons pas intervenir.

Gelredida recula et ses poings se serrèrent dans les gants écarlates, les gants qu'elle avait pris l'habitude de porter quelques semaines avant que Waylian parte pour les montagnes de Kriega.

— Lâches ! Vous êtes tous des lâches ! Je me demande si vous aurez seulement le courage de vous défendre quand le paria elharim viendra prendre vos têtes ! Car il n'acceptera jamais qu'un pouvoir menace le sien, je peux vous l'assurer. Il n'acceptera jamais de laisser l'un d'entre vous en vie.

— En avez-vous terminé avec vos prévisions apocalyptiques, femme ? demanda Lucen Kalvor.

Le plus jeune archimaître était visiblement las des imprécations de Gelredida.

— Pas encore ! répliqua la magistra. (Elle toisa Lucen Kalvor jusqu'à ce que celui-ci baisse les yeux.) Je voudrais que vous réfléchissiez un peu plus longtemps à la question, à ce qui vous arrivera si vous ne faites rien. Quand ce sera chose faite, je reviendrai pour demander un vote.

— Mais nous vous avons déjà donné notre réponse, dit Crannock.

— Je crois que certains d'entre vous changeront peut-être d'avis lorsque la horde se présentera devant les portes de la cité. Je vous offrirai alors la chance de vous raviser.

— Nous pouvons voter ici et maintenant, dit Hoylen Crabbe.

— Non. En tant que membre de la Caste, je suis en droit de demander un vote au moment de mon choix. Et je choisis de le réclamer dans cinq jours.

Le silence s'installa.

Waylian ne connaissait pas grand-chose au protocole, car il n'était pas encore membre de la Caste, mais il comprit que Gelredida ne mentait pas. Les archimaîtres échangèrent des regards, puis Drennan prit la parole.

— Très bien. Dans cinq jours. Mais notre décision est d'ores et déjà arrêtée.

Gelredida sourit.

— Je suis certaine que le bon sens finira par vous effleurer de son aile.

Sur ces paroles, elle se tourna et se dirigea vers les portes, Waylian sur les talons.

Ils regagnèrent la tour des magisters et montèrent l'escalier en colimaçon qui menait aux appartements de Gelredida. La pièce principale était rangée à la perfection lorsque le jeune homme y était entré quelques semaines avant son départ, mais la magistra avait eu fort à faire en son absence, et Waylian découvrit un capharnaüm de livres et de parchemins. Le grand bureau était couvert de plumes, d'encriers et de papiers. Chaque étagère, chaque surface plane disparaissait sous des amas d'objets divers.

Gelredida s'assit sur sa chaise et joignit l'extrémité de ses doigts d'un air pensif.

— Il reste beaucoup à faire, Waylian.

— Dans ce cas, je vais vous laisser en paix, magistra, dit le jeune homme en se tournant vers la porte.

— Il *nous* reste beaucoup à faire, Waylian.

— « Nous », magistra ?

Un sourire se dessina sur les lèvres de la vieille femme. Waylian crut y discerner une pointe de sadisme, mais il devait se tromper. La magistra l'avait assez fait souffrir comme cela, non ?

Apparemment pas.

— J'ai gagné un peu de temps, rien de plus. Dans les circonstances actuelles, les archimaîtres n'accepteront jamais de mettre leur pouvoir au service de Havrefer. Ils ont trop peur de ce qu'ils pourraient perdre. Il faut les convaincre qu'ils n'ont aucune raison de craindre l'Elharim.

— Mais de quoi ont-ils donc peur ? Et que pouvons-nous faire ?

Enfin, qu'est-ce que je *peux y faire ?*

— Nous avons cinq jours pour nous préparer. Cinq jours pour persuader nos illustres archimaîtres qu'ils se trompent. Il est inutile de les convaincre tous. Trois suffisent pour obtenir la majorité. Il est cependant préférable de s'assurer une marge de sécurité.

— Je ne comprends pas.

— C'est normal. (La magistra se leva.) Il n'est pas nécessaire que vous compreniez, Waylian. Ayez confiance, cela suffira amplement. Et faites tout ce que je vous dirai de faire. Suivez-moi.

Elle sortit de la chambre.

Waylian songea que dans quelques jours, Gelredida lui offrirait sans doute un collier. Un beau collier orné de clous. Ou de gemmes peut-être. Rien n'était trop beau pour l'animal de compagnie préféré de la magistra.

Ils descendirent les étages pour s'enfoncer dans les entrailles de la tour des magisters. D'imposants chevaliers Corbeaux montaient la garde sur certains paliers de l'escalier en colimaçon. La magistra et son élève s'engagèrent dans un labyrinthe de tunnels, et Waylian ne tarda pas à s'apercevoir qu'il n'avait pas la moindre idée de l'endroit où il se trouvait.

Ils arrivèrent enfin devant une porte en bois qui s'ouvrit en grinçant. Ils entrèrent dans une pièce éclairée par quelques grandes chandelles rouges. L'air sentait le renfermé et il faisait un froid glacial. Un vieil homme était assis dans un coin. Il leva les yeux de son grimoire poussiéreux en entendant la porte s'ouvrir.

— Vous, ici ? dit-il d'un air surpris.

Gelredida resta silencieuse. Elle attendit que le vieillard ferme son livre.

— Bon, eh bien… je crois que je vais vous laisser, dit l'homme d'une voix triste.

Il passa devant Waylian, haussa les sourcils et sortit.

Le jeune homme aurait dû éprouver un élan de compassion envers l'inconnu, mais la Sorcière rouge le traitait toujours comme le dernier des derniers, alors pour une fois que ce n'était pas lui qui en prenait pour son grade…

Il scruta la pénombre, et quand ses yeux s'habituèrent à la faible lumière, ses épaules s'affaissèrent d'un coup. Non, ça n'allait tout de même pas recommencer. Combien de fois devrait-il supporter ces horreurs macabres ?

Gelredida approcha d'une table disposée au centre de la pièce. D'un geste large, elle tira sur le drap blanc et sale qui la couvrait… et un corps momifié apparut. Waylian songea qu'il s'agissait sans doute d'un cadavre de vieillard, mais c'était difficile d'en être sûr compte tenu de son état.

Gelredida regarda son élève d'un air impatient.

— Les instruments de dissection sont sur l'autre table, là-bas.

Waylian se tourna et aperçut une collection de scies, de lames et de compas qui brillaient à la lumière des chandelles.

— Ayez la gentillesse de m'apporter le scalpel. Nous allons commencer.

Non ! C'est hors de question. J'en ai soupé des séances de dissection. J'en ai plus qu'assez de vous et de vos demandes insensées. Désormais, vous ferez le sale boulot toute seule, espèce de vieille sorcière !

— Tout de suite, magistra, dit Waylian.

Il se dirigea vers les instruments alignés et prit la lame la plus acérée.

Chapitre 14

Chaque jour, les températures devenaient plus rudes. Plus ils s'enfonçaient dans les terres des Sans-Griffes, plus les éléments étaient hostiles. Le vent leur hurlait de rebrousser chemin, de renoncer à leur folle entreprise. Regulus et ses guerriers avaient tué de nombreux animaux et récupéré les peaux pour se couvrir. Kazul, impressionné par les bourrasques et le froid, avait renoncé à chasser et s'était contenté d'égorger quelques bêtes dociles dont la fourrure était blanche et bouclée. Elles n'avaient même pas essayé de s'enfuir lorsqu'il s'était jeté sur elles. Leurs cris d'agonie avaient été brefs.

Ils n'avaient pas appris grand-chose à propos des habitants des Terrefroides. Ils avaient aperçu quelques villages composés de huttes en bois et eu le plus grand mal à résister à l'appel naturel de la violence et du pillage. Mais ils n'étaient pas venus pour faire la guerre. Pas tout de suite, du moins.

— On va marcher encore longtemps ? demanda Akkula tandis que le petit groupe franchissait le sommet d'une colline dominant une large vallée. Ce maudit vent me gèle les os.

Regulus aurait dû lui rappeler sèchement qu'un guerrier ne se plaignait pas, mais il avait froid lui aussi. Ce pays semblait décidé à les transformer en statues de glace et il leur fallait mobiliser toute leur volonté pour continuer à avancer.

— Tu seras bientôt au chaud, jeune Akkula, dit Leandran. (Le vieux guerrier devait souffrir plus que les autres, mais c'était lui qui se plaignait le moins.) Quand nous offrirons nos armes au roi de fer, il nous lancera contre ses ennemis avec une rage ardente. Tu te réchaufferas alors en te baignant dans le sang de tes adversaires.

Hagama et Kazul grognèrent leur approbation, mais les paroles de Leandran ne parurent apporter aucun réconfort au jeune guerrier, qui resserra sa cape en cuir autour de lui avec une expression maussade.

— Là ! dit Janto.

Il s'accroupit et tira une hache de sa ceinture.

Regulus et le reste de ses guerriers l'imitèrent aussitôt avant de scruter la vallée qui s'étendait devant eux. Au loin, ils aperçurent une file de Terrefroidiens qui se dirigeait vers l'ouest. Ils n'étaient guère vaillants : ils pliaient sous le poids de leurs fardeaux ou tiraient des chariots. Les enfants suivaient les adultes, qui avançaient péniblement sur une route.

— Qu'est-ce que tu en penses ? demanda Leandran en les regardant d'un air sombre. Est-ce qu'on les évite ?

Regulus secoua la tête.

— Non. Nous allons les saluer. Nous devons savoir si nous allons dans la bonne direction, vers la capitale et vers leur roi. À quoi bon errer sur ces terres glacées pendant des jours et des jours ?

— Et s'ils refusent de nous parler ? S'ils s'enfuient en nous voyant ?

— Ils me parleront, dit Regulus. Je connais leur langue. Je vais y aller seul.

— Non, dit Janto. Je viens avec toi… au cas où.

— Au cas où quoi ? (Regulus fit un geste en direction de la colonne des misérables voyageurs.) Ils tiennent à peine debout. Que veux-tu qu'il m'arrive ?

Il sentit que Janto avait envie de dire quelque chose, mais le guerrier du Sho'tana décida finalement de rester silencieux. Janto aurait voulu l'accompagner pour surveiller ses arrières, mais seulement parce qu'il était impatient de s'affranchir de sa dette envers Regulus.

— Vous autres, restez cachés. Il ne faut pas affoler ces gens.

Les guerriers comprirent. Regulus planta son épée dans le sol et descendit vers la vallée. Il perdit de vue les voyageurs en passant derrière un petit bois.

Quand il arriva au pied de la colline, il s'arrêta au bord du chemin et tira sa capuche pour cacher son visage. Tandis qu'il attendait, il réfléchit à la meilleure approche possible. Il ne fallait pas provoquer un mouvement de panique. Après tout, il était étranger et son apparence était différente. Sur ces terres, les gens étaient pâles et chétifs. Leurs griffes étaient inexistantes et leurs crocs leur permettaient à peine de mâcher de l'herbe. Il était logique qu'ils aient peur de lui. Mais il était venu pour servir leur roi, pour offrir son épée et pour les défendre. Ils comprendraient sans doute cela.

Et s'ils ne comprenaient pas, il se chargerait de le leur expliquer.

La colonne de voyageurs apparut sur la route, près du bois. En tête, un homme tirait une petite carriole d'un air malheureux. À ses côtés, un enfant semblait plus malheureux encore. Regulus fit un pas en avant et leva la main en signe de paix.

L'homme poussa un hurlement strident.

Il recula et faillit tomber sur sa carriole. Il serra l'enfant contre lui et Regulus songea qu'il était incapable de dire s'il s'agissait d'un garçon ou d'une fille. À ses yeux, tous les Terrefroidiens se ressemblaient. L'enfant hurla à son tour. Regulus grimaça d'un air agacé, mais l'irritation céda la place à l'inquiétude quand il s'aperçut que les cris se propageaient le long de la colonne. La panique devint générale quand les gens le virent au milieu du chemin. Regulus essaya de les calmer, d'expliquer la situation, mais ses mots furent noyés par les hurlements. Les voyageurs s'enfuirent dans le bois ou rebroussèrent chemin en courant.

Les poursuivre n'aurait fait qu'empirer la situation. La prise de contact risquait d'être plus difficile qu'il l'avait prévu. Si la vue d'un seul Zatanien terrorisait des dizaines de Terrefroidiens, que se passerait-il quand il se présenterait aux portes de la capitale en compagnie de ses guerriers ?

Alors qu'il s'apprêtait à regagner la crête de la colline, il entendit une voix. Il avança avec prudence le long des carrioles et des chariots abandonnés et découvrit un vieil homme agenouillé sur le sol glacé. Il avait les yeux clos et murmurait une prière aux dieux des païens du Nord.

— Ne crains rien, vieillard, dit Regulus dans la langue des Terrefroidiens.

Il avait parlé d'une voix aussi douce que possible, mais le vieil homme se mit à marmonner à toute allure, comme si les mots étaient son seul rempart contre la mort.

— Je n'ai pas l'intention de te faire du mal, vieillard. Je ne porte aucune arme.

L'interpellé ouvrit un œil et leva la tête. Des larmes coulèrent sur ses joues. Ce terrible monstre n'avait pas besoin d'armes pour le massacrer en un clin d'œil. Regulus s'efforça de sourire, mais son rictus acheva de terrifier le malheureux.

Le Zatanien se pencha avec lenteur et aida l'homme à se lever.

— Je veux parler avec toi, vieillard. Rien de plus.

Les jambes du malheureux tremblaient, mais il soutint le regard de Regulus.

— Je suis un vieil homme et je ne me laisserai pas duper, seigneur des démons. Si tu as l'intention de me tuer, qu'on en finisse tout de suite.

Regulus faillit éclater de rire. S'il avait voulu le tuer, il n'aurait pas attendu si longtemps.

— Tu n'as rien à craindre. Je suis venu sur ces terres pour aider. Pas pour chasser.

Le vieillard fronça les sourcils, décontenancé. Son visage se rida un peu plus.

— Tu ne vas pas me manger ?

Regulus contempla le corps maigre en se demandant s'il y avait le moindre soupçon de chair sur ces os.

— Non, vieillard. Je ne vais pas te manger.

L'homme se calma un peu et s'appuya contre une carriole. Pendant un bref moment, Regulus se demanda pourquoi ces gens transportaient leurs biens au lieu de confier cette tâche à des esclaves ou des animaux de trait. Il avait cependant des questions plus importantes à poser.

— Ce chemin mène-t-il à la capitale ? demanda-t-il.

— Oui. Havrefer est à cinquante ou soixante kilomètres dans cette direction. Vers l'est. C'est de là que nous venons. La cité sera bientôt envahie par ces ordures de Khurtas et nous préférons être le plus loin possible quand ça arrivera.

— Votre chef, votre roi, il est dans cette cité ?

Le vieil homme le regarda d'un air triste, puis secoua la tête avec lenteur.

—Le roi Cael est mort il y a deux mois. Avant le début de l'hiver. Il a été assassiné par ce bâtard d'Amon Tugha et ses animaux khurtiques.

Regulus crut que son cœur s'arrêtait. C'était une terrible nouvelle, en effet. Il avait prévu d'offrir son épée au roi de fer, au vainqueur de la Porte de Bakhaus. Un tel homme aurait compris sa valeur et celle de ses guerriers, mais maintenant...

—Qui est assis sur son trône, aujourd'hui ? demanda Regulus. Un fils a-t-il pris sa place ?

Le vieil homme secoua la tête de nouveau.

—Il n'avait qu'une fille. C'est elle qui règne désormais

—Une fille ? (Regulus avait du mal à en croire ses oreilles.) Une fille est assise sur le trône ? Et elle porte la couronne de fer ?

Le vieil homme acquiesça.

—C'est la reine, oui.

C'était impossible. Regulus ne pouvait tout de même pas s'agenouiller devant une femelle – et encore moins lui jurer fidélité et lui offrir son épée. Et même s'il acceptait une telle humiliation, ses guerriers refuseraient de le suivre.

—Vous allez bien ? s'enquit le vieil homme.

—Je vais bien, vieillard.

C'était un mensonge.

Tous ses espoirs venaient de voler en éclats. Il avait fui vers le nord et affronté ces terres glacées pour rien.

—Est-ce... est-ce que je peux partir ? demanda le vieil homme.

Regulus l'entendit à peine. Il se retourna et regagna le sommet de la colline où ses guerriers l'attendaient.

—Alors ? demanda Leandran.

—Préparez le campement.

Regulus ne trouva rien d'autre à dire.

— Ici ? Pourquoi ?

— Parce que j'en ai donné l'ordre. Et faites du feu. J'en ai plus qu'assez de ce froid.

— On va nous voir à des kilomètres à la ronde, remarqua Janto.

— Qui nous verra ? demanda Regulus en écartant les bras et en se tournant vers les quatre horizons. D'autres paysans ? Je ne pense pas qu'ils aient l'intention de nous attaquer. Ils ont tout juste la force de lever la tête.

Les guerriers n'insistèrent pas. Lorsque la nuit tomba, ils allumèrent un feu avec le bois qu'ils avaient ramassé et se rassemblèrent autour en s'emmitouflant dans leurs capes.

Ils eurent du mal à accepter la nouvelle de la mort du roi Cael, surtout quand ils apprirent l'identité de son successeur.

— Nous devons rentrer chez nous, dit Janto, qui était dans une rage folle. Il n'est pas question que nous servions je ne sais quelle… cheftaine.

— Les Sans-Griffes les appellent « reines », le corrigea Regulus. Et nous serions quand même des guerriers. Nous ne ferions que nous battre pour elle et notre honneur. Nous ne serions pas ses serviteurs.

— Quand même, intervint Leandran. Nous sommes venus dans le Nord pour nous forger une glorieuse et terrible réputation. Que diront nos ennemis d'Equ'un lorsqu'ils apprendront que nous nous sommes battus sous les ordres d'une femelle ?

Si Regulus avait espéré le soutien du plus ancien et du plus sage de ses guerriers, il en fut pour ses frais.

— Quand ils entendront parler des batailles que nous avons remportées et des exploits que nous avons accomplis, ils ne prêteront guère attention au nom de la personne que nous avons servie. Nous sommes ici pour nous battre aux côtés des Terrefroidiens. Si cet Amon Tugha est assez puissant pour vaincre le roi de fer, nous deviendrons des légendes en le tuant.

— J'ai une meilleure idée, affirma Janto en contemplant les flammes.

La lumière dansait dans ses yeux bleus et sur ses crocs. Il ressemblait à un démon.

— Pourquoi ne prêterions-nous pas allégeance à cet Amon Tugha ? Nous pourrions nous battre pour lui contre les Terrefroidiens et leur *reine*. Ce serait une solution beaucoup plus honorable, non ? Plus que de courber l'échine devant une femme qui porte la couronne de son père.

— Non ! s'exclama Regulus. Je suis venu dans ce pays pour me couvrir de gloire et servir l'homme qui nous a libérés de l'esclavage, pas pour faire la guerre à sa progéniture. Se battre contre des femmes, ce sont des manières du Kel'tana ou du Vir'tana. Ce ne sont pas les miennes. J'offrirai mon épée à la fille du roi de fer. Chacun de vous décidera s'il veut me suivre ou non. Il n'y aura nulle honte à refuser.

Le silence s'abattit sur le campement tandis que les guerriers réfléchissaient.

— Puisque nous sommes venus jusqu'ici, dit enfin Leandran, je suppose qu'il serait idiot de rebrousser chemin. Un chef en vaut un autre, après tout.

Près de lui, Akkula acquiesça.

— Je te suivrai, dit-il à Regulus.

Hagama et Kazul acceptèrent à leur tour.

Regulus se tourna vers Janto, qui contemplait toujours les flammes.

— Si tu souhaites retourner au sud, je te libérerai de ta dette, dit-il.

Janto leva la tête avec lenteur. Ses yeux bleus brillaient à la lueur du feu.

— Ce n'est pas à toi de décider si je suis libéré de ma dette ou pas. J'en serai libéré lorsqu'elle aura été remboursée. Je suis contraint de te suivre où que tu ailles.

Regulus hocha la tête. Il n'avait jamais eu le moindre doute quant à la réponse de Janto, mais avait jugé préférable de lui donner l'illusion d'un choix.

— Dans ce cas, c'est décidé. Nous irons à l'est et offrirons nos armes à la reine des Terrefroidiens.

Soudain, Janto glissa les mains vers ses haches. Regulus se prépara aussitôt à dégainer – le Sho'tana avait peut-être décidé de le tuer plutôt que de rembourser sa dette. Et puis il sentit l'odeur dans la brise froide de la nuit. Une odeur brute, presque imperceptible. Il ne s'agissait pas d'un animal.

Les guerriers se levèrent et se tournèrent vers l'extérieur du feu de camp en brandissant leurs armes. Une silhouette émergea de l'obscurité et avança d'un pas tranquille.

C'était un Terrefroidien. Il avait une barbe et de longs cheveux noirs. Il portait une fourrure sur les épaules. Il avait les bras le long du corps et les mains ouvertes – le signe de paix zatanien. Il n'était pas armé, mais il ne semblait pas avoir peur de Regulus ni de ses guerriers.

Janto fit un pas en avant, mais Regulus l'arrêta en posant une main sur son bras. Il sentit les muscles contractés du Sho'tana.

— Baissez vos armes, ordonna-t-il. Cet homme vient en paix.

Le Terrefroidien approcha et s'arrêta à moins d'un mètre de Regulus.

— Je parle votre langue pas bien, dit-il dans un equ'un approximatif.

— Dans ce cas, il est heureux que je parle la tienne, dit Regulus en terrefroidien.

L'homme sourit, soulagé d'avoir été compris avant de se faire attaquer.

— C'est assez étonnant de la part d'un membre de ta race, remarqua-t-il. Je m'appelle Tom, mais certains m'appellent le Pied Noir. Je suis un Gardien du Sud et un serviteur des États libres et de sa reine.

— Je suis Regulus du Gor'tana.

— Vous êtes bien loin de vos terres, observa le Pied Noir.

— Et tu es bien courageux d'approcher notre campement sans arme.

L'homme sourit de nouveau.

— Oh, je ne suis pas venu sans armes. (Il hocha la tête en direction des ténèbres.) Elles sont là, quelque part. Mais j'ai estimé qu'elles ne me serviraient pas à grand-chose contre six adversaires tels que vous, alors j'ai préféré m'en débarrasser pour montrer que je n'avais pas de mauvaises intentions.

Regulus rengaina son épée, et ses camarades se détendirent.

— Approche, Tom le Pied Noir. Partage notre feu.

Les guerriers s'accroupirent et recommencèrent à se frotter les bras et les jambes pour se réchauffer. Le Terrefroidien se joignit à eux. Il ressemblait à un enfant entre les imposants Zataniens.

Regulus reprit la parole.

— Explique-moi ce qui peut bien pousser un homme du Nord à approcher un campement de Zataniens.

Tom jeta un coup d'œil aux six colosses.

— Je suis un Gardien des États libres. Mon travail consiste à m'assurer qu'il n'y a pas de personnes malintentionnées sur nos terres. Alors quand je vois une dizaine de paysans terrifiés courir comme des lapins en hurlant que des démons noirs nous envahissent, il est de mon devoir d'enquêter.

— Tu penses que nous sommes des « personnes malintentionnées », Tom le Pied Noir ?

Tom secoua la tête.

— Messieurs, vous êtes à des jours de marche de chez vous. En plein territoire teuton. Je pense que si vous vouliez causer des problèmes, vous n'auriez pas attendu d'être ici, mais je n'ai pas entendu parler de la moindre attaque. Alors je me suis posé la question suivante : si vous n'êtes pas venus pour vous livrer au pillage, qu'est-ce que vous faites ici ?

Regulus sourit.

— Nous sommes des bannis et cherchons un nouveau seigneur à servir. Nous avons appris que votre roi est mort et nous allons nous rendre dans votre grande cité pour offrir nos armes à la reine.

Tom le Pied Noir aurait dû s'étrangler de surprise en entendant une telle déclaration, mais il demeura impassible.

— Havrefer accueille à bras ouverts tous les mercenaires qui se présentent, mais je vous conseille de vous montrer prudents, si vous décidez d'y tenter votre chance. Cette ville est dangereuse. D'un autre côté, il me semble peu probable qu'on vous cherche noise. Je dois cependant vous avertir que les étrangers sont traités avec méfiance, surtout en ce moment. Les imprudents ne font pas long feu dans les rues de Havrefer. On n'y fait pas de prisonniers et on y tend des embuscades à chaque carrefour. Ne vous attendez pas à être reçus en héros.

— Nous affronterons les dangers comme des guerriers, Tom le Pied Noir. Et nous montrerons à quel point les Zataniens sont redoutables sur un champ de bataille.

— Je n'ai pas le moindre doute sur ce point, mais le danger ne se trouve pas toujours en face de vous. Bien souvent, il est préférable de surveiller ses arrières plutôt que de regarder devant soi.

— Je te remercie pour ce précieux conseil. J'espère qu'à Havrefer, nous rencontrerons des personnes aussi accueillantes que toi.

— Je l'espère également, dit Tom avec un clin d'œil. (Il se frotta les mains devant le feu.) Eh bien ! bonne chance à toi, Regulus du Gor'tana.

Il se leva et Regulus l'imita. Le Zatanien le dépassait d'une tête. Tom salua les autres guerriers d'un geste avant de s'enfoncer dans la nuit.

— Alors, qu'est-ce qu'il a dit ? demanda Leandran.

Regulus contempla un long moment les ténèbres qui s'étaient refermées sur le Gardien.

— Il a dit que Havrefer est un bon endroit pour se couvrir de gloire. Il a dit que nous serons accueillis comme des frères et qu'on nous reconnaîtra comme les nobles guerriers que nous sommes. Il a dit que nous devons nous presser, car notre destin nous attend.

Regulus ramassa son épée. Ses guerriers comprirent le message et se levèrent, prêts à se remettre en marche.

Regulus vit le feu qui brillait dans leurs yeux. La soif de sang, de gloire et de victoire. Il était fier d'eux et avait hâte de se battre.

Lorsque le soleil se leva, le petit groupe marchait à grands pas en direction de l'est.

Chapitre 15

C'était tout simplement ridicule. Et dangereux.

Loque était capable de supporter le ridicule – elle l'avait affronté à de nombreuses reprises par le passé –, mais elle n'avait guère envie de se frotter au danger.

À première vue, la mission ne présentait pas d'obstacle : il suffisait d'entrer dans la caserne, de trouver un certain Merrick Ryder, de faire un rapport à Friedrik et d'attendre de nouvelles instructions. Quoi de plus simple ?

Loque réfléchit en contemplant le palais qui se dressait vers le ciel comme un château de conte de fées. En fin de compte, il y avait quand même plein de choses qui étaient plus simples que ce satané plan.

Elle n'avait pas eu de mal à entrer dans le quartier de la Couronne. Quelques semaines plus tôt, Krupps y était parvenu en soudoyant les Manteaux Verts. La fillette n'en avait pas eu besoin. Elle faisait désormais partie de la Guilde, et la plupart des Manteaux Verts étaient à la solde de celle-ci. Elle était entrée sans même chercher à se cacher. Les gardes l'avaient à peine regardée. Ils avaient ouvert les portes comme si elle était attendue. Ils n'avaient même pas examiné le plateau en bois qu'elle portait. Ni soulevé le voile de mousseline pour voir ce qu'il y avait dessous. Loque avait failli éclater de rire. Des Manteaux Verts qui la traitaient comme une dame de la haute.

Une fois dans le quartier de la Couronne, la fillette n'avait eu aucun mal à trouver le palais – il se dressait au-dessus des autres bâtiments –, mais le doute l'avait assaillie lorsqu'elle était arrivée au pied des murailles. La caserne des Sentinelles de Guideciel se trouvait sur le côté, et l'entrée était gardée par deux chevaliers portant des armures d'argent et des heaumes qui dissimulaient leurs visages. Ils tenaient des épées aiguisées dans leur main. La mission s'annonçait moins facile que prévu.

Mais Loque avait une tâche à accomplir, et elle l'accomplirait. Elle faisait partie de la Guilde. Elle avait réalisé son rêve. Il était grand temps de montrer à Friedrik qu'elle n'était pas un simple bibelot, une poupée qu'on habille, un jouet toujours disponible.

Elle se figea en songeant au maître de la Guilde. Avait-elle seulement envie de le satisfaire ? Au cours des dernières semaines, elle avait découvert que ce n'était qu'un bâtard dangereux, qu'il était cruel pour le plaisir d'être cruel. Si elle avait su ce qui l'attendait, aurait-elle consenti tant d'efforts pour se faire accepter au sein de la Guilde ?

Tu te fiches de qui ? Tu aurais fait la même chose, bien sûr. C'était ton objectif. Tu en rêvais depuis si longtemps. Tu préférerais jouer les pinceuses et te contenter de quelques malheureuses pièces de cuivre ? Tu préférerais dormir sur le toit d'une taverne ?

La fillette éprouva un curieux sentiment de nostalgie en songeant aux longues journées de froid et de faim qu'elle avait endurées. Elle s'efforça de le chasser, de se convaincre qu'elle avait changé de vie, mais tout son passé lui manquait. Les garçons, surtout. Même Rondache. Elle savait pourtant que c'était idiot. Elle avait désormais un toit au-dessus de la tête et il y avait toujours à manger dans son assiette. On s'occupait d'elle et elle faisait partie d'une bande digne de ce nom. C'était sa nouvelle famille, celle de la Guilde. Mais ce n'était pas vraiment la famille qu'elle avait imaginée. Sur le toit du *Taureau Silencieux*, avec Réjoui, Calot et Minuscule, elle n'avait jamais été obligée de regarder un pauvre type se faire arracher les ongles.

Conneries ! Le passé, c'est le passé. Tu vis dans le présent. Reprends-toi, Loque, et remplis ta putain de mission.

Certes, elle était contrainte d'assister à des spectacles atroces, mais c'était quand même mieux que de jouer les mères poules pour une bande de gamins des rues. Maintenant, c'était *elle* qui était prise en charge. On prenait soin d'elle, comme elle en avait toujours rêvé. Elle avait des camarades pour surveiller *ses* arrières. Aujourd'hui, c'était son tour de montrer de quoi elle était capable, et pour cela, il lui suffisait de s'introduire dans la caserne et de trouver Merrick Ryder.

Elle serra son plateau un peu plus fort et se dirigea vers les gardes d'un pas assuré. Elle esquissa un large sourire tandis qu'elle s'approchait. Loque n'était pas une reine de beauté, mais elle savait qu'un visage rayonnant ouvrait bien des portes.

Quand on semble gentil, les gens ne se méfient pas. Si tu n'as pas l'air dangereuse, les gardes seront plus aimables. Enfin, il faut l'espérer.

Elle n'allait pas tarder à être fixée.

Elle s'arrêta devant les deux hommes qui étaient aussi immobiles que des statues, leurs épées plaquées contre la poitrine, la pointe vers le ciel. La fillette les regarda et attendit. Aucun ne bougea.

Au bout d'un moment, elle tira le voile de mousseline avec un grand geste et le contenu du plateau apparut. C'était un assortiment de plats raffinés : terrine d'anguille de la Storvoie, coquilles Saint-Jacques recouvertes d'un chapeau de pâte, poisson fumé roulé dans des œufs et de la chapelure, petites tourtes à la viande garnies de morceaux de fruits séchés. Le cuisinier de Friedrik avait passé une journée entière à préparer ces mets. Friedrik était un maudit salopard – dans ses bons jours –, mais Loque devait reconnaître qu'il savait organiser de sacrés gueuletons quand l'envie l'en prenait.

La fillette resta immobile un moment, le temps que les délicieuses odeurs se répandent alentour. Un chevalier jeta un bref coup d'œil en direction de son camarade. Celui-ci finit par appuyer son épée contre la muraille et ôter son casque.

Mais contrairement à ce que Loque espérait, il ne toucha pas à la nourriture.

— Où est-ce que tu as trouvé tout ça ? demanda-t-il.

La fillette n'avait pas imaginé qu'on lui poserait des questions.

— Euh… C'est mon oncle qui les prépare. Il reçoit du poisson frais tous les jours.

— La nourriture est rationnée dans toute la ville et tu te promènes avec un plateau pour en distribuer gratuitement ? Tu me prends pour un imbécile ?

Voilà qui n'était pas prévu au programme. En fin de compte, son plan n'était peut-être pas aussi parfait qu'elle l'avait cru. Elle aurait dû apporter du vin.

— Ça vient tout droit des cuisines du palais, dit-elle. Ce sont les restes.

— Les cuisines du palais ? Qui donc a… ?

— Oh, fous-lui la paix, l'interrompit son camarade en ôtant son casque à son tour. Ça sent rudement bon.

Il posa son épée et tendit la main vers une coquille Saint-Jacques. Loque éloigna le plateau pour l'empêcher de la prendre.

— Un seul par personne, dit-elle. Il faut que je fasse le tour de la caserne.

Elle laissa l'homme prendre ce qu'il voulait. Le premier chevalier la regarda d'un air soupçonneux, mais elle lui adressa un grand sourire et il céda lui aussi à la tentation. Il s'empara d'une petite tourte. Loque passa entre eux pendant qu'ils mangeaient. Elle tenait le plateau bien haut, comme s'il n'y avait rien de plus naturel au monde.

Elle arriva dans une cour entourée de bâtiments. Une vingtaine d'hommes torse nu s'entraînaient au maniement de l'épée. Loque les regarda un instant. Elle était fascinée. C'était la première fois qu'elle voyait des soldats aussi habiles. Leurs lames se déplaçaient à l'unisson et chaque coup était la quintessence de la perfection. Elle ne connaissait que les brutales échauffourées dans les rues et les tavernes. Les oreilles arrachées d'un coup de dents, les cheveux tirés, les doigts dans les yeux. La seule fois où elle avait vu quelqu'un se battre avec une lame, c'était dans les Palanquées, des années plus tôt. Et cela n'avait duré qu'un instant. Aujourd'hui, elle avait l'impression d'assister à un ballet, avec moins de musique et plus d'épées.

— Qu'est-ce que tu fiches ici ? demanda quelqu'un sur sa gauche.

La fillette tourna aussitôt la tête. Un guerrier puissamment bâti et couvert de cicatrices l'observait. Il était plutôt beau garçon – enfin, il devait l'être quand il ne fronçait pas les sourcils d'un air méfiant. Il était torse nu, mais il portait une fourrure blanche sur les épaules. Loque eut le plus grand mal à s'arracher à sa contemplation.

— On m'a dit de venir avec de la nourriture, bafouilla-t-elle en montrant son plateau.

L'homme ne la quitta pas des yeux, mais il tendit la main et prit un morceau de terrine d'anguille. Loque eut l'impression d'être un lièvre acculé par un loup. Elle faillit lâcher le plateau et s'enfuir en courant. Mais le guerrier se retourna et s'éloigna sans un mot.

La fillette laissa échapper un soupir de soulagement puis se remit en chemin. Des soldats observaient leurs camarades depuis les bords de la cour. Elle se dirigea vers eux.

— J'apporte de bonnes choses des cuisines du palais, lança-t-elle d'une voix qu'elle espérait ferme.

Comme s'il était normal qu'une fillette se promène dans une caserne en portant un plateau de nourriture. Les soldats se tournèrent vers elle et la regardèrent en silence. L'un d'eux tendit la main et prit une petite tourte, mais ses camarades ne bougèrent pas.

Maintenant qu'elle était dans la place, Loque se demanda comment elle allait faire pour dénicher ce satané Merrick Ryder. Il ne fallait surtout pas éveiller les soupçons.

— Hé, les gars ! Quelqu'un peut me dire où trouver Merrick Ryder ?

— Qu'est-ce que tu lui veux ?

— Ben… il a méchamment agacé un ponte de la Guilde et c'est moi qui suis chargée de le retrouver.

Bien sûr. En procédant de la sorte, elle risquait fort de se faire remarquer – et de récolter un joli coup de surin entre les côtes.

Elle devait trouver une solution, et vite. Elle avait espéré qu'une fois de plus, personne ne lui prêterait attention, mais le plan partait à vau-l'eau. Il était peut-être temps de changer de tactique et de se faire remarquer, justement.

Les soldats qui avaient terminé leur entraînement furent remplacés par vingt de leurs camarades. Loque s'avança au milieu de la cour et tendit son plateau pour que tout le monde le voie.

— Allez, dit-elle avec un grand sourire. Il faut se servir tant qu'il y en a. J'ai pas que ça à faire.

Plusieurs soldats échangèrent des regards perplexes, d'autres l'ignorèrent, mais Loque n'avait pas l'intention de renoncer aussi facilement.

— Alors, qu'est-ce qui se passe ? Vous n'allez quand même pas me dire que vous n'avez pas faim ? Avec tous ces grands mouvements d'épée ? Vous devez avoir une sacrée dalle.

Deux ou trois soldats sourirent. L'un d'eux s'approcha, l'arme à la main, et prit une tourte.

— Alors, c'est bon ? demanda la fillette tandis qu'il la mâchait.

L'homme hocha la tête, la bouche pleine.

Un de ses camarades fit un pas en avant. Loque leva les yeux vers lui et laissa échapper un sifflement admiratif avant qu'il ait le temps de tendre le bras.

— Oh ! Oh ! Voilà un sacré beau mec, lança-t-elle en essayant d'imiter l'accent des filles du quartier des Quais. Ça ne me déplairait pas, un gars baraqué comme toi. Tu t'appelles comment, mon mignon ?

Bon, il fallait bien commencer quelque part. Friedrik lui avait décrit Merrick : taille moyenne, cheveux bruns, et plutôt beau garçon. Comme ce type. Et comme la moitié des soldats présents.

— Moi ? Je m'appelle Hennar, dit l'homme en prenant une bouchée au poisson. Et toi, tu me sembles bien jeune. Je suis prêt à parier que tu n'as pas encore eu tes premiers sangs. Tu peux t'extasier tout ton soûl, gamine, je ne suis pas intéressé.

Il secoua la tête, engloutit la bouchée au poisson et s'éloigna.

Bon, le plan ne marche pas vraiment comme je l'espérais.

— Hé, les gars, c'est vachement bon, dit l'homme qui avait pris une tourte.

L'instant suivant, Loque fut assaillie par une foule de soldats à moitié nus et trempés de sueur. Des bras se tendirent, et en l'espace de quelques secondes, son plateau fut vide.

Eh bien voilà ! Il ne lui restait plus rien et elle était plantée au beau milieu de la cour d'exercice. Les soldats s'alignèrent pour reprendre leur entraînement et la fillette s'éloigna discrètement. Plus personne ne lui prêtait attention. Elle était invisible de nouveau.

Reste dans ton domaine de compétence, Loque. Reste discrète.

Elle posa le plateau contre un mur sans faire de bruit, puis se dirigea vers la porte la plus proche. Elle ne savait pas où elle allait, ni ce qu'elle cherchait, mais elle finirait bien par trouver des indices. Si elle tendait l'oreille, elle entendrait peut-être des bribes de conversation qui lui apporteraient les informations nécessaires. On lui avait raconté que ce Merrick Ryder était une grande gueule. Il ne devait pas passer inaperçu.

La pièce était longue, déserte et bordée de paillasses en bois qui ne semblaient pas très confortables. La fillette songea qu'on dormait sans doute mieux sur le toit du *Taureau Silencieux*, mais par bonheur, ces jours de misère appartenaient désormais au passé.

Elle s'aventura un peu plus loin et examina les lits à la recherche de plaques nominatives. Au cours des dernières semaines, elle avait fait de son mieux pour apprendre à lire. Friedrik avait insisté sur ce point. On lui avait donné quelques leçons quand elle était petite – avant que sa mère l'abandonne pour aller vivre avec un beau parleur de Murargent – et elle n'avait pas eu trop de mal à s'y remettre. Elle regarda les paillasses, mais il n'y avait même pas d'initiales.

Tandis qu'elle traversait la pièce, elle sentit une peur ancienne lui tordre le ventre. Et si quelqu'un entrait ? Et si on la surprenait en train de fouiner dans les dortoirs ? Nul doute qu'on lui demanderait des explications.

Arrête d'avoir la trouille, Loque. Concentre-toi sur ton boulot. Si ces types te chopent dans leurs quartiers, ils te corrigeront sûrement, mais ce sera une partie de plaisir en comparaison du sort que te réservent Bastian et Palien si tu foires cette mission.

La fillette serra les poings. Elle avait affronté des situations bien plus dangereuses. Et de toute façon, elle n'avait pas le choix, alors autant continuer.

Elle atteignit l'extrémité du dortoir et ouvrit une porte, pour découvrir une petite pièce où se trouvaient un bureau ainsi que des parchemins et des registres. La seule source de lumière provenait d'une fenêtre circulaire. Loque s'en approcha le cœur battant et jeta un coup d'œil à l'extérieur. Elle ne vit rien de particulier. Elle entendit les soldats poursuivre leur entraînement. Ils frappaient des ennemis invisibles en poussant de grands cris.

Elle se tourna vers le bureau. Elle ouvrit un registre et regarda l'écriture nette et précise. Elle adressa un remerciement silencieux à Friedrik pour lui avoir imposé ces interminables leçons de lecture.

Le premier livre dressait l'état des réserves de nourriture et de matériel au cours des derniers mois. Loque prit le suivant. Il s'agissait d'une sorte de journal. Elle lut quelques passages et comprit que les soldats qui s'entraînaient avec tant d'ardeur étaient probablement des gardes de la Vouivre. L'auteur du journal était ravi de leur présence. Il estimait que la cité était pratiquement sauvée et avait écrit qu'il était particulièrement heureux de revoir son vieil ami, Tannick...

... Ryder!

Loque laissa échapper un long soupir. Pendant un instant, elle crut qu'elle avait trouvé son homme, mais elle cherchait Merrick, et non pas Tannick. Est-ce qu'ils étaient parents ? Des frères, peut-être ?

Elle feuilleta le journal avec frénésie en quête d'informations à propos de Merrick, mais s'interrompit en entendant un bruit derrière elle.

Elle se figea, puis posa le livre et se tourna avec lenteur. Une femme se tenait dans l'encadrement de la porte. Elle mesurait plus d'un mètre quatre-vingts et était aussi large d'épaules qu'un homme. Son expression menaçante n'avait rien à envier à celle des guerriers que Loque avait croisés au cours de sa vie.

— Tu cherches quelque chose ? demanda-t-elle d'une voix dure et grave.

Loque n'avait jamais entendu une femme parler ainsi.

Eh bien ! pour tout dire, oui. Je suis à la recherche d'un type qui s'appelle Merrick Ryder. Vous ne le connaîtriez pas, par hasard ?

— Je... euh, je suis perdue, bafouilla la fillette.

Pouvait-on seulement imaginer pire excuse ?

— Perdue ?

Le ton était interrogatif, mais la femme avait compris qu'il s'agissait d'un mensonge. Loque en était certaine.

Elle se tortilla, mal à l'aise.

— Ouais, vous pourriez me montrer la sortie ? Il faut que je rentre. Mon oncle m'attend.

La femme la contempla en silence et Loque pressentit qu'elle ne réussirait pas à la duper.

Elles se regardèrent un long moment, et la fillette craqua. Elle était coincée. Elle ne pouvait pas s'enfuir et n'avait aucune excuse convaincante à donner.

Une larme glissa sur sa joue. Elle ne jouait pas la comédie – elle aurait été incapable de se forcer à pleurer. Elle était dans le pétrin jusqu'au cou et elle le savait.

— Pourquoi tu ne me dirais pas qui tu es vraiment ? demanda la femme.

Elle voulait la vérité et elle l'obtiendrait.

De toute manière, Loque n'avait pas le choix.

Chapitre 16

La fillette mentait. Kaira avait été instructrice de combat au temple d'Automne pendant des années, et les jeunes acolytes avaient essayé de la berner à de nombreuses reprises avec de fausses excuses ou une prétendue naïveté. L'ancienne Bouclière lisait le mensonge dans les yeux de la gamine.

Elle était jeune et vêtue simplement. Elle n'avait pas éveillé les soupçons quand elle avait distribué de la nourriture dans la cour, mais Kaira l'avait vue se faufiler à l'intérieur du dortoir. Elle l'avait suivie jusque dans le bureau du capitaine Garret. Elle n'avait pas affaire à une petite orpheline. Il se passait quelque chose d'anormal et Kaira avait la ferme intention de découvrir quoi.

— Je n'ai rien à dire, insista la fillette en essuyant une larme.

Jouait-elle la comédie ou pleurait-elle vraiment ? Kaira penchait pour la seconde hypothèse.

— Je ferais peut-être mieux d'appeler les Manteaux Verts et de les laisser se débrouiller avec toi.

— Non ! s'exclama la gamine, un peu trop vite.

Elle avait déjà eu affaire aux gardes de la cité.

— Et pourquoi pas ?

— Ce… n'est pas la peine. Je dois y aller. Mon oncle m'attend.

Elle était désespérée. Elle ressemblait à un animal acculé par une meute de chiens. Ses yeux exploraient chaque recoin de la pièce, mais il n'y avait aucune issue possible.

— Qui est ton oncle ?

La fillette se figea. Elle réfléchissait. Elle cherchait une histoire plausible. Kaira la laissa faire.

— Il… il travaille au palais.

— Où ça ?

— Aux cuisines.

— Comment s'appelle-t-il ?

— Frie… (La bouche de la fillette se tordit pour rattraper son erreur.) Henrik.

— Frie-Henrik, répéta Kaira. (Cette histoire commençait à l'amuser – un peu trop, peut-être.) Bien, allons le voir.

— Non.

La fillette était pétrifiée. Une autre larme roula sur sa joue. Elle s'efforçait encore d'imaginer un mensonge crédible, mais elle savait que la partie était terminée. Elle avait peur. Elle était aux abois. Kaira ressentit un curieux plaisir à la voir se tortiller comme un ver, si bien qu'elle en éprouva une pointe de culpabilité.

— Assieds-toi, dit-elle en montrant la chaise près du bureau de Garret.

La fillette obéit. Elle regardait Kaira avec inquiétude, comme si la jeune femme allait bondir sur elle d'un instant à l'autre. L'ancienne Bouclière resta debout, soulignant ainsi le rapport de force évident en sa faveur.

— Comment t'appelles-tu ?

La fillette répondit après un bref silence.

— Loque.

— Loque ?

— Ouais, Loque. Vous croyez que je mens là-dessus aussi ?

Cette réaction de colère convainquit Kaira que ce n'était pas le cas.

— D'accord, Loque. Je m'appelle Kaira. Je sais que tu ne t'es pas perdue dans la caserne, alors tu ferais mieux de me dire ce que tu es venue faire ici.

Loque leva la tête d'un air de défi. Elle était furieuse que Kaira ne l'ait pas crue tout de suite quand elle disait la vérité.

— Je vais vous dire que dalle ! cracha-t-elle en abandonnant son air innocent. Allez donc chercher ces putains de Manteaux Verts ! Je n'en ai rien à foutre. De toute façon, ils ne pourront pas me faire pire que…

Loque se tut brusquement, comme si elle en avait trop dit, comme si elle avait révélé une information que Kaira ne devait pas connaître. La gamine avait-elle des ennuis ? L'instinct protecteur de la jeune femme s'éveilla. Elle devait défendre les faibles, mais elle devait aussi se montrer prudente. Cette enfant était peut-être plus coriace qu'elle en avait l'air. Kaira était prête à l'aider si elle avait des problèmes, mais elle n'avait pas l'intention de se laisser berner.

— Pire que quoi ? demanda-t-elle d'une voix douce. Est-ce que quelqu'un t'a menacée ? Est-ce que tu es en danger ?

Un sourire ironique se dessina sur les lèvres de la fillette.

— Qu'est-ce que ça peut vous faire ? Je ne vous connais pas, vous ne me connaissez pas. Autant en rester là.

— Si quelqu'un veut te faire du mal, je peux te protéger.

Loque fut secouée par un petit rire.

— Madame, vous pouvez faire que dalle. Personne ne peut me protéger d'eux. Et d'abord, qui vous dit que j'ai besoin de protection ?

Kaira observa les yeux déterminés de la gamine. Celle-ci pouvait protester tout son soûl, il était clair qu'elle était en danger. La jeune femme sentait de la tristesse et de la fragilité derrière le petit masque de courage.

— Nous avons tous besoin de protection, d'une manière ou d'une autre. Même si certains refusent de l'admettre.

Loque secoua la tête et contempla ses pieds. Kaira poursuivit d'un ton calme.

— Pourquoi est-ce que tu ne veux pas me dire ce que tu fais là ?

La fillette secoua la tête de nouveau, mais ses yeux étaient remplis de larmes. Kaira essaya de lui sourire.

— Tu peux me faire confiance. Tu peux me dire la vérité. Je te promets que personne ne te fera de mal.

— Et comment je sais si je peux vous faire confiance ? s'enquit Loque. Et comment vous savez si vous pouvez me faire confiance ?

Excellente question.

— Disons que de temps en temps, il m'arrive d'avoir foi en certaines personnes. Je les laisse tenter de faire le bon choix.

Un souvenir traversa l'esprit de Kaira. Quelques semaines plus tôt, Merrick avait tiré son épée pour libérer les esclaves prisonniers de l'entrepôt. Il l'avait fait parce qu'elle avait eu confiance en lui, parce qu'elle l'avait laissé faire le bon choix.

— Et ça marche ?

Kaira haussa les épaules.

— Disons que les résultats sont mitigés.

Loque fronça les sourcils en se demandant si Kaira était digne de confiance. Elle finit par prendre une décision.

— Je suis ici pour trouver quelqu'un, dit-elle. C'est tout. Il n'y a pas de quoi en faire un fromage.

— Et qui t'a-t-on envoyée chercher ?

Loque hésita. Cette dernière information était son bouclier. Sans elle, elle serait sans défense.

— Un type du nom de Merrick Ryder, dit-elle en soupirant.

Le cœur de Kaira cessa de battre.

Si Loque cherchait Merrick, elle avait été envoyée par la Guilde. Palien était sans doute impatient de se venger.

Mais Kaira devait en être sûre.

— Dis-moi, Loque, qui t'a demandé de trouver cet homme ?

— C'est…

La fillette ne pouvait pas répondre. Elle en avait déjà trop dit.

Kaira reprit la parole.

— Je croyais qu'on allait se faire confiance. Je t'ai promis que personne ne te ferait de mal, et je respecterai cette promesse. En échange, tu dois me dire qui t'envoie.

— C'est… Écoutez, c'est quelqu'un que vous ne connaissez pas. Un type sans importance.

— Quelqu'un t'a demandé d'entrer dans la caserne des Sentinelles et ce quelqu'un est un type sans importance ? Je pense que tu te trompes, Loque.

— C'est un gars que je connais.

— Comment s'appelle-t-il ?

Loque s'agita sur sa chaise. Elle ouvrit la bouche pour dire quelque chose, mais elle se ravisa. Puis elle laissa échapper un soupir.

— Il s'appelle Friedrik.

Kaira fut déçue. Elle avait espéré que ce serait Palien, que ce serait la Guilde, mais ce n'était sans doute qu'un créancier à qui Merrick devait de l'argent.

— Et qu'est-ce que ce Friedrik lui veut, à Merrick Ryder ?

Loque avait l'air plus coupable que jamais.

— J'sais pas trop. Friedrik est un des types qui dirigent les ramasseurs, les pinceurs et tout le reste, alors je suppose qu'il n'a pas l'intention de lui offrir des fleurs.

— Les ramasseurs ? Les pinceurs ?

— Ben ouais. (La fillette regarda Kaira comme si elle avait affaire à une demeurée.) Vous savez… la Guilde.

Elle avait murmuré le dernier mot comme si elle craignait qu'on l'entende.

Kaira contempla la petite fille sans réagir.

La Guilde.

C'était sûrement lui. Ce Friedrik était sûrement l'homme que le temple d'Automne lui avait ordonné de traquer et d'éliminer au nom de la justice. Et sa seule piste était une gamine des rues.

— Pourquoi vous me regardez comme ça ? demanda Loque.

Kaira prit conscience qu'elle observait celle-ci depuis de longues secondes.

— Pour rien, répondit-elle.

Rien, en effet. La mission que le temple lui avait confiée appartenait désormais au passé. Elle avait entamé une nouvelle vie. Elle n'était plus une Bouclière. Elle n'avait plus à obéir à la Mère Matrone.

Pourtant, quelque chose la poussait encore à trouver cet homme. Elle avait envie de l'amener devant les portes du temple – par la peau du cou comme un chat furieux, si nécessaire. Elle avait envie d'appeler la Mère Matrone et de lui annoncer qu'elle avait rempli sa mission. À sa manière.

Et puis, si ce Friedrik était à la recherche de Merrick, c'était probablement pour le tuer. Kaira devait faire quelque chose. Son camarade ne risquait rien tant qu'il était dans l'enceinte du palais, mais il n'y resterait pas jusqu'à la fin des temps. La Guilde le trouverait tôt ou tard, et quand elle mettrait la main sur lui, elle mettrait également la main sur Kaira. Ce jour-là, il était peu probable que Palien l'invite à boire un verre dans une taverne.

Kaira Feuillevent n'était pas le genre de femme à attendre que les ennuis viennent à elle. Si elle devait se battre, elle préférait prendre l'initiative et aller au-devant de l'ennemi.

Cette fillette – Loque, la gamine des rues – était une pièce majeure dans cette histoire.

Kaira la regarda en se demandant si elle devait lui faire confiance. Avait-elle le choix ? Pouvait-elle la torturer pour lui faire avouer l'endroit où se cachait le maître de la Guilde ? La livrer au sénéchal et à ses inquisiteurs ? Sûrement pas. Et de toute manière, rien ne garantissait que Rogan ne soit pas à la solde de la Guilde.

— Est-ce que tu sais ce que la Guilde a l'intention de faire à ce Merrick Ryder ?

Loque haussa les épaules.

— On ne m'a rien dit.

— Et à ton avis ?

Cette fois-ci, la fillette ne haussa pas les épaules. Elle n'avait aucun doute quant au sort qui attendait Merrick Ryder.

— Rien de bon, répondit-elle.

— Et ça ne te dérange pas ?

Kaira sentit Loque peser le pour et le contre. C'était une enfant, mais elle mesurait fort bien les conséquences de ses actes.

— Si. Putain, bien sûr que si, ça me dérange. Je...

Elle s'interrompit.

— Tu quoi, Loque ?

La fillette fronça les sourcils et son visage se décomposa.

— J'en ai assez de voir ces salopards torturer de pauvres types. J'en ai assez de voir tout le mal qu'ils font. J'en ai assez de voir ce qu'ils obligent les gens à faire... Je voulais faire partie de la Guilde parce que j'en avais assez de vivre au jour le jour, de crever la dalle et de ne pas avoir un toit au-dessus de ma tête. Mais ils... ils...

Elle baissa les yeux et serra les poings sur ses genoux. Les articulations de ses doigts blanchirent.

— Je voulais faire partie d'une bande, mais pas comme ça. Je ne suis pas comme eux.

Kaira prit les mains de la fillette.

— Je peux t'aider, dit-elle avec un sourire. Je peux te protéger de la Guilde. Je peux t'offrir une nouvelle vie si tu le souhaites. Mais il va d'abord falloir que tu m'aides. Est-ce que tu crois que tu peux faire ça ?

Loque hocha la tête. Comment aurait-elle pu refuser une chance de fuir Friedrik et sa méchanceté ?

— Qu'est-ce que vous voulez que je fasse ?

— Cet homme, ce Friedrik, je veux le capturer. J'ai besoin que tu l'attires dans un endroit où je pourrai m'occuper de lui.

Loque comprit.

— D'accord. Mais comment est-ce que je vais faire ça ?

— Il cherche Merrick. Si tu lui dis que tu as réussi à te faufiler dans la caserne des Sentinelles, il ne doutera pas de toi. Tu vas lui raconter que tu peux attirer Merrick dans un piège, mais que tu as besoin d'un peu de temps. Puis tu lui donneras rendez-vous quelque part en lui disant que Merrick va s'y rendre. Je me chargerai du reste.

— D'accord, répéta Loque. C'est dans mes cordes.

La fillette se leva et s'essuya les yeux. Kaira posa les mains sur ses épaules.

— Je peux te faire confiance, n'est-ce pas, Loque ?

L'enfant hocha la tête. Elle semblait sincère, mais Kaira espéra qu'elle ne mentait pas quand elle affirmait qu'elle voulait quitter la Guilde. Que Vorena l'assiste et la protège.

— Comment je vais faire pour qu'ils me croient ? demanda Loque. Pour qu'ils me croient assez pour faire ce que je dis ?

Kaira réfléchit pendant un moment. La gamine aurait moins de mal à convaincre Friedrik et le reste de la Guilde si elle leur apportait une preuve.

— Prends ceci, dit la jeune femme. (Elle ôta le médaillon des Sentinelles accroché à son cou.) C'est un gage de confiance et cela t'aidera à persuader Friedrik que tu as réussi à trouver l'homme qu'il cherche. Tu lui diras que ce collier appartient à Merrick Ryder.

Loque prit le disque en acier brillant et glissa un doigt dessus comme si elle espérait effacer les épées entrecroisées et la couronne gravées.

— Merci, dit-elle en passant la chaîne autour de son cou et en rentrant le médaillon dans sa tunique.

Kaira trouva qu'elle avait pris le collier un peu trop facilement, et qu'elle l'avait dissimulé avec un peu trop d'adresse. Le doute l'envahit, mais elle n'avait pas le choix.

Elle guida Loque hors du dortoir et lui fit traverser la cour avant de la conduire dans une rue, à l'ombre des tours de Guideciel.

— Je compte sur toi, Loque.

— Je sais, dit la fillette.

Elle se tourna et s'éloigna d'un pas vif.

Kaira la regarda partir en se demandant si elle avait eu raison de faire confiance à cette enfant. L'avenir le lui dirait.

Et Merrick ? Devait-elle lui parler de cette affaire ? Devait-elle lui dire que la Guilde ne l'avait pas oublié et qu'elle voulait le tuer ? Non. Il avait assez de problèmes comme cela en ce moment.

Kaira réglerait cette histoire sans lui.

Chapitre 17

La pluie avait commencé à tomber juste avant le crépuscule. Kaira était arrivée pour prendre la relève et monter la garde devant la chambre de la reine. Merrick n'avait qu'une seule envie : s'allonger sur un lit et dormir. Depuis qu'elles assuraient la protection de Janessa, les quatre Sentinelles manquaient de sommeil. Elles avaient à peine le temps de manger et de satisfaire leurs besoins naturels pendant leurs rares moments de repos. Mais Merrick ne se plaignait pas. Son heure de gloire était arrivée. Il allait enfin prouver de quoi il était capable.

C'est vraiment ce que tu cherches, Merrick ? La gloire ? Tu veux montrer ta dévotion à la Couronne pour que ton père soit fier de toi ? Tu es bien sûr de ne pas te faire des illusions ? Rien n'a changé, pas vrai ? Tu es toujours un minable, un incapable. Sauf que maintenant, tu te promènes dans une jolie armure brillante.

Le jeune homme franchit les portes de la caserne et entendit des cris dans la cour. Jusque-là, il avait réussi à éviter les gardes de la Vouivre et en était très heureux. Ces types ne pensaient qu'à une chose : l'entraînement, l'entraînement, toujours l'entraînement. Leur forme physique et leurs talents d'escrimeur étaient exceptionnels, mais ils continuaient à s'entraîner et à se taper sur le coin de la figure pour le plaisir.

Merrick avait travaillé dur afin de devenir une Sentinelle, mais pas à ce point.

La cour était envahie par des hommes torse nu. Leur peau humide brillait à la lueur des lanternes et il s'en échappait des nuages de vapeur dans l'air froid du soir. Deux sous-officiers armés de cannes allaient et venaient le long d'une rangée de guerriers qui faisaient des pompes à l'unisson. Ceux qui prenaient un peu de retard recevaient aussitôt un coup sur le dos.

Malgré sa fatigue, Merrick envisagea de s'arrêter sous un avant-toit et de les regarder pendant un moment. Une partie de lui enviait leur force et leur abnégation. Il était un redoutable escrimeur et il avait enduré de terribles entraînements, mais il n'aurait pas supporté les coups de canne. Il aurait sûrement dit à leurs propriétaires de se les carrer dans un endroit que la morale réprouve.

C'était son problème. Depuis toujours. Il était trop indépendant, trop têtu. Ce comportement l'avait desservi à de nombreuses reprises au cours des dernières années. Il aurait peut-être été plus facile de vivre en obéissant à des ordres, mais il fallait bien faire avec ce qu'on avait. Les regrets ne menaient nulle part.

— Ils sont impressionnants, non ?

Merrick se tourna. Un homme se tenait près de lui. Ses cheveux et sa barbe étaient taillés court et il avait le nez cassé. À en juger par son âge, son attitude et l'absence de transpiration, Merrick songea qu'il s'agissait sans doute d'un lieutenant du seigneur-maréchal.

— Ouais, ils sont sacrément doués pour les pompes, dit le jeune homme. Remarquez, la plupart des gens sont motivés quand on leur colle des coups de canne dans le dos.

— Le seigneur-maréchal estime que l'obéissance doit être systématique. La douleur est un bon aide-mémoire. La plupart de ces garçons s'entraînent sous ses ordres depuis des années. De longues et difficiles années au cours desquelles ils ont appris à manier la lance et l'épée à la perfection. Ils sont aussi disciplinés que les soldats des meilleures armées du monde.

Merrick savait combien Tannick Ryder aimait la discipline, mais son père ne l'avait jamais frappé quand il était enfant. Il s'était sans doute retenu pour ne pas contrarier sa femme.

— Je m'appelle Jared, dit le guerrier. Je suis le second du seigneur-maréchal.

— Merrick.

Le jeune homme estima plus sage de ne pas donner son nom de famille. Il n'était pas d'humeur à répondre au flot de questions qui auraient inévitablement suivi.

— Merrick ? répéta Jared. C'est amusant. Le seigneur-maréchal avait une chèvre baptisée Merrick. On a été obligés de la tuer pour avoir de quoi manger pendant la traversée des montagnes de Kriega. Ça lui a fichu un coup.

Une chèvre ?

Une putain de chèvre ?

— Certaines personnes s'attachent beaucoup à leurs animaux de compagnie, marmonna le jeune homme entre ses dents serrées.

Quel dommage qu'elles ne fassent pas de même avec les membres de leur famille.

Dans la cour couverte de flaques, les gardes de la Vouivre étaient passés à un autre exercice : ils couraient sur trente mètres en portant un camarade sur leurs épaules, puis ils échangeaient les rôles.

— Il va y avoir une bataille comme on n'en a pas vu depuis des siècles et nous devons être prêts, déclara Jared. Forts, rapides. Enfin, plus forts et plus rapides que l'ennemi, en tout cas.

— Je constate que vous ne prenez pas de risques de ce côté-là.

L'un des hommes armés d'une canne frappa un binôme qui avait perdu l'équilibre.

— Oui. Ces enfoirés de Khurtas ne seront pas faciles à vaincre, mais nous serons prêts. Enfin bref, nous risquons bientôt de devoir combattre côte à côte. J'espère que tu es prêt, toi aussi.

— Prêt comme jamais, répondit Merrick.

Était-ce la vérité ?

Défendre la reine était une chose, se tenir au sommet d'une muraille en attendant l'assaut d'une horde de Khurtas fous furieux en était une autre.

— Mais je dois reconnaître que votre présence me rassure, ajouta-t-il.

Il esquissa un sourire faux et Jared rougit de plaisir et de fierté.

— Ha ! dit-il en lui assenant une puissante claque dans le dos. Ce sera un honneur. Les gardes de la Vouivre et les Sentinelles, de nouveau côte à côte. On chantera notre légende longtemps après notre mort.

— Je n'en doute pas un seul instant.

Mais en ce qui concerne notre mort, rien ne presse. On peut attendre un peu. Quelques dizaines d'années, par exemple.

Dans la cour, les guerriers avaient terminé leur exercice et étaient alignés au garde-à-vous. L'un d'entre eux se boucha une narine et souffla pour se moucher. Un sous-officier surgit et le frappa dans le dos. Le garde se retourna sans broncher, puis il saisit la canne et la brisa sur sa cuisse.

Merrick le reconnut : il l'avait vu dans la salle du trône. C'était le type qui portait une fourrure blanche sur les épaules, celui qui avait menacé Farren, le maréchal des chevaliers du Sang.

— Putain, marmonna Jared comme si une catastrophe se préparait.

— On dirait que certains de vos hommes n'ont pas bien compris le passage sur la discipline, remarqua Merrick en retenant un sourire.

Jared fit un pas en avant alors que les deux gardes de la Vouivre semblaient sur le point d'en venir aux mains. Il n'eut pas le temps d'en faire deux. Une voix s'éleva dans un coin sombre de la cour.

— Filsapute !

Les deux gardes s'immobilisèrent, mais ils continuèrent à se foudroyer du regard.

Un homme grand et barbu émergea de l'ombre. Il était majestueux dans son armure.

Merrick aurait reconnu son visage sévère entre mille.

Tannick Ryder approcha des deux hommes.

— Tu ne peux pas te tenir tranquille, Filsapute. Si tu n'étais pas aussi bon escrimeur, il y a longtemps que je t'aurais mis à la porte de la forteresse pour que tu gèles dans la montagne. (Filsapute se mit au garde-à-vous.) Tout dans les muscles et rien dans la tête. Tu as de la chance qu'on ait besoin de personnes comme toi en ce moment. En place ! Et vous autres, regardez. Regardez attentivement. Je ne tolérerai pas le moindre manquement à la discipline. Ni protestation, ni désobéissance.

Filsapute gagna le centre de la cour et tomba à genoux. Quelque chose passa sur son visage, dans ses yeux… On aurait dit qu'il était impatient d'être puni.

Merrick se pencha et murmura à l'oreille de Jared.

— Il porte un nom peu banal, ce Filsapute.

Jared grimaça.

— Il s'appelle Cormach. Filsapute est juste un surnom. C'est notre meilleur escrimeur, et il le sait bien, ce salaud. Ce n'est pas la première fois qu'il va se prendre une raclée. Ni la dernière.

Tannick adressa un signe au second sous-officier. Celui-ci approcha de Filsapute et s'arrêta derrière lui. Il semblait nerveux.

— Rien de personnel, dit-il avant de lever sa canne.

Un bruit humide retentit quand le bâton s'abattit sur le dos trempé de Cormach.

— Encore ! ordonna Tannick.

La canne fendit l'air et la pluie fine. Une fois, deux fois… Merrick compta jusqu'à vingt. Après chaque coup, Tannick Ryder répétait : « Encore ! » Le sous-officier ne faisait pas semblant. Il frappait sans retenue.

Merrick fut stupéfait par la réaction de Cormach : le sourire du guerrier s'élargissait à chaque coup.

— Assez ! ordonna Tannick Ryder. (Il tendit le bras et prit la canne.) Rappelez-vous bien ceci : je n'ai aucun sens de l'humour. Vous êtes tous taillés dans du roc. Vous êtes tous d'impitoyables machines nourries au sang et au fer. Personne ne peut vous résister parce que *je* vous ai rendus invincibles. *Vous m'appartenez*. Vous êtes à la fois mes fils et mes frères. Vous êtes les gardes de la Vouivre. Ne l'oubliez jamais.

Tannick baissa les yeux pour regarder Cormach, toujours à genoux sous la pluie. Il leva la canne et porta un dernier coup – si violent que le bâton se brisa sur le dos du guerrier. Une extrémité fila se perdre dans la pénombre en tournoyant. Cormach bascula en avant, puis se redressa. À cet instant, il tourna la tête vers Merrick et les yeux des deux hommes se croisèrent une fraction de seconde. Merrick ne connaissait pas ce Cormach, mais il était certain d'avoir vu un éclat de haine briller dans son regard. Qu'avait-il donc fait pour offenser ce type ? Il n'en avait pas la moindre idée.

— Allez dormir, lança Tannick Ryder en jetant l'autre morceau de canne. Soyez prêts pour l'entraînement demain.

Les gardes de la Vouivre regagnèrent aussitôt les dortoirs qui leur avaient été affectés. L'un d'entre eux voulut aider Cormach à se lever, mais celui-ci repoussa la main tendue. Il se redressa, chancela et suivit ses camarades d'un pas mal assuré.

— À plus tard, mon ami, dit Jared en inclinant brièvement la tête.

— À bientôt, répondit Merrick en le saluant avec désinvolture. Si vous avez besoin de cannes plus solides, j'irai vous en chercher dans nos entrepôts.

La plaisanterie tomba à plat et Jared fronça les sourcils avant de rejoindre ses camarades. Tannick Ryder demeura au milieu de la cour.

Merrick l'observa en restant sous l'avant-toit. Il était peu probable que son père puisse le voir, mais il n'osait pas bouger de crainte de trahir sa position. Il attendit et son malaise gagna en intensité.

— Tu as apprécié le spectacle ? demanda Tannick Ryder.

Merrick jeta un coup d'œil à gauche, puis à droite. Il n'y avait personne d'autre que son père et lui dans la cour.

J'aurais dû choisir une meilleure cachette.

Tannick se tourna et regarda Merrick. La pluie s'abattait sur ses spallières dorées. Ses cheveux et sa barbe ruisselaient. Merrick était sans voix – ce qui était très rare.

— Le chat a mangé ta langue, mon garçon ? C'est bien ce que tu voulais, n'est-ce pas ? La grande réunion. Eh bien ! je suis là, alors dis ce que tu as à dire et finissons-en.

Un torrent de souvenirs envahit l'esprit de Merrick. Il se rappela les réprimandes et les regards méprisants au cours de son enfance. Il n'était jamais assez bon. Il avait l'impression d'être un incapable. Un inutile.

La chance qu'il attendait depuis des années se présentait enfin, mais il ne savait pas quoi faire, quoi dire.

Il avança – presque malgré lui – et émergea de la pénombre. Il sentit les gouttes s'abattre sur sa tête, glisser sur son visage et sa nuque avant de s'infiltrer dans son armure. Il eut soudain l'impression que la pluie emportait les dernières réticences qui l'empêchaient de parler.

— Ça fait longtemps, dit-il.

Une entrée en matière comme une autre.

— En effet, acquiesça Tannick.

Il n'y avait aucune émotion dans sa voix, aucune trace de regret ou d'amour paternel.

Qu'est-ce que tu espérais ?

— Un peu trop longtemps, ajouta le jeune homme.

Tannick ne réagit pas. Il ne semblait pas partager l'avis de son fils.

— Je croyais que tu ne voulais pas me voir, reprit Merrick.

— Je ne le voulais pas, mais puisque tu es là, autant en finir. Alors, qu'as-tu à me dire ?

Il était rassurant de voir que Tannick n'avait rien perdu de son charme irrésistible.

Merrick avait bien des choses à dire. Il voulait exprimer toutes ces années de frustration qui bouillaient en lui, prêtes à exploser, mais il ne trouvait pas les mots. Il devait pourtant dire quelque chose. Il ne pouvait pas laisser passer une telle occasion. Il n'allait quand même pas rester ainsi, sous la pluie battante.

— Qu'est-ce que tu deviens ?

Il avait espéré quelque chose d'un peu moins pathétique.

— La question intéressante, c'est : qu'est-ce que *tu* deviens ? répliqua Tannick. Mais il est inutile que tu y répondes, on m'a déjà renseigné. Tu es un ivrogne, un joueur et un coureur de catins. Tu as laissé ta mère mourir pendant que tu dépensais sa fortune et tu as fini dans la rue. C'est bien ça ?

Espèce de salopard ! C'est toi qui l'as laissée mourir ! C'est toi qui nous as abandonnés ! C'est toi qui es parti au beau milieu d'une nuit, comme un putain de voleur !

— J'ai changé, dit Merrick.

Il avait parlé d'une voix qu'il reconnut à peine. La voix d'un enfant. D'un enfant seul. D'un enfant dont le père est parti et dont la mère est malade. D'un enfant qui veut juste qu'on l'aime, qu'on l'accepte et qu'on le rassure.

— Tiens donc ? Tu as changé ? Je reconnais que tu portes l'armure de chevalier avec une certaine prestance. C'est un progrès.

— Je suis chargé de protéger la reine.

— Vraiment ? Tu restes à ses côtés pendant qu'elle accomplit son devoir ? Tu es aussi utile que les tapisseries accrochées aux murs. Il te faut encore prouver que tu es capable de protéger quelqu'un.

J'ai libéré des esclaves prisonniers ! Des centaines de personnes qui porteraient des fers si je n'étais pas intervenu. Certes, c'est à cause de moi qu'ils étaient dans cet entrepôt, mais quand même. Je les ai sauvés d'un sort pire que la mort. Au péril de mon intégrité physique.

Mais comment aurait-il pu expliquer cela au seigneur-maréchal Tannick Ryder ?

— Que dois-je faire pour te prouver que je suis devenu un homme ?

Tannick réfléchit à la question.

— Tu en auras l'occasion lorsque les Khurtas seront à nos portes. Peut-être même avant, si ce que j'ai entendu est exact. La reine est en danger. Des assassins la menacent, dit-on. Je pense que certains membres de sa cour ne pleureraient pas longtemps s'il lui arrivait malheur. Et ce sera peut-être à toi de la sauver. Tu te sens à la hauteur de cette tâche, mon garçon ?

— Je ferai mon devoir.

Ce n'était pas un mensonge.

Ce n'est pas un mensonge, hein ?

Quoi qu'il en soit, Merrick espéra que son père le croyait.

— Nous verrons, dit Tannick. Nous verrons.

Sur ces mots, il se tourna et se dirigea vers un dortoir. Merrick le regarda s'éloigner sous la pluie.

Chapitre 18

Ce ne fut qu'à la tombée de la nuit que Loque prit une décision. Elle avait contemplé la Promenade des Rois pendant des heures, assise sur les marches du Sépulcre des Couronnes. Lorsque la pluie avait commencé à tomber, elle avait entrepris la longue marche vers la taverne de Friedrik, toujours perdue dans ses pensées.

Cette femme, Kaira, semblait une personne honnête, et Loque n'avait aucune raison de ne pas lui faire confiance. Elle avait dit qu'elle la protégerait et elle paraissait déterminée à le faire.

Sauf que rien ni personne ne pourrait la protéger de la Guilde. Pas même des Sentinelles. La pègre de Havrefer avait des yeux partout et il était impossible de lui échapper. Si Loque la trahissait, elle signait son arrêt de mort. Une mort longue et douloureuse.

Tandis qu'elle marchait sous la pluie, la fillette décida que les meilleurs sentiments du monde ne suffisaient pas à changer la réalité. Elle voulait mener une vie normale, mais cela n'arriverait jamais. Mieux valait accepter son destin.

Elle entra dans la taverne et vit Friedrik qui l'attendait près de l'âtre. Le reste de la bande était autour de lui – Harkas, Shirl, Yarrick et Essen. Même Palien était là, assis à une table près de la cheminée. Il mangeait le contenu d'une assiette en fer que son couteau raclait en produisant des grincements aigus et désagréables. Loque serra les dents.

— Alors ? demanda Friedrik avec impatience. Il est là-bas ? Tu l'as trouvé ?

Elle hocha la tête et un large sourire éclaira le visage du maître de la Guilde.

— Je peux me sécher ? demanda-t-elle.

Friedrik la regarda d'un air contrit.

— Bien sûr. (Il observa ses hommes qui ne bougeaient pas et esquissa une moue agacée.) Secouez-vous, bande de bons à rien ! Allez lui chercher une serviette.

Shirl s'éloigna aussitôt et Friedrik entraîna Loque près du feu. La fillette fut heureuse de pouvoir se réchauffer, mais la proximité de Palien et de son couteau la mettait mal à l'aise. Elle songea qu'elle ne risquait sans doute rien tant que Friedrik était présent.

— Est-ce que tu l'as vu ? demanda celui-ci lorsque tout le monde fut assis. Est-ce que tu l'as vu de tes yeux ?

— Ouais, sûr. Un gars plutôt pas mal qui passe son temps à jacter.

Elle aurait été incapable de reconnaître Merrick s'il l'avait bousculée dans une rue, mais c'était la description qu'on lui avait faite avant qu'elle parte à la caserne. Friedrik sourit et hocha la tête.

— C'est cet enculé tout craché. Bon travail, Loque. Je savais que tu ne me laisserais pas tomber.

Et Loque savait très bien ce qui se serait passé si elle l'avait fait.

Shirl revint avec une serviette et la fillette se sécha les cheveux. Elle terminait quand elle remarqua que Palien l'observait d'un air déplaisant.

— Comment être sûr qu'elle raconte la vérité ? lâcha-t-il.

— Qu'est-ce que tu veux dire ? demanda Friedrik.

— Comment être sûr qu'elle ne nous raconte pas n'importe quoi ? Si ça se trouve, elle a passé la journée dans le quartier de la Couronne à boulotter la bectance que ton cuisinier a préparée. Et maintenant, elle invente une belle histoire pour se couvrir.

Friedrik regarda la fillette d'un air interrogateur, mais il ne dit rien.

Loque tourna la tête et contempla le feu.

— Je suppose que je dois vous donner une preuve, hein ?

Elle n'en dit pas plus. Du coin de l'œil, elle vit que Palien attendait la suite avec impatience. Quelques secondes s'écoulèrent.

— Alors ? fit-il d'un ton exaspéré.

Loque plongea la main dans sa tunique et en tira le médaillon accroché à son cou. Elle l'ôta et le donna à Friedrik. Celui-ci l'examina pendant un moment, puis il esquissa un sourire avant de le tendre à Palien.

— Je crois que tu lui dois des excuses, dit-il.

— C'est une putain de voleuse des rues, grogna Palien. Elle a pu récupérer ça n'importe où. Ça ne prouve rien du tout.

Loque s'apprêtait à protester, mais Friedrik prit le médaillon des mains de Palien et le rendit à la fillette.

— Et tu veux quoi, comme preuve ? Qu'elle te rapporte la tête de Ryder au bout d'une pique ? Moi je dis que c'est une preuve, un point c'est tout.

Palien ne semblait pas particulièrement heureux, mais il resta silencieux.

— Je ne l'ai pas volé à Merrick, dit Loque. Il me l'a donné.

Tout le monde la regarda avec des yeux écarquillés. Elle savoura le moment avec délice.

— Il a fait quoi ? demanda Friedrik.

— Il me l'a donné, répéta Loque en frissonnant. On a discuté ensemble. Je crois qu'il m'aime bien.

Friedrik se tourna et cria par-dessus son épaule.

— Qu'on apporte des putains de bûches ! On se les gèle.

Puis il concentra son attention sur Loque.

La fillette réfléchit. Que devait-elle dire maintenant ? Qu'elle pouvait attirer Merrick hors de la caserne ? Dans un endroit discret ?

Et ensuite ?

La femme Sentinelle interviendrait, mais même si elle tuait Friedrik, la Guilde comprendrait que Loque l'avait trahie. Kaira avait promis de la protéger, mais la fillette ne serait plus jamais en sécurité si elle acceptait de suivre son plan.

— Il ne s'est pas passé grand-chose d'autre, dit-elle en essayant d'imaginer la suite.

Elle n'eut pas à se donner cette peine. Shirl arriva en apportant du bois. À trois mètres de l'âtre, il se prit les pieds dans un tapis et perdit l'équilibre. Il tomba en avant et les bûches roulèrent aux pieds de Friedrik.

— Espèce d'empoté ! s'écria Palien.

Il n'aurait pas été plus agacé si Shirl l'avait fait exprès.

Friedrik resta silencieux. Il se contenta de se baisser pour ramasser une bûche. Loque crut qu'il allait la lancer dans le feu, mais elle se trompait. Le petit homme aux cheveux bouclés et au visage affable se tourna vers Shirl qui se redressait péniblement. Il brandit le rondin sans un mot et l'abattit sur le dos du malheureux. Shirl laissa échapper un couinement de douleur et bascula en arrière tandis que Friedrik levait la bûche de nouveau. Loque regarda. Friedrik frappait avec violence et Shirl poussait un petit cri à chaque coup. La fillette avait l'impression de contempler un porcelet qu'on battait à mort.

Elle sentit la nausée monter en elle. Combien de temps allait-elle être obligée d'assister à ces horreurs ? Il fallait que ça cesse. Il fallait que quelqu'un intervienne.

— Je peux le faire sortir de la caserne, dit-elle.

Mais qu'est-ce que tu racontes ?

Friedrik se figea, la bûche au-dessus de la tête. Shirl gémissait, recroquevillé à terre.

— Quoi ? fit Friedrik.

— Je peux le faire sortir du palais. Je suis même sûre que je peux le convaincre d'aller faire un tour dans le quartier de la Couronne.

Je croyais que tu avais décidé de ne pas trahir la Guilde ? En fin de compte, peut-être que cette femme a eu raison de te faire confiance.

Friedrik sourit. Il baissa le bras avec lenteur et lâcha la bûche. Il tourna la tête vers Shirl et le considéra comme s'il le voyait pour la première fois.

— Mais qu'est-ce que tu fais par terre ? Disparais de ma vue et arrête de faire ces bruits horribles.

Shirl se leva tant bien que mal, les mains plaquées sur ses côtes. Son visage était déformé par la douleur, mais il n'osa pas se plaindre.

Friedrik reporta son attention sur Loque.

— Pourquoi tu n'as pas commencé par là ? Alors, dis-moi un peu, comment comptes-tu t'y prendre pour l'attirer hors du palais ?

La fillette secoua la tête en réfléchissant aussi vite qu'elle en était capable. Friedrik avait parlé de ce Merrick pendant des heures. Elle fouilla sa mémoire en quête d'une information qui puisse l'aider. C'était un buveur, un coureur de jupons, un… joueur.

— Je lui ai dit que mon oncle tenait un tripot clandestin. Je lui ai dit qu'il était fréquenté par des amateurs et qu'un type un peu doué n'aurait aucun mal à les plumer. Il a tout gobé. Il était impatient de savoir où c'était, mais je ne lui ai pas donné de détails. Je lui ai dit que mon oncle me tannerait la peau du dos s'il apprenait que je lui avais dit. Je pense que si je le revois deux ou trois fois, il acceptera de me suivre du côté de la Porte septentrionale et vous pourrez lui faire son affaire. Je suis sûre qu'il me suivrait jusqu'à Murargent si je lui disais qu'on peut s'y faire de l'argent facilement.

Friedrik la regardait en réfléchissant. Si la fillette avait commis une erreur, si elle s'était trompée sur le caractère de Merrick, elle allait avoir des problèmes. Et ce serait bien pire qu'une raclée à coups de bûche.

— Tu sais quoi, Loque ? Je t'aime un peu plus chaque jour. (Friedrik sourit et elle fit de même.) Tu ne trouves pas qu'elle a de sacrées dispositions, Palien ?

Palien – qui avait repris son repas – se figea, le couteau devant la bouche. Un morceau de viande était planté au bout de la lame.

— Ouais, c'est un vrai prodige, lâcha-t-il avant de tout avaler.

— Je suis heureux que tu le penses. Et tu vas te faire une joie de lui refiler une récompense, pas vrai ? Je n'ai pas de monnaie sur moi et la gamine mérite un petit quelque chose, hein ?

Palien cessa de mâcher et regarda la fillette avec des yeux remplis de haine. Il changea d'expression lorsque Friedrik se tourna vers lui. Avec un sourire hypocrite, il tira deux couronnes en or de la bourse accrochée à sa ceinture.

— Ne les dépense pas tout de suite, dit-il en les plaquant sur la table, tout près de la fillette.

Loque les fit glisser dans sa main sans quitter Palien des yeux. Au cas où il déciderait de planter son couteau ailleurs que dans son assiette.

— Qu'est-ce que ces bûches font par terre ? demanda Friedrik, comme s'il avait oublié ce qui s'était passé quelques instants plus tôt.

Loque frissonna. Shirl était bon pour une nouvelle raclée si Friedrik piquait une autre crise. Par chance, la porte de la taverne s'ouvrit à ce moment-là.

Deux inconnus entrèrent. Leurs vêtements étaient trempés et ils tiraient quelqu'un derrière eux, un grand type solidement bâti qui avait les mains attachées dans le dos et un sac sur la tête. Harkas ferma la porte et aida les deux hommes à guider le colosse à travers la salle.

— Ah ! s'exclama Friedrik. Notre invité est là. Un peu en retard, il me semble.

Les deux inconnus baissèrent la tête comme pour s'excuser. Loque n'en fut pas surprise : elle n'aurait pas voulu faire attendre Friedrik, elle non plus.

— On devait l'amener la nuit d'hier, dit un type qui n'avait plus d'incisives, mais il était encore dans le cirage et il pèse son poids. À nous deux, on aurait eu du mal à le trimballer jusqu'ici sans nous faire repérer.

— Ce n'est pas grave, dit Friedrik. Vous êtes là et c'est tout ce qui importe. Yarrick, sois gentil et ouvre la cave.

Yarrick obéit sur-le-champ, et une fois de plus, Loque fut sidérée par les changements d'humeur de Friedrik. Il était toujours ainsi : prêt à vous filer un coup de surin dans l'œil, et une seconde plus tard, il vous plantait une bise sur la joue.

Les hommes entraînèrent le colosse vers la cave et la fillette remarqua qu'il marchait avec lenteur. Friedrik leur emboîta le pas. Il jeta un coup d'œil à Loque par-dessus son épaule.

—Viens, dit-il. Il ne faut pas que tu rates ça. Tu le regretterais jusqu'à la fin de tes jours.

La fillette était loin d'en être convaincue. Elle avait déjà vu des dizaines de personnes se faire dérouiller. On aurait dit que Friedrik voulait l'impressionner en faisant étalage de sa cruauté. Mais il était hors de question de refuser l'invitation, et Loque suivit le petit groupe.

Une trappe donnait accès à un escalier grinçant qui s'enfonçait dans les ténèbres. Quand tout le monde fut en bas, quelqu'un alluma une lanterne et la cave apparut. Elle mesurait trente mètres de long, et au centre se trouvait une fosse circulaire de sept mètres de diamètre et profonde de deux. Un trou immonde réservé à des activités immondes. Loque n'avait jamais été conviée aux spectacles qu'on organisait parfois dans cet endroit, mais elle n'avait aucun mal à imaginer leur nature. Elle était prête à parier que la fosse servait d'arène et qu'il y descendait plus de personnes qu'il n'en remontait.

On tira le colosse vers un poteau. On défit ses liens et l'homme sans incisives passa des fers à ses poignets. Il se recula et tout le monde regarda le prisonnier.

Une horrible pensée traversa l'esprit de Loque : et si ce type était Merrick Ryder ? Et si la Guilde avait finalement réussi à le capturer ? Dans quelques instants, Friedrik et Palien allaient comprendre qu'elle leur avait menti.

Friedrik approcha et ôta le sac qui couvrait la tête du colosse. Ce n'était pas Merrick Ryder, mais Loque n'eut pas le temps d'être soulagée. Elle reconnut sur-le-champ l'homme qui les toisait avec colère.

Le colosse au visage tuméfié regarda chaque personne présente. Il avait un œil gonflé et à moitié fermé. Ses lèvres et son nez étaient couverts de croûtes de sang. Mais Loque le reconnut. Il avait dit qu'il s'appelait Lincon. Il l'avait traitée avec gentillesse quand Krupps avait failli la tuer. Il l'avait protégée ; il lui avait donné à boire alors qu'elle avait la bouche plus sèche qu'un vieux parchemin. Elle se sentait encore coupable d'avoir coupé la tête de ce salopard de Krupps et de s'être enfuie de la caserne des Manteaux Verts sans avoir pris la peine de le remercier.

Eh bien ! les remerciements attendraient encore un peu.

— Nobul Jacks, dit Friedrik comme s'il saluait un vieil ami. Comme c'est aimable de te joindre à nous. Je suppose que tu sais pourquoi tu es ici ?

Nobul ? Il avait dit qu'il s'appelait Lincon. Mais quelle importance ? Loque était certaine que c'était le même homme, que c'était le père de Markus.

Palien se pencha en avant, mais pas trop près, comme s'il craignait que Nobul se jette sur lui et le réduise en pièces.

— On ne fait plus le malin, maintenant, hein ? lâcha-t-il en ricanant.

Nobul le regarda. Ses yeux brûlaient de haine.

— Tu pensais vraiment que tu pourrais trucider deux de mes meilleurs agents de recouvrement et t'en tirer indemne ? demanda Friedrik. Tu pensais vraiment qu'on ne te retrouverait pas ? Nous sommes la Guilde, Nobul. Nous avons des yeux partout. Le jeune Anton fait partie de nos membres depuis qu'il est gamin. Ça fait des semaines qu'il guettait une occasion.

Loque vit les sourcils de Nobul se froncer. Elle ne savait pas qui était cet Anton, mais il avait intérêt à courir vite si le colosse réussissait à s'échapper de cette cave.

— Je sais ce que tu penses, poursuivit Friedrik. Tu te dis qu'on va te torturer à mort, puis qu'on balancera ton corps dans la Storvoie et que plus personne n'entendra parler de toi, pas vrai ? (Il porta une main à son oreille comme s'il pensait que Nobul allait répondre.) Faux ! J'ai quelque chose de plus amusant en tête. Un costaud comme toi, avec des épaules pareilles. Et un sacré combattant, d'après ce qu'on raconte. C'est une occasion à ne pas manquer.

Nobul resta silencieux et Palien lui assena un puissant coup de pied dans les jambes.

— Tu pourrais être un peu plus reconnaissant, sale bâtard ! Personnellement, je t'aurais ouvert les entrailles et balancé aux poissons.

— Du calme, dit Friedrik. Monsieur Nobul va connaître des jours difficiles – mais par chance, ils ne seront pas très nombreux. Il ne faudrait pas qu'une malheureuse blessure l'empêche de participer au spectacle.

Il adressa un large sourire au colosse, puis fit signe à tout le monde de le suivre au rez-de-chaussée.

Loque s'apprêtait à obéir quand elle croisa les yeux de Nobul. Celui-ci la regarda avec une mine renfrognée, et elle fut incapable de deviner s'il l'avait reconnue. Elle aurait voulu lui dire quelque chose, mais elle ne savait pas quoi.

Salut. Vous vous souvenez de moi ? Vous m'avez sauvé la vie il y a quelque temps. Qu'est-ce que je peux faire pour vous remercier ?

Nobul secoua la tête dans un mouvement presque imperceptible. Loque recula. Peut-être bien qu'il l'avait reconnue, en fin de compte.

— Viens, Loque, lança Friedrik du haut de l'escalier. Tu ne veux quand même pas rester toute seule avec cet animal sauvage, hein ?

La fillette monta les marches en courant.

Yarrick ferma la trappe pendant que Palien et Friedrik s'asseyaient près du feu pour discuter de leurs projets. Loque n'avait pas envie de les écouter. Elle n'avait pas envie d'être impliquée dans cette histoire. Tout cela la dépassait. Nobul – ou Lincon, ou quel que soit son nom – l'avait aidée, certes, mais que pouvait-elle faire pour lui ? Il était prisonnier de la Guilde. Il était déjà mort. Si la fillette descendait pour le libérer, les meilleurs mensonges du monde ne suffiraient pas à la sauver. Elle avait une dette envers cet homme, mais elle était aussi impuissante que lui.

Elle suivit Yarrick dans la cuisine et perçut une respiration rapide et saccadée dans un coin de la pièce. Essen et Harkas étaient penchés sur Shirl. Celui-ci était torse nu et son ventre velu formait un bourrelet de graisse impressionnant au-dessus de sa ceinture. Ses camarades contemplaient son dos et, à en juger par la grimace d'Essen, le spectacle n'était pas beau à voir.

— Il a pris une sacrée dérouillée, dit Essen. Qu'est-ce qu'on fait de lui ?

Yarrick secoua la tête.

— Il faut qu'on l'emmène chez un chirurgien ou un apothicaire.

— T'as assez d'argent pour ça ?

Shirl leva les yeux. Son visage était boursouflé et couvert de sueur.

— Friedrik a de l'argent, souffla-t-il.

— Et tu crois qu'il va t'en filer pour que tu te fasses soigner ? dit Yarrick. Tu peux toujours aller lui demander, si tu veux qu'il t'achève avec une autre bûche.

— J'ai… mal, dit Shirl.

Il n'allait pas bien, et son état empirerait si personne n'y faisait rien.

Loque plongea la main dans sa poche et palpa les deux pièces d'or que Palien lui avait données – sous la pression de Friedrik.

— Tenez, dit-elle. Ça devrait suffire, non ?

Yarrick, Shirl et Essen regardèrent les pièces posées au creux de sa paume comme s'il s'agissait d'un trésor extraordinaire. Harkas observa la fillette d'un air méfiant. Il ressemblait à un loup qui a flairé un piège.

— Tu fais quoi, là ? demanda Essen.

— Qu'est-ce que tu crois que je fais ? Prends ce satané argent et va faire soigner ton pote.

Yarrick et Essen échangèrent un regard, puis ils contemplèrent Loque de nouveau.

— Pourquoi ? demanda Shirl entre deux halètements douloureux.

Loque les toisa comme un maître d'école considère les pires cancres de sa classe.

— On est dans la même bande, non ? Il faut bien qu'on se serre les coudes.

Yarrick secoua la tête.

— Ouais, mais toi…

— Quoi ? s'exclama la fillette, furieuse qu'on doute de ses bonnes intentions. Je suis la poupée de Friedrik ? Va te faire foutre, Yarrick, et prends cet argent !

Yarrick n'eut pas besoin d'en entendre davantage. Il prit les pièces dans la main tendue et les glissa dans sa poche.

Il se pencha vers Shirl et le fit se relever avec l'aide d'Essen. Les trois hommes se dirigèrent tant bien que mal vers la porte. Tandis qu'ils sortaient, Loque crut entendre l'un d'eux marmonner des remerciements.

Elle éprouva un sentiment de profonde satisfaction pendant une fraction de seconde. Jusqu'à ce qu'elle remarque que Harkas l'observait toujours. Il avait croisé les bras sur sa large poitrine et incliné la tête. Loque soutint son regard en se demandant à quoi il pouvait bien penser, puis elle lui adressa un petit salut comme s'ils étaient camarades. Comme s'ils faisaient partie de la même bande.

Ça valait toujours le coup d'essayer.

Harkas lui rendit son salut.

Loque sortit de la cuisine. Elle aurait dû être fière d'elle : pour une fois, elle avait fait quelque chose de bien. Mais elle ne pouvait s'empêcher de penser au pauvre type enchaîné à la cave. Celui-là, tout l'or du monde ne suffirait pas à le tirer d'affaire.

Chapitre 19

La pluie avait cessé un peu avant l'aube et les jardins étaient trempés. Janessa aimait le parfum des arbres et de l'herbe humides, mais seulement les mois d'été. Quand il faisait chaud, la pluie soulignait les arômes délicats des fleurs, mais aujourd'hui, l'hiver approchait, et on ne sentait que des relents de boue. La jeune fille resserra ses fourrures contre elle et attendit.

Elle n'était pas surprise qu'Azai Dravos soit en retard à leur rendez-vous. Il avait commencé à déplacer ses pièces sur l'échiquier. Ils savaient tous les deux qu'elle se trouvait dans une position difficile. Après tout, elle avait déjà perdu son roi. Normalement, cela aurait dû marquer la fin de la partie, mais Janessa était décidée à montrer qu'il fallait également compter avec la reine.

Merrick et Kaira se tenaient à proximité, comme toujours, mais aujourd'hui leur présence ne lui apportait aucun réconfort. Les épées et les boucliers ne lui seraient d'aucune utilité dans le combat qui l'attendait, mais le sort des États libres dépendait peut-être de son issue.

Janessa constata avec surprise qu'elle aurait voulu avoir une arme à la ceinture. Depuis qu'elle avait brandi Helsbayn, la lourde épée lui manquait. C'était maintenant qu'elle en avait besoin. Pendant un instant, elle laissa son esprit vagabonder et s'imagina chargeant l'ennemi, la lame pointée vers les cieux pour rallier ses troupes.

Ne sois pas ridicule. Tu n'as jamais reçu d'entraînement militaire. Tu crois que les soldats suivraient une gamine sans expérience ?

Sa naïveté la fit sourire. Elle fit quelques pas et se glissa dans l'ombre d'une statue représentant un guerrier d'une beauté princière. La jeune fille l'adorait depuis qu'elle était enfant et s'était souvent demandé qui était cet ancien monarque de Havrefer. Personne n'avait pu le lui dire. Janessa espéra que ce roi la soutiendrait pendant qu'elle négocierait avec l'homme qui détenait le sort de la cité entre ses mains.

Les gardes du corps de Dravos apparurent les premiers. Leurs tuniques rouges se détachaient un peu trop nettement sur la toile de fond terne des arbres sans feuilles et des arbustes taillés. Ils observèrent les alentours à la recherche d'un éventuel danger, puis ils prirent position de manière à former un couloir pour leur maître.

Dravos arriva d'un pas tranquille quelques instants plus tard. Il portait une écharpe sombre autour de la tête et une ample robe noire qui le couvrait des épaules aux chevilles. Il souriait. Sa peau olivâtre luisait légèrement aux rayons du soleil. Le khôl sombre accentuait le vert de ses iris et lui donnait un air félin.

Il s'arrêta devant Janessa et s'inclina avec déférence. Sans la quitter des yeux.

— Majesté, je vous remercie de m'accorder une audience – et dans un cadre aussi plaisant. Les jardins de Guideciel n'ont pas d'égal dans les palais d'Orient qu'il m'a été donné de visiter.

— Merci, dit Janessa. J'espère que votre séjour vous a donné entière satisfaction. S'est-on occupé dignement de vous et de vos compagnons ?

— Nous avons été traités comme des rois. (Le sourire de Dravos s'élargit d'une oreille à l'autre et ses dents blanches étincelèrent sur son visage bronzé.) J'ai été invité par des empereurs et des sultans, mais jamais je n'avais été reçu avec un tel faste et une telle générosité.

Janessa sourit pour le remercier du compliment.

Bien, assez de politesses. Passons aux choses sérieuses.

— Azai Dravos, je parle avec des mots simples, comme le faisait mon père. Vous connaissez fort bien les dangers qui menacent mon pays et sa capitale. Vous savez que j'ai besoin de fonds importants pour assurer leur protection. La ligue des banquiers est en mesure de me fournir ces fonds. Je suppose que vous avez mandat pour conclure un accord ?

Si Azai Dravos fut décontenancé par la franchise de la jeune fille, il ne le montra pas.

— Je parle au nom de la compagnie commerciale de la Lune Blanche, et je suis également habilité à représenter la ligue des banquiers en ce qui concerne cette négociation, Majesté.

— Bien, alors parlons affaires.

Elle devait maintenant déterminer ce qu'il voulait. Prendre l'initiative. Formuler ses demandes et attendre une contre-proposition.

— Nous avons besoin d'un million de couronnes, la première moitié en pièces, l'autre sous forme de crédits cautionnés par la ligue des banquiers.

Elle dévisagea Dravos, mais celui-ci demeura impassible. Elle avait déterminé les besoins financiers en compagnie d'Odaka et de Durket. Un million de couronnes suffiraient à assurer la défense de la cité – à condition que la somme demandée soit disponible au plus vite. Ils étaient pressés par le temps. Si l'argent liquide ne pouvait être débloqué tout de suite, les crédits permettraient de verser la solde des libres compagnies. Avec l'aide des mercenaires, ils parviendraient peut-être à repousser Amon Tugha et les Khurtas.

Dravos esquissa un sourire chaleureux.

— La ligue des banquiers peut vous fournir cette somme, et elle est prête à le faire.

Un profond soulagement envahit Janessa, mais elle demeura sur ses gardes. Dravos acceptait sa demande un peu trop facilement et elle sentit que les contreparties seraient substantielles.

— Voilà de bonnes nouvelles, dit-elle pour pousser son avantage. La Couronne est en mesure de rembourser un intérêt de…

— Non, l'interrompit Dravos. (Son sourire se volatilisa.) La ligue des banquiers vous versera l'argent demandé dans son intégralité et dans les plus brefs délais. Cet argent devra être remboursé dans les cinq ans, sans intérêt.

Il se tut et Janessa comprit qu'il attendait qu'elle l'interroge à propos des contreparties. Elle avait dévoilé son jeu trop tôt en proposant de verser des intérêts. Elle devait amener Dravos à lui montrer le sien. C'était maintenant à lui de prendre l'initiative.

Le silence s'éternisa et il devint clair que Janessa ne céderait pas. Son entêtement arracha un sourire à Dravos.

— Mes associés réclament des terres et un titre à Ankavern, dit-il enfin. Le fils princier Moaz Bayek de Jal Nassan souhaite s'installer dans les États libres et établir une route maritime entre Flottemaison et les Terres orientales. Nous demandons également la réouverture de l'ambassade de Mekkala à Havrefer, avec les droits de souveraineté, les dispositions religieuses et l'immunité qui y sont associés. Enfin, nous exigeons les titres de propriété de plusieurs mines autour de la cité de Murargent – des représentants de la compagnie commerciale de la Lune Blanche ont envoyé des prospecteurs pour évaluer la richesse des filons, et les informations qu'ils ont reçues les ont comblés.

Il se tut et regarda Janessa droit dans les yeux. La jeune fille fit de même en priant pour qu'il ne lise pas ses émotions sur son visage.

Ankavern faisait partie des États libres, mais c'était une province indépendante qui gérait elle-même ses accords commerciaux. Si elle imposait la vente d'une portion de son territoire, elle déclencherait une révolte. Quand la guerre serait terminée, le pays serait au bord de la faillite et elle ne réussirait jamais à calmer les émeutes. Et le seigneur gouverneur Tyran de Murargent ? Jamais il n'accepterait de céder les mines dont les bénéfices remplissaient ses coffres. Quant à l'ambassade à Havrefer, Janessa ne se faisait aucune illusion : ce ne serait qu'une façade, un repaire où la ligue des banquiers tramerait de sinistres complots.

Elle ne pouvait pas accepter ces conditions et Azai Dravos le savait. Alors, qu'attendait-il d'elle ?

Il était temps de le découvrir.

Janessa sourit et sortit de l'ombre de la statue – qui ne lui avait guère porté chance jusque-là.

— Lorsque mon père est monté sur le trône pour devenir le maître de Guideciel, il a fait rénover ces jardins, dit-elle en montrant les arbres nus et les statues de pierre glacées. Cet endroit lui apportait un certain réconfort et je jouais à ses pieds tandis qu'il faisait des choix difficiles pour le bien de l'État. (Dravos ouvrit la bouche pour dire quelque chose, mais Janessa l'ignora.) Mon père avait la chance d'avoir le temps de peser le pour et le contre. Contrairement à moi, Azai Dravos. Le temps est la denrée qui me manque le plus cruellement, alors je vous prierais de ne pas la gaspiller et de me dire ce que vous voulez vraiment.

Dravos s'inclina en la regardant toujours droit dans les yeux.

— Je vous présente mes excuses, reine Janessa. Les vieilles habitudes ont la vie dure et j'exerce ma fonction dans les dangereuses arènes de l'Orient depuis de longues années. Vous m'avez parlé avec sincérité et je vais faire de même.

Il approcha – un peu trop près au goût de Janessa. La jeune fille perçut le parfum de musc épicé de ses vêtements et crut qu'elle allait avoir un vertige.

— Je représente Kalhim Han Rolyr Mehelli, le propriétaire de la compagnie commerciale de la Lune Blanche – entre autres. Il fait partie des cinq maîtres de la ligue des banquiers. En échange d'un prêt qui vous sauverait, vous et votre cité, du seigneur de guerre elharim, il ne demande rien de moins que votre main, ainsi que les terres et les titres qui vont avec.

Azai Dravos avait enfin abattu ses cartes. Sa main était dévastatrice, mais Janessa n'avait pas l'intention de déclarer forfait. Pas avec de tels enjeux. Elle esquissa un sourire, le sourire avenant des apprentis courtisans.

— Je suis on ne peut plus flattée par cette offre, dit-elle en espérant gagner un peu de temps et faire une contreproposition.

Mais Azai n'était pas homme à se laisser manipuler si facilement.

Il fit un pas en avant et son sourire éclatant disparut une fois de plus. Ses yeux verts s'assombrirent.

— Mon maître ne transigera pas sur ce point, murmura-t-il. Il n'y aura pas d'autres négociations. Annoncez vos fiançailles ou bien votre cité sera rasée et les habitants massacrés.

Janessa voulut reculer, mais ses pieds refusèrent de lui obéir. Elle était prisonnière de ces yeux verts de plus en plus sombres. Elle voulut refuser l'offre sur-le-champ, mais elle était incapable de parler. Il était pourtant hors de question qu'elle épouse un homme qu'elle n'avait jamais rencontré. Elle était reine des États libres et régnerait seule jusqu'au jour de sa mort.

Elle resta silencieuse et son univers se réduisit soudain aux yeux de Dravos.

Perdue dans les iris verts, elle songea alors que le marché n'était pas si terrible que cela. En fin de compte, ce Kalhim était peut-être le mari idéal. C'était un prince marchand influent et sa fortune était l'une des plus importantes des trois continents. Elle ne craindrait plus rien avec un tel époux à ses côtés.

Dravos leva la main et la jeune fille s'aperçut qu'il tendait la paume vers son ventre. L'homme fronça les sourcils, puis il esquissa un mince sourire.

Janessa sentit quelque chose s'agiter en elle, quelque chose en proie à une soudaine terreur. Elle voulut de nouveau reculer, protéger son ventre, mais elle avait l'impression d'être prisonnière d'un filet. Elle était incapable de bouger, incapable de se défendre et de défendre l'être qu'elle portait en elle.

— Majesté, tout va bien ?

Janessa entendit la voix de Kaira et recula en titubant.

— Oui, répondit-elle en regardant Azai Dravos.

Le négociateur souriait comme si tout était normal.

Kaira prit Janessa par le bras et la jeune fille fit un effort surhumain pour se ressaisir.

— Je vous présente mes excuses, Azai Dravos, dit la reine. Je dois regagner mes appartements. Je vous promets que je vous donnerai une réponse sans tarder.

Dravos s'inclina avec humilité et Kaira entraîna la jeune fille à travers les jardins. Janessa avait l'impression que son ventre était dur et contracté. Pendant un moment, elle craignit pour la santé de l'enfant.

Lorsqu'elle arriva devant la porte de sa chambre, elle avait déjà les idées plus claires.

— Appelez Odaka, souffla-t-elle tandis que Kaira l'aidait à s'allonger sur son lit.

Merrick partit aussitôt à la recherche du conseiller.

Janessa posa une main sur son ventre. Elle était soulagée que tout soit redevenu normal, mais elle pensait encore aux paroles de Dravos… et à ses yeux étranges.

« Il n'y aura pas d'autres négociations. Annoncez vos fiançailles ou bien votre cité sera rasée et les habitants massacrés. »

— Souhaitez-vous que je fasse venir un apothicaire, Majesté ? demanda Kaira.

Janessa secoua la tête. Elle saisit un montant du lit et se redressa.

Elle avait le vertige. Elle avait été incapable de se conduire en reine. Elle aurait dû montrer sa force et son courage, montrer qu'elle incarnait son pays et sa cité… et elle n'avait fait que dévoiler l'étendue de sa faiblesse. Azai Dravos avait remporté la partie et Janessa devait désormais répondre à une question : était-elle prête à épouser un étranger pour sauver son peuple des hordes khurtiques ?

Odaka entra. Il comprit tout de suite que Janessa n'allait pas bien. Il ordonna aux deux Sentinelles de sortir et de ne rien dire à propos de ce qu'elles avaient vu.

Janessa lut l'inquiétude sur son visage. Il avait deviné qu'elle avait essayé de se comporter en reine et qu'elle avait échoué.

— Je ne sais pas quoi faire, dit la jeune fille d'une voix faible et hésitante – la voix avec laquelle elle s'était proclamée Protectrice des États libres pendant son couronnement. Le maître de Dravos exige ma main. Il nous fournira de quoi sauver la ville et le royaume si j'accepte de l'épouser.

— La situation est compliquée, lâcha Odaka. Surtout en ce moment.

Il jeta un coup d'œil à son ventre et elle comprit aussitôt ce qu'il voulait dire.

Elle posa une main protectrice sur le renflement naissant.

— Depuis combien de temps savez-vous ?

Odaka ne répondit pas tout de suite. Il semblait gêné.

— Depuis peu. Il est rare que quelque chose m'échappe entre ces murs.

Bien sûr. Odaka Du'ur finissait toujours par savoir. C'était pour cette raison que le roi Cael lui avait confié la régence du royaume.

Janessa se redressa et glissa les jambes hors du lit. Une partie d'elle-même était soulagée qu'il sache, une autre avait honte. La jeune fille fut surprise lorsque le conseiller s'assit près d'elle et lui saisit la main.

— Il va falloir prendre des décisions importantes, dit-il. Je vous y aiderai du mieux possible, mais je ne suis plus régent et c'est vous qui ferez le choix final. Vous et vous seule. Vous en sentez-vous capable ?

Janessa le regarda et lut une profonde compassion dans ses yeux. Elle eut envie de le serrer dans ses bras, mais elle savait que ce n'était pas convenable. Odaka était un conseiller et un confident, mais il n'était pas son père.

Et puis, il assumait déjà de nombreuses responsabilités dans la gestion des affaires du pays et elle ne voulait pas alourdir son fardeau.

— Je le serai, répondit-elle. Azai Dravos a clairement formulé ses demandes : un mariage avec son maître en échange des fonds dont nous avons besoin.

— Quelle a été votre réponse ?

Janessa se rappela les yeux de Dravos et la désagréable sensation dans son ventre quand l'émissaire s'était approché. Ce malaise était-il lié à sa grossesse ou… à quelque chose d'autre ?

— Je lui ai répondu que j'avais besoin de réfléchir.

— Et c'est ce que vous devriez faire. Mais le marché n'est peut-être pas aussi terrible qu'il le semble. Un mariage rapide et consommé empêcherait des rumeurs gênantes à propos de l'enfant que vous portez. Celui-ci resterait l'héritier du trône, car cette union ne remettrait pas en cause son statut de noble des États libres. Quel que soit le nom du père officiel, nous savons tous les deux que le vrai était issu d'une grande famille.

Janessa comprit sur-le-champ. Odaka pensait que l'enfant était le fruit d'une liaison avec Raelan Logar. Elle n'eut pas le courage de le décevoir.

— Mais, et mon peuple ? demanda-t-elle. Me restera-t-il fidèle si j'épouse un étranger qui n'a aucun droit sur la couronne de fer ?

— Si vous n'acceptez pas son offre, il n'y aura peut-être plus de cité et plus d'États libres. À votre avis, le peuple préférera-t-il un roi étranger par le biais d'un mariage ou un tyran elharim par celui d'une guerre ?

La réponse était évidente, mais Janessa ne parvenait pas à l'accepter. Elle ne voulait pas être contrainte de faire ce qu'elle avait toujours refusé. Elle avait repoussé Raelan et Leon parce qu'elle aimait un autre homme, un roturier, un assassin. Elle n'avait aucune envie d'épouser un riche étranger qu'elle n'avait jamais rencontré pour le seul bien du royaume.

— Il faut que je réfléchisse, dit-elle.

Odaka se leva.

— Dans ce cas, je vous suggère de réfléchir vite, ma dame. L'enfant qui est en vous grandit un peu plus chaque jour. Les hordes khurtiques approchent par le nord. Quelle que soit votre décision, je la respecterai, mais vous devez en prendre une. Et dans les plus brefs délais.

Le conseiller se dirigea vers la porte et Janessa le regarda s'éloigner en posant de nouveau une main sur son ventre, sans même s'en rendre compte.

Était-il possible de sauver Havrefer sans l'aide de la ligue des banquiers ? Si elle refusait l'offre d'Azai Dravos, comment expliquerait-elle la naissance d'un enfant illégitime ? Devait-elle épouser Leon ? La baronne Isabelle Magrida serait trop heureuse pour émettre le moindre doute sur la paternité de son petit-fils.

Elle devait faire un choix. Vite.

Amon Tugha était proche et rien ne semblait pouvoir l'arrêter.

Chapitre 20

Nobul ne savait pas depuis combien de temps il baignait dans les ténèbres, mais l'obscurité ne le dérangeait pas. Pas plus que la perspective de sa mort imminente, car on allait le tuer, c'était certain. Le premier idiot venu était en mesure de le comprendre. Ce n'était qu'une question d'heures et de manière.

Non, ce qui l'ennuyait, c'était son impuissance. Il n'allait même pas pouvoir lever le petit doigt pour se défendre. Il allait crever comme un porc sur un étal de boucher.

Il n'avait jamais songé à tout ce qui lui restait à faire, avant qu'on le capture. Il avait cherché à se punir de la mort de son fils pendant trop longtemps, puis il avait essayé d'échapper à cette satanée Guilde. Et c'était seulement maintenant, alors qu'il était prisonnier dans cette cave et que son châtiment avait commencé, qu'il comprenait son erreur.

Ce que Nobul voulait plus que tout au monde, c'était obtenir réparation. Il voulait frapper, blesser, détruire.

Il se rappela sa vie de soldat, quand il pataugeait dans les tripes au milieu des hurlements assourdissants. Jamais il ne s'était senti plus vivant.

Ce que Nobul voulait plus que tout au monde, c'était la vengeance.

Mais au lieu de la lui accorder, le destin préférait lui montrer qu'il n'était qu'un misérable raté. Il n'aurait plus l'occasion de se venger. Il n'aurait plus l'occasion de faire quoi que ce soit.

Dommage. Il aurait aimé mettre la main sur Anton. Le sale petit bâtard. Combien avait-il touché pour sa trahison ? Que lui avait-on promis pour informer la Guilde de ce qui se passait chez les Manteaux Verts ? Si Nobul réussissait à s'en sortir, Anton regretterait le jour où il avait décidé de monnayer ses services. Par malheur, il était peu probable qu'il ait le plaisir de revoir ce traître.

Il entendit un grincement, puis le bruit d'un verrou. Instinctivement, il plia les jambes autant que possible et contracta ses épaules en essayant de se faire aussi petit que possible. Il ignorait depuis combien de temps il était enchaîné, mais ses muscles étaient douloureux. Il savait ce qui l'attendait. Plus il se replierait sur lui-même, moins il sentirait les coups de pied.

Un filet de lumière glissa dans la cave et Nobul plissa les yeux. Il entendit les marches de l'escalier grincer, puis un visage familier émergea des ténèbres.

— Ton heure de gloire est arrivée, lança l'homme qui n'avait plus d'incisives. (Il posa sa lanterne et son seau par terre, puis il décocha un coup de pied au prisonnier.) T'auras plus à attendre très longtemps. Tu fais partie de la prochaine fournée. On m'a demandé de te nettoyer un peu pour que tu sois présentable.

L'homme prit le seau et jeta son contenu sur Nobul.

L'eau glacée tétanisa les muscles de l'ancien forgeron et le choc thermique lui coupa le souffle. Ses mâchoires se contractèrent tandis que son cœur battait à tout rompre. Sans-dents passa derrière lui et l'obligea à se lever. Il prit les chaînes et tira dessus pour vérifier que le prisonnier ne risquait pas de se libérer. Il n'y avait aucun danger de ce côté-là. Il contourna Nobul et s'arrêta devant lui.

— Ça va mieux ? demanda Sans-dents. T'es réveillé ?

Nobul ne répondit pas. Il se contenta de contempler avec haine le visage disgracieux de son tortionnaire. Sans-dents le frappa au ventre. Le coup n'était pas assez puissant ou précis pour lui couper le souffle, mais il n'en était pas moins douloureux.

— Je t'ai posé une putain de question. Tu vas répondre, hein ?

Nobul grimaça un sourire. Ses dents ensanglantées apparurent entre ses lèvres fendues.

— Je vais te tuer, dit-il.

Sans-dents fit un pas en avant, mais il veilla à ne pas approcher trop près. Nobul s'attendait à un nouveau coup de poing dans le ventre, mais l'homme de la Guilde lui rendit son sourire.

— Pauvre con, c'est *toi* qu'es déjà mort. C'est balaise d'avoir rectifié deux gros bras de Friedrik, je le reconnais. C'était pas des débutants. Ils faisaient partie des meilleurs. Tu as une sacrée paire de couilles pour avoir traité la Guilde comme ça. À moins que tu sois juste débile.

Nobul le regarda sans rien dire. Sans-dents poursuivit comme s'il bavardait avec un ami au coin du feu.

— On parle beaucoup de toi, là-haut. On raconte que t'avais un gamin qui a été tué. On dit que c'est un accident, mais tous les deux, on sait bien que c'est pas vrai.

Il approcha un peu plus. Il était presque assez près pour que Nobul se jette en avant et le morde, mais l'ancien forgeron avait oublié sa colère. Il était suspendu aux lèvres de Sans-dents.

— Les Manteaux Verts qui l'ont tué, ils couraient après un assassin. Et tu sais qui c'est qui avait payé l'assassin ?

Nobul en avait une vague idée. Il avait réfléchi à la question pendant une éternité. À Havrefer, personne ne se serait amusé à commettre un crime sans l'aval de la Guilde. Voilà qui confirmait ses soupçons.

— Ouais. C'est nous. Sa cible, c'était un marchand qui s'appelait Constantin. Il avait pris des trucs qu'étaient pas à lui. Des trucs qu'étaient à Friedrik. S'il avait pas fait de conneries, ton fils serait peut-être en vie. C'est moche. Je suis sûr que Friedrik se sent vachement coupable et qu'il tient à se faire pardonner, tu sais ? (Il jeta un coup d'œil en direction de la fosse derrière Nobul.) Ça doit être pour ça qu'il te laisse une chance.

Nobul savait que Denny avait tiré le carreau qui avait tué Markus et que la mort de son fils n'avait été qu'un regrettable accident. Le jeune homme avait juste essayé de faire son boulot. Le véritable responsable, c'était Friedrik. C'était lui qui avait commandité l'assassinat. C'était à cause de lui que tout avait mal tourné. Nobul allait être tué par le meurtrier de son fils.

Sans-dents retourna vers l'escalier en gloussant. Quelques minutes plus tard, plusieurs personnes descendirent à la cave. Certaines portaient des torches, d'autres des pichets de bière ou des bouteilles de vin. Il y avait des hommes et des femmes. Ils riaient, plaisantaient et se caressaient sans vergogne. La plupart étaient déjà ivres. Nobul eut bientôt l'impression que la moitié des habitants de la Porte septentrionale défilaient devant lui.

Les brouhahas des conversations et la fumée des pipes envahirent la salle. Nobul se trouvait non loin de la fosse – une place de choix, il fallait le reconnaître. Il ignorait si c'était à dessein, mais cela n'avait rien de rassurant.

Quelqu'un réclama le silence à l'autre bout de la cave. Nobul aperçut un type grassouillet debout sur un tonneau.

— Mesdames et messieurs, lança-t-il d'une voix forte. Je sais que vous êtes tous là pour assister au clou du spectacle, mais je vous propose d'abord un petit amuse-gueule pour vous mettre en bouche. (Plusieurs personnes applaudirent.) Pour votre plus grand plaisir, nous vous présentons une magnifique démonstration des arts pugilistiques. Notre premier gladiateur a combattu dans les caves de Cuivreporte pendant cinq ans avant de venir se frotter aux meilleurs. C'est son troisième match à Havrefer et certains d'entre vous se souviennent sans doute de la férocité avec laquelle il a massacré son dernier adversaire. Oui, vous savez de qui je parle. Mesdames et messieurs, je vous présente le fléau des Fosses d'acier, le démon aux poings de fer, Arys Broyeuse !

Les spectateurs lancèrent des acclamations ou sifflèrent en s'écartant pour former un chemin. Nobul s'attendait à voir une brute épaisse dotée d'un nez cassé et d'oreilles en chou-fleur, et il fut surpris d'apercevoir une femme fendre la foule. Elle avait de larges épaules et ses cheveux enduits de pommade étaient peignés en arrière. Elle arriva au bord de la fosse et se tourna vers les spectateurs, avant de grimacer un rictus qui dévoila des dents jaunes taillées en pointes acérées.

Le héraut reprit la parole en criant pour couvrir les cris de la foule.

— Qui pourrait être assez fou pour affronter un tel adversaire ? Quelle femme pourrait être assez téméraire pour descendre dans la fosse avec un tel fauve ?

Il s'interrompit comme s'il attendait une réponse. Une voix lança quelque chose que Nobul ne comprit pas. Un nom que des personnes de plus en plus nombreuses se mirent à scander. Il ne fallut pas longtemps pour que tout le monde le reprenne en chœur. « Dame Supplice ». Les gens s'écartèrent de nouveau pour laisser passer une femme qui ne ressemblait pas vraiment à celles que Nobul avait croisées au cours de sa vie. Elle était presque aussi large d'épaules que lui et un corset en cuir gainait sa poitrine. Elle avait les cheveux très courts et un nez écrasé. Elle avançait la mâchoire inférieure pour se donner un air féroce.

— Oui, vous la connaissez tous ! cria le héraut ventripotent. Dame Supplice, princesse de la fosse, maîtresse de la rixe, duchesse du pugilat. Dame Supplice, invaincue en douze combats !

Les deux femmes se tenaient désormais de part et d'autre de la fosse. Elles se toisaient pendant que les spectateurs impatients s'agitaient et criaient. Toujours juché sur son tonneau, le héraut les contemplait avec un sourire qui s'élargissait au fur et à mesure que l'excitation gagnait en intensité. Soudain, les deux femmes sautèrent au fond de la fosse.

Nobul ne les voyait plus. La foule s'était agglutinée autour de la petite arène. Les acclamations et les huées résonnaient dans la cave et le vacarme était assourdissant. De temps à autre, un spectateur laissait échapper un grognement ou un rugissement – sans doute pour saluer une attaque violente ou un morceau de chair arraché d'un coup de dents. Des pièces de monnaie passaient de main en main pendant que les preneurs de paris griffonnaient avec frénésie dans leurs petits carnets. Nobul observait la scène en se demandant si les spectateurs l'acclameraient ou le siffleraient lorsque son tour viendrait. Car il viendrait tôt ou tard. La question, c'était de savoir quel genre d'adversaire il affronterait.

Un hurlement s'éternisa. La foule se tut un moment, puis les acclamations et les applaudissements se déchaînèrent autour de la fosse. Le calme revint peu à peu. Des gens rirent, d'autres détournèrent la tête en grimaçant. Nobul remarqua que les habits de certains spectateurs étaient tachés de sang. Le sang des guerrières.

Le héraut remonta sur son tonneau.

— Mesdames et messieurs, cria-t-il tandis qu'une femme émergeait tant bien que mal de la fosse. Notre vainqueur de la soirée est Arys Broyeuse !

De nouveaux applaudissements saluèrent la gagnante qui se redressait péniblement. Sa bouche était maculée de sang et Nobul songea que c'était sans doute celui de son adversaire. Son œil droit était fermé et elle plaquait une main contre ses côtes, mais elle souriait.

— Saluons également la courageuse vaincue, lança le héraut alors que plusieurs hommes extirpaient sans ménagement Dame Supplice de la fosse.

Personne ne daigna applaudir la malheureuse. Apparemment, sa carrière de combattante était terminée.

Nobul n'en fut pas ému. Il avait ses propres problèmes, mais par chance, ils ne le tourmenteraient pas bien longtemps.

Dame Supplice fut emportée et la foule reprit ses bavardages. Le héraut frappa dans ses mains pour réclamer le silence.

— Eh bien ! mesdames et messieurs, on dirait que le moment que vous attendez tous est arrivé. Vous allez avoir la chance extraordinaire d'assister à un spectacle comme il n'y en a pas eu depuis cent ans à Havrefer. (Il pointa le doigt vers Nobul et tout le monde tourna la tête.) Une exécution va se dérouler sous vos yeux.

Une dame applaudit avec enthousiasme lorsqu'un homme approcha et saisit les fers de Nobul. Celui-ci envisagea de tenter le tout pour le tout, mais la lame tranchante appuyée contre sa gorge l'en dissuada. Il leva les yeux et vit que c'était le type aux cheveux bouclés – Friedrik – qui tenait la dague.

— Tu vas nous offrir un beau spectacle, n'est-ce pas, Nobul ? dit-il. (Deux solides bâtards libérèrent l'ancien forgeron de ses chaînes, mais ils lui attachèrent aussitôt les mains dans le dos.) Les paris ont atteint des sommes rondelettes, et j'ai une réputation à soutenir.

Nobul ne répondit pas et les deux costauds l'entraînèrent au bord de la fosse. Il ne pensait plus qu'à une chose : le plaisir qu'il ressentirait quand ses mains se refermeraient autour du cou de Friedrik. Et puis il baissa les yeux et découvrit l'arène.

— Je ne vous ferai pas attendre plus longtemps, cria le héraut. Que la curée commence !

Nobul se demanda pourquoi ce braillard parlait de curée, mais on le poussa dans la fosse avant qu'il puisse réfléchir à la question. Il n'eut ni le temps ni l'envie de se redresser et d'atterrir avec grâce. À quoi bon faire des efforts inutiles ? Il s'effondra sur le sol en terre et un inquiétant craquement monta de l'une de ses épaules.

Il se leva et sentit la première vague de douleur. Il la laissa attiser sa rage. Le bord de la fosse était entouré de spectateurs enthousiastes. L'un d'eux voulut lui cracher dessus, mais il le manqua. Nobul n'y prêta pas attention. Il s'intéressait davantage à la grille derrière laquelle quelque chose s'agitait, griffait et grondait avec colère.

— Rappelle-toi, lança une voix.

Nobul leva la tête et aperçut Friedrik qui le regardait avec un sourire. L'homme de la Guilde agitait sa dague comme un chef d'orchestre devant ses musiciens.

— Ce n'est pas la taille du chien qui importe… c'est sa volonté de combattre.

Nobul aurait voulu lui dire de se carrer son cure-dent dans un endroit qu'on réserve habituellement à un tout autre usage, mais la grille se releva d'un coup.

Cinquante kilos de rage canine se précipitèrent sur Nobul. L'animal avait les oreilles plaquées sur la tête et son museau était couvert de bave. L'ancien forgeron eut à peine le temps de reculer contre une paroi avant que le chien bondisse. Il se baissa, roula sur le côté et se releva d'un bond. L'animal repartit aussitôt à l'attaque. Autour de la fosse, la foule encourageait le molosse et certains spectateurs lui suggéraient d'arracher les bijoux de famille de Nobul.

Celui-ci fit un pas en avant. Il avait toujours les mains attachées dans le dos et il frappa donc du pied, mais la bête fut plus rapide que lui. Elle évita le coup et sauta sur la jambe tendue. Elle le mordit à la cuisse, mais ses crocs déchirèrent davantage de tissu que de chair. Nobul chancela tandis que l'animal le tirait en arrière en mobilisant toute la force des muscles de son arrière-train. Au bout du compte, il n'emporta que quelques lambeaux de pantalon et un soupçon de jambe.

La foule rugit de plaisir en voyant le sang couler. Nobul serra les dents pour lutter contre la douleur. Il n'eut pas le temps de cracher un chapelet de jurons. Le chien s'élança de nouveau – en visant les chevilles, cette fois-ci. L'ancien forgeron sauta en arrière et entama une danse ridicule pour éviter les assauts répétés de l'animal. Les spectateurs s'esclaffèrent. Nobul entendit le rire suraigu d'une femme, et sa colère redoubla. Le molosse bondit. Nobul leva la jambe et sa botte frappa à la tête. Le chien laissa échapper un jappement et recula précipitamment avant de repartir à l'attaque.

Il se jeta sur Nobul. Celui-ci pivota pour esquiver, mais il ne fut pas assez rapide. Les mâchoires se refermèrent sur son bras et le poids du chien lui fit perdre l'équilibre. Il tomba et l'animal lâcha prise. Nobul savait ce qui allait suivre. Le molosse allait viser la gorge. Il roula sur le côté, mais pas assez vite. Il réussit cependant à protéger son cou, et le chien ne lui arracha qu'une moitié d'oreille. La douleur lancinante lui fit pousser un grognement et il entendit l'animal gronder tout contre lui.

La rage le submergea.

Qu'ils aillent tous se faire foutre avec leurs applaudissements ! Et qu'ils emportent ce foutu clébard avec eux !

Le chien recula avec son bout d'oreille. Nobul n'attendit pas qu'il reparte à l'attaque. Il poussa sur ses jambes pour se projeter en avant et mordit l'animal au-dessus de l'œil. La bête laissa échapper un hurlement aigu et Nobul en profita pour frapper du genou. Le chien glapit de nouveau lorsque le coup brisa une côte dans un craquement sinistre. Affolé, l'animal se dégagea en abandonnant un bout de paupière entre les dents de Nobul. Il se précipita à l'autre extrémité de la fosse et se recroquevilla dans un coin en tremblant de peur et de douleur.

Nobul se leva, le souffle court, et cracha le morceau de chair qu'il avait dans la bouche. Le chien gémissait toujours et la foule était silencieuse. Puis l'ancien forgeron entendit des cris et comprit que quelqu'un se frayait un chemin entre les spectateurs. Un grondement animal monta au bord de la fosse. Nobul leva les yeux et aperçut un colosse au visage sombre qui tenait un autre putain de clébard au bout d'une autre putain de chaîne.

— Descends ! ordonna l'inconnu en détachant le chien.

L'animal ne se le fit pas dire deux fois. Il bondit dans la fosse et regarda l'homme avec la même hargne que son prédécesseur.

La rage de Nobul était à son paroxysme. Il avait goûté le sang. Il avait senti la chair dans sa bouche. La peur n'avait plus la moindre prise sur lui. Il s'agissait d'une bataille, ni plus, ni moins. Il fallait tuer ou être tué.

Il se précipita sur l'animal sans se préoccuper des crocs couverts de bave. Le chien bondit en visant la gorge et les deux adversaires se télescopèrent. Ils s'effondrèrent dans une mêlée confuse de grondements, de coups de dents et de hurlements. Le chien enfonça ses crocs dans l'épaule de Nobul et celui-ci le mordit à la patte. Le molosse glapit et essaya de se libérer, mais l'ancien forgeron n'était pas disposé à lui accorder cette faveur. Ils roulèrent sur le sol. Nobul avait les mains attachées dans le dos, mais il parvint à glisser la chaîne des fers autour du cou de l'animal. Celui-ci se débattit avec frénésie, mais Nobul se pencha en avant et tira de toutes ses forces en serrant les dents. Le chien affolé redoubla d'efforts pour se dégager.

Un grand silence s'installa lorsque le molosse cessa enfin de s'agiter. Sa langue pendante ressemblait à un morceau de viande sur un étal de boucher. La déception se lisait sur les figures des spectateurs.

Nobul respirait à grand-peine. Il commençait à sentir la douleur monter des blessures que les chiens lui avaient infligées. Il se leva tant bien que mal sous l'œil réprobateur de la foule. Il aurait voulu graver chaque visage dans sa mémoire et retrouver chacun de ces bâtards pour lui faire payer ce qu'il venait d'endurer.

Il était malheureusement peu probable qu'il ait l'occasion de se venger, alors autant leur offrir un souvenir qu'ils n'étaient pas près d'oublier.

Le premier chien était toujours recroquevillé dans un coin. Nobul se dirigea vers lui et l'animal gémit. Il était acculé.

— Bande d'enculés ! Vous voulez du spectacle ? rugit Nobul. Vous voulez voir un putain de combat ?

Le molosse geignit lorsque l'ancien forgeron lui assena un violent coup de pied. Il se ratatina un peu plus dans l'espoir de se protéger de la pluie de coups qui s'abattit sur lui. Il n'essaya même pas de se défendre ou de s'enfuir. Il resta là, gémissant et crachant son sang. Ses yeux écarquillés ne voyaient rien d'autre que la douleur et la mort. Son calvaire fut de courte durée.

Nobul se tourna vers la foule pour crier sa victoire, pour crier qu'il ne mourrait pas si facilement, mais quelqu'un lui jeta quelque chose sur la tête.

Un instant plus tard, il était au sol et on lui attachait les jambes. Il ne pouvait plus rien faire. Il ne lui restait plus qu'à attendre qu'on le tue à coups de pied, comme le chien. Cela n'arriva pas.

On le laissa au fond de la fosse avec les cadavres des deux molosses. Les soupirs déçus des spectateurs s'éloignèrent.

Chapitre 21

Les ordres de maîtresse Gelredida étaient souvent énigmatiques. Waylian était son apprenti depuis un certain temps, mais il avait toujours du mal à comprendre ce qu'elle attendait de lui. Il fut donc surpris quand elle lui donna des instructions claires et précises.

Le jeune homme devait se rendre à l'orphelinat pour garçons de la Porte septentrionale où était hébergé un certain Josiah Klumm. Il présenterait des documents d'adoption au responsable de l'établissement et conduirait l'enfant dans une maison du quartier des Quais.

Pouvait-on imaginer plus simple ?

Mais tandis qu'il marchait vers le nord de la ville, Waylian songea qu'il était peut-être un peu trop optimiste.

La dernière fois qu'il avait traversé ce quartier, il était en compagnie de sa maîtresse et de deux chevaliers Corbeaux. Aujourd'hui, il était seul, à la merci des mendiants et des voleurs. À chaque coin de rue, il avait l'impression que quelqu'un l'observait en attendant le bon moment pour lui faire son affaire. Il avait rabattu sa capuche sur sa tête dans l'espoir de passer inaperçu, mais cela n'avait fait que réduire son champ de vision – facilitant ainsi la tâche du malandrin qui allait lui sauter dessus, lui assener un solide coup de gourdin sur le crâne et l'emporter vers un destin tragique…

Reprends-toi ! Tu as réussi à atteindre Murargent en vie. Tu as affronté de terribles bêtes dans les montagnes de Kriega. Tu as voyagé avec des guerriers d'élite. Tu ne vas quand même pas me dire que tu as la trouille de te promener du côté de la Porte septentrionale ?

Deux jeunes garçons se couraient après. Ils traversèrent la rue juste devant lui et leur mère les sermonna depuis une fenêtre. Si deux enfants avaient le droit de jouer dehors, il ne devait pas y avoir de danger, n'est-ce pas ? La Porte septentrionale était un quartier malfamé, tout le monde le savait, mais on n'y assassinait quand même pas les gens à tous les coins de rue.

Waylian se sentit un peu rassuré et poursuivit son chemin. Il œuvrait pour le bien de la cité – enfin, sans doute – et il était prêt à affronter tous les dangers de la Porte septentrionale. S'il avait peur dans les rues de Havrefer, que ferait-il quand les hordes de Khurtas attaqueraient la ville ? Se cacherait-il sous un lit en attendant la fin des viols et des pillages ?

Il avait démontré – à plusieurs reprises – qu'il ne fallait pas le sous-estimer. Il n'allait pas trembler devant une poignée de voleurs. Par tous les dieux, il avait quand même sauvé la ville d'une invasion de goules affamées ! Et il s'en était tiré sans une égratignure.

Enfin presque.

Il était grand temps d'agir en homme et de prouver sa valeur. À tout le monde. À Gelredida, à lui-même, à ses camarades et peut-être même aux membres du Creuset. Un fléau était sur le point de ravager Havrefer, une horde avide de carnage et de destruction. Waylian devait jouer son rôle pour protéger la cité de l'annihilation. Il faisait confiance à Gelredida, même s'il ne comprenait pas toujours ses méthodes. La magistra ne songeait qu'au bien de la ville, et Waylian ferait tout son possible pour l'aider.

Mais en arrivant devant l'orphelinat, il se demanda quel lien il pouvait y avoir entre un gamin abandonné et le sort de Havrefer.

Le bâtiment était un simple cube entouré d'un haut mur de pierre. Le toit était couvert de vieilles ardoises dont certaines semblaient prêtes à tomber en entraînant une dizaine de leurs semblables. Waylian n'aurait pas abrité des cochons dans cette baraque, et à plus forte raison des enfants.

Il poussa la grille en fer noir et remonta l'allée qui conduisait à l'orphelinat. Un escalier menait à une porte en chêne pourrie. Waylian gravit les marches en se demandant s'il ne s'était pas trompé d'adresse. Le bâtiment semblait sur le point de s'effondrer, mais cela n'avait rien d'étonnant : dans le quartier de la Porte septentrionale, la plupart des édifices étaient dans un état de délabrement avancé. Waylian était originaire d'Ankavern et de tels taudis le mettaient mal à l'aise. Il avait grandi dans une petite ville, Groffham, qui abritait une importante communauté d'artisans et de commerçants. C'était un monde très différent de la cité tentaculaire de Havrefer.

Le jeune homme rassembla son courage en se préparant au pire, puis il saisit le heurtoir et frappa. Il ne se passa rien pendant plusieurs secondes et il en profita pour réfléchir à la manière dont il allait se présenter. Comment exprimer son autorité de futur magister et le courage qu'il s'était découvert depuis peu ?

La porte s'ouvrit et Waylian fut brutalement arraché à ses pensées.

L'homme qui se tenait devant lui était immense. Sa bedaine s'échappait de sa tunique en laine pour se balancer au-dessus d'un pantalon si sale et délavé qu'il fallait faire un effort d'attention pour remarquer qu'il était rayé. Waylian évita de regarder trop longtemps en direction de son entrejambe, mais le visage de l'inconnu n'était guère plus attrayant. Le sommet de son crâne était chauve, mais de longues boucles grasses et ternes formaient une couronne à hauteur de ses oreilles. Les incisives supérieures chevauchaient des lèvres épaisses qui ressemblaient à de grosses limaces, et quelques touffes de poils roux parsemaient le menton.

Waylian n'aurait pas confié un chien à cet homme, et à plus forte raison des enfants.

— Monsieur Larcher ? demanda-t-il sur un ton qui n'exprimait pas vraiment son autorité de futur magister ni le courage qu'il s'était découvert récemment.

Les yeux injectés de sang le toisèrent d'un air accusateur.

— Qui le demande ?

— Je suis envoyé par la tour… des magisters.

Waylian tendit les documents que lui avait confiés maîtresse Gelredida en s'efforçant de ne pas trembler.

Larcher tendit une grosse main moite pour les prendre. Il les parcourut rapidement, puis regarda le jeune homme en fronçant le nez d'un air méfiant.

— Qu'est-ce que c'est que cette histoire ?

Il semblait hésiter entre se battre et s'enfuir. Waylian se posait la même question.

— Je suis venu pour prendre en charge un de vos orphelins. Josiah Klumm.

À ces mots, Larcher se détendit.

— Oh. Pourquoi vous le disiez pas ? Entrez donc.

Il se tourna et s'enfonça dans le bâtiment.

Un couloir étroit menait à un vaste hall où plusieurs dizaines de garçons étaient assis à des tables disposées en rangs. Ils étaient tous concentrés sur leur tâche. Certains étaient de jeunes adolescents, d'autres n'avaient que trois ou quatre ans, mais tous s'affairaient avec frénésie. Waylian se demanda si le nom du responsable avait un lien avec leur activité, car ils fabriquaient des flèches. Un groupe taillait les fûts, un autre empennait, un troisième fixait les pointes. Les enfants n'auraient pas travaillé avec plus d'ardeur s'ils avaient reçu l'ordre de réapprovisionner toutes les armureries de la ville avant le coucher du soleil.

— Je sais ce que vous pensez, dit Larcher en montrant les orphelins.

Que vous êtes une sacrée ordure qui exploite de malheureux gamins pour gagner de l'argent ? Oh, voyons.

— Et je vous garantis qu'ils n'aiment pas ça non plus dans le quartier des Marchands. Mais ils peuvent bien aller se faire foutre. Le commissaire a dit que je pouvais conduire mon affaire comme je le voulais et j'ai les papiers pour le prouver. Et puis, ça les occupe, ces petites vermines. Ça les empêche de traîner dans les rues et de faire des conneries. Dans un sens, je rends service.

Larcher ébouriffa les cheveux d'un des plus jeunes enfants en passant entre deux rangées de tables. L'orphelin grimaça au contact de la grosse main moite. Waylian songea qu'il aurait fait de même.

— Et donc, est-ce que Josiah est présent ? demanda-t-il.

Il était impatient de conclure cette affaire et de rentrer à la tour.

— J'sais pas. Faut que je vérifie.

Larcher traversa la salle et entra dans une autre pièce.

Ce type ne connaissait même pas le nom des enfants dont il avait la charge. À en juger par la manière dont il les traitait, il ne devait guère les aimer.

Larcher attrapa un livre de comptes usé sur une étagère, et un nuage de poussière se souleva quand il l'abattit sur son bureau. Il l'ouvrit au milieu et commença à le feuilleter avec ses grosses mains.

— Krumm, vous avez dit ?

— Non, Klumm. Josiah Klumm. Je pense qu'il doit avoir treize ou quatorze ans.

Larcher tourna deux pages avant de trouver ce qu'il cherchait.

— Ah, oui. Je me rappelle maintenant. Un grand qui disait pas grand-chose. (Il leva la tête vers Waylian.) Il est parti il y a deux ans.

— Deux ans ? Et il est parti où ?

Larcher se pencha sur son registre.

— Il y a marqué qu'il est parti avec un type du collège des artisans, dans le quartier des Commerçants. C'est tout.

Ce n'était pas vraiment ce que Waylian avait espéré entendre. Sa mission était un échec.

De retour dans la rue, le jeune homme se demanda quoi faire. Gelredida l'avait envoyé dans ce quartier pour remplir deux tâches. Il avait été incapable d'accomplir la première, mais il n'avait pas l'intention de le lui annoncer avant de s'être attaqué à la seconde.

Le jour touchait à sa fin lorsqu'il parvint à l'adresse que Gelredida avait notée sur un bout de papier. Il s'agissait d'une maison banale dans une rue en pente banale. La seule chose qui sortait de l'ordinaire, c'était le linteau noir d'encre au-dessus de la porte. On y avait écrit le mot « Apothicaire » avec de longues lettres blanches et fines.

Waylian s'arrêta et regarda de chaque côté de la rue. Il n'y avait pas un chat. Un apothicaire dans cette partie de la ville, c'était déjà curieux. Qu'il n'y ait pas le moindre client, cela l'était encore plus. La boutique aurait dû être envahie par une foule avide d'infusions et de baumes destinés à lutter contre les innombrables maladies qui infestaient ce quartier insalubre. Les gens auraient dû faire la queue jusque dans la rue. Et il n'y avait personne.

C'était peut-être fermé.

Waylian tira sur une chaînette et une cloche carillonna à l'intérieur. Un instant plus tard, un petit panneau coulissa à hauteur du visage et deux yeux perçants observèrent le jeune homme à travers une grille en fer.

— Oui ? demanda une voix grave.

Le mot avait été prononcé dans un long souffle.

— Bonjour, dit Waylian, de plus en plus inquiet. Je suis envoyé par la tour des magisters pour… euh, pour passer une commande.

Les yeux le contemplèrent sans ciller pendant plusieurs secondes.

— Quelle est la nature de cette commande ?

— Pourrions-nous en parler à l'intérieur ?

Le panneau se ferma et Waylian entendit une clé glisser dans une serrure, puis le bruit de verrous. Le battant s'ouvrit en grinçant et un petit homme impeccablement coiffé apparut dans l'encadrement. Il s'écarta avec politesse pour laisser Waylian entrer. Dès que celui-ci fut à l'intérieur, la porte claqua derrière lui. Le jeune homme songea qu'en fin de compte, il aurait peut-être mieux fait de rester dans la rue.

— Que puis-je pour vous ? demanda le petit homme en allumant des chandelles à l'aide de celle qu'il tenait à la main.

— J'apporte une liste, dit Waylian en serrant contre sa poitrine le parchemin que lui avait donné Gelredida.

— Et je suis censé fournir les produits de cette liste ? demanda le petit homme en se glissant derrière le comptoir qui se trouvait au fond de la pièce.

— Euh… c'est cela.

En fait, Gelredida souhaitait seulement savoir si l'apothicaire avait ces produits dans sa boutique.

Tandis que la lumière des chandelles se répandait dans la pièce, Waylian aperçut d'innombrables étagères couvertes de fioles, de récipients et d'alambics. Des herbes poussaient dans de petits pots en argile disposés à côté de cataplasmes et de noctums prêts à l'emploi. Derrière le comptoir, le mur était caché par un meuble garni d'innombrables rangées de minuscules tiroirs avec des étiquettes rédigées avec soin. Il faisait trop sombre pour les lire, mais Waylian était certain que le petit homme connaissait l'emplacement de chaque produit.

— Puis-je voir cette liste ? demanda l'apothicaire en tendant une main longue et fine.

Waylian la contempla avec une fascination presque hypnotique. On aurait dit une énorme araignée qui se dépliait sur sa toile.

— Non, dit le jeune homme – un peu trop fort. Je veux dire… Je suis censé vous la lire.

Gelredida avait insisté sur ce point.

Le petit homme sourit.

— Très bien. Je vous écoute.

Waylian regarda le parchemin en plissant les yeux.

— Euh… tiracine ?

— De la tiracine, oui, j'en ai en stock.

Il se tourna vers la gauche et ouvrit un des innombrables tiroirs. Il en tira un gros morceau de matière végétale qu'il posa sur le comptoir avec délicatesse.

— *Thymophylla pentachaeta* ?

L'apothicaire tendit un long bras.

— L'étagère derrière vous.

Son sourire avait disparu.

Waylian approcha de l'étagère et leva la main vers un petit faisceau de pailles.

— Non, plus à gauche.

Le jeune homme prit un pot qui contenait une fleur ressemblant à un pissenlit. Il la posa à côté de la tiracine avec des gestes prudents.

Il regarda la liste.

— Auriez-vous de l'essence de clou de girofle ?

— Bien sûr, dit l'apothicaire en fronçant les sourcils. Puis-je savoir qui vous envoie avec cette liste ? demanda-t-il en fouillant sous le comptoir.

— Euh… je ne peux pas vraiment vous le dire, répondit Waylian.

Gelredida lui avait donné l'ordre de ne pas mentionner son nom et il avait la ferme intention de respecter ses instructions.

— Au fait, je m'appelle Milius, dit l'apothicaire en posant une fiole sur le comptoir. Et vous êtes ?

— Je m'ap… euh… Waylian, répondit le jeune homme en serrant la gigantesque main tendue.

Il eut l'impression de saisir une branche d'arbre. Il réprima un frisson de panique lorsque les doigts effilés se refermèrent sur les siens. Il regarda la liste. Il ne restait plus qu'un seul ingrédient.

— Et enfin, auriez-vous de l'herbe d'ombre ?

L'apothicaire – Milius – le contempla avec ses yeux sombres et serra sa main un peu plus fort.

— Bien sûr, jeune Waylian. Vous le savez bien.

— Ah bon ? demanda Waylian.

Il voulut se libérer, mais Milius avait une poigne de fer.

L'apothicaire resta immobile et silencieux pendant une éternité. Waylian sentit la peur s'insinuer en lui comme un cambrioleur nocturne dans une demeure cossue. Il n'osait pas détourner les yeux. Il n'osait pas tirer plus fort pour dégager sa main.

Milius se détendit et lâcha le jeune homme avant de reculer d'un pas.

— Je crois que j'ai ce qu'il vous faut, dit-il avant de se tourner et de disparaître dans une pièce voisine.

Waylian décida de profiter de l'occasion. Il n'avait pas la moindre intention de s'attarder dans cette boutique. Il était temps de prendre ses jambes à son cou et de filer comme le vent.

Il recula vers la porte d'entrée sans quitter des yeux le rectangle sombre dans lequel Milius s'était enfoncé. Il tâtonna à la recherche de la poignée, mais celle-ci résista et il ne parvint pas à l'actionner. Il était prisonnier ! Cette idée le terrifia et il céda à la panique. Il se tourna vers le battant et prit la poignée à deux mains. Il poussa de toutes ses forces en serrant les dents, et à son grand soulagement, la porte s'ouvrit. La nuit était tombée.

— Où allez-vous ? demanda une voix derrière lui.

Waylian pivota. Milius tenait deux tasses remplies d'un liquide fumant.

— Je nous ai préparé une infusion.

Une infusion ? Préparée par ce phénomène ? Plutôt mourir.

— C'est très aimable de votre part, mais non, merci, dit Waylian. Je viens de me rappeler que je dois… rentrer pour… nourrir mon poisson rouge !

Le jeune homme s'éloigna à grands pas, abandonnant l'apothicaire et son étrange breuvage sur le pas de la porte.

Dire qu'il s'était juré d'aider Gelredida à sauver cette maudite ville. Pour le moment, il songeait surtout à sauver sa propre peau. Son demi-succès ne satisferait pas sa maîtresse, mais elle devrait s'en contenter.

Chapitre 22

Regulus n'avait jamais vu une telle merveille. Les tribus d'Equ'un étaient nomades et leurs campements étaient faits de cuir, d'os et de boue. Les autels consacrés aux dieux célestes étaient en pierre, mais les plus grands ne mesuraient pas plus de quatre ou cinq mètres de haut. Comment le chef de guerre aurait-il pu imaginer un tel spectacle ?

Havrefer était pareille à une montagne venant de jaillir du sol. Elle se dressait le long de la côte en défiant la mer et les cieux. Ses immenses murailles semblaient taillées dans la roche. À l'intérieur de la ville, les hautes tours évoquaient des géants impassibles se faisant face dans une gigantesque arène de pierre.

Regulus avait ordonné à ses hommes de s'arrêter sur un surplomb pour admirer la cité. Un flot régulier de personnes arrivait du nord, et au sud, de magnifiques navires aux voiles multicolores traversaient la rade.

— Incroyable, souffla Akkula en contemplant le gigantesque port avec des yeux écarquillés. Seuls les dieux ont pu construire une telle chose.

Leandran s'esclaffa.

— Les tribus des Sans-Griffes compensent leur faiblesse et leur manque de férocité par leur ingéniosité. Ceci n'est pas l'œuvre des dieux, mais des hommes.

Leandran était le plus âgé et avait beaucoup voyagé dans les plaines d'Equ'un, mais Regulus doutait qu'il ait déjà contemplé une telle cité.

— Bon, fit le vieux guerrier. Comment on approche ?

Regulus observa Havrefer, ses longues murailles et ses hautes tours.

— On se présente aux portes de la ville, répondit-il.

— Je pensais que l'un d'entre nous pourrait partir devant pour annoncer l'arrivée d'un chef zatanien.

Regulus secoua la tête.

— Non, Leandran. Je ne suis plus un chef. Nous ne sommes que des guerriers venant offrir nos services pour défendre la cité. Mais ne crains rien. Un jour, nous regagnerons Equ'un couverts de gloire. Nous deviendrons des légendes.

— Je te crois, mais ne devrions-nous pas nous montrer prudents ?

— Nous serons prudents, mon vieil ami, mais que pouvons-nous faire, sinon nous présenter aux portes de la ville ? Nous ne pouvons pas nous déguiser et nous mêler aux voyageurs des Terrefroides.

Il fit un geste en direction de la longue file de silhouettes qui attendaient l'autorisation d'entrer en ville.

Personne ne protesta. Regulus savait que Havrefer était pleine de dangers, mais il devait aller de l'avant. Et puis, les guerriers zataniens ne se tapissaient pas dans l'ombre. Ils affrontaient leurs adversaires la tête haute, en rugissant leur colère vers le ciel. Ils se battaient jusqu'à la mort.

Regulus ôta sa cape et la jeta au sol avant de se mettre en route vers les portes de Havrefer. Ses guerriers l'imitèrent. Ils suivirent leur chef comme ils l'avaient fait depuis le début de leur long périple. Regulus espéra qu'il serait digne de leur confiance. Il espéra qu'il ne les conduisait pas vers une mort certaine.

Ils empruntèrent une route pavée en direction de l'est, jusqu'à un pont qui enjambait un large fleuve méandreux qui coulait du nord. Au sud, des bâtiments anciens couvraient la berge occidentale. Ils semblaient vétustes, mais Regulus aperçut des hommes, des femmes et des enfants dans les rues. À l'autre bout du pont, une porte imposante s'ouvrait sur une large route pavée partant vers le nord.

Regulus et ses cinq guerriers entamèrent la traversée du pont et entendirent aussitôt un cri d'alarme. Des gardes postés le long des murailles les avaient remarqués. Des soldats vêtus de vert se précipitèrent à leur rencontre. Un officier ordonna qu'on ferme les portes, un autre qu'on appelle des renforts.

— Du calme, dit Regulus en arrivant au milieu du pont. Nous sommes venus en alliés, pas en ennemis.

Ses guerriers l'écoutèrent, mais Regulus sentit leur malaise – surtout celui de Janto, dont les mains étaient dangereusement près des manches de ses haches.

Puis il remarqua une vive agitation devant la grande porte. Une femme hurla et des voyageurs furent écartés sans ménagement par des soldats verts qui sortaient de la cité. Ils prirent position à l'entrée du pont et formèrent une phalange hérissée de lances. Regulus faillit éclater de rire. S'il avait voulu passer en force, ses guerriers auraient massacré ces hommes sans même verser une goutte de sueur.

Il parvint à une dizaine de mètres des gardes et leva la main pour ordonner à ses compagnons de faire halte. Il continua à avancer et s'arrêta devant le mur de pointes. Il regarda les soldats inquiets.

— Vous n'avez rien à craindre, dit-il. Je viens en ami et en allié. Je ne suis pas un ennemi.

Plusieurs soldats ouvrirent la bouche et écarquillèrent les yeux.

— Putain, lâcha l'un d'eux en baissant son arme l'espace d'une seconde.

— Oui, je suis capable de parler. Et je souhaite m'entretenir avec votre reine. Je suis prêt à lui offrir ma lame.

Regulus saisit la poignée de son épée noire et agita l'arme dans son fourreau. Les soldats sursautèrent.

— C'est un piège ! lança l'un d'eux.

— Il manquerait vraiment de subtilité, répliqua un autre. Ils se dirigeraient droit vers les portes, comme ça ?

— Bon, qu'est-ce qu'on fait ? demanda un troisième.

Un autre soldat vert était arrivé. Il se tenait en retrait et observait Regulus avec attention. Il était plus âgé que ses camarades. Son visage buriné était couvert de cicatrices.

— Vous êtes des mercenaires ? demanda-t-il.

Regulus connaissait ce terme. Il désignait des guerriers sans attaches qui se battaient pour obtenir une récompense matérielle et non par loyauté envers un chef ou une nation. Ayant fui son pays, il supposa que ce mot permettrait aux Terrefroidiens de comprendre sa situation sans avoir à entrer dans les détails.

— Je le suis. Et je souhaite me battre pour la gloire de cette cité.

Le soldat âgé esquissa un petit sourire.

— Je ne suis pas certain qu'il y aura beaucoup de gloire à récolter dans les prochains jours, mais on n'est pas en mesure de refuser des guerriers qui viennent se battre pour nous. Même si ce sont des… des étrangers. (Il tourna la tête vers ses hommes.) Laissez-les passer. Nous allons les escorter et les présenter au sénéchal. Il décidera quoi faire d'eux.

— On va les laisser entrer dans la ville ? demanda un homme.

— Tu préfères qu'ils écument la campagne ?

Personne ne répondit. Les lances se levèrent et les gardes s'écartèrent pour libérer le passage. Le chef guida les Zataniens à travers la grande porte. Ses hommes les suivaient et Regulus sentait leur nervosité. Ils serraient les hampes de leurs lances un peu trop fort. S'ils devaient se battre côte à côte, ils comprendraient qu'ils avaient fait le bon choix en s'alliant aux guerriers zataniens.

Une fois la porte franchie, Regulus et ses hommes observèrent la ville avec une crainte respectueuse. Les rues plus ou moins pavées serpentaient entre les habitations. Les hauts bâtiments semblaient pencher comme les branches d'un saule. Ils formaient un couloir de pierre donnant l'impression d'avancer dans une vallée profonde. Les Zataniens prêtaient à peine attention aux habitants qui les regardaient avec un mélange de peur et d'émerveillement.

Le groupe arriva bientôt devant un imposant bâtiment qui se dressait vers le ciel gris comme un triste tombeau. D'autres soldats verts attendaient devant les portes. Regulus eut un mauvais pressentiment. Il se rappela les avertissements de Tom le Pied Noir.

— Gardez les mains le long du corps, dit-il à ses guerriers, mais tenez-vous prêts.

Les Zataniens comprirent sur-le-champ et chacun choisit sa cible – le soldat qui mourrait le premier si la situation dégénérait.

Un homme émergea de la tour. Il portait une robe grise dont la capuche était tirée en arrière. Il était frêle, même pour un Terrefroidien. Il regarda Regulus avec attention.

— Je vous salue, dit-il. On m'a dit que vous souhaitiez défendre Havrefer contre l'ennemi qui nous menace ?

— Je suis Regulus du Gor'tana. Je suis venu dans les terres du Nord pour récolter de la gloire pour ma tribu.

L'homme sourit. Il ne semblait pas particulièrement impressionné par la déclaration de Regulus. Il devait donc s'agir d'une personne importante.

— Oui, je n'en doute pas. Suivez-moi, je vous prie.

Il se tourna et se dirigea vers la tour. Regulus le suivit, mais dès qu'il pénétra dans le sombre hall éclairé par des torches disposées le long des murs, il eut l'impression d'étouffer. Il était un guerrier des plaines. Il avait l'habitude de dormir à la belle étoile, sous les regards attentifs de ses dieux. Cet endroit ressemblait à un caveau.

— Je suis venu offrir mon épée à votre reine, répéta-t-il en sentant croître son malaise. Où nous conduisez-vous ?

L'homme en gris se tourna vers lui et sourit. Regulus n'avait pas rencontré beaucoup de Sans-Griffes et il connaissait mal leurs us et coutumes, mais ils semblaient consacrer beaucoup de temps à sourire. Le Zatanien se demanda pourquoi celui-ci était si content.

— Je suis le sénéchal Rogan, conseiller de la reine Janessa de Havrefer. J'ai l'honneur de recevoir tous ceux qui sont prêts à se battre pour la cité. Les mercenaires sont logés dans ce bâtiment afin que nous puissions… nous occuper d'eux comme il se doit. Vous résiderez donc ici.

— Mais je dois offrir mon épée à votre reine.

Regulus avait de plus en plus de mal à contenir sa frustration et ses guerriers le sentirent. Hagama saisit sa lance à deux mains, comme s'il se préparait à passer à l'attaque. Les paumes de Janto glissèrent sur les manches de ses haches tandis que ses yeux fouillaient la pénombre.

Le Sénéchal se remit en route.

— Je crains que ce soit hors de question, dit-il en entrant dans une salle immense. La reine ne rencontre pas les mercenaires.

Regulus aperçut des hommes portant des vêtements de styles et de couleurs très différents assis à des tables disposées en rangs.

— Mais nous ne sommes pas de simples mercenaires, dit le guerrier avec lenteur. (Peut-être que le Terrefroidien avait du mal à le comprendre.) Nous avons fait un long voyage pour venir ici. Nous avons affronté mille épreuves et mille dangers pour protéger cette cité. Nous sommes des guerriers du Gor'tana trempés dans le sang des batailles d'Equ'un. Votre cité est menacée et je viens vous aider à remporter la victoire. Je refuse d'être traité comme un vulgaire esclave. Nous *devons* rencontrer la reine.

Regulus sentit que les soldats étaient inquiets. Il avait haussé la voix et tous les regards s'étaient tournés vers lui. Tout le monde l'observait en quête d'un signe menaçant. Mais le sénéchal Rogan souriait toujours d'un air serein.

— Je vois bien que vous êtes des guerriers expérimentés, mais vous n'êtes pas les seuls à vouloir prêter allégeance à la Couronne.

Il fit un geste en direction des hommes attablés. Regulus avait remarqué qu'il s'agissait de guerriers, mais aucun d'entre eux n'était de taille à se mesurer à lui.

— Vous avez le choix, poursuivit Rogan. Soit vous logez avec les autres mercenaires et vous serez payés en même temps qu'eux, soit vous quittez la ville.

— Mercenaires, répéta Regulus comme si ce mot lui brûlait la gorge.

Et puis il se rappela qu'il n'était plus un prince du Gor'tana, plus un membre respecté de sa tribu. De quel droit exigeait-il de rencontrer la reine des Terrefroidiens ? Il n'était qu'un paria, un guerrier qui avait renoncé à son honneur et qui en était réduit à louer ses services. Il lui restait une chance de retrouver son rang, mais pour cela, il devait faire taire son orgueil.

— Très bien, lâcha-t-il. S'il le faut.

— Parfait, dit Rogan. Une dernière chose : vos armes. Vous allez devoir nous les remettre.

Regulus regarda ses hommes. Aucun d'entre eux n'accepterait de se séparer de ses armes et lui-même n'en avait guère envie. Que faire ? Était-ce là l'un de ces pièges dont Tom le Pied Noir lui avait parlé ?

Il jeta un coup d'œil aux mercenaires et s'aperçut qu'aucun n'était armé. Il s'agissait peut-être d'une coutume locale.

— Ils veulent que nous leur donnions nos armes, dit-il en zatanien.

— Jamais, gronda Janto en jetant un coup d'œil au soldat vert le plus proche.

L'homme recula d'un pas et serra sa lance contre lui.

— Il pourrait s'agir d'un piège, dit Leandran.

Regulus hocha la tête.

— Je sais, mais nous avons fait un si long voyage. Nous ne pouvons plus faire demi-tour.

Il détacha le fourreau de son épée avec tristesse et le tendit au sénéchal Rogan. Leandran confia sa lance à un soldat. Akkula fit de même. Hagama et Kazul également. Janto, lui, garda les mains sur ses haches. Tous les regards s'étaient tournés vers lui, et Regulus songea que son avenir glorieux dépendait désormais de la réaction de l'irascible Sho'tana. Allait-il accepter de plier devant ces insignifiants Terrefroidiens ?

Janto tira ses haches sans un mot, et pendant un instant, tout le monde crut qu'il allait fendre le crâne du soldat le plus proche. Mais il se contenta de les tendre en les présentant par le manche.

On emporta les armes et Rogan s'inclina.

— La reine vous remercie. Je peux vous assurer que votre allégeance la remplit de joie. Maintenant, allez donc manger un peu. Il me semble vous avoir entendu dire que vous aviez fait un long voyage.

Regulus vit qu'on apportait de la nourriture. Ses hommes étaient affamés. Un filet de bave coula sur le menton d'Akkula tandis qu'il regardait la maigre pitance qu'on leur offrait.

Regulus fit un geste et les guerriers se précipitèrent sur les plats. Leur chef se tourna vers Rogan.

— Prenez soin de nos armes. Nous vous les réclamerons bientôt.

— Vous les aurez à ce moment-là, dit le sénéchal, qui souriait toujours. L'ennemi est proche.

Sur ces mots, il s'éloigna.

Regulus le regarda partir. Entouré de sombres murs et de guerriers étrangers, il se demanda à quel ennemi le sénéchal avait fait référence.

Chapitre 23

Merrick fréquentait rarement les tavernes du quartier de la Couronne. Il avait l'habitude de boire dans les bouges de la Porte septentrionale – des lieux malfamés où l'on s'essuyait les pieds en sortant plutôt qu'en entrant – ou dans les troquets des quais qui sentaient le musc et le poisson et où les catins arboraient des barbes plus fournies que les marins. L'établissement qu'il avait choisi était bien différent : bois poli, feu de cheminée et trophées de chasse qui le contemplaient d'un air menaçant. Le jeune homme songea qu'il n'était jamais entré dans une taverne aussi charmante. Quel dommage que le vin y soit hors de prix !

Et puis, la compagnie n'était pas très agréable. Il n'y avait personne d'autre que lui au comptoir et il n'appréciait guère les tête-à-tête avec lui-même. Il n'était pas sain de rester seul. Cela vous amenait à réfléchir, à vous poser des questions. Merrick n'était pas d'humeur à se poser des questions.

Il s'était ridiculisé devant son père, mais cela n'avait rien de très surprenant : il se ridiculisait quotidiennement depuis des années. Et pourtant, il aurait tant voulu que le vieux Tannick soit fier de lui.

De qui tu te moques, Ryder ? Tu n'es qu'un ivrogne. Égoïste, vaniteux et prêt à fourrer tout ce qui t'adresse un petit sourire. Putain, tu baiserais même un chat si tu réussissais à l'attraper.

Pourquoi est-ce qu'on te traiterait avec autre chose que du mépris ?

Il contempla le gobelet devant lui. Il le prit et but la lie avant de le reposer d'un coup sec. Il jeta un coup d'œil à la salle. La périphérie de son champ de vision était un peu floue. C'était le point d'équilibre parfait. Il était assez ivre pour oublier ses soucis et assez sobre pour ne pas vomir dans les coins.

Il avait merdé. Il était censé être de garde. Il était censé protéger la reine, mais il était là, s'adonnant à ses vieux démons. Il avait essayé de résister, de se conduire de manière responsable, mais il en était incapable. Et aujourd'hui, il laissait tomber Garret, et Kaira… Putain, il laissait même tomber la reine. Sa vie se résumait à une longue liste d'échecs. Personne n'avait la moindre considération pour lui.

Il n'était qu'un incapable. Il n'était pas foutu de s'occuper de ses fesses, alors comment pourrait-il protéger la reine ? Garret aurait dû le coller de corvée de chiottes au lieu de lui confier la vie de la personne la plus importante des États libres. Quoique… il n'aurait pas été fichu de nettoyer les chiottes non plus. Il n'aurait réussi qu'à se couvrir de merde et de pisse.

Que savait-il faire, en fin de compte ? Que savait-il faire mieux que les autres ? Une activité qui ne lui attire pas de critiques et de remarques méprisantes ?

— Picoler ? dit-il à haute voix.

Ouais, il ne doit pas y avoir grand-chose d'autre.

Il leva la tête et s'aperçut que l'aubergiste le regardait. Il tenait une bouteille de vin à moitié pleine dans une main.

— Pourquoi pas ? dit Merrick en faisant glisser son gobelet sur le comptoir. (L'homme le remplit à ras bord.) Vous ne voulez pas m'accompagner ?

L'aubergiste prit l'air penaud.

— Je ne devrais pas.

Merrick tourna la tête et observa la taverne déserte.

— Et pourquoi ? Une horde de clients doit débarquer d'un instant à l'autre ?

L'aubergiste regarda la salle à son tour, puis il haussa les épaules. Il attrapa un gobelet sur une étagère et le remplit avec ce qui restait dans la bouteille. Merrick leva son verre et ils trinquèrent avant de boire une gorgée.

— Aux jours tranquilles, dit Merrick.

— Aux jours tranquilles, répéta l'aubergiste. Je ne sais pas trop combien il nous en reste.

— Pas beaucoup, je suis prêt à le parier. Alors, autant en profiter.

L'aubergiste hocha la tête, mais il ne semblait pas convaincu.

— J'aurais dû quitter la ville quand j'en avais l'occasion, avoua-t-il.

— Pourquoi vous ne l'avez pas fait ?

— J'ai des responsabilités. Il y a des gens qui comptent sur moi.

Des responsabilités ? Merrick avait des putains de responsabilités, lui aussi, et il commençait à comprendre que cela l'emmerdait au plus haut point. Il aurait dû les assurer en ce moment même d'ailleurs, mais elles étaient bien futiles comparées à ses soucis.

Et voilà que ça recommence, Ryder. Tu penses encore à toi. Mais après tout, tu es l'homme le plus important de Havrefer, hein ? Qui peut se vanter de porter un fardeau plus lourd que le tien ?

— Vous avez de la famille dans le coin ? demanda Merrick pour chasser les démons de sa conscience. Une femme ? Des gamins ?

L'aubergiste secoua la tête.

— Non, non, rien de tel. Mais mon père n'est pas en très bonne santé et il ne peut pas voyager. Je suis resté pour m'occuper de lui.

Son père ? Je suis sûr qu'il a toujours été là pour son fils. Qu'il lui a servi de guide, de confident, de consolateur.

— Vous devez être proches, tous les deux, si vous êtes resté malgré l'avance des Khurtas. C'est chouette de votre part.

L'aubergiste le regarda d'un air surpris.

— Proches ? Vous vous foutez de ma gueule ? Ce vieux salopard est un boulet que je traîne depuis des années. Je m'occupe de lui parce que je ne veux pas que l'héritage me passe sous le nez. Si j'étais parti, je pouvais faire une croix dessus.

Un sourire bienveillant éclaira le visage de Merrick.

— Je bois à votre détermination, mon ami.

Il leva son gobelet et constata qu'il était vide. L'aubergiste ouvrit une autre bouteille et remplit les deux verres.

— Et vous, c'est quoi votre problème ? demanda-t-il.

— Qu'est-ce qui vous fait penser que j'ai un problème ?

L'homme le regarda d'un air entendu.

— Des types comme vous, j'en ai croisé des centaines. Ceux qui boivent seuls alors que la cité part à vau-l'eau. On dirait que vous n'en avez rien à faire. Je parie que c'est à cause d'une femme.

— Je dois reconnaître que les femmes m'ont apporté pas mal d'ennuis – et elles continuent, en un sens –, mais ce n'est pas pour ça que je suis ici.

Il regarda l'aubergiste. Ce type valait-il la peine qu'il déballe ses problèmes ? Après tout, les inconnus étaient parfois plus efficaces que les prêtres pour chasser les démons intérieurs – et on se sentait moins coupable quand on avait fini de se confesser.

— Disons que j'ai des ennuis avec mon père, moi aussi.

— Ah bon ? Je parie que les miens sont pires.

— Je tiens le pari, lâcha Merrick.

— D'accord. Dix pièces de cuivre que mon paternel est plus chiant que le vôtre.

— Tenu, dit Merrick en tendant la main. (L'aubergiste la serra avec enthousiasme.) Vous d'abord.

— Bon, alors, par où je commence ? dit l'homme d'un air songeur. Il est incapable de chier et de pisser tout seul et il réussit à peine à manger. Il fait semblant d'oublier des trucs, mais il sait très bien où il a planqué son magot et il ne veut pas me le dire. Ce qu'il possède – la maison, les meubles et ses parts dans une affaire – forme un tout, et si je ne fais pas ses quatre volontés, je n'hériterai de rien. Alors, qu'est-ce que vous en dites ?

— C'est dur, reconnut Merrick. Mais je pense que je vous bats à plate couture. (Ses épaules s'affaissèrent et une expression méprisante passa sur son visage.) Je n'avais pas vu mon père depuis dix-huit ans, depuis le jour où il a fichu le camp sans prévenir personne. Et voilà qu'il surgit de nulle part et qu'il se comporte comme si rien ne s'était passé, comme s'il rentrait d'une petite promenade digestive. Là-dessus, il prend soin de m'expliquer en détail qu'il est profondément déçu par la manière dont j'ai vécu. Ça ne lui suffit pas de nous avoir abandonnés, moi et ma mère, il faut encore qu'il crache sur ce que j'ai fait pendant son absence.

L'aubergiste le regarda d'un air pensif.

— C'est tout ?

— Ben, oui, dit Merrick. Ça ne vous suffit pas ?

— Vous n'avez jamais eu à ramasser sa merde par terre ?

Les deux hommes se regardèrent pendant un moment, puis ils s'esclaffèrent.

— Vous m'avez eu, dit Merrick en plongeant une main dans sa bourse. Tenez. (Il fit glisser dix pièces de cuivre sur le comptoir.) Engagez donc une jolie serveuse.

Ils rirent de plus belle.

— À nos pères, dit l'aubergiste en levant son gobelet.

— À nos pères, répéta Merrick. Puissent-ils nous foutre la paix aussi vite que possible.

Ils trinquèrent et burent.

Merrick posa son gobelet sur le comptoir et attendit qu'on le remplisse, mais l'aubergiste regardait en direction de la porte. Quelqu'un était entré. Le jeune homme se figea. Il lui était pénible de l'admettre, mais il avait quitté l'enceinte du palais et ne se sentait pas en sécurité. C'était dangereux de se promener en ville, mais il avait eu besoin d'un moment de détente. Une petite pause pour oublier ses responsabilités. Que risquait-il ?

Eh bien ! un assassin de la Guilde pourrait te coller un coup de couteau dans le dos, par exemple.

Merrick se tourna avec lenteur en se demandant s'il n'allait pas découvrir un cogneur de la Guilde brandissant un poignard. La personne qui venait d'entrer était beaucoup plus jolie, mais tout aussi dangereuse.

Kaira avança sans le quitter des yeux. Elle avait les sourcils froncés, le regard accusateur. Ce n'était pas la première fois que Merrick la voyait ainsi et il savait que cela n'annonçait rien de bon, mais il avait bu plusieurs verres de vin et s'en moquait. Il esquissa un faible sourire tandis qu'elle approchait.

— Je t'offre quelque chose ? demanda-t-il.

Il agita son verre comme un maître facétieux agite un os devant son chien.

Kaira frappa le gobelet qui tomba sur le comptoir avec un claquement sec. La lie se répandit sur la surface en bois et l'aubergiste recula d'un pas.

— Est-ce que tu es devenu fou ? demanda-t-elle.

C'est amusant. Je me pose justement la question depuis quelques jours.

— Oh, du calme, tu veux bien ? Je fais une pause.

Il montra le tabouret voisin.

— Tu fais une pause ? Tu as perdu la raison ? Nous avons un devoir sacré. La reine nous fait confiance, et toi, tu es soûl. Tu ne grandiras donc jamais ?

Merrick sentit la colère l'envahir. De quel droit débarquait-elle ici pour le traiter comme un gamin ? Il en avait assez de s'entendre dicter sa conduite.

— Va te faire foutre, toi et ta putain de reine. J'en ai ras le…

Elle leva la main droite et le gifla violemment. Merrick fut arraché à son tabouret et fit quelques pas pour ne pas perdre l'équilibre.

— Mais qu'est-ce que tu… ?

Elle le gifla de nouveau, de la main gauche. Merrick fut projeté sur le côté. Il était furieux et le vin ne l'aidait pas à rester maître de ses émotions. Un voile rouge descendit sur ses yeux.

Kaira frappa une fois de plus, mais il bloqua le coup. Il recula en titubant avant de se redresser.

— Qu'est-ce que tu fais, femme ?

— J'essaie de te remettre les idées en place. De te faire entrer un peu de bon sens dans la tête.

— Du bon sens ? Je bouffe de la merde depuis des semaines. Je fais mon travail. J'essaie de me racheter. Et voilà que mon père arrive sans crier gare et qu'il me traite comme un moins que rien. Tu n'imagines pas ce…

— J'imagine très bien. Tu pleures sur ton sort. Le monde entier est contre toi. Nous risquons notre vie à chaque instant sans espérer la moindre récompense. Je comprends que tu aies encore du mal à saisir la notion de responsabilité. Je comprends que ça n'a pas été facile pour toi de revoir ton père. Mais il y a des choses plus importantes que tes sentiments.

— Va te faire foutre ! Qu'est-ce que tu sais de tout ça ? hurla Merrick. Tu ne sais rien de moi. Tu ne sais rien de mon père. Tu ne sais rien de rien !

Kaira frappa de nouveau. Merrick bloqua le coup, mais elle enchaîna aussitôt et le jeune homme fut projeté contre le comptoir. La colère l'aveugla.

Il se précipita vers Kaira. Il n'avait jamais frappé une femme, mais Kaira n'était pas une femme comme les autres. C'était une guerrière-née. Il l'avait vue affronter six hommes sans la moindre difficulté. Elle était capable d'encaisser un coup de poing, il n'avait aucun doute sur ce point.

Malheureusement pour lui, elle l'encaissa mieux qu'il l'avait espéré.

Il la toucha à la joue. Le choc l'ébranla pendant un instant, puis elle riposta. Elle frappa sans retenue et Merrick sentit le poids de son corps et sa détermination farouche dans le coup qu'elle lui administra. Il avait réussi à l'agacer. Peut-être était-elle humaine, en fin de compte. Et peut-être qu'il pouvait la vaincre.

Il chargea. Il était assez ivre pour croire en ses chances, assez sobre pour rester maître de ses mouvements.

Il baissa la tête et la percuta. Kaira partit en arrière. Les pieds d'une table grincèrent sur le plancher et une chaise se renversa. L'ancienne Bouclière se redressa et saisit Merrick par la chemise avant de le jeter contre un meuble. Le choc résonna dans la salle vide tandis que le jeune homme s'effondrait.

Il se leva tant bien que mal et vit Kaira approcher. Elle avait les yeux d'un loup qui se jette sur sa proie. Il ramassa une chaise et la lui jeta au visage. Elle l'écarta d'un bras, mais elle perdit l'équilibre un instant. Merrick en profita.

Il compensait sa relative faiblesse par la ruse. Il avait participé à de nombreuses rixes dans des bouges et il savait que dans ce genre d'affrontements, il n'y avait pas de place pour l'honneur. Personne ne se plaignait quand le plus méchant et le plus vicieux gagnait.

Il saisit Kaira aux hanches et poussa de toutes ses forces en la soulevant de terre. La jeune femme bascula en arrière et Merrick tomba sur elle. Il essaya aussitôt de lui assener un coup de poing au visage. Kaira bloqua l'attaque de ses bras, puis elle leva les jambes et les enroula autour du cou de son adversaire avec une rapidité stupéfiante. Merrick avait l'impression d'assister au combat en tant que spectateur, mais c'était lui qui prenait les coups.

Il laissa échapper un gargouillis pathétique tandis qu'elle l'étranglait entre ses cuisses puissantes. La panique l'envahit quand il comprit qu'il avait perdu l'avantage. Il ne manquait plus que ça. Une femme allait lui coller une dérouillée dans une taverne. Une fois de plus.

Kaira serra un peu plus fort et Merrick sentit ses yeux se fermer. Il tapota une cuisse de la jeune femme pour lui faire comprendre qu'il abandonnait et elle le libéra. Il recula à quatre pattes et leva les bras devant lui.

— D'accord. D'accord. Je n'insiste pas. Tu as raison. Je me morfonds ici en pleurant sur mon sort. Alors que je devrais faire mon… devoir.

Le mot faillit lui rester en travers de la gorge.

Kaira le regarda en haletant. Ses yeux exprimaient toujours le même mépris, mais au moins, elle avait renoncé à le transformer en descente de lit.

— C'est aussi simple que ça pour toi, hein ? souffla-t-elle. Une excuse, un sourire, et tout est pardonné ?

Merrick se leva et épousseta son pantalon.

— Qu'est-ce que tu veux de plus ? Je n'ai rien d'autre à te proposer. Si ça ne te convient pas…

— Je veux que tu fasses ton devoir avec sérieux et dévouement. Si tu n'en es pas capable, fiche le camp. Tu ne peux pas continuer à assurer ta mission avec une telle désinvolture. Un jour ou l'autre, quelqu'un le paiera de sa vie.

Merrick aurait voulu protester, mais une partie de lui savait que c'était la vérité. Plus il se complairait dans son malheur, plus il y avait de chances que le pire arrive. Mais que faisait-il donc dans cette taverne ? Il avait pourtant cru qu'il avait surmonté son problème avec l'alcool.

Peut-être que son père avait raison, en fin de compte. Merrick l'avait détesté pour son attitude méprisante, mais peut-être qu'il était dans le vrai. Depuis le début.

Kaira a bien résumé le problème. Fais le bon choix : fiche le camp. Quitte cet endroit. Enfuis-toi aussi loin que possible.

Pourtant, il en était incapable. Une seule chose le gardait en vie : les Sentinelles de Guideciel. Il n'avait pas l'intention d'y renoncer.

Était-ce sa dernière chance de se racheter – encore une fois ? De rentrer dans le droit chemin ?

— D'accord, dit-il. Tu as raison. Rentrons.

Il se tourna vers l'aubergiste qui s'était réfugié dans un coin de la salle. Merrick lui adressa un regard désolé et piocha une pièce d'or dans sa bourse. Il la déposa sur le comptoir en espérant qu'elle suffirait à couvrir les dégâts, puis il sortit d'un pas pressé, sans un mot.

L'air de la rue lui fit tourner la tête, mais il fit de son mieux pour garder les idées claires. Tandis que Kaira et lui se dirigeaient vers le palais, il éprouva un curieux sentiment de culpabilité... De la honte ? Peut-être qu'il faisait des progrès, après tout. Il espéra qu'il aurait la chance de s'amender, et qu'en attendant, il n'arriverait rien de trop grave.

Chapitre 24

La fresque n'était pas très ancienne – une dizaine d'années à peine –, mais la peinture s'écaillait déjà et les couleurs avaient pâli à plusieurs endroits. L'artiste était loin d'être le meilleur de sa génération, mais Janessa aimait contempler cette œuvre. Elle lui apportait un certain réconfort.

La représentation de la Porte de Bakhaus couvrait un mur entier d'une des nombreuses salles de banquet du palais. Sur la gauche, les Aeslantis étaient auréolés de leur gloire féroce. Ils portaient des armures de plates grises et étaient armés de lames dentelées et luisantes. Leurs crocs et leurs griffes étaient prêts à déchirer l'ennemi. Janessa n'avait pas d'autre choix que de faire confiance au réalisme de l'artiste, car elle n'avait jamais vu une de ces créatures sauvages d'Equ'un. Et elle n'était pas pressée d'en voir une.

Sur la droite, son père figurait à la tête des armées des États libres. Les neuf drapeaux flottaient au sommet de hampes brandies par des porte-étendard héroïques. Près du destrier du roi se tenait le noble Casque Noir qui portait son puissant marteau. Le champion de la Porte de Bakhaus. Le guerrier sans égal. La réincarnation d'Arlor.

Pourquoi n'était-il pas là pour l'aider alors qu'elle en avait tant besoin ?

Havrefer serait peut-être défendue par de nouveaux héros, des êtres valeureux qui sauveraient la cité de la destruction.

Si Arlor lui accordait la victoire, Janessa ordonnerait qu'on immortalise la bataille sur ce mur – mais avec une peinture de meilleure qualité.

— Nous en avons une semblable à Touran, dit une voix derrière elle.

Janessa se tourna et distingua une vague silhouette dans l'ombre.

La silhouette avança dans la lumière et la jeune fille poussa un soupir de soulagement.

Leon Magrida sourit, puis s'inclina.

Janessa avait envie de passer un moment seule. Elle voulait se rassurer en contemplant la représentation de la glorieuse bataille remportée par son père et avait ordonné à ses gardes d'attendre dans la pièce voisine. Comment Leon était-il entré ?

Sa présence trahissait un grave dysfonctionnement du service de sécurité, mais la jeune fille se contenta de le saluer à son tour.

— Seigneur, vous m'avez fait peur.

— Je vous présente mes excuses, Majesté. J'étais déjà là lorsque vous êtes arrivée. J'aime admirer l'histoire de notre royaume, moi aussi. Cette fresque vous fait bouillir le sang, n'est-ce pas ?

— Oui, en effet.

— Votre père était un modèle et je suis sûr que vous en deviendrez un également lorsque la guerre sera à nos portes.

— Vous êtes bien aimable, seigneur Magrida. J'espère être en mesure d'incarner un fragment de la force et de l'aura de mon père au cours des dures épreuves qui nous attendent.

Leon fit un pas en avant et examina la fresque comme s'il cherchait des imperfections que seul un aveugle n'aurait pas remarquées.

— Il a pensé à s'entourer d'hommes puissants et sages. J'imagine que vous ferez de même.

Il se tourna vers elle et sourit de nouveau.

Janessa lui rendit son sourire. Il n'essayait tout de même pas de lui faire comprendre que…

— Ne craignez rien, seigneur Magrida. Je suis déjà entourée de conseillers remarquables. Des hommes fidèles et dévoués à la cité.

— Je n'en doute pas un instant, mais sachez qu'un roi n'a jamais assez de fidèles serviteurs autour de lui.

Les bellâtres imbus de leur personne, en revanche…

— En effet, dit la jeune femme.

Elle s'était éloignée d'un pas sans même s'en rendre compte.

— Je serais ravi de mettre mon expérience à votre disposition, dit Leon en avançant pour combler l'espace qu'elle venait de créer.

— Votre expérience ?

— Oui, Majesté. On m'a inculqué les bonnes manières, un solide savoir ainsi que les arts de la guerre dès mon plus jeune âge.

Pas si j'en crois votre mère. Elle est convaincue que vous n'êtes qu'un triste imbécile.

— J'en suis sûre, seigneur Magrida. Je ne manquerais pas de faire appel à vous si j'avais un jour besoin de vos… compétences.

Janessa recula d'un autre pas.

— S'il vous plaît, dit Leon en avançant de nouveau.

La jeune fille le regarda. Il se tenait devant elle et s'offrait avec grâce. Il était presque présentable. Il portait un pourpoint noir boutonné jusqu'au cou et le bas de son pantalon était rentré dans ses bottes.

L'aurait-elle sous-estimé ? L'avait-elle jugé sur sa mauvaise réputation, sans lui accorder une chance de montrer ses qualités ?

À en croire sa mère, Leon Magrida était un chiot dont le dressage n'était pas terminé. « Il n'est pas parfait », avait-elle dit. Certes, mais qui l'était ? Pas Raelan. Ni même Rivière.

Leon hériterait un jour des titres de baron de Dreldun et d'intendant de la Haute Forêt. Il deviendrait puissant. Janessa ne pouvait pas se permettre de l'ignorer. Quand cette guerre serait terminée, il lui faudrait gouverner les États libres et réparer les dégâts causés par les Khurtas. Elle aurait alors besoin de tous les alliés possibles. Elle n'avait pas l'intention d'épouser Leon, mais il était préférable de ne pas l'humilier inutilement.

— Seigneur Magrida. (Elle s'inclina.) Je vous remercie de votre offre. Je veillerai à faire appel à vous. Et peut-être plus tôt que vous ne le pensez.

Leon sourit en guise de remerciement.

Janessa s'attendait à ce qu'il la salue, mais il fit un pas de plus vers elle.

Allait-il essayer de l'embrasser ? S'était-elle mal fait comprendre ?

La porte de la salle s'ouvrit et Janessa aperçut l'une de ses Sentinelles dans le halo lumineux de la pièce voisine.

— Majesté, on requiert votre présence, déclara Waldin.

Janessa se tourna vers Leon et constata avec soulagement que le jeune noble avait renoncé à son projet.

— Seigneur Magrida, si vous voulez bien m'excuser.

— Bien sûr, Majesté, dit-il en s'inclinant.

La jeune fille quitta la salle de banquet. Elle avait aperçu une étrange lueur dans les yeux de Leon. De la déception ? Le regret d'avoir manqué sa chance ? Était-il sincère quand il lui proposait son aide ou cherchait-il seulement à obtenir sa main ?

La jeune fille chassa ces questions et suivit les Sentinelles. Elle avait assez de problèmes comme cela. Elle n'avait pas envie d'ajouter Leon Magrida à leur longue liste.

Tandis qu'elle traversait le palais en compagnie de son escorte, elle aperçut le chancelier Durket tapi dans le couloir comme un troll en embuscade.

— Il dit qu'il ne peut plus attendre, déclara-t-il sans préambule, les yeux écarquillés par la panique.

Son ton affolé ne rassura pas la jeune fille, mais elle cacha son angoisse.

— Je suppose que vous parlez du représentant de la ligue des banquiers, chancelier ?

— Euh... oui, Majesté. Veuillez accepter mes excuses. Azai Dravos est très insistant. Il a dit que si vous ne lui donnez pas de réponse aujourd'hui, il quittera la ville. Je ne sais pas de quoi il parle, mais il semble déterminé.

— Très bien, chancelier. Puisqu'il demande une réponse, je vais lui en donner une.

Et qu'allait-elle lui dire ? Qu'elle acceptait d'épouser son prince marchand ? Ou que c'était hors de question ? Elle avait besoin d'Odaka à ses côtés. Maintenant plus que jamais. Il lui avait pourtant dit qu'elle devait prendre une décision seule.

Compte tenu de l'affolement de Durket, elle pensait trouver Azai Dravos écumant de rage, mais l'émissaire de la ligue des banquiers attendait calmement dans un hall. Il lui adressa même un sourire en la voyant arriver.

— Azai Dravos, dit la jeune fille, j'ai cru comprendre que vous étiez impatient d'obtenir une réponse ?

L'émissaire s'inclina.

— Je vous présente toutes mes excuses, Majesté, mais mon maître, Kalhim, n'aime pas attendre. Et vous-même n'avez pas de temps à perdre, il me semble.

— Vous avez raison. Le temps nous fait défaut à tous les deux.

Janessa sentit Durket s'agiter à côté d'elle. Il tordait ses mains moites et se tortillait en passant d'un pied à l'autre. Elle fit un effort pour ne pas le gifler.

— Puis-je considérer que votre réponse est oui ? demanda Azai Dravos.

Janessa le regarda, lui, ses yeux verts et son sourire éclatant. Quelle était sa réponse ? Si elle acceptait sa proposition, elle pourrait engager des mercenaires pour défendre la ville, mais Havrefer tomberait sous la coupe d'un pouvoir étranger. Si elle refusait, la cité serait peut-être rasée.

— Je suis désolée, Azai Dravos, mais ma réponse est non.

Elle n'avait pas le choix. Son père s'était battu pour unifier les États libres et elle était son unique descendante. Elle n'allait pas trahir son héritage en offrant le royaume à des marchands des Terres orientales. En acceptant l'offre de Dravos, elle gagnerait dix mille guerriers, mais elle perdrait l'amour et la confiance de son peuple. Havrefer risquait d'être dévastée, mais Janessa ne sacrifierait pas une nation pour sauver une ville.

Azai Dravos recula d'un pas. Son sourire s'était volatilisé. Durket amorça une prudente retraite, mais Janessa ne bougea pas. La présence des deux Sentinelles lui donnait du courage.

— Mon maître sera extrêmement déçu, dit Dravos. Il n'a guère l'habitude qu'on lui résiste.

— Je suis sûre qu'il comprendra, répliqua Janessa. Maintenant, si vous voulez bien m'excuser...

Dravos surgit devant elle avant qu'elle ait le temps de faire un pas. La jeune fille n'en crut pas ses yeux. Il s'était déplacé à une vitesse surnaturelle. Durket et les Sentinelles furent si surpris qu'ils esquissèrent un mouvement de recul. Les yeux verts enveloppèrent Janessa.

— Non ! déclara Dravos. Vous allez m'écouter, jeune fille. Mon maître vous a fait une offre que vous ne pouvez pas refuser. Sans son aide, vous êtes perdue. Cette cité est perdue. L'enfant que vous portez en vous est perdu.

Comment peut-il savoir ? Par quelle sorcellerie...

Janessa voulut reculer, mais elle était pétrifiée, prisonnière des yeux de Dravos.

— Je... je ne peux...

C'est un homme riche et puissant. Un homme qui gouverne un véritable royaume, si la réputation de la compagnie commerciale de la Lune Blanche n'est pas usurpée. D'un point de vue stratégique, cette union serait parfaite.

— Vous allez accepter, ordonna Dravos en la regardant fixement.

La jeune fille sentit quelque chose bouger en elle et posa une main protectrice sur son ventre.

Elle savait qu'elle était manipulée. Il était clair que le charme de Dravos n'avait rien à voir avec son sourire. S'agissait-il d'un sorcier ? Était-il en train de lui lancer un maléfice ?

— Non ! s'écria Janessa en détournant soudain les yeux.

Elle recula en titubant.

Le sortilège se brisa et les Sentinelles se précipitèrent devant elle pour la protéger. Janessa les vit tirer leurs épées tandis que Durket se réfugiait à l'autre bout de la pièce, en prévision d'un éventuel affrontement.

Azai Dravos ne bougea pas lorsque les Sentinelles dégainèrent leurs lames. Il ne bougea pas quand elles avancèrent vers lui. Il ne bougea pas quand l'une d'elles leva son arme pour frapper.

Il n'en avait pas besoin.

Un de ses gardes du corps se transforma en éclair rouge. Il n'était pas armé et ne portait qu'une tunique en tissu, mais il fit face aux deux soldats en armure sans afficher la moindre crainte. Au moment où la Sentinelle passait à l'attaque, il lui saisit le bras, puis il pivota en la faisant basculer par-dessus lui. Le guerrier s'abattit lourdement sur le sol dallé. Le garde du corps se jeta sur lui et frappa. Encore et encore. Son poing nu s'écrasait sur le casque en bosselant le métal. Il s'arrêta lorsque le soldat cessa de bouger.

La deuxième Sentinelle s'était déjà élancée, mais deux autres gardes du corps se précipitèrent vers elle. Le premier lui assena un coup de pied au mollet et elle tomba à genoux. Le second lui donna un puissant coup de talon sur le casque et elle s'effondra.

Janessa recula d'un pas mal assuré en regardant les deux chevaliers à terre. Elle entendait Durket qui marmonnait et gémissait quelque part dans l'ombre. Elle n'eut pas le temps de s'enfuir. Dravos surgit devant elle une fois de plus. Ses mains puissantes la saisirent aux bras et la secouèrent sans ménagement.

— Personne ne peut plus vous protéger, jeune fille. Il ne vous reste qu'une seule solution.

Janessa essaya désespérément de fuir ses yeux verts, mais Dravos la gifla. Le coup l'envoya rouler par terre.

Elle sentit le goût du sang sur ses lèvres. La pièce tournait autour d'elle, et pendant un moment, elle eut peur. Pas pour elle, mais pour l'enfant.

Qu'allait-elle faire ? Qui allait venir à son aide ?

Personne. Personne ne va venir te sauver. Tu dois te débrouiller toute seule, pauvre idiote. Croyais-tu qu'il y aurait toujours quelqu'un pour te protéger ? Croyais-tu qu'un chevalier de légende surgirait à ton premier appel au secours ?

La jeune fille leva la tête et vit la porte devant elle. Elle se rappela alors où elle était. La pièce voisine était le reliquaire où Helsbayn reposait sur son socle. Si elle réussissait à s'emparer de l'épée, elle montrerait à ces hommes de quoi elle était capable.

Elle essaya de se lever et de se diriger vers la porte. Du coin de l'œil, elle vit qu'Azai Dravos la suivait.

— Où allez-vous ? demanda-t-il. (L'entêtement de la jeune fille semblait l'amuser.) Vous ne pouvez pas vous enfuir. Vous ne pouvez pas m'échapper, enfant.

Janessa ouvrit la porte et s'effondra dans le reliquaire. Helsbayn était sur son socle. L'épée de légende que ses ancêtres avaient brandie au cours d'innombrables batailles. La jeune fille tendit le bras vers elle, mais Dravos la saisit au poignet et l'obligea à se tourner vers lui.

Ses doigts étaient aussi brûlants que des braises, mais Janessa ne laissa pas échapper le moindre gémissement. Elle croisa le regard mauvais de Dravos et fut incapable de détourner les yeux.

— Votre résistance est admirable, mais vaine. Vous allez offrir votre main et votre trône à mon maître, que vous le vouliez ou non. Vous ne pouvez pas résister. Vous allez vous *plier* à ma volonté.

Janessa eut l'impression que les doigts de Dravos s'enfonçaient dans la chair de son poignet, tandis que ses yeux fouillaient son âme. Les pouvoirs du sorcier balayèrent ses dernières défenses. Elle essaya de crier, mais aucun son ne sortit de sa gorge. Elle faillit le supplier de mettre un terme à cette torture, mais elle trouva la force de résister.

Je ne demanderai pas grâce. Je ne plierai pas. Plutôt mourir.

Sa détermination n'amusait plus Dravos. Il fronça les sourcils avec consternation.

— Vous ne pouvez pas me désobéir. Je suis un acolyte de Sha'kadi. Un prêtre de la Lumière noire d'Horas. Vous allez vous soumettre à ma volonté.

— Jamais de la vie ! s'écria Janessa en lui crachant au visage.

Un filet de bave coula sur la joue de Dravos. Il regarda la jeune fille en souriant.

Janessa sentit ses forces l'abandonner. Sa vue s'assombrit et des images représentant d'étranges horreurs envahirent son esprit. Elle ne résisterait pas longtemps et elle le savait. Dravos allait gagner.

Il était trop tard. Trop tard pour elle, trop tard pour la cité... et pour son enfant. Le héros tant attendu ne viendrait pas. Personne ne la sauverait.

Le monde sombra dans les ténèbres et elle se demanda si elle reverrait la lumière.

Alors que son esprit se dissolvait, elle crut entrevoir le visage d'un homme... un beau visage dont une moitié était zébrée de cicatrices.

Elle le connaissait depuis longtemps. C'était une personne qui comptait pour elle... mais elle ne se rappelait pas pourquoi.

Puis l'obscurité la consuma et elle songea que c'était sans importance.

Chapitre 25

Mandel Shakurian ferma les yeux et écouta les vagues qui se brisaient contre la falaise. D'habitude, ce bruit l'apaisait et chassait ses angoisses, mais pas aujourd'hui.

Il était prince de la baie de Keidro, troisième seigneur de la Route du Serpent, maître de l'île de Ghulrit et Grand Intendant de la Toile des Épices. Il était le plus riche de ses pairs et sa demeure côtière était considérée comme imprenable. Elle se dressait à l'extrémité du promontoire oriental de l'île, face au Dravhistan, et était entourée de murailles hautes de treize mètres. Des falaises à pic empêchaient toute approche par voie de mer et il n'y avait qu'un seul point d'accès gardé jour et nuit par voie de terre. Mandel Shakurian aurait dû se sentir en sécurité, mais il était inquiet.

Les problèmes avaient commencé quelques semaines plus tôt, lorsqu'il avait appris l'assassinat de Bolo Pavitas à Havrefer. La nouvelle n'avait rien de très surprenant – Bolo avait toujours été un peu trop téméraire et tout le monde savait qu'il le paierait un jour ou l'autre –, mais sa mort avait marqué le début d'une série de meurtres comme on n'en avait jamais vu dans la baie de Keidro.

Cinq seigneurs de la Route du Serpent avaient été tués. Cinq camarades de Mandel. Cinq hommes riches et puissants. Des rois pirates dont les domaines étaient protégés par de véritables armées. Assassinés. Chez eux, sur leurs navires et jusque dans la rue. Les meurtres ne respectaient pas le même mode opératoire. Deux seigneurs avaient été éliminés sans bruit, de nuit. Les autres avaient été massacrés avec des dizaines de gardes. L'Elharim Amon Tugha avait sans doute envoyé des assassins des Terres fluviales pour semer le chaos dans la baie de Keidro, au sein même du sanctuaire des seigneurs de la Route du Serpent.

Maudit soit Amon Tugha. Et maudit soit le jour où les seigneurs de la Route du Serpent avaient conclu un accord avec ce chien galeux. Le marché leur avait semblé profitable à l'époque : les pirates fourniraient une flotte de navires armés de canons et des équipages en échange d'un certain nombre d'esclaves teutons de première qualité – une marchandise très prisée dans les Terres orientales, depuis l'abolition du commerce de l'esclavage dans les régions du Nord. Après la mort de Bolo et la disparition desdits esclaves, le contrat avait été rendu caduc… enfin, c'était ce que les seigneurs de la Route du Serpent avaient pensé. Aujourd'hui, il était de plus en plus évident que leur ancien associé ne partageait pas cet avis. Amon Tugha était déterminé à obtenir ses navires.

— Non ! dit Mandel à haute voix.

Il ouvrit les yeux et contempla la mer agitée.

Il n'accepterait jamais les demandes d'un paria elharim. Il était Mandel Shakurian, le plus riche des seigneurs de la Route du Serpent. Il n'avait pas gravi les échelons jusqu'au sommet en cédant à des menaces d'assassinat.

Sa demeure était une véritable forteresse protégée par quarante guerriers parmi les plus redoutables qui soient. Bon nombre d'entre eux avaient combattu dans les arènes de Mekkala et quelques-uns venaient même de la lointaine Kaer'Vahari. Mandel avait également acheté des primitifs aux seigneurs de guerre aeslantis des plaines d'Equ'un. Ils avaient du mal à supporter l'esclavage, mais c'étaient de redoutables guerriers dévoués jusqu'à la mort.

Ses pairs n'avaient pas été aussi prudents. Ils avaient pris la menace à la légère. Mandel n'avait pas l'intention de partager leur sort. Il s'était protégé. Ici, il ne risquait rien. Et pourtant, l'angoisse le tenaillait.

Il inspira profondément et emplit ses poumons de l'air du large. Il devait chasser ces sombres pensées, mais comment ?

Un bon repas ? Mandel tapota son ventre proéminent. *Non, peut-être pas.*

Des prostituées ? Non, il n'avait pas besoin de ce genre de divertissement en ce moment. Il avait satisfait ses désirs charnels après les premiers meurtres. Et puis, qui pouvait dire sous quels déguisements se présenteraient les assassins d'Amon Tugha ? Il devait se méfier des personnes qu'il ne connaissait pas. Seuls les gens de confiance devaient l'approcher.

La musique ?

Mandel Shakurian se détendit un peu. De tous les plaisirs auxquels il s'adonnait, aucun ne le ravissait autant que la musique. Il se dirigea vers la grande armoire de chêne qui couvrait tout un pan de mur de sa chambre. Le cœur battant, il ouvrit les six portes ornées de bas-reliefs complexes représentant des bacchanales. Le meuble abritait un assortiment d'instruments venant des quatre coins du monde connu : une harpe de Kaer'Vahari dont le cadre avait la forme d'un cygne ; des cornemuses de guerre des déserts neigeux de Golgartha qui produisaient un son aussi furieux que les barbares qui les avaient conçues ; un luth en bois noir et poli censé avoir appartenu au Roi-Épée Craetus ; des tambours des tribus aeslanties fabriqués – selon la légende – avec des peaux humaines ; et bien d'autres encore. Mandel contempla sa collection avec fierté.

Quand il était enfant, on lui avait enseigné différents arts et il était devenu un musicien accompli avant de se lancer dans le commerce des épices. Il aimait la musique avec passion, mais il aimait encore plus l'argent et avait donc préféré la carrière de marchand à celle de ménestrel. Toutefois, il continuait à jouer par plaisir.

Il fit les cent pas devant le meuble en se demandant quel instrument choisir. Il se décida pour le luth et tendit la main pour le prendre.

Une cloche se mit à carillonner avec force.

Mandel la reconnut sur-le-champ. C'était celle qui sonnait l'alarme.

Un intrus.

C'était impossible. Sa citadelle était imprenable. Il aurait fallu une armée entière pour pénétrer ses défenses. Il devait s'agir d'une erreur… d'une fausse alarme ?

Mieux valait être prudent. Mandel ferma la porte de sa chambre à clé et tira les trois verrous. Il recula et contempla le battant en se demandant ce qui allait se passer. Les intrus essaieraient-ils de se frayer un chemin jusqu'à lui ou attendraient-ils que Mandel sorte de sa tanière ?

Un hurlement retentit sur le toit de la demeure.

La cloche cessa de sonner.

Mandel regarda autour de lui. Il devait se défendre. Il devait bien y avoir quelque chose qui ressemble à une arme dans la pièce. Mais il n'était pas un guerrier. Il n'avait pas besoin d'armes. C'était pour cette raison qu'il s'était entouré de gardes du corps. C'était pour cette raison qu'il dépensait son or.

Il entendit un nouveau hurlement, puis des cris de panique stridents.

Apparemment, il avait dépensé son or en pure perte.

Il approcha de l'armoire et prit le luth noir par le manche avant de le brandir d'un air menaçant… enfin, d'un air aussi menaçant que possible. Il songea qu'il était pathétique, mais le contact du bois solide le rassura.

De nouveaux cris résonnèrent à l'extérieur, puis Mandel entendit des claquements métalliques et le hurlement d'un homme qui tombe d'une grande hauteur. Le cri fut brutalement interrompu par un choc sourd et écœurant.

Mandel respirait par à-coups. Il avait envie de soulager sa vessie. C'était insupportable, mais que pouvait-il faire ?

Et s'il négociait ? Peut-être qu'une certaine somme pourrait le tirer d'affaire. Cette technique avait plutôt bien fonctionné jusqu'à aujourd'hui. Quel que soit le continent, la loyauté d'un homme ne résistait pas à l'appel de l'or. Mandel avait bâti son empire sur ce principe. La corruption était son arme de choix, avec les menaces et le chantage lorsque cela s'avérait nécessaire. Tout le monde finissait par céder.

On frappa à la porte de sa chambre. Les assassins venaient lui faire son affaire et il n'y avait personne pour le protéger.

On frappa de nouveau.

Mandel serra le manche du luth un peu plus fort. Il se demanda avec tristesse si c'était la fin de sa chanson.

— Seigneur ? Vous êtes là ?

Mandel vida ses poumons de l'air qu'ils contenaient depuis trop longtemps. Il avait reconnu la voix de Dahlen, son écuyer.

On frappa avec plus d'insistance.

— Seigneur ? Laissez-moi entrer, s'il vous plaît.

Mandel fit un pas en avant, puis s'immobilisa. Et si Dahlen avait un couteau sur la gorge ? Et si les assassins qui avaient envahi son domaine étaient tapis de l'autre côté de la porte ?

Dahlen frappa une fois de plus.

— S'il vous plaît, seigneur. Nous devons vous évacuer au plus vite.

— Comment puis-je être sûr que ce n'est pas un piège ? demanda Mandel en essayant de maîtriser le chevrotement de sa voix.

— Seigneur, je vous en prie. Nous n'avons pas de temps à perdre. Nous devons partir tant que nous en avons encore la possibilité.

Mandel réfléchit. S'il restait à l'intérieur, les intrus défonceraient la porte et le tueraient. S'il ouvrait la porte, les intrus entreraient et le tueraient.

Sa seule chance était de faire confiance à Dahlen.

Mandel tira les verrous et ouvrit le battant en se préparant à affronter une horde d'assassins assoiffés de sang.

Dahlen avait peur – il était même terrifié –, mais Mandel eut envie de le prendre dans ses bras. L'écuyer était accompagné par trois guerriers en armes. Le seigneur de la Route du Serpent n'avait jamais vu des hommes si effrayants, mais c'étaient *ses* hommes. De fidèles serviteurs prêts à se sacrifier pour leur maître.

— Venez, seigneur, dit Dahlen. Nous devons nous dépêcher.

Mandel ne discuta pas. Il suivit l'écuyer dans le couloir. Les trois gardes les entouraient. Les deux premiers ouvraient la marche en brandissant leurs épées. Le troisième surveillait les arrières en serrant une hache dans ses mains d'ébène.

Tandis que le petit groupe traversait la demeure pour gagner l'unique porte d'entrée, Mandel découvrit un spectacle apocalyptique. Les murs étaient couverts de sang. Les corps de ses hommes jonchaient les couloirs entre les meubles disloqués et les bibelots brisés. Les cadavres aux yeux vides semblaient observer le seigneur de la Route du Serpent et celui-ci fit de son mieux pour ne pas croiser leurs regards accusateurs.

Mandel sentait son cœur tambouriner dans sa poitrine.

Le petit groupe atteignit la salle de banquet, au centre de la demeure. Il n'y avait pas de fenêtres, et la seule lumière venait des trois candélabres ouvragés suspendus au plafond.

Mandel entendit un gémissement et tourna aussitôt la tête. Dans la pénombre, il distingua un garde appuyé contre un mur. Un filet de sang coulait de sa bouche et ses mains étaient plaquées sur son ventre pour retenir le flot d'entrailles qui s'échappait d'une plaie béante.

— Nous y sommes presque, seigneur, dit Dahlen.

L'écuyer était aussi affolé que son maître, mais il tourna la tête vers Mandel pour lui adresser un sourire qui se voulait rassurant. Ses yeux s'écarquillèrent sous le coup de la terreur et Mandel regarda par-dessus son épaule. Le garde qui fermait la marche avait disparu.

Quelque chose siffla dans l'air. On entendit un claquement métallique et un candélabre s'écrasa par terre. Les bougies s'éteignirent et une partie de la salle fut avalée par les ténèbres.

Les deux gardes restants brandirent leurs épées, mais ils ne pouvaient distinguer personne dans l'obscurité. Mandel approcha de Dahlen et les deux hommes s'étreignirent en tremblant. Ils s'attendaient à voir une horde de barbares surgir de l'ombre pour les tailler en pièces.

Un autre claquement métallique retentit et un deuxième candélabre tomba. Les ténèbres se rapprochèrent. Quelque chose bougea sur la droite et un garde s'élança sans un instant d'hésitation.

Son camarade laissa échapper un grognement, puis il bascula en avant, un couteau planté entre les omoplates.

— Grands dieux ! Je…, s'exclama Mandel.

Il n'eut pas le temps de terminer sa prière. Le dernier candélabre tomba et les ténèbres envahirent la salle.

Mandel avança dans l'obscurité en s'accrochant à Dahlen comme un naufragé à une bouée de sauvetage. Les deux hommes se dirigèrent vers la porte qui se trouvait à l'autre bout de la pièce. Avec un peu de chance, ils pourraient atteindre l'entrée du domaine. Mandel n'avait pas lâché son luth. Son cœur battait sur un rythme frénétique. Il avait envie de hurler. Il avait envie de tomber à genoux et de demander grâce.

Devant lui, Dahlen chercha la porte à tâtons. La poignée grinça et un loquet se souleva. Le battant s'ouvrit et Mandel aperçut de la lumière. Il avait tellement hâte de fuir les ténèbres qu'il bouscula son écuyer et faillit tomber sur lui. Les deux hommes pénétrèrent dans le hall d'entrée en titubant.

Mandel se tourna en s'attendant à voir un assassin se précipiter vers lui. Le dernier garde franchit l'encadrement de la porte d'un pas hésitant. Un flot de sang coulait de sa gorge tranchée. Il n'alla pas loin. Dahlen poussa un cri d'horreur et s'élança en tirant son maître derrière lui. Le hall d'entrée était magnifique. Il avait été décoré de manière à faire comprendre au visiteur qu'il entrait dans la luxueuse demeure d'un homme très riche. Il était garni de piliers de marbre ressemblant à des troncs d'arbre entrelacés de lierre, et les murs étaient couverts de miroirs, pour donner l'impression que la pièce était immense. Mais Mandel n'avait aucune envie d'admirer son reflet et les miroirs ne faisaient que multiplier les corps qui jonchaient son chemin.

— Nous sommes presque arrivés, seigneur, haleta Dahlen lorsqu'ils atteignirent la porte d'entrée de la maison.

Il porta la main à sa ceinture et tira un anneau garni de clés. Il les passa en revue et glissa la bonne dans la serrure. Mandel sentit sa peur refluer. Il avait encore une chance de s'en sortir.

Dahlen poussa le battant avec force et les jardins apparurent. L'entrée du domaine était au bout. Les portes étaient ouvertes, encadrées par les cadavres de deux gardes qui baignaient dans leur sang. La mort les avait figés dans une position curieuse. Mandel ne s'élança pas à travers les jardins. Il resta immobile en sentant la lame glacée se poser sur sa gorge.

Il tourna les yeux et vit le visage terrifié de Dahlen. L'écuyer venait d'apercevoir l'assassin qui menaçait son maître.

— Dahlen ? appela Mandel, sans trop savoir ce qu'il allait lui demander.

— Fuyez. Ou mourez, murmura une voix.

Elle était si proche que Mandel sentit son souffle contre son oreille.

Les trois mots avaient été prononcés en langue teutonne. Dahlen resta pétrifié un instant, comme s'il ne parvenait pas à croire à la chance qui s'offrait à lui. Puis il recula à pas lents.

— Dahlen, ne me laissez pas ici, couina Mandel.

Mais Dahlen avait déjà tourné les talons pour se précipiter vers les portes du domaine.

— Je suis vraiment désolé, maître, lança-t-il par-dessus son épaule.

Terrorisé, Mandel regarda son « fidèle » écuyer l'abandonner à son sort.

— Fermez la porte, murmura la voix.

De sa main libre, Mandel tira le lourd battant. Il n'avait pas lâché le luth noir. Il savait pourtant que l'instrument ne lui serait d'aucune utilité.

La porte claqua et le couteau disparut de sa gorge.

— Tournez-vous, ordonna la voix.

Mandel obéit avec lenteur. Quel genre de monstre Amon Tugha lui avait-il envoyé ? Il retint un hoquet de surprise en apercevant le jeune homme qui se tenait devant lui. Ses vêtements étaient maculés de sang et une moitié de son visage était zébrée de cicatrices, mais il ne ressemblait en rien à l'assassin bestial que le seigneur de la Route du Serpent avait imaginé. C'était à peine plus qu'un enfant. Il était plutôt avenant, mais son visage était dur et son regard ne trahissait aucune pitié, aucun remords. Ses yeux glacés avaient l'habitude de contempler la mort. Mandel comprit qu'il se tenait en face de son assassin.

— Accomplissez votre besogne, dit-il.

Il était pressé d'en finir. Il n'avait pas envie qu'on joue avec lui. Ni de souffrir. S'il devait mourir, il voulait rester maître de la situation. Il n'avait pas obtenu un tel pouvoir et de telles richesses en tremblant devant ses adversaires.

Mais l'assassin secoua la tête.

— Non, Mandel Shakurian. Je ne suis pas venu pour vous tuer.

Ah bon ? Et pourquoi êtes-vous venu, alors ? Pour bavarder devant une tasse de thé et quelques biscuits ? Parce que dans ce cas, je peux vous assurer qu'il était inutile de massacrer une cohorte entière de gardes !

— Je ne...

L'assassin plongea une main poissée de sang dans sa tunique grise et en tira un parchemin.

— Vous allez signer ceci, dit-il en tendant le document. Ou vous goûterez cela.

Il montra son poignard à double tranchant – une arme qui, de toute évidence, avait servi à de nombreuses reprises.

Le message était clair.

Mandel prit le parchemin corné d'une main tremblante. L'écriture était nette. Le contrat avait été rédigé dans la langue secrète des marchands des Terres orientales et il réaffirmait les engagements des seigneurs de la Route du Serpent envers Amon Tugha. Il détaillait les navires qui devraient être mis à sa disposition, les pièces d'artillerie qui les armeraient, les équipages qui les manœuvreraient et les mercenaires qu'ils transporteraient. En bas du parchemin, quatre mains tremblantes avaient apposé leurs marques : Lyssa de Tul Shazan, le seigneur Kurze, Halcion Graal et Javez Al Kadeef. Des seigneurs de la Route du Serpent qui n'avaient pas été assassinés. Il ne manquait plus que la sienne.

— Mais...

Mandel ne savait quoi dire. Il avait été le premier à affirmer qu'il fallait rompre le contrat avec le tyran elharim ; pourtant, l'émissaire du seigneur de guerre avait convaincu ses pairs de changer d'avis.

— Vous allez signer ceci, ou vous goûterez cela, répéta l'assassin.

Mandel leva la tête. Il regarda le visage de l'adolescent et les yeux glacés qui trahissaient une expérience sans commune mesure avec son âge. Pendant un instant, il se demanda si ce garçon était un des assassins elharims d'Amon Tugha, un de ces tueurs immortels de l'Extrême-Nord. Quelle importance ? Même si ce n'était qu'un être humain, il était capable de remplir sa tâche aussi facilement que n'importe quel immortel.

— Je n'ai ni plume, ni encre, dit Mandel.

Il avait compris qu'il n'avait pas le choix.

D'un geste rapide, l'assassin tira un objet de sa manche et le pointa vers le seigneur de la Route du Serpent. Mandel poussa un couinement de souris en sentant une pointe s'enfoncer dans son avant-bras. L'adolescent leva la main. Il tenait une longue aiguille métallique. Une extrémité était effilée comme une plume, et elle était désormais enduite de sang.

Mandel prit l'instrument d'une main tremblante et signa le document. Il remarqua que sa signature était tout aussi maladroite que celle de ses pairs. L'assassin au visage balafré récupéra le parchemin et la plume et les glissa dans sa tunique.

— Cela ne sera pas oublié, dit-il. Une trahison ne sera pas pardonnée. (Mandel hocha la tête avec docilité.) Tournez-vous.

Mandel obéit sans un mot.

Il contempla la porte en bois pendant une éternité. À chaque instant, il s'attendait à sentir une lame s'enfoncer entre ses omoplates, mais le coup ne vint jamais. Quand il eut rassemblé le courage de faire volte-face, il s'aperçut qu'il était seul.

Les jambes flageolantes, il ouvrit la porte et laissa la lumière du soleil l'envelopper. Le soulagement remplaça la peur. Il avança dans la cour et s'arrêta au milieu des cadavres de ses gardes. Il remarqua alors qu'il tenait toujours le luth en bois noir.

Il ne lui avait pas servi à grand-chose.

Il lâcha l'instrument qui tomba par terre avec un bruit discordant, puis se pencha et ramassa la lame d'un de ses hommes.

Maintenant, il allait retrouver son écuyer, Dahlen.

Et se faire un plaisir de lui apprendre le sens du mot « loyauté ».

Chapitre 26

Kaira regarda Merrick s'effondrer sur sa paillasse, encore tout habillé. Elle avait cédé à la colère. Elle était encore furieuse, mais ce n'était pas le moment de régler ce problème. Merrick se mit à ronfler alors qu'elle enfilait son armure et accrochait son épée à sa ceinture.

Elle avait demandé à Statton et à Waldin d'assurer sa garde et celle de Merrick. Celui-ci n'était pas en état de protéger la reine, mais la jeune femme pourrait prendre la relève d'un de ses camarades. Si Garret découvrait ce qui s'était passé, il leur ferait chèrement payer cette incartade ; cependant, Kaira était prête à affronter les conséquences de ses actes comme elle affrontait tous les problèmes qu'elle rencontrait : sans détour. Il fallait qu'elle trouve Merrick et qu'elle l'empêche de céder à ses vieux démons. C'était un homme bien, quelque part, mais il était un peu trop prompt à s'apitoyer sur son sort. Aujourd'hui, Kaira avait réussi à le sauver, mais qu'en serait-il la prochaine fois ?

La jeune femme quitta la caserne d'un pas pressé et s'enfonça dans les couloirs de Guideciel. La reine devait être dans sa chambre, et avec un peu de chance, Kaira pourrait relever Statton ou Waldin avant qu'on s'aperçoive de quelque chose. À cette heure de la nuit, le palais était désert, mais la jeune femme avait un sombre pressentiment. Se sentait-elle coupable ? Elle avait l'impression que les vénérables tapisseries et les portraits sévères des rois d'antan la regardaient d'un air accusateur. Avait-elle honte d'avoir abandonné son poste pour partir à la recherche de Merrick ?

Elle se dirigea vers le reliquaire, en dessous des hautes chambres. Elle ouvrit la porte et crut que son cœur allait s'arrêter. Deux Sentinelles gisaient sur le sol dallé, immobiles. Leurs casques avaient été déformés par des coups.

La jeune femme tira son épée et s'avança. Elle sursauta en apercevant le chancelier Durket recroquevillé dans un coin de la pièce. Des larmes coulaient sur ses joues et il se mordait le poing en essayant désespérément d'étouffer ses sanglots.

Kaira ouvrit la bouche pour lui demander ce qui s'était passé, mais elle lâcha un juron en voyant quelque chose bouger sur sa gauche. Elle eut à peine le temps d'esquiver l'attaque.

Elle se baissa et recula en titubant jusqu'au centre de la pièce. Dans la faible lueur des torches, elle distingua quatre hommes en tunique rouge qui l'entouraient. Leurs visages étaient impassibles, mais leurs intentions ne laissaient aucune place au doute. Ils voulaient la tuer.

Les gardes du corps d'Azai Dravos n'étaient pas armés, mais ils n'en étaient pas moins dangereux. Les deux Sentinelles à terre étaient là pour en témoigner. Kaira n'eut pas le temps de se demander pourquoi ils avaient attaqué des chevaliers de Guideciel. Deux hommes se précipitèrent sur elle et le combat commença.

L'épée de Kaira siffla à une trentaine de centimètres du sol et trancha une jambe à hauteur du genou. Un garde s'effondra, mais son camarade frappa à hauteur des côtes. Malgré l'armure qui la protégeait des pieds jusqu'au cou, la jeune femme fut traversée par une onde de choc et projetée sur le côté. Un autre garde surgit. Kaira roula sur la gauche, en direction de Durket. Le pied de l'homme s'abattit à l'endroit où elle se trouvait une fraction de seconde plus tôt et des dalles de pierre volèrent en éclats.

Le chancelier Durket poussa un petit cri et recula aussi vite que son embonpoint le lui permettait.

Kaira se leva d'un bond au moment où un nouvel adversaire passait à l'attaque. Elle frappa haut. L'homme se baissa avec une rapidité stupéfiante et lui assena un coup de poing au ventre. La jeune femme entendit un bruit sourd tandis que sa cuirasse s'enfonçait vers l'intérieur. Ses poumons se vidèrent et elle recula de plusieurs pas sous la violence du choc. Elle perdit l'équilibre et posa un genou à terre. Elle eut tout juste le temps de remarquer que le garde qu'elle avait blessé se traînait en silence à la recherche de sa jambe. Ses trois camarades repartirent à l'attaque.

Kaira posa les mains sur le sol et porta un puissant coup de pied au premier. L'homme bascula en arrière et elle roula sur le côté. Elle n'eut pas le temps de se lever. Un choc à l'épaule lui fit perdre l'équilibre. Elle se redressa et sentit le coup suivant arriver. Elle se tourna instinctivement vers le nouvel assaillant et frappa d'estoc. La lame transperça la tunique rouge et s'enfonça dans la poitrine du garde. L'homme la regarda en silence. Son visage n'exprimait aucune souffrance, aucune émotion. Puis il saisit l'épée par les quillons et l'arracha des mains de Kaira, avant de s'effondrer, raide mort.

Les deux derniers gardes ne restèrent pas les bras croisés. Ils se précipitèrent sur la jeune femme désarmée. Kaira n'était pas une novice dans le domaine des arts martiaux, mais elle n'était pas de taille à affronter ces deux démons.

Le premier enchaîna une série de coups de poing à la vitesse de l'éclair. Kaira eut le plus grand mal à les éviter et à les bloquer. Elle recula brusquement et se retrouva dos à un pilier. Le deuxième garde surgit de nulle part. Son bras partit si vite que la jeune femme le devina plus qu'elle le vit. Elle s'écarta au dernier moment et le poing de l'homme s'écrasa contre le pilier dans une gerbe d'éclats de pierre.

Kaira frappa du pied et son soleret brisa le genou de son adversaire. L'homme tomba. Elle le saisit par les cheveux et lui fracassa la tête contre le pilier. Deux fois. Ce fut suffisant. Le garde bascula en arrière et resta allongé par terre. La jeune femme n'eut pas le temps de savourer sa victoire. Son dernier adversaire frappa paume ouverte. Sa main glissa sur le gorgerin avant de percuter la joue. Kaira recula en titubant. Un coup porté avec un marteau d'armes n'aurait pas été plus violent et seule la miséricorde de Vorena lui permit de garder la tête sur les épaules.

La jeune femme se redressa tant bien que mal. Elle leva les bras pour parer un coup de pied qui l'obligea à reculer de plusieurs pas. Son talon heurta quelque chose et elle perdit l'équilibre. Elle tomba sur les fesses et s'aperçut qu'elle avait trébuché sur le corps d'une Sentinelle. Le dernier garde bondit en se préparant à porter le coup de grâce.

Kaira tendit le bras et attrapa l'épée d'un de ses camarades, puis elle roula sur le côté et se releva en frappant de taille. Elle adressa une prière silencieuse à Vorena pour que la déesse guide son bras.

Le garde s'effondra avec un bruit sourd tandis que sa tête rebondissait sur les dalles de pierre. La jeune femme inspira profondément en contemplant la scène de carnage. Elle se leva et se dirigea avec calme vers le garde qui avait enfin trouvé sa jambe. L'homme la contempla en silence.

Son exécution ne dura qu'un instant.

— Impressionnant, dit une voix qui ne lui était pas inconnue.

Elle se tourna et vit Azai Dravos à l'autre bout du reliquaire. La reine était près de lui, à genoux. Les doigts de Kaira se contractèrent sur la poignée de l'épée.

— Que signifie tout cela ? demanda-t-elle en faisant un pas en avant. Est-ce que vous êtes devenu fou ? Vous êtes en présence de la reine des États libres.

Azai Dravos jeta un rapide coup d'œil à Janessa avant de sourire.

— Plus maintenant, dit-il. Elle est désormais *ma* reine.

— Démon ! cracha Kaira

Elle avança en levant son arme, mais son regard chargé de haine croisa celui de l'émissaire et elle ralentit.

— Le terme « démon » est exagéré, dit Azai Dravos, mais il est vrai que je possède certains talents. Des talents qui m'ont permis de briser la volonté de votre jeune souveraine. Notez que j'aurais préféré la convaincre avec des méthodes plus classiques. Il est très fatigant de soumettre un esprit rebelle par la force, mais il se trouve que je n'ai pas eu le choix. Cette jeune fille est très forte, mais pas assez pour me résister. Elle porte un enfant, vous savez. Un enfant conçu en dehors des liens du mariage. (Il secoua la tête en prenant un air sévère.) J'imagine que cela pourrait causer bien des ennuis, mais j'ai une solution pour régler le problème, n'est-ce pas, ma chère ?

Il tapota la tête de Janessa. Une telle insulte ne méritait rien de moins que la mort, mais Kaira baissa son arme.

C'était de la sorcellerie. Quoi d'autre ? Cet homme était un sorcier et il l'avait envoûtée. Elle, et la reine. Que pouvait-elle faire ?

Rien.

Rien ? Ce n'était pas certain. Peut-être pouvait-elle rassembler assez de force pour lui résister. Peut-être pouvait-elle invoquer une volonté supérieure à la sienne.

— Vous n'échapperez pas à votre châtiment, lâcha Kaira.

Car je suis le bras armé de Vorena.

Dravos se contenta de sourire.

— Mais c'est déjà fait, dit-il. Vous voyez, votre petite reine obéit désormais à ma volonté, tout comme vous. Mais ne craignez rien. En ce qui vous concerne, vous ne souffrirez pas longtemps.

Elle est mon courage dans les ténèbres. Une flamme brillante. Un phare pour les égarés.

Kaira sentit ses doigts mollir et l'épée lui glissa des mains avant de tomber à terre avec un claquement métallique. Azai Dravos s'approcha sans la quitter des yeux. La jeune femme ne pouvait s'arracher à la contemplation de ces iris verts. Son corps ne lui obéissait plus, mais une partie de son esprit était encore libre.

Je la sers sans réserve, de toute mon âme, de toutes mes forces.

Azai Dravos plongea la main dans sa robe et en tira une dague à lame courbe.

— C'est vraiment regrettable, dit-il en levant son arme. Pourtant, je dois faire un effort considérable pour rester maître de votre reine, et je ne me sens pas capable de contrôler une personne supplémentaire. C'est une tâche très complexe, mais rassurez-vous, je ne vais pas vous ennuyer avec les détails.

Un défenseur des faibles, une lame de justice trempée et affûtée au cœur de la bataille, prête à frapper les ennemis de mes dieux et de mon roi.

Dravos glissa la dague sur la joue de la jeune femme. Kaira fut incapable de bouger un muscle. Elle sentit une goutte de sang couler sur son menton.

Elle comprit alors qu'elle allait mourir. Elle rassembla sa volonté dans l'espoir d'accomplir un dernier geste de défi.

— Vorena est ma force, cracha-t-elle.

Azai Dravos haussa les sourcils, puis éclata de rire.

Et pendant une fraction de seconde, il cligna des yeux. Le poing de Kaira partit comme une flèche et pulvérisa le nez de Dravos. L'émissaire de la ligue des banquiers s'effondra en arrière et Kaira n'hésita pas un instant. Elle ramassa l'épée et la brandit pour porter le coup de grâce, mais Dravos eut le temps de marmonner quelque chose. Il y eut comme une explosion de poudre verte et la lame s'écrasa sur les dalles. Dravos avait disparu.

L'épée encore vibrante dans les mains, Kaira regarda l'endroit où l'émissaire de la ligue des banquiers se trouvait un instant plus tôt. Elle n'en croyait pas ses yeux. Et puis quelqu'un la frappa dans le dos, un coup rapide, mais pas très puissant. La lame se glissa à la jointure de la cuirasse et de la tassette. La blessure ne fut pas profonde ; toutefois, Kaira laissa échapper un cri de surprise. Elle se tourna et donna un coup d'épée, mais Dravos se volatilisa dans un nuage vert.

Kaira attendit qu'il réapparaisse, les sens en alerte. Cet homme était une abomination. Elle ne devait pas lui laisser la moindre chance.

Une silhouette enveloppée de vert surgit devant elle, mais elle n'eut pas le temps de réagir. Elle sentit la dague s'enfoncer entre le canon d'avant-bras et le gantelet. Le coup était plus puissant et la lame se planta dans le dos du poignet. La douleur fut si vive que la jeune femme lâcha son épée.

Dravos disparut et réapparut avant qu'elle ait le temps de ramasser son arme. Il frappa au creux du genou.

Kaira poussa un grognement avant de tomber au sol. Cette fois-ci, Dravos ne se volatilisa pas dans un nuage. La jeune femme voulut se lever et se jeter sur lui, mais avec ses blessures à la cuisse et au poignet, elle en était incapable. Dravos la regarda tandis qu'elle faisait des efforts désespérés pour se redresser.

— Je suis impressionné par votre courage, dit-il. Quel dommage que vos efforts soient inutiles.

Ses yeux verts aspirèrent Kaira une fois de plus. Il fit un pas en avant et leva sa dague.

— Votre mort sera rapide, dit-il en pointant la lame vers sa gorge. Je vous accorde ma miséricorde. Qui sait, on érigera peut-être une statue en votre ho…

Trente centimètres d'acier jaillirent de sa poitrine. Les iris verts pâlirent et l'incompréhension se peignit sur son visage.

Le charme se rompit et Kaira aperçut une silhouette derrière l'émissaire. Une silhouette qui tenait l'épée sacrée. Helsbayn.

Janessa libéra la lame et frappa de nouveau. Le coup puissant décapita Dravos sans la moindre difficulté. Le corps et la tête tombèrent à terre.

La reine contempla l'émissaire de la Lune Blanche avec des yeux remplis de haine, puis lui cracha dessus.

Ses épaules s'affaissèrent soudain et elle tomba à genoux près de Kaira.

— Je suis désolée, dit-elle. Je suis désolée.

— Non, répliqua l'ancienne Bouclière. Tout est ma faute, Majesté. J'implore votre pardon.

Dans un coin de la pièce, Durket réussit à se lever et s'enfuit à toutes jambes.

— Il a dit la vérité, hoqueta Janessa. Je suis enceinte. Je suis perdue.

Les larmes inondèrent son visage tandis qu'elle sanglotait bruyamment. Mais elle n'avait pas lâché la poignée de Helsbayn.

Kaira prit l'arme avec des gestes calmes. Elle songea qu'elle aurait dû respecter l'étiquette et garder ses distances, mais la reine avait disparu et il n'y avait plus qu'une jeune fille devant elle. Une enfant qui portait le destin d'un royaume sur ses épaules et un petit être dans son ventre. Et elle ne pouvait pas compter sur l'aide d'une mère, d'un père ou d'un mari.

Malgré la douleur qui irradiait son poignet, son visage et son genou, Kaira prit Janessa dans ses bras et la serra contre sa poitrine.

— Vous n'êtes pas perdue, pauvre enfant. Je suis là.

Elle garda la jeune fille contre elle jusqu'à l'arrivée d'Odaka. Le conseiller fit irruption dans le reliquaire à la tête d'une dizaine de Sentinelles. Il contempla les corps puis s'agenouilla près de la reine.

— Majesté, le chancelier Durket vient de me raconter ce qui s'est passé. Je suis profondément désolé. J'aurais dû anticiper ce genre de piège. J'aurais dû être présent.

Janessa essuya ses larmes avant de se lever.

— Non, Odaka. Je suis la seule responsable.

Deux sentinelles aidèrent Kaira à se mettre debout.

— Je vous présente mes excuses, conseiller Odaka, dit la jeune femme. J'aurais dû être auprès de sa Majesté. C'est moi la seule responsable.

Odaka regarda les corps de Dravos et de ses gardes.

— Il semblerait que vous soyez arrivée à temps. Il faut soigner vos blessures. Je vais faire nettoyer ce carnage.

Tandis que des Sentinelles l'entraînaient vers la porte, Kaira jeta un dernier coup d'œil à Statton et à Waldin, qui gisaient sur le sol. À cause d'elle. Parce qu'elle avait abandonné son poste. La culpabilité se fit aussi cuisante que ses plaies.

À la caserne, un chirurgien la soigna. Kaira resta silencieuse tandis qu'il pansait son poignet, son genou et son visage. Les blessures n'étaient pas très profondes, mais la jeune femme serait incapable de se battre pendant plusieurs jours. Et il n'était pas impossible qu'elle boite plus longtemps. Elle était pourtant impatiente de reprendre ses fonctions.

Elle avait abandonné la reine. Pour sauver Merrick de lui-même.

Cela n'arriverait plus. Elle avait déjà pris trop de risques pour s'occuper des humeurs et des remords de cet homme. Elle avait été incapable de remplir ses devoirs envers les autres. À partir d'aujourd'hui, Merrick se débrouillerait seul.

Comme elle s'y attendait, Merrick et elle furent convoqués par le capitaine Garret dès le lever du soleil. L'officier écumait de rage.

— Eh bien ? demanda-t-il. Où étiez-vous ? Je croyais que c'était votre tour d'assurer la protection de la reine.

Merrick jeta un coup d'œil à Kaira. La jeune femme aurait dû dire la vérité, mais elle éprouvait encore un sentiment de loyauté envers lui.

— C'est ma faute, dit-elle. J'aurais…

— Non ! l'interrompit Merrick. C'est la mienne. J'ai quitté la caserne. Kaira est venue me chercher. J'étais en train de…

— Assez ! aboya Garret. Je ne veux plus rien entendre. De toute manière, c'est sans importance. Si je ne manquais pas de soldats à ce point, je vous aurais fait fouetter avant de vous jeter à la rue. (Il approcha de Merrick, si près que leurs nez se touchèrent presque.) Quant à toi, je me suis montré un peu trop indulgent à ton égard. Je t'ai laissé faire ce que tu voulais et tu t'es foutu de ma gueule un peu trop souvent. Il va falloir que tu réfléchisses, mon garçon. Il va falloir que tu décides si tu veux rester dans le corps des Sentinelles ou non. Et si la réponse est non, tu peux foutre le camp sur-le-champ.

— Je veux rester, dit Merrick sans l'ombre d'une hésitation. Je le sais, maintenant. J'ai un devoir à accomplir. Aujourd'hui plus que jamais.

Cette déclaration calma un peu le capitaine.

— Très bien, mais c'est ta dernière chance. (Il agita la main.) Rompez !

— Comment vont Waldin et Statton ? demanda Kaira.

Le visage de Garret s'assombrit.

— Waldin n'a pas repris connaissance…

Il s'interrompit, comme s'il était incapable d'ajouter un mot.

— Et Statton ?

Garret secoua la tête.

Kaira serra les poings en se dirigeant vers la porte. Elle regagna la cour en compagnie de Merrick.

— Écoute, dit le jeune homme. Je suis désolé…

— Ferme-la ! Je me fiche de tes excuses.

— Mais…

Elle se tourna vers lui, les poings serrés, prête à se battre malgré son corps perclus de douleurs.

— Ne m'adresse plus la parole, Ryder. Garret nous offre une chance de nous racheter. Nous remplirons notre devoir et nous protégerons la reine ensemble. En dehors de cela, tu n'existes plus pour moi. C'est compris ?

Elle fit volte-face et l'abandonna au milieu de la cour sans attendre de réponse.

Chapitre 27

La magistra Gelredida avait accueilli la nouvelle de l'échec de Waylian avec un calme et un détachement olympiens. Pour peu, on aurait pu croire qu'elle s'y attendait. Au lieu de morigéner son apprenti pour son incompétence, elle se contenta de lui confier une nouvelle mission.

Le jeune homme lui avait expliqué que Larcher obligeait les enfants à travailler pour son compte, mais le sort des malheureux orphelins n'intéressait pas la magistra. En revanche, elle lui avait demandé de détailler sa rencontre avec Milius, l'apothicaire. Waylian avait dégluti avec peine avant de raconter qu'il s'était enfui dans la nuit plutôt que d'être assassiné par ce maudit empoisonneur. La magistra ne lui fit aucune remontrance. Elle ne semblait pas surprise le moins du monde.

— C'est sans importance, avait-elle dit. Il fallait s'y attendre.

« Il fallait s'y attendre » ?

Quelques semaines plus tôt, l'annonce d'un échec aurait été sanctionnée par un mois de corvée de toilettes. Depuis son retour des montagnes de Kriega, Waylian se posait de nombreuses questions à propos de cette femme. Elle faisait désormais preuve de tolérance et de compréhension. Elle le traitait même avec une certaine considération.

Mais d'un autre côté, il n'était plus celui qu'il avait été. Il était devenu plus fort, plus déterminé… plus brave, peut-être. À l'approche de la guerre, tout le monde changeait. Il n'était pas impossible que Gelredida change plus que les autres.

L'heure était grave, et si elle ne trouvait pas un moyen de convaincre les archimaîtres de combattre Amon Tugha, Havrefer risquait de tomber. Mais quel était le rôle de Waylian dans tout cela ? Il n'en avait aucune idée et ne se sentait pas le courage de poser la question à sa maîtresse.

Il s'assit sur son bureau et savoura un – trop – bref répit avant de s'en aller accomplir sa prochaine tâche. Un livre et un parchemin étaient posés devant lui. Il prit le parchemin et examina les adresses qui y étaient écrites. Gelredida lui avait demandé de se rendre dans le quartier des Marchands, de trouver Josiah Klumm et de le conduire à l'endroit mentionné au dos du parchemin.

Un jeu d'enfant.

Alors pourquoi Waylian avait-il un sombre pressentiment ? Les tâches de maîtresse Gelredida n'étaient jamais aussi simples qu'elles en avaient l'air, et le jeune homme devait souvent braver de terribles dangers pour les accomplir. Mais pour être honnête, Waylian commençait à apprécier le danger.

Certes, il avait gémi et pleuré quand le monstre de la montagne avait failli le dévorer, mais tout le monde aurait fait de même, non ? En fin de compte, il n'avait pas eu si peur que cela – enfin, moins peur que dans la chapelle des Goules, en tout cas.

Waylian n'était plus le garçon anonyme qu'il avait été. Il était devenu un personnage important et œuvrait pour la bonne cause – même s'il ne savait pas exactement comment ni pourquoi.

Il contempla l'épais volume ouvert sur le bureau. Le texte était rédigé à l'encre noire. L'écriture était claire et certaines structures un peu archaïques, mais Waylian comprenait les grandes lignes plus facilement que tous les livres qu'il avait lus jusqu'ici. *Autorité de la Voix*. Le titre n'avait rien d'ésotérique. Le nom de l'auteur n'était même pas gaufré à la feuille d'argent sur la couverture.

Des chapitres entiers étaient consacrés à la manière de déchirer le Voile pour y puiser l'énergie permettant de déchaîner des pouvoirs incommensurables en prononçant un simple mot. Waylian était particulièrement intéressé par le sujet. En assimilant les secrets de ce livre, il pourrait jouer avec l'esprit des hommes, les plonger dans la folie, les soumettre à sa volonté. Il pourrait flétrir les plantes, altérer le temps ou envoyer des messages grâce aux oiseaux.

Cette idée l'excitait au plus haut point, mais il savait fort bien qu'il devrait se montrer patient avant de pouvoir ordonner aux cieux de s'abattre sur terre d'un simple murmure. En attendant, il devrait se contenter de quelque chose de plus facile.

Un miroir était posé sur le bureau, juste devant lui. Waylian n'avait jamais aimé se regarder dans une glace, mais depuis quelque temps, il trouvait son reflet plus agréable que par le passé. Cela ne suffit pourtant pas à le convaincre de s'entraîner sur un autre objet.

Depuis les événements de la chapelle des Goules, il s'efforçait de réinvoquer le pouvoir qui lui avait permis de vaincre Rembram Thule. Il n'avait eu qu'à prononcer un mot. Un mot qu'il était incapable de se rappeler.

Gelredida lui avait suggéré de lire plutôt que de se lancer dans les travaux pratiques, mais Waylian sentait que ce pouvoir pourrait lui être d'une grande utilité dans un avenir proche. Il pourrait lui sauver la vie. Il s'imaginait mal affronter des hordes de Khurtas armé d'un froncement de sourcils et d'une haleine empestant l'ail.

Après de longues heures de lecture, il avait enfin trouvé ce qu'il cherchait dans un livre. *Avaggdu* était le mot de la destruction. On l'employait afin de concentrer le Voile sur des objets inanimés pour les briser, les déformer ou les transformer. Compte tenu des dangers liés à l'opération, Waylian avait estimé prudent de commencer avec quelque chose de petit.

Il prononça le mot devant son miroir.

— Avaggdu !

Son reflet continua à le contempler.

Et alors ? Tu ne pensais quand même pas réussir du premier coup ?

— Avaggdu, répéta-t-il.

Avec un peu plus de force et sur un ton différent.

Rien.

Selon le livre, le processus ne dépendait ni des émotions, ni des besoins, seule comptait la maîtrise de l'art de la transcommunication. Encore fallait-il savoir ce qu'était l'art de la transcommunication. Waylian devait s'entraîner, il n'y avait aucun doute sur ce point, mais pourquoi avait-il réussi à invoquer le pouvoir au moment où il allait mourir ? Il ne pouvait pas s'agir d'une coïncidence, n'est-ce pas ? Il devait donc y avoir un lien émotionnel. Avec la peur, peut-être ?

Il contempla son reflet.

— Avaggdu, dit-il en essayant de vider son esprit et son cœur.

Rien, mais cette fois-ci, une vague nausée envahit le creux de son ventre quand il prononça le mot. Au lieu de la repousser, le jeune homme la laissa se propager. C'était un peu dérangeant, mais pas franchement désagréable.

— Avaggdu, répéta-t-il.

Une larme de sang apparut au coin de l'œil de son reflet. Le miroir se gondola et son double se déforma pour prendre un aspect immonde.

On frappa à la porte.

Waylian sursauta, puis il se dépêcha d'essuyer la goutte de sang d'un revers de manche. La nausée reflua pour laisser place à un profond sentiment de répugnance. Que se passait-il ? Le jeune homme avait l'impression d'avoir violé un terrible tabou... mais n'était-ce pas là le principe même de la malégie ?

On frappa de nouveau. Le visiteur ne semblait pas décidé à renoncer.

— J'arrive, dit le jeune homme.

Il se leva du bureau et traversa la pièce.

Il songea qu'il s'agissait sans doute de maîtresse Gelredida qui venait lui confier une énième mission. Il se trompait. Waylian découvrit avec surprise deux hommes devant sa porte.

Il reconnut le premier. Il était petit et ses cheveux formaient une masse de boucles grises. Nero Laius affichait un sourire franc et amical – un sourire qu'on voyait rarement sur les visages des autres archimaîtres.

— Bonjour, Waylian, dit le Maître des Divinations. Est-ce que je peux entrer ?

— Bien sûr, répondit Waylian en s'écartant pour laisser passer les deux hommes.

Le compagnon de Laius se baissa pour ne pas se cogner la tête contre le linteau. Il avait les cheveux blancs et son armure noire était si large qu'elle frôla les montants. Ses yeux se posèrent sur Waylian avant de glisser sur le bureau, le lit, la fenêtre, le plafond… Il inspectait la pièce en quête d'un éventuel danger.

— Vous connaissez le maréchal Ferenz, bien entendu, dit Nero Laius en montrant le guerrier aux cheveux blancs.

Waylian essaya de déglutir, mais sa gorge était de plus en plus sèche.

— Euh… non. Je ne pense pas avoir eu le plaisir.

Ferenz ne lui tendit pas la main et le jeune homme se garda bien de lui tendre la sienne. Il avait entendu parler du maréchal des chevaliers Corbeaux, bien entendu, mais jusqu'à présent, il avait eu la chance de ne jamais croiser son chemin.

— Asseyez-vous, Waylian, je vous en prie, dit Nero Laius en s'installant sur la chaise du bureau.

Le seul siège disponible était désormais le lit. Waylian s'y assit sans protester. Jamais le matelas de plumes ne lui avait semblé si inconfortable. Le maréchal Ferenz se posta devant la porte avant de regarder le jeune homme d'un air menaçant.

— Euh… que puis-je faire pour vous, archimaître ?

Nero sourit comme s'il venait d'entendre une bonne plaisanterie. Ferenz demeura aussi gai qu'une porte de prison.

— Je pense que vous devriez plutôt vous demander ce que *je* peux faire pour *vous*, Waylian, répondit l'archimaître.

Les yeux de l'apprenti passèrent de Nero à Ferenz, de l'homme aimable au guerrier imposant.

— Je ne suis pas sûr de comprendre, archimaître.

— Oh, allons, jeune Waylian. La magistra Gelredida vous a certainement informé que vous avez attiré l'attention du Creuset. Tout le monde sait que vous êtes un étudiant très prometteur. Un garçon plein d'avenir.

— Euh, non. Je n'en ai pas souvenir.

Nero eut l'air surpris.

— J'ai du mal à croire qu'elle ait gardé cela pour elle. Mais il est vrai qu'elle ne partage pas toujours l'avis du Creuset, n'est-ce pas, maréchal Ferenz ? (Le chevalier secoua la tête, le visage inexpressif.) Eh bien ! si elle ne vous a pas dit que nous avions remarqué vos talents au cours des dernières semaines, je vais rectifier cet oubli. On raconte que vous êtes un étudiant diligent et que vous êtes apprécié de vos pairs comme de vos professeurs. Vous avez aidé à prévenir une terrible catastrophe à la chapelle des Goules, une catastrophe qui aurait pu tous nous détruire. Vous avez voyagé jusqu'aux montagnes de Kriega pour informer les gardes de la Vouivre de la menace qui pèse sur Havrefer et solliciter leur aide – un périple parsemé de dangers. Vous avez affronté de nombreuses épreuves et risqué votre vie pour protéger les innocents citoyens des États libres. Vous êtes un héros, Waylian, et il est temps qu'on vous reconnaisse comme tel.

— Merci, dit le jeune homme d'un air dubitatif. Mais je suis certain que la magistra Gelredida m'apprécie à sa manière.

— Oh, mais je n'en doute pas. C'est pour cette raison qu'elle vous envoie vous promener à travers la ville pour accomplir diverses missions.

Comment peut-il savoir cela ? Les missions de la magistra sont censées être secrètes.

— Ce ne sont pas vraiment des missions…, dit le jeune homme dans l'espoir de donner le change.

Nero se pencha en avant, ses petits yeux durs rivés sur Waylian.

— Allons, Waylian. Je suis le Gardien des Corbeaux. Le Maître des Divinations. Rien ne m'échappe, que ce soit à la tour des magisters ou dans la cité. N'est-ce pas, Ferenz ?

Le maréchal des chevaliers Corbeaux hocha la tête. Il regardait toujours Waylian d'un œil torve.

— Archimaître, je peux vous assurer qu'il n'y a rien…

Nero leva la main pour l'interrompre. Et le jeune homme se tut.

— J'en suis certain, Waylian, j'en suis certain. Je suis persuadé que tout cela ne prête pas à conséquence. Vous ne faites qu'accomplir des tâches innocentes pour votre maîtresse, n'est-ce pas ? Mais… en êtes-vous sûr ?

— Je ne comprends pas, dit Waylian.

Ce n'était pas tout à fait vrai. Une partie de lui avait fort bien saisi où Nero voulait en venir.

— Vous êtes un élève loyal, et c'est une qualité admirable. C'est d'ailleurs l'une des raisons pour lesquelles vous êtes tant apprécié au sein du Creuset. Mais il arrive qu'une loyauté aveugle se retourne contre vous. N'est-ce pas, Ferenz ? (Le maréchal resta immobile et silencieux.) Il arrive qu'on perde la notion des choses. Et lorsqu'on comprend enfin qu'on s'est engagé sur un mauvais chemin, il est trop tard pour revenir en arrière. Vous me suivez ?

Waylian n'en était pas certain, mais il hocha la tête. Nero suggérait-il que Gelredida lui avait confié des missions dangereuses ? Il le savait déjà, mais c'était pour le bien de la cité, n'est-ce pas ?

— Je comprends, archimaître. Mais je peux vous assurer que je n'ai fait qu'accomplir des tâches sans importance. Sans aucun rapport avec vous ou les autres archimaîtres.

— Bien sûr, dit Nero. Mais à votre avis, combien de temps ces « tâches » resteront-elles sans importance ? Vous n'êtes pas le premier élève que Gelredida envoie faire ses quatre volontés. Elle a utilisé de nombreux apprentis pour effectuer son sale travail, et pour la plupart d'entre eux, l'histoire s'est très mal terminée, n'est-ce pas, Ferenz ? (Le maréchal hocha sa grosse tête.) Je ne veux que votre bien, Waylian. C'est pour cette raison que je voudrais que nous soyons amis. Et que je voudrais que vous travailliez pour moi.

— Je… je ne… je ne peux pas…

— Oh, que si.

Nero esquissa un sourire et Waylian eut l'impression de se sentir mieux. Mais qui était donc cet homme ?

— Gelredida est au crépuscule de sa vie. Son ciel s'assombrit alors que le mien ne fait que s'éclaircir. Préférez-vous miser sur l'avenir ou vous noyer dans le passé ?

— Je… euh…

— Un grand destin vous attend, Waylian. Vous aurez des amis puissants. Ne vous laissez pas aveugler par votre loyauté envers une vieille femme. Elle représente un danger pour vous. Ne la laissez pas vous détruire comme elle a détruit tant d'apprentis avant vous.

— Non… je ne peux pas…

— Si, Waylian. Vous le pouvez. Vous le devez.

Le jeune homme était prisonnier du regard d'acier de Nero. Les yeux de l'archimaître le vrillaient jusqu'à l'âme. Ils étaient impérieux et rassurants à la fois.

Il avait raison. Gelredida était une femme du passé. S'il voulait faire quelque chose de sa vie, il devait se ranger dans le camp des archimaîtres.

On se sert de toi, Grimm. Gelredida se sert de toi. Nero se sert de toi. Tout le monde se sert de toi. Tu n'es qu'un pion inutile dans une saloperie de jeu. Pour une fois dans ta vie, cesse de te laisser marcher sur les pieds. Réagis !

— Non ! dit Waylian sur un ton ferme. Je suis désolé, archimaître, mais je ne peux rien pour vous.

Nero se recula contre le dossier de la chaise. Son sourire disparut pour laisser place à une expression mécontente.

— Je suis déçu, Waylian. Très déçu. Je pensais que nous pourrions être amis. Je pensais que nous pourrions nous entraider. Il semblerait que je me sois trompé. Maréchal, pourriez-vous expliquer à Waylian pourquoi il est crucial qu'il fasse ce que nous lui demandons de faire ?

Ferenz fit un pas en avant et son imposante armure noire cliqueta. Chaque plate était forgée de manière à ressembler à une aile de corbeau. Le guerrier toisa le jeune homme. Son visage semblait avoir été taillé dans la roche avec un burin ensorcelé.

— Écoute-moi bien, espèce de petit merdeux ! éructa-t-il comme s'il s'adressait à des soldats à l'entraînement. On n'a pas de temps à perdre avec des minables dans ton genre. (Il se pencha vers Waylian, le menton en avant, les veines du cou saillant sur ses muscles puissants.) L'archimaître vient de te faire une proposition généreuse. Un peu trop généreuse à mon goût, même. Je te conseille donc de l'accepter.

— Je… euh, certes, mais…

Nero se leva et se glissa près de Ferenz. Il était bien moins imposant que le chevalier Corbeau, mais c'était lui que Waylian craignait le plus.

— Ne nous rendez pas la tâche difficile, Waylian, dit-il. Cela se terminera mal pour vous si vous ne voulez pas entendre raison. Ne nous obligez pas à recourir à la coercition.

Waylian sentit un étrange malaise se réveiller dans son ventre. Celui qu'il avait éprouvé lorsqu'il essayait de prononcer le mot permettant de libérer son pouvoir. La nausée le submergea.

Était-ce la peur ? Les menaces de Nero et de Ferenz stimulaient-elles quelque pulsion masochiste ? Mais que lui arrivait-il ? Quelque chose bouillonnait en lui. Des vagues de métal en fusion s'agitaient au creux de son ventre.

— *Non !* hurla-t-il en se levant brusquement.

À sa grande surprise, Nero et Ferenz reculèrent aussitôt. Le chevalier Corbeau se rapprocha de la porte. L'archimaître examina Waylian en fronçant les sourcils, mais il semblait plus étonné que furieux.

Les deux hommes échangèrent un rapide coup d'œil, comme s'ils se demandaient quoi faire maintenant que la phase d'intimidation avait échoué.

— Je suis extrêmement déçu, Waylian, dit enfin Nero. (Il parlait d'une voix calme, presque un murmure.) Mais si vous le prenez ainsi, nous ne pouvons rien y faire, n'est-ce pas, maréchal ?

Ferenz secoua la tête. Il avait perdu de sa superbe.

Waylian se demanda ce qu'il devait dire. Nero s'était approché de la porte et s'efforçait maladroitement de tourner la poignée tandis que Ferenz observait l'apprenti d'un air confus. L'archimaître réussit enfin à ouvrir et les deux hommes sortirent avant de claquer la porte derrière eux.

Dès qu'il fut seul, Waylian s'assit devant son bureau. Son cœur martelait sa poitrine, et en baissant les yeux, il vit que ses mains tremblaient.

Devait-il parler de tout cela à maîtresse Gelredida ? Devait-il l'informer qu'un archimaître était venu lui proposer de la trahir ? Il réfléchit et parvint à la conclusion que la Sorcière rouge avait suffisamment de problèmes à régler et qu'il était inutile d'en rajouter. Et puis, il avait plutôt bien géré la situation, non ? Il avait fait comprendre à ses deux visiteurs de quel côté il était.

La nausée était toujours présente et le jeune homme regarda le livre.

Autorité de la Voix.

Venait-il d'employer une forme de malégie ?

Tu étais en présence d'un archimaître et du maréchal des chevaliers Corbeaux. S'ils l'avaient voulu, ils auraient pu te battre jusqu'à ce que tu pisses le sang et exiger que tu les en remercies ensuite.

Waylian tourna la tête vers le petit miroir. Il poussa un cri de stupeur et recula précipitamment en renversant sa chaise.

La glace fendue ressemblait désormais à une toile d'araignée.

Non, c'était impossible. Était-il parvenu à invoquer son pouvoir ? Commençait-il enfin à maîtriser son art ?

Son estomac se retourna et il eut l'impression que son ventre se déchirait. Il fut saisi par une soudaine et incontrôlable envie de déféquer.

Il eut à peine le temps de défaire son haut-de-chausses et de sortir son pot de chambre. Il s'accroupit tandis qu'un torrent jaillissait de ses entrailles pour éclabousser le récipient. Lorsque le flot se tarit, Waylian s'effondra sur le sol.

Il resta là pendant un long moment.

Une chose était claire : si cette diarrhée découlait de l'utilisation de son pouvoir, le prix à payer était plus terrible qu'il l'avait imaginé.

Chapitre 28

La fête avait duré trois jours. Friedrik n'avait pas lésiné sur le vin et la bière pour que ses invités oublient leur déconvenue. Les combats avec les chiens ne s'étaient pas vraiment déroulés comme il l'espérait.

Loque ne savait pas ce qui s'était passé dans la cave et n'avait pas trop envie de le découvrir. Au cours des deux derniers jours, elle avait gardé la tête baissée pour ne pas voir les gens qui forniquaient et se battaient dans tous les coins de la taverne. Elle n'avait jamais vu une telle débauche. Elle savait ce qui se passait dans les ruelles des quartiers chauds, la nuit, et elle avait déjà assisté à un certain nombre de cochonneries, mais c'était différent.

Hommes et femmes forniquaient à trois ou quatre à la fois, sans se soucier de savoir qui barattait qui. Leur lubricité était alimentée par l'alcool qui coulait à flots et le spectacle était insoutenable. La fillette avait envie de fuir aussi loin que possible, mais sa curiosité – qu'elle n'avait jamais réussi à museler – lui enjoignait de rester sur place et d'observer les pires dépravations.

Au bout d'un moment, certaines personnes s'en allèrent et le nombre de fornicateurs diminua. Loque ne savait pas qui étaient les derniers invités, mais Friedrik devait les avoir à la bonne. Il était rare qu'il offre son hospitalité si longtemps, sauf quand il avait quelque chose à y gagner.

Quand il ne resta plus qu'une dizaine de personnes dans la taverne, les hommes de Friedrik arrivèrent. Yarrick et Essen commencèrent aussitôt à nettoyer la salle comme de vulgaires domestiques. La tâche ne semblait pas les enthousiasmer outre mesure, mais ils ne protestèrent pas. Il faut dire que les gens protestaient rarement quand Friedrik donnait un ordre. Harkas se tenait dans un coin, telle une ombre inquiétante. Shirl lavait le sol. Il se remettait peu à peu, mais il suffisait de le regarder pour comprendre qu'il avait reçu une raclée mémorable.

— Tu vas bien ? lui demanda Loque tandis qu'il se dirigeait vers une chaise en boitillant.

— Je survivrai, répondit-il en s'asseyant.

Il n'eut pas le temps d'en dire davantage. Friedrik sortit de la cuisine en mâchonnant ce qu'il tenait à la main. Une odeur de nourriture envahit la salle et Loque sentit son estomac gronder.

— J'ai des choses à faire, déclara-t-il. Je te charge de t'occuper des invités jusqu'à ce qu'ils rentrent chez eux ; c'est d'accord, Loque ?

La fillette hocha la tête en se demandant ce qu'il entendait par « s'occuper des invités ». Apparemment, ils s'occupaient très bien sans elle.

— Les autres, je veux que la salle soit propre quand je rentrerai.

Yarrick leva les yeux entre deux coups de balai et Essen acquiesça en marmonnant avant de ramasser des chopes vides sur une table.

Friedrik sortit. Loque se demanda où il pouvait bien aller à cette heure, et sans escorte. Elle n'en avait aucune idée, mais n'avait pas l'intention de lui poser la question.

Nobul – Lincon, ou quel que soit son nom – était sans doute mort, mais une petite voix lui répétait que ce n'était pas certain. Il n'existait qu'un seul moyen de le savoir.

Elle attendit que personne ne prête attention à elle pour gagner le fond de la taverne. La trappe était ouverte et l'escalier plongé dans l'obscurité. Deux chandelles allumées étaient posées sur une étagère. La fillette en prit une dans chaque main avant de descendre. Les flammes repoussaient à peine les ténèbres, mais elles produisaient assez de lumière pour que Loque voie où elle mettait les pieds. Elle se souvenait bien de la disposition de la pièce et ne risquait pas trop de trébucher contre un obstacle – elle n'avait aucune envie de tomber par terre dans cet endroit.

Il ne lui fallut pas longtemps pour trouver le colosse, et quand elle le vit, elle se demanda si elle n'aurait pas mieux fait de rester dans la salle commune de la taverne. Le père de Markus était toujours enchaîné au poteau, le menton sur la poitrine, les vêtements déchirés, les cheveux maculés de sang.

Loque approcha avec appréhension. Elle craignait de découvrir qu'il était mort, mais tout autant de découvrir le contraire. Au moins, on ne pourrait plus lui faire de mal s'il était en compagnie du Seigneur des Corbeaux.

Elle posa les chandelles par terre et s'approcha en se faisant aussi discrète que possible, comme un voleur dans la nuit. La poitrine de l'homme se soulevait et s'abaissait faiblement. Son souffle était irrégulier.

— Nobul ? appela-t-elle tout bas.

Il ne réagit pas tout de suite et elle songea qu'il ne l'avait peut-être pas entendue. Puis il leva la tête avec lenteur. Son visage était dans un triste état. Son nez et ses lèvres étaient couverts de croûtes de sang ; un œil était tout rouge, l'autre tout blanc ; le lobe d'une de ses oreilles avait été arraché.

La fillette ne savait quoi dire ou faire.

Et puis il sourit.

Ses dents et ses gencives étaient ensanglantées. On aurait dit qu'un géant s'était servi de sa tête pour enfoncer des clous, mais il souriait quand même.

— Je suis désolée.

Ce fut les seules paroles qui lui vinrent à l'esprit. Ce n'était pas sa faute, mais elle se sentait coupable. Elle aurait dû essayer de le libérer quand elle en avait eu la possibilité. Mais comment aurait-elle fait ?

— Tu n'y es pour rien, dit-il.

— J'aurais dû vous aider.

Nobul secoua la tête.

— Tout cela ne te regarde pas, petite. Pourquoi prendrais-tu des risques pour moi ?

Elle approcha un peu plus.

— C'est moi, Loque. Vous ne me reconnaissez pas ?

Il la regarda avec attention.

— Pas vraiment. Je devrais ?

— Il y a quelques semaines, vous m'avez filé un sacré coup de main. Un enfoiré voulait me trucider. Vous êtes arrivés avec vos copains Manteaux Verts et vous lui avez réglé son compte.

L'expression de l'homme changea et elle comprit qu'il la reconnaissait enfin. Ses yeux s'éclairèrent et il sourit de nouveau. Comme s'il retrouvait un vieil ami après une longue séparation.

— Tu es la gamine qui a disparu. En emportant la tête du type qu'on avait tué, à ce que j'ai entendu dire.

La fillette éprouva un profond sentiment de honte. C'était la vérité. Elle avait pris la tête de Krupps. C'était son billet pour entrer dans la Guilde. Où serait-elle aujourd'hui si elle ne l'avait pas fait ?

— Je… je n'avais pas vraiment le choix. Ce n'est pas aussi bizarre que vous pouvez le croire.

— Je me suis dit que tu devais avoir de bonnes raisons d'agir ainsi. Et puis, ce type n'était pas franchement un saint.

— Pas franchement, non. Mais après, ça ne s'est pas passé comme je voulais. Je ne suis pas comme eux. (Elle fit un geste en direction du sommet de l'escalier en espérant que Nobul comprendrait de qui elle parlait.) Je n'ai même pas envie de rester ici.

— Je partage ton point de vue, dit Nobul. Mais on n'a pas toujours ce qu'on veut. Écoute mon conseil, petite : fiche le camp. Pars le plus loin possible et ne te retourne pas.

C'était une solution, mais où irait-elle ? Il lui faudrait de nouveau vivre dans la rue, dans une autre ville qu'elle ne connaissait pas.

— Je ne peux pas partir, dit-elle. Je dois d'abord régler des trucs. Il faut que je voie des gens. J'ai des responsabilités envers eux.

Vraiment ?

Oui, elle avait conclu un marché avec Kaira. Elle avait dit qu'elle lui amènerait Friedrik. Mais cette femme était une inconnue et Loque ne lui devait rien.

Il n'en allait pas de même avec Réjoui, Calot et Minuscule. Elle les aimait et voulait les protéger. Il fallait que quelqu'un s'occupe d'eux et elle s'était promis de le faire.

— C'est bien d'avoir des responsabilités, dit Nobul. À condition que ce soit envers des personnes qui en valent la peine. C'est ton cas ?

— Oui, répondit Loque. Elles en valent la peine.

— Mais dans certaines circonstances, il faut aussi penser à soi, petite. Tu es de la race des survivantes, j'en suis certain, pourtant tôt ou tard, il faudra bien que tu penses à toi.

La fillette hocha la tête. Il avait raison : elle devait penser à elle. Il lui faudrait peut-être descendre bien bas pour survivre, mais elle voulait pouvoir se regarder dans un miroir. Ce ne serait pas simple.

Loque avait fait des choses qu'elle regrettait du fond du cœur, mais désormais, elle essaierait de se rendre la vie plus facile.

Elle approcha du poteau et examina les chaînes. Nobul avait les poignets entravés par des fers. Où pouvait être la clé ?

— Je reviens bientôt, dit-elle en se redressant.

Elle se dirigea vers l'escalier en laissant les bougies sur le sol.

Elle monta les marches et plissa les yeux pour ne pas être éblouie par la lumière. Dans la salle de la taverne, un grand feu rugissait dans l'âtre. Quelqu'un y avait entassé un sacré paquet de bûches pendant qu'elle était en bas.

Une dizaine d'invités étaient encore présents. Yarrick et Essen jouaient toujours les femmes de ménage. Shirl et Harkas se contentaient de regarder.

Loque prit le balai des mains d'Essen.

— C'est bon, les gars, tirez-vous, dit-elle. Je terminerai toute seule. Ce n'est pas la peine qu'on reste tous ici, non ?

Yarrick jeta un coup d'œil à Essen, puis à Loque.

— Mais, Friedrik a dit que…

— Friedrik a dit que je devais m'occuper des invités. Moi ; pas vous. Ne vous inquiétez pas. Et puis, il n'y a plus grand-chose à faire ici.

Les hommes s'entre-regardèrent. Ils mouraient d'envie de partir, mais craignaient de se prendre la même dérouillée que Shirl.

— Ben quoi ? Vous n'avez rien de mieux à foutre que de traîner ici ?

Yarrick jeta un nouveau coup d'œil en direction d'Essen, puis les deux hommes haussèrent les épaules.

— Merci, Loque, dit Essen. À charge de revanche.

Ils lui adressèrent un clin d'œil avant de se diriger vers la porte. En les voyant partir, Shirl se leva avec peine pour leur emboîter le pas. Seul Harkas resta planté dans son coin.

Loque s'efforça de l'ignorer. Elle se mit à balayer, mais le sbire de Friedrik continua à l'observer. Avait-il pressenti qu'elle préparait un mauvais coup ?

Elle s'interrompit et le considéra. Il affichait son éternelle expression lugubre, mais elle lui sourit.

— Tu peux y aller aussi, si tu en as envie. Qu'est-ce que tu veux qu'il arrive maintenant, hein ? Regarde un peu dans quel état ils sont.

Elle montra les corps plus ou moins dénudés des derniers invités affalés en tas un peu partout dans la salle.

Harkas ne la quittait pas des yeux. Malgré sa peur, la fillette soutint son regard. Pendant un instant, elle crut qu'il allait parler, mais il se tourna et sortit sans un mot.

Loque laissa échapper un soupir de soulagement lorsque la porte se referma derrière lui. Puis elle posa le balai contre un mur.

Bon, maintenant, il faut que je trouve cette putain de clé.

Si Friedrik l'avait gardée sur lui – ce qui était fort probable –, elle ne réussirait jamais à libérer Nobul. Mais il n'était pas impossible qu'il l'ait laissée à un invité.

Loque traversa la salle à pas de loup. Elle ne connaissait pas la plupart des gens qui dormaient dans l'ombre. Des hommes et des femmes emmêlés en une masse de chair empestant le sexe et l'alcool. Elle fouilla certains d'entre eux sans grande difficulté, dans la mesure où leurs vêtements gisaient çà et là. Elle examina plusieurs hauts-de-chausses, mais sans succès. Au moment où elle se préparait mentalement à tripoter les corps épars, elle reconnut un visage.

L'homme dormait près du comptoir, une bouteille de vin à la main. Il avait les lèvres closes, mais la fillette savait qu'il lui manquait les dents de devant. C'était un des types qui avaient amené Nobul et l'avaient enchaîné à la cave. Loque sentit son cœur s'accélérer.

Elle s'agenouilla près de lui et jeta un rapide coup d'œil autour d'elle pour s'assurer que personne ne la regardait. Puis elle tendit la main vers le dormeur. Celui-ci ronflait avec régularité. À en juger par la bouteille de vin à demi vide, il n'était pas près de se réveiller. Un couteau et une escarcelle étaient accrochés à sa ceinture. La fillette récupéra la bourse avec habileté et plongea la main à l'intérieur. Elle sentit quelques pièces de cuivre sous ses doigts, puis elle trouva ce qu'elle cherchait. Elle faillit pousser un cri de joie en sortant la clé de la petite poche en cuir.

Tandis qu'elle se levait, l'homme grogna dans son sommeil et la bouteille glissa de sa main. Elle tomba à terre avec un bruit sec et roula en aspergeant le sol de vin. La fillette se figea. C'était fichu. Les invités allaient se réveiller et tout le monde comprendrait ce qu'elle avait l'intention de faire.

Personne ne bougea.

Loque regagna la cave en faisant le moins de bruit possible. Elle entendait son cœur marteler contre sa poitrine comme un cheval au galop. Une petite voix lui souffla qu'elle était folle. Elle avait juré fidélité à la Guilde. Elle trahissait Friedrik et allait le payer cher. Mais elle l'avait déjà trahi une fois, alors quelle importance ?

En parvenant au bas de l'escalier, elle s'aperçut qu'une bougie s'était éteinte. Elle se glissa derrière Nobul à la lumière de la dernière et inséra la clé dans la serrure des menottes. Celles-ci laissèrent échapper un cliquetis rassurant avant de s'ouvrir.

Les chaînes tombèrent et Loque revint devant Nobul. Celui-ci avait glissé le long du poteau. Assis par terre, il dodelinait de la tête.

— Il faut que tu t'enfuies au plus vite, souffla-t-il avant qu'elle ait le temps de le secouer pour voir s'il était conscient.

— *Je* dois m'enfuir ? Je crois que c'est vous qui avez intérêt à détaler *fissa*, mon vieux.

— Non, dit Nobul.

Il s'agrippa au poteau et s'y appuya afin de se lever. La fillette eut l'impression de voir une montagne jaillir de terre.

— C'est toi qui dois filer, parce que dès que je me serai reposé un peu, je vais monter cet escalier et tuer tous les fils de pute que je croiserai dans cette baraque. (Il leva la tête et lui lança un regard dont elle se souviendrait jusqu'à la fin de sa vie.) Si tu es encore là, tu risques de partager leur sort.

Loque se tourna sans un mot et courut vers l'escalier. Peu lui importait de faire du bruit maintenant. Il fallait qu'elle quitte cet endroit au plus vite. Un instant, elle envisagea de réveiller les invités pour les prévenir du danger, pour leur dire qu'un fou furieux approchait et qu'ils avaient intérêt à déguerpir sans perdre de temps.

Mais ces gens n'étaient pas là par hasard. Ils étaient venus parce que Friedrik le leur avait demandé. Ils avaient bu son vin, ils avaient regardé ses combats et ils avaient baisé ses catins.

Il était temps de payer l'addition.

Chapitre 29

Il avait mal, mais pas comme avant. La douleur n'était plus salutaire, elle ne nourrissait plus sa rage. Elle était différente. Plus profonde. Comme un feu qui couvait dans ses entrailles. Une seule chose pouvait y mettre fin : le sang.

Nobul regrettait d'avoir fait peur à la fillette – elle l'avait quand même libéré –, mais il ne voulait pas qu'elle assiste au carnage. Et il n'était pas sûr de lui avoir menti : il l'aurait peut-être bien tuée avec les autres si elle était restée là. Mieux valait qu'elle fiche le camp.

Une lumière trouble pénétrait par la trappe. Nobul fit un pas vers elle. Son corps était comme anesthésié. Même les morsures de chien avaient cessé de lui faire mal. Il avait faim et soif. Il était resté trop longtemps au fond de ce trou sans pouvoir bouger un muscle. Une voix lui souffla qu'il avait besoin de voir un apothicaire, mais cela attendrait un peu. Il avait quelque chose à faire d'abord. Un sale boulot dont la plupart des gens n'aimaient pas se charger. Un sale boulot que Nobul Jacks était né pour accomplir.

Chaque pas vers la lumière était plus assuré que le précédent. Chaque centimètre franchi renforçait sa détermination.

Il est temps d'oublier la douleur. Il est temps d'oublier tes plaies.

Tu sais ce qu'il est temps de faire.

Les marches grincèrent sous ses pas. Ses mains serraient la chaîne qui emprisonnait toujours son poignet droit. Il l'avait enroulée autour de son bras pour qu'elle ne fasse pas de bruit. Il ne fallait pas qu'on l'entende arriver. Il ne fallait pas gâcher la surprise.

Une fois en haut de l'escalier, il entendit quelqu'un siffler. Il monta la dernière marche et jeta un coup d'œil par la trappe. Dans l'encadrement d'une porte, il aperçut un homme nu qui urinait dans une sombre ruelle. Où étaient passés ses vêtements ? C'était un mystère, mais sans importance. Il n'en aurait plus besoin, au cimetière.

Nobul émergea de la cave en se demandant si cet homme l'avait regardé combattre les chiens dans la fosse. Avait-il ri ? L'avait-il acclamé ou lui avait-il craché dessus alors qu'il se battait pour survivre ? Il passa la chaîne autour du cou de l'homme et commença à l'étrangler en songeant qu'il n'en avait rien à foutre.

Sa victime se défendit avec ardeur, il fallait lui reconnaître cela, mais elle n'avait aucune chance. L'homme essaya d'abord de tirer sur la chaîne pour libérer sa gorge. Il donna des coups de pied en cherchant une prise, mais Nobul serra plus fort et le souleva du sol. L'homme entama alors la petite danse qu'exécutent les pendus au bout de leur corde. Lorsqu'il sentit que la fin était proche, il oublia la chaîne et leva les mains vers le visage de Nobul pour lui griffer les yeux. En vain.

Il cessa de lutter et son corps devint flasque. Nobul continua à serrer un moment pour s'assurer que ce n'était pas une ruse, puis il allongea le cadavre par terre.

Il regarda par la porte ouverte. Dehors, il faisait nuit et le froid entrait dans la taverne comme le souffle de l'hiver.

Nobul pouvait s'enfuir. Il serait toujours temps de se venger plus tard. C'était le choix le plus sensé.

Et depuis quand fais-tu des choix sensés ?

Il ferma le battant et tourna la clé qui était dans la serrure avant de la ranger dans la cave.

Il approcha de la porte intérieure avec prudence. Il ne voulait pas effrayer quelqu'un. Il ne voulait pas qu'on découvre qu'il était là.

Un souffle d'air chaud lui caressa le visage quand il entra dans la salle. Un feu brûlait dans l'âtre et le comptoir disparaissait sous les chopes et les bouteilles.

Il avança entre les personnes endormies qui gisaient un peu partout. L'une d'elles s'agita, mais ne se réveilla pas. Nobul s'arrêta devant la porte d'entrée et tira les verrous. Puis il prit une chaise et la coinça sous la poignée. Il la poussa aussi fort que possible pour être sûr qu'elle ne bougerait pas.

Il ne faudrait pas qu'un invité prenne congé avant que la fête soit finie, n'est-ce pas ?

Nobul savait à quel point ces gens aimaient les fêtes.

Tandis qu'il se demandait par qui commencer, ses yeux se posèrent sur un homme qui dormait près du comptoir. Il respirait bruyamment.

Nobul le reconnut et sentit son cœur s'accélérer. Des frissons d'excitation remontèrent le long de son dos.

Il avait fait une promesse à ce bâtard. Il était temps de la tenir.

Il enroula la chaîne autour de son poignet droit et saisit la tunique de l'homme de la main gauche. Sans-dents ouvrit les yeux et poussa un grognement de protestation en sentant qu'on le tirait sans ménagement. Nobul le plaqua contre le comptoir et attendit que l'homme reprenne ses esprits.

L'expression de Sans-dents passa de la confusion à la colère, puis il reconnut les traits ensanglantés de Nobul et la peur s'inscrivit sur son visage.

— Allez mon grand, c'est l'heure de se réveiller, murmura Nobul.

Sans-dents ouvrit la bouche pour dire quelque chose, ou pour supplier, ou pour cracher son mépris. Nobul la ferma en y enfonçant son poing enveloppé par la chaîne. L'homme poussa un affreux gémissement lorsque la moitié de son visage explosa dans une gerbe de sang. Les derniers chicots pourris qui s'accrochaient à ses gencives prirent congé.

— Tu te rappelles ce que je t'ai dit ? gronda Nobul. (Il le frappa de nouveau sans lui laisser le temps de répondre.) Tu te rappelles, connard ? (Il frappa une troisième fois et Sans-dents s'affaissa contre le comptoir.) Je t'ai dit que j'allais te tuer. (Il le tira vers lui jusqu'à ce que son visage soit à quelques centimètres du sien.) Et je respecte toujours mes promesses.

Il le lâcha. Sans-dents chancela et sa tête glissa sur le comptoir. Il leva les bras avec peine pour demander pitié. Le poing de Nobul s'abattit comme une masse. Encore et encore. Jusqu'à ce que le crâne se brise. Les coups résonnèrent dans la salle et Nobul entendit les gens se réveiller en se demandant ce qui se passait.

Parfait. Qu'ils profitent du spectacle. Qu'ils voient ce qui les attend.

Sans-dents avait cessé de bouger depuis un long moment lorsque l'ancien forgeron s'arrêta. Le corps glissa à terre. Nobul aurait dû éprouver de la satisfaction. La mort de ce bâtard aurait dû lui suffire.

Ce n'était pas le cas.

Une femme hurla. Les gens s'agitèrent. Des pieds de meubles raclèrent le plancher. Quelqu'un se précipita vers la porte.

Qu'ils courent.

Il se tourna. Un homme nu se rua sur lui en brandissant une longue tige en métal noir. Nobul eut tout juste le temps d'apercevoir la terreur qui brillait dans ses yeux troubles. Il fit un pas en avant et lui assena un violent coup de tête. L'inconnu s'arrêta net et son arme de fortune glissa de ses mains. Nobul lui porta un second coup de tête et l'homme s'effondra.

L'ancien forgeron se pencha et ramassa la tige en fer. Il s'agissait d'un tisonnier. Il était encore chaud et Nobul savoura son contact. Puis il le leva au-dessus de lui et fendit le crâne de l'homme qui gisait à ses pieds. Une femme hurla de nouveau. Nobul se tourna vers elle et s'avança. Elle continua à hurler, incapable de bouger.

A-t-elle assisté aux combats contre les chiens, elle aussi ? Bah ! Qu'est-ce que j'en ai à foutre ?

Son poing enveloppé par la chaîne s'écrasa sur le visage de la femme qui bascula en arrière, sonnée. Nobul frappa de nouveau, à la tempe. Le coup fractura la boîte crânienne.

Des gens couraient dans tous les sens, d'autres se recroquevillaient dans de sombres recoins pour se cacher. Mais personne ne lui échapperait. Personne n'échappait à Nobul.

Il se tourna vers l'entrée. Plusieurs personnes à moitié nues essayaient de dégager la chaise et de tirer les verrous avec des gestes frénétiques. Il traversa la salle en quelques pas et brandit le tisonnier. Trois jours plus tôt, ces gens riaient et le huaient en espérant sa mort. Aujourd'hui, ce n'était qu'un troupeau hurlant prêt pour l'abattoir.

Du sang éclaboussa le visage de Nobul tandis qu'il frappait. Il sentit son goût sur ses lèvres, sa chaleur familière. Il donna un coup de poing et la chaîne s'enfonça dans la chair de ses doigts. C'était bon. La douleur attisait le feu et stimulait sa faim. Une seule chose pouvait le rassasier.

Il ne resta bientôt plus qu'une pile de cadavres devant la porte. Des corps brisés et déchirés.

Nobul fit volte-face. Il en voulait davantage. Il scruta la salle. Il fit un pas et entendit un gémissement sous une table. Il souleva le meuble avant de le jeter sur le côté. Quelqu'un se cachait dessous. Un homme au visage tordu par la terreur et aux joues trempées de larmes.

— Je vous en prie, supplia-t-il en levant les mains devant lui.

Nobul le contempla. Une pensée franchit la brume de sa violence et il se rappela qu'un autre salopard devait payer.

— Où est Friedrik ? grogna-t-il.

— Je ne sais pas. Putain, je vous jure que je vous le dirais si je le savais. Je vous le jure, pleurnicha l'homme. Par la grâce d'Arlor, ayez pitié.

Il n'y avait pas de place pour la pitié dans ce lieu.

Nobul abattit le tisonnier si fort que le crâne se fendit d'un coup. L'homme n'eut pas le temps de s'effondrer. Son bourreau lui enfonça la tige métallique dans l'œil et un jet de sang chaud en jaillit.

Nobul prit son temps pour traquer les derniers survivants. Un sourire se dessina sur ses lèvres tandis qu'il les cherchait. Il fallait quand même savoir ce qu'on voulait. Ces gens étaient venus pour voir du sang. Ils auraient dû être ravis.

Il entra dans l'arrière-salle. Une nouvelle salve de hurlements et de cris de désespoir résonna dans la taverne. Un homme eut le cran de se précipiter vers lui. Nobul faillit éclater de rire en le voyant charger. Il brandissait un gourdin ou un pied de table. Nobul leva le bras pour bloquer le coup. La douleur souffla sur le feu. Il frappa à la gorge et l'homme s'effondra en portant les mains à son cou. Il hoqueta quelques instants avant de mourir.

Nobul se pencha et ramassa le morceau de bois. Il avait les yeux écarquillés et affichait un large sourire qui n'était pas sans rappeler celui d'un squelette. Il se remit au travail avec un enthousiasme sinistre.

Les hurlements et les coups contre la porte cessèrent rapidement. Certains le supplièrent, mais les visages se fondaient dans un brouillard indistinct. Lorsque le massacre prit fin, les muscles de ses bras étaient fatigués d'avoir tant frappé. Nobul se sentit vaguement déçu.

Il contempla les cadavres. Il n'y avait pas eu de résistance digne de ce nom. Il haletait, mais il n'avait eu aucun mal à tuer ces gens.

Il lâcha le gourdin et se dirigea vers la porte d'entrée. La chaîne s'était déroulée. Une extrémité se balança quand il leva sa main meurtrie pour dégager la chaise et tirer les verrous.

Nobul ouvrit la porte en s'attendant presque à découvrir une escouade de Manteaux Verts devant la taverne. Ou une bande de gros bras de la Guilde.

Il n'y avait personne. Juste lui et la nuit.

Il sortit et chancela sous le vent froid. Les épreuves des derniers jours le rattrapaient enfin. Il n'avait aucune idée de l'endroit où il se trouvait. Quelque part dans le quartier de la Porte septentrionale, sans doute. La rue était déserte. Il la descendit d'un pas mal assuré. Un chien aboya depuis une ruelle. Quelqu'un ferma des volets d'un coup sec tandis qu'il passait devant une fenêtre.

Nobul se fichait qu'on le voie. Ses habits et sa chair étaient déchirés. Il avait le souffle court et marchait à grand-peine. La chaîne accrochée à son poignet cliquetait à chacun de ses pas comme la sinistre cloche d'un ramasseur de cadavres pendant une épidémie.

« Apportez vos morts ! Apportez vos morts pour qu'on les conduise au bûcher ! Le Seigneur des Corbeaux est arrivé ! »

Il pouvait croiser une patrouille de Manteaux Verts d'un instant à l'autre, mais il s'en fichait. La pègre se garderait bien de signaler les meurtres de la taverne. Il avait tué des parieurs dans un tripot de la Guilde. Il était peu probable que Friedrik porte plainte et exige une enquête. Il réglerait l'affaire en toute discrétion, puis il lancerait ses hommes sur sa piste.

Qu'ils viennent. Ils lui avaient déjà infligé la pire torture possible.

Ses pieds étaient de plus en plus lourds. Il sentit qu'il était sur le point de s'évanouir, mais il se ressaisit. S'il s'effondrait ici, dans la rue, n'importe qui pourrait le découvrir. Il devait trouver un endroit sûr. Pour se reposer un moment. Pour rassembler ses forces. Pour passer à l'étape suivante.

Nobul perdit l'équilibre et tomba. Le sol était froid et humide. Ce contact lui redonna un peu de vigueur. Il se redressa. Il sentait chaque plaie, chaque muscle douloureux avec acuité. Ses jambes étaient en plomb. Ses bras étaient deux morceaux de viande qu'il traînait dans son sillage.

Il aperçut une porte au bout de la rue. Il crut l'identifier, mais reconnaissait-il seulement la rue ? Tandis qu'il approchait, il trébucha sur une marche du perron et s'effondra contre le solide battant. Il y avait un heurtoir. Il leva la main pour le saisir, mais il était si loin… et les ténèbres l'avalaient déjà. Il fallait qu'il l'atteigne avant de…

Il ne voyait plus rien. Il était enveloppé dans une putain d'obscurité. Il faisait un froid terrible. Le vacarme était infernal. Il se passait quelque chose dans sa tête.

Nobul leva la main et ajusta son casque. Il regarda devant lui et dut faire un effort pour ne pas baisser la visière.

Les parois de pierre se dressaient vers le ciel, et au milieu de la vallée, deux gigantesques statues se faisaient face. Des guerriers pétrifiés dans un affrontement éternel.

La Porte de Bakhaus.

Une armée se tenait derrière Nobul. Il y avait des cavaliers et des bannières déchirées de toutes les couleurs qui flottaient au vent. Les guerriers scandaient un nom, encore et encore. Ils brandissaient leurs épées et leurs boucliers en lançant des défis. Des grondements et des rugissements résonnaient à l'autre bout de la vallée, un bruit de fin du monde. L'ennemi.

Nobul serra la poignée de son marteau un peu plus fort. Comment pouvaient-ils remporter cette bataille ? Que pouvaient-ils faire contre cette horde féroce ?

Et puis il entendit le nom qu'on répétait autour de lui.

« Casque Noir ! Casque Noir ! Casque Noir ! »

Tous les regards étaient tournés vers lui, comme si les soldats attendaient ses ordres. Leurs yeux étaient écarquillés par la peur et la rage. Ils voulaient qu'il conduise la charge, qu'il plonge au sein de cette marée de métal et de crocs.

Nobul fut heureux d'avoir un casque sur la tête. Pour cacher sa peur. Il brandit son marteau. Il était si lourd qu'il avait du mal à le soulever, et plus encore à le manier.

Une main lui assena une claque dans le dos. Une autre le poussa en avant. Nobul avança à contrecœur. Un cheval hennit près de lui. Il accéléra. Des voix lancèrent des encouragements.

Ils n'avaient qu'à conduire cette putain de charge puisqu'ils étaient si enthousiastes ! Pourquoi ne se précipitaient-ils pas à la rencontre de ces putains de monstres ?

Il avançait désormais au petit pas, avec résolution. Il tenait son marteau à deux mains. Il criait quelque chose, mais il n'entendait pas sa propre voix. L'ennemi s'ébranla, puis chargea. Les silhouettes en armure grise se déplaçaient en faisant de larges bonds. Leurs épées tournoyaient au-dessus de leurs têtes. Leurs gueules béantes étaient hérissées de crocs.

Il allait mourir ici. Il allait se faire déchiqueter et il s'en fichait.

— Venez donc, espèces de pourritures ! lança-t-il.

La vague monstrueuse le submergea.

Il ouvrit brusquement les yeux et vit la lumière du matin. Il se serait redressé d'un coup s'il en avait eu la force. Et la volonté.

Il resta allongé en se demandant où il était et qui avait pansé ses blessures.

Il leva la main droite. La menotte avait disparu, mais il y avait encore une marque rouge autour du poignet. Ses doigts étaient enveloppés de bandes. Il serra le poing et grimaça de douleur. La chair était déchirée et contusionnée, mais les os n'étaient pas brisés.

Il porta la main à son oreille avec prudence. Il manquait la moitié du lobe, mais la plaie avait été recousue. Il sentit les relents âcres d'une pommade. La personne qui s'était occupée de lui jouissait d'une certaine expérience dans le domaine de la médecine.

Au prix d'un terrible effort, il réussit à faire glisser ses jambes hors du lit et s'assit. Il examina son corps nu et contempla les conséquences des innombrables épreuves qu'il avait affrontées au cours des derniers jours. Chaque centimètre carré de peau était marbré par un hématome noir.

Il n'avait pas à se plaindre. Il s'était vengé, non ? Il avait tué tout ce qu'il y avait à tuer, mais quelqu'un lui avait échappé. Pour le moment.

Friedrik.

Nobul avait la ferme intention de trouver ce fils de pute au plus vite. Sa mort ne serait pas aussi miséricordieuse que celle des misérables de la taverne.

— Toujours en vie, alors ?

Nobul leva les yeux. Une femme se tenait dans l'encadrement de la porte. Sa silhouette décharnée était à peine visible dans la pénombre. Il fallut qu'elle fasse un pas en avant pour qu'il la reconnaisse.

— Fernella ? Mais comment… ?

Il s'interrompit et observa la vieille femme qu'il n'avait pas vue depuis l'enterrement de son fils.

— Tu as débarqué ici au cours de la nuit. Tu grattais à ma porte comme une petite souris. J'ai ouvert et trouvé un type qui ne ressemblait pas à l'ancien Nobul. Et puis j'ai vu tes poings et je me suis dit que si, c'était bien lui.

Nobul regarda ses mains et songea au nombre de personnes qu'elles avaient tuées. Il sourit.

— Ouais. Il s'est passé des trucs, hier soir. Des choses dont tu n'as pas envie d'entendre parler.

— Non, je suppose que je n'en ai pas envie. Mais d'après ce que j'ai vu, des gens t'ont fait des trucs, à toi aussi. J'espère qu'ils ont eu ce qu'ils méritaient.

— Personne n'a ce qu'il mérite, répliqua Nobul.

Fernella haussa les épaules.

— Oui, tu dois avoir raison. (Elle désigna une pile de vêtements propres posée sur une chaise.) Habille-toi et fiche le camp. Tu ne peux pas rester ici. J'ai des enfants en bas. Je ne veux pas qu'ils te voient dans cet état.

Cette bonne vieille Fernella. Elle a la délicatesse d'un marteau d'armes, mais un cœur grand comme ça.

Nobul s'habilla sans perdre de temps. Il eut du mal à enfiler la tunique, car elle était un peu juste au niveau de la poitrine. Il faudrait faire avec.

Il descendit un escalier. Fernella n'avait pas menti. Elle était dans la cuisine et s'affairait autour d'une table où étaient assis cinq ou six gamins. La plupart le scrutèrent avec crainte. Comme la vieille femme le lui avait demandé, Nobul se dirigea droit vers la porte d'entrée.

—Tu veux la récupérer tout de suite ? lança Fernella lorsqu'il posa la main sur la poignée.

—Quoi ? demanda Nobul.

—La boîte que tu m'as confiée. Tu veux la récupérer ?

Il secoua la tête. Il était encore hanté par les brumes du songe de la nuit.

—Pas maintenant.

Fernella s'approcha et posa une main sur son bras.

—Comme tu veux, mon garçon. Je la garderai jusqu'à ce que tu te sentes prêt.

—Je ne sais même pas si je serai un jour…

—Non. Ne dis pas ça. L'homme que tu étais, l'homme qui est venu ici hier soir, la cité va avoir besoin de lui. Tu comprends ce que je te dis ? Cet homme peut apporter le bien.

Nobul observa le visage ridé, ces yeux qui avaient vu tant de choses.

—Ouais, peut-être.

Il ouvrit la porte et sortit à l'air libre.

Chapitre 30

La tension n'avait cessé de monter depuis leur arrivée et le risque de violences était omniprésent, mais pour le moment, aucun Terrefroidien ne s'en était pris à Regulus ni à ses guerriers.

Le chef zatanien avait appris qu'il y avait trois tribus à l'intérieur de l'oppressant bâtiment. Chacune portait un nom charmant qui n'avait aucun rapport avec leur histoire et la triste nature de leurs activités. Regulus espérait que ces hommes étaient plus doués pour le combat que pour la poésie, mais il en doutait.

Quoi qu'il en soit, ses guerriers et lui prenaient soin de surveiller leurs arrières, comme le leur avait conseillé Tom le Pied Noir. Il était clair que les mercenaires n'éprouvaient aucune sympathie envers eux.

Les Zataniens se réveillèrent dans leur cellule, une pièce nue pourvue d'une unique fenêtre qui donnait sur la cité. Comme chaque jour, Regulus et ses guerriers furent les premiers à arriver dans la grande salle. Ils avaient faim de lumière et cette privation rendait leurs nuits brèves et agitées. Ils n'avaient pas vu le soleil depuis des jours et en souffraient. Hagama et Kazul étaient de plus en plus excités et se défoulaient sur le jeune Akkula. Regulus avait été obligé de les rappeler à l'ordre plusieurs fois. Leandran semblait supporter la claustration assez bien, mais il n'avait pas prononcé un mot depuis leur arrivée. Janto était silencieux, lui aussi, mais cela ne rassurait pas vraiment son chef. L'imprévisible guerrier pouvait exploser à chaque instant et Regulus n'avait pas besoin d'un déchaînement de violence. Pas avant de se retrouver en face de leur véritable ennemi.

Les Zataniens s'installèrent dans un coin de la grande salle. Ils avaient l'habitude de camper dans les plaines et de se rassembler autour d'un feu sous les étoiles, mais ils avaient vite adopté la coutume terrefroidienne qui voulait qu'on s'assoie à une table. Les autres mercenaires les rejoignirent petit à petit et l'atmosphère devint pesante.

Les Faucons de Minuit portaient des livrées noires et leur chef était une brute impressionnante qui ne ressemblait pas vraiment à un oiseau de proie. Ils s'assirent à l'autre extrémité de la salle. Ils ne cachaient pas leur mépris pour Regulus et ses hommes, mais aucun n'avait eu le courage de venir les défier. Le plus puissant d'entre eux n'aurait pas eu l'ombre d'une chance contre le plus faible des guerriers zataniens.

Puis les mercenaires de la Compagnie Écarlate émergèrent de leurs sombres cellules. Ils portaient des tuniques rouges et étaient moins nombreux que les Faucons de Minuit. Une trentaine de soldats sous les ordres d'un vétéran à la peau brune et aux cheveux rassemblés en chignon au sommet du crâne. L'homme observait Regulus avec une haine qu'il ne cherchait pas à dissimuler.

Les Boucliers Consacrés arrivèrent les derniers. Leurs tuniques étaient frappées de leur emblème : un bouclier divisé en quatre parties colorées. Ils s'installèrent près des Zataniens, mais seulement parce qu'il n'y avait plus de place ailleurs. Ils étaient une centaine, mais on racontait qu'une autre unité de la compagnie était hébergée ailleurs. Leur chef était jeune, mais confiant. Regulus se lassa rapidement de son sourire arrogant. Comme il aurait aimé le défier en duel ! Mais il avait passé un marché avec le sénéchal et n'avait pas l'intention de le rompre.

Le brouhaha des conversations remplit la salle. Regulus et ses hommes étaient silencieux. Il n'y avait pas de chasse à préparer, pas de plan à discuter, alors à quoi bon parler ? Les Terrefroidiens remuaient leur langue pour un oui ou pour un non et Regulus trouvait cela agaçant.

On apporta une marmite de bouillon dans une ambiance morose. Les mercenaires s'alignèrent rapidement, mais Regulus et ses hommes ne bougèrent pas de leur table. Rogan avait accepté de satisfaire aux besoins particuliers des Zataniens.

Deux esclaves présentèrent un plateau contenant quelques morceaux de viande. Ils le posèrent sans délicatesse sur la table avant de se retirer d'un pas pressé. Regulus contempla le triste repas. Des restes – et loin d'être frais. Des mouches tournaient déjà autour.

— Qu'est-ce que c'est que cette immondice ? lâcha Kazul.

Hagama hocha la tête.

Imperturbables, Leandran et Akkula tendirent les mains pour prendre leur part. Janto resta appuyé contre le dossier de sa chaise. Apparemment, le spectacle lui avait coupé l'appétit.

— Mangez, dit Regulus. Nous avons besoin de conserver nos forces. La bataille est proche. Lorsque l'ennemi viendra et que nous remporterons notre première victoire, nous mangerons toute la viande que nous voudrons.

Kazul tendit une main réticente et s'empara d'un os couvert de minuscules lambeaux de chair.

— Combien de temps allons-nous rester enfermés ici ? demanda Hagama. Cet endroit me donne la nausée.

— Nous en sommes tous là, dit Regulus en faisant un effort pour ne pas perdre patience. Je pense que ce ne sera plus très long. Maintenant, mange.

Hagama regarda le tas d'os grisâtres avec colère, puis il tendit la main à son tour. Ils mangèrent rapidement, sans plaisir. Ils étaient des chasseurs habitués à la chair fraîche. Ils ne mangeaient pas de charognes, sauf pendant les périodes de famine. Regulus songea qu'ils traversaient justement une période de famine, mais cela ne durerait pas.

Pendant le repas, il entendit les échos des conversations des Terrefroidiens. Ils appelaient les Zataniens des « animaux », des « bêtes » ou ils employaient des mots que Regulus ne connaissait pas, mais dont le sens était clair. Il n'y prêta pas attention. Ses guerriers ne parlaient pas leur langue et mieux valait qu'ils ignorent ce qu'on disait sur eux.

Le maigre repas terminé, Regulus se laissa aller contre le dossier de sa chaise et attendit. Il tenta d'ignorer les conversations des mercenaires, de se concentrer sur le bruit que produisait Leandran en suçant un os. En vain. Il ne se faisait aucune illusion : ses guerriers et lui étaient enfermés dans une prison et les autres prisonniers pouvaient les attaquer à chaque instant.

La matinée passa et les Terrefroidiens commencèrent à boire leur infecte mixture. Regulus avait du mal à comprendre cette curieuse habitude. Il avait découvert que cette boisson avait des effets ravageurs. C'était une sorte de poison qui plongeait certains mercenaires dans une rage folle. Ce breuvage était sans doute utile sur un champ de bataille, mais à quoi pouvait-il servir en période de repos ? Sans compter que les résultats laissaient à désirer : de nombreux buveurs sombraient dans un profond sommeil et ceux qui se battaient le faisaient avec une rage aveugle, sans la moindre technique.

Les heures passèrent et Regulus sentit son malaise croître.

Les Terrefroidiens étaient de plus en plus bruyants. Certains se mirent à chanter.

— Faites attention, dit-il à ses hommes.

Ses guerriers surveillèrent les environs de la table. Ils n'avaient pas d'armes, mais si la situation dégénérait, ils n'auraient aucun mal à vaincre les mercenaires.

— Que se passe-t-il ? demanda Leandran.

— Gardez les yeux ouverts, ordonna Regulus tandis que les chanteurs devenaient plus bruyants et agressifs.

Il se leva avec lenteur. Il fallait qu'ils sortent, ne serait-ce qu'un bref moment. On ne pouvait pas leur demander de rester là jusqu'à la fin des temps. Il allait parler aux gardes – ou étaient-ce des geôliers ? – et les convaincre de les laisser sortir.

Il eut à peine le temps de faire deux pas. Un homme portant la livrée de la Compagnie Écarlate s'avança vers lui en titubant.

— Où tu vas ? cria-t-il.

Ses camarades cessèrent de se quereller et contemplèrent la scène avec intérêt.

Regulus ne répondit pas.

L'homme se pencha en avant et sourit. La plupart des Terrefroidiens les observaient à présent. Certains attendaient ce moment depuis longtemps.

— Allez, dit l'homme. Je sais que tu me comprends. Je t'ai entendu parler notre langue.

Regulus inspira profondément en essayant de se contenir. Il sentit ses guerriers s'agiter derrière lui.

— Je ne veux pas d'ennuis, dit-il. Je suis venu pour servir votre reine.

— Ma reine ? dit le Terrefroidien. Ce n'est pas ma reine. Je suis de Stelmorn. Je suis ici pour l'argent, mais si tu as envie de poser ton putain de genou devant elle, je t'en prie.

Plusieurs mercenaires éclatèrent de rire.

Regulus regarda l'homme devant lui. Il tenait une bouteille à la main et titubait. Comment osait-il se considérer comme un guerrier ? Où était sa fierté ? Où était son honneur ? Il se battait pour quelques misérables pièces… Regulus n'avait jamais compris qu'on puisse louer son épée.

Il avança d'un pas, mais l'homme lui bloqua le chemin.

— C'est quoi cette obsession avec la reine ? Vous en avez pas chez vous ?

Regulus n'avait aucune intention d'expliquer sa démarche à ce triste bâtard. Les pointes de ses griffes le démangeaient au bout de ses doigts. Les muscles de sa mâchoire se contractaient. Plusieurs hommes en livrée rouge se rangèrent derrière leur camarade.

— Ils l'ont sans doute bouffée, dit l'un d'eux.

— Ouais, mais ils l'ont baisée d'abord. C'est tout ce qu'ils savent faire, ces vermines à peau sombre.

Regulus comprit qu'on le provoquait. Il devait rester maître de lui. S'il cédait à la colère, il compromettrait son plan.

— Dis donc, Noiraud, tu t'es battu récemment ? lança quelqu'un.

Regulus sentit son estomac se contracter. Il serra les poings et ses griffes écorchèrent ses paumes.

— Qu'est-ce qu'ils racontent ? demanda Kazul derrière lui.

L'atmosphère était de plus en plus tendue. Regulus savait qu'il devait faire quelque chose pour calmer les mercenaires, mais quoi ?

Se retirer en silence ?

Non, Regulus Gor était incapable de s'abaisser à cela.

— Oui, je me suis battu, dit-il en haussant la voix. J'ai fait route vers le nord pour offrir mon épée à votre roi. L'homme qui a libéré mon peuple. (Les Terrefroidiens se calmèrent en l'entendant faire référence à leur ancien monarque.) Il est mort, mais je combattrai à vos côtés pour défendre son royaume. Pour l'honneur de mon père et celui de votre reine.

Les Terrefroidiens échangèrent des regards hésitants.

Le chef des Boucliers Consacrés approcha et sourit à Regulus.

— Vous voyez, lança-t-il aux autres mercenaires, je vous avais bien dit qu'il n'y avait aucune raison de se méfier d'eux. Ils sont nos alliés.

— Mon cul, oui ! cria quelqu'un.

— Qu'est-ce qu'ils disent ? demanda Kazul, de plus en plus agité.

Le chef des Boucliers Consacrés leva la tête vers Regulus et lui adressa un clin d'œil.

— Tu as raison, dit-il. Nous combattrons bientôt côte à côte. Soyons amis.

— Qu'est-ce qu'il dit ?

Kazul se leva, aussitôt imité par Janto.

Regulus s'apprêtait à demander à ses guerriers de s'asseoir, à leur expliquer que cet homme voulait faire la paix, quand le chef des Boucliers Consacrés glissa une main dans son dos.

— Buvons à notre nouvelle amitié, dit-il.

— Une arme ! lança Kazul en bondissant en avant.

Ses crocs brillèrent entre ses lèvres retroussées.

Une petite flasque apparut dans la main du Terrefroidien qui recula en titubant. Regulus fut assez rapide pour s'interposer et arrêter Kazul.

Mais il n'eut pas le temps d'arrêter Janto.

Dès qu'il avait entendu le cri de Kazul, le Sho'tana s'était jeté sur le groupe de mercenaires le plus proche. Les hommes reculèrent précipitamment pour éviter les griffes du guerrier. Impuissant, Regulus vit gicler des gerbes de sang.

Il ouvrit la bouche pour calmer Janto, mais des cris d'alarme et de colère montèrent des rangs des mercenaires. Ils étaient désarmés et faisaient face à de terribles Zataniens du Gor'tana, mais cela ne les arrêta pas. Ils chargèrent et Regulus fut noyé sous une vague d'adversaires. Des poings s'écrasèrent sur son visage tandis que des rugissements furieux montaient autour de lui.

Il repoussa un homme en essayant de regagner son équilibre, mais deux autres se jetèrent sur lui. Il n'avait pas envie de les frapper, car avec ses griffes il risquait de tuer quelqu'un. Il était venu en allié, pas en ennemi. Il voulut prendre la parole, mais une pluie de coups s'abattit sur lui. Les mercenaires étaient déchaînés et Regulus entendit ses camarades se battre avec la même férocité. Dans le vaste hall, les plaintes de douleur se mêlèrent aux cris de rage.

Il n'aurait pas dû accepter que ses guerriers restent si longtemps dans cette prison. C'étaient des hommes habitués aux terres sauvages, des chasseurs des plaines. Il aurait dû se douter que tôt ou tard, leur frustration finirait par prendre le dessus.

Un Terrefroidien se précipita vers Regulus avec un hurlement furieux. Un éclair métallique brilla dans sa main. Une arme. Personne n'était censé en posséder. L'homme avait dû l'introduire en cachette.

Le temps des négociations était terminé.

Regulus gronda et repoussa les mercenaires qui tentaient de l'immobiliser. Ses griffes fendirent l'air. Elles décrivirent un grand arc de cercle et fendirent le visage du soldat au couteau du coin de l'œil au menton. L'homme poussa un hurlement avant de lâcher son arme et de s'effondrer.

En voyant leur camarade horriblement mutilé, plusieurs mercenaires battirent en retraite. L'un d'eux eut le courage de se jeter sur Regulus. Celui-ci le saisit à la gorge et le souleva à bout de bras. Incapable de se libérer, l'homme agita les jambes, en quête d'un point d'appui.

— Gor'tana ! lança Regulus. À moi !

Ses guerriers rompirent aussitôt le combat pour se ranger près de lui. Leandran avait le souffle court. Les yeux écarquillés, Kazul, Hagama et Akkula n'avaient visiblement aucune envie de cesser le combat. Janto fut le dernier à obéir. Sa bouche dégoulinait de sang.

Regulus regarda autour de lui. Plusieurs mercenaires étaient à terre, morts ou mourants. Des flaques écarlates maculaient le sol du grand hall.

Il allait ordonner à ses hommes de se replier lorsqu'il entendit du bruit du côté de l'entrée. Des soldats portant la livrée verte des gardes de la cité firent irruption dans la salle. Regulus en compta trente. Ils étaient armés de longues lances et on ne lisait aucune hésitation dans leurs regards.

Il aurait pu ordonner à ses guerriers de les attaquer, mais à quoi cela aurait-il servi ? Ils étaient capables d'affronter des mercenaires désarmés, mais des soldats dotés de lances…

Janto fit un pas en avant, mais Regulus le retint par l'épaule. Ses griffes s'enfoncèrent dans la chair du guerrier.

— Assez, dit-il. Nous en avons assez fait.

Il lâcha le mercenaire qu'il tenait de l'autre main. L'homme tomba à quatre pattes et hoqueta.

Les soldats verts les encerclèrent et Regulus montra les paumes de ses mains en signe de paix. Puis il regarda les corps allongés autour de lui.

Voilà qui n'allait pas être facile à expliquer.

Chapitre 31

Merrick avait merdé. Une fois de plus. Au fil des années, il avait fini par s'y habituer. Il avait compris qu'il était un incapable et il assumait les conséquences de ses échecs. Mais cette fois-ci, c'était différent. Il éprouvait l'étrange besoin de se racheter.

La reine avait failli être assassinée, une Sentinelle avait été tuée, une autre gravement blessée.

Il aurait dû être là. Il aurait dû protéger la reine de ce Dravos et de ses gardes du corps. Il aurait dû tirer son épée et la planter dans le cœur de ce bâtard la première fois qu'il l'avait vu.

Mais si tu avais été là, c'est toi qui serais mort. C'est toi qui serais allongé par terre, raide comme un cierge. Tu serais devenu un héros, certes, mais tu n'aurais plus franchement l'occasion de t'en vanter. Tu ferais mieux de remercier ta bonne étoile et d'arrêter de te morfondre.

Merrick tourna légèrement la tête. Kaira et Janessa se tenaient au centre de la petite cour. C'était un lieu tranquille et peu fréquenté. Personne ne viendrait les y déranger. La reine tenait la vénérable épée de son père et Kaira lui apprenait à la manier. D'après ce qu'il avait entendu dire, la jeune fille avait décapité Dravos avec cette arme. Merrick devait bien reconnaître qu'elle progressait à pas de géant, malgré la taille et le poids de la lame.

Elle n'a pas vraiment le choix, hein, Ryder ? Parce que comme garde du corps, tu n'es pas plus efficace qu'un singe incontinent.

Ses mains étreignirent la poignée de l'épée accrochée à sa ceinture et il jeta un coup d'œil en direction des deux passages qui desservaient la cour. Il était plus vigilant depuis l'attaque. C'était un peu tard. Waldin était dans un état désespéré et l'autre…

Comment il s'appelait, déjà ?

L'autre était mort. Et Merrick savait qu'il était le seul responsable de ce fiasco.

Il observa Kaira, qui faisait la démonstration d'un enchaînement de coups à l'aide d'un bâton. Son poignet était bandé et ses déplacements raides. Elle avait été gravement blessée en défendant la reine, mais elle continuait à accomplir son devoir.

Pas comme toi. Toi, tu es toujours en train de pleurnicher. « Papa ne m'aime pas », « Maman est morte et j'ai claqué la fortune familiale dans les tripots et les bordels de la cité », « Tous mes amis veulent me faire la peau », « Cette saleté de tunique ne se marie pas du tout avec ce haut-de-chausses ».

Pas étonnant que la jeune femme n'ait pas daigné lui adresser la parole depuis le sermon de Garret.

Qu'espérait-il ? Elle lui avait laissé sa chance. À de nombreuses reprises. Elle lui avait offert d'innombrables occasions de prouver qu'il avait changé, et en fin de compte, il avait prouvé que Merrick Ryder n'était pas du genre à changer.

Une porte s'ouvrit et Merrick fit un pas en avant en se préparant à dégainer. Il poussa un soupir de soulagement en voyant Garret apparaître. Puis il se tendit de nouveau en s'apercevant que le capitaine n'était pas seul.

Tannick Ryder le suivait, escorté par plusieurs gardes de la Vouivre. Ils se dirigèrent vers la reine, qui baissa son épée en les voyant approcher.

— Majesté, dit Tannick.

Il posa un genou à terre et ses hommes firent de même.

— Seigneur-maréchal, répliqua la reine. Que me vaut cette interruption ?

Garret fit un pas en avant tandis que Tannick et les gardes de la Vouivre se redressaient.

— Toutes mes excuses, Majesté. Tout cela est ma faute. J'ai informé le seigneur-maréchal qu'on avait attenté à votre vie et il a demandé à vous rencontrer.

Janessa se tourna vers Tannick.

— J'apprécie votre… sollicitude, seigneur Ryder. Comme vous pouvez le voir, je me porte très bien.

— Certes, Majesté, mais pour combien de temps ? répliqua Tannick. Il est clair que vos gardes du corps ne sont pas à la hauteur de leur tâche. (Il jeta un coup d'œil en direction de Merrick.) J'insiste pour que vous permettiez à mes hommes d'assurer votre protection.

— J'ai toute confiance en mes Sentinelles, seigneur-maréchal. Elles défendent Guideciel et ses occupants depuis des siècles.

— Majesté, bon nombre d'entre elles affrontent l'ennemi loin de Havrefer et le palais n'est pas protégé comme il devrait l'être. Surtout aujourd'hui, alors que mille personnes souhaitent votre mort. Je me permets d'insister.

— Mes gardes du corps suffisent à la tâche, seigneur Ryder.

— Mais votre chevalier le plus expérimenté est blessé.

Il fit un geste en direction de Kaira, qui se tenait derrière la reine. La jeune femme avait adopté un maintien fier, mais elle ne parvenait pas à cacher qu'elle n'était pas au mieux de sa forme.

— Quant aux autres, ce sont des novices.

Il ne désigna pas Merrick, mais le sous-entendu était clair.

— J'ai confiance en eux, dit Janessa.

— Dans ce cas, Majesté, permettez-moi de mettre cette confiance à l'épreuve.

Garret se tourna vers le seigneur-maréchal.

— Tannick, ce n'est pas ce que nous avions convenu.

Celui-ci l'ignora.

— Laissez-moi vous montrer avec quelle facilité un assassin compétent pourrait se débarrasser de vos gardes.

Janessa tourna la tête vers Merrick.

Le jeune homme eut l'impression que ses pires cauchemars se réalisaient au même moment. Son père affirmait qu'il n'était qu'un incapable et la reine prenait sa défense alors qu'elle n'avait aucune raison de le faire.

— Seigneur Ryder, je vous assure…

— S'il vous plaît, Majesté, l'interrompit Merrick. Je vais vous démontrer que le seigneur-maréchal se trompe.

Ces mots lui avaient échappé. Quelque chose s'était réveillé dans les profondeurs de son esprit. Quelque chose qui avait pris le contrôle de son être et semblait fermement décidé à montrer à son enfoiré de père qu'il était digne de porter le nom de Ryder.

Janessa regarda le jeune homme, puis le seigneur-maréchal.

— Très bien. Si vous estimez que c'est nécessaire, mon garde du corps vous affrontera.

Tannick hocha la tête.

— Merci, Majesté, mais ce n'est pas moi qu'il va affronter. (Il se tourna vers l'un de ses gardes.) Cormach, déshabille-toi.

Merrick regarda le chevalier se débarrasser de la fourrure blanche qui lui couvrait les épaules, puis de son armure. Jared, l'homme à qui Merrick avait parlé quelques jours plus tôt, approcha pour l'aider.

Garret se dirigea vers Merrick en secouant la tête.

— C'est complètement ridicule.

— Ne t'inquiète pas, répliqua Merrick en lui tendant son casque. Je le sens bien.

— Tu le sens bien ? répéta Garret en l'aidant à ôter un canon d'avant-bras. Ce type est Cormach Filsapute. La meilleure lame de Tannick.

— Je sais qui il est. J'ai eu l'occasion de voir ce qu'il était capable de faire à un bâton.

Merrick eut l'impression d'entendre de nouveau la canne se briser sur le dos de Cormach. Ce souvenir lui arracha presque une grimace.

— Mais que vaut-il contre une épée et un homme qui sait s'en servir ? Ces gardes de la Vouivre vivent dans les montagnes depuis des années sans rien affronter d'autre que des chèvres et des indigènes. J'ai appris l'escrime au Collegium de la maison Tarnath. J'ai…

— Ne le sous-estime pas, l'interrompit Garret, peu disposé à écouter la longue liste de ses exploits. Les gardes de la Vouivre sont des escrimeurs hors du commun. Si ton père les a entraînés, ce sont les meilleurs.

Merrick regarda Cormach Filsapute, désormais torse nu. Son corps était couvert de cicatrices et on aurait pu croire qu'il avait été taillé dans la pierre. Il contemplait son adversaire d'un œil mauvais. Merrick avait fréquenté les bouges assez longtemps pour faire la différence entre un type jouant les durs et un authentique bâtard.

Il était certain que Cormach faisait partie de la seconde catégorie.

Un doute ébranla sa confiance un instant, mais il le repoussa. Il avait été l'élève du seigneur Macharias en personne, il connaissait les soixante-six *Principiums Martial* et… ce n'était sans doute pas le moment d'énumérer ses nombreuses compétences. Il avait quelque chose à prouver, ici et maintenant, et il n'avait pas la moindre intention de laisser passer sa chance.

Garret le débarrassa des derniers éléments de son armure.

— Je vais demander qu'on apporte des épées d'entraînement, annonça-t-il.

— Inutile, répliqua Tannick. De véritables armes feront l'affaire. (Il jeta un coup d'œil à Merrick.) À moins que ton soldat y voie un inconvénient.

Garret ouvrit la bouche, mais Merrick avança d'un pas.

— Son soldat n'en voit aucun.

Il défit son ceinturon et tira l'épée de son fourreau. Le poids de la lame était plaisant dans sa main. Un instant, il eut l'impression d'être un héros de légende, torse nu face à l'ennemi. Il ne pouvait compter sur rien d'autre que son épée et ses talents de guerrier pour survivre.

Et puis Cormach dégaina son arme.

Il la tenait avec une assurance mille fois supérieure à celle de Merrick. On aurait dit qu'elle faisait partie intégrante de son corps. Quant au reste… Merrick était assez fier de ses pectoraux, mais il se sentit ridicule en regardant les muscles tendus et puissants de son adversaire. L'air de la cour sembla se refroidir brusquement et le jeune homme eut l'impression qu'une brise glacée le traversait de part en part. Cormach pouvait-il être meilleur escrimeur que lui ?

Ce n'est pas le moment de te poser la question, Ryder. Ton père est là et il est impatient de te voir prendre une branlée. Il est grand temps que tu le remettes à sa place !

Il jeta un coup d'œil en direction de Kaira. Celle-ci le regardait d'un air impassible. Inutile d'espérer des encouragements de sa part. Elle s'attendait sans doute à ce qu'il se ridiculise. Comme le reste des personnes présentes.

Les deux combattants avancèrent au centre de la cour.

— Vas-y, Filsapute ! lança un garde de la Vouivre.

Le seigneur Ryder le foudroya du regard et l'homme se tut.

Merrick se demanda si quelqu'un allait annoncer le début du duel. À en juger par le visage impassible de Cormach, il ne fallait pas y compter.

Frapper le premier. Frapper vite. Frapper fort. Frapper le dernier. C'étaient les règles qu'on lui avait enseignées au Collegium. Et c'était le moment idéal pour les appliquer.

Merrick avança en sautillant sur la pointe des pieds et son épée fendit l'air en décrivant un arc de cercle. Cormach ne cligna même pas des yeux. Il leva sa lame et écarta celle de Merrick avec tant de force que le jeune homme faillit perdre l'équilibre.

La Sentinelle bondit en arrière pour éviter une contre-attaque, mais Cormach n'en lança aucune. Il resta immobile. Pour tout dire, il semblait s'ennuyer ferme.

Merrick se mit à tourner autour de lui. Cormach ne le quittait pas des yeux, mais ne prit même pas la peine de lever son épée et de se mettre en garde. L'arrogant bâtard. Il n'y avait de place que pour un seul escrimeur prétentieux dans cette ville, et c'était Merrick Ryder !

La Sentinelle attaqua. Il frappa bas, en visant l'aine. Cormach para une fois de plus. Merrick ne recula pas.

Il frappa plus haut, mais Cormach semblait anticiper les coups avant même qu'il les amorce. Il para de nouveau et Merrick perçut de violentes vibrations remonter le long de son bras.

La colère envahit le jeune homme. Cet enfoiré jouait avec lui. Il voulait montrer qu'il était largement meilleur que son adversaire. Et pour couronner le tout, Tannick observait le combat avec une suffisance qui exprimait sa totale confiance dans la suprématie de son guerrier.

Il a toujours dit que tu n'étais qu'un incapable, et aujourd'hui, tu lui donnes raison. Tu comptes rester planté là longtemps ? Montre-lui un peu comme il se trompe.

Merrick laissa échapper un grognement de frustration et s'élança. Dans un coin de sa tête, il entendait la voix du seigneur Macharias qui criait : « *Ne perds pas ton sang-froid. La colère est la mère de l'inattention.* » Mais il ne l'écoutait pas. Ces abrutis pouvaient bien passer leur vie dans les montagnes à baiser des chèvres et à engrosser les femmes indigènes, il allait leur montrer comment on se battait, ici, dans la grande ville.

Son épée bourdonna dans l'air. Une feinte. Cormach leva son arme pour parer et Merrick changea aussitôt l'angle d'attaque, visant le genou. Cormach recula la jambe avec désinvolture, comme s'il avait deviné ce que Merrick avait l'intention de faire. Il fit un pas en arrière pour se mettre hors de portée.

Merrick ne s'arrêta pas là. Il frappa à deux mains et grogna quand Cormach para le coup. Les deux lames s'entrechoquèrent. Merrick poussa de toute la force de ses bras. Cormach tenait son épée d'une seule main. Les deux hommes se regardèrent. Le visage de Cormach était impassible. Il n'exprimait aucune fatigue.

Il se fout de ta gueule. Ça ne se voit pas, mais intérieurement, il se pisse dessus tellement tu le fais rire.

Merrick grogna de nouveau avant de laisser la frustration l'envahir. Il frappa à gauche et à droite en lançant de redoutables attaques. Il ne cherchait plus à maîtriser ses coups. Il se fichait de blesser ou de tuer son adversaire. Cormach ne se donna jamais la peine de contre-attaquer. Il parait chaque attaque avec le calme d'un professeur entraînant un enfant.

— Ça suffit, Cormach ! cria Tannick. Finis-en.

Merrick frappa de nouveau. Le garde de la Vouivre bloqua le coup, puis il fit glisser sa lame sous les quillons et envoya l'épée de son adversaire voler à l'autre bout de la cour d'une simple torsion du poignet. Merrick n'eut pas le temps de réagir. Cormach fit un pas en avant et lui assena un coup de tête sur l'arête du nez.

Merrick s'effondra et sa vue se brouilla. Il sentit un flot de sang et de morve s'échapper de ses narines et couler sur sa bouche.

Une pointe acérée lui releva le menton. À travers ses yeux embués de larmes, il distingua Cormach qui le considérait. L'homme ne ricanait pas, ne souriait pas, il l'observait en attendant un ordre de Tannick.

Ce vieux salopard n'allait tout de même pas lui demander de porter le coup de grâce ? Pas devant la reine… n'est-ce pas ? Mais avec Tannick Ryder, il fallait s'attendre à tout. Et puis, quelle importance ? Après une telle humiliation, Merrick se fichait de mourir.

— Je suis impressionnée, seigneur-maréchal, dit Janessa. (Elle avança et s'arrêta près de Merrick.) Je pense que nous pouvons en rester là.

— Bien sûr, Majesté. Cormach, à moi !

Filsapute écarta sa lame de la gorge de Merrick et recula pour réintégrer sa place parmi les gardes de la Vouivre. Ceux-ci affichaient des expressions amusées.

Merrick porta la main à son cou et sentit un peu de sang sous ses doigts.

Tu as de la chance qu'il se soit contenté d'une égratignure. Il aurait pu te tuer quand il le voulait.

Garret aida Merrick à se lever.

— Tu n'as pas de regrets à avoir, dit Tannick en regardant son fils. Cormach est mon meilleur guerrier. Tu n'as jamais eu l'ombre d'une chance.

Ces paroles n'apportèrent aucun réconfort au jeune homme, mais ce n'était de toute manière pas l'intention de Tannick.

— Les gardes de la Vouivre sont de redoutables combattants, seigneur-maréchal, dit la reine. Mais cela ne change rien à la situation.

— Majesté, vos Sentinelles sont incapables de vous protéger.

Janessa foudroya l'imposant chevalier du regard et une vague lueur de crainte passa dans les yeux de Tannick. Ce spectacle mit un peu de baume au cœur de Merrick.

— Il se trouve que je ne suis pas encore morte, seigneur-maréchal. Il semblerait donc que mes Sentinelles aient rempli leur rôle jusqu'à aujourd'hui.

— Je me permets d'insister…

— Vous pouvez disposer.

La reine avait haussé la voix.

Tannick Ryder quitta la cour en compagnie de ses hommes. Cormach fermait la marche. Il n'accorda même pas un regard à son adversaire. Merrick s'en moquait. Moins il verrait ce bâtard, mieux il se porterait.

— Nous avons assez travaillé pour aujourd'hui, déclara Janessa à Kaira. Vous m'escorterez jusqu'à mes appartements.

Elle tourna la tête vers Merrick. Celui-ci s'attendait à lire de la déconvenue sur le visage de la reine, mais il n'y en avait aucune trace. Il avait pourtant été incapable de remplir sa tâche... une fois de plus.

— Vous devriez aller vous laver, dit la jeune fille.

Sur ces mots, elle s'éloigna. Kaira se tourna pour la suivre.

Merrick regarda l'ancienne Bouclière en se demandant si elle allait lui manifester un peu de compassion ou juste du mépris. Elle ne lui manifesta rien du tout. Apparemment, tout le monde s'était mis d'accord pour le traiter comme du purin.

Garret lui tendit un mouchoir pour qu'il essuie son nez.

— Tannick a raison. Tu n'as pas de regrets à avoir, dit le capitaine.

Merrick haussa les épaules.

— Tu m'avais averti, non ?

— J'ai essayé. Mais les conseils, tu ne veux jamais les écouter, n'est-ce pas ?

Garret n'attendit pas qu'il réponde. Il quitta la cour à son tour. Le jeune homme resta seul, à moitié nu et le visage couvert de sang.

Il songea qu'il l'avait bien mérité.

Chapitre 32

En d'autres occasions, les bavardages incessants de Nordaine auraient conduit Janessa aux portes de la folie. Mais pas aujourd'hui. Aujourd'hui, la jeune fille était heureuse d'entendre ce babillage qui chassait les pensées tourbillonnant dans sa tête, les souvenirs haineux de Dravos et du viol de son intimité la plus profonde, l'image de ces yeux malsains qui contemplaient son âme.

L'homme était mort, mais son ombre la hantait encore. Elle aurait dû se sentir soulagée, éprouver de la fierté, mais elle ne parvenait pas à savourer sa victoire. Sur le coup, l'expérience l'avait pourtant transportée : le contact de l'épée, la satisfaction de voir la lame transpercer la poitrine de Dravos, le bruit de sa tête qui heurtait le sol. Janessa avait eu l'impression que Helsbayn chantait dans sa main.

Mais tout cela s'était transformé en brouillard confus.

Mais ce brouillard ne cache-t-il pas ton désir ? N'as-tu pas envie de manier cette épée de nouveau ? De sentir son poids tandis qu'elle tranche la chair, qu'elle te couvre de gloire ?

Janessa cligna des paupières pour chasser ces pensées. Son regard vide se tourna vers la fenêtre. Nordaine l'aida à s'habiller et serra les rubans du corset avec modération. La robe à jupe large dissimulerait à peu près le renflement de plus en plus marqué du ventre, mais elle ne pourrait rien faire en ce qui concernait la poitrine – les seins de la jeune fille semblaient sur le point de jaillir du corsage. Une écharpe disposée avec soin réglerait le problème. Par chance, c'était le début de l'hiver. L'air se rafraîchissait et les nuits étaient de plus en plus longues.

La porte de la chambre s'ouvrit et Kaira apparut.

— Ils sont prêts, Majesté, déclara-t-elle.

Janessa se contenta de hocher la tête. Le lien qui s'était formé entre elle et la Sentinelle était devenu plus fort depuis que Dravos avait essayé de… comment décrire ce que Dravos avait essayé de faire ?

C'était sans importance. Il était mort. Odaka s'était débarrassé de son corps et de celui de ses hommes – il avait sans doute ordonné qu'on les jette dans la Storvoie, avec tous les déchets de la ville. Qu'allait-elle dire à propos de leur disparition ? Elle n'était pas obligée de fournir une explication à la ligue des banquiers. Dravos avait été son émissaire, mais il n'était pas venu à Havrefer pour négocier. Il était venu pour accomplir la volonté d'un maître ambitieux. Quand Janessa aurait chassé Amon Tugha des États libres, elle prendrait le temps de préparer sa vengeance. Kalhim Han Rolyr Mehelli de la compagnie commerciale de la Lune Blanche n'échapperait pas à son juste châtiment.

La jeune fille sortit et gagna la salle à manger. Kaira marchait devant elle, Merrick derrière. Il n'avait pas prononcé un mot depuis son duel avec un garde de la Vouivre et Janessa estimait préférable de le laisser en paix. Il avait été vaincu, certes, mais cela n'avait pas entamé la confiance qu'elle lui portait. Elle savait qu'il ferait tout son possible pour la protéger. Elle savait que Kaira et lui n'hésiteraient pas un instant à se sacrifier pour elle, mais cela ne la rassurait guère. Malgré leur dévouement, elle ne s'était pas sentie en sécurité depuis des semaines.

Le jour de son couronnement, elle avait pourtant contemplé la cité en se jurant de devenir une souveraine forte et courageuse. Mais aujourd'hui, cette promesse lui semblait bien lointaine. Aujourd'hui, elle portait un enfant et sa vie n'était plus la seule à être menacée.

Elle entra dans la salle de banquet et fut frappée par son vide. En temps normal, elle était envahie de courtisans, de conseillers, d'intendants, de magistrats et de divers représentants de l'État. Ce jour-là, il n'y avait que trois personnes autour de la grande table. Trois personnes assises aussi loin que possible les unes des autres. Le spectacle avait quelque chose de ridicule.

Janessa n'eut pas le cœur d'en vouloir aux flagorneurs qui avaient déserté le palais. Leur présence n'était pas nécessaire. Ils n'avaient aucune raison de rester à Havrefer en attendant qu'Amon Tugha s'empare de la cité. C'était une bonne chose qu'ils soient partis. Janessa n'avait pas besoin d'eux.

Les trois personnes présentes se levèrent et s'inclinèrent à son arrivée. Elle s'installa sur son siège et les salua d'un sourire gracieux.

Le sénéchal Rogan le lui rendit sans se départir de son masque habituel. La baronne Magrida réagit avec le même à-propos, mais l'effort faillit lui fendre le visage. Le chancelier Durket semblait mal à l'aise. Janessa se demanda s'il était encore traumatisé par le complot de Dravos, ou s'il avait juste envie de fuir le palais comme le reste de la cour.

Des domestiques arrivèrent avec des plateaux et servirent le premier plat : un malheureux bol d'avoine au miel. Durket contempla le récipient posé devant lui avec des yeux de chien battu. Janessa prit sa cuillère et commença à manger. Le chancelier finit par l'imiter.

— J'ose espérer que Votre Majesté se porte bien ? demanda Rogan.

Janessa remarqua qu'il n'avait pas touché à la nourriture. Elle sourit comme si tout était normal. Comme si l'ennemi ne menaçait pas la ville, comme si des assassins n'avaient pas attenté à sa vie, comme si un marchand étranger n'avait pas tenté d'usurper son trône.

— Bien sûr, sénéchal.

Rogan n'en dit pas davantage, mais la jeune fille sentit qu'il n'était pas satisfait. Avait-il appris ce qui s'était passé ? Seuls Odaka, Durket et les deux Sentinelles savaient ce qui était arrivé à Dravos. Ils avaient pris toutes les précautions possibles pour que l'affaire ne s'ébruite pas, mais le travail de Rogan consistait à découvrir ce que les autres cachaient.

Janessa se concentra sur son bol. Les flocons d'avoine nageaient dans le miel, mais ils avaient un goût amer. La jeune fille mangea malgré son manque d'appétit.

Elle n'avait pas envie de bavarder avec les autres convives, mais une fois le premier plat terminé, un silence pesant s'installa dans la salle. Elle tourna la tête en direction de la baronne, qui se tapotait la bouche avec un coin de serviette.

— Le seigneur Magrida, votre fils, ne se joindra pas à nous ? demanda-t-elle.

Elle regretta aussitôt d'avoir posé cette question. Comment la baronne Isabelle allait-elle interpréter son intérêt pour Leon ? D'ici à ce qu'elle pense qu'en fin de compte, elle le trouvait à son goût…

— Il est souffrant, répondit la baronne avec un sourire. Et s'il était présent, la nourriture servie à cette table ne l'aiderait sûrement pas à aller mieux.

— Ce soir, de nombreux habitants de Havrefer ne mangeront pas, baronne. Nous devrions nous estimer heureux de ne pas être dans ce cas.

— Bien sûr, dit Isabelle. (Si la réflexion de Janessa l'avait froissée, elle ne le montra pas.) Il est normal que nous partagions le sort du peuple.

Elle ne se donna guère de mal pour camoufler son hypocrisie.

— La famine ne nous menace pas encore, observa Janessa.

— En effet, en effet. Et certains d'entre nous ont besoin de rester forts.

Que voulait-elle dire par là ? Elle ne pouvait quand même pas savoir…

— Euh… je suppose…

Isabelle sourit.

— Je voulais dire qu'avec les épreuves qui vous attendent, vous aurez besoin de toute votre énergie. Vous devez être au mieux de votre forme pour affronter les hordes khurtiques.

— En effet. Mais rassurez-vous, je serai assez forte pour faire mon devoir.

— J'envie votre confiance. Quel dommage que la victoire ne soit pas certaine.

— Si vous craignez la défaite, baronne, je peux demander qu'on vous escorte jusqu'à une ville voisine avant l'arrivée des Khurtas. Vous et votre fils.

La baronne Magrida sourit.

— C'est hors de question, ma chère. (*« Ma chère » ?*) Leon et moi sommes déterminés à aller jusqu'au bout de cette épreuve. Et à vous offrir tout notre soutien.

De quel genre de soutien parlez-vous ? Votre fils restant vautré au lit toute la journée en lorgnant les soubrettes, ou vous me suivant comme une ombre pour critiquer le moindre de mes faits et gestes ?

— Et nous vous en sommes reconnaissants, baronne, affirma la jeune fille.

Elle leva son verre d'eau comme pour saluer cette déclaration.

Isabelle fit de même avec son gobelet de vin. Elle but une gorgée sans quitter la jeune fille des yeux.

Le plat suivant arriva : du poulet farci au citron sur un lit de navets. Ce fut à cet instant qu'Odaka fit son apparition. Il entra en silence et s'assit à la droite de Janessa. La place qui lui revenait de droit.

— Je vous prie de bien vouloir excuser mon retard, Majesté.

Il tourna la tête vers Rogan. Celui-ci l'ignora, mais la jeune fille était certaine qu'il l'avait remarqué.

— Bien entendu, Odaka. Je sais que vous êtes fort occupé.

Le grand conseiller ne répondit pas. Il contemplait le sénéchal d'un air furieux. Celui-ci se décida enfin à lever les yeux de son assiette.

— Y aurait-il un problème ? demanda-t-il.

— Vous le savez parfaitement, répondit Odaka sans cesser de le dévisager.

Rogan soutint son regard avec calme. Janessa savait depuis longtemps que les deux hommes ne s'aimaient pas. Odaka reprochait au sénéchal de toujours chercher à accroître son pouvoir.

Lorsque son père était encore en vie, la jeune fille ne faisait confiance qu'à Odaka, et Rogan lui adressait à peine la parole. Mais depuis la mort du roi Cael, le sénéchal des inquisiteurs s'efforçait de se rendre indispensable à la cour. Peu importait l'opinion que Janessa avait de lui. Les temps étaient durs et elle devait s'entourer de tous les conseillers disponibles. Et puis, elle n'avait pas encore eu à se plaindre du travail de Rogan.

Odaka ne partageait pas ce point de vue.

— Il semblerait qu'il y ait eu un incident dans les geôles, dit-il. Des hommes sont morts.

Janessa regarda Rogan, qui haussa les épaules.

— C'était inévitable. Comment voulez-vous empêcher ce genre de problème quand on entasse des soldats au même endroit ?

— Vous avez installé des guerriers zataniens avec des mercenaires, dit Odaka d'une voix basse et menaçante. Que pensiez-vous qu'il allait arriver ?

— Je ne me permettrais pas de dire que je comprends vos préjugés envers une tribu rivale, mais ces guerriers sont venus nous proposer leurs services. Que devais-je faire ? Les laisser se promener dans les rues ?

— Vous auriez dû leur interdire l'entrée de la ville ! Ce ne sont pas des hommes, mais des bêtes sauvages. Ils ne vivent que pour tuer.

Odaka avait élevé la voix. C'était la première fois que Janessa le voyait perdre son sang-froid.

— Maintenant, trois compagnies de mercenaires menacent de quitter la ville, et les Zataniens sont en prison.

Rogan leva les mains comme pour calmer son interlocuteur.

— On ne peut pas me reprocher le comportement des mercenaires. D'après ce que j'ai entendu, ils veulent partir parce que nous ne sommes pas en mesure de les payer, pas à cause d'une échauffourée dans les geôles. N'est-ce pas la vérité, chancelier ?

Il se tourna vers Durket. Le gros homme se figea et ses mâchoires se bloquèrent entre deux mastications.

— Nous…, commença-t-il, la bouche pleine.

Rogan reprit la parole.

— Il semblerait que notre sauveur potentiel, l'émissaire de la compagnie commerciale de la Lune Blanche, ait soudain disparu. Nous pouvons supposer qu'il a pris le premier bateau en partance pour l'Orient. En emportant ses promesses d'aide financière.

Il regarda Janessa d'un air interrogateur.

Le sénéchal avait-il découvert ce qui était arrivé à Dravos et à ses hommes ? Même Durket n'était pas assez idiot pour le lui avoir raconté.

Janessa n'attendit pas que le chancelier avale ce qu'il avait dans la bouche et profère une bêtise.

— Nous ne sommes pas parvenus à un accord, dit-elle.

— Oui, acquiesça Rogan. C'est ce que j'ai entendu dire.

Ce que vous avez entendu dire ? Qu'est-ce que vous avez entendu dire ? Et où l'avez-vous entendu dire, sénéchal Rogan ? Avez-vous recueilli les confessions d'un de vos rats qui rôdent sur les corniches du palais ?

Janessa se leva. L'acidité du citron lui donnait la nausée et ce n'était pas franchement le moment de vomir sur la table de banquet.

— Si vous voulez bien m'excuser, dit-elle.

Les autres convives se levèrent et Kaira se plaça à ses côtés.

La jeune fille fit un effort pour se mouvoir avec dignité. Merrick marchait devant elle et ouvrit la porte. Kaira était tout près d'elle. Elle la soutenait presque. Janessa lui en fut reconnaissante.

Elle regagna sa chambre et se laissa tomber lourdement sur son lit. Le poids des responsabilités l'épuisait.

— Vous allez bien, Majesté ? Voulez-vous un verre d'eau ? demanda Kaira.

Janessa secoua la tête.

— C'est juste un étourdissement.

Kaira s'assit à côté d'elle.

— C'est l'enfant ?

La jeune fille sourit. Elle était soulagée que seule une poignée de personnes sache qu'elle était enceinte. Kaira faisait partie de ces quelques élus et Janessa savait qu'avec elle, son secret était bien gardé. La Sentinelle avait risqué sa vie pour la protéger. Sans l'ombre d'une hésitation.

— Non, le bébé va bien.

La porte s'ouvrit. Janessa entendit Merrick demander au visiteur de patienter, mais l'imposante silhouette d'Odaka passa en force.

— Tout va bien, Merrick, dit la jeune fille. S'il vous plaît.

Elle fit signe à Odaka d'entrer et Merrick ferma la porte derrière lui.

Kaira redevint une Sentinelle et se leva en voyant l'ancien régent approcher. Odaka regarda la reine d'un air inquiet, lui aussi. Janessa faillit éclater de rire. La cité allait être attaquée d'un jour à l'autre et tout le monde s'affolait à cause d'un étourdissement de jeune fille.

Elle se leva.

— Je vais bien, assura-t-elle. Azai Dravos est mort. Mon seul regret, c'est qu'il n'a pas eu le temps de nous verser l'or de son maître.

— En effet, dit Odaka. Sans cet argent, les libres compagnies ne resteront pas longtemps à notre service.

Janessa approcha de la fenêtre dominant la ville qui serait peut-être rasée dans quelques jours.

— C'est ma faute. Si je n'avais pas été enceinte, je ne suis pas certaine que Dravos aurait pris le risque de me manipuler. Il aurait peut-être joué franc-jeu. Nous avons tout perdu à cause de moi.

— Non, Majesté, intervint Kaira.

Janessa sursauta. En privé, elle bavardait souvent avec la Sentinelle, mais celle-ci ne lui adressait jamais la parole en présence d'une tierce personne. Surtout s'il s'agissait d'Odaka.

— Dravos avait tout planifié depuis le début, ajouta-t-elle.

— Elle a raison, approuva Odaka. C'était inévitable. Cette affaire ne pouvait se conclure que par vos fiançailles ou la mort de Dravos.

— Dans ce cas, nous devrions nous résigner à notre sort, lâcha la jeune fille sans cesser de contempler la ville.

— Certainement pas, dit Odaka. Tous les hommes, femmes et enfants de Havrefer sont prêts à défendre la cité. Les porte-bannières de votre père seront bientôt de retour. Ils viendront grossir nos rangs.

Ce qu'il en reste.

— Merci, Odaka.

Elle aurait voulu déclarer qu'ils allaient affronter l'ennemi avec courage, que la victoire était assurée parce que leurs soldats étaient aussi valeureux que fidèles… mais elle savait que le courage ne suffirait pas à endiguer la horde qui déferlait du nord.

Chapitre 33

Le quartier des Marchands était niché entre les faubourgs de la Couronne et la Storvoie. Waylian n'y avait jamais mis les pieds et il découvrit que l'endroit ne ressemblait en rien à l'idée qu'il s'en était fait. Il avait imaginé des rues bourdonnantes d'activité et résonnantes des coups de marteau des forgerons et des scies des charpentiers, un air chargé de mille parfums…

Pour commencer, l'endroit méritait à peine la qualification de « quartier ». Ensuite, les rues étaient désertes et il y régnait une puanteur aussi infâme que dans le reste de la ville. Quand le jeune homme passa devant une distillerie accolée à une tannerie, le mélange de relents méphitiques faillit lui retourner l'estomac. Un forgeron terminait une série de fers à cheval près d'un tonnelier qui fabriquait des cercles pour ses barriques. Le concert de leurs marteaux respectifs était si pénible que le jeune homme se couvrit les oreilles.

Il eut du mal à se repérer dans les rues étroites. Il était convaincu d'avoir sillonné le quartier de long en large lorsqu'il trouva enfin l'endroit qu'il cherchait.

C'était un bâtiment étriqué coincé entre la boutique d'un tailleur et un magasin d'accastillage. Il se différenciait des autres par son élégance : les pierres étaient uniformes, la porte en bois avait été récemment vernie, le heurtoir et la poignée étaient polis avec soin. Sur le mur, près de l'entrée, une plaque en cuivre en relief annonçait : « Séqueux Qale, Scribe ». Waylian fit un effort pour ne pas lever le poing et pousser un cri de victoire. Il se contenta de frapper trois fois.

Après une éternité – ou peu s'en fallait –, il entendit des clés cliqueter et le battant s'entrouvrit sur la longueur d'une lourde chaîne de sécurité. Le visage affligé d'un vieil homme apparut. Ses traits flasques trahissaient le poids des ans et ses cheveux gris descendaient à hauteur du menton. Une paire de lunettes était posée sur son nez pointu, et derrière les verres épais, ses yeux semblaient énormes.

— Oui ?

— Séqueux Qale ? demanda Waylian.

— C'est moi. Que puis-je faire pour vous ?

— Je m'appelle Waylian Grimm et je suis envoyé par la tour des magisters. Votre apprenti, Josiah Klumm, est convoqué d'urgence.

Le jeune homme exhiba le parchemin scellé que Gelredida lui avait donné et le glissa par l'entrebâillement de la porte.

Séqueux le prit entre ses doigts noueux et le déroula après avoir brisé le sceau à grand-peine. Waylian regarda ses yeux globuleux parcourir le message. Le scribe termina sa lecture et claqua la porte au nez du jeune homme.

C'est parfait, Grimm. Tu es vraiment très doué pour ce genre de mission. Maîtresse Gelredida sera fière de toi.

Waylian laissa échapper un soupir de soulagement en entendant la chaîne de sécurité cliqueter. Séqueux tira le battant, puis il se tourna sans un mot et s'éloigna d'un pas traînant dans le couloir. Waylian le suivit.

Une odeur de renfermé flottait dans l'air et chaque surface horizontale était couverte d'une vénérable couche de poussière. Les murs du couloir disparaissaient derrière des bibliothèques dont les étagères étaient garnies d'ouvrages anciens avec des couvertures en cuir. Quand il n'y avait plus de place, Séqueux entassait rouleaux et parchemins jaunis par terre. Les documents formaient des piles plus ou moins hautes.

Waylian suivit son guide jusque dans une pièce voisine. Les rayons du soleil entraient par quatre fenêtres pour transpercer l'air chargé de poussière. Quatre bureaux formaient un carré, îlots perdus au milieu d'un océan de livres et de documents, et derrière chacun d'eux, quatre apprentis studieux travaillaient tête baissée. Leurs plumes griffaient des parchemins avec une précision calligraphique.

Trois d'entre eux étaient déjà bossus et flétris. Ils accomplissaient leurs tâches comme des vieillards qu'ils n'étaient pas encore et Waylian songea qu'ils ne tarderaient pas à ressembler à leur maître. Le quatrième était différent. Il n'avait pas vieilli prématurément. Il était jeune, avec de larges épaules et des mâchoires carrées.

— Josiah ? appela Séqueux.

Le solide apprenti leva les yeux de son parchemin. Sa plume était ridiculement petite dans son énorme main. Il ne dit rien. Il resta figé, une expression impassible sur le visage.

— Voici un messager de la tour des magisters. Tu dois le suivre.

Josiah hocha la tête avec obéissance et se leva. Waylian s'aperçut qu'il était vraiment très grand et impressionnant. Avec sa carrure, il aurait dû devenir écuyer. Les chevaliers auraient su développer et polir sa force naissante. Un tel colosse dans une étude de vieillard, c'était du gâchis.

— Bonjour, dit Waylian.

Josiah le regarda comme si l'on venait de lui poser une devinette particulièrement difficile.

— Allez, fiche-moi le camp. On ne fait pas attendre les magisters, Josiah.

Le garçon acquiesça d'un air soumis. Waylian remonta le couloir en ayant l'impression de conduire une vache au pré.

Séqueux ferma la porte d'entrée derrière eux et Waylian se tourna vers son compagnon.

— Tu n'as pas à t'inquiéter, dit-il pour le rassurer. Je pense que la tour cherche de nouveaux scribes, rien de plus. Les magisters veulent juste voir si tu peux faire l'affaire. C'est une chance à saisir d'après ce que j'ai entendu dire. Mais si tu préfères rester chez maître Séqueux, je suis sûr qu'ils comprendront.

Néanmoins, Waylian n'avait pas l'intention de rentrer à la tour des magisters. Gelredida lui avait ordonné de conduire le garçon à un autre endroit.

Josiah le regarda. Ses yeux profondément enfoncés dans leurs orbites n'étaient plus perdus dans le vague. Ils l'observaient même avec une intensité quelque peu inquiétante.

La tour des magisters se situait au nord-est du quartier des Marchands, mais ils se dirigèrent vers le sud. Le garçon le suivit sans protester et Waylian songea qu'avec un peu de chance, la mission se déroulerait sans problème. Ses espoirs volèrent en éclats quelques minutes plus tard.

— Où on va ? demanda soudain Josiah.

— On fait juste un petit détour. Tu n'as pas à t'inquiéter.

— C'est la deuxième fois que tu dis ça.

— Que je dis quoi ?

— « Tu n'as pas à t'inquiéter ». C'est la deuxième fois. Ce qui me conduit à penser que j'ai *toutes les raisons* de m'inquiéter.

— Eh bien…

— Qu'est-ce qui se passe ?

Josiah avait élevé la voix et son visage était devenu plus menaçant. Waylian songea à leur différence de taille. Le garçon n'aurait aucun mal à le jeter à terre si l'envie l'en prenait.

— Je dois me rendre quelque part, expliqua-t-il. Ce ne sera pas long.

Josiah le scruta avec méfiance, comme s'il traquait le mensonge sur son visage. Waylian s'efforça de rester aussi calme que possible, et au bout d'un moment, le jeune colosse parut se détendre.

— D'accord, dit-il en retrouvant son air placide. Allons-y.

Ils marchèrent jusqu'à la frontière nord du quartier des Quais. Un vent froid soufflait de la mer de Midral et s'engouffrait dans les rues. Waylian consulta son bout de parchemin d'un air aussi innocent que possible. Il relut l'adresse et espéra qu'elle serait moins difficile à trouver que l'étude de Séqueux Qale. S'il hésitait trop longtemps, Josiah finirait par s'apercevoir qu'il ne connaissait pas le chemin.

Heureusement, il était plus facile de se repérer dans le quartier des Quais que dans celui des Marchands, et Waylian s'arrêta bientôt devant une petite maison. Il fouilla au fond de sa poche et en tira une clé avec laquelle il déverrouilla la porte. Les deux garçons entrèrent.

À l'intérieur, l'air sentait le moisi et des toiles d'araignée recouvraient les meubles d'une épaisse dentelle. Personne n'était venu ici depuis des semaines. Gelredida lui avait dit qu'il fallait conduire Josiah à cette adresse et que quelqu'un prendrait contact avec eux, mais combien de temps faudrait-il attendre ? Et que ferait-il si le jeune colosse décidait soudain de prendre congé ?

— Assieds-toi, dit Waylian en époussetant une chaise. Ce ne sera pas long.

Le garçon obéit et Waylian étouffa un soupir de soulagement. Puis il se demanda comment meubler le temps. *Quelques remarques spirituelles, peut-être ? Tu sais, le genre de trucs qu'on raconte pour charmer les filles et les convaincre de se glisser dans son lit ?*

— Alors tu es scribe, hein ? dit-il. (De quoi pouvait-il parler d'autre ?) Ça doit être un boulot intéressant.

— Pas vraiment, répondit Josiah.

Le garçon regarda la pièce comme s'il s'agissait d'une fosse à purin. Waylian ne pouvait pas lui en vouloir : c'était un véritable capharnaüm.

— En fait, c'est plutôt chiant.

— Mais maître Séqueux a l'air d'être plutôt gentil.

— C'est un vieux débris bilieux qui tient à peine debout. J'espère qu'il ne tardera pas à casser sa pipe.

— Mieux vaut travailler comme scribe plutôt que de fabriquer des flèches pour un sale esclavagiste.

Waylian éprouvait encore une pointe de regret et de culpabilité quand il songeait aux malheureux gamins de l'orphelinat de la Porte septentrionale.

— Je suppose, reconnut Josiah. Mais dans le fond, ce n'est pas très différent.

Waylian se demanda ce qu'il pouvait ajouter. Josiah se fichait de Séqueux et n'était pas particulièrement heureux d'avoir eu la chance de quitter l'orphelinat de Larcher.

Il jeta un coup d'œil vers la porte en priant pour que Gelredida arrive au plus vite. Les secondes s'éternisaient et le malaise devenait palpable. Josiah s'agitait. Au bout d'un moment, il n'y tint plus.

— Bon, dit-il en se levant. Je ne vais pas attendre ici pendant des jours et des jours.

Dans la petite pièce, il semblait encore plus grand que dehors. Waylian se sentit minuscule, mais le jeune colosse lui faisait moins peur que Gelredida.

— Euh… ce ne sera plus très long, dit-il.

— Je m'en fous. Tu salueras les magisters de ma part, d'accord ?

Il se dirigea vers la porte, mais Waylian s'interposa. C'était pathétique. Que pouvait-il faire contre un adversaire de cette taille ?

— On pourrait discuter encore un peu, non ? proposa-t-il dans l'espoir de retarder Josiah. C'était comment de vivre dans ce quartier pourri ? Je suppose que tu en as bavé.

Josiah fronça les sourcils.

— C'était aussi merdique que tu peux l'imaginer. Mais dis-moi : comment ça se fait que tu saches autant de choses sur moi ? Comment tu sais que je viens d'un quartier pourri ? Qui t'a dit que j'ai grandi à l'orphelinat de Larcher ? Si ton boulot consiste à recruter des scribes, comment ça se fait que tu saches tout ça ? Pourquoi tu t'intéresses autant à moi ?

Voilà d'excellentes questions, Josiah. Dommage que je ne puisse pas y répondre.

— Eh bien… euh…

— Dégage de mon chemin.

Josiah ne plaisantait pas. Waylian allait encore échouer dans sa mission.

— Non. Tu ne peux pas partir tout de suite. (Il tenta de prendre le ton sévère et autoritaire qui sied à un magister, mais il devait ressembler à un gamin en colère.)

Nous devons attendre quelqu'un et tu auras les réponses à toutes tes questions.

— Rien à foutre, répliqua Josiah.

Il passa devant Waylian et tendit la main vers la poignée de la porte.

Sans réfléchir, Waylian lui attrapa le poignet – un poignet si large qu'il arriva à peine à l'agripper. Mais il ne prêta guère attention à ce détail, car Josiah le foudroya du regard.

Le colosse saisit Waylian à la gorge et le plaqua contre la porte.

— Et c'est toi qui vas m'arrêter ? gronda-t-il. Explique-moi un peu comment tu comptes faire ?

Waylian aurait voulu répondre d'un air de défi… tout en s'excusant. Malheureusement, il avait la gorge nouée et il était incapable d'articuler un mot.

Un mélange de rage et d'humiliation monta en lui, et pendant un instant, il crut que son pouvoir allait se manifester d'une manière ou d'une autre. Ce pouvoir qu'il avait ressenti dans la chapelle des Goules, puis dans sa chambre quand Nero et Ferenz étaient venus l'intimider.

Josiah le jeta sur le côté avant que cela puisse arriver. Waylian tomba lourdement et sa tête heurta un mur. Une profonde colère bouillonna en lui. Sans lien avec la malégie ou un quelconque pouvoir. Juste une rage froide.

— J'ai dit non ! hurla-t-il au moment où Josiah posait la main sur la poignée de la porte.

Animé par une énergie dont il ne soupçonnait pas l'existence, il se leva et se précipita vers le scribe. Il se suspendit au cou puissant et ses pieds battirent dans le vide tandis que Josiah s'efforçait de le repousser.

Le jeune homme recula en titubant, perdit l'équilibre et tomba sur une chaise branlante qui vola en éclats. L'air déserta les poumons de Waylian et il n'eut d'autre choix que de lâcher son adversaire.

Il agita les bras dans le vain espoir de saisir la tunique de Josiah, mais celui-ci avait déjà roulé sur le côté et s'était relevé. Waylian affronta le regard assassin braqué sur lui.

— Je vais te tuer ! gronda Josiah.

Les mains de Waylian explorèrent le sol jusqu'à ce qu'elles trouvent quelque chose de dur. Tandis que Josiah approchait, le jeune homme se leva et frappa avec son gourdin de fortune – un pied de chaise, en l'occurrence. Le bout de bois s'écrasa sur le crâne de son ennemi qui s'effondra comme s'il avait reçu une flèche en plein cœur.

Le pied de chaise devint soudain très lourd. Le jeune homme contempla le corps inanimé sans réagir.

Qu'est-ce que tu as fait ? Tu l'as tué, espèce d'abruti. Sûr que Gelredida va t'écorcher vif.

Il lâcha le pied de chaise et s'agenouilla près du garçon. Celui-ci avait une plaie à la tête et ne bougeait pas. Waylian se pencha et une vague de soulagement le submergea quand il sentit un souffle sur son visage.

La porte s'ouvrit sans lui laisser le temps d'imaginer un moyen de se sortir du pétrin dans lequel il s'était fourré.

Gelredida entra et referma derrière elle, puis elle regarda Waylian penché sur le corps de Josiah Klumm avec une certaine curiosité.

— Tiens, tiens. Qu'avons-nous là ?

— Ce n'est… euh, les apparences sont trompeuses.

— Ah bon ? (Elle haussa un sourcil blanchi.) Parce qu'on dirait pourtant bien que vous avez tué le garçon que je vous avais demandé de conduire ici.

— Il n'est pas mort, magistra. C'est juste qu'il… euh…

— Il fait la sieste ?

— Il a essayé de s'échapper. Nous nous sommes battus et… je l'ai frappé avec un pied de chaise.

— Vous êtes un jeune homme plein de ressources, Waylian.

— Je n'avais pas l'intention de lui faire du mal. Je voulais juste…

— C'est sans importance, l'interrompit la magistra en tirant une corde de sa robe. Cela va même nous faire gagner du temps. Attachez-le et descendez-le à la cave. (Elle lui lança la corde.) Et n'oubliez pas de le bâillonner. Je ne veux pas que ses cris provoquent l'effondrement de la maison quand nous serons partis.

Waylian regarda la vieille femme un long moment, puis il baissa les yeux vers la corde.

— Vous voulez dire que vous aviez l'intention de l'enfermer ici depuis le début ?

Gelredida sourit.

— Il y avait peu de chance qu'il le fasse tout seul, même si je le lui demandais gentiment. D'après ce qu'on dit, c'est un garçon têtu doublé d'un parfait crétin. Tout le portrait de son père.

— Qui est… ?

— Assez de questions, Waylian. La corde. La cave. Allez, allez !

Elle ponctua ses derniers mots en claquant dans ses mains gantées.

Waylian se mit au travail et attacha Josiah en serrant les liens de toutes ses forces. Quand il ouvrit la porte de la cave et qu'il jeta un coup d'œil dans le puits de ténèbres, il se demanda ce que le garçon avait pu faire pour mériter un tel traitement. Aurait-il le courage de poser la question ? Gelredida n'était pas de très bonne humeur, même si elle avait fait preuve d'une indulgence inattendue en découvrant Josiah inconscient.

Fais ce qu'on te dit de faire, Grimm. Il est sans doute préférable que tu ne saches rien. À moins que tu aies envie de finir saucissonné dans une cave, toi aussi ?

Sous le regard impatient de Gelredida, il traîna le garçon dans les ténèbres.

Peut-être qu'il poserait la question plus tard.

Ou peut-être qu'il la garderait pour lui.

Chapitre 34

Loque observa la rue Patine en se demandant si l'endroit lui avait manqué. Les rues sales, les maisons délabrées, les catins qui racolaient. C'était étrange. Les visages n'avaient pas changé, les lieux et les bruits non plus, mais tout semblait différent. Peut-être se trompait-elle. Peut-être était-ce elle qui avait changé.

Tu ne fais plus partie de ce monde. Tu n'aurais pas dû revenir ici. Il ne faut jamais regarder en arrière. Ça ne sert à rien et ça fait mal. Pourquoi est-ce que tu ne fais pas demi-tour pour rentrer à la Guilde ? C'est ta famille maintenant. Ta maison.

Mais Loque ne fit pas demi-tour. Comment aurait-elle pu le faire ?

Elle continua à marcher, son sac sur l'épaule. Elle pataugeait dans la boue comme si elle n'avait jamais quitté cet endroit. Elle aperçut le *Taureau Silencieux* et sentit une boule se former dans son ventre. Elle ralentit, puis s'arrêta et contempla le toit du bâtiment.

Et s'ils ne voulaient pas la voir ? S'ils la détestaient parce qu'elle était partie ? S'ils lui lançaient des pierres ? S'ils lui crachaient au visage parce qu'elle les avait abandonnés ?

Et s'ils ne le faisaient pas ?

Il n'y avait qu'une seule façon de le savoir, et puis elle n'était pas venue jusqu'ici pour faire une promenade de santé. Elle serra son sac un peu plus fort et se dirigea vers l'escalier branlant. Les marches en bois laissèrent échapper des grincements inquiétants quand elle les gravit. Elle les avait montées des milliers de fois, mais elle n'avait jamais eu aussi peur qu'aujourd'hui.

Elle arriva au sommet de l'escalier en s'attendant à les trouver alignés sur le toit en terrasse, les bras croisés, les yeux remplis de colère. Il n'y avait personne. Elle avait pourtant fait un sacré raffut. Elle aperçut la cabane de planches un peu plus loin.

Elle avança sans chercher à étouffer le bruit de ses pas. Tandis qu'elle approchait de la cahute, elle entendit des personnes qui parlaient à voix basse et sur un rythme rapide.

— Ça caille de plus en plus.

— Je sais que ça caille de plus en plus, mais qu'est-ce que tu veux que j'y fasse ?

— On pourrait faire un feu.

— Eh bien ! vas-y. Te gêne pas pour moi.

Loque reconnut les voix, mais elles avaient changé. Elles avaient perdu leur intonation désinvolte et ne plaisantaient plus comme avant. Elles étaient devenues dures et la dispute n'avait rien d'amical.

Elle jeta un coup d'œil à l'intérieur. Réjoui affichait une mine sombre au lieu de son sourire habituel. Il était assis et contemplait un tas de cendres froides. Minuscule avait grandi, mais il était maigre comme un clou et ses yeux brillaient d'une lueur sauvage, comme ceux d'un soldat ayant vu trop de massacres. Néanmoins, Loque s'inquiéta surtout pour Calot. Il était roulé en boule à même le sol et ses longs cheveux étaient tout emmêlés.

— Qu'est-ce qui se passe, bande de petits merdeux ? lança-t-elle.

Elle s'attendait à ce qu'ils se tournent vers elle et qu'ils éclatent de rire, ou qu'ils se mettent à crier... qu'ils réagissent.

Les garçons ne sursautèrent même pas. Ils la regardèrent avec des yeux inexpressifs, comme ils auraient regardé un étranger – y compris un Manteau Vert venu les faire déguerpir du toit. Ils ne semblaient pas particulièrement heureux de la revoir. Ils étaient indifférents.

Loque contracta les épaules pour se glisser dans la cabane et s'assit sur le banc de fortune. Elle essaya de sourire, mais elle était incapable de détacher ses yeux de Calot allongé par terre.

— Qu'est-ce qui lui arrive ? demanda-t-elle.

Elle tendit la main et la posa sur une joue moite.

— Qu'est-ce que ça peut te foutre ? répliqua Minuscule.

Réjoui lui assena un coup de coude.

— Il a une espèce de fièvre. On sait pas quoi faire. On a pas de quoi payer un apothicaire.

— Et vous le laissez par terre ? Sans couverture, sans rien sur le dos ?

— On a pas de couverture. Qu'est-ce que tu veux qu'on fasse ? dit Réjoui.

— Et Rondache ? Il est où ?

Les deux garçons haussèrent les épaules.

— Ça fait des semaines qu'on l'a pas vu, dit Minuscule.

Loque posa son sac sur le banc et s'agenouilla près de Calot.

— Ça va, mon vieux ? Comment tu te sens ?

Le garçon leva les yeux et essaya de sourire, mais il grimaça et fut secoué par une quinte de toux.

— Y a quoi dans le sac ? demanda Minuscule pendant que Loque essuyait le front couvert de sueur du malade.

— T'as qu'à regarder, répondit-elle.

Pendant qu'elle observait Calot en se demandant quoi faire, Réjoui et Minuscule fouillèrent la besace. Ils y trouvèrent une tourte tiède et du pain. Il y avait aussi une petite bouteille de bière, mais les deux garçons étaient tellement fascinés par la nourriture qu'ils n'y prêtèrent pas attention.

— Vous avez intérêt à faire des parts égales, dit Loque.

Elle plongea la main dans la poche de sa tunique et ses doigts effleurèrent une pièce en or – toute sa fortune. Pendant une seconde, elle se demanda si c'était le moment de l'utiliser.

Et qu'est-ce que tu as l'intention d'en faire ? On ne peut pas dire que tu aies un goût immodéré pour les robes de luxe, il me semble ? Calot ne va pas bien. Fais le bon choix.

Elle se tourna et vit que Réjoui et Minuscule avaient déjà la bouche pleine. Pendant un instant, elle envisagea de les réprimander pour leur égoïsme, mais elle avait eu faim plus souvent qu'à son tour au cours de sa vie et elle savait combien il était facile d'oublier les bonnes manières quand on avait l'estomac vide. Et de toute façon, ces deux petits cons ne connaissaient rien aux bonnes manières.

— Écoutez et ouvrez grand vos oreilles, dit-elle. Calot a besoin de médicaments et il faut que vous alliez lui en chercher.

Elle tira la pièce d'or de sa poche avant que les deux garçons aient le temps de protester. Ils contemplèrent le disque doré comme s'il s'agissait du trésor de la reine Janessa.

— Ça devrait suffire, mais ne vous faites pas arnaquer par l'apothicaire. Dites-lui que Calot a la fièvre et que vous êtes prêts à payer le prix pour le guérir.

Réjoui hocha la tête, mais Minuscule était hypnotisé par la pièce. Loque songea qu'il valait mieux la confier au premier.

Elle la lui lança d'une chiquenaude. Il l'attrapa en vol et elle disparut aussitôt dans sa manche.

— Tu n'as pas l'intention de rester, alors ? demanda Minuscule.

— Non, je n'ai pas l'intention de rester, répondit Loque.

Elle fut surprise de ressentir une pointe de regret en prononçant ces paroles.

— Tu es partie sans rien dire. Même pas au revoir.

— Je sais, mais j'avais des trucs importants à faire. Des trucs que j'étais la seule à pouvoir faire. Je pensais que Rondache s'occuperait de vous, mais on dirait qu'il m'a menti.

Une fois de plus.

— On peut se débrouiller sans lui, déclara Réjoui.

Loque regarda autour d'elle. La cabane semblait plus misérable que jamais.

— Ouais, je vois ça.

Ils restèrent assis un moment, silencieux. Les garçons mangeaient – ils avaient dévoré la plus grande partie de la tourte et du pain. Loque fut heureuse qu'ils aient pensé à garder une part pour Calot. Quand ils eurent terminé, elle se leva, les salua d'un hochement de tête et sortit.

— Tu reviendras ? demanda Réjoui tandis qu'elle traversait le toit pour gagner l'escalier.

Est-ce que tu reviendras ? Est-ce que tu prendras la peine de revenir pour voir comment va Calot ? L'hiver s'annonce rude, et ce sera encore pire si les Khurtas envahissent la cité. Est-ce que tu reviendras pour voir comment ils s'en sortent ou est-ce que tu ne t'occuperas que de toi ?

— Ouais, je reviendrai, dit-elle sans regarder en arrière.

Elle ne voulait pas que Réjoui lise ce mensonge sur son visage.

Comment aurait-elle pu leur promettre cela ? Elle avait déjà tant de problèmes sur les bras. Elle serait peut-être morte avant le lever du soleil.

Tu devrais leur dire la vérité. Tu devrais leur dire que vous ne vous reverrez plus. Que tu es venue parce que tu te sentais coupable, et que cette visite ne t'a pas soulagée.

Mais elle ne pouvait pas faire cela non plus. Elle n'était qu'une lâche et elle le savait. Elle ne s'intéressait qu'à elle. Elle avait passé des années à s'occuper d'une bande de garçons, et comment l'histoire s'était-elle terminée ? Sur un toit où elle criait à l'aide pendant qu'un de ses protégés agonisait à ses pieds, un carreau d'arbalète planté dans la gorge.

Elle ne leur apporterait que des malheurs. Mieux valait qu'ils se débrouillent sans elle. Qu'ils restent loin d'elle.

Tu te fous de la gueule de qui ? Ne fais pas comme si tu essayais de les protéger. Tu files juste la queue entre les jambes, comme la dernière fois.

Loque s'arrêta à l'extrémité de la rue Patine et jeta un coup d'œil par-dessus son épaule. Cet endroit ne lui manquerait pas, mais celui qui l'attendait était peut-être pire.

Tandis qu'elle marchait vers la Porte septentrionale, la fillette sentit un poids de plus en plus lourd peser sur son estomac. La rue Patine recélait bien des dangers, mais il existait une taverne qui en dissimulait cent fois plus.

Elle avait libéré Nobul. Quel genre de punition sanctionnait une telle trahison ? Friedrik avait-il appris que le prisonnier s'était échappé grâce à elle ? L'attendait-il avec un joli cadeau pointu et aiguisé ?

Il n'y a qu'un seul moyen de le savoir.

L'idée de s'enfuir lui avait traversé l'esprit, mais pendant quelques instants seulement. Elle avait appris à survivre à Havrefer et ne savait rien faire d'autre. Comment s'en sortirait-elle si elle quittait la capitale ? Avait-elle l'intention de s'installer dans un village perdu ? De travailler la terre ?

Loque la fermière ? Me fais pas rire, j'ai mal au ventre.

Aucun bruit ne s'échappait de la taverne de Friedrik. La rue était sombre – les allumeurs de lampadaires ne s'aventuraient pas dans cette partie de Havrefer. La fillette s'arrêta sur le seuil.

C'est ta dernière chance, ma fille. Décide-toi.

Elle tourna la poignée et entra.

À quoi s'attendait-elle ? De la colère ? Sûrement. Des cris ? Sans doute. Un carnage ? Peut-être, mais pas à ce point.

Une tornade semblait avoir dévasté la salle. Tout était brisé et il y avait des cadavres partout. La plupart étaient nus. Les membres de la bande faisaient de leur mieux pour nettoyer. Yarrick et Essen portaient un corps pour l'entasser dans un coin, avec d'autres. Même Harkas avait mis la main à la pâte. Il essuyait une table couverte de sang avec un chiffon sale. Shirl était toujours dans un triste état. Il se tenait à l'écart, trop mal en point pour aider ses camarades, trop effrayé pour s'en aller.

Loque repéra la silhouette qui contemplait les braises à demi éteintes dans l'âtre.

Elle ne voyait que son dos, mais elle avait déjà envie de s'enfuir à toutes jambes. Elle n'aurait pas dû entrer dans la taverne, elle aurait dû ficher le camp tant qu'elle en avait la possibilité. Mais elle ne l'avait pas fait. Elle était là. Était-elle responsable de cette boucherie ? De la mort de tous ces gens ? Parce qu'elle avait libéré Nobul ?

Il l'avait pourtant avertie. Il lui avait dit que si elle restait dans les parages, elle finirait comme les autres. Et elle l'avait cru… mais elle n'aurait jamais imaginé qu'il commettrait un tel massacre. Non, ça ne pouvait pas être sa faute, n'est-ce pas ?

Elle traversa la salle d'un pas lent pour se diriger vers Friedrik. Elle ne dit rien. Elle s'arrêta derrière lui et attendit. Elle savait qu'il était dangereux de l'interrompre quand il était perdu dans ses pensées. Shirl était là pour le lui rappeler. Il ne fallait pas énerver Friedrik. Mais d'un autre côté, il devait déjà être passablement irrité. À cause d'elle. Allait-elle réussir à tisser un mensonge crédible et à se tirer d'affaire ? Là était toute la question.

— Je… je me suis enfuie, dit Loque. Quand ça a commencé, je me suis tirée et j'avais trop la trouille pour revenir.

Si elle conservait un fond de vérité, Friedrik la croirait peut-être. De toute façon, elle n'était pas très douée pour inventer des histoires. Elle en avait encore eu la preuve lorsque Kaira l'avait surprise dans la caserne des Sentinelles. Mieux valait être prudente.

— Les gars m'ont dit que c'est toi qui leur as proposé de partir. En laissant la taverne sans protection. Je leur ai dit que je n'y croyais pas, que tu ne pouvais pas être stupide à ce point.

— C'est la vérité. C'est moi qui leur ai dit de partir, mais je ne pensais pas…

— Tu ne pensais pas ?

Friedrik tourna vers elle son visage sombre. On aurait dit qu'il revenait d'un enterrement. Et même d'une dizaine d'enterrements.

— Et je suis censé croire à cette histoire ? Je l'aurais crue de la part de Shirl, d'Essen ou de Yarrick, mais de toi… Tu ne cesses jamais de penser, Loque. Tu as toujours un coup d'avance sur les autres. C'est pour cette raison que je t'aime bien. Que je te garde avec moi.

— Je voulais dire… je pensais qu'il n'y avait pas de danger.

Il la regarda avec intensité, ses yeux brûlants à l'affût d'une trace de mensonge.

— Eh bien ! j'ai la nette impression que tu t'es gourée dans les grandes largeurs, parce que ça ressemble plus à une boucherie qu'à une taverne, ici. Il y a des morceaux de viande partout. Tchac ! Tchac ! Tchac !

Il abattit sa main comme un couperet pour souligner ses trois derniers mots. Loque déglutit à grand-peine.

— C'est arrivé si vite… Il fallait que je sorte. Je ne pouvais rien faire.

— « C'est arrivé si vite » ? Ouais, j'en suis persuadé. Ce n'est pas un plaisantin, notre Nobul Jacks. Mais il y a une question qui me tourne dans la tête : comment a-t-il fait pour se libérer ? Tu peux éclairer ma lanterne ?

Loque réfléchit aussi vite que possible. Que dire ? Friedrik savait-il quelque chose à ce sujet ?

— Ce type sans les dents de devant, il est descendu pour se foutre de la gueule du grand balaise. Il ne voulait pas arrêter. Je lui ai dit de le laisser tranquille, mais il ne m'a pas écoutée. Peut-être qu'il a laissé tomber les clés.

— Tiens donc ? dit Friedrik, l'air très intéressé. Tu as des talents de devin ? Comment sais-tu que c'est à lui que j'avais confié les clés ?

Toi et ta putain de grande gueule, Loque.

— C'est juste une supposition. Je ne vois pas comment ça aurait pu arriver autrement.

Friedrik la foudroya du regard. Il savait, il n'y avait aucun doute là-dessus. Il prenait juste son temps, pour la forme.

— Où est-il ? demanda-t-il enfin.

— Qui ?

— Nobul Jacks. Le salopard qui était dans cette putain de cave.

Il avait parlé entre ses dents serrées. Loque l'avait vu s'exprimer ainsi plusieurs fois. Il s'exprimait toujours ainsi quand il s'apprêtait à planter quelque chose dans quelqu'un. Et puis il y avait les hurlements sans fin. Et Friedrik qui frappait comme s'il n'entendait rien.

— Je ne sais pas, dit Loque. J'ai foutu le camp. J'ai foutu le camp.

Elle sentit les larmes perler aux coins de ses yeux. Derrière elle, les gars de la bande avaient cessé de travailler. Ils la regardaient, mais Loque savait qu'elle n'avait aucune aide à attendre de leur part.

— Où est-ce que tu es allée ? Chez Nobul ? Il était dans un sale état, Loque. Est-ce que tu as pansé ses blessures avant de revenir ici ? Où est-il ? Où est ce fils de pute ?

— Je ne sais pas. Je le jure.

Friedrik la saisit par les bras et ses doigts s'enfoncèrent dans sa chair. Loque faillit pleurer de douleur. Faillit seulement.

— Tu as disparu pendant une nuit et un jour. Où étais-tu passée ? Je te conseille de me le dire vite fait parce que sinon, je te…

— Je suis allée voir Merrick Ryder ! hurla la fillette. Le type que vous m'avez demandé de trouver.

Le visage de Friedrik se détendit un peu.

— Quoi ?

— Je me suis enfuie et dans la rue je ne savais pas quoi faire et je me suis dit que vous seriez en colère alors je suis retournée voir Merrick et on a rendez-vous tout à l'heure.

Friedrik la lâcha et un sourire se dessina sur ses lèvres.

— Pourquoi est-ce que tu ne me l'as pas dit tout de suite ?

La fillette contempla le visage rayonnant du maître de la Guilde. Quel genre de malade pouvait changer d'humeur ainsi d'un instant à l'autre ?

— Eh bien ! dit Friedrik. Qu'attendons-nous ? Montre-nous le chemin.

Chapitre 35

Kaira attendait dans l'obscurité. Leofric et Oswil étaient cachés à chaque extrémité de la ruelle, enveloppés dans des capes. Sans leurs armures, les trois Sentinelles ressemblaient à des voyous ordinaires cherchant à se protéger du froid mordant de l'hiver. Ils étaient vulnérables, mais ils ne pouvaient pas prendre le risque d'effrayer leur proie, même si Kaira aurait préféré venir avec des effectifs plus importants. Et puis, elle était convaincue qu'à eux trois, ils n'auraient aucun mal à neutraliser une bande de gredins de la Porte septentrionale.

De toute manière, il ne se passerait sans doute rien. Loque ne viendrait pas et les Sentinelles rentreraient bredouilles à la caserne. L'ancienne Bouclière songea qu'elle ne reverrait probablement jamais la fillette.

Lorsqu'elle l'avait découverte dans le bureau de Garret, Kaira avait décidé de lui faire confiance, mais Loque était une enfant des rues, et la jeune femme ne s'était pas fait d'illusions quant à la suite de leur collaboration. Elle avait donc été surprise lorsque la fillette était arrivée au milieu de la nuit, essoufflée et terrifiée. Elle lui avait dit que le moment était venu et qu'elle était prête à remplir sa part du marché. Tout ce qu'elle demandait en échange, c'était une bouteille de bière, un peu de pain et, dans la mesure du possible, une tourte. Kaira s'était attendue à la voir engloutir la nourriture sur-le-champ, mais la fillette avait tout rangé dans un sac. Avant de partir, elles avaient convenu d'un lieu pour leur prochaine rencontre : une impasse du côté de la Porte septentrionale.

Kaira attendait parce qu'une enfant des rues – une gamine qui ne devait guère avoir plus de dix ans – lui avait promis qu'elle viendrait. La jeune femme se sentait idiote. Elle accordait sa confiance trop facilement, nul doute sur ce point. Quand elle était Bouclière, elle ne vivait que pour le temple d'Automne, la Mère Matrone et l'Exarque. Depuis son départ, elle avait découvert qu'elle avait eu tort. Les temples d'Arlor et leur représentant, le Haut Abbé, étaient sans doute aussi corrompus que les autres institutions. Pendant des années, elle avait obéi aux ordres de ses supérieurs sans poser la moindre question, même quand on lui demandait de faire quelque chose qui allait à l'encontre de ses convictions.

Tandis qu'elle attendait dans le froid, elle songea qu'elle avait encore été victime de sa naïveté.

Merrick aurait dû être présent – après tout, c'était lui l'appât –, mais Kaira ne supportait pas l'idée de rester près de lui. Par le passé, elle avait tout risqué pour l'aider, même sa vie. Et qu'avait-elle obtenu en guise de remerciements ?

Rien.

Il continuait à pleurer sur son sort. À chercher le réconfort au fond d'une chope. À ne penser qu'à lui. Son père avait réapparu et il devait affronter un ressentiment dont les racines remontaient à son enfance, mais il ne s'était pas attaqué au problème de front, comme un guerrier aurait dû le faire. Il l'évitait, il le fuyait comme un lâche. Kaira avait eu l'occasion de voir qu'il savait se battre et qu'il faisait un escrimeur redoutable. Quel dommage que son cœur ne soit pas de la même trempe.

Qu'il aille au diable ! À cause de ses pleurnicheries, Statton était mort et la reine Janessa avait failli tomber sous la coupe d'un sorcier. Kaira ne lui ferait plus jamais confiance.

Des voix lui apprirent que quelqu'un était entré dans la ruelle. Elle oublia Merrick et sa main glissa sur son épée. Elle savait pourtant que c'était de la folie. Son poignet était toujours douloureux après la blessure que lui avait infligée Dravos. Elle réussirait peut-être à tirer son arme, mais elle n'arriverait jamais à se battre.

— C'est encore loin ? demanda une voix dans la nuit.

— On y est presque.

Le cœur de Kaira accéléra. Elle avait reconnu la seconde voix.

Elle aperçut Loque avancer à la tête d'un groupe de cinq hommes de tailles diverses. Ses yeux se posèrent sur le plus impressionnant. C'était lui le plus dangereux.

Quand ils arrivèrent au milieu de la ruelle, Kaira fit un pas en avant et apparut à la faible lumière de la lune. Loque se figea, mais ne dit rien.

— Qu'est-ce qui se passe ? demanda un membre du groupe.

Tout le monde s'arrêta derrière la fillette.

Kaira observa les inconnus pour déterminer qui était leur chef. Pendant ce temps, Leofric et Oswil sortirent de leurs cachettes. Ils se plantèrent à chaque extrémité de la ruelle, l'épée à la main.

La canaille la plus impressionnante jeta un coup d'œil interrogateur à l'homme à sa droite. Celui-ci – un type assez petit que Kaira avait d'abord jugé inoffensif – avança de quelques pas.

— Messieurs, dit-il avec calme et assurance. Il est clair que vous ignorez qui je suis, alors je vais vous donner une chance de filer sans bruit. Il se trouve que j'ai une affaire urgente à régler, et je suis donc prêt à oublier cette triste méprise. Je ne vous accorderai pas cette chance deux fois.

Tandis qu'il parlait, ses compagnons dégainèrent leurs armes : des couteaux et des gourdins. Aucun ne portait d'épée.

— Je sais qui vous êtes, dit Kaira en tirant sa capuche en arrière.

Trois hommes se tournèrent vers Leofric et Oswil. Le plus grand continua à regarder Kaira d'un air hébété.

— Vous savez qui je suis ? Soit vous êtes fous, soit vous mentez, dit le petit homme. Je suis Friedrik. Comme Bastian et Friedrik ? De la Guilde ? Je suppose que vous êtes des voleurs ou des assassins et que vous avez donc entendu parler de moi. Vous devez être suffisamment intelligents pour savoir que vous n'aurez nul endroit où vous cacher si vous ne foutez pas le camp sur-le-champ.

— Vos camarades peuvent partir, dit Kaira. Il n'y a que vous qui m'intéressez.

La jeune femme surveillait le petit homme, mais elle ne perdait pas de vue le costaud qui se tenait près de lui. Friedrik fit un geste.

— Harkas, débarrasse-moi d'elle.

Kaira le regardait toujours.

La brute avança et sa silhouette cacha la lune. Il tendit une main énorme et Kaira passa à l'action. Elle était peut-être blessée, mais elle n'avait rien perdu de sa force. Elle n'avait pas besoin d'autre chose.

L'homme n'eut pas le temps de la prendre à la gorge. La jeune femme lui saisit le poignet et le tordit d'un coup sec. Le colosse tomba à genoux en poussant un grognement. Il essaya de lever l'autre main, mais une nouvelle torsion lui arracha un cri sourd et il renonça à son projet. Les muscles de son poignet étaient prêts à se déchirer.

Ses trois camarades se ruèrent sur les deux Sentinelles. Ils se battaient mal et sans aucun style. Leofric arracha le gourdin du premier d'un rapide coup du plat de sa lame. Oswil bloqua un couteau et brisa le nez de son propriétaire avec le pommeau de son épée. L'homme partit en arrière et s'effondra sur le dos. Le troisième – un rondouillard qui avait reçu une solide raclée peu de temps auparavant – lâcha son poignard et leva les mains en l'air.

— Et maintenant ? demanda Friedrik. (La défaite de ses hommes semblait l'amuser.) Vous avez l'intention de nous tuer ?

À en juger par son expression, cette idée ne l'inquiétait pas le moins du monde.

— Vous allez me suivre, dit Kaira.

— Tiens donc ?

Leofric fit un pas en avant et le plat de son épée s'abattit sur la nuque de Friedrik. Celui-ci tomba à genoux et porta les mains à sa crinière bouclée. Kaira s'attendait à l'entendre pousser un gémissement et – au moins – à demander pitié, mais il leva la tête et elle s'aperçut qu'il souriait.

— Eh bien ! on dirait que vous avez raison, dit-il en gloussant.

Kaira se demanda ce que la situation pouvait avoir de drôle.

Elle jeta un coup d'œil au reste des voyous. C'était un triste lot. Friedrik contrôlait la plus grande partie des affaires illicites de la cité, alors pourquoi s'entourait-il de tels incapables ?

— Vous autres, vous pouvez partir ou mourir ici, dit-elle. Vous avez le choix.

Elle n'avait pas lâché le poignet du plus grand. Si l'un d'entre eux posait problème, ce serait lui, alors mieux valait attendre que ses camarades s'en aillent avant de le libérer.

Les trois voyous disparurent dans la ruelle sans se préoccuper de leur chef. Kaira baissa la tête vers le colosse.

— Et toi ?

L'homme la regarda un moment. Il calcula ses chances avant d'acquiescer d'un hochement de tête presque imperceptible.

Kaira lâcha son poignet et le colosse se leva avec lenteur. Pendant un instant, Kaira craignit qu'il se jette sur elle et qu'il se sacrifie dans une dernière tentative pour sauver son maître, mais il se tourna et s'éloigna dans la direction où ses compagnons s'étaient enfuis. Il s'enfonça dans la pénombre, non sans avoir jeté un dernier coup d'œil en direction de Friedrik.

La loyauté ne semble pas être le fort de la pègre, songea la jeune femme.

— On y va ? demanda-t-elle.

Friedrik se leva tant bien que mal.

— Je suppose que oui, dit-il.

Leofric et Oswil le saisirent par les bras et l'entraînèrent dans le sombre passage. Alors que Kaira leur emboîtait le pas, Loque la rejoignit. La fillette avait disparu dès que les Sentinelles étaient apparues. La jeune femme admira sa technique de camouflage. Dans son métier, c'était sans doute un talent très appréciable.

— Tu n'as aucune raison de nous suivre, Loque, dit-elle. Je pense que tu as rempli ta tâche.

— Et où est-ce que j'irais ? demanda la fillette. Je me suis lancée dans cette histoire, alors autant aller jusqu'au bout.

— Si tu nous accompagnes, tu risques de voir des choses qui ne seront pas très jolies.

— Vous croyez que ce sera pire que les dégueulasseries que j'ai été obligée de me fader ?

Kaira songea que c'était peu probable, mais elle ne savait pas encore jusqu'où il faudrait aller avec Friedrik.

Le soleil était sur le point de se lever lorsque le petit groupe arriva à la caserne. Celle-ci était déserte et les trois Sentinelles enfermèrent le prisonnier dans une cellule. Kaira avait envisagé de le livrer aux Manteaux Verts, mais elle avait découvert que bon nombre d'entre eux étaient corrompus. Il était hors de question de leur confier un criminel de cette envergure. Si l'on apprenait qu'un maître de la Guilde était entre leurs mains, Friedrik serait assassiné ou s'échapperait avant la fin de la semaine. Mieux valait le garder sous la main pour le moment.

Kaira ne savait pas pourquoi il y avait une prison dans les quartiers des chevaliers de Guideciel. Jadis, les détenus politiques et militaires étaient peut-être incarcérés ici. À moins qu'il y ait une explication plus sinistre encore. Mais quoi qu'il en soit, ces cellules tombaient à pic.

Friedrik s'assit sur une chaise, les mains attachées dans le dos. Leofric et Oswil se tenaient de chaque côté de la porte et Kaira les remercia silencieusement pour leur discrétion. Pendant un instant, elle avait envisagé de tout avouer au capitaine Garret. Après tout, il aurait été normal de l'informer de la présence d'un invité sur son domaine, mais la jeune femme voulait d'abord passer un moment avec le maître de la Guilde. Elle le traquait depuis si longtemps. On lui avait ordonné de le trouver et elle avait échoué. C'était l'une des raisons qui l'avaient conduite à quitter le temple de l'Automne. Aujourd'hui, elle était curieuse de découvrir l'homme qui était responsable de tant de maux à Havrefer.

Elle l'observa avec attention et se demanda comment il fallait procéder. Que devait-elle dire ? Elle n'avait jamais conduit un interrogatoire. Kaira Feuillevent était une guerrière, une protectrice, pas une inquisitrice.

— C'est maintenant que la séance de torture commence ? demanda Friedrik.

Kaira ouvrit la bouche. Elle voulut lui ordonner de se taire, mais ne trouva pas les mots pour le faire.

Allait-elle battre cet homme ? Fendre sa chair avec une lame aiguisée ? Trancher quelques extrémités ?

Tu ne peux pas faire une chose pareille. Tu n'as jamais agi ainsi et tu ne vas pas commencer maintenant.

— Je voudrais vous poser quelques questions, dit-elle.

— Des questions ? (Les lèvres de Friedrik esquissèrent un sourire.) Comme c'est barbant. Allons, pourquoi ne pas faire entrer deux ou trois solides gaillards pour que la fête commence ?

Cet homme était-il fou ? Il était impatient d'être torturé ? À moins qu'il s'agisse de bluff.

— Où se trouve le cœur de la Guilde ? demanda Kaira. D'où partent les ordres destinés aux criminels de la cité ?

Friedrik éclata de rire.

— Vous plaisantez ? Vous n'avez pas trouvé mieux ? Une question barbante à laquelle vous savez très bien que je ne répondrai pas ? Soyons sérieux, ma chère. Et cessez de me faire perdre mon temps.

— Chacune de mes questions obtiendra une réponse, dit Kaira en se redressant.

Elle le toisa de son regard d'acier. Un regard qu'elle employait sur les champs de bataille, qui avait fait vaciller des vétérans endurcis.

Friedrik sourit de nouveau.

— Je suis censé être intimidé ? Par une femme ? C'est une plaisanterie, j'espère ? Je suppose que le véritable interrogateur va arriver d'un instant à l'autre, et que pendant qu'il se mettra au travail, vous nous préparerez du thé ? C'est ça, hein ?

Les poings et les mâchoires de Kaira se contractèrent. Elle avait rossé des hommes pour moins que ça.

— Où ? demanda-t-elle. Répondez ou par Vorena, je jure que…

— Que quoi ? Que vous m'arracherez les ongles ? Que vous me crèverez les yeux ? Eh bien ! allez-y, qu'est-ce que vous attendez ? Parce que je vais vous dire un truc, ma petite chérie, le simple fait de vous écouter me fiche une putain de migraine.

Elle le frappa au ventre, sans réfléchir. Les sutures mordirent sa chair et elle eut l'impression que sa main s'embrasait. Elle serra les dents pour ne pas montrer sa douleur, mais c'était inutile : Friedrik s'était plié en deux et respirait à grand-peine. La jeune femme recula d'un pas et il leva la tête avec lenteur, hoquetant. Une lueur de folie brilla dans ses yeux tandis qu'il rassemblait assez de force pour grimacer.

— Il faudra faire mieux que ça, dit-il, le visage un peu plus rouge à chaque mot. Et pas qu'un peu.

Kaira comprit qu'elle en était incapable. Friedrik était ligoté sur une chaise. Il était impuissant. Fou, certes, mais impuissant. Elle ne pouvait pas frapper un homme sans défense. Même un salopard prêt à réduire des centaines de personnes en esclavage pour arrondir sa bourse.

Elle sortit et entendit Friedrik ricaner. Elle claqua la porte derrière elle avec un long soupir de soulagement. La simple présence de cet individu la contaminait. Il était un poison, un chancre pour elle et toute la cité. Elle porta une main à son front, couvert d'une pellicule de sueur froide.

— Tu vas bien ? demanda Leofric.

Kaira hocha la tête. Elle aperçut Loque recroquevillée dans le couloir et un sentiment de honte l'envahit. Cette fillette, cette enfant avait vécu en compagnie de Friedrik pendant des semaines. Des mois, peut-être. Comment avait-elle pu supporter ce monstre ? La guerrière salua son courage.

Le courage n'est sans doute pas sa seule qualité. Elle doit être sacrément rusée pour avoir survécu si longtemps. Elle en sait peut-être plus qu'elle veut bien le dire.

— Loque, debout, dit-elle.

La fillette obéit.

— Il n'a pas parlé, hein ? demanda l'enfant.

Kaira secoua la tête.

— Non, il n'a pas parlé. Il n'a rien dit. Rien du tout. Et toi, Loque, est-ce que tu peux m'apprendre quelque chose ?

L'enfant haussa les épaules.

— Je ne sais rien de rien. Je suis juste la favorite de Friedrik. Il ne m'a jamais parlé de ses opérations et je ne connais qu'un seul de ses repaires. Où plus personne ne mettra les pieds maintenant qu'il a disparu. Tout ce que j'ai vu, c'était des gens qui se faisaient tabasser. Les quelques types de la Guilde que j'ai rencontrés vont et viennent comme ils l'entendent. Maintenant que vous avez capturé Friedrik, il est bien possible que je n'en croise plus un seul.

— Dans ce cas, il faut que je le fasse parler, dit Kaira, autant pour elle que pour la fillette. Mais je ne peux pas le livrer aux Manteaux Verts ou à l'inquisition. Je ne peux pas le livrer à des gens qui sont peut-être à la solde de la Guilde.

Loque la regarda d'un air dubitatif, puis son visage s'éclaira comme si elle avait eu une idée. L'espace d'une seconde.

— Quoi ? demanda Kaira.

— Eh bien… je connais peut-être quelqu'un à qui on peut faire confiance, mais je ne sais pas s'il est capable de parler avec Friedrik. Il risque surtout de lui tordre le cou. (Un sourire mauvais se dessina sur ses lèvres.) En revanche, je peux vous assurer que Friedrik va chier dans son froc quand il le verra.

Chapitre 36

Nobul avait mal partout et l'impression d'avoir dormi à même le sol pendant un mois entier. Il avait toujours cicatrisé plus vite que la moyenne et la force d'ignorer la douleur, mais il sentait le poids des ans sur ses épaules. Il était cependant encore capable de marcher et, le cas échéant, de se battre. C'était le plus important. Si la Guilde avait lancé ses chiens de chasse à ses trousses – et après la petite fête qu'il avait organisée dans la taverne, c'était plus que probable –, il ne s'écoulerait pas longtemps avant qu'on vienne lui chercher noise.

Il marchait sans peur dans les rues de la ville, à la lumière du petit matin. Qu'ils viennent ! Qu'ils essaient de le capturer de nouveau pour le balancer dans une fosse remplie de chiens de combat ! Il était prêt. Ce ne serait pas aussi facile que la première fois.

Une partie de lui était impatiente que les sbires de la Guilde passent à l'attaque. Ils avaient voulu l'humilier, le tuer, mais cela leur avait coûté cher : une dizaine de cadavres. Nobul avait eu sa vengeance, mais il n'était pas encore rassasié. S'il s'était rappelé le chemin de la taverne, il y serait sans doute retourné pour massacrer tous ceux qu'il y aurait trouvés. Mais lorsqu'il s'était enfui, il délirait et était à peine capable de marcher. Il avait erré à travers la ville dans un état second. Il ne retrouverait jamais le chemin. Il n'aurait même pas reconnu l'établissement s'il était passé devant.

C'était sans importance. Il pourrait calmer ses nerfs dès qu'il mettrait la main sur Anton. Ce petit enfoiré lui raconterait tout ce qu'il savait. Il lui dirait où trouver de bâtard de Friedrik. Et puis viendrait l'heure de régler les comptes. Le maître de la Guilde était responsable de la mort de son fils. Il avait commandité le meurtre qui s'était achevé par une chasse à l'homme au terme de laquelle Markus avait reçu un carreau d'arbalète dans la gorge. Sans Friedrik et sa putain de Guilde, son fils serait encore vivant.

Nobul n'en avait pas terminé avec la Guilde, loin de là. Mais pour le moment, il devait regagner la caserne des Manteaux Verts pour raconter ce qui lui était arrivé. Il faisait confiance à son sergent. Kilgar était un homme d'honneur, même si ce n'était pas un saint. Nobul avait tout intérêt à avoir un allié pour surveiller ses arrières, surtout s'il s'attaquait à la pègre de Havrefer. Il aurait été idiot de prendre des risques inutiles. Nobul Jacks était capable de se tirer d'une bagarre de rue, mais il savait se montrer prudent. Avec quelques solides gaillards derrière lui, il serait plus facile de trouver et d'exterminer ces ordures.

Nobul entra dans la caserne des Manteaux Verts et traversa la cour. Ses camarades étaient assis à la périphérie et personne ne lui prêta attention. Bilgot, Dustin et Edric écoutaient Merlu qui racontait une histoire à propos du « bon vieux temps ». Ils étaient suspendus à ses lèvres. Même le gros Bilgot. Nobul regarda autour de lui, mais ce petit bâtard d'Anton n'était pas là. L'ancien forgeron se dirigeait vers le bâtiment principal lorsque Kilgar sortit.

Le sergent s'arrêta devant Nobul et ouvrit la bouche – sans doute pour lui demander pourquoi il ne s'était pas présenté à la caserne depuis plusieurs jours. Il la referma en contemplant le visage tuméfié de l'ancien forgeron.

— Putain ! Qu'est-ce qui t'est arrivé ? demanda-t-il non sans une certaine inquiétude.

— J'ai croisé des chiens, répondit Nobul, peu enclin à donner des détails. Où est Anton ?

Kilgar haussa les épaules.

— Je m'apprêtais à te poser la question. Je ne l'ai pas vu depuis des jours.

Merlu avait interrompu son récit et les quatre Manteaux Verts regardaient désormais dans leur direction.

— Et vous ? lança Nobul. Vous ne l'auriez pas vu, par hasard ?

Les quatre hommes secouèrent la tête. Ils avaient senti sans mal qu'il n'était pas de très bonne humeur.

— Tu vas bien ? demanda Kilgar. Tu as besoin de prendre quelques jours de repos ?

Nobul secoua la tête.

— J'ai pris assez de repos comme ça.

— Bon, dit Kilgar. Parce que tu as eu des visiteurs. Ce matin. Ils t'ont apporté quelque chose.

— Tiens donc. Quelque chose d'intéressant ?

— Suis-moi. Tu verras par toi-même.

Kilgar se tourna et Nobul lui emboîta le pas.

Ils descendirent un escalier et s'engagèrent dans un tunnel éclairé par des torches. Nobul aperçut deux personnes qui attendaient un peu plus loin. Il ne connaissait pas la première, une femme large d'épaules au visage fier et déterminé, mais il reconnut la seconde sans l'ombre d'une hésitation malgré la pénombre. Les yeux de la fillette s'écarquillèrent de peur quand elle le vit. Nobul retint une grimace. Il avait tué de nombreuses personnes dans la taverne, mais il ne regrettait qu'une seule chose : avoir effrayé cette enfant.

— Tu vas bien ? demanda-t-il à Loque.

— Ouais, et vous ?

— Je survivrai.

Il aurait voulu sourire, il aurait voulu la remercier, il aurait voulu lui prendre la main et la serrer contre lui. Il n'en fit rien. Lorsque Kilgar l'avait conduit ici, Nobul avait plus ou moins deviné ce qui l'attendait. Il savait donc que ce n'était pas le moment d'échanger des remerciements ou de se congratuler.

C'était l'heure de la vengeance.

Kilgar ouvrit la porte d'une cellule.

Il était assis sur une chaise, les mains attachées dans le dos, un sac sur la tête. Nobul se rappela ce qu'il avait éprouvé quand on avait glissé un sac sur la sienne. Il se rappela la peur qui avait contracté son ventre. La terrible angoisse à l'idée de ne pas savoir où il était, qui le regardait et ce qu'on se préparait à lui faire.

— Ils l'ont amené ici dans la matinée, dit Kilgar. Cette femme est une Sentinelle. Elle affirme qu'il s'agit…

— Ouais, ouais. Je crois savoir de qui il s'agit, dit Nobul en entrant dans la cellule.

Une vague d'excitation l'envahit. Il se sentait presque joyeux. Il rêvait de mettre la main sur ce maudit bâtard depuis des jours et voilà qu'on le lui apportait sur un plateau. Pourquoi ne pas savourer le moment ?

Il ôta le sac avec lenteur. Friedrik leva les yeux et un flot d'émotions se peignit sur son visage quand il aperçut Nobul : la peur, la confusion, un certain fatalisme et la peur de nouveau. Puis il sourit.

— Je me demandais quand on aurait l'occasion de se revoir.

Nobul le regarda d'un air mauvais.

— Apparemment, c'est un ponte de la Guilde, dit Kilgar. C'est ce à quoi tu t'attendais ?

— Ouais. Exactement.

— Comment ça se fait que tu connaisses ce type ?

— J'ai eu la chance de faire partie de ses invités quelques jours.

— En effet, dit Friedrik. Et force m'est de reconnaître que tu nous as beaucoup divertis.

Nobul s'avança, le poing serré, mais Kilgar le tira en arrière avant qu'il ait le temps de décider où il allait frapper.

— On a besoin de lui vivant, déclara le sergent. Il faut le faire parler, et cette femme, Kaira, dit que tu es le seul à qui elle accepte de confier cette tâche. Elle ne m'a pourtant pas semblé très enthousiaste.

Nobul jeta un coup d'œil par-dessus son épaule. Kaira l'observait depuis le couloir. Loque se tenait près d'elle et l'ancien forgeron songea que c'était sûrement la fillette qui l'avait recommandé pour ce travail.

Avait-elle eu raison ? Était-il capable de faire parler cet enfoiré avant de céder à l'envie de le tuer ? Seuls les dieux le savaient.

— Qu'est-ce qu'elle veut de moi ? demanda-t-il. Je ne suis pas un inquisiteur.

— C'est ce que je leur ai dit, intervint Friedrik. Il serait plus simple pour tout le monde de me livrer à l'inquisition. Vous n'auriez plus à vous soucier de moi.

Nobul secoua la tête.

— Est-ce que j'ai l'air d'être con à ce point ? Tout le monde sait que tu as des putains d'agents dans tous les coins de la cité.

Je ne serais pas particulièrement surpris d'apprendre que le sénéchal en personne te bouffe dans la main.

Friedrik haussa les épaules.

— Dans ce cas, il semblerait qu'on soit dans une impasse.

— Ouais. (Nobul se tourna vers Kilgar.) J'ai besoin d'être seul avec lui.

Le sergent le regarda d'un air inquiet.

— Rappelle-toi qu'il nous le faut vivant. Je serais aussi heureux que toi de contempler son cadavre, mais il faut qu'on obtienne les informations dont nous avons besoin.

Nobul resta silencieux. Kilgar comprit qu'il n'avait pas le choix et sortit de la cellule en faisant claquer la porte derrière lui.

— Enfin seuls, dit Friedrik. Tu as besoin de moi vivant, hein ? Alors, qu'est-ce que tu vas faire ? M'étrangler ? Me transformer en bouillie ?

— Tu as tué mon fils, lâcha Nobul.

Friedrik parut réfléchir.

— Hmm, ça ne me dit rien. Tuer des gamins, ce n'est pas vraiment mon genre.

— Un de tes meurtres a mal tourné. Il a été pris entre l'assassin et les Manteaux Verts.

— Ah. Un accident malheureux, hein ? Si ça peut te réconforter, je suis désolé. Nous savons tous les deux que je n'ai pas peur de faire couler le sang, mais je ne suis pas de pierre. La mort d'un gosse, c'est toujours regrettable.

— Ça ne me réconforte pas. Et je ne pense pas que tu sois désolé.

Le visage de Friedrik s'assombrit.

— Dans ce cas, tu ferais bien de te mettre au travail, non ?

Nobul serra les poings. Rien ne lui aurait fait plus plaisir et il n'y avait personne pour l'arrêter. Mais s'il ne faisait pas parler Friedrik, il savait qu'il finirait par le regretter. L'éradication de la Guilde – ou, du moins, de ses chefs – devrait suffire à étancher sa soif de vengeance. Cela prouverait que Markus n'était pas mort pour rien.

— Où sont les bâtards avec qui tu travailles ? demanda Nobul. Comment je peux les trouver ?

Friedrik secoua la tête. Il semblait presque déçu que Nobul ne le tue pas.

— Ça ne va pas recommencer. Tu sais que je ne vais rien te dire. Tu es peut-être grand et costaud, mais tu ne m'obligeras pas à parler.

Nobul contempla le sadique assis devant lui, les mains attachées dans le dos, et il comprit qu'il ne tirerait rien de lui. Pour devenir un des chefs de la Guilde, il fallait une détermination qui s'apparentait à de la démence. On ne dirigeait pas les brigands, les malfrats et les voleurs de la ville sans posséder une parfaite maîtrise de soi, sans être capable de se taire, même quand on vous écorchait à coups de fouet ou qu'on vous arrachait les dents les unes après les autres. Nobul aurait adoré tester la résolution de Friedrik, mais il savait que ce serait en vain.

— Autant en finir tout de suite, alors. Tu ne crois pas ? dit Nobul en faisant un pas en avant.

— Tu pourrais aussi penser à l'avenir.

Nobul s'arrêta. Il contempla le petit homme en se demandant pourquoi il ne l'étranglait pas tout de suite.

— Je t'écoute.

— Je peux te rendre riche, dit Friedrik. Je peux t'offrir tout ce que tu désires. Les Khurtas vont raser cette ville. Tu veux une belle maison loin d'ici ? Tu veux passer le reste de ta vie à boire de la bière et à baiser des catins ? Je peux réaliser ton rêve. Tout ce que tu as à faire, c'est dire à mes hommes où je suis enfermé. Je sais que nos relations n'ont pas toujours été excellentes, mais je suis prêt à faire une croix sur le passé. Réfléchis bien, Nobul. Tout ce que tu veux dans ce bas monde, je peux te le donner.

— Tout ce que je veux ?

— Tout ce que tu veux, acquiesça Friedrik avec un large sourire. Tu n'as qu'à le dire.

Nobul se pencha si près que leurs nez se touchèrent presque, puis il le regarda avec des yeux remplis de colère.

— Rends-moi mon fils.

Le sourire de Friedrik disparut.

— Il n'y a pas moyen de discuter avec toi, hein ?

Nobul ne répondit pas. Il attrapa le sac et le glissa sur la tête du prisonnier avant de céder à l'envie de le massacrer à coups de poing.

Il sortit dans le couloir et secoua la tête.

— Je n'ai rien pu faire. Mes menaces n'ont aucune prise sur lui. Je doute que quelqu'un puisse le faire parler.

— Que faisons-nous, alors ? demanda la guerrière.

— Nous allons le garder ici, suggéra Kilgar. On trouvera peut-être un moyen plus tard.

— Non, dit Kaira. C'est hors de question. Je traque cet homme depuis trop longtemps. Il risque de s'échapper, même d'ici.

— Faites-moi confiance, dit Kilgar. À part nous quatre, personne ne sait qu'il est dans cette cellule. Je vais le faire surveiller par une personne sûre.

Nobul acquiesça.

— Si vous continuez à le déplacer à travers la ville, quelqu'un finira par s'en apercevoir. Il est peu probable qu'il s'échappe d'ici.

Il se demanda s'il voulait que Friedrik soit enfermé dans une prison sûre ou juste l'avoir sous la main pour le tuer quand l'envie l'en prendrait. Quoi qu'il en soit, c'était la meilleure solution.

Kaira se tourna vers Loque, qui se contenta de hausser les épaules.

— D'accord, dit la jeune femme avec une réticence évidente. S'il parle, envoyez tout de suite un message à la caserne des Sentinelles. Je viendrai sur-le-champ.

Sur ces mots, elle s'éloigna en compagnie de la fillette.

Dans la cour, Nobul songea à Loque. Il aurait peut-être dû lui dire qu'il était désolé, qu'il n'avait pas voulu lui faire si peur dans la cave. Il aurait peut-être dû lui expliquer que parfois, quand sa folie prenait le pas, mieux valait se tenir à distance. Mais en vérité, il était trop las. Il avait l'impression d'avoir marché cent lieues et il ne se sentait pas d'humeur à présenter des excuses.

— Très bien, les gars, dit Kilgar en avançant dans la cour avec une note à la main. Nous avons reçu des ordres. On nous demande de surveiller des prisonniers un peu spéciaux. Allez prendre votre équipement. On part au plus vite. Merlu, tu restes ici. J'ai une tâche assez particulière pour toi. Tu vas surveiller un type enfermé dans une cellule.

Les hommes s'éloignèrent pour aller chercher leur équipement et le sergent se tourna vers Nobul.

— Tu nous accompagnes ?

Qu'est-ce que tu pourrais faire d'autre, Nobul Jacks ? Rester vissé sur ton cul en attendant qu'on vienne te gratter le dos ?

— Ouais, dit l'ancien forgeron. Je vous accompagne.

Chapitre 37

— J'ai terminé.

Waylian avait attendu une éternité pendant que sa maîtresse grattait un parchemin avec une plume à la lumière d'une chandelle. Elle devait rédiger une lettre.

Gelredida se leva, lissa sa robe et glissa une main gantée dans ses cheveux gris. Pour un peu, Waylian aurait juré qu'elle était nerveuse.

Il la suivit dans les couloirs de la tour des magisters et ils montèrent à la chambre du Creuset. C'était sa troisième visite, mais il ne se sentait pas rassuré pour autant. La grande antichambre le remplissait d'une sorte de crainte religieuse. Et les chevaliers Corbeaux étaient toujours aussi impressionnants.

Une fois les bracelets passés à ses poignets, Gelredida s'approcha de lui.

— C'est peut-être la dernière occasion de nous faire entendre, Waylian, murmura-t-elle. Alors, n'oubliez pas : il est impératif que le vote tourne en notre faveur. Une fois dans la chambre du Creuset, je serai vulnérable et vous emploierez tous les moyens à votre disposition pour assurer ma protection.

— « Pour assurer votre protection » ? Mais de quoi pourrais-je bien vous protéger ?

La vieille femme sourit.

— Nous verrons. Gardez votre sang-froid. Et n'hésitez pas à vous lâcher.

À me lâcher ? Mais qu'est-ce qu'elle entend par là ?

Waylian n'eut pas le temps de le lui demander. Les grandes portes s'écartèrent pour les laisser entrer dans la chambre du Creuset.

Gelredida leva la tête et avança d'un pas décidé. Waylian la suivit d'un pas beaucoup moins assuré et adressa un sourire docile aux chevaliers Corbeaux en passant devant eux. Cette salle devenait un peu trop familière à son goût, avec ses pupitres en pierre surmontés de visages austères. L'atmosphère était tendue, et quand les portes se refermèrent en claquant, Waylian crut que son cœur allait bondir hors de sa poitrine.

Tout le monde était là : le sévère Hoylen Crabbe, le vénérable Crannock Marghil, l'imposant Drennan Plie, le jeune Lucen Kalvor et l'aimable Nero Laius – qui pouvait se révéler beaucoup moins aimable qu'il en avait l'air, ainsi que Waylian l'avait découvert lorsque l'archimaître lui avait rendu visite. Le jeune homme remarqua alors une sixième personne. Une personne particulièrement inquiétante.

Le maréchal Ferenz se tenait à l'extrême droite des pupitres des archimaîtres. Lorsque Gelredida et Waylian entrèrent, il prit le casque à bec qu'il tenait sous le bras et le glissa sur son visage. Cela devait avoir une signification symbolique. Waylian ignorait laquelle, mais il doutait qu'elle soit de bon augure.

— Je vois que nous avons un invité, remarqua Gelredida avant qu'un archimaître ait le temps de prendre la parole. (Elle fit un geste en direction de Ferenz, aussi immobile qu'une statue au bout de la rangée de pupitres.) Je ne m'attendais pas à un tel manquement au protocole. Est-il là pour assurer ma protection… ou la vôtre ?

— Le maréchal Ferenz et nous discutions de problèmes de sécurité lorsque vous êtes arrivée, affirma Nero avec un sourire. Le sujet que nous allons aborder le concerne également, lui et tous les résidents de la tour des magisters. Il est tout à fait normal qu'il assiste à notre réunion. Cela vous pose-t-il un problème ?

Gelredida haussa les épaules.

— Bien sûr que non. Plus on est de fous, plus on rit.

Drennan Plie se racla la gorge avec fort peu de discrétion. Il semblait gêné, comme si quelqu'un avait glissé du verre pilé sur son siège.

— Pouvons-nous commencer ? dit-il.

— Nous savons tous pourquoi je suis ici, déclara Gelredida. Je vous ai demandé de revoir votre politique de non-intervention à l'égard d'Amon Tugha. L'Elharim est presque à nos portes. Sans le soutien des archimaîtres, et de ceux qui servent sous leurs ordres, je pense que la cité est condamnée. Vous avez eu le temps de réfléchir au problème. Quelle est votre décision ?

Gelredida semblait mal à l'aise quelques minutes plus tôt, mais Waylian sentit une pointe d'impatience dans sa voix, comme si elle était convaincue que l'issue du vote tournerait en sa faveur. Le silence des archimaîtres confirma cette impression. Apparemment, aucun ne voulait être le premier à s'exprimer sur le sujet.

— Allons, reprit-elle. Vous étiez plus bavards il y a quelques jours, quand je suis venue demander votre aide. Vous avez eu le temps de peser le pour et le contre, n'est-ce pas ?

Elle regarda les archimaîtres les uns après les autres. Elle semblait se délecter de leur malaise.

— Lucen ? Pourquoi ne pas commencer avec vous ?

Lucen Kalvor leva la tête et toisa la magistra avec mépris, puis il s'aperçut que ses pairs l'observaient avec des yeux brillants d'espoir. Il acquiesça avec lenteur.

— J'ai bien réfléchi au problème, déclara-t-il. Et je suis arrivé à la conclusion que maîtresse Gelredida avait raison. Nous devrions soutenir les armées des États libres. On ne peut pas faire confiance à l'Elharim. Havrefer ne doit pas tomber entre ses mains.

— Quoi ? éructa Nero. (Son expression aimable vola en éclats.) C'est ridicule, Kalvor ! Nous étions tous d'accord. Pour le bien de la cité, nous avions convenu de rester neutres. (Il jeta un coup d'œil à ses pairs.) Je suis certain que vous désapprouvez cette opinion, n'est-ce pas ? Kalvor a les nerfs qui lâchent, un point c'est tout. Nous, nous restons convaincus qu'il ne faut pas intervenir, n'est-ce pas ?

Le silence s'abattit dans la salle, puis Drennan Plie leva la tête et inspira avant de prendre la parole.

— J'ai également réfléchi au problème, déclara-t-il. (Waylian s'aperçut que Drennan s'adressait à ses pairs, mais qu'il ne quittait pas Gelredida des yeux.) Et j'ai décidé de soutenir la Couronne.

— Non ! s'exclama Nero. Non, ce n'est pas ce que nous avions convenu.

— Et vous autres ? demanda Gelredida en ignorant les protestations de Nero.

Hoylen Crabbe et Crannock Marghil échangèrent un rapide coup d'œil avant d'acquiescer en silence.

Crannock la regarda par-dessus les montures de ses lunettes.

— J'ai toujours eu un doute quant à la sagesse de notre décision de ne pas intervenir. Un vieil homme égoïste n'a pas le droit de condamner cette ville à un sort funeste. Si les archimaîtres doivent se sacrifier pour le salut de Havrefer, qu'il en soit ainsi.

— Je partage cet avis, renchérit Hoylen Crabbe. (Ses sourcils froncés formaient un V touffu au-dessus de ses yeux.) Le temps de la délibération est passé. Amon Tugha est à nos portes et il a eu l'audace de nous menacer. C'est inacceptable. La tour des magisters combattra aux côtés des défenseurs des États libres. Soyez heureuse, Gelredida. Vous avez remporté la victoire.

— Non ! hurla Nero en bondissant presque de son siège. Ce n'est pas ce que vous aviez dit !

— Du calme, Nero, dit Crannock en levant une main ridée.

— Allez vous faire foutre avec votre putain de calme, espèce de vieux bouc ! (Nero descendit de l'estrade et se plaça près de Ferenz.) Vous êtes tous aveugles. Vous avez été aveuglés par cette femme ! (Il pointa un doigt accusateur vers Gelredida.) Je ne sais pas quel chantage elle exerce sur vous, mais cela ne peut quand même pas vous empêcher d'imaginer la tour des magisters en ruine. Amon Tugha nous a offert sa clémence. Ce serait folie que de la rejeter.

— La décision a été prise, déclara Drennan Plie. La majorité a tranché. C'est ainsi que nous procédons, Nero, et vous le savez.

Nero regarda les archimaîtres avec des yeux brillants de rage.

— Traîtres ! Imbéciles ! Lâches ! Vous nous condamnez tous ! Je ne laisserai pas les gardiens, les magisters et les apprentis de la tour se faire massacrer parce que vous n'avez pas eu le courage de faire ce qu'il fallait faire. Il est temps qu'un nouvel ordre voie le jour.

— Cessez votre mélodrame, lâcha Hoylen Crabbe. (Il se leva de son siège et lissa sa robe sombre pour que les sigils brodés forment des lignes parfaites.) La décision a été prise. Faites-vous une raison. Bien, si nous en avons terminé, je vais vous quitter. J'ai de nombreuses choses à préparer.

Il s'éloigna vers la porte d'un pas déterminé.

— Je ne crois pas, dit Nero. Maréchal Ferenz, montrez-leur à quel point nous sommes sérieux.

L'imposant chevalier Corbeau fit un pas en avant et saisit une dague à lame noire glissée à sa ceinture, dans son dos. Il frappa et l'arme s'enfonça dans le ventre de Hoylen. L'archimaître hoqueta. Ses yeux perçants se tournèrent vers le heaume à bec d'un air accusateur et incrédule à la fois, puis il s'effondra.

Waylian ne put s'empêcher de reculer d'un pas et faillit perdre l'équilibre.

La chambre du Creuset sombra dans le chaos. Drennan, Crannock et Lucen poussèrent des hurlements affolés. Avec les menottes qu'ils portaient aux poignets, ils étaient incapables d'invoquer leurs pouvoirs et de se défendre contre le chevalier Corbeau.

Ferenz fit un pas menaçant en direction des archimaîtres, mais Nero leva la main.

— Non ! Elle d'abord. (Il fit un geste vers Gelredida.) Voilà des années que je rêve de voir crever cette vieille salope.

Le casque à bec se tourna vers Gelredida. Waylian voulut saisir la magistra par sa tunique et lui crier de s'enfuir, mais quelque chose le retint. La Sorcière rouge semblait défier ses ennemis et elle ne recula pas lorsque Ferenz avança vers elle.

Le maréchal s'élança. Waylian ne bougea pas. Il était pétrifié. La peur se répandait dans ses entrailles comme du métal en fusion. Des gouttes de sang coulaient de la dague et s'écrasaient sur les dalles en granit tandis que les pas du chevalier Corbeau résonnaient d'un écho menaçant.

— Waylian, dit Gelredida d'un ton désinvolte.

Le jeune homme tourna la tête vers la vieille femme. Elle regardait avec calme le colosse qui chargeait.

— Je pense qu'il serait temps de nous montrer ce que vous avez appris au cours des dernières semaines.

Ce que j'ai appris ? Qu'est-ce que j'ai appris ? À invoquer des éclairs ? Non, je devais être absent pendant cette leçon-là.

Ferenz n'était plus qu'à une dizaine de pas de Gelredida.

— Le plus vite serait le mieux, remarqua la magistra avec une certaine tension dans la voix.

Qu'est-ce que tu vas faire, Grimm ? Il n'y a pas si longtemps, tu aurais donné cher pour voir la Sorcière rouge se faire étriper devant toi, mais maintenant, ça te ferait mal au cœur de perdre cette charmante vieille dame, hein ? Alors tu as intérêt à te bouger.

Ferenz leva son arme au-dessus de sa tête. Gelredida était devant lui. Elle était silencieuse. Elle n'esquissa pas le moindre geste pour se défendre.

C'est maintenant ou jamais.

Les événements des dernières semaines défilèrent dans la tête du jeune homme comme un torrent furieux. Des pages de grimoires battirent comme des ailes d'hirondelles. Des mots tracés à l'encre coulèrent le long de mille parchemins. Le jeune homme fut confronté à des paroles entendues, à des images vues, à des théories à peine comprises. Des éclairs successifs déchirèrent les brumes de sa mémoire et il ne resta bientôt plus qu'un mot unique dans sa tête.

— Avaggdu ! hurla-t-il.

Le lourd casque à bec de Ferenz se ratatina comme si un géant d'une force herculéenne le broyait dans ses mains.

Un flot de sang jaillit par les orifices des yeux et coula sur le gorgerin.

Le bras de Ferenz retomba le long de son corps. La dague glissa de ses doigts et le chevalier bascula sur le côté avant de s'effondrer dans une cacophonie métallique.

Waylian resta immobile, les yeux écarquillés. Il contempla le corps un moment, puis il porta une main à sa bouche. Il n'eut pas le temps d'endiguer le flot qui remontait de ses entrailles en proie à un terrible roulis.

Le contenu de son estomac jaillit entre ses doigts, mais Waylian n'en avait cure. Il se demanda si la nausée était une conséquence de l'invocation de son pouvoir ou de l'horrible fin de Ferenz.

On lui tapota le dos avec douceur tandis qu'il s'accroupissait en sanglotant. Sa bouche était maculée et son nez coulait.

— C'est bien, Waylian, dit Gelredida.

Elle le félicitait comme s'il avait résolu une équation complexe alors qu'il venait de broyer la tête d'un homme d'un seul mot.

Nero poussa un cri animal.

Il se précipita vers le corps du maréchal avant que les autres archimaîtres aient le temps de le ceinturer. Waylian comprit trop tard qu'il voulait s'emparer de la dague du chevalier Corbeau. Nero avait les yeux écarquillés par une rage assassine. Avec les menottes de fer qui neutralisaient ses pouvoirs, Gelredida était incapable de se défendre.

Waylian oublia le goût âcre dans sa bouche et s'élança. Sans réfléchir. Il percuta Nero et les deux hommes roulèrent sur le sol. L'archimaître se battait et grognait comme un fauve. Waylian essaya de lui saisir le poignet en évitant la lame noire. Apparemment, personne ne semblait pressé de venir à son aide. Les archimaîtres observaient l'affrontement sans bouger. Tout comme Gelredida. Elle ne lança même pas un encouragement tandis que Waylian luttait pour sa vie.

À quoi tu t'attendais, Grimm ? À ce qu'elle saute dans la mêlée pour te prêter main-forte ? À ce qu'elle prenne le risque de se faire trancher la gorge alors que Waylian Grimm – ce pauvre imbécile qui répond toujours présent quand elle le siffle – est là pour recevoir un mauvais coup à sa place ?

Le jeune homme grinça des dents tandis qu'il roulait sur les dalles de granit en se battant contre Nero. L'archimaître était un adulte, mais il n'était pas plus fort que lui. Waylian ne quittait pas la lame noire des yeux. Elle brillait d'un éclat humide à la lumière des torches.

Pourquoi est-ce que personne ne vient m'aider ? Pourquoi est-ce que tout le monde se contente de regarder ?

Un profond sentiment d'injustice brûla ses entrailles tandis que les grognements de Nero alimentaient sa fureur. Le jeune homme sentait la sueur et le souffle de son adversaire, mais également sa colère et sa frustration. Nero, un archimaître, était incapable d'en finir avec cet apprenti qui ne voulait pas rester à sa place.

Nero poussa un cri de rage et parvint à immobiliser son adversaire sous lui. La dague était entre les deux combattants, la pointe vers le bas. L'archimaître contemplait le jeune homme en pesant sur l'arme de tout son poids. La victoire brillait dans ses yeux et Waylian éprouva un curieux sentiment de déjà-vu. Puis quelque chose passa dans le regard de Nero : un éclat sinistre, l'ombre d'un interdit.

Waylian eut soudain l'impression de pouvoir lire dans l'âme de l'archimaître. Il n'y découvrit que les ténèbres. Cet homme était un traître. Il avait comploté contre la

Couronne. Avec l'ennemi. Pour récolter les fruits de sa félonie dans les cendres de la cité rasée.

Et ses machinations ne s'arrêtaient pas aux portes de la tour des magisters.

Nero avait pris part à une conspiration visant… à assassiner la reine.

Alors que la dague allait s'enfoncer dans son corps, Waylian entendit quelque chose s'écraser sur le crâne de son adversaire. Nero bascula sur le côté sans un bruit en abandonnant l'arme ensanglantée entre les mains de son adversaire. Le jeune homme contempla la lame noire effilée comme un rasoir, puis l'archimaître étendu près de lui.

— Waylian, redressez-vous donc. Vous êtes dans la chambre du Creuset, que diable !

Le jeune homme leva les yeux. La magistra était devant lui, une urne en fer dans les mains. Le récipient n'était même pas fêlé malgré sa violente collision avec la tête de l'archimaître.

Waylian se leva et lâcha la dague qui tomba à terre. Les archimaîtres approchèrent en comprenant qu'ils ne risquaient plus rien.

— C'est un traître, dit Waylian en pointant le doigt vers Nero.

— Il n'y a aucun doute sur ce point, approuva Drennan Plie.

— Non, je veux dire… oui, mais… il a organisé un complot pour faire assassiner la reine.

— Comment savez-vous cela ? demanda Drennan en toisant le jeune homme d'un air soupçonneux.

— Je… je l'ai vu.

Les archimaîtres échangèrent des regards. La manifestation du pouvoir de Waylian semblait les avoir secoués davantage que la trahison de Nero et l'assassinat d'un de leurs pairs.

— Nous n'avons pas le temps de nous attarder sur ce point, déclara Gelredida. Nero nous a tous menés en bateau. Ferenz et lui travaillaient pour Amon Tugha. Il faudra déterminer jusqu'où s'étendent les racines du complot.

— Vous avez raison, dit Crannock. Nous devons livrer Nero à l'inquisition sans perdre un instant. Le sénéchal et ses hommes auront vite fait d'identifier les traîtres.

Gelredida secoua la tête.

— Nous n'en avons pas le temps, mais ne craignez rien. Je me charge d'interroger Nero. Je peux vous assurer que mes méthodes sont particulièrement efficaces.

Waylian n'avait pas le moindre doute à ce sujet.

Chapitre 38

Regulus avait toujours su que son voyage vers le nord serait parsemé de dangers et que ses guerriers et lui n'en reviendraient sans doute pas. Il avait imaginé des morts indignes, des morts que personne ne chanterait, des morts sans gloire dans un pays lointain – si lointain qu'il ne trouverait jamais le chemin vers les étoiles.

Mais il n'avait jamais imaginé qu'il tomberait si bas.

Ses hommes et lui étaient enfermés dans une cellule sombre et humide, enchaînés et humiliés. Une sourde rage brûlait dans le ventre de Regulus, qui alimentait son envie de tout casser et de s'échapper de ce trou à rats, de racheter son honneur dans un bain de sang et de cadavres. Les Terrefroidiens lui paieraient cette insulte. Il les ferait souffrir.

Il savait que de telles pensées étaient stériles. C'était une perte d'énergie. Il ne pouvait qu'attendre le destin qu'on choisirait pour lui. Il était dévoré par la soif de sang, mais il était impuissant.

Ses guerriers partageaient son envie de vengeance. Ils ne demandaient rien de plus que de suivre leur chef sur le chemin de la juste annihilation de leurs geôliers. Chacun était prêt à donner sa vie pour obtenir vengeance.

À l'exception de Janto Sho.

Celui-ci observait Regulus, tapi dans un sombre recoin. La faible lumière qui réussissait à pénétrer dans la cellule faisait briller ses yeux bleus comme de petites étoiles maléfiques au cœur de la nuit. Il ne disait rien, mais il était clair qu'il tenait Regulus pour responsable de sa déchéance et lui vouait une haine féroce. Janto lui avait juré fidélité en sachant qu'il succomberait sans doute pour rembourser sa dette, mais il n'avait pas imaginé qu'il mourrait enchaîné et dépouillé de son honneur. Regulus ne pouvait pas vraiment lui en vouloir.

— Depuis combien de temps on est là ? demanda Akkula en levant la tête vers la fenêtre trop haute et protégée par d'épais barreaux.

— Quelle importance ? cracha Hagama.

Regulus songea que le guerrier aurait sans doute manifesté son irritation de manière plus énergique, s'il en avait eu la force.

Akkula ne sentit pas le danger dans la voix de son camarade.

— Je meurs de faim, dit-il.

— On meurt tous de faim, répliqua Hagama. Maintenant, tais-toi.

— Taisez-vous tous les deux, intervint Leandran. Il nous faut économiser nos forces. Je suis sûr que nous aurons bientôt l'occasion de nous échapper. Si les Terrefroidiens avaient décidé de nous tuer, ils l'auraient fait depuis longtemps.

— « Nous échapper » ? répéta Hagama en se penchant vers le vénérable guerrier. (La chaîne qui le retenait au mur se tendit.) Nous sommes prisonniers, entravés comme des bêtes. Et aucun de nous ne sait ce que ces bâtards de Terrefroidiens ont dans la tête. Ils sont peut-être en train de rassembler les habitants de la ville afin de pouvoir nous exécuter devant une foule hurlante.

— Si tu raisonnes ainsi, tu es déjà vaincu, dit Leandran. Une occasion se présentera tôt ou tard. Patiente et reste attentif.

— Tu n'es qu'un vieil imbécile ! gronda Hagama en retroussant les babines.

— Leandran a raison, intervint Regulus. (Il toisa Hagama qui finit par baisser la tête.) Nous devons rester aux aguets. À quoi cela nous avancera-t-il de nous battre entre nous ? Nous aurons bientôt l'occasion de montrer nos talents de guerriers.

Regulus espéra qu'il ne se trompait pas. Si ses hommes ne trouvaient pas d'adversaires à massacrer dans les plus brefs délais, ils finiraient par s'entre-tuer.

Et pourquoi ? Pourquoi en sommes-nous arrivés là ? Parce qu'ils t'ont suivi. Tu les as arrachés à leur terre natale pour les conduire dans ce royaume de faibles et de lâches. Et voilà leur punition. C'est à cause de toi qu'ils en sont là. Tu devrais être le seul à payer le prix de tes erreurs.

La honte le dévorait. Comme les grandes plaines d'Equ'un lui manquaient ! La vie était tellement plus simple là-bas. On se battait ou on mourait. Avait-il pris une mauvaise décision en choisissant l'exil ? Aurait-il mieux fait de rester et de combattre aux côtés des Gor'tanas fidèles à son père ?

Il était inutile de se lamenter sur le passé. Il avait pris une décision, il en acceptait les conséquences. Il ne cherchait aucune excuse. Mais c'était une maigre consolation pour les guerriers forcés de partager son sort.

Janto l'observait toujours depuis son sombre recoin. Regulus se demanda à quoi il pensait. Il devait le mépriser du plus profond de son cœur. Il devait avoir envie de le tuer. S'ils réussissaient à s'échapper de cette prison, pourrait-il encore compter sur le Sho'tana ? Celui-ci resterait-il fidèle à sa parole ?

Les deux Zataniens se regardèrent pendant un moment sans prêter attention au vent froid qui soufflait à la fenêtre, ni aux gouttes qui tombaient sur le sol après s'être accumulées au plafond. Puis Janto détourna la tête et se recroquevilla un peu plus loin dans la pénombre. Une petite victoire. C'était mieux que rien.

Un bruit résonna dans le couloir et les guerriers assis se redressèrent. Des verrous claquèrent et une clé glissa dans une serrure. La porte s'ouvrit brusquement et Regulus plissa les yeux lorsque plusieurs silhouettes entrèrent en portant des torches.

— On ne veut pas d'ennuis, dit une voix.

Regulus se leva, aussitôt imité par ses guerriers. Tandis que ses yeux s'habituaient à la lumière, il distingua une dizaine de soldats avec des tuniques vertes. L'angoisse et la peur se lisaient sur leurs visages, bien que les prisonniers soient enchaînés aux murs.

— Et maintenant ? demanda Hagama. C'est ça, l'occasion qu'on attendait ?

Regulus observa les soldats. Ils avaient des armes à la main, mais ils gardaient leurs distances. Si Regulus et ses hommes voulaient conserver une chance de sortir de cette prison vivants, ils devaient se montrer prudents. Ils étaient enchaînés, et s'ils se rebellaient, ils se feraient massacrer.

— Ne faites rien, dit Regulus.

Un guerrier tendit une perche au bout de laquelle se trouvait un nœud assez large pour que Regulus y passe la tête.

— On ne veut pas d'ennuis, répéta un soldat.

Quel genre d'ennuis Regulus pouvait-il causer ? Ses guerriers et lui étaient prisonniers de ces imbéciles de Terrefroidiens.

Ils étaient à leur merci. La honte le brûla comme de l'huile bouillante, mais il ne résista pas quand les soldats serrèrent la corde autour de son cou. On le libéra de ses chaînes et trois hommes le firent sortir de la cellule.

Les soldats n'étaient pas brutaux, et cette absence de violence était profondément humiliante. Regulus avait l'impression d'être un bœuf conduit par un bouvier. Pire encore : il se laissait faire sans rechigner.

Derrière lui, il entendit qu'on administrait le même traitement à ses hommes. Il espéra qu'ils obéiraient à ses ordres, mais rien n'était moins sûr. Il serait surprenant que Janto accepte qu'on lui passe une laisse autour du cou. Regulus espérait-il la révolte du Sho'tana ? Il l'ignorait, mais il ne lui aurait pas déplu qu'un Zatanien ait le courage de résister.

Il était le chef et devait faire preuve de sagesse. Il devait montrer l'exemple.

Tandis qu'on le conduisait le long de sombres couloirs, il songea à ses premiers souvenirs, qui remontaient à une époque où les Aeslantis régnaient sur les plaines d'Equ'un avec férocité. Une époque où ils avaient soumis toutes les tribus qui s'étaient dressées contre eux. Une époque où les Zataniens étaient asservis par des bêtes.

Regulus n'était qu'un enfant, mais il se rappelait la manière dont il avait vécu avant la Révolte des Esclaves, avant que le roi de fer leur offre l'acier des Terrefroidiens et sème le vent de la rébellion au sein de chaque tribu.

Aujourd'hui, Regulus n'était plus un esclave. Aujourd'hui, il n'était plus asservi par des bêtes, mais par des hommes. Qu'aurait dit son père en voyant son fils déshonorer le Gor'tana ? En voyant un prince zatanien demander à ses guerriers de se laisser attacher comme du bétail ?

Regulus décida de penser à autre chose. Il fallait trouver une solution à leurs problèmes avant qu'un de ses hommes commette un geste irréparable qui couperait court à tout espoir de dialogue et les condamnerait à une mort certaine.

Le couloir s'élargit et plusieurs soldats encadrèrent le Zatanien. Quand ils arrivèrent au bout, une porte s'ouvrit brusquement et Regulus découvrit une grande salle dans laquelle résonnaient des cris.

On le fit entrer et il comprit le sort qui l'attendait.

La salle était immense, circulaire et bien éclairée. Elle était garnie de rangées de sièges sur lesquels étaient assis des gens qui lançaient des imprécations. Leurs visages étaient hostiles et ils regardaient le prisonnier comme s'il s'agissait d'un gladiateur entrant dans une arène. Pourtant, le sol n'était pas couvert de sable taché de sang et il n'y avait pas assez de place pour que deux combattants s'entre-tuent.

Des anneaux d'acier étaient fixés dans des dalles de pierre. Les soldats y attachèrent Regulus sans perdre de temps. L'un d'eux tenait toujours la perche au bout de laquelle se trouvait le nœud qui serrait la gorge du Zatanien.

Les autres guerriers firent leur entrée et les cris de la foule redoublèrent d'intensité. Regulus aperçut des mercenaires qui portaient la livrée des Boucliers Consacrés, des Faucons de Minuit et de la Compagnie Écarlate. Leurs yeux brillaient d'une haine féroce. Tous avaient perdu des camarades dans l'affrontement contre les Zataniens et Regulus comprenait leur colère, mais il était incapable de pardonner aux soldats qui le traitaient de la sorte. Si un désaccord survenait, il suffisait d'organiser un combat pour le régler en guerriers. Mais pas ainsi.

Un homme en robe semblait attendre les Zataniens. Il leva les mains vers la foule qui se calma à contrecœur.

L'inconnu abaissa sa capuche avec lenteur et son visage apparut. Il était chauve et un tatouage surmontait son œil droit. Il représentait un sigil que Regulus ne reconnut pas.

Le silence se fit pesant tandis que l'homme contemplait le chef zatanien d'un air impassible.

— Vous êtes accusés de crimes odieux, déclara-t-il d'une voix plate et neutre. Vous avez envahi notre royaume. Vous avez pillé nos villages et massacré notre bétail.

Regulus sentit son sang bouillir tandis que l'homme égrenait ses fausses accusations. Ils auraient *pu* le faire, certes, mais ils ne l'avaient pas fait.

— Vous vous êtes introduits à Havrefer en affirmant que vos intentions n'étaient pas belliqueuses, puis vous avez assassiné des soldats venus protéger la cité contre l'envahisseur.

La foule approuva avec des cris de plus en plus nombreux. Certaines personnes réclamaient justice, d'autres demandaient simplement la mise à mort des Zataniens.

— Qu'est-ce qu'ils racontent ? demanda Hagama.

Regulus n'eut pas le courage de lui répondre. Comment aurait-il pu lui dire qu'on les accusait de crimes qu'ils n'avaient pas commis ? C'était lui qui avait entraîné ses guerriers sur ces terres. À lui de payer le prix de cette erreur.

— Par conséquent, l'inquisition affirme que vous êtes venus ici en tant que serviteurs de l'envahisseur elharim Amon Tugha. Votre mission consistait à déstabiliser la cité de l'intérieur, à faire autant de dégâts que possible pour affaiblir les défenses de Havrefer.

Regulus aurait voulu rugir pour protester, défier son accusateur, mais il était enchaîné et impuissant. Peut-être leur restait-il une chance de prouver leur innocence. Son père ne lui avait pas appris grand-chose à propos des coutumes des Sans-Griffes, mais il n'était pas tout à fait ignare en la matière. Les Terrefroidiens respectaient parfois la tradition du jugement par le combat, mais lorsque ce n'était pas le cas, un seigneur ou un noble choisi prenait la parole au nom des accusés. Il y avait sans doute un moyen de réfuter ces allégations. Il y avait sans doute quelqu'un pour les défendre, lui et ses guerriers.

— Les preuves ne laissent aucune place au doute. Six hommes sont morts, douze ont été blessés. Aucun allié des États libres n'aurait agi ainsi. Ces crimes sont l'œuvre d'un ennemi qui s'est présenté sous les traits d'un allié.

— Mais qu'est-ce qu'il raconte ? demanda Hagama, assez fort pour couvrir la voix de l'homme en robe.

Akkula et Kazul se joignirent à lui pour rugir de colère et défier la foule. Leur combativité réchauffa le cœur de Regulus, mais elle ne fit qu'attiser la haine du public qui s'époumona de plus belle. Les gens aboyaient comme des chiens, certains crachaient et lançaient des insultes que Regulus ne connaissait que trop bien.

L'homme en robe leva les mains. Hagama, Kazul et Akkula se turent quand leurs cris se firent trop rauques.

— Une confession, poursuivit l'inquisiteur. (Le mot résonna dans la salle circulaire.) Peut-être que ces sauvages nous montreront une parcelle d'honneur et qu'ils reconnaîtront leurs crimes ?

— Le jugement du feu ! cria quelqu'un.

— Qu'on les soumette à la question ! lança un autre.

Une fois de plus, l'homme en robe réclama le silence en levant les mains, puis il toisa Regulus.

— Qu'en dis-tu, animal ? Reconnais-tu tes crimes ?

Regulus savait que des protestations ne susciteraient que des moqueries et que personne ne les prendrait en compte.

Ces gens se fichaient de son éventuelle confession, ils ne voulaient que sa mort.

— Je suis venu ici pour me battre, dit-il d'une voix qui réduisit le public au silence. Pour défendre cette cité aux côtés de ses habitants. Pour offrir gloire et victoire à votre reine. Je n'ai rien à confesser.

— « Rien à confesser » ? répéta l'homme en robe. Eh bien ! dans ce cas, nous ne te demanderons rien de plus. Qui se soucie des confessions d'un animal ?

Le public vociféra et trépigna. Le vacarme était assourdissant. Regulus s'évertua à calmer ses guerriers qui rugissaient de colère.

— Tout ce qu'il nous faut, c'est une sentence ! reprit l'accusateur pour se faire entendre.

Une porte donnant sur une loge s'ouvrit et un autre homme en robe apparut, le visage dissimulé par une capuche sombre. Il resta immobile une éternité, attendant que le public se taise et que les Zataniens cessent de rugir.

Lorsque le calme revint, l'homme au tatouage leva les yeux et demanda :

— Quelle sera la sentence ?

L'inconnu au visage caché ne répondit pas tout de suite. Il semblait boire le silence. Regulus connaissait déjà la réponse et lui jeta un regard plein de défi.

Puis l'homme encapuchonné lâcha deux mots.

— La mort.

Et ce fut au tour de la foule de rugir.

Chapitre 39

La chambre de l'inquisition était plongée dans le chaos. Les spectateurs hurlaient leur colère tandis que les guerriers d'Equ'un poussaient de puissants rugissements. Cette scène réveilla d'anciens souvenirs dans la tête de Nobul. Des souvenirs de champs de bataille, de sueur, de sang et de peur maîtrisée à grand-peine.

Il tenait une chaîne au bout de laquelle était attaché un Zatanien. Il tirait de toutes ses forces, mais il avait du mal à empêcher le prisonnier de s'agiter. En d'autres circonstances, il aurait mis cela sur le compte de la fatigue ou des épreuves qu'il avait traversées au cours des derniers jours, mais pas aujourd'hui. Ces sauvages des plaines d'Equ'un avaient été les esclaves des Aeslantis et élevés pour combattre dans les fosses des hommes-bêtes. Nobul était heureux qu'ils soient enchaînés.

Les Manteaux Verts les firent sortir de la salle. Le verdict avait été prononcé et la situation était devenue explosive. Kilgar ouvrait la marche. Il criait à ses hommes d'avancer aussi vite que possible et de tenir les chaînes avec fermeté. Il suffisait qu'un de ces monstres assassins se libère et ce serait une véritable boucherie.

Nobul avait eu l'occasion de découvrir la férocité et les talents de combattants des Zataniens pendant la bataille de la Porte de Bakhaus. Les Aeslantis avaient envoyé quelques-uns de leurs esclaves, des troupes de choc, pour affaiblir l'avant-garde teutonne. C'étaient de formidables adversaires et l'ancien forgeron n'avait pas la moindre envie de les combattre de nouveau. Il n'était plus aussi jeune et fort que par le passé. Il n'était plus animé par la même soif de sang et de gloire. Aujourd'hui, il sentait le poids des ans tandis qu'il tirait le guerrier zatanien dans sa cellule, et son expérience de vétéran ne le rassurait en rien.

À l'époque, quand il était encore un jeune homme, il avait éprouvé une terreur sans nom en affrontant l'ennemi dans la vallée de Bakhaus. Nobul ne songea pas à la victoire en entendant les échos des cris venant de la salle circulaire. Il se revit debout aux côtés d'une centaine de camarades. Certains tremblaient, d'autres pleuraient. Il serrait le manche de son marteau d'armes si fort qu'il s'était demandé s'il réussirait un jour à le lâcher. Il regardait autour de lui en cherchant un endroit où se terrer, mais il n'y avait rien.

Aucune victoire n'effacerait jamais ces images. Pas plus que les remerciements de mille soldats vous tapant dans le dos et vous offrant à boire. Le temps avait accompli son œuvre et émoussé ses souvenirs, mais voilà qu'ils resurgissaient sans prévenir.

Les Manteaux Verts poussèrent le Zatanien dans sa cellule et réussirent tant bien que mal à l'attacher au mur. Bilgot ôta la corde passée autour de son cou avec prudence et tout le monde recula pour laisser entrer les autres prisonniers. Ils étaient six et, à l'exception du plus jeune et du plus âgé, particulièrement impressionnants. L'ancien avait le crâne rasé et sa peau noire était décolorée par endroits, mais nul doute que c'était encore un guerrier redoutable. Le plus faible de ces bâtards était capable de massacrer un homme normal sans difficulté.

Le vacarme venant de la salle circulaire était assourdissant. On commença à attacher les Zataniens et Nobul posa la main sur la poignée de son épée courte, au cas où ils décideraient de tenter le tout pour le tout. Les prisonniers grognèrent, rugirent et grondèrent sans vergogne, mais les Manteaux Verts leur passèrent les fers sans difficulté majeure.

— Parfait, dit Kilgar. Tout le monde dehors.

Personne ne protesta, bien au contraire. Les Manteaux Verts se bousculèrent presque pour quitter la cellule.

Nobul attendit que ses camarades sortent. Alors qu'il faisait un pas vers la porte, il croisa le regard d'un Zatanien dont les longs cheveux noirs couvraient ses épaules. Celui-ci ne rugissait pas de colère et contemplait l'ancien forgeron avec attention. C'était le plus grand et le plus impressionnant du groupe. Celui qui parlait teuton et qui avait clamé son innocence dans la chambre de l'inquisition. Celui qui avait conservé une attitude fière et rebelle tandis que ses compagnons hurlaient de rage.

Nobul observa ses yeux verts et comprit que le Zatanien était tout sauf un imbécile. Il jeta un coup d'œil à Kilgar qui lui fit signe de sortir, mais ne trouva pas la force d'obéir. Une dizaine d'années plus tôt, il avait affronté et tué des guerriers zataniens, mais il pressentait que celui-ci ne lui ferait aucun mal. Les Zataniens n'avaient pas combattu les États libres de leur plein gré, mais parce qu'ils étaient les esclaves des Aeslantis. On racontait qu'après avoir recouvré leur liberté, ils s'étaient retournés contre leurs anciens maîtres et les avaient vaincus après une guerre sauvage. En fin de compte, ils n'étaient peut-être pas des ennemis. En fin de compte, ils ne méritaient peut-être pas cette condamnation sommaire. Oui, l'inquisition avait sans doute été injuste avec eux.

— Je suis désolé, dit Nobul sans réfléchir.

Le Zatanien attendit quelques instants avant de répondre.

— Garde ta pitié, Terrefroidien. Nous n'en avons aucun besoin.

— Alors ? lança Kilgar.

Le sous-officier lui adressa un nouveau signe, plus impatient que le précédent.

Nobul ne bougea pas. Il aurait été incapable d'expliquer pourquoi.

— Ferme la porte, dit-il au sergent sans quitter des yeux le guerrier à la peau sombre.

— T'es malade ou quoi ?

— Ferme la porte, répéta Nobul.

Kilgar obtempéra sans un mot et tourna la clé dans la serrure.

Le Zatanien observait toujours l'ancien forgeron. Ses yeux verts ne trahissaient aucune émotion.

— Je m'appelle Nobul Jacks.

— Regulus du Gor'tana. Prince d'Equ'un.

— Très heureux de te rencontrer, Regulus du Gor'tana. Et pour ta gouverne, sache que je n'ai pas pitié de toi et que je suis quand même désolé.

— Je comprends, Nobul Jacks. Mais tes excuses ne nous tireront pas de cet endroit.

— Non, en effet. Je ne peux pas faire grand-chose à ce sujet.

Une expression triste et découragée se peignit sur les traits du Zatanien et Nobul eut vraiment pitié de lui.

— Et dire que nous sommes venus pour nous battre au nom de votre reine, dit le guerrier. Pour lui apporter la gloire. Pour tuer ses ennemis. Et c'est nous qu'on va massacrer comme du bétail.

— Pourquoi voulais-tu servir notre reine ? Pourquoi as-tu fait un si long voyage vers le nord pour te battre ? Je suppose que les occasions ne manquent pas dans le Sud.

— La mort ne prend pas de repos dans mon pays, en effet. Mais la gloire est ici, dans le Nord. Je voulais me battre pour sauver la ville de notre libérateur.

— Tu parles du roi Cael ? Il est mort depuis quelque temps maintenant.

Et certains d'entre nous n'ont pas versé beaucoup de larmes le jour de son enterrement.

— C'est ce qu'on nous a dit. Raison de plus pour défendre son peuple et sa famille, tu ne crois pas ?

Nobul estima que le raisonnement se tenait. Lui aussi s'apprêtait à défendre le peuple et la famille de Cael.

— J'aurais aimé me battre à tes côtés sur les remparts de la cité, dit Nobul.

Il ne mentait pas. Avec six guerriers zataniens, il était prêt à affronter n'importe quelle horde de Khurtas.

— Je suppose que ça n'arrivera pas, vu ce qui s'est passé.

— Tu es donc un guerrier, Nobul Jacks ? Oui, bien sûr. Je le vois dans la manière dont tu te tiens. Tu as participé à de nombreuses batailles ?

— Plus qu'assez. C'était il y a longtemps.

— Est-ce que tu t'es battu contre mon peuple ?

Cette question prit Nobul au dépourvu. Il envisagea de mentir, mais les Zataniens étaient enchaînés et il n'avait rien à craindre.

— Ouais. À la Porte. Tes semblables sont de grands guerriers. Je ne voudrais pas avoir à les affronter de nouveau.

Regulus parut prendre ces paroles comme un compliment.

— J'aurais voulu me battre pour notre liberté à cette époque, mais j'étais encore un enfant. Le temps m'a joué un mauvais tour.

— Le temps joue de mauvais tours à tout le monde, d'une manière ou d'une autre, remarqua Nobul avec un sourire, comme s'il bavardait avec un vétéran. L'important, c'est de savoir le mettre à profit.

— Je crains de ne pas avoir utilisé au mieux celui qui m'était accordé.

— Tu ne peux pas encore dire ça.

— Tu as raison. Il faut vivre sans regret.

— Vrai de vrai, dit Nobul.

En matière de regret, Nobul Jacks ne craignait pourtant pas grand monde. Qu'Arlor lui pardonne.

Le Zatanien s'accroupit et s'appuya contre le mur. Nobul observa ses camarades. Ceux-ci s'étaient tus et le regardaient en silence. L'un d'entre eux était tapi dans un coin et ses yeux bleus brillaient d'une rage contenue.

Nobul baissa la tête vers Regulus avant de s'agenouiller près de lui.

— Tu ne mérites pas ce qui t'arrive. Aucun de vous ne le mérite.

— En effet. Et si ça peut te réconforter, sache que je n'ai aucun ressentiment envers toi.

— Je pense que ça me réconforte un peu, dit Nobul. (Il n'était pas sûr que ce soit la vérité.) Bonne chance à toi, Regulus du Gor'tana.

— Bonne chance à toi, Terrefroidien.

Nobul frappa contre le battant deux fois. Il n'eut pas la force d'accorder un dernier regard aux guerriers enchaînés derrière lui pendant que Kilgar lui ouvrait.

Il sortit de la cellule et le sergent ferma la porte avant de se tourner vers lui. Nobul se prépara à se faire sonner les cloches, mais Kilgar se contenta de l'observer. Les Manteaux Verts quittèrent le bâtiment en silence.

La caserne était étrangement calme. La peur se lisait sur les visages de Dustin et d'Edric. Bilgot ne fanfaronnait pas. Cela n'avait rien de très étonnant : un Zatanien pouvait saper le courage d'un homme d'un seul regard – et c'était bien pire quand ils montraient leurs griffes et leurs crocs. Les trois jeunes gens pouvaient s'estimer chanceux de ne pas avoir affronté d'Aeslantis ou – plus redoutables encore – de guerriers zataniens.

Ils s'en allèrent les uns après les autres, sans lui adresser un mot. Nobul en fut heureux. Il avait envie de passer un moment seul et tranquille.

Avec tous les problèmes liés aux réfugiés et à la menace d'invasion imminente, la discipline s'était relâchée au cours des dernières semaines. Les Manteaux Verts montaient la garde avec une négligence encore plus affligeante qu'à son arrivée et l'ancien forgeron n'eut aucun mal à s'introduire dans la pièce où étaient rangés les livres de comptes. Le petit bureau de l'officier chargé de verser les soldes.

Il ne lui fallut pas longtemps pour trouver ce qu'il cherchait. Il était facile de mettre la main sur un homme quand on connaissait son adresse.

Nobul partit en direction de la Porte septentrionale. Il ne parvenait pas à chasser les Zataniens de sa tête. Après tout ce qu'ils avaient enduré, comment leur chef pouvait-il ne pas en vouloir aux humains ?

Nobul Jacks aurait-il été capable d'une telle mansuétude ? De supporter de telles humiliations en se répétant que c'était son destin ?

La maison se trouvait dans une petite rue à l'ouest du marché. Il n'y avait qu'une seule porte, mais Nobul l'ignora. Il remonta une ruelle en s'enfonçant jusqu'aux chevilles dans une boue à la composition douteuse. La nuit tombait et il ne voyait pas grand-chose, mais il trouva une autre porte à l'arrière du bâtiment. Fermée. Il secoua la fenêtre à côté et le battant trembla. Il poussa plus fort et réussit à l'ouvrir. L'effraction n'avait pas été très discrète, mais c'était sans importance. Il n'y avait aucun danger. En ce qui le concernait, du moins.

Il faisait sombre à l'intérieur. Ses yeux s'habituèrent à la faible lueur d'une chandelle et il aperçut celui qu'il était venu voir. Le jeune homme était affalé sur une table, une bouteille d'eau-de-vie vide à côté de lui. Il y avait également un gobelet retourné et un couteau à quelques centimètres de sa main.

Nobul approcha sans bruit. Il n'allait tout de même pas réveiller ce brave garçon qui dormait du sommeil du juste, hein ? Il ramassa le couteau et le planta dans le jambage de la porte.

Le bruit fit sursauter Anton.

— Qui est là ? demanda-t-il, les yeux embrumés par l'alcool et le sommeil.

Sa main gauche tâtonna à la recherche du couteau.

— Je pensais que t'aurais foutu le camp à l'autre bout du monde, dit Nobul.

— Oh, putain ! hoqueta Anton. Oh, putain ! Putain ! Putain !

— Qu'est-ce qui se passe ? La Guilde t'a laissé tomber ? Elle t'a laissé en plan quand il a commencé à y avoir un peu trop de bordel ?

— Ils te cherchent, dit Anton avec des yeux écarquillés. Ils surveillent sans doute la maison en ce moment même. Ils vont fouiller la ville de fond en comble après ce que tu as fait. Tu ne devrais pas être ici.

Nobul haussa les épaules.

— Je suis prêt à courir le risque.

Anton tremblait comme une feuille et l'ancien forgeron dut reconnaître que le spectacle était assez agréable.

— Alors ? demanda le jeune homme. Tu vas me tuer ?

Nobul le regarda en silence.

Alors, tu vas le tuer ? C'est pour ça que tu es venu ? Tu en as sacrément bavé à cause de lui. Ce ne serait que justice.

— Je ne sais pas, répondit Nobul. Qu'est-ce que tu en penses ?

— Je pense que je suis déjà mort.

— C'est peut-être le sort que tu mérites.

— Alors, qu'est-ce que tu attends ? hurla Anton en se levant d'un bond.

Malgré la pénombre, Nobul vit que ses yeux étaient remplis de larmes. Il s'était sans doute terré ici pendant des jours, sans savoir quoi faire, n'attendant que la mort. Ce n'était qu'un gamin incapable de trouver une solution à ses problèmes, sinon au fond d'une bouteille d'alcool.

— Le pardon est une chose difficile, dit Nobul. Si je te laisse partir, tu as intérêt à foutre le camp et à ne jamais recroiser mon putain de chemin.

Anton le regarda avec méfiance. Il s'attendait à un piège.

— Tu es sérieux ?

Nobul hocha la tête.

— Ne reviens jamais.

— Je te le jure. Jamais de jamais. Tu ne me verras plus.

— Dans ce cas, tu ferais bien de te mettre en route, mon gars.

Anton se tourna précipitamment. Son sac était par terre. Il se pencha pour le ramasser.

Tu le laisses partir ? Comme ça ? Nobul Jacks se fait entuber comme le dernier des branquignols et il passe l'éponge ? Tu feras la même chose avec les Khurtas quand ils rappliqueront ? Tu leur pardonneras ? Et tu penses rester en vie combien de temps ?

Anton fourrait quelques affaires dans son sac. Nobul fit un pas vers lui.

C'est mieux. Tu es un mauvais fils de pute, Nobul Jacks. Et cette ville va avoir besoin de mauvais fils de pute comme toi. Il doit payer pour ce qu'il a fait. Il doit être puni.

Anton était là, le dos tourné, prêt à entamer une nouvelle vie loin de cette cité et de son poison. Loin de la Guilde, des Khurtas et de Nobul Jacks.

Parce que tu lui pardonnes ?

Les mains de Nobul se refermèrent autour du cou du jeune homme. Anton poussa un hoquet étranglé, le dernier bruit avant que la circulation de l'air soit coupée. Il se débattit, mais il n'avait aucune chance de s'échapper.

Nobul dut reconnaître qu'il fit de son mieux. Il griffa ses mains, mais la douleur était agréable. Nobul contracta les mâchoires et serra plus fort. Les dieux seuls savent pendant combien de temps il serra. Jusqu'à ce qu'Anton ne bouge plus.

Il lâcha le jeune homme qui s'effondra par terre.

L'ancien forgeron observa le cadavre dans la pénombre un bref moment. Somme toute, son exécution avait été rapide.

La miséricorde de Nobul Jacks s'arrêtait là.

Chapitre 40

Waylian sentait encore le goût de la bile dans sa gorge. Il se serait damné pour un verre d'eau, pour s'allonger le temps que la nausée reflue. Mais maîtresse Gelredida n'était pas d'humeur à faire une pause.

Ils étaient retournés dans les entrailles de la tour des magisters, dans le dédale de couloirs et de salles qui s'étendait sous la ville, loin des oreilles indiscrètes. La magistra ne voulait pas qu'on entende les cris.

Nero Laius était allongé sur un chevalet en bois, les poignets et les chevilles attachés par des fers. Il était nu et sa peau luisante de sang et de sueur frémissait sous le coup de la peur et de la douleur. Le chevalet était incliné à quarante-cinq degrés pour que maîtresse Gelredida n'ait pas à trop se pencher quand elle s'occupait du prisonnier. Nero avait d'abord protesté. Il avait exigé qu'on le libère. Il avait hurlé qu'il était archimaître du Creuset et avait droit à un procès. Ses revendications s'étaient vite transformées en cris de douleur.

Waylian regardait, les yeux écarquillés d'horreur et les mains plaquées sur la bouche, pendant que maîtresse Gelredida choisissait ses instruments avec soin avant de s'atteler à sa tâche.

Elle utilisait les scalpels et les crochets avec des gestes rapides et précis. Au départ, elle ne posa même pas de questions. Elle ne prêtait aucune attention aux hurlements de Nero qui résonnaient dans la salle. Après avoir observé Gelredida quelques minutes, Waylian avait jugé préférable de se couvrir la bouche. Il n'avait pas envie de vomir par terre une fois de plus. Cela devenait une mauvaise habitude.

La magistra recula d'un pas. Ses gants étaient maculés de taches rouges.

— Alors, Nero. Archimaître, Gardien des Corbeaux. Et… Maître des Divinations ? Comment se fait-il que vous n'ayez rien vu venir ? C'est décevant de la part d'un spécialiste dans ce domaine. Seriez-vous devenu négligent ?

Nero marmonna quelque chose en gémissant. Waylian avait craint et détesté cet homme, mais il ne pouvait s'empêcher d'avoir pitié de lui. Des ruisselets de sang coulaient le long de ses jambes et formaient une flaque au pied du chevalet. Son corps était zébré de coupures. Par endroits, sa peau était découpée, tirée en arrière et maintenue en place à l'aide de pinces en acier.

— Il est clair que le maréchal Ferenz vous a aidé dans votre entreprise. D'autres chevaliers Corbeaux sont-ils impliqués dans votre petit complot ?

Nero marmonna de nouveau. Gelredida ne comprit pas ce qu'il disait et leva la tête en grimaçant d'un air agacé. Elle tendit une main vers une pince et la tordit.

Waylian détourna les yeux quand Nero hurla.

— Oui ! cria l'archimaître dans une gerbe de morve et de sang. Je suis le putain de Gardien des Corbeaux ! Bien sûr qu'il y a des chevaliers de mon côté. Je vous dirai qui ils sont. Je vous donnerai leurs noms. Je vous révélerai tout ce que vous voulez savoir.

Gelredida se pencha en arrière pour éviter les expectorations du prisonnier.

Le silence s'installa, encore plus insoutenable que les hurlements. Waylian pouvait supporter les cris, mais ce calme interminable lui laissait le temps de songer à la suite des événements. Quel nouvel instrument Gelredida allait-elle tirer de son sac à malice ?

Mais la vieille femme se pencha en avant tandis que Nero hoquetait en quête d'un peu d'air.

— Vos conspirations au sein de la tour peuvent attendre, Nero. Ce que je veux savoir, c'est pour qui vous travaillez.

— Vous savez déjà pour qui je travaille, répliqua Nero d'une voix perçante et désespérée.

— Eh bien ! dites-le.

— Amon Tugha. Je travaille pour Amon Tugha.

— Oui, Nero, acquiesça Gelredida avec une intense satisfaction. Je n'en doute pas un seul instant. C'est pour cette raison que vous avez essayé de convaincre les archimaîtres de ne pas intervenir quand l'ennemi assiégerait la ville. Mais ce n'est pas le nom que je souhaite entendre.

Nero la regarda avec des yeux écarquillés. Des larmes coulaient sur ses joues sales parsemées de croûtes de sang. Il resta silencieux et Gelredida jeta un coup d'œil aux instruments alignés sur la table.

— Waylian, ayez donc l'amabilité de m'apporter la scie.

En règle générale, le jeune homme obéissait sans poser de questions, pourtant à ce moment, il en fut incapable. Il méprisait Nero du fond de son cœur, mais il ne voulait pas être l'assistant de son bourreau.

Par chance, Gelredida n'eut pas à insister.

— D'accord ! hurla Nero. Il y a un homme dans la ville. C'est un agent d'Amon Tugha.

— Un nom, exigea la Sorcière rouge.

— Il se fait appeler le Père des Assassins.

— Cela ne me suffit pas. Waylian, la scie.

— Je n'en sais pas plus ! Je le jure !

Nero se mit à gémir et à sangloter. C'était pathétique, Waylian en était conscient, mais il ne pouvait s'empêcher de plaindre l'archimaître déchu.

— Si je savais autre chose, je vous le dirais.

— Eh bien ! je vous conseille de fouiller dans votre mémoire au plus vite.

Nero cessa de pleurnicher et ouvrit les yeux en grand.

— On le connaît dans le milieu de la pègre. Il est le chef des assassins. L'homme le plus dangereux des États libres.

— Et ?

Nero grinça des dents comme s'il faisait un effort désespéré pour empêcher la vérité de sortir de sa bouche.

— C'est lui qui a organisé la tentative de meurtre contre la reine.

Gelredida regarda le prisonnier, puis tendit la main vers Waylian.

La scie, Grimm. Je crois qu'elle veut la scie.

— Il va y avoir un nouvel attentat ! cria Nero. Le Père des Assassins ne s'arrêtera pas tant qu'elle ne sera pas morte.

— Qu'avez-vous fait pour l'aider, Nero ?

L'archimaître secoua la tête avec véhémence. Des gouttes de sueur et de sang s'échappèrent des mèches de cheveux bouclés.

— Je n'ai rien fait du tout, je le jure. (Gelredida le regarda un instant, puis elle leva la main.) D'accord, d'accord. Il a demandé de l'aide pour certaines malégies. Des malégies elharimes. Je n'ai pas très bien compris. Je lui ai donné des clous tirés du cercueil d'une sorcière et du venin de mantikore. Rien de plus !

Gelredida hocha la tête et recula avec lenteur.

— Vous savez, je pense que vous dites peut-être la vérité, Nero. (Elle se tourna et contempla la table chargée d'instruments.) Mais je dois m'en assurer, vous le comprendrez sans peine.

Elle prit la scie.

Elle approcha et Nero se mit à hurler d'un ton strident. On aurait dit un oiseau à qui on tord le cou.

Les mains de Waylian se pressèrent plus fort contre sa bouche. En vain. La pièce commença à tanguer et ses oreilles furent envahies par les croassements de mille corbeaux furieux qui picoraient son cerveau. Il se tourna et chercha la poignée de la porte à tâtons. Il poussa le battant et sortit en titubant. Il referma derrière lui et les hurlements furent étouffés. Le jeune homme fut envahi par un profond soulagement. Et puis il vomit.

Il aurait été incapable de dire combien de temps il attendit dans le couloir sombre. Parfois, les gémissements et les cris traversaient le battant et il grimaçait comme si c'était lui qu'on torturait.

Estime-toi heureux et remercie Arlor de ne pas être le prochain sur la liste de Gelredida.

La porte s'ouvrit enfin. Waylian fit un effort pour ne pas regarder à l'intérieur de la sombre pièce, mais la curiosité fut plus forte que lui. Nero n'avait plus grand-chose de commun avec l'homme qu'il avait été. Ce n'était plus qu'une masse pétrifiée de chair ensanglantée.

Arlor soit loué, Gelredida ferma aussitôt la porte derrière elle. Elle s'arrêta pour frotter sa robe avec un chiffon sale. Par chance, elle s'habillait toujours en rouge et on ne se rendait pas vraiment compte que ses vêtements étaient gorgés de sang.

— Suivez-moi, ordonna-t-elle sur un ton désinvolte, comme s'ils venaient de tailler des rosiers au lieu des membres d'un homme. Nous devons nous rendre au palais sans perdre un instant.

Tandis qu'il traversait le labyrinthe souterrain, Waylian se rendit compte que ses mains tremblaient. La nausée avait disparu. C'était une bonne chose. Il ne lui restait plus qu'à oublier les images de la séance de torture à laquelle il venait d'assister.

Oh! et tant que tu y es, tu ne voudrais pas oublier que tu as broyé la tête de Ferenz par la seule force de ta volonté? Mais bon, une chose à la fois, hein, Grimm?

Ils émergèrent du dédale et le jeune homme inspira profondément – un petit exploit, dans la mesure où il était à bout de souffle. Il avait eu du mal à suivre le rythme de Gelredida. Il retrouva le monde extérieur avec soulagement. L'air frais l'apaisa, mais pas pour longtemps: mille questions se mirent à tourbillonner dans sa tête.

— Maîtresse, je ne comprends pas.

— Que voulez-vous comprendre?

— La dernière fois que nous avons demandé aux archimaîtres de défendre la cité contre les Khurtas, ils ont refusé. Pourquoi ont-ils changé d'avis si rapidement?

— En grande partie grâce à vous, jeune Waylian.

— Je vous demande pardon?

— Ne m'obligez pas à me répéter. Vous savez que cela m'agace au plus haut point.

— Bien sûr, magistra.

La vieille femme s'enfonça au milieu d'une foule de plus en plus dense et Waylian fit de son mieux pour la suivre.

— Mais je ne comprends toujours pas, dit-il.

— Croyez-vous que je vous ai confié toutes ces missions dans le simple but de vous dégourdir les jambes ?

— Eh bien… certes non…

— Milius, l'apothicaire. Que pensez-vous de lui ?

— Il me fiche la trouille.

Gelredida gloussa.

— Oui, je veux bien vous croire. Mais c'est aussi le meilleur empoisonneur de toute la ville. Je devais m'assurer qu'il connaissait les ingrédients nécessaires à la fabrication d'un certain poison. Un poison qu'on a utilisé très récemment à la tour des magisters.

— On a empoisonné quelqu'un à la tour ?

— Allons, Waylian. Vous avez quand même entendu les histoires à propos de la mort du vieil archimaître Gillen ? À votre avis, qui ai-je disséqué dans les chambres basses, il y a quelques jours ?

Waylian se rappela qu'à son arrivée à Havrefer, de nombreuses rumeurs circulaient parmi les apprentis. L'archimaître Gillen avait été le tuteur de Lucen Kalvor. Le vieil homme était mort brutalement et Kalvor lui avait succédé.

— Laisseriez-vous entendre que l'archimaître Kalvor a tué Gillen ?

Gelredida secoua la tête.

— Je ne laisse rien entendre, Waylian. Je l'affirme. Ces vieux crétins du Creuset ne se sont rendu compte de rien parce qu'ils sont envoûtés par le charme et le pouvoir de Kalvor, mais les indices sont clairs. Il a employé un poison qui ne laisse presque pas de trace. Presque. Les preuves étaient là pour qui savait quoi chercher. À Havrefer, il n'y a que deux personnes capables de concocter une telle potion. Je suis la première. Milius est la seconde. Je savais que si vous alliez le voir avec la liste des ingrédients, Milius prendrait peur et essaierait de vous tuer.

—Il essaierait… ?

Waylian s'arrêta net et contempla sa maîtresse avec des yeux exorbités. Ce n'était pas la première fois que Gelredida lui confiait des missions dangereuses, il le savait, mais c'était la première fois qu'elle le reconnaissait. Et sans la moindre gêne.

La magistra se tourna vers lui.

—Allons, Waylian. Ne soyez pas pénible. Vous n'avez jamais couru de réel danger. Si Milius vous avait empoisonné, je suis à peu près certaine que j'aurais trouvé l'antidote avant votre mort.

« À peu près certaine » ?

Waylian secoua la tête.

—Et l'autre mission ? On voulait me tuer, là aussi ?

—Bien sûr que non. Enfin… pas vraiment.

Voilà qui est rassurant.

—Qui est ce Josiah Klumm ?

Gelredida regarda à gauche, puis à droite, comme pour vérifier que personne ne les écoutait. Elle avait déclaré sans baisser la voix que Lucen Kalvor avait assassiné son mentor, mais elle ne voulait pas qu'on entende ce qu'elle allait dire à présent.

Personne n'écoutait leur conversation. La magistra laissa échapper un petit soupir satisfait et s'approcha de Waylian.

—Josiah Klumm est le fils illégitime d'un certain Drennan Plie, et si cela s'ébruitait, l'archimaître se retrouverait dans une situation fort embarrassante.

—Vous l'avez fait chanter ? Vous avez menacé de révéler son secret ?

La magistra le regarda comme s'il venait de proférer une énorme bêtise. Elle avait pourtant l'habitude, car Waylian était particulièrement doué dans ce domaine.

— Bien sûr que non. Je l'ai menacé de tuer le garçon, dit-elle sur un ton pragmatique. Bien, pouvons-nous nous remettre en chemin maintenant ? Nous avons des affaires urgentes à régler.

Elle se tourna et s'élança à travers la foule d'un pas rapide.

Waylian la suivit en songeant à ce qu'il avait fait. C'était lui qui avait livré Josiah Klumm à la magistra. Cela faisait-il de lui un complice ? Drennan chercherait-il à se venger ? Cette éventualité n'avait rien de rassurant.

— Et les autres archimaîtres ? demanda-t-il en accélérant le pas pour arriver à la hauteur de Gelredida. Comment les avez-vous persuadés de changer d'avis ?

— Je ne l'ai pas fait. Je suis partie du principe que si Kalvor et Drennan étaient d'accord, les autres suivraient le mouvement. Marghil et le regretté Crabbe ne m'ont pas déçue. Le seul sur qui j'avais un doute, c'était Nero. Quand il a révélé son vrai visage, j'ai su que nous avions gagné.

— Mais… nous avons failli nous faire tuer.

Gelredida haussa un sourcil.

— Nous avons seulement failli, Waylian.

Elle n'avait pas tort.

Ils poursuivirent leur chemin en silence. Gelredida ne prononça pas un mot en franchissant les portes du quartier de la Couronne. Les Manteaux Verts s'écartèrent comme s'ils attendaient sa venue. La situation devint plus compliquée lorsqu'ils parvinrent devant le palais.

Quatre Sentinelles gardaient l'entrée. Les pointes de leurs lances étincelaient sous les rayons du soleil hivernal.

— Je voudrais m'entretenir avec la reine, annonça Gelredida.

Un chevalier la regarda, puis secoua la tête.

— Moi, je voudrais cent couronnes d'or et une bonne nuit de sommeil, mais je peux vous garantir que ni votre souhait ni le mien ne vont se réaliser, vieille femme.

Gelredida l'observa avec attention.

Le chevalier en heaume soutint son regard. Ses trois camarades s'agitèrent, mal à l'aise. Pour une raison étrange, aucune Sentinelle ne semblait avoir le courage de dire à cette vieille folle de ficher le camp.

Au bout d'une éternité, le premier chevalier fit soudain un pas de côté.

— D'accord, d'accord, dit-il d'une voix légèrement tremblante. Entrez.

Chapitre 41

Les nouvelles du front étaient de plus en plus alarmantes. Nombre de tués, demandes urgentes et irréalistes de renforts ou de nourriture, villages brûlés, habitants violés et assassinés. La route entre Dreldun et Havrefer serait bientôt bordée de charniers et les sacrifices des soldats des États libres ne semblaient pas avoir servi à grand-chose.

Janessa avait l'impression qu'on lui arrachait le cœur. Chaque personne assassinée, chaque personne qui succombait à la faim ou à la maladie lui rappelait l'échec des négociations avec la ligue des banquiers. La jeune fille savait que les chances de sauver la cité filaient entre ses doigts comme du sable trop fin.

Certaines dispositions avaient été prises, bien entendu. Garret et Odaka n'avaient pas ménagé leurs efforts et leurs compétences militaires s'avéraient d'un grand secours dans l'organisation de la défense de la ville. Ils avaient tenté de recruter des guerriers parmi les innombrables réfugiés, mais n'avaient trouvé que des vieillards frêles et des adolescents enthousiastes, mais inexpérimentés. Odaka avait déclaré à Janessa que ces volontaires seraient les premiers à mourir quand les Khurtas entameraient le siège de la cité. La jeune fille aurait voulu renvoyer ces soldats au rabais près de leurs familles, mais comment aurait-elle pu faire une chose pareille ? Havrefer avait besoin de tous les défenseurs possibles. La ville ne résisterait pas longtemps si personne n'acceptait de faire des sacrifices.

Le maréchal Farren avait qualifié les volontaires de « simple muraille de chair ». Janessa ne parvenait pas à les voir ainsi. Elle imaginait des jeunes gens et des vieillards promis à une mort certaine, une mort qu'elle aurait pu éviter si elle avait négocié un accord avec Azai Dravos.

Mais il était trop tard pour se lamenter et elle le savait. Elle devait aller de l'avant. C'était là ce que son père aurait fait. En fait, le roi Cael aurait planté la tête de Dravos au bout d'une pique et l'aurait exposée en place publique pour montrer le sort réservé à ceux qui trahissaient les Mastragall. Janessa se sentait incapable de faire une telle chose, mais après ce que Dravos lui avait fait endurer, l'idée l'avait effleurée.

Cependant, Dravos n'était plus de ce monde et les affaires d'État accaparaient toute son énergie.

Malgré l'importance vitale des débats au sein de la cour, la salle du trône était presque vide. Le chancelier Durket et les Sentinelles ne quittaient pas la jeune fille d'un pas, mais la plupart des conseillers et des courtisans avaient pris congé. Le maréchal Farren et le général Hawke avaient regagné le front – avec réticence, en ce qui concernait le second. La baronne Isabelle et son fils rôdaient encore dans le palais, mais il était rare qu'ils daignent se montrer dans la salle du trône. Janessa était ravie de ce manque d'assiduité.

Ce fut donc avec une pointe de regret que, alors qu'elle avait réglé les affaires de la journée, elle vit le sénéchal Rogan s'avancer vers le trône. L'homme semblait se déplacer comme un serpent, par reptation, les pieds dissimulés par sa longue robe gris-vert.

—Majesté, dit-il en tombant à genoux. Je viens vous apporter des nouvelles qui requièrent votre attention. C'est à propos d'une série d'exécutions.

Janessa eut l'impression que ses épaules devenaient plus lourdes. Elle gérait déjà la terrible menace qui pesait sur les habitants des États libres, fallait-il en plus qu'elle prononce des condamnations à mort ?

—Des traîtres à la Couronne, maréchal ? demanda-t-elle. Vos inquisiteurs auraient-ils découvert quelque complot ?

—En un sens, Majesté. J'ai pensé que l'affaire pouvait vous intéresser.

—Tiens donc ? Et pourquoi ?

Rogan sourit.

—Parce que les condamnés sont des espions étrangers, Majesté. Des ennemis des États libres. Des Zataniens venant du continent méridional d'Equ'un.

Janessa songea au dîner au cours duquel Rogan et Odaka s'étaient querellés. La dernière fois qu'elle avait entendu parler des Zataniens, ils étaient prisonniers dans des cellules.

—Ces hommes ont été condamnés à mort ?

—Malheureusement, Majesté. Il a été démontré que ces sauvages ne voulaient rien d'autre que semer le chaos. Ils travaillent sans doute pour le compte du chef de guerre elharim.

—« Sans doute », sénéchal ? Vous voulez dire que vous n'en êtes pas certain ? Vous voulez dire que ces Zataniens ont été condamnés sur de simples suppositions ?

—Pas du tout, Majesté. (Rogan leva les mains et Janessa fut surprise par la sincérité apparente de son visage.) Leur culpabilité ne fait aucun doute. Trois compagnies de mercenaires ont enterré plusieurs des leurs. Je pense que cela suffit en guise de preuve.

— Ils ont donc été jugés. En quoi cela me concerne-t-il, sénéchal ?

— Les Zataniens étaient les esclaves des Aeslantis lorsque votre père a affronté ces monstres à la Porte de Bakhaus. On raconte même que le sang des hommes-bêtes coule dans leurs veines. La bataille de la Porte de Bakhaus a été le dernier grand succès militaire de votre père. Les gens interpréteraient l'exécution des Zataniens comme un signe, comme l'annonce de notre victoire sur les hordes khurtiques.

Le raisonnement était peu convaincant. Janessa ne voyait pas le rapport entre les deux événements.

— Les présages ne me sont d'aucune utilité, sénéchal. C'est de soldats et de nourriture dont j'ai besoin.

— Bien sûr, mais les habitants de la cité ont peur. Un événement public rappelant nos anciennes victoires pourrait réveiller leur moral et leur donner le courage dont ils auront besoin face aux Khurtas.

Cette idée n'aurait pas traversé l'esprit de Janessa. La jeune fille n'aurait jamais pensé que son peuple puisse être rassuré de la sorte, car comment imaginer qu'une exécution publique puisse susciter l'enthousiasme et la joie ? Même si le condamné est un ennemi ?

Qu'est-ce que m'a dit Odaka, un jour ? Qu'en tant que future reine des États libres, je devrais peser le pour et le contre, envisager chaque solution.

S'il fallait en passer par là pour que ses sujets aient le courage d'affronter les hordes khurtiques, elle était prête à donner son accord. Après tout, ces étrangers étaient venus à Havrefer pour nuire à la cité et à ses habitants. Ils devaient mourir.

La jeune fille regretta qu'Odaka ne soit pas à ses côtés. Il aurait su quoi faire. Il avait été un guerrier d'Equ'un, après tout. Pas un Zatanien, bien sûr. Elle avait entendu parler d'une tribu rivale composée de sauvages à peine humains. Mais n'était-il pas temps qu'elle fasse ses propres choix ? Elle ne pouvait pas consulter Odaka dès qu'elle avait une décision difficile à prendre.

— Très bien, sénéchal. (Elle crut que ces mots allaient rester coincés dans sa gorge.) Vous êtes autorisé à organiser vos exécutions.

— Merci, Majesté. Nous pouvons compter sur votre présence, bien entendu ?

Assister à une exécution publique ? Cette simple pensée retourna l'estomac de la jeune fille.

— Certainement pas, sénéchal. J'ai des affaires autrement plus urgentes à régler.

— Mais c'est une question de protocole. Et les habitants de la cité seraient ravis de vous voir... Cela leur remonterait le moral, bien entendu.

En l'absence d'Odaka, seul Durket était à ses côtés. Janessa méprisait le chancelier, mais elle se tourna vers lui.

— « Une question de protocole » ?

Durket la regarda avec des yeux vides. Depuis la mort d'Azai Dravos, il errait dans les couloirs de Guideciel dans un état second.

— Euh... oui, Majesté. Les monarques ont l'obligation d'assister aux exécutions des traîtres et des chefs d'État ennemis.

— Eh bien ! il semblerait que je n'aie pas le choix, conclut la jeune fille sans le moindre enthousiasme. Je suppose que je peux vous charger des préparatifs, sénéchal ?

Rogan s'inclina. Janessa le contempla en songeant que les préparatifs devaient déjà être réglés.

Il s'apprêtait à prononcer une formule de politesse et à prendre congé quand deux inconnus entrèrent dans la salle du trône. Quatre Sentinelles les encadraient, mais elles ne semblaient pas craindre qu'ils s'en prennent à la reine. Elles formaient une sorte de garde d'honneur, comme si elles escortaient de hauts dignitaires étrangers.

Les chevaliers s'arrêtèrent et les deux inconnus se dirigèrent vers le trône. Kaira fit un pas en avant, prête à intervenir, mais Janessa leva la main pour lui interdire de tirer son épée.

La femme s'arrêta au pied du trône. Sa jeunesse n'était plus qu'un lointain souvenir, mais il était impossible de lui donner un âge précis. Ses cheveux argentés étaient rassemblés en chignon au sommet de son crâne, ses yeux vifs et perçants. Sa robe flottait sur son corps frêle comme une cape accrochée à une patère. Janessa remarqua que le vêtement était couvert de taches.

Elle était accompagnée par un adolescent qui la suivait de près, comme s'il comptait sur elle pour le protéger des chevaliers présents.

La vieille femme s'agenouilla avec prudence et le garçon l'imita aussitôt.

— Majesté, dit-elle. Je suis la magistra Gelredida. Je viens vous informer qu'un complot se trame contre vous. On va essayer d'attenter à votre vie.

Le sénéchal Rogan fit un pas en avant.

— Allons, magistra. Nous savons tous que la vie de la reine est menacée à chaque instant, mais je vous assure que nous la protégeons avec la plus grande vigilance.

Janessa s'apprêtait à ordonner à Rogan de se taire – qui était-il donc pour parler ainsi ? –, mais elle n'en eut pas le temps. Apparemment, la magistra n'appréciait pas les interruptions, elle non plus.

Elle se releva et toisa Rogan d'un air glacé. À la grande surprise de Janessa, le sénéchal des inquisiteurs se tut et recula d'un pas.

— Il ne s'agit pas d'un complot ordinaire, Majesté, poursuivit la magistra. Celui-ci trouve ses racines au cœur même de la tour des magisters. Vos gardes habituels risquent de ne pas être en mesure de vous protéger.

Kaira se pencha vers la reine.

— Si cette femme dit la vérité, il serait folie d'assister à une exécution publique, Majesté.

Janessa hocha la tête, soulagée. Elle avait désormais une bonne excuse pour éviter cette corvée.

— Publique ou pas, intervint Gelredida. Il se prépare quelque chose de terrible et il est fort probable qu'on utilise la sorcellerie contre vous. Je suis la seule à pouvoir vous protéger.

— Pardonnez-moi, osa Rogan. S'il se prépare quelque chose, peut-être faudrait-il inciter les comploteurs à passer à l'acte au plus vite. Il ne servirait à rien de laisser la menace planer au-dessus de votre tête. Si nous annonçons que vous assisterez à une exécution publique, nous pourrons tendre un piège aux conspirateurs. Nous pouvons organiser quelque chose de plus sobre que d'habitude, dans un lieu que nous contrôlerons parfaitement. La magistra serait présente pour veiller à votre sécurité.

Janessa songea que c'était de la folie. On avait déjà attenté à sa vie au sein même du palais. Risquer la vie de l'enfant qu'elle portait pour capturer un vague assassin ? C'était hors de question.

— Sénéchal, il me semble évident que…

— Non, il a peut-être raison, l'interrompit la magistra.

Il y avait des semaines qu'on n'avait pas coupé la parole à la jeune fille, mais celle-ci ne se souciait guère de l'étiquette. De toute évidence, personne ne ferait taire cette femme.

— Si l'exécution est organisée dans un lieu public et de taille réduite, nous aurons toutes les chances de prendre l'assassin la main dans le sac.

Le silence s'installa dans la salle. Kaira secouait la tête. Elle songeait sans nul doute que ce plan relevait de la pure démence, mais la magistra possédait une telle aura que Janessa ne put s'empêcher de lui faire confiance.

— Très bien, dit la jeune fille. Nous allons nous efforcer de capturer cet assassin. Si les membres de la Caste sont présents, je suppose que je serai en sécurité ?

Elle n'avait pas seulement posé cette question pour elle. Elle avait déjà risqué la vie de son enfant et ne tenait pas à répéter cette erreur. Si les rumeurs étaient exactes et si des assassins se préparaient à la tuer, autant les affronter sur son propre terrain. Il n'y avait pas d'autre solution.

La magistra Gelredida leva la tête.

— On n'est jamais en sécurité, Majesté. Mais la vôtre sera notre priorité, je peux vous l'assurer.

Sur ces mots, elle s'éloigna sans attendre qu'on lui donne congé.

Janessa la regarda partir en se demandant si, finalement, elle avait eu raison de lui faire confiance.

Chapitre 42

Tapie dans l'ombre de la ruelle, Loque observait l'entrée de la petite taverne. Elle avait l'impression que la porte sentait sa peur et la mettait au défi d'approcher.

Allez, viens donc ! Qu'est-ce que tu attends ?

Loque resta assise, cachée, attentive. Elle était douée pour ce genre d'exercice et avait peaufiné son talent au fil des années. Dans la rue où elle avait appris le métier, c'était aussi important que de savoir chaparder une bourse en un clin d'œil. Parfois, elle restait assise durant des heures, à regarder. Elle cherchait les meilleurs clients à pincer. À quoi bon bousculer les gens et prendre le risque de se faire arrêter pour une poignée de pièces de cuivre ? Repérer une bourse bien grasse permettait de gagner du temps et d'économiser sa peine. Ça pouvait même vous sauver la vie. Dans ce genre de boulot, l'intelligence était plus importante que la dextérité et le muscle, il n'y avait aucun doute là-dessus.

Et en quoi ton petit talent va t'aider maintenant, Loque ? Tu crois qu'il va te sauver la peau une fois de plus ? Tu ne crois pas que tu te la joues un peu trop finaude sur ce coup ?

Kaira lui avait offert l'occasion d'éviter tout cela. Dès leur première rencontre, elle avait proposé à la fillette de s'occuper d'elle, et c'était une femme qui respectait sa parole. Mais Loque en voulait davantage, n'est-ce pas ? Elle n'en avait jamais assez.

Et puis, que ferait-elle dans une caserne, au milieu d'un tas de chevaliers ? Ce n'était pas la vie à laquelle elle aspirait. Loque voulait devenir quelqu'un et n'y parviendrait pas en jouant les bonniches pour guerrières.

Quoique. Depuis qu'elle observait la porte, la carrière de soubrette ne lui semblait plus si désagréable que cela.

Au moins, tu resterais en vie. Ça ne te suffit donc pas ?

Non. Rester en vie ne lui avait jamais suffi. C'était pour cette raison qu'elle avait rejoint les rangs de la Guilde. Pour cette raison qu'elle avait risqué sa peau tant de fois, et qu'elle en était arrivée là. Elle n'allait pas renoncer maintenant.

Tu n'as jamais été tendre avec toi-même, hein ?

Elle s'élança et traversa la rue déserte d'un pas rapide. Elle posa la main sur la poignée en songeant que la porte était sans doute fermée à clé. Elle ne l'était pas. Le loquet était bien huilé, mais les gonds laissèrent échapper un faible grincement quand elle ouvrit le battant. Elle ne pouvait rien y faire. Les échos d'une conversation lui apprirent que c'était sans importance. Personne n'avait entendu.

Elle se glissa à l'intérieur et referma la porte derrière elle. Elle reconnut les voix qui se querellaient près du comptoir. Elle s'arrêta pour écouter.

— On ne devrait pas rester dans cette putain de taverne.

C'était Shirl. Il était malade de peur et au bord de l'hystérie. On aurait dit une petite fille.

— Et où tu veux qu'on aille, bordel ? répliqua Yarrick sur un ton agacé.

Il devait en avoir assez d'entendre Shirl répéter la même chose.

— Il a raison, dit Essen. (Il parlait d'une voix étrange, mais cela n'avait rien d'étonnant : une Sentinelle lui avait brisé le nez dans la ruelle sombre.) Si on reste ici, on est bons pour le cimetière. Bastian ne va pas tarder et posera des putains de questions, des questions auxquelles on ne saura pas répondre.

—Où qu'on aille, ils nous retrouveront, lâcha Yarrick. Si on se tire, c'est comme si on disait à Bastian qu'on est responsables de ce qui est arrivé.

—Mais on *est* responsables de ce qui est arrivé, gémit Shirl. On a laissé Friedrik se faire embarquer.

—Ces types n'étaient pas des amateurs, lâcha Essen. Qu'est-ce que tu voulais qu'on fasse ? T'as vu ce que cette gonzesse a fait à Harkas ?

Loque jeta un coup d'œil au coin du comptoir. Les hommes de Friedrik étaient accroupis près de l'âtre dans lequel une bûche achevait de se consumer. Harkas se tenait un peu en retrait. Il contemplait les flammes.

—Alors qu'est-ce qu'on va faire ? demanda Shirl, au bord des larmes.

Personne ne semblait en mesure de répondre à cette question. Personne n'en avait la moindre idée. Friedrik avait disparu et c'était leur faute.

—On ne fait rien du tout, dit Loque en avançant d'un pas aussi assuré que possible.

Tout le monde se leva. À l'exception de Harkas qui tourna la tête avec lenteur, comme s'il avait senti la présence de la fillette depuis un bon moment.

—Putain, t'étais où ? demanda Shirl.

—Qu'est-ce que ça peut foutre, où j'étais ? répliqua Loque. Il faut qu'on trouve une histoire et que tout le monde s'y tienne. (Shirl la regarda comme si elle l'avait giflé, mais il resta silencieux.) Si Bastian apprend qu'on a perdu Friedrik, on finira tous dans la Storvoie avec une grosse pierre accrochée au cou. Alors on ne lui dit rien du tout.

Il arrive que Friedrik fiche le camp sans avertir personne. Sans dire où il va ou avec qui il est. Voilà ce qui s'est passé hier. Il est parti et personne ne l'a revu depuis. C'est compris ?

Yarrick, Shirl et Essen la regardèrent en fronçant les sourcils. Harkas, lui, l'observait d'un air impassible. Ils avaient besoin d'une minute ou deux pour réfléchir. Loque les toisa comme si elle savait ce qu'elle faisait, comme si elle avait l'habitude de baratiner les chefs de la Guilde et de s'en tirer sans une égratignure.

— Si on ment, on va se faire tailler en pièces, gémit Shirl.

— Non, dit Yarrick. Loque a raison. Personne ne sait qu'on était avec Friedrik quand il s'est fait choper. On va rester ici, le cul posé sur une chaise, et attendre qu'on nous demande ce qui s'est passé.

Il tourna la tête vers Essen.

— Je suis d'accord, approuva celui-ci.

— Vous êtes complètement branques ? pleurnicha Shirl. Vous voulez qu'on reste là en attendant que les hommes de Bastian viennent nous demander des explications ? (Il pointa un doigt accusateur en direction de Loque.) Parce qu'*elle* l'a décidé ?

Yarrick le regarda comme s'il avait baissé son pantalon pour poser un étron sur une chaise.

— C'est grâce à *elle* si tu respires encore, mon pote. Si elle n'avait pas été là, on aurait été obligés de se débarrasser de toi et t'aurais crevé au fond d'un fossé.

La remarque réduisit Shirl au silence.

Essen alla chercher des bûches et tout le monde s'installa autour de l'âtre. Le cœur battant, Loque se demanda ce qui allait se passer. Avait-elle fait ce qu'il fallait ? Les membres de la bande n'étaient pas des génies et n'étaient pas particulièrement sympathiques, mais elle n'avait pas envie qu'ils souffrent à cause d'elle. Pas tous, du moins. Au cours de la nuit, elle remarqua que Harkas la regardait parfois de manière curieuse. Elle se demanda à quoi il pensait, puis elle songea qu'en fin de compte, elle préférait ne pas le savoir.

Le soleil était sur le point de se lever quand la porte s'ouvrit violemment.

Palien n'entra pas le premier. Il laissa cet honneur à ses hommes, autrement plus effrayants que Shirl, Essen et Yarrick. Ils ressemblaient un peu à Harkas, en moins brutaux. Ils s'installèrent autour du comptoir, l'endroit idéal pour intimider les gens. Loque en compta six avant que Palien entre à son tour, un sourire carnassier aux lèvres. La fillette eut l'impression que ses yeux d'aigle la transperçaient de part en part. Il tira une chaise en se délectant du bruit strident des pieds raclant le plancher. Il l'approcha tout près de Loque et se laissa tomber dessus avant de poser les coudes sur le dossier.

— Où est-il ? demanda-t-il en dévisageant la fillette.

— Qui ça ? répondit Loque.

Qui ça ? Arrête de jouer les idiotes. Tout le monde a compris de qui il parle.

— Ne me prends pas pour un imbécile, ma petite, dit Palien.

Loque l'examina et remarqua qu'il ne clignait jamais des paupières. Ce n'était pas normal. Ça ne pouvait pas être normal.

— On sait tous les deux que tu es sa petite préférée. Il ne va nulle part sans t'en parler.

— Je ne sais pas où il est. Il est parti la nuit dernière, tout seul, comme ça lui arrive de temps en temps. On ne l'a pas revu depuis ; pas vrai, les gars ?

Elle jeta un coup d'œil sur le côté et fut soulagée de voir que tous les membres de la bande hochaient la tête. Mais Palien se fichait de leur opinion.

— Et tu penses que je vais te croire, gamine ? Où irait-il sans sa petite poupée ?

— Ça lui arrive de partir comme…

— Arrête de me raconter des putains de conneries ! (Palien se leva d'un bond et jeta la chaise sur le côté.) Où est-il passé ?

— Je ne sais pas, dit Loque en se recroquevillant contre le dossier de son siège.

Palien se pencha en avant et la saisit par le revers de la tunique avant de l'obliger à se lever.

— Dis-moi où il est ou je t'étripe comme un lièvre. Ici même. Je te jure que je ne plaisante pas.

Les yeux de Palien lançaient des éclairs et sa moustache frémissait de colère. Loque leva les mains pour essayer de se libérer, mais il la secoua avec force. Elle baissa un bras et ses doigts glissèrent sur la bourse accrochée à la ceinture du maître de la Guilde. Elle était pleine et attachée avec un simple lacet. Un enfant aurait pu l'ouvrir et s'emparer du contenu.

— Elle sait pas où il est, gémit Shirl en faisant un pas en avant. Aucun de nous sait où il est.

Palien ne se donna pas la peine de réagir. Un de ses sbires se dirigea vers Shirl et lui assena un coup de genou sur la cuisse. Shirl s'effondra en poussant un cri de souris.

— Friedrik ne sera pas content si vous m'étripez, non ? dit Loque. À mon avis, vous allez déguster.

— Encore faudrait-il qu'il soit en vie, gronda Palien. Et je ne pense pas qu'il le soit. Et je crois que tu as peut-être quelque chose à voir avec sa disparition. Je te surveille depuis un moment, gamine. Tu passes ton temps à rôder dans cette taverne comme une saloperie de chat. Je suis sûr que tu sais quelque chose.

— Je ne sais rien. Je ne sais…

— Mais si, mais si. (Il la secoua de plus belle.) Et si tu ne me dis pas la vérité, tu sortiras d'ici les pieds devant. Toi et tes petits copains.

— D'accord, je vais tout vous raconter, plaida Loque d'une voix désespérée.

Elle leva les yeux et s'aperçut que Palien s'était calmé. Il était satisfait du résultat de ses efforts.

— J'étais sûr que tu finirais par le faire, dit-il avec un sourire mauvais.

— Mais je ne le dirai qu'à Bastian.

Palien secoua la tête.

— Sûrement pas, gamine. Tu vas me le dire à moi.

Loque réussit à se libérer. Elle recula en titubant et prit appui sur un dossier de chaise.

— Non.

Elle soutint le regard de rapace de Palien et s'efforça de ressembler à un prédateur plutôt qu'à une proie. Elle songea que le résultat ne devait pas être très convaincant.

— Je le dirai à Bastian ou je ne le dirai à personne.

— Tu vas me le dire, sinon…

— Sinon quoi ? Que dira Bastian s'il apprend que j'ai des informations à propos de Friedrik et que vous ne voulez pas me laisser lui parler ? Hein ? Qu'est-ce qu'il dira ?

— Et comment apprendrait-il que tu as des informations sur Friedrik ?

Loque tourna la tête vers les sbires du maître de la Guilde.

— Vous croyez vraiment qu'ils vont tous la fermer ?

Palien observa ses hommes les uns après les autres. Son regard, d'abord confiant, se fit de plus en plus hésitant. Il haussa un sourcil d'un air méprisant.

— Bien, allons voir Bastian dans ce cas. Je suis sûr qu'il voudra assister au spectacle quand je te découperai en petits morceaux.

Palien adressa un signe à ses hommes. Quatre d'entre eux poussèrent Essen et Yarrick vers la porte. Shirl les suivit en boitillant. Les deux autres se tournèrent vers Harkas, mais ils n'osèrent pas poser la main sur lui. Loque les vit étouffer un soupir de soulagement lorsque le colosse se leva et se dirigea vers la sortie de lui-même.

Loque n'eut d'autre choix que de suivre le mouvement. Elle se retrouvait – une fois de plus – dans une situation inextricable. Dans la rue, elle chercha un moyen de s'échapper. Elle observa de sombres passages dans lesquels elle aurait pu disparaître, mais une partie d'elle-même était déterminée à aller jusqu'au bout.

Palien, qui marchait en tête, s'enfonça dans les rues de la Porte septentrionale. Il était impatient de régler cette affaire. Loque se rendit compte qu'elle ignorait l'emplacement du repaire de Bastian et son malaise se fit de plus en plus pressant. Tandis qu'ils arrivaient au cœur du quartier, la fillette aperçut quelque chose qui lui noua le ventre.

Des grilles en cuivre entouraient une colline au sommet de laquelle se dressait un ancien monument funéraire. Loque comprit tout de suite où elle se trouvait. À Havrefer, tout le monde connaissait la chapelle des Goules. Cet endroit avait donné naissance à d'innombrables histoires qu'on racontait aux enfants pour les effrayer. On disait qu'il s'y était passé des choses étranges au cours des dernières semaines. Ce n'étaient peut-être que des rumeurs, mais la chapelle était toujours aussi terrifiante.

Le petit groupe s'engagea dans une ruelle au bout de laquelle deux hommes montaient la garde, devant un escalier étroit. À en juger par l'odeur, celui-ci devait desservir un ancien égout. Loque comprit où ils allaient et l'angoisse la saisit à la gorge.

Le passage s'enfonçait profondément sous les rues de la ville et il y faisait si sombre que deux sbires de Palien marchaient devant en portant des torches. Loque devina qu'ils étaient juste en dessous de la chapelle des Goules. Plus ils descendaient, plus l'odeur était infecte. Comment pouvait-on rester ici ? Surtout quand on était aussi riche que Bastian ? La fillette était incapable de le comprendre.

Ils arrivèrent enfin dans une grande salle circulaire aux murs humides, des racines crevant le plafond. Il n'y avait aucun feu et l'air était glacial. Un vent froid soufflait de nulle part.

Aucun domestique n'accueillit les visiteurs.

Les hommes de Bastian étaient minces. Ils ne ressemblaient pas aux brutes épaisses que Palien et Friedrik affectionnaient. Ils avaient des visages émaciés et affamés. Ils portaient tous la même tenue sombre et étaient armés d'épées, de haches et de couteaux de toutes sortes.

Ils émergèrent des ténèbres comme si celles-ci étaient leur élément. Les ombres s'accrochaient à eux, refusant de les abandonner. Loque sentit ses mains trembler et elle ferma les poings de crainte de passer pour une poule mouillée.

Lorsque le groupe de Palien fut encerclé, Bastian sortit de la pénombre. Dans la faible lumière, il ressemblait, encore plus que d'habitude, à un cadavre venant de s'extraire de sa tombe. Loque fut soulagée lorsque ses yeux – deux flaques de ténèbres qui semblaient avoir le pouvoir de tuer – se posèrent sur Palien.

— Eh bien ? demanda-t-il.

Loque s'aperçut que Palien avait perdu de sa superbe. Son regard d'aigle rappelait davantage celui d'un lapin affolé. Il leva la main et tapota sa moustache d'un doigt avant de prendre la parole.

— Friedrik a disparu. Je devais le rencontrer un peu plus tôt, mais il n'est pas venu. Personne ne l'a vu et cette petite salope ne veut rien me dire. (Il fit un geste en direction de Loque.) Elle sait quelque chose, mais elle ne veut parler qu'à toi.

Bastian jeta un coup d'œil glacé à la fillette.

— Oh, oui. Elle va me parler.

Le silence s'installa. Bastian ne prêtait plus attention à Loque, mais la fillette comprit qu'il attendait ses explications. C'était maintenant ou jamais. Il fallait tenter le tout pour le tout. Jouer sa vie une fois encore. Pour la dernière fois, peut-être.

— Friedrik a été arrêté, dit-elle. Il a été arrêté par des gardes du palais.

Palien se tourna vers elle.

— Quoi ? Où est-il ?

C'est le moment d'être convaincante, Loque. Il n'y aura pas de seconde chance.

Elle recula d'un pas et mobilisa ses talents de comédienne pour éclater en sanglots. Elle pleura comme si sa vie en dépendait. Ce qui était d'ailleurs le cas.

— Je vous en prie, monsieur Bastian, dit-elle.

Elle avait entendu des dizaines de personnes implorer Friedrik de la sorte, juste avant de perdre une main ou un œil. Elle pointa un doigt accusateur en direction de Palien.

— C'est lui ! C'est lui qui a trahi monsieur Friedrik et l'a vendu aux gardes.

— Espèce de sale petite menteuse ! aboya Palien.

Il fit un pas en avant. Loque recula avec maladresse, puis elle cria comme… une fillette terrifiée. Elle n'eut pas trop à se forcer.

Une lame se posa sur la gorge de Palien avant qu'il puisse attraper l'enfant. Un des squelettes ambulants de Bastian s'était glissé derrière lui. Palien se figea comme si le temps venait de s'arrêter.

— Continue, lâcha Bastian.

On aurait dit que cette affaire était sans importance et l'ennuyait au plus haut point.

Loque savait que ce n'était pas le cas. Elle savait que quelqu'un ne sortirait pas vivant de ce trou à rats. Soit elle, soit Palien.

— Je les ai suivis. Je les ai suivis, lui et Friedrik. Il l'a conduit dans un traquenard et les gardes lui ont donné de l'argent.

Elle pointa un doigt tremblant vers la grosse bourse accrochée à la ceinture de Palien et la contempla avec des yeux exorbités, comme s'il s'agissait d'une énorme araignée.

Bastian tourna la tête vers l'un de ses hommes. Celui-ci approcha de Palien et récupéra la lourde escarcelle.

— C'est une putain de menteuse ! lança Palien. Tu ne te rends pas compte ? Une putain de menteuse !

Pendant qu'il criait, le sbire de Bastian vida le contenu de la bourse dans sa main. Il laissa les pièces glisser entre ses doigts jusqu'à ce qu'il trouve quelque chose.

— Qu'est-ce que c'est que ça ? demanda Palien d'une voix que la panique rendait plus aiguë.

L'homme tendit l'objet à son maître

— Qu'est-ce que c'est ? répéta Palien.

Bastian leva la main et examina ce qui brillait à la faible lueur des torches. On aurait dit un phare au milieu de la nuit.

— C'est un petit médaillon, répondit Bastian. Un médaillon en acier, avec une couronne et des épées entrecroisées. On ne les donne qu'aux Sentinelles de Guideciel. C'est très rare et ça vaut une petite fortune au marché noir. Mais je suis sûr que tu savais déjà tout ça, Palien.

— Non, dit Palien. Ce n'est pas à moi !

— C'est ta récompense pour avoir trahi la Guilde, ou est-ce qu'ils t'ont aussi donné de l'or ?

— Putain, je te jure. Ce n'est pas à moi.

La voix de Palien tremblait de peur, maintenant.

— Alors, que fait-il dans ta bourse ?

— Je… je…

Palien regarda Bastian d'un air affolé. Une larme coula sur sa joue. Puis il tourna la tête vers Loque, et l'espace d'un instant, ses yeux redevinrent aussi durs que ceux d'un rapace.

Un instant seulement.

Il ouvrit la bouche pour dire quelque chose, sans doute pour accuser Loque d'avoir organisé un complot contre lui. Il n'en eut pas le temps. Bastian tira son couteau et lui trancha la gorge. Les paroles de Palien se perdirent dans le flot de sang qui jaillit de la blessure. Il tomba à genoux et porta les mains à son cou pour essayer de fermer la plaie.

Loque eut l'impression que son agonie durait des heures. Bastian se retira sans prendre la peine d'assister au spectacle.

Loque, elle, ne bougea pas. Elle observa Palien jusqu'à la dernière seconde.

Chapitre 43

Il était impossible d'estimer l'âge de l'amphithéâtre. Kaira songea qu'il devait être plus ancien que le temple d'Automne. Peut-être avait-il été construit en même temps que le palais de Guideciel. Le bâtiment délabré était en pierre et se trouvait au centre du quartier de la Couronne. Jadis, les murs extérieurs se dressaient à trente mètres de haut et les rangées de sièges en escalier accueillaient jusqu'à cinq mille personnes les jours de spectacle – des spectacles où le sang coulait à flots pour satisfaire le public. Un peu comme aujourd'hui.

Kaira avait exploré l'amphithéâtre jusque dans ses moindres recoins. La plupart des murs étaient en mauvais état, mais il était impossible d'entrer dans le bâtiment autrement que par les portes. En revanche, les tunnels qui s'étendaient sous la piste centrale s'étaient effondrés et ils étaient désormais exposés aux rayons du soleil hivernal.

Il n'y avait aucune trace d'assassin – ou d'assassins – prêt à bondir sur la reine dès son arrivée. L'endroit était calme, paisible. Il ne le resterait pas longtemps : les prisonniers seraient exécutés aujourd'hui sur l'estrade érigée pour l'occasion.

Kaira avait entendu parler des Zataniens et de leur férocité au combat, bien entendu. Elle avait également entendu parler des crimes que les condamnés avaient commis. Cela n'avait aucun sens. D'après ce qu'elle savait, les Zataniens étaient de nobles guerriers. Elle avait du mal à imaginer qu'ils étaient venus à Havrefer et s'étaient présentés comme des alliés dans le seul but de tuer quelques mercenaires. Leur condamnation était ridicule, mais ce n'était pas à Kaira de critiquer les décisions de l'inquisition. Son rôle consistait à protéger la reine, rien de plus.

Elle fit un dernier tour de l'amphithéâtre pour s'assurer que les Sentinelles et les Manteaux Verts étaient à leurs postes. Sa ronde la conduisit au pied d'un frêne aux branches nues qui se dressait au centre de l'arène, là où des gladiateurs s'étaient jadis affrontés dans des combats sans merci. Kaira trouva paradoxal qu'un arbre pousse à l'endroit où tant de gens étaient morts. Elle posa une main sur le tronc et caressa l'écorce rugueuse. Elle sentit quelque chose sous ses doigts : quelqu'un avait planté deux clous et gravé un symbole inconnu juste en dessous. Récemment.

Il s'agissait peut-être d'un idéogramme étranger, ou d'un signe secret entre deux jeunes amoureux.

Ouais, eh bien, il était peu probable que des tourtereaux viennent se bécoter ici aujourd'hui.

Durket s'approcha d'un pas pressé. Il avait le souffle court et son visage rouge était couvert de sueur.

— Elle est arrivée, articula-t-il entre deux inspirations sifflantes.

Kaira se dirigea aussitôt vers l'entrée de l'amphithéâtre. Plusieurs dignitaires étaient déjà là : représentants de quartier, courtisans et intendants. Le sénéchal Rogan était présent, bien entendu, tout comme le haut-commissaire et la baronne Magrida – dont le fils était, lui, absent. Trois capitaines de mercenaires faisaient partie des invités et leurs livrées colorées étaient facilement repérables au milieu des vêtements protocolaires. Même le seigneur-maréchal Ryder était venu avec un détachement de gardes de la Vouivre.

Kaira se porta à la rencontre de la reine. Janessa était à l'extérieur de l'amphithéâtre, entourée de Sentinelles. Merrick se tenait à ses côtés. Ils attendaient que tous les invités soient entrés.

Les gens qui défilaient devant la jeune fille s'inclinaient ou faisaient la révérence, mais aucun ne s'attardait. Tous semblaient pressés de s'installer pour assister au spectacle.

— Qui a eu l'idée d'organiser les exécutions à cet endroit ? demanda Janessa en adressant des hochements de tête aux courtisans flagorneurs qui passaient devant elle.

— Le sénéchal Rogan, répondit Odaka, debout près des Sentinelles.

Il portait une armure intégrale et une impressionnante épée à lame courbe était accrochée à sa ceinture.

— Si on m'avait demandé mon avis, reprit-il, je me serais farouchement opposé à ce...

— Vous l'avez dit cent fois, l'interrompit Janessa. Je connais vos sentiments sur la question, Odaka, mais j'ai pris une décision et nous ne pouvons pas revenir en arrière.

— Je partage l'opinion du conseiller Odaka, intervint Kaira. Cette manifestation compromet votre sécurité et j'estime qu'elle ne sert pas à grand-chose.

— Les ennemis de l'État doivent être châtiés, répliqua Janessa. Même si cela n'est guère plaisant.

— Mais ici ? Dans cet endroit ? Et devant une foule assoiffée de sang ?

— Cela me déplaît autant qu'à vous.

La magistra Gelredida et son apprenti arrivèrent derrière les derniers spectateurs. Le garçon salua la reine avec nervosité en passant devant elle.

—Cet endroit en vaut un autre, reprit Janessa. Et nous offrons à d'éventuels assassins une occasion rêvée pour frapper.

—Avec vous dans le rôle de l'agneau sacrificiel, dit Odaka. C'est de la folie.

—Je suis bien protégée, remarqua Janessa. N'est-ce pas, Kaira ?

Non, vous n'êtes pas bien protégée. Vous offrez votre cou dans l'espoir de faire sortir le loup du bois, mais je ne sais pas si quelqu'un – moi y comprise – sera capable de l'arrêter avant qu'il vous égorge.

—Oui, Majesté, acquiesça l'ancienne Bouclière.

Janessa fit un geste en direction de l'amphithéâtre.

—Nous entrons ?

Kaira, qui marchait en tête, se dirigea vers la partie de l'arène qui avait été isolée pour la sécurité de la reine.

Janessa venait à peine de s'asseoir quand le premier Zatanien arriva sous bonne garde. Il ne luttait pas. Il marchait la tête haute. Ses poignets étaient enchaînés et un masque de fer couvrait sa bouche. Une corde accrochée au bout d'une longue perche lui serrait le cou. Janessa déglutit avec peine en voyant cet homme traité de la sorte. Et la réaction de la foule la déprima un peu plus.

Les gens sifflèrent et huèrent le malheureux. On aurait dit des enfants à un spectacle de marionnettes, où le fier guerrier zatanien jouait le rôle du méchant dans quelque farce sans paroles.

Cinq autres le rejoignirent. Les quatre premiers, aussi grands et fiers que le premier, se comportaient avec dignité. Le dernier, un géant aux yeux bleus et perçants, se débattait comme une furie. Il grondait derrière le masque de métal qui l'empêchait de mordre.

Les six Zataniens furent conduits vers l'estrade au bout de l'arène et on les obligea à s'agenouiller. Kaira observa le bourreau qui se tenait à l'écart. Il vérifiait que la lame de sa hache était bien affûtée.

Une fois les prisonniers en place, le sénéchal Rogan monta sur l'estrade et réclama le silence d'un geste.

— Majesté, dit-il en s'inclinant vers la reine. Mes seigneurs et mes dames. Nous sommes ici pour respecter une ancienne tradition : l'exécution des ennemis de Havrefer. Devant vous se trouvent six hommes parmi les plus infâmes qui soient. Des ennemis des États libres qui complotaient dans l'intention de détruire notre chère cité. Des traîtres à la Couronne. Des serviteurs de notre ennemi juré, Amon Tugha…

— Dieux, cet homme me rend malade, marmonna Odaka en se tournant sur le côté pour ne plus voir le sénéchal.

— … le chef de guerre elharim qui n'est qu'à quelques jours de cheval de la ville.

Certains spectateurs n'étaient visiblement pas au courant et un brouhaha affolé monta des gradins. Plusieurs personnes se levèrent et quittèrent l'amphithéâtre, pressées de fuir Havrefer avant l'arrivée des Khurtas.

— C'est avec regret que nous accomplissons cette pénible tâche, poursuivit Rogan, mais nous n'avons pas le choix. Faites avancer le premier condamné.

Trois Manteaux Verts eurent le plus grand mal à obliger un Zatanien à se lever. En voyant le billot et le bourreau, le prisonnier se débattit, mais la corde se serra un peu plus autour de son cou, et malgré sa force, il dut se soumettre.

Tandis qu'on l'obligeait à avancer, Kaira aperçut quelque chose à la périphérie de son champ de vision. Un mouvement. Elle tourna la tête vers le frêne dont les branches nues se tendaient vers le ciel pâle. Celles-ci frissonnèrent alors qu'il n'y avait pas le moindre souffle de vent. Tout le monde observait le prisonnier et personne ne remarqua cette étrangeté. À l'exception de Kaira. Intriguée, la guerrière fit un pas en avant. Elle eut l'impression que l'arbre se balançait alors que le tronc était immobile. Elle s'approcha et vit le sigil gravé sous les deux clous. Ce qu'elle avait cru être une fantaisie d'amoureux. Le symbole s'était transformé en une masse grouillante de vers.

Kaira recula. Une violente nausée la frappa tandis qu'elle contemplait cette impureté contre-nature.

L'arbre bougea de nouveau.

La jeune femme entendit Rogan ordonner la première exécution.

Le tronc grinça et gémit. L'écorce se fragmenta et les branches frissonnèrent.

Dans un craquement assourdissant, le frêne se fendit dans le sens de la largeur.

La foule se tut.

La moitié supérieure se redressa comme si l'arbre levait la tête, et les branches dressées vers le ciel glissèrent en arrière pour former une horrible crinière.

— Aux armes ! hurla Kaira.

Elle recula en tirant son épée tandis que des cris montaient des gradins.

Dans une violente secousse, le frêne s'arracha au sol. Une dizaine de grosses racines surgirent dans des gerbes de terre et de cailloux avant de se transformer en pattes rudimentaires. Les branches se tordirent comme les tentacules d'une pieuvre géante. L'arbre souleva sa tête dépourvue d'yeux. La gueule sans dents s'ouvrit pour pousser un cri silencieux de nouveau-né.

Les spectateurs découvrirent la créature cauchemardesque et cédèrent à la panique.

Quelqu'un passa près de Kaira pour se précipiter vers le monstre. Une Sentinelle qui chargeait avec sa lance. L'homme laissa échapper un grondement furieux et transperça ce qui s'apparentait à une patte. Sous les yeux horrifiés de Kaira, une épaisse humeur blanchâtre suinta de la blessure. La créature pivota et poussa un hurlement de douleur silencieux. Une branche s'abattit et la Sentinelle fut projetée dans les airs. Elle s'écrasa au milieu d'un groupe de spectateurs avec un bruit écœurant.

Le frêne se tourna vers la reine, et bien qu'il n'ait pas d'yeux, Kaira eut l'impression qu'il se concentrait sur la jeune fille. Les énormes racines se plantèrent dans le sol et le monstre entreprit de traverser l'arène.

Kaira entendit le seigneur-maréchal Ryder lancer des ordres à ses hommes. Ceux-ci s'élancèrent en rangs parfaits pour se poster sur le chemin de la créature. Ils furent bientôt rejoints par des Sentinelles qui levèrent leurs boucliers et abaissèrent leurs lances.

Dans les gradins, les spectateurs se bousculaient pour s'enfuir.

Kaira se sentait étrangement amorphe. Ses blessures n'étaient pas tout à fait guéries, mais elle ne pouvait pas rester les bras croisés.

L'énorme frêne approchait toujours. Une de ses branches frappa un courtisan qui se trouvait sur son chemin et le malheureux alla s'écraser contre un mur branlant.

Tannick hurla des ordres et ses hommes chargèrent. Ils attaquèrent le tronc à coups d'épée et commencèrent à trancher les branches qui fouettaient l'air. L'humeur blanche suinta des blessures, mais le monstre ne s'arrêta pas pour autant. Il se fraya un chemin au milieu des guerriers en armure de bronze.

Les gardes de la Vouivre ne parviendraient jamais à terrasser cette créature avant qu'elle atteigne Janessa.

— Conduisez la reine dans un endroit sûr ! cria la jeune femme d'une voix désespérée.

Merrick s'arracha à la contemplation du monstre. Il saisit Janessa par le poignet et la fit descendre de son estrade. Il était impossible de gagner la sortie sans passer à portée des branches. Merrick entraîna la jeune fille vers les tunnels à ciel ouvert. Plusieurs Sentinelles leur emboîtèrent le pas.

Kaira se tourna vers le monstre. Les chevaliers étaient parvenus à l'arrêter, mais ils semblaient incapables de le tuer. Comment pouvaient-ils détruire une telle abomination ? Elle avait été enfantée par de noires malégies et ne se laisserait pas vaincre facilement. Pendant un instant, la jeune femme se demanda où était passée cette maudite magistra, puis elle ne pensa plus qu'à une chose : le combat.

Elle étreignit la poignée de son épée et courut rejoindre les chevaliers.

Chapitre 44

La chose s'était arrachée du sol dans un bruit évoquant le craquement de mille os. Merrick l'avait vue tourner son énorme tête dans un grincement sinistre tandis qu'elle se dressait sur ses pattes tordues, mais personne n'avait réagi avant le cri d'alarme de Kaira. Et puis la boucherie avait commencé.

Merrick avait saisi Janessa par le poignet. Il n'était pas censé toucher la reine, mais il n'avait pas vraiment eu le temps de réfléchir. Il avait fait descendre la jeune fille de l'estrade en la traînant derrière lui. Il avait glissé sur la dernière marche et ils avaient failli perdre l'équilibre.

La sortie était de l'autre côté de l'arène. Une bonne dizaine de chevaliers se trouvaient sur le chemin et leurs épées sifflaient dans l'air.

Merrick aperçut un trou dans un mur. Il se faufila à l'intérieur, entraînant la reine derrière lui. Il se sentit un peu rassuré quand il remarqua qu'Odaka et deux Sentinelles les avaient suivis. Il atteignit une sorte de couloir qui semblait prêt à s'effondrer. Le mortier était pourri et de nombreuses pierres s'étaient détachées. Le monde extérieur et la sécurité se trouvaient de l'autre côté, à quelques mètres seulement, mais il était impossible de franchir le mur.

—Avancez! gronda Odaka.

Merrick n'avait aucune intention de discuter cet ordre et il entraîna la reine dans le passage. Janessa ne se plaignait pas. Elle faisait de son mieux pour le suivre. Ils arrivèrent au pied d'un escalier et Merrick s'arrêta.

— Montez ! ordonna Odaka. Nous allons rester ici pour protéger vos arrières.

Le conseiller et les deux chevaliers prirent position et Merrick s'élança à l'assaut des marches, Janessa dans son sillage. Il entendait les échos de la bataille qui se déroulait dans l'arène. Quelqu'un hurla. Une épée s'abattit sur le tronc.

L'escalier les conduisit à un palier branlant qui desservait deux couloirs allant dans des directions opposées. Merrick en choisit un – celui qui, à son avis, les éloignait du monstre.

Tu ne sais pas ce que tu fais. Tu ne sais pas où tu vas. Reprends-toi, putain !

Le couloir s'assombrit et ils arrivèrent dans une salle sans issue. Merrick s'arrêta net. Devant lui gisait le cadavre d'un chevalier en armure. Une Sentinelle. Il y avait un trou dans sa cuirasse, juste au-dessus du cœur.

L'assassin était peut-être tout près et Merrick n'avait pas une folle envie de le rencontrer. Il se tourna vers le couloir et se figea en voyant une silhouette entrer. Pendant un instant, il espéra qu'il s'agissait d'Odaka venant leur annoncer qu'il n'y avait plus de danger.

Mais au fond de lui, il savait déjà que ce n'était pas le cas.

L'homme était vieux, trop vieux pour se déplacer avec une telle assurance. Il était large d'épaules, ses cheveux et sa barbe étaient gris, mais ses yeux… ses yeux étaient deux lacs glacés qui contemplaient le monde avec une haine destructrice.

Merrick recula en plaçant Janessa derrière lui pour la protéger. Il n'y avait pas d'issue. Ils étaient pris au piège.

Le vieil homme tenait son épée à lame droite pointée vers le sol. Merrick jeta un coup d'œil à la poignée. Il n'en avait jamais vu de semblable. Malgré son âge, l'inconnu semblait savoir s'en servir.

— N'approchez pas davantage, prévint le jeune homme en levant son arme. Je ne veux pas vous faire de mal.

Le vieillard fit deux pas en avant et s'arrêta.

— Vous ne me ferez aucun mal, mon garçon. Je suis le Père des Assassins. Vous êtes bien incapable de me faire le moindre mal. Mais je ne suis pas venu pour vous. Je suis venu pour…

— Ouais, ouais, j'ai compris. (Merrick se mit en garde.) Vous êtes venu pour tuer la reine, blablabla. Laissez tomber le verbiage et passons aux choses sérieuses, vous voulez bien ?

La réflexion de Merrick sembla amuser le vieil homme. Il avança sans lever son arme.

On ne rate pas une bonne occasion, Merrick.

Le jeune homme bondit en avant, brièvement gêné d'attaquer son adversaire par surprise. Son embarras ne dura pas. Le vieillard para sans effort avant de lancer une contre-attaque que Merrick eut le plus grand mal à esquiver. Le jeune homme recula en titubant pour éviter un coup qui lui aurait arraché les deux yeux.

Cette situation avait un arrière-goût de déjà-vu. Le jeune homme commençait à en avoir assez d'être humilié par de meilleurs escrimeurs que lui. Il était hors de question que ce vieillard vienne s'ajouter à la liste.

Il frappa avec une parfaite concentration, sans commettre la moindre erreur. Tout ce qu'il avait appris à la maison Tarnath…

Le vieillard para et arracha presque l'épée des mains de Merrick. Le jeune homme recula à petits pas pour se mettre hors de portée. Janessa recula en même temps pour rester dans son dos.

— Vous ne pouvez rien faire, dit le Père des Assassins. L'issue est inévitable. Je suis prêt à vous épargner. Partez en laissant la reine ici et…

Merrick frappa. Cette fois-ci, il réussit à fendre un pan de la robe du vieillard, mais la riposte fut si féroce qu'il dut reculer de nouveau et il se retrouva acculé. Il poussa Janessa sur le côté et la lame de son adversaire s'écrasa contre la paroi en faisant sauter un morceau de pierre.

Le Père des Assassins était un véritable spectre qui changeait de place comme par magie. Merrick attaqua, encore et encore, mais chaque coup était paré sans effort. Le jeune homme frappa d'estoc et le vieil homme lui arracha son arme. L'épée heurta un mur avec un claquement sonore avant de tomber deux ou trois mètres plus loin. Le Père des Assassins avança d'un pas rapide, mais prudent. Ses yeux ne quittèrent pas leur cible un seul instant.

— Vous avez fait montre d'un courage étonnant face à une mort certaine, dit-il.

— Je vais vous faire une confidence : j'en suis le premier surpris, répliqua Merrick.

Le Père des Assassins leva son arme.

Odaka Du'ur surgit du passage en poussant un cri sauvage. Il ressemblait à un animal enragé. Sa lame courbe fendit l'air et le Père des Assassins eut à peine le temps de parer le coup.

— Fuyez ! cria le conseiller.

Merrick n'avait pas besoin qu'on le lui dise deux fois.

Il saisit Janessa par la main et l'entraîna hors de la pièce. Tandis qu'il courait, il entendit les lames s'entrechoquer derrière lui.

Chapitre 45

Regulus avait trahi ses guerriers. Il les avait condamnés à une fin déshonorante. En songeant qu'ils allaient mourir sous la lame d'un bourreau, il fut envahi par une honte qu'il n'avait jamais éprouvée auparavant. Alors, quand l'horrible monstre s'arracha au sol, le cœur de Regulus Gor bondit dans sa poitrine. Non, ses camarades et lui ne seraient pas exécutés pour la plus grande joie d'une foule hurlante. Ils seraient tués par un adversaire digne de ce nom.

Mais encore fallait-il que ledit adversaire arrive jusqu'à eux, qu'il se débarrasse des chevaliers qui se dressaient sur son chemin. Regulus regarda les guerriers de bronze avec admiration : ils se battaient bien. Ils étaient disciplinés, organisés et mouraient avec bravoure.

Il tira sur ses chaînes sans cesser de les observer. Il voulait les rejoindre, il voulait participer à la bataille, mais il ne pouvait rien faire. Un peu plus loin, le bourreau qui avait failli décapiter Janto quelques instants plus tôt semblait avoir été frappé par la foudre. Il était immobile et tenait sa hache d'une main sans force. Regulus aurait tout donné pour s'emparer de l'arme, pour bondir de l'estrade et se ruer sur le monstre. Pour avoir une chance de mourir en guerrier.

Tandis que les Zataniens impuissants observaient la bataille, un soldat en livrée verte se précipita vers eux. Regulus reconnut Nobul Jacks, l'homme à qui il avait parlé dans la cellule. Il semblait furieux. Un de ses camarades l'interpella et essaya de le retenir, en vain.

Nobul s'arrêta devant Regulus. Il le contempla avec une certaine appréhension, mais sans peur. Puis il leva les mains et lui ôta son masque.

—Es-tu toujours d'accord pour te battre à nos côtés ? (Regulus le regarda en écoutant les bruits de la bataille qui se déroulait un peu plus loin.) Es-tu prêt à te battre à nos côtés maintenant ?

Regulus esquissa un sombre sourire. Il avait fait confiance à ces Terrefroidiens et cela l'avait conduit dans une arène où un bourreau devait l'exécuter pour le plaisir des spectateurs. Comment pouvait-il leur faire confiance de nouveau ?

Quelle importance ? Dis oui et reprends ta liberté. Si tu dois mourir ici, autant le faire avec une arme à la main et le goût du sang sur les lèvres.

—Oui, Nobul Jacks. Je me battrai pour toi.

Le Manteau Vert prit les clés et ouvrit les menottes. Dès qu'il fut libre, Regulus se dressa de toute sa taille et le toisa. Il sentit que le Terrefroidien était prêt à se défendre.

—Mes guerriers et moi nous battrons pour toi, dit-il. Mais j'aurai l'honneur d'être le premier à frapper.

Il se tourna vers le bourreau et celui-ci bondit en arrière en tenant sa hache contre lui pour se protéger. Regulus lui arracha l'arme des mains et sauta au pied de l'estrade en bois.

Il atterrit avec souplesse et se précipita vers le monstre végétal. Une branche fouetta l'air, et un instant plus tard, une pluie de sang et de fragments d'armure s'abattit sur le sol de l'arène.

Regulus bondit devant les chevaliers submergés en poussant un terrible rugissement. Il brandit la hache et frappa la base noueuse d'un tentacule. La lame s'enfonça dans le bois avec un bruit sourd et le monstre leva la tête vers le ciel pour lancer un cri de douleur silencieux. Il contre-attaqua et Regulus n'eut pas le temps d'éviter le coup. Le Zatanien virevolta dans les airs, mais ne lâcha pas son arme lorsqu'elle s'arracha au corps de la créature.

Il atterrit lourdement et le monstre se tourna vers lui. Regulus se leva d'un bond et se mit en garde. Alors que la créature se préparait à frapper, le Zatanien aperçut des silhouettes qui couraient vers lui.

Leandran arriva le premier. Il avait ramassé une épée abandonnée et il bondit sur l'arbre en la brandissant au-dessus de sa tête. Akkula tenait une lance. Il chargea et frappa vers le bas. Son arme se planta dans le corps du monstre pendant que Leandran tranchait les branches les plus épaisses.

Regulus fut envahi par un sentiment de fierté et rejoignit ses hommes. Il frappa sur un rythme frénétique dans l'espoir d'abattre la créature démoniaque.

Le tronc craqua tandis que l'arbre se secouait pour se débarrasser des Zataniens. Hagama bondit et frappa avec sa lance en poussant un hurlement interminable. Le seigneur des Terres sauvages devait sûrement souffler dans ses poumons pour lui permettre d'accomplir un tel exploit.

Un chevalier en armure de bronze se joignit aux Zataniens. Son épée étincelante s'abattait sur le tronc en y laissant de larges entailles, puis il reculait pour échapper aux contre-attaques.

Regulus se baissa et esquiva de justesse un coup qui l'aurait enfoncé dans le sol. Leandran n'eut pas cette chance. Une branche s'enroula autour de lui et le souleva dans les airs. Le vieux guerrier continua à frapper en grondant de colère, mais le tentacule de bois s'abattit et le Zatanien heurta le sol la tête la première. Leandran resta immobile et silencieux. Regulus poussa un cri de rage, bientôt imité par Janto qui passa devant lui pour se jeter sur la tête de la créature. Il s'y accrocha et l'attaqua à coups de griffes et de dents.

La cruelle défaite du vieux Leandran décupla la férocité des Zataniens. Ils se battirent avec tant de fureur que les chevaliers en armure de bronze reculèrent pour ne pas se trouver sur le chemin. L'arbre attaquait sans relâche, mais il semblait incapable de toucher ses adversaires. Les Zataniens frappaient avec force, puis ils s'écartaient avec une aisance qui trahissait un entraînement rigoureux. Ils connaissaient d'instinct la position de leurs camarades et pressentaient leurs mouvements.

Regulus approcha du monstre par-derrière et sa hache s'abattit sur les racines qui lui servaient de jambes. L'arbre vacilla, puis perdit l'équilibre quand Hagama, Kazul et Akkula poussèrent sur les lances plantées dans son tronc. Janto était toujours accroché à la tête. Des fragments d'écorce et des flots de liquide blanchâtre jaillissaient à chacun de ses coups.

— Janto ! hurla Regulus.

Celui-ci tourna la tête. Regulus lui lança la hache du bourreau et le Sho'tana l'attrapa sans difficulté. Il leva l'arme en poussant un rugissement et l'abattit de toutes ses forces.

Le monstre se tortilla sur le sol en crachant des geysers de liquide blanc. Les Zataniens reculèrent tandis que les chevaliers en armure chargeaient et réduisaient la créature en petit bois.

Regulus se tourna vers le corps désarticulé de Leandran. Akkula était agenouillé près de lui. Il s'approcha et le jeune Zatanien leva la tête vers lui.

— Il est déjà en chemin vers les étoiles, dit-il.

Regulus contempla le corps de son camarade et sentit le frisson de la victoire refluer. Leandran avait été son professeur pendant de nombreuses années et sa disparition était douloureuse. Il n'y avait pourtant pas de regrets à avoir, pas de larmes à verser. Leandran avait combattu avec courage et il était mort en véritable Gor'tana : l'arme à la main. C'était une fin honorable.

Le bruit des lames contre le bois cessa. Le monstre était vaincu. Une voix rompit le silence.

— Mais qu'est-ce que vous faites ? Aux armes ! Arrêtez ces criminels sur-le-champ !

Regulus tourna la tête et reconnut l'homme qui portait une robe et une capuche. Le dénommé Rogan pointait un doigt accusateur en direction des Zataniens.

— Debout ! ordonna Regulus.

Ses guerriers obéirent et se rangèrent derrière lui. Les flammes dansaient encore dans les yeux de Janto. Sa soif de bataille n'était pas étanchée.

Un chevalier en armure de bronze fit un pas en avant. Son casque s'ornait de deux grandes ailes.

— Ces hommes nous ont aidés à vaincre un monstre qui allait nous massacrer jusqu'au dernier, sénéchal. Et vous nous demandez de les couvrir de chaînes ? J'ose espérer que vous plaisantez ?

— Ils sont dangereux. Ce sont des assassins, lança Rogan. J'exige qu'on…

— Vous exigez ? lâcha le chevalier. Vous *exigez* ?

Les guerriers en armure de bronze se rassemblèrent autour de leur chef. Tout comme Janto, ils étaient prêts à reprendre le combat.

— Je pense qu'ils ont prouvé leur loyauté à la Couronne ! lança une voix dans le dos de Regulus.

Le Zatanien se tourna et aperçut Nobul Jacks. Il ne pouvait s'empêcher d'éprouver une certaine sympathie envers ce Terrefroidien. De penser que c'était un homme juste.

— Cela ne prouve rien ! cria Rogan. Ces créatures sont de dangereux ennemis des États libres. Ils ont été condamnés à mort.

— Ils viennent de montrer de quel côté ils sont, dit Nobul. Regardez.

Il fit un geste en direction du monstre terrassé.

À cet instant, une explosion retentit au sommet de l'amphithéâtre et une pluie de pierres s'abattit dans l'arène.

Chapitre 46

Merrick gravit l'escalier de pierre usé alors que Janessa étreignait sa main avec l'énergie du désespoir. Ils atteignirent un autre palier, devant un mur à moitié effondré. La jeune fille aperçut une partie de la ville. Elle était si proche, et pourtant... elle aurait pu être à des milliers de kilomètres. Le sol se situait trente mètres plus bas et il était impossible de descendre.

— Il faut faire demi-tour, dit-elle.

Merrick regarda autour de lui. Il avait le souffle court et les yeux écarquillés. Il savait qu'ils étaient pris au piège.

— Vous avez raison, dit-il.

Il fit un pas vers l'escalier, mais il s'arrêta soudain. Quelqu'un montait. Janessa dut rassembler tout son courage pour croiser les yeux de pierre qui lui glaçaient le cœur. Il n'y avait pas la moindre trace de chaleur dans le regard du vieil homme. Il était le vent de la mort.

— Vous m'avez offert une joyeuse danse, dit le Père des Assassins d'une voix qui évoquait le crissement de la soie sur l'acier. Mais il est temps d'y mettre un terme.

— Ne faites pas un pas de plus, dit Merrick en se glissant devant Janessa.

Le Père des Assassins sourit, mais son visage n'exprimait aucune gaieté.

— Vous n'avez pas d'arme. Vous ne pouvez rien faire, sinon mourir.

Merrick recula. L'épée du vieil homme était couverte de sang et des gouttes glissaient le long de la lame avant de s'écraser à terre. Janessa sentit son cœur manquer un battement quand elle songea à Odaka. Le conseiller avait affronté le Père des Assassins pour qu'ils puissent s'enfuir. Ce sang était sans doute le sien.

— Je suppose qu'une petite bagarre à mains nues ne vous tente pas plus que ça ? s'enquit Merrick avec une pointe d'espoir.

Le sourire du vieil homme s'effaça aussi vite qu'il était apparu. Il leva son arme et Janessa retint son souffle.

Un bruit métallique résonna dans l'escalier et le Père des Assassins se tourna aussitôt. Un adolescent gravit la dernière marche en haletant. Son visage était écarlate et sa robe chiffonnée. Janessa le reconnut : c'était l'apprenti de la magistra. L'adolescent se précipita entre le Père des Assassins et Merrick.

— Mais qu'est-ce que tu fabriques, gamin ? s'écria Merrick.

— Faites-moi confiance, dit l'apprenti en inspirant un grand coup.

Il cria en direction du vieil homme comme s'il espérait le projeter dans le vide grâce à son souffle.

Rien ne se passa.

Le Père des Assassins grimaça d'un air déçu, puis fit un pas en avant, prêt à frapper.

— Dégage de là, putain ! aboya Merrick en poussant le garçon sur le côté.

La pointe de la lame s'enfonça au centre de la cuirasse et elle déchira l'acier comme du papier.

Sous les yeux horrifiés de Janessa, Merrick tituba en portant les mains à sa poitrine, les traits crispés par la douleur. Il faisait un effort surhumain pour rester debout, mais il n'avait plus de force dans les jambes.

Le visage de l'apprenti se déforma sous le coup de la peur et de l'incompréhension.

Le Père des Assassins l'ignora. Il se tourna vers Janessa.

— Si vous voulez bien, dit-il comme s'il invitait la jeune fille à danser.

Des rugissements montaient de l'arène. Des bruits de bataille, des claquements de lames. Les Sentinelles étaient trop occupées pour venir la sauver. L'arbre démoniaque n'avait été qu'une diversion. La véritable menace était restée tapie jusqu'au dernier moment. Janessa ne put s'empêcher d'admirer la perfection de ce plan.

— Ma mort ne garantira pas la victoire d'Amon Tugha, dit-elle en se redressant avec fierté.

— Non, reconnut le vieillard. Mais elle y contribuera.

Il fit un nouveau pas en avant, puis s'arrêta. Il pencha la tête et regarda la jeune fille avec curiosité, comme s'il la jaugeait.

— Je voudrais juste vous poser une question : qu'avez-vous fait à mon fils, Rivière, pour le retourner contre moi ?

Janessa regarda les yeux bleus et glacés. Des yeux impitoyables. Les derniers qu'elle verrait. Puis elle sourit.

— Je lui ai offert mon amour, dit-elle. Comprenez-vous seulement ce que cela signifie ?

Le Père des Assassins fronça les sourcils d'un air furieux.

— Si je comprends ce que cela signifie ? J'ai élevé ce garçon. Je l'ai entraîné pour qu'il devienne quelqu'un qu'il ne serait jamais devenu sans moi. Je lui ai enseigné des techniques que nul ne connaît dans les régions du Sud. Je l'ai honoré, et *vous*, vous avez tout gâché.

— Et je recommencerais si j'en avais l'occasion, souffla Janessa.

C'était la vérité. Malgré tout ce qui était arrivé, malgré la honte de porter un enfant conçu en dehors des liens du mariage, elle recommencerait. Elle affronterait mille de ces terribles épreuves et braverait la mort cent fois pour passer une seule nuit dans les bras de Rivière.

— À cette heure, il doit être mort, lâcha le vieillard. Et vous allez le rejoindre.

Janessa ferma les yeux.

— Un petit instant, dit une voix vénérable et essoufflée dans la cage d'escalier.

Janessa ouvrit les paupières et vit le Père des Assassins jeter un coup d'œil par-dessus son épaule. S'il était agacé par ces interruptions incessantes, il se gardait bien de le montrer.

Maîtresse Gelredida gravit la dernière marche et poussa un soupir de soulagement. Son apprenti, recroquevillé dans un coin, fit mine d'approcher, mais elle leva une main ridée pour lui ordonner de rester à l'écart.

— Vous êtes venue mourir avec votre reine, vieille peau ? s'enquit le Père des Assassins.

— Pas vraiment, répondit Gelredida en se laissant aller contre un mur.

Le vieil homme éclata d'un rire qui ressemblait à un sifflement de serpent.

Et Gelredida lança quelque chose vers lui. Janessa n'eut pas le temps de voir de quoi il s'agissait. Le Père des Assassins leva son épée sans même regarder et la lame trancha le projectile en deux.

Et le palier explosa.

La jeune fille fut projetée en arrière par la déflagration assourdissante. Quand elle réussit enfin à ouvrir les yeux, elle vit que le sommet de l'escalier avait été rasé. Des débris jonchaient le sol et un épais nuage de fumée l'enveloppait. Sa robe était sale et déchirée. Ses oreilles sifflaient.

Le jeune apprenti était à côté d'elle, le visage couvert de poussière. Il lui parlait, mais les sons ne lui parvenaient pas.

— Vous allez bien, Majesté ? entendit-elle enfin.

— Oui, dit-elle en se levant tant bien que mal. Trouvez votre maîtresse.

Le garçon hocha la tête et disparut dans le nuage qui se dissipait peu à peu.

Janessa songea à Merrick. Il devait être allongé quelque part au milieu de ce chaos, se vidant de son sang. La jeune fille partit à sa recherche à tâtons.

Elle devina un mouvement et s'avança en titubant. Elle se figea en distinguant la robe terne et déchirée. Le Père des Assassins se traînait sur le sol. Un de ses bras – celui avec lequel il se battait – avait été arraché. Il rampait vers ce qui restait de son épée : une poignée brisée et une lame cassée. Janessa se pencha et ramassa l'arme avant qu'il ait le temps de l'atteindre.

Le Père des Assassins roula sur le côté pour la regarder. Janessa esquissa un mouvement de recul en découvrant son visage. Une moitié n'était plus qu'une masse de chair ensanglantée, l'autre exprimait une profonde horreur. Ses yeux avaient perdu leur éclat bleu. Ils brillaient désormais d'une lueur dorée. Une partie de ses rides avait disparu et sa barbe s'était volatilisée, laissant apparaître un menton lisse et une mâchoire carrée. C'était bien le Père des Assassins, mais celui-ci avait rajeuni. Sans ses terribles blessures, il aurait même été séduisant.

Encore de la malégie, songea Janessa. Son aspect de vieillard n'était qu'une illusion, un sortilège elharim.

— Il semblerait que j'aie échoué dans ma mission, dit l'inconnu d'une voix faible.

— Il semblerait, répéta Janessa en le toisant sans pitié.

Cet homme avait torturé pendant des années le garçon qu'elle aimait et avait cherché à la tuer. Il ne méritait aucune compassion.

— Quand mon maître Amon viendra prendre votre tête, dites-lui… (Il inspira et grimaça de douleur.) Dites-lui…

Janessa lui planta le moignon d'épée dans la gorge.

— Je ne lui dirai rien du tout, dit-elle, les dents serrées. Il n'apprendra que votre échec. Votre corps sera brûlé et tout le monde vous oubliera.

Les yeux du Père des Assassins s'éteignirent tandis que la lueur dorée virait au gris cendre avec lenteur. La vie le quitta par sa gorge béante. Janessa le regarda et le spectacle réveilla quelque chose en elle. Quelque chose qui savoura cette agonie.

La jeune fille recula. La fumée s'était presque dispersée et plus aucun bruit ne montait de l'arène. Elle regarda autour d'elle en quête de Merrick. Elle le chercha avec frénésie jusqu'à ce qu'elle le trouve sous une pile de gravats.

Elle tomba à genoux et entreprit de le dégager. Il était toujours en vie. À peine. Du sang jaillissait de sa blessure et une flaque écarlate avait commencé à coaguler autour de lui.

Il ouvrit les yeux avec peine quand il sentit les mains de la jeune fille sur lui.

— Je ne m'attendais pas à ça, dit-il.

Un filet de sang coula au coin de ses lèvres tandis qu'il parlait.

— Taisez-vous, ordonna Janessa. Gardez vos forces.

Elle appela du secours. L'apprenti aidait sa maîtresse à se lever. Janessa regarda la vieille femme d'un air implorant.

La magistra jeta un coup d'œil au blessé et secoua la tête.

— On ne peut pas faire grand-chose, dit-elle.

Elle s'éloigna.

Janessa baissa la tête et vit que les yeux de Merrick étaient devenus vitreux. Ses paupières semblaient de plus en plus lourdes et il devait faire un effort pour les garder ouvertes.

— Vous avez été très courageux, Ryder. Votre sacrifice ne sera pas oublié.

À ces mots, la magistra se retourna brusquement.

— Ryder ? Vous avez dit Ryder ? demanda-t-elle.

— Oui, dit la reine. Merrick Ryder.

— Reculez ! ordonna la vieille femme en s'agenouillant près du blessé.

Janessa se leva et obéit. Elle regarda la magistra ôter ses gants cramoisis avec lenteur et vit que ses veines dessinaient une horrible toile d'araignée sur ses mains.

— Waylian, venez m'aider ! lança Gelredida en délaçant les sangles de la cuirasse.

Le garçon obéit sans un instant d'hésitation. Dès que Merrick fut débarrassé de son armure, la magistra posa ses mains répugnantes sur la blessure et commença à psalmodier à voix basse. Elle invoquait sans doute les pouvoirs dont les malégiens se servaient pour lancer leurs sortilèges.

Alors que Janessa regardait, des hommes en armure émergèrent de l'escalier. Ils voulurent la conduire en sécurité, mais la jeune fille était certaine que le danger était passé et refusa de bouger. Elle était fascinée par les paroles et les gestes de la vieille sorcière.

Au bout d'un moment, Merrick ouvrit les yeux et battit des paupières. Gelredida se pencha et s'étira pour chasser une douleur dans son dos.

—Il survivra, dit-elle. Waylian, s'il vous plaît.

Elle se leva avec l'aide de son apprenti.

—Merci, dit Janessa tandis que la vieille femme passait devant elle.

—Ne me remerciez pas encore, répliqua Gelredida d'un air sombre. Cela ne fait que commencer.

Chapitre 47

Nobul les regardait festoyer. Dans la cour de la caserne déserte, il ne restait que lui et les cinq Zataniens. Cinq géants, cinq bêtes sauvages et féroces. Nobul les connaissait. Il les avait observés de près, affrontés et vaincus, mais c'était il y a bien longtemps. Il se rappelait la terreur sans nom qu'il avait éprouvée, mais on oublie vite sa frayeur quand la bataille commence. Aujourd'hui, les Zataniens n'étaient plus ses ennemis. Ils lui avaient accordé leur confiance. Il pouvait se contenter de les regarder. Nobul se demanda s'il devait avoir peur ou non.

Leur chef, Regulus, avait proposé de lui jurer fidélité, de prêter le serment du sang. L'ancien forgeron avait refusé, bien entendu. Il n'avait aucun droit sur la vie de ce guerrier, pas plus que sur celle de ses camarades. Ces hommes ne lui devaient rien, mais ils voulaient rester près de lui, sans doute parce qu'il avait été le seul à leur témoigner un peu de compassion. À supposer que libérer des prisonniers pour combattre un monstre né d'une sombre malégie soit un geste de compassion…

La plupart des Manteaux Verts étaient restés dans l'arène pour nettoyer les traces de l'affrontement. Nobul était heureux d'être rentré à la caserne. Il avait vu à l'œuvre les pouvoirs de ces saloperies de malégies plus souvent qu'à son tour. Plus il s'en tenait éloigné, mieux il se portait.

Puis il songea que sa situation n'avait rien de très enviable. *Bordel!* Mais qu'allait-il faire de ces cinq guerriers zataniens ?

Regulus leva le nez du festin et s'essuya la bouche d'un revers de manche. Il tourna la tête vers Nobul et le regarda d'un air décidé. Enfin, ces Zataniens avaient toujours l'air décidés. Et dangereux.

Regulus traversa la cour et s'approcha de lui. Il se déplaçait avec une grâce que Nobul ne put s'empêcher d'admirer. Il n'avait jamais remarqué à quel point ces guerriers étaient impressionnants. Il n'en avait pas eu le temps à la Porte de Bakhaus. On ne s'occupe pas de ces détails quand on lutte pour sa vie.

— Nous devons parler, Nobul Jacks, déclara Regulus.

— Eh bien ! pourquoi ne pas le faire maintenant ? proposa l'ancien forgeron.

— Je t'aime bien, Nobul Jacks. Tu parles simplement, comme un Gor'tana.

— Merci.

C'est bien un compliment ?

— Mes guerriers et moi avons beaucoup parlé depuis que tu nous as libérés. Nous avons décidé de quitter cet endroit, à moins que nous obtenions certaines assurances.

— Vous voulez partir ? Après toutes les épreuves que vous avez affrontées pour venir ici et défendre la ville ?

— Ce sont ces épreuves qui nous ont conduits à cette décision. Nous avons été traités comme des animaux, des ennemis, alors que nous venions proposer de jurer fidélité à votre reine. Si nous devons rester et défendre cette cité, nous voulons des concessions.

— Je n'ai pas l'autorité pour...

— Si tu ne peux pas nous offrir ce que nous demandons, nous partirons. Si on nous contraint à rester, nous nous battrons contre toi et tes camarades.

Nobul déglutit avec peine.

— Et qu'est-ce que vous voulez ?

— D'abord, nous avons fait un long voyage, un voyage qui nous a obligés à abandonner nos armures. Si nous devons monter sur les murailles de la cité pour défendre ton peuple, nous aurons besoin de nouvelles armures. Des armures zataniennes, fabriquées par un artisan.

Un sourire se dessina sur les lèvres de Nobul. Il avait abandonné sa forge depuis des mois, mais il mourait d'envie de sentir un marteau dans sa main. Il était sans doute le seul forgeron de Havrefer sachant à quoi ressemblait une armure zatanienne et connaissant les techniques pour les fabriquer.

— Ça, c'est dans mes cordes, dit-il avec assurance.

Regulus le remercia d'un hochement de tête.

— La demande suivante est plus importante. Nous avons perdu un frère. Un guerrier de notre tribu. Nous voulons une récompense pour cela.

— D'accord, mais je dois t'avertir qu'il ne reste pas grand-chose dans les coffres de…

— Non, tu ne comprends pas. Nous ne voulons pas de vos pièces sans valeur. Nous voulons une vie en échange d'une vie. Un sacrifice, comme vous dites.

Nobul sentit ses poils se hérisser sur sa nuque. Il posa la question dont il connaissait déjà la réponse.

— Tu parles d'une chèvre ou d'un bouc ?

— Non.

Évidemment que non ! Tu ne croyais quand même pas que ce serait si facile ?

— Je crains que ce ne soit pas possible. Nous ne sacrifions pas des gens. Ça ne se fait pas dans ce pays.

— Je comprends, Nobul Jacks. Vous ne respectez pas les dieux et les morts de la même manière que nous. C'est sans importance. Nous allons partir. (Regulus posa une énorme main sur l'épaule de Nobul.) Mais je me demandais si tu accepterais de faire une dernière chose pour nous. Nous devons envoyer notre camarade vers les étoiles. (Il fit un geste vers le corps du Zatanien enveloppé dans un drap en lin.) Nous aurions besoin d'un bûcher.

— Je vais voir ce que je peux faire, acquiesça Nobul.

Regulus rejoignit ses guerriers.

Nobul continua à les observer tandis que le soleil se couchait. L'air fraîchit, mais il ignora le froid. Il lui faudrait bientôt affronter des nuits glacées, alors autant s'y habituer sans tarder.

Kilgar et le reste de l'unité arrivèrent juste avant la nuit. Le sergent s'approcha de Nobul.

— Ils se tiennent comment ?

L'ancien forgeron haussa les épaules.

— Comme ça. Depuis qu'on est rentrés.

— Le sénéchal est en train de foutre un bordel de tous les diables. Il répète à qui veut l'entendre qu'il faut les exécuter le plus vite possible.

— Et on l'écoute ?

Kilgar lui adressa un sourire narquois.

— Heureusement que non. Le seigneur-maréchal et le haut-commissaire ont compris qu'on aura besoin de guerriers de leur trempe quand les Khurtas montreront le bout de leurs nez. Ces putains de monstres vont avoir une sacrée surprise quand ils se retrouveront face à des Zataniens.

—Ouais, dit Nobul en fronçant les sourcils. Sauf qu'il y a un problème. Je ne sais pas trop comment présenter ça, mais… ils ne veulent pas rester.

—Qu'est-ce que tu veux dire ?

—Ils en ont assez. Je dois avouer que je les comprends, vu comment on les a traités jusque-là.

Kilgar marmonna un juron.

—Je suppose qu'il n'y a aucun moyen de les faire changer d'avis ?

—Il y en a un. Ils veulent un sacrifice humain pour compenser la mort de leur camarade.

Il fit un geste en direction du cadavre du Zatanien.

—Ils veulent quoi ?

Nobul haussa les épaules de nouveau.

—C'est ce qu'ils ont dit.

—On ne peut pas faire un truc pareil.

—Oui, je m'en doute. Ils partiront dès qu'ils auront brûlé le corps de leur camarade. Je suppose qu'on peut leur offrir un bûcher funéraire ?

Kilgar hocha la tête, mais le doute se lisait sur son visage.

C'est quand même la moindre des choses.

Certes, mais ne pouvaient-ils pas faire davantage ?

Il semblait que non. Un sacrifice humain, c'était trop demander. Nobul n'y aurait pas vu d'inconvénient – il avait même un candidat à proposer. Mais s'il faisait une telle chose, il aurait de gros ennuis.

Enfin, il aurait *probablement* de gros ennuis.

Les hommes de l'unité construisirent un bûcher à la lueur des torches. Le bois ne manquait pas. Tout le monde recula et observa les Zataniens pratiquer leurs rites funéraires. Ils grondèrent dans une langue étrangère, rugirent et labourèrent leur propre chair à coups de griffes. Enfin,

Regulus prit une torche pour enflammer le bûcher. Puis ils levèrent la tête et contemplèrent les cieux en silence.

Nobul ne savait pas à quoi ils pensaient, mais cela semblait très important. Une fois encore, il se surprit à admirer ces guerriers. Les Zataniens étaient fiers et loyaux. Ils étaient prêts à se battre jusqu'à la mort pour défendre leurs camarades. Une telle noblesse était chose rare.

Nobul songea que dans quelques jours, il se tiendrait au sommet des murailles face aux hordes sauvages venues raser Havrefer. Combien de ses compagnons se sacrifieraient pour protéger ses arrières ? Ces Zataniens avaient du courage à revendre et connaissaient la définition du mot « camaraderie ». C'était de la folie de les laisser partir alors qu'ils étaient prêts à combattre de leur côté.

Tandis que le bûcher était dévoré par les flammes, Nobul s'éloigna. Il entra dans un bâtiment et descendit dans les geôles. Tout le monde avait oublié le prisonnier, et quand il glissa la clé dans la serrure, il se demanda s'il ne s'était pas échappé.

—Ah, Nobul, l'accueillit Friedrik en souriant. Ça faisait longtemps. Tu m'as manqué.

Nobul ouvrit les menottes qui l'enchaînaient au mur.

—Où va-t-on ? demanda Friedrik sur un ton joyeux, comme s'il partait en promenade au marché. Je crains de ne pas être à mon avantage. J'espère que nous n'allons pas voir quelqu'un d'important. (Nobul ne répondit pas et Friedrik prit un air grave qui ne le trompa pas une seule seconde.) Bon, écoute, je suis désolé pour ce qui est arrivé à ton fils. Je te le jure. Si je pouvais le ramener à la vie, je le ferais. Mais il doit bien y avoir quelque chose d'autre que tu désires ?

Nobul s'arrêta dans le couloir.

Friedrik n'était pas désolé, et ne regrettait rien du tout.

Il regarda le maître de la Guilde dans les yeux.

— Dis-moi où se cache la Guilde, dis-moi où je peux trouver tes partenaires et je te laisserai en vie.

Friedrik soutint son regard. Il fit un effort pour conserver une mine attristée ; pourtant, un sourire lui échappa. Puis il éclata de rire.

— Tu peux toujours rêver. Mais je vais te dire ce qui va se passer si tu ne me relâches pas tout de suite. Tu vas te retrouver avec un autre putain de sac sur la tête. Et ce sera bien pire que la dernière fois. La dernière fois, on t'a laissé une chance de te défendre. La prochaine, tu te jetteras en pâture aux chiens morceau par morceau.

— À toi l'honneur, répliqua Nobul.

Il monta l'escalier et traîna Friedrik dans la cour.

Les flammes du bûcher s'élançaient vers le ciel et dépassaient presque les toits des bâtiments. Les Zataniens les regardaient en silence. Kilgar et ses hommes s'étaient reculés à bonne distance.

Nobul s'immobilisa pour contempler le feu. Il sentit Friedrik lui tirer sur le bras en lui demandant ce que c'était que ce bordel, mais il n'y prêta pas attention. C'était le moment. Le moment où tout allait changer. Le moment où il renoncerait à son humanité.

Compte tenu de ce que tu auras à faire, c'est plutôt une bonne chose. L'humanité est un fardeau pour les faibles.

Friedrik se débattit, mais Nobul l'obligea à traverser la cour. Peut-être le maître de la Guilde avait-il peur des flammes, ou bien avait-il deviné le sort que l'ancien forgeron lui réservait.

— Attends ! cria-t-il. Attends une putain de seconde !

Nobul le jeta aux pieds des Zataniens.

— Voilà votre saloperie de sacrifice. Vous aurez le reste de ce que vous avez demandé dès que je pourrai m'en occuper.

Regulus le remercia d'un hochement de tête et Nobul recula prudemment. Les terrifiants guerriers entourèrent Friedrik.

— Mais qu'est-ce que tu branles ? lui lança Kilgar.

Trop tard. Trop tard.

Regulus leva la tête et rugit en direction des étoiles. Ses camarades lui firent écho en se jetant sur le prisonnier. Friedrik se mit à hurler.

Il hurla jusqu'au dernier moment.

Chapitre 48

Merrick contemplait le plafond de la pièce tandis que son doigt glissait, centimètre par centimètre, sur la cicatrice qui s'étendait sous son pectoral gauche. Quand la sorcière l'avait touché, il avait senti la vie revenir en lui comme une vague furieuse et il n'avait jamais connu de sensation plus désagréable. Il avait eu l'impression que son âme se tordait et se déchirait, qu'on l'arrachait à un endroit froid et sombre. On l'avait ramené à la caserne et installé sur un lit, mais le terrible souvenir le hantait encore.

Il aurait dû mourir dans l'amphithéâtre. Il serait devenu un héros et on aurait loué son courage à travers tout le pays. Le sauveur de la reine. Peut-être aurait-on érigé une statue en son honneur ?

Il lui faudrait attendre encore un peu. Il avait survécu et n'était plus qu'un blessé parmi les autres. Un serviteur anonyme de la Couronne frappé par l'ennemi tandis qu'il remplissait son devoir.

Enfin, il ne devait pas trop se plaindre : c'était toujours mieux que d'être mort.

La porte s'ouvrit. Merrick songea qu'il s'agissait sans doute d'une infirmière venue s'assurer que tout allait bien ou qui lui apportait de quoi se restaurer. Depuis son arrivée, on le traitait comme un invalide. Sa blessure ne le gênait pourtant pas beaucoup. Il fallait que cela cesse ou il allait s'habituer à être servi comme un prince. Il y avait même quelqu'un qui venait vider son pot de chambre. C'était un privilège auquel il n'était pas pressé de renoncer.

Il tourna la tête et comprit que son visiteur n'était sûrement pas venu s'occuper de ses déjections.

Tannick Ryder referma la porte derrière lui et observa Merrick un moment. Ce qu'il vit parut le décevoir, comme toujours. Mais aujourd'hui, il y avait quelque chose de différent dans son regard noir. De la compassion ? De l'inquiétude ?

Arrête de délirer, Merrick. Tannick Ryder ne connaît même pas la définition du mot « compassion ». Et l'état de santé de son cheval l'inquiète sans doute plus que le tien.

Malgré le mépris qu'il éprouvait pour cet homme, Merrick se redressa tant bien que mal et glissa les jambes hors du lit. Il ne voulait pas que son père le voie si faible et vulnérable, mais il ressentait également le besoin de lui témoigner un certain respect. Et cela le mettait hors de lui.

— Reste couché, dit Tannick. Il te faut du repos pour récupérer.

— Je vais bien, lâcha Merrick en se levant.

Il constata avec surprise qu'il n'avait aucun mal à se tenir debout. Il avait juste une sensation de tiraillement au niveau de sa blessure, comme si elle avait été suturée depuis peu.

Les deux hommes se regardèrent, et pour la première fois, Merrick eut l'impression que son père était mal à l'aise, qu'il ne savait pas quoi dire. Tannick Ryder soupira et examina son fils de la tête aux pieds.

Merrick resta silencieux. Lors de leur dernière conversation, il s'était ridiculisé. Et lors de la rencontre suivante, Ryder avait lâché l'un de ses fauves contre lui.

Inutile de se leurrer : cette relation père-fils n'était pas franchement saine.

— On raconte que tu t'es comporté avec beaucoup de bravoure, dit enfin Tannick. Que tu as sauvé la vie de la reine. Certains racontent même qu'on devrait t'offrir des terres et un titre pour te récompenser.

— On raconte bien des choses, hein ?

Merrick avait répliqué avec une pointe d'ironie, mais il devait reconnaître que des terres et un titre ne lui déplairaient pas.

— Écoute… (Tannick regarda le sol, les murs… tout sauf son fils.) Je suppose que je veux dire que… tu t'es bien comporté. Je suis… fier de toi.

Fier de moi ? Tannick Ryder est fier de moi ?

Merrick dut faire un effort de volonté considérable pour ne pas se pincer.

— Je suis heureux que le fait de frôler la mort t'ait rendu fier de moi, dit-il. Si j'avais su que c'était si simple, j'aurais sauté d'un putain de pont il y a bien longtemps.

Les poings de Tannick se serrèrent et ses mâchoires se contractèrent. Il inspira profondément avant de reprendre la parole.

— Ce n'est pas facile pour moi, Merrick. Je sais que je t'ai peut-être jugé un peu hâtivement…

— Non, l'interrompit son fils. Tu avais raison. Sur toute la ligne. Je suis un incapable, un bon à rien, un feignant égoïste. Voilà qui je suis. Voilà ce que j'ai toujours été. Et qui dois-je remercier pour ça ?

— J'avais un devoir à accomplir. Il y avait des paramètres de la plus haute importance à prendre en compte. Des paramètres plus importants que moi, toi…

— Et que ma mère ?

Merrick surprit une lueur d'émotion dans les yeux de Tannick Ryder à la mention de sa femme. Un instant, Merrick regretta d'avoir prononcé ces dernières paroles, de s'être servi d'elle comme d'une arme pour poignarder son père. Un instant seulement. Ce vieux salaud ne méritait aucune pitié.

Le coup avait ébranlé Tannick. Il s'était senti obligé d'abandonner son épouse et il était à des centaines de lieues quand elle était morte. Merrick avait toujours considéré son père comme un homme froid et insensible, mais en le voyant souffrir ainsi, il comprit que ce n'était pas vrai.

— Je suis désolé, dit Merrick. Je n'aurais pas dû parler d'elle.

— Non, tu as raison.

La voix de Tannick était calme, presque douce. Merrick ne l'avait jamais entendu s'exprimer ainsi. En fin de compte, peut-être son père avait-il conservé en lui une trace d'humanité.

— Je lui ai fait du mal. Je t'ai fait du mal. J'en suis désormais conscient. Et je suis venu faire amende honorable.

Merrick secoua la tête.

— « Amende honorable » ? Tu as l'intention de me rendre mon enfance ?

— Non.

Il s'était exprimé avec sa force et son autorité habituelles. Le moment de vulnérabilité était passé.

— Je t'offre l'occasion de me rejoindre. Il y a une place pour toi au sein de la Garde de la Vouivre. Une place à mes côtés, si tu le souhaites.

— Une place à tes côtés ? Par tout ce qu'Arlor a créé ici-bas, qu'est-ce qui te fait penser que j'ai envie d'une place à tes côtés ?

Tannick secoua la tête.

— Je comprends ton ressentiment envers moi. Je comprends qu'il y a bien des ponts à reconstruire. Je m'efforce de le faire.

Merrick regarda son père. Il disait vrai. La décision de venir jusqu'ici n'avait pas dû être facile à prendre. Était-ce sa manière de présenter ses excuses ? Merrick devait-il rejeter cette offre de réconciliation, sans même y réfléchir ?

— J'ai besoin d'un peu de temps, déclara Merrick.

— Bien. Je ne t'en demande pas davantage. Je suis… fier d'être ton père.

Sur ces mots, le seigneur-maréchal prit congé.

Merrick resta debout et contempla la porte un long moment, songeur. À l'époque où il croyait son père mort, il aurait tout donné pour le revoir, pour qu'on lui offre une place à ses côtés, pour l'entendre dire qu'il était fier de lui.

À présent, il avait tout cela et se sentait vaguement déçu.

Au cours des derniers jours, Merrick avait vécu un véritable enfer et failli mourir. Aujourd'hui, son père lui rendait visite, lui offrait une place au sein de la Garde de la Vouivre, le traitait comme un camarade. Pas comme un fils, non, comme un camarade. Enfin, c'était toujours mieux que rien. Qu'espérait-il ? Tannick Ryder n'avait jamais exprimé ses émotions, même avant d'abandonner sa famille. Le père et le fils n'échangeraient jamais de chaleureuses étreintes. Ils ne bavarderaient jamais jusqu'au petit matin en partageant une carafe de vin.

Merrick enfila sa tunique et ses bottes, puis ouvrit la porte de la chambre. La nuit tombait. Le jeune homme inspira à pleins poumons, heureux d'être en vie. L'ombre de la mort planait encore dans son esprit, mais il s'efforça de la chasser. À quoi bon broyer du noir ? Tout le monde finissait par s'incliner devant le Seigneur des Corbeaux ; alors, à quoi servait-il de s'inquiéter ?

Kaira se trouvait à sa place habituelle. Elle polissait son armure. Son épée et sa pierre à aiguiser étaient posées à côté d'elle, attendant sagement le bon vouloir de la guerrière. Merrick resta silencieux. La dernière fois qu'ils avaient parlé, elle lui avait administré une sévère raclée, mais la colère de la jeune femme s'était sûrement apaisée. Après tout, il avait quand même sauvé la reine, n'est-ce pas ?

— Tu vas rester planté là longtemps ? s'enquit Kaira sans lever les yeux de sa cuirasse.

— Je n'en ai pas l'intention, répondit Merrick en s'asseyant en face d'elle.

Il la regarda en se demandant si elle allait ajouter quelque chose, peut-être évoquer sa conduite héroïque. Le silence s'éternisa.

— Comment va la reine ? demanda-t-il enfin.

— Bien, dit Kaira en continuant à polir son armure. Elle est encore un peu secouée – le contraire serait étonnant –, mais elle va bien. (Le silence retomba, seulement troublé par le bruit de vigoureux coups de chiffon contre une tache rebelle.) Tu as fait du bon boulot.

Je dois rêver. Un compliment de la part de la pucelle de glace ? Arlor soit loué, et ses prêtres barbus avec lui.

— Je n'ai fait que mon de…

— Arrête, l'interrompit Kaira en levant la tête. Ne commence pas à parler de devoir. Nous savons tous les deux que ce qui s'est passé n'a aucun rapport avec ton devoir.

Merrick sentit l'irritation le gagner. Il avait sauvé la putain de vie de leur putain de reine ! Cela lui donnait quand même droit à un minimum de respect, non ?

— Vraiment ? demanda-t-il. (Sa blessure le démangeait de plus en plus tandis que la colère montait en lui.) Mais qu'est-ce qui s'est passé, alors ? Je n'ai pourtant pas l'habitude de m'empaler sur des épées pour amuser la galerie.

— C'est à toi de me le dire, ce qui s'est passé. Voulais-tu prouver que tu n'étais pas un lâche, ou bien… t'es-tu retrouvé coincé sans avoir d'autre choix que de te battre ?

— Va te faire foutre ! cracha Merrick.

Il se leva d'un bond et s'éloigna. Il s'arrêta en entendant la jeune femme glousser.

— Qu'est-il arrivé au célèbre sens de l'humour de Merrick Ryder ? s'enquit Kaira avec un sourire. Voilà que tu te prends au sérieux, tout d'un coup ?

— Ça arrive parfois quand une lame te rentre dans la poitrine, dit-il en se rasseyant. Et depuis quand tu es devenue un boute-en-train ?

— J'ai dû apprendre en observant un maître, riposta-t-elle en le regardant d'un air narquois.

— Ouais. Enfin bref, je suis venu te dire que mon père m'a rendu visite.

— Vraiment ? Est-ce que tu as décidé de faire une croix sur le passé ?

Merrick secoua la tête.

— Pas encore. Il m'a proposé de rejoindre la garde de la Vouivre.

— Et tu te demandes si c'est une bonne idée ?

Kaira était peut-être une pucelle de glace dépourvue d'humour, mais elle avait une bonne intuition.

— À ton avis, qu'est-ce que je devrais faire ?

Kaira éclata de rire et se remit à polir son armure.

— Je crois que tu devrais suivre ton cœur, Merrick. Que voudrais-tu faire d'autre ?

— Je pourrais rester ici avec toi et Garret. Je pourrais être une vraie Sentinelle. Je crois que j'ai prouvé que j'en étais capable.

— En effet. Mais est-ce ce que tu veux vraiment ? Tu n'as plus rien à prouver ici, mais avec ton père…

— Je n'ai rien à lui prouver ! l'interrompit Merrick.

Ah bon ? Tu n'as pas besoin de lui montrer que tu es un guerrier, un soldat digne de porter le nom des Ryder ?

— Nous avons tous quelque chose à prouver, chaque jour de notre vie, dit Kaira. Le plus dur, c'est de choisir envers qui ou quoi nous devons le faire.

Merrick songea que la conversation devenait un peu trop philosophique à son goût, mais Kaira avait raison. Tannick Ryder valait-il la peine qu'il se donne tant de mal ? Parviendrait-il à satisfaire ses attentes ? En avait-il seulement envie ?

Il se leva.

— Merci, dit-il. Je dois aller… polir quelque chose.

Kaira lui adressa un hochement de tête et se concentra sur sa cuirasse.

Tandis qu'il traversait la caserne, le jeune homme porta la main à sa blessure. Cette cicatrice prouvait-elle sa bravoure ? Ou était-elle là pour lui rappeler qu'il avait encore des progrès à faire en matière d'escrime ?

Qu'est-ce qu'il en avait à faire ? Il était Merrick Ryder et ne devait rien à personne. Il avait fait son boulot. Il avait sauvé cette satanée reine, par Arlor ! Que pouvait-on lui demander de plus ? Que pouvait-il offrir de plus ?

Les prochains jours lui apporteraient sans doute les réponses qu'il cherchait.

Chapitre 49

Ils étaient assis autour du feu. Tous les cinq. Ils regardaient les flammes en écoutant le bois craquer. Ils ne savaient pas quoi faire. Il n'y avait personne pour leur donner des ordres depuis la disparition de Friedrik. Alors ils restaient assis et attendaient.

Tu ferais mieux de déguerpir au lieu de moisir là. De filer sans regarder derrière toi. Tu n'as pas treize ans, mais tu as déjà trop tiré sur la corde. Il ne faut pas abuser de la chance.

Mais Loque ne bougea pas.

—À ton avis, ils vont nous tuer ? demanda Shirl avec une petite voix.

Tout le monde se posait la même question.

Loque secoua la tête.

—Arrête de déprimer. Si Bastian avait voulu nous faire la peau, on serait déjà morts.

L'argument sembla calmer Shirl, et Yarrick adressa un coup d'œil soulagé à Essen. Mais Loque n'avait aucune idée de ce qui se passait dans la tête de Bastian. Celui-ci avait peut-être décidé de les laisser mijoter et d'attendre que leur peur atteigne le point d'ébullition avant de les exécuter. La fillette songea qu'ils ne verraient peut-être pas le soleil se lever, mais mieux valait garder ce genre de réflexion pour soi. Les gars de la bande étaient déjà rongés par l'angoisse, ce n'était pas la peine d'en rajouter une louche.

Loque jeta un coup d'œil à Harkas. Le géant était assis dans l'ombre, comme à son habitude. Elle le voyait à peine, mais sentait ses yeux sombres braqués sur elle.

Il a compris. Il sait qui a trahi Friedrik, et quand Bastian viendra nous tuer, il échangera cette information contre sa vie.

Mais si c'était le cas, pourquoi n'avait-il rien dit quand on avait tranché la gorge de Palien ? Ni devant Bastian ?

Loque se laissa aller contre le dossier de la chaise pour échapper à son regard. Elle songea qu'elle ne saurait peut-être jamais la vérité. Harkas n'était pas du genre à faire des confidences. Elle ignorait ses intentions, mais garderait un œil sur la porte d'entrée, au cas où. Au premier signe de danger, elle filerait comme le vent.

Tu ne feras rien du tout, ma pauvre Loque. Et même si tu t'enfuyais, tu n'aurais nulle part où te cacher.

Lorsque Palien s'était effondré la gorge tranchée, la fillette avait cru qu'ils étaient tous perdus. Bastian n'aurait eu aucun scrupule à se débarrasser d'eux, mais il ne l'avait pas fait. Il leur avait juste ordonné de déguerpir.

Ils étaient rentrés à la taverne, car ils n'avaient nulle part où aller. Ils s'étaient installés près du feu en attendant Dieu savait quoi, et les bûches s'étaient consumées les unes après les autres.

Loque aurait été incapable de déterminer depuis combien de temps ils étaient là. Shirl dodelinait de la tête en tentant de résister à la fatigue. Essen s'était enveloppé dans une couverture quand le froid de la nuit avait envahi la salle et glacé les ombres.

Personne n'entendit les hommes de Bastian entrer.

C'étaient les êtres maigres comme des clous qui avaient tué Palien. Ils se déployèrent dans la taverne sans un bruit, restant dans l'ombre, tapis comme des goules à l'affût. Quand Loque se rendit compte de leur présence, ses yeux s'écarquillèrent sous le coup de la peur. Les autres ne remarquèrent rien avant que la porte claque violemment contre le mur et que Bastian fasse son apparition.

Loque contempla le visage du maître de la Guilde. Le visage d'un squelette, du Seigneur des Corbeaux en personne qui s'apprêtait à les emporter au fond des enfers.

Bastian resta immobile et les cinq compères le scrutèrent en se demandant ce qu'ils devaient faire. Aucun n'était assez idiot pour prendre la parole ou le risque d'agacer Bastian.

— J'ai réfléchi, annonça le maître de la Guilde comme s'il reprenait une conversation interrompue quelques secondes plus tôt. L'idée de vous tuer tous m'a traversé l'esprit, car soyons lucides : vous êtes loin de faire partie des meilleurs éléments de la Guilde. Et puis je me suis dit que Friedrik devait avoir une bonne raison de vous garder à son service. Votre loyauté, peut-être. C'est une denrée rare par les temps qui courent. Vous n'avez pas empêché sa capture, mais Palien avait tout organisé, alors je ne peux pas vraiment vous reprocher quoi que ce soit.

Il examina Loque avec intensité et la fillette eut l'impression qu'un insecte fouillait son esprit. Puis il esquissa un petit sourire. Sur ses traits cruels, cette marque de gaieté avait quelque chose de terrifiant. Loque sentit sa peau se hérisser.

— Au fait, poursuivit Bastian. Puisque nous parlons de Friedrik… (Le reflet des flammes dansait sur son visage, le faisant ressembler à un démon surgi des enfers.) Il semblerait qu'il ait été exécuté. Nous ne le reverrons pas. Je prends donc la direction de votre groupe. J'ai posé la question autour de moi et personne n'y a vu d'inconvénient. Je suppose que vous n'en voyez pas non plus ? (Loque demeura immobile, mais elle sentit Shirl, Yarrick et Essen secouer la tête dans la pénombre.) Bien. Dans ce cas, nous pouvons avancer.

L'un des squelettes subalternes émergea de l'ombre et tira une chaise. Bastian s'assit, croisa les jambes et lissa sa veste de croque-mort.

— La guerre est proche.

Ces paroles résonnèrent sinistrement dans la salle.

— On... on est au courant, monsieur Bastian, bafouilla Shirl.

Il fallait s'y attendre. Il était incapable de la fermer.

— Je suis sûr que vous vous êtes déjà demandé comment contribuer au mieux à l'effort de guerre.

Shirl jeta un coup d'œil à ses camarades.

— Ben... pas vraiment.

— « Pas vraiment », répéta Bastian d'une voix glacée. Évidemment que vous ne vous l'êtes pas demandé ! En revanche, je suis certain que vous avez longuement réfléchi à la meilleure manière de ne pas participer aux combats et de ne pas vous faire tailler en pièces quand les Khurtas frapperont à la porte. (Tout le monde hocha la tête.) Eh bien ! je suis venu vous apporter la réponse. On a fait une offre à la Guilde. Une offre qui nous permettra de nous tirer de ce merdier. Nous allons avoir du pain sur la planche au cours des prochains jours. Je ne vais pas donner des détails importants à une bande de minables comme la vôtre, mais il se trouve que je vais avoir besoin de tous les hommes disponibles, alors tenez-vous prêts. Je vous ferai parvenir un message quand ce sera le moment de passer à l'action. Ne vous éloignez pas.

Il prononça les quatre derniers mots comme s'il s'adressait à des demeurés.

— Bien, monsieur Bastian, dirent Shirl, Yarrick et Essen à l'unisson.

— Parfait. (Bastian se leva tandis que ses hommes se dirigeaient déjà vers la sortie.) Toi. (Il pointa le doigt vers Loque.) Tu me raccompagnes à la porte.

Il n'est pas foutu de la trouver tout seul ?

Loque se leva et s'approcha. C'était peut-être le moment. Le moment qu'elle redoutait tant. Le moment où on allait lui trancher la gorge pour dissuader les autres de jouer aux malins. Mais quand ils arrivèrent dans le petit hall d'entrée, Bastian posa une main sur son épaule.

— Je sais que tes camarades n'ont pas inventé l'eau tiède, c'est pourquoi je te les confie.

— Oui, monsieur Bastian, dit Loque sans réfléchir.

Elle était trop heureuse qu'il ne lui tranche pas la gorge.

— Dans les jours qui viennent, tu auras l'occasion de prouver ta valeur. Friedrik aimait s'entourer d'incapables. C'était son truc. Il était arrogant, tu sais. Il se croyait intouchable. Il pensait que sa réputation le protégeait. Il est clair qu'il se trompait. Pourtant, il était convaincu que tu étais différente des autres. (Il désigna les hommes qui l'entouraient.) Comme tu peux le voir, je ne suis pas comme lui. Je ne m'entoure pas d'incapables. Après cette histoire avec Palien, je commence à comprendre ce que Friedrik voyait en toi. Tu es intelligente. Tu as du potentiel, petite. Tu peux aller loin.

— Oui, monsieur Bastian, répéta la fillette. Merci.

Elle résista à la tentation d'ajouter un nouveau « monsieur Bastian » à ses remerciements. Inutile de passer pour une lèche-cul.

Bastian hocha la tête et suivit ses hommes dans la rue. La porte se ferma et Loque resta plantée dans le hall d'entrée. Elle réfléchit un moment.

Elle pouvait aller loin ?

Qu'est-ce que ça pouvait bien vouloir dire ? Est-ce que Bastian avait l'intention de la prendre sous son aile ?

Elle aurait dû rayonner de joie, mais elle était au bord de la nausée. Elle semblait condamnée à sauter d'un problème à un autre. Bastian venait de la nommer à la tête de la bande. Il l'avait promue. Et pourquoi ? Parce qu'elle avait raconté un ou deux mensonges et que deux types bouffaient des pissenlits par la racine à cause de ses manigances.

Que ressentait-elle à propos de la mort de Friedrik et de Palien ? Elle n'était sûrement pas rongée par la culpabilité. Elle n'éprouvait rien en songeant à ce qui leur était arrivé. Rien d'autre qu'un grand vide. Et cela l'inquiétait.

Tu ne peux plus rien y faire, n'est-ce pas ? Tu dois penser à l'avenir et jouer avec les cartes que tu as en main.

Elle allait regagner la salle de la taverne lorsqu'elle se retrouva face à Harkas. Il n'y avait qu'eux dans le petit hall sombre. Loque leva la tête vers lui et s'efforça d'esquisser le sourire complice qu'elle lui avait adressé quelques jours plus tôt. Elle n'y parvint pas.

— Je te surveille depuis un moment, déclara Harkas.

C'était la première fois que Loque l'entendait parler. Il avait une voix plutôt banale pour un type de sa carrure.

— Qu'est-ce que tu veux dire par là ? demanda Loque d'un air naïf.

Elle savait pourtant que c'était inutile.

— Personne ne remarque rien. Personne sauf moi. Ils sont trop occupés à parler et à réfléchir. Mais moi, je reste silencieux. J'écoute. Et je regarde.

— C'est très bien, dit Loque en sentant la panique monter en elle.

La porte était juste derrière elle. Que devait-elle faire ? Tenter de fuir ? Elle ne réussirait jamais à sortir avant qu'il l'attrape.

— J'ai senti que tu manigançais quelque chose dès le premier jour. Je me demande encore ce que Friedrik avait dans la tête. C'est sans importance maintenant.

— Écoute, dit Loque. (Elle parla sur un ton agacé dans l'espoir de le déconcerter.) Je ne comprends rien à ce que tu racontes et je m'en fiche. Bastian m'a chargée de veiller à ce que vous ne fassiez pas de conneries, et j'ai bien l'intention de suivre ses ordres. Si tu as un problème avec ça, tu n'as qu'à lui en parler.

Elle avait espéré que le nom de Bastian lui rabattrait le caquet. Il n'en fut rien.

— Ouais. Je m'en doutais un peu, dit Harkas en se penchant pour regarder la fillette droit dans les yeux. Les gens t'aiment bien, pas vrai ?

— Ouais, répliqua Loque en se demandant ce qu'il entendait par là. Je suppose.

— Je t'aime bien, reprit Harkas. (La fillette faillit pousser un soupir de soulagement.) Tu t'occupes des autres. Ce que tu as fait pour Shirl… eh bien… je ne l'oublierai pas. Et puis, tu es intelligente. Plus intelligente que Friedrik. Je suppose que c'est pour ça que tu es vivante et qu'il est mort.

— Ouais, répéta Loque. (Elle avait désormais la certitude qu'il n'allait pas la tuer, mais elle était de plus en plus mal à l'aise.) Je suppose.

Harkas lui tourna le dos et regagna la salle de la taverne.

Il laissa la porte ouverte et Loque aperçut le reste de la bande assis près de l'âtre. Accepteraient-ils qu'elle devienne leur chef? Accepteraient-ils de lui obéir?

Il n'y avait qu'un seul moyen de le savoir. Elle quitta le hall glacé et entra dans la salle.

Chapitre 50

Waylian gravit l'escalier en colimaçon et se dirigea vers les appartements de Gelredida. Ses yeux étaient remplis de poussière et son corps couvert d'hématomes douloureux après l'explosion de l'amphithéâtre.

La porte était entrouverte. Waylian tendit la main pour la pousser, mais il s'interrompit en percevant le bruit qui venait de l'intérieur. On aurait dit un gémissement.

Waylian songea aussitôt à la salle qui se trouvait sous la tour des magisters. Il revit Nero Laius demandant pitié et hurlant de douleur. Maîtresse Gelredida avait-elle trouvé une nouvelle victime ? Il jeta un coup d'œil par l'entrebâillement et s'aperçut que la magistra était seule. Les manches de sa robe étaient relevées et elle avait plongé les mains dans un récipient.

Waylian savait qu'il n'aurait pas dû, mais il continua à observer la scène en silence. C'était dangereux. Il n'était pas impossible que la magistra l'ait entendu, mais la curiosité fut plus forte que la prudence. Il voulait savoir.

Après l'explosion, il avait vu sa maîtresse ôter ses gants et poser les mains sur la poitrine de la Sentinelle pour l'arracher aux griffes de la mort. Cette démonstration de pouvoir l'avait empli d'un mélange de crainte et de respect. Les mains de Gelredida – noires et chancreuses – l'avaient terrifié.

La magistra les lavait maintenant avec douceur, laissant l'eau apaiser la chair torturée. Chacune de ses inspirations était un soupir douloureux.

Lorsqu'elle eut terminé, elle prit la parole sans même se retourner.

— Vous pouvez entrer.

Je le savais, idiot! Tu croyais vraiment que tu allais échapper à la vigilance de la Sorcière rouge?

Waylian obéit lentement. Il envisagea de trouver une excuse, d'affirmer qu'il n'avait rien vu, mais à quoi bon aggraver la situation? Mieux valait affronter la colère de la magistra.

Mais Gelredida ne se mit pas en colère.

Elle se sécha les mains et enfila ses gants rouges avec précaution – ce qui ne l'empêcha pas de grimacer de douleur. La chair violacée devait être très sensible au moindre contact.

— Qu'y a-t-il pour votre service, magistra?

La question sembla agacer la vieille femme. Elle tourna la tête et foudroya Waylian du regard. Puis elle soupira.

— La nuit où nous sommes allés à la chapelle des Goules, j'ai arraché un sombre pouvoir du corps de la jeune fille. Je n'avais pas le choix. Rembram Thule était sur le point de compléter le rite. Par malheur, il se trouve que ce pouvoir est toujours en moi. Je le contrôle, mais il finira par me tuer.

— Vous tuer? dit Waylian en sentant son ventre se nouer.

L'idée de perdre Gelredida le fit frémir. Il n'avait jamais pris conscience de ce qu'elle représentait pour lui.

— Mais... il doit bien y avoir un moyen de l'en empêcher?

Gelredida secoua la tête.

— Malheureusement, il n'y en a pas. Nous devons tous mourir un jour, Waylian, et j'ai vécu fort longtemps. Avec un peu de chance, je serai encore là pour assister à la déroute des Khurtas.

Waylian la regarda fixement tandis qu'elle rangeait des parchemins sur son bureau. Elle parlait de sa mort prochaine comme d'une promenade qu'elle avait l'intention de faire au retour de l'été. Avec une certaine impatience. Waylian aurait été incapable d'évoquer sa disparition avec une telle désinvolture. Il comprenait mieux pourquoi elle l'envoyait affronter de terribles dangers sans la moindre hésitation. Si sa propre mort lui était indifférente, comment pouvait-elle se soucier de celle de son apprenti ?

La magistra glissa des rouleaux sur une étagère.

— Bien, si vous en avez terminé avec vos questions, nous avons une réunion qui nous attend.

— J'en ai une dernière, magistra.

Elle le regarda avec une pointe d'agacement.

— Eh bien ! dépêchez-vous.

— Dans l'amphithéâtre. En haut de cet escalier. Le chevalier blessé. Pourquoi avez-vous changé d'avis ? Pourquoi l'avez-vous sauvé ?

Gelredida sourit.

— Dans ce monde, de nombreuses choses sont empreintes de pouvoir. Des épées, des couronnes, des bannières… et même des pierres qu'on ne trouve que dans les entrailles de la terre. Ces objets décident de l'avenir et façonnent les destins. Mais le *sang* est plus puissant encore. Dans les veines de l'homme que j'ai sauvé coule celui d'une ancienne lignée. Le sang d'un roi. Nous ne pouvions tout de même pas laisser cette lignée s'éteindre, n'est-ce pas ?

— Je suppose que non, répondit Waylian. Mais je ne trouve pas juste que des gens se sacrifient pour en sauver d'autres.

Il baissa la tête et contempla ses pieds en se demandant s'il n'aurait pas mieux fait de se taire. Mais la question le tourmentait : pourquoi un homme – parce qu'il avait eu la chance de naître noble – devait-il survivre alors que tant d'autres mouraient ?

Il songea qu'il faisait sans doute partie de la seconde catégorie.

— Vous apprendrez bientôt le sens du sacrifice, Waylian, et les raisons pour lesquelles on s'y plie, reprit Gelredida. Une personne ne peut pas passer avant le bien commun, la nation ou la religion. Nous faisons tous partie d'un même monde. Certains d'entre nous sont destinés à y laisser leur empreinte, à guider les fleuves, à les alimenter, à les rendre puissants. D'autres sont des montagnes qui gardent les frontières des nations, qui protègent les innocents de la menace des envahisseurs. D'autres, enfin, ne sont que des fleurs. Ils ont à peine le temps d'éclore sous le soleil avant de mourir. (Elle adressa un regard plein de compassion au jeune homme.) Est-ce que vous comprenez ?

— Oui, magistra, répondit Waylian.

— Non, vous ne comprenez sans doute pas, mais cela viendra, Waylian. Un jour. Êtes-vous prêt à partir ?

Waylian hocha la tête. Il ignorait tout des plans et des motivations de la magistra, mais savait depuis longtemps qu'il était inutile de poser des questions sur des sujets aussi triviaux.

Ils descendirent jusqu'à la Grande Bibliothèque. Deux chevaliers Corbeaux poussèrent les lourdes portes pour les laisser entrer. C'était la première fois que Waylian les voyait fermées. D'habitude, elles étaient ouvertes de jour comme de nuit. Il comprit rapidement les raisons de ce changement : les trois derniers archimaîtres attendaient à l'intérieur. Il n'y avait personne d'autre, ni étudiant, ni érudit. La bibliothèque semblait plus grande et plus impressionnante quand elle était déserte.

Drennan Plie et le vénérable Crannock Marghil étaient assis à des bureaux séparés, mais proches l'un de l'autre. Drennan était visiblement furieux qu'on l'ait fait attendre. Lucen Kalvor était appuyé contre un meuble. Son visage était impassible, mais il ne quittait pas la magistra et son apprenti des yeux. Waylian songea au rôle qu'il avait joué dans le chantage dont Kalvor avait été victime. Il se demanda si l'archimaître lui en voulait. Le temps le lui apprendrait, mais en attendant, il éviterait de boire et de manger en sa compagnie. Un empoisonnement était si vite arrivé.

La magistra Gelredida s'arrêta devant les bureaux où étaient assis les deux archimaîtres et examina ces derniers comme un professeur qui s'apprête à commencer sa leçon. Waylian resta en retrait et tendit l'oreille.

— Eh bien ? demanda Drennan. (Ses yeux de couleurs différentes brillaient d'agacement.) Pourquoi nous avez-vous convoqués ? Et pourquoi diable ici ?

— Oh ! Il se trouve que j'aime cet endroit, répondit Gelredida en regardant la bibliothèque comme si elle l'avait construite de ses mains ridées. La chambre du Creuset est… étouffante, vous ne trouvez pas ? Et puis, j'ai pensé que c'était une bonne idée puisque l'archimaître Crabbe était le Gardien des Livres et que, du fait de sa mort tragique, il ne peut être avec nous aujourd'hui.

Waylian avait de sérieux doutes à propos de la véracité de ces explications. Maîtresse Gelredida préférait certainement rencontrer les archimaîtres dans un lieu où ses pouvoirs malégiens n'étaient pas neutralisés. Au cours de la dernière réunion dans la chambre du Creuset, la magistra et son disciple avaient failli mourir parce qu'elle était incapable de les invoquer.

— Un peu de changement n'est pas pour me déplaire, dit Crannock d'une voix faible et chevrotante. Mais pourquoi avez-vous tant insisté pour nous rencontrer ici ?

— Pourquoi ? répéta Gelredida avec une pointe de mépris. Les Khurtas seront bientôt à nos portes. Nous n'avons pas un instant à perdre. Il y a tant à faire.

— Je suis d'accord, approuva Drennan. Nous devons trouver des candidats aux postes d'archimaîtres. Il y a deux places vacantes.

— Nous n'en avons pas le temps, lâcha Gelredida. Nous devons nous préparer sans tarder au siège à venir.

Drennan voulut protester, mais elle leva un doigt ganté et il se tut aussitôt. Waylian se demanda si le fils illégitime de l'archimaître était toujours au fond de la cave, prêt à être exécuté si son père ne se montrait pas docile.

— Et pourrions-nous savoir ce qu'il faudrait faire ? interrogea Crannock.

Ses joues flasques tremblaient sous le coup de l'irritation.

Gelredida leva les yeux vers Lucen qui était toujours dans l'ombre, appuyé contre une bibliothèque. Il n'avait pas encore dit un mot.

— Archimaître Kalvor, vous serez le nouveau Gardien des Corbeaux. Quand les combats commenceront, les magisters de cette tour seront la clé de la victoire. Ils devront donc être protégés par nos chevaliers. Vous allez en prendre la tête. À vous de leur faire comprendre l'importance de leur rôle. Il est possible qu'il y ait encore des éléments hostiles à notre politique parmi eux. Le complot de Nero et Ferenz avait peut-être des ramifications profondes. Vous sentez-vous capable de découvrir ces traîtres ?

Lucen Kalvor haussa un sourcil.

— Je suis certain que j'y parviendrai.

— Excellent, dit Gelredida avec un sourire. Dans ce cas, nous devons commencer à rassembler la Caste. Crannock, vous vous occuperez de tous les magisters actuels : tuteurs, érudits, vétérans en retraite. Ils vous respectent et vous suivront.

— Euh… je…, hésita Crannock.

Gelredida poursuivit sans attendre.

— Drennan, vous vous chargerez des apprentis et des néophytes. À partir d'aujourd'hui, ils auront tous les privilèges de membres de plein droit de la Caste et seront autorisés à pratiquer la malégie à l'intérieur de la tour.

Curieusement, Drennan hocha la tête d'un air approbateur.

— Bien, mais bon nombre d'entre eux ont déjà quitté Havrefer. La plupart de nos étudiants appartiennent à de riches familles. Dès qu'ils ont appris la menace qui pesait sur la ville, leurs parents les ont rappelés sur leurs domaines.

— Eh bien ! vous devrez vous débrouiller avec ceux qui restent, Drennan, répliqua la magistra d'un ton peu amène. Vous êtes un homme plein de ressources. Je suis certaine que vous y arriverez.

— J'y arriverai, confirma Drennan. À condition que je puisse compter sur tous les apprentis disponibles. (Il tourna la tête vers Waylian, qui s'avérait incapable de s'arracher à la contemplation de l'œil blanc de l'archimaître.) Qu'en sera-t-il du vôtre ?

Gelredida esquissa un mince sourire, comme si elle venait d'entendre une plaisanterie peu amusante.

— Je crains d'avoir besoin de maître Grimm à mes côtés en permanence. Mais ce n'est pas le plus doué de nos étudiants et je doute que son absence ait la moindre importance.

— « Ce n'est pas le plus doué de nos étudiants » ? répéta Drennan en regardant Waylian. Nous avons tous vu ce qu'il a fait au maréchal Ferenz. Les serviteurs de la tour frottent encore le sol de la chambre du Creuset pour enlever les taches de sang.

— C'était un accident, contra Gelredida comme s'il s'agissait d'un événement sans importance. Grimm a puisé dans le voile sans le faire exprès. Cela arrive.

Drennan ouvrit la bouche pour protester, mais la magistra leva le doigt une fois de plus. L'archimaître se tut comme un époux n'osant pas contredire sa femme.

— Bien, conclut Gelredida. Si vous n'avez pas d'autres questions, je suis sûre que tout le monde a hâte de se mettre au travail.

Les archimaîtres restèrent silencieux et Waylian se demanda par quel moyen la magistra contrôlait ces hommes. Il dut faire un effort de volonté considérable pour retenir un sourire quand les trois archimaîtres quittèrent la bibliothèque comme des étudiants à la fin d'un cours.

— Que voulez-vous que je fasse, magistra ? demanda le jeune homme quand ils furent sortis.

La Sorcière rouge le regarda et sourit d'un air presque maternel. Waylian se demanda s'il devait se sentir rassuré ou bien s'attendre au pire.

— Allez vous reposer. Vous allez avoir beaucoup à faire au cours des prochains jours et vous n'aurez guère le temps de dormir. Profitez de ce répit.

Elle se tourna et sortit à son tour.

Waylian contempla la vaste bibliothèque. Il se demanda si elle cachait des ouvrages utiles, contenant peut-être la clé de la victoire contre Amon Tugha. Durant un bref instant, il envisagea de chercher, porté par l'espoir de devenir un héros et de changer le cours de la guerre à lui tout seul.

Mais arrête un peu de rêver, Grimm. Tu ne te rappelles donc pas les paroles de la magistra à propos des fleurs et des montagnes ? Tu es une fleur. Voire une mauvaise herbe. Contente-toi de faire ce qu'on t'a demandé et va te reposer.

Il se tourna vers les grandes portes et se figea. Il avait aperçu quelque chose du coin de l'œil. Il approcha de l'imposante fenêtre dont les carreaux dessinaient des motifs multicolores.

À travers un carré de verre transparent, il regarda loin vers le nord.

Un rideau de fumée noire s'élevait à l'horizon.

On aurait dit que le monde était en feu.

Chapitre 51

Les jardins du palais de Guideciel étaient déserts à l'exception de la présence de Janessa, Kaira et du prêtre. Personne d'autre n'avait souhaité participer à la cérémonie, mais c'était sans importance. Cela ne dérangeait nullement la jeune fille et le premier intéressé ne s'en serait pas offusqué.

Odaka Du'ur gisait au fond d'une fosse, enveloppé dans un drap de soie. Le Père des Assassins avait réussi à blesser la jeune fille, mais pas de la manière qu'il escomptait. Odaka s'était sacrifié dans l'espoir de sauver sa reine.

Janessa n'avait pas eu le temps de se renseigner à propos des funérailles à la mode d'Equ'un, alors il lui avait semblé logique de procéder ainsi. Odaka avait servi son père pendant de nombreuses années et il était normal qu'on lui administre les rites funéraires des États libres.

Elle avait choisi les jardins du palais comme lieu de repos éternel pour qu'Odaka – ou, du moins, son esprit – demeure à ses côtés. Maintenant qu'il était mort, qui allait la conseiller ? Le chancelier Durket ? Le sénéchal Rogan ? Le maître des inquisiteurs lui inspirait de moins en moins confiance.

Le prêtre d'Arlor récita ses litanies et la jeune fille contempla le corps d'Odaka. Il avait donné sa vie pour la sauver, comme tant d'autres dans l'arène de l'amphithéâtre. Combien mourraient au cours des prochains jours ?

En son nom ? Elle devait se montrer digne d'un tel sacrifice. Elle devait être forte.

Elle avait déjà prouvé sa détermination en ramassant l'épée brisée et en achevant le Père des Assassins. Cela ne suffisait-il pas ? Devait-elle aller plus loin ?

Au moins, elle était sur le bon chemin. Elle avait tué deux ennemis de ses propres mains. Quelques jours plus tôt, elle ne se serait pas crue capable de faire une chose pareille, mais aujourd'hui, elle était impatiente d'affronter de nouveaux adversaires. Elle avait envie de manier Helsbayn et de la brandir au cours d'une véritable bataille. Un peu de patience. Elle en aurait bientôt l'occasion.

Tandis qu'elle écoutait les paroles du prêtre, elle glissa une main sur son ventre. Combien de temps pourrait-elle cacher sa grossesse ? Était-ce seulement la peine de s'y efforcer ? Comment pouvait-elle se battre et mener ses guerriers à la bataille alors qu'elle portait un enfant dans son ventre ?

Ce n'était pas le moment de songer à ces problèmes. Si Amon Tugha détruisait les remparts de Havrefer, tout cela n'aurait plus d'importance. Elle et son enfant mourraient.

Le prêtre avait terminé. Il attendait son bon vouloir, la tête inclinée sur le côté. Devait-elle dire quelque chose ? À quoi pouvaient bien servir les mots maintenant ? Odaka ne pouvait plus les entendre. Il savait sans doute ce qu'il avait représenté pour elle, mais la jeune fille regrettait de ne pas pouvoir le remercier pour son sacrifice.

— Majesté, appela quelqu'un derrière elle.

Elle se tourna et aperçut un jeune homme portant la livrée des serviteurs du palais qui approchait en traversant les jardins à petits pas.

Kaira s'avança pour la protéger. Depuis l'attentat de l'amphithéâtre, elle avait redoublé de vigilance.

Le jeune homme s'agenouilla à une distance respectueuse de la Sentinelle.

— Je vous écoute, dit Janessa, agacée qu'on interrompe les funérailles d'Odaka.

— Je vous présente mes humbles excuses, Majesté, dit le serviteur en se levant. Vous êtes demandée à la chambre de guerre de toute urgence. Nos troupes ont battu en retraite. Le duc Bannon Logar vous attend.

— Très bien. Informez-le que je suis en chemin.

Elle tourna la tête vers la tombe. Elle aurait voulu attendre qu'on la comble, rester jusqu'à la fin de la cérémonie, mais elle n'en avait pas le temps. Le conseiller aurait compris mieux que personne.

— Au revoir, mon ami, souffla-t-elle.

Elle se dirigea vers le palais, escortée par Kaira.

Elle ne se changea pas avant de se rendre à la chambre de guerre. Elle portait une robe simple et une cape en fourrure sur les épaules. Peut-être aurait-elle dû prendre le temps d'enfiler des vêtements plus solennels, mais elle n'avait pas l'intention de faire attendre ses généraux.

Kaira marchait devant elle. Elle ouvrit la porte de la chambre et s'écarta pour laisser passer la reine. La jeune fille fit son entrée et les quatre hommes présents se levèrent. Ils se tenaient autour d'une table en chêne et en fer, silencieux. Ils l'attendaient. Elle écouterait leurs rapports et leurs conseils, puis elle donnerait des ordres.

Janessa eut soudain l'impression que sa cape était trop lourde. Elle crut qu'elle allait avoir la nausée, mais réussit à la repousser. Elle était assez forte pour cela.

— Seigneurs, dit-elle en étreignant le dossier de son siège.

Les quatre hommes s'inclinèrent.

Le général Hawke et le maréchal Farren, chef des chevaliers du Sang, se tenaient d'un côté de la table. Ils semblaient encore plus fatigués et hagards que lors de la dernière réunion. Ils avaient dû se battre à de nombreuses reprises depuis. Hawke ressemblait à un vieillard dans sa lourde armure. Sa barbe était sale et hirsute.

De l'autre côté, se tenaient le seigneur-maréchal Ryder dans son armure de bronze et un homme que la jeune fille ne connaissait pas. Il était grand et large d'épaules. Ses yeux étaient aussi perçants que ceux d'un aigle. Il s'agissait sans doute du duc Bannon Logar de Valdor. Il devait avoir le même âge que Hawke. Son armure blanche était bosselée et fendue à plusieurs endroits, mais il semblait prêt à affronter l'ennemi sur-le-champ. La jeune fille le contempla en songeant qu'il ne ressemblait pas à son fils, le regretté seigneur Raelan Logar. Puis le duc sourit et le lien de parenté lui sauta aux yeux.

— Voici le duc Logar, Majesté, annonça le seigneur-maréchal Ryder en désignant le vieil homme.

Janessa le gratifia d'un hochement de tête et le duc le lui rendit.

— Je suis heureuse de faire enfin votre connaissance, seigneur, dit-elle. J'ai entendu bien des compliments quant à votre bravoure. Une qualité dont votre fils avait hérité.

Une ombre de tristesse passa dans les yeux de Bannon Logar.

— Je vous remercie, Majesté. Je sais qu'il avait une haute opinion de vous.

Janessa nourrissait des doutes à ce sujet, mais accueillit le compliment avec un sourire.

— Pouvons-nous commencer ? demanda-t-elle en montrant les chaises.

Elle s'assit et les quatre hommes l'imitèrent.

Un long silence s'installa, puis Janessa comprit qu'elle était censée diriger la réunion. Tout reposait sur ses épaules. Ces hommes étaient des soldats et ils ne parleraient pas avant qu'elle le leur demande.

Mais que devait-elle dire ? L'art de la guerre n'était pas son point fort. Au cours des dernières semaines, elle avait appris quelques rudiments à propos de l'armée et des problèmes d'approvisionnement, mais cela ne lui servirait pas à grand-chose aujourd'hui.

— Dites-moi où nous en sommes.

Une entrée en matière comme une autre.

Personne ne semblait pressé de prendre la parole. Le général Hawke se mit à polir un coin de la table. Le maréchal Farren tourna la tête vers le duc Logar, qui inspira un grand coup.

— En vérité, commença Bannon Logar, nous ne sommes pas dans une position favorable, Majesté. Il n'y a plus de mercenaires dans la cité. Nous n'avions pas de quoi les payer et ils ont abandonné Havrefer à son triste sort.

— Maudits pleutres ! marmonna le maréchal Farren.

Bannon l'ignora.

— Nous pensons que les Khurtas sont à moins d'une journée de cheval au nord. Ils seront bientôt là. Les troupes qui défendent la ville sont fatiguées, mais prêtes à se battre. Le seigneur-maréchal Ryder commande trois cents gardes de la Vouivre, le maréchal Farren deux cents chevaliers du Sang ; le général Hawke et moi disposons de cinq mille fantassins et de mille cavaliers pour défendre les murailles de la ville. Notre situation est inquiétante, Majesté. D'après les estimations, les Khurtas sont quarante mille. Je voudrais vous annoncer des nouvelles plus réjouissantes, vous dire que nous pouvons compter sur des alliés, mais personne ne viendra nous aider.

— Merci, duc Logar, dit Janessa. Votre rapport a été… très instructif.

Le silence retomba, puis Tannick Ryder se racla la gorge.

— Les murailles de Havrefer sont hautes, Majesté. Certains les disent imprenables. Les Khurtas d'Amon Tugha sont des sauvages des steppes du Nord. Ils n'ont pas le savoir nécessaire pour faire le siège d'une cité fortifiée.

Le général Hawke secoua la tête.

— Ne les sous-estimez pas, dit-il. Ils ont rasé Touran et nous ont pris par surprise à chaque attaque. Ils ont des malégies, des machines de guerre et un chef elharim.

— Qu'est-ce qui vous prend ? s'enquit le seigneur-maréchal. On dirait que vous avez peur. Cet Elharim est à la tête d'une horde de barbares, rien de plus.

Le duc Logan posa une main sur l'avant-bras de Tannick Ryder.

— Le général Hawke a raison. C'est fort regrettable, mais c'est le cas. Je les ai vus à l'œuvre. Nous n'aurions aucun mal à nous débarrasser des Khurtas s'ils étaient seuls, mais sous le commandement d'Amon Tugha, ils représentent une redoutable menace. Ils ne nous ont pas lâchés d'un pas depuis Dreldun. L'Elharim s'est montré plus malin que nous à chaque bataille.

— Il ne se montrera pas plus malin que nous à Havrefer, affirma Tannick.

— Comment pouvez-vous en être si sûr ? demanda le maréchal Farren en le regardant fixement.

Il avait les sourcils froncés et son œil gauche était agité par un spasme. Son gantelet rouge s'abattit sur la table avec force.

— Vous n'étiez pas là ! Vous ne l'avez pas vu !

Tannick Ryder le regarda par-dessus la table en chêne.

— Je le verrai bientôt.

Janessa supporta cette querelle puérile aussi longtemps qu'elle le put. Si c'était ainsi que se déroulait un conseil de guerre, elle pouvait fort bien s'en passer.

— Seigneurs, dit-elle. (Elle fut soulagée quand les deux soldats cessèrent de se chamailler pour se tourner vers elle.) Je sais que vous et vos hommes avez affronté de dures épreuves au cours des dernières semaines et quels sacrifices vous avez faits. Nous vous en sommes tous reconnaissants. Mais le seigneur-maréchal a raison. Il nous faut regarder vers l'avenir. Nous devons trouver le moyen de vaincre Amon Tugha et ses hordes khurtiques. Il ne sert à rien de nous appesantir sur nos défaites passées.

— Vous avez parfaitement raison, Majesté, approuva le duc Logar. Nous *trouverons* ce moyen.

Tandis que la jeune fille le remerciait d'un hochement de tête, elle sentit un spasme lui tordre le ventre. Le maréchal Farren reprit la parole, mais elle l'entendit à peine. Elle se tourna vers Kaira, immobile à moins de deux mètres d'elle. Elle tenta d'attirer son attention, mais la Sentinelle était suspendue aux lèvres de Farren et ne remarqua rien.

La salle se mit à tanguer et la douleur se fit plus insistante. Quelque chose la poignarda de l'intérieur et il lui fallut toute sa volonté pour retenir un cri. Elle ne pouvait pas afficher sa faiblesse devant ces hommes. Elle était reine, et même si elle ne connaissait pas grand-chose du domaine militaire, elle était censée donner les ordres.

Le seigneur-maréchal Ryder coupa la parole à Farren. Ces deux hommes étaient à couteaux tirés, mais Janessa ne discernait rien d'autre qu'un torrent de mots incompréhensibles.

Elle serra les poings si fort que ses ongles égratignèrent ses paumes. C'était inutile. Elle ne pourrait pas supporter la douleur très longtemps.

— Seigneurs, dit-elle en se levant. (Les quatre hommes cessèrent de se disputer pour se lever à leur tour.) Je me sens… (Un nouveau coup de poignard lui déchira les entrailles.) Nous reprendrons cette réunion plus tard.

Elle fit volte-face et Kaira surgit, prête à la soutenir. Elle secoua la tête pour refuser son aide. Luttant contre la douleur à chacun de ses pas, elle quitta la chambre de guerre aussi dignement que possible. Kaira ferma la porte derrière elle et Janessa s'appuya aussitôt contre un mur, les mâchoires contractées par la souffrance.

De retour dans sa chambre, elle s'effondra sur son lit. Quelque chose glissa le long de sa jambe tandis qu'une vague brûlante la frappait de nouveau.

— Majesté, que se passe-t-il ? demanda Kaira. Voulez-vous que je fasse venir le chirurgien ?

— Oui ! hurla Janessa.

Elle sentait un flot de sang régulier couler sur ses cuisses. Kaira se précipita pour aller chercher de l'aide, mais la douleur devint insoutenable et la jeune fille comprit que c'était trop tard.

Chapitre 52

Kaira avait arraché le chirurgien à son lit, mais il fut impossible de sauver l'enfant. Janessa pleura et se débattit lorsque le médecin s'assura qu'elle ne risquait pas de se vider de son sang. Tandis que la gouvernante Nordaine et le praticien faisaient de leur mieux pour calmer la jeune fille, Kaira prit le corps minuscule enveloppé dans une couverture. Il ne pesait presque rien et était si petit qu'il aurait pu tenir dans sa paume.

Lorsque Janessa s'apaisa et sombra dans les bras miséricordieux du sommeil, la Sentinelle demanda à Nordaine d'emporter le petit cadavre. Elle était certaine que la gouvernante le traiterait avec tout le respect qui lui était dû. Alors que le chirurgien s'apprêtait à prendre congé, elle lui rappela de ne pas dire un mot à propos de cette affaire. L'homme hocha la tête en silence.

Après son départ, Kaira surveilla la reine qui dormait. La jeune fille devrait surmonter le drame qui venait de la frapper et c'était là encore une bataille qu'elle devrait livrer seule. Kaira se sentit inutile en songeant qu'elle ne pouvait pas faire grand-chose pour celle qu'elle était chargée de protéger.

Après un moment qui sembla durer des heures, Janessa s'agita enfin et Kaira se précipita à son chevet avant de poser une main sur son front. La jeune fille ouvrit les paupières et la scruta sans la reconnaître.

— C'est moi, ma reine. Kaira.

Janessa ne réagit pas, mais tourna la tête vers la fenêtre. Ses yeux s'embuèrent de larmes et Kaira perçut son angoisse.

Qu'était-elle censée faire ? Qu'était-elle censée dire ?

Elle s'assit près de la reine et caressa les boucles rousses emmêlées.

— Il n'y a rien à craindre, Majesté. Votre enfant est en sécurité auprès de Vorena maintenant.

Janessa resta silencieuse.

Kaira eut pitié d'elle. La jeune reine avait déjà tant perdu, en si peu de temps. Son enfant, son père et son conseiller le plus proche.

Ce n'était qu'une adolescente seule et égarée qui allait devoir prendre la tête d'une armée ayant subi de lourdes pertes pour défendre la cité contre un adversaire aguerri. Kaira n'aurait pas souhaité cela à son pire ennemi.

— Est-ce que le ciel est dégagé ? demanda Janessa.

Kaira l'observa. Elle était si frêle, si vulnérable et elle portait le destin d'un royaume sur les épaules.

— Je… je l'ignore, Majesté.

La Sentinelle se leva et se dirigea vers la fenêtre.

Elle contempla le quartier de la Couronne et la ville qui s'étendait au-delà. Il y avait beaucoup d'animation dans les faubourgs du nord. La cité savait ce qui l'attendait, mais elle ne se lamentait pas sur son sort. Elle se préparait activement à l'inévitable. Le ciel était gris et le froid hivernal donnait une curieuse impression de calme.

Le calme avant la tempête.

— Non, Majesté. Il est couvert, mais…

— C'est sans importance, dit Janessa.

Kaira se retourna et vit que la jeune fille s'était levée. Elle vacillait. Elle avait posé la main contre une colonne du lit pour ne pas perdre l'équilibre, mais son regard était déterminé.

— C'est quand même une bonne journée. Une journée qui marque un nouveau départ.

Kaira s'approcha.

— Majesté, vous devez vous reposer.

— Je me suis assez reposée, Kaira. Je me suis cachée pour éviter les problèmes pendant trop longtemps. J'ai laissé un flot de pensées inutiles envahir ma tête, mais c'est terminé.

Kaira aurait voulu protester. Lui dire qu'elle n'avait pas besoin de précipiter les choses, qu'elle avait le temps. Le droit de pleurer son enfant.

Elle ne le fit pas. Les Khurtas étaient presque aux portes de Havrefer. Le temps du repos était passé. Si les habitants de la cité attendaient un miracle salvateur, ils allaient être déçus. Seuls l'effort, le combat et le sacrifice les sauveraient peut-être.

— Que voulez-vous que je fasse, Majesté ?

Janessa regarda la jeune femme avec détermination.

— J'ai besoin d'une armure. D'une armure digne d'une reine. Et de mon épée.

Kaira sourit.

— Bien, Majesté.

Janessa lui rendit son sourire, et à cet instant, l'ancienne Bouclière éprouva un sentiment de fierté. Elle était prête à suivre cette jeune fille jusqu'au bout de la terre.

Chapitre 53

Le capitaine Garret avait dit à Merrick qu'il était désolé de perdre un si bon élément, qu'il aurait été fier de l'avoir sous ses ordres lorsque les Khurtas passeraient à l'attaque. Merrick n'en crut pas un mot. Garret attendait cela depuis longtemps : la réconciliation du père et du fils pour qu'ils combattent côte à côte au nom de la souveraine et du royaume.

Mais ce n'était pas si simple. Il n'y avait pas eu de réconciliation, en fin de compte. Pas d'embrassade ni de pleurs versés sur les années perdues. Merrick avait juste l'occasion de prouver sa valeur, de montrer à son père de quel bois il était fait. Il avait encore du chemin à faire, mais chaque voyage commence par un premier pas.

Et ce premier pas était sacrément difficile.

Merrick était à genoux au milieu de la cour, entouré par les gardes de la Vouivre. La situation aurait sans doute été moins inconfortable s'il n'avait été torse nu. Il avait vu ces enfoirés à moitié nus pendant leurs entraînements et il savait qu'ils étaient tous plus puissants que lui. Mais il aurait pu le supporter. Non, ce qui était franchement désagréable, c'était l'enfoiré qui lui plantait une aiguille dans le bras depuis une éternité.

Merrick avait toujours pensé que les tatouages étaient réservés aux catins et aux marins. Il avait oublié les gardes de la Vouivre. Le type chargé de l'opération prenait son temps et Merrick transpirait sous le coup de la douleur. Au départ, il n'avait rien ressenti de terrible et il avait pensé qu'il supporterait l'épreuve sans difficulté. Mais au fil des minutes, la souffrance était devenue insoutenable et le jeune homme crispait son corps tout entier.

Tiens le coup, se dit-il. *Ça ne durera pas éternellement.*

C'était quand même curieux, la manière dont le temps ralentissait quand on souffrait le martyre.

— Terminé, lâcha le tatoueur.

Il prit un chiffon et essuya le sang sur le bras de Merrick.

— Merci, marmonna celui-ci en estimant préférable de ne pas dire ce qu'il pensait vraiment.

Il avait l'impression que le haut de son bras était en feu.

Tannick s'approcha. Il portait sa lourde épée et son casque lui couvrait le visage.

— Debout, ordonna-t-il d'une voix sévère.

Merrick obéit en faisant de son mieux pour cacher sa douleur. Il faisait son entrée dans un ordre qui ignorait la peur et la souffrance. Ce n'était pas le moment de gémir.

— Tu as désormais la marque, dit Tannick. Mais as-tu la volonté de servir ?

On lui avait expliqué le déroulement de la cérémonie et Merrick savait quoi répondre. Encore fallait-il être sincère.

— J'ai la volonté, déclara-t-il. Et j'ai le courage.

— Montre-moi, dit Tannick en tendant son épée.

Merrick n'hésita pas un instant. C'était la première fois qu'il se sentait si sûr de lui. Quelques mois plus tôt, il aurait reculé précipitamment, puis éclaté de rire en se moquant de cette cérémonie pompeuse. Mais il avait changé.

Il saisit la lame de la main droite et sentit le tranchant s'enfoncer dans la chair de ses doigts. Il éprouva une sensation de brûlure, un instant seulement. Puis il leva la main et serra le poing. Sans attendre qu'on l'y invite, il se tourna et se dirigea vers le tonneau qu'on avait installé au centre de la cour. Une odeur de vin s'en échappait. Merrick aurait voulu y plonger la tête et boire une longue gorgée, mais il se retint. Il tendit la main en l'air et laissa le sang couler jusqu'à ce qu'il cesse de suinter de son poing.

Une dizaine de gardes de la Vouivre approchèrent. Chacun tenait un gobelet. Merrick s'aperçut que Cormach se trouvait parmi eux. Cormach, l'homme qui l'avait vaincu sans effort dans une cour du palais. Les guerriers plongèrent leurs gobelets dans le tonneau avant de les lever.

— Gardes de la Vouivre, dit Tannick. Nous avons un nouveau frère. Que son sang se mêle au nôtre, comme cela arrivera au cours des batailles.

Sur ces mots, les gardes portèrent les gobelets à leurs lèvres. Ils firent tourner le vin dans leurs bouches avant de le recracher dans le tonneau. Merrick remarqua que Cormach avait bu le contenu de son verre puis craché une masse de glaires. Cette démonstration de mépris ne le surprit pas.

Lorsque la cérémonie fut terminée, un chevalier s'approcha et tendit un verre de vin à Merrick. Une fois de plus, le jeune homme n'hésita pas. Il trempa ses lèvres dans le breuvage en espérant qu'il n'avait pas récupéré le crachat de Cormach. Il fut soulagé en sentant le vin se répandre dans sa bouche. Il vida le gobelet comme s'il ne devait plus jamais boire d'alcool de sa vie.

Les dix gardes l'entourèrent. Quelqu'un le débarrassa de son gobelet et ses camarades entreprirent de lui enfiler son armure. Gantelets, canons d'avant-bras, cuirasse et tout le reste. Un homme laça ses canons d'arrière-bras sans douceur et Merrick retint une grimace quand la douleur du tatouage se réveilla.

Une fois l'opération terminée, les gardes reculèrent et Tannick apparut. Il tenait toujours sa grande épée – que tout le monde appelait « Bludsdottr ». Un nom ancien pour une arme ancienne.

— Tu as partagé ton sang, Merrick Ryder. Seras-tu parmi nous jusqu'à la mort ?

Le silence s'abattit sur la cour. C'était le moment de vérité. Avait-il l'intention de passer le reste de sa vie en compagnie de ces abrutis ?

Il ne demandait rien de plus.

— Je serai avec vous, répondit-il. Au-delà de la mort et des enfers.

Il s'agenouilla et embrassa l'épée de Tannick.

Une acclamation monta des rangs des gardes de la Vouivre. Chacun vint lui assener une claque sur l'épaule ou l'étreindre fraternellement. Ces témoignages de camaraderie lui rappelèrent le Collegium de la maison Tarnath où il avait appris à se battre. À cette époque, il n'aimait guère qu'on le traite ainsi, car il s'estimait supérieur aux autres. Aujourd'hui, c'était différent. Aujourd'hui, il avait le sentiment d'appartenir à un groupe. En partie parce que son père était le commandant, certes, mais aussi parce que son engagement résultait d'un choix personnel et non d'une obligation. Il n'était plus l'enfant contraint et forcé de suivre l'enseignement du Collegium.

Tandis que ses camarades l'accueillaient parmi eux, Merrick aperçut son père qui le regardait.

Rêvait-il ou le vieux salopard souriait ?

Non, tu dois rêver.

Les chevaliers riaient et remplissaient leurs verres sans se soucier du contenu du tonneau. Tannick s'approcha.

— Tu as désormais rejoint notre ordre, mon garçon, dit-il. Fais en sorte que je sois fier de toi.

— Je ne te décevrai pas, répliqua Merrick. Tu n'as pas à t'inquiéter sur ce point.

Les deux hommes se regardèrent et Merrick eut l'impression que son père doutait de sa résolution. Mais il était trop tard. Il avait reçu la marque et prononcé le serment. Il ne regrettait pas sa décision. Tannick hocha la tête et son fils comprit qu'il avait réussi la dernière épreuve.

— Tu auras bientôt l'occasion de prouver ta valeur, déclara Tannick. Je suis impatient de te voir à l'œuvre.

Avant que son père lui tourne le dos pour s'éloigner, Merrick aperçut une lueur de folie dans ses yeux. Devait-il s'en inquiéter ? Le temps le lui apprendrait.

Il sentit quelqu'un près de lui. Il tourna la tête vers Cormach Filsapute. Les yeux sombres du guerrier le toisaient avec colère et son visage était tout sauf chaleureux.

— T'es l'un de nous maintenant, hein ?

Merrick baissa la tête et regarda son armure de bronze.

— On dirait bien, répondit-il.

— Faut plus qu'une armure et quelques mots pour devenir un garde de la Vouivre. Faut de l'acier, du sang et du cœur. (Il tapota le centre de sa cuirasse.) Tu crois que t'as ça en toi ?

Merrick le contempla avec toute la froideur dont il était capable. Il songea qu'il devait avoir l'air d'un croisement entre un chaton apeuré et une blanchisseuse surprise.

— J'en suis certain.

Pendant un moment, il crut que Cormach allait essayer de lui faire baisser les yeux, ou le défier en duel. Mais le garde de la Vouivre se contenta de sourire.

— Ouais, bien sûr que tu l'as.

Merrick lui rendit son sourire. Avait-il réussi à gagner l'estime de ce dur-à-cuire ?

Il se tourna vers les autres pour demander un gobelet et Cormach lui assena un violent coup de poing à hauteur du tatouage. L'armure laissa échapper un bruit sourd et Merrick faillit hurler de douleur.

— Bienvenue parmi les gardes de la Vouivre, dit Cormach.

Le guerrier s'éloigna et se fraya un chemin entre les gardes pour s'approcher du tonneau.

Bienvenue, hein ? Mais dans quel bordel est-ce que je me suis encore fourré ?

Chapitre 54

La mélodie de l'acier n'était pas un air agréable, mais Nobul Jacks la jouait quand même. Il la jouait comme jamais auparavant.

Il avait vite compris qu'il ne parviendrait pas à accomplir la tâche seul. Les Manteaux Verts avaient donc réquisitionné deux forges et leurs forgerons pour l'aider à fabriquer des armures zataniennes. Nobul éprouvait une curieuse impression à l'idée d'être de retour dans le quartier des Marchands et de retravailler le métal, mais il se sentait libéré. Il n'avait plus à se soucier de l'argent et des exigences de la Guilde. Pour la première fois depuis une éternité, il prenait plaisir à l'ouvrage. Il savourait les bruits du marteau sur l'acier, l'odeur du métal porté au rouge et les étincelles qui jaillissaient de l'enclume.

Il était né pour ce métier. Il était né pour fabriquer des armures solides grâce à son regard aiguisé et à ses muscles puissants. Il était né pour créer, pour façonner et pour polir, pas pour détruire.

Mais Nobul savait que le temps de la destruction approchait. La violence ne tarderait pas à se déchaîner et – si telle était la volonté des dieux – il serait au cœur de la tourmente. Mais il n'en avait rien à cirer, de la volonté des dieux. Ils ne bougeraient pas le petit doigt pour l'aider, lui ou la cité. La seule chose qui sauverait Havrefer de la désintégration, c'était une bataille jusqu'à la mort. Et Nobul Jacks avait une certaine expérience en la matière.

Il commença à travailler dans la petite forge et des gouttes de sueur roulèrent sur sa peau. Le feu était presque blanc. Nobul était torse nu et il savoura la force qui envahit les muscles qu'il n'avait pas utilisés depuis trop longtemps. Il tendit la main vers le broc d'eau tiède pour étancher sa soif, puis se figea en entendant du bruit à l'extérieur.

Il posa le marteau sur l'enclume et alla ouvrir la porte. Un souffle d'air froid rafraîchit sa peau humide. Il regarda la foule de plus en plus dense qui remontait la rue en direction du nord. Les gens marmonnaient comme s'il se passait quelque chose de grave.

Il sortit sans prendre la peine d'enfiler une tunique. Le froid de l'hiver lui procurait une sensation agréable. Un vieil homme avançait aussi vite que le lui permettait sa canne qui claquait sur les pavés.

— Qu'est-ce qui se passe, l'ancêtre ? demanda Nobul en l'attrapant par la manche.

C'était une question idiote. Il savait très bien ce qui se passait. Qu'aurait-il pu se passer d'autre ?

— Les Khurtas, répondit le vieil homme. Ces maudits bâtards sont arrivés !

Il se libéra avec une force étonnante et se remit en route.

Nobul Jacks sentit un sourire se dessiner sur ses lèvres. Enfin. Ils étaient là.

Il attrapa sa tunique et l'enfila. Le coton se plaqua aussitôt à sa chair moite. Il ferma la porte derrière lui et se dirigea vers le nord en compagnie de la foule.

Il éprouva un curieux sentiment en se déplaçant au milieu de tous ces gens, en lisant l'inquiétude et la peur sur leurs visages. Lui était juste impatient… enthousiaste, presque.

Le moment tant attendu était enfin arrivé. Le moment d'entrer en scène.

Il arriva devant la maison de Fernella et s'arrêta. Son cœur battait à tout rompre, comme celui d'un enfant qui va recevoir ses cadeaux de solstice. Il frappa à la porte en résistant à l'envie de se précipiter à l'intérieur.

Fernella ouvrit comme si elle attendait son arrivée de l'autre côté du battant.

— Je savais que tu ne tarderais pas.

Nobul ne répondit pas. Il regardait la boîte en bois.

— Alors, mon garçon ? Je ne vais pas rester plantée dans l'entrée jusqu'à la nuit.

Il tendit la main pour la prendre. Il savoura son poids.

— Merci, dit-il.

— Inutile de me remercier. Fais juste attention à toi.

C'était peut-être leur dernière rencontre et Nobul chercha quelque chose d'aimable à dire. Il ne trouva rien.

Il se retourna et entendit la porte se fermer derrière lui.

Il regagna la forge sans perdre de temps, mais dut se frayer un chemin à travers la foule qui allait dans la direction opposée. Les gens le bousculaient, aveuglés par la peur et l'excitation. Nobul n'y prêta pas attention. Il entra dans la forge et posa la boîte sur une table accolée à un mur. Il recula d'un pas.

Il y était. Lorsque la boîte serait ouverte, il n'y aurait plus moyen de retourner en arrière. Lorsqu'il tiendrait son contenu dans les mains, le passé resurgirait. L'ancien Nobul Jacks ressusciterait.

Était-ce vraiment ce qu'il souhaitait ? Voulait-il replonger dans le sang et les massacres qu'il essayait d'oublier depuis si longtemps ?

Mais tu ne les as pas oubliés, n'est-ce pas ? Ils ne t'ont jamais quitté. L'ancien Nobul Jacks a toujours été là. Il dormait, peut-être, mais il s'est réveillé plusieurs fois au cours des dernières semaines et il a laissé pas mal de cadavres dans son sillage.

Il tendit la main vers les fermoirs et remarqua qu'elle tremblait. Il serra les dents et ouvrit. Les charnières du couvercle résistèrent un peu, mais cela n'avait rien d'étonnant après toutes ces années. Le contenu était toujours là, enveloppé dans un drap noir.

Nobul plongea la main à l'intérieur de la boîte et ses doigts se refermèrent sur une poignée. Il sortit l'objet et ôta le morceau de tissu qui glissa à terre.

Il contempla le marteau d'armes. Il le soupesa et fut rassuré par le contact de la bande de cuir qui entourait la poignée. Il admira la tête ouvragée, la gravure qui représentait des chaînes entrecroisées. Et puis il se souvint.

Il revit la Porte de Bakhaus. Il revit l'Aeslanti qui courait vers lui en rugissant à pleins poumons. Il revit le coup qui partait, le sang, le corps. Il entendit son propre rugissement, son cri de victoire. Ces souvenirs ravivèrent des émotions qu'il n'avait pas éprouvées depuis plus de dix ans.

Non, l'ancien Nobul Jacks ne s'était pas réveillé.

Il ne s'était jamais endormi.

Il se dirigea vers une étagère près de la porte. Les différentes pièces d'une armure zatanienne étaient posées dessus, mais il avait fabriqué autre chose depuis qu'il avait repris son activité de forgeron. Il tendit la main et attrapa le casque noir avant de l'examiner. Il n'était pas tout à fait identique à celui qu'il avait porté à la Porte de Bakhaus, mais peu s'en fallait. Les vétérans le reconnaîtraient au premier coup d'œil. Les autres le reconnaîtraient aux descriptions des légendes.

Le casque dans une main, le marteau dans l'autre, Nobul sortit dans la rue. Elle était presque déserte. Tout le monde s'était précipité vers les remparts nord. Nobul se mit en marche, et tandis qu'il progressait, il entendit les habitants de Havrefer. Il entendit leurs lamentations. Les cris de colère, de rage et de défi qu'ils lançaient en direction des plaines.

Il continua à marcher, et bientôt il aperçut les gens massés au pied des murailles. Il se fraya un chemin à travers la foule. Quelques mécontents se tournèrent vers lui d'un air furieux, mais aucun ne prononça le moindre mot en apercevant son visage. Il monta un escalier de pierre et se campa au sommet du pan de muraille le plus au nord. Tous les regards se posèrent sur lui. Tout le monde le contempla avec crainte et respect.

L'armée ennemie était devant lui. Des milliers de guerriers. Les sauvages Khurtas étaient enfin arrivés avec leur chef de guerre, l'immortel elharim qui s'était aventuré bien loin de chez lui pour s'emparer de Havrefer.

Nobul Jacks enfila son casque noir et posa le marteau d'armes sur son épaule. Puis il attendit.

Épilogue

Le port d'Aluk Vadir était bien différent de celui de Havrefer. Il n'était pas gigantesque et n'avait rien d'impressionnant, mais il y régnait une activité frénétique. Une flotte impressionnante s'y était rassemblée au cours des derniers jours et Rivière était certain qu'il n'avait pas accueilli autant de navires depuis des années.

Vingt bâtiments de guerre, chacun armé d'un énorme trébuchet, avaient déjà largué les amarres pour entamer la traversée de la mer de Midral. Rivière observait les quais depuis le balcon de sa chambre, dans les étages supérieurs d'une tour aux parois lisses. Mais il ne se souciait guère des navires qui partaient pour son pays.

Il ne pensait qu'aux hommes qu'il avait tués.

Forêt lui avait dit qu'il n'y en aurait que cinq. Pas davantage. Des êtres mauvais. Rivière avait estimé que le marché était acceptable, mais ses victimes avaient été beaucoup plus nombreuses que prévu. Il lui avait fallu tuer des sentinelles, des gardes et, parfois, des serviteurs. Rivière avait retrouvé ses vieilles habitudes – ses habitudes d'assassin – un peu trop facilement à son goût.

Debout sur le balcon, dans la chaleur étouffante de la nuit, il était assailli par le regret. Le regret d'avoir tué ces gens. Si Geai apprenait ce qu'il avait fait, elle le haïrait sans doute. Elle était si douce. C'était une âme innocente. Elle était incapable de comprendre ce qu'il avait fait, même s'il l'avait fait pour la protéger. Pour la sauver du Père des Assassins.

Il n'avait pas eu le choix. Il avait passé un marché avec son ancien maître.

Rivière se tourna en entendant une clé glisser maladroitement dans la serrure. Un vieillard apparut dans l'encadrement de la porte et le jeune homme perçut son odeur : crasse et relents musqués, haleine avinée et vêtements imprégnés par le parfum du tabac à pipe.

Abda Jadi entra en traînant les pieds. C'était lui qui avait donné à Rivière le nom de ses cibles dans la baie de Keidro. Lui qui avait préparé les contrats que le jeune homme avait présentés à ses proies – des contrats rédigés dans un étrange langage et qu'il fallait signer de son sang.

— Une nuit tranquille, dit le vieillard. Les rues sont presque désertes maintenant que le dernier navire est prêt à partir.

Le dernier des navires qui apporteraient la mort et la destruction à Havrefer. Rivière serra les poings et fut envahi par le remords en songeant au rôle qu'il avait joué dans cette histoire.

— Notre travail est donc terminé ? demanda-t-il.

— Je suppose que oui, répondit le vieillard.

Il regardait droit devant lui en tripotant un pan de sa robe blanche maculée de taches. Rivière aperçut une goutte de sueur glisser de son turban.

Il se passait quelque chose d'anormal. Il faisait chaud, mais cet homme était un natif de la baie de Keidro et était habitué au climat. S'il transpirait, c'était pour une autre raison…

Rivière se baissa instinctivement avant de se jeter à terre. Il entendit un sifflement et la flèche passa à l'endroit où il se trouvait une fraction de seconde plus tôt. Abda Jadi n'avait pas ses réflexes. Le trait le frappa en pleine gorge.

Le vieil homme porta les mains à son cou et recula en titubant. Rivière dégaina ses armes. L'assassin surgit sur le balcon et ses lames étincelèrent.

— Forêt, murmura Rivière en se levant.

Il para la rapière et le poignard qui visaient son visage.

C'était impossible. Il avait passé un marché. Le Père des Assassins lui avait fait une promesse.

Vraiment ? Il avait seulement promis de laisser Geai en vie. Il n'avait jamais été question d'épargner Rivière.

Forêt ne dit pas un mot. Il attaquait avec la rapidité et le venin qu'on était en droit d'attendre de lui. Rivière eut du mal à parer les premiers assauts. La rapière de son frère fendit son justaucorps et laissa une estafilade sur sa peau. Rivière ignora la douleur. Il pivota vers Abda Jadi, qui vacillait encore. Il saisit le vieil homme et le projeta vers Forêt.

Son frère écarta le vieillard de son chemin et recula d'un pas. Il avait le souffle court. De toute évidence, il n'avait pas combattu depuis un moment. La traversée était longue depuis Havrefer. Rivière, lui, avait retrouvé ses talents d'assassin.

Les deux adversaires s'élancèrent et leurs armes claquèrent les unes contre les autres. Forêt frappa d'estoc avec sa rapière. Rivière glissa une dague contre un quillon et, d'une rotation du poignet, arracha l'épée de la main de son frère. Il se baissa pour esquiver un coup de poignard et frappa au mollet. Forêt laissa échapper un grognement de douleur quand l'acier trancha le muscle et recula en titubant. Rivière le blessa à l'avant-bras et il lâcha son couteau.

Profitant de son avantage, le jeune homme continua à attaquer et repoussa Forêt en arrière. Les deux adversaires tombèrent au sol. Rivière glissa une lame sur la gorge de son frère et leva l'autre pour porter le coup de grâce. Abda Jadi avait poussé son dernier soupir et le silence s'abattit dans la pièce.

Forêt sourit. Il souffrait, mais ne le montrait pas. Rivière aurait fait de même.

— Qu'est-ce que tu attends, mon frère ? demanda-t-il. Fais-le.

Rivière l'observa. Il ne lisait aucune peur dans les yeux de son frère. On aurait dit que Forêt attendait la mort avec une certaine impatience. Qu'il avait envie de mourir.

— Pourquoi es-tu venu ici ? demanda Rivière. Pourquoi est-ce qu'on ne m'a pas laissé tranquille ?

— Le Père ne te laissera jamais tranquille, Rivière. Et il ne *la* laissera jamais tranquille non plus.

— Il a promis.

— Il n'a que faire des promesses faites aux traîtres. (Forêt semblait se délecter du malaise de son frère.) Il ne te doit rien. Elle est sans doute déjà morte. Et sa cité ne va pas tarder à tomber.

Rivière gronda et leva sa lame un peu plus haut, prêt à frapper.

Mais c'était son *frère*. Il avait déjà tué Montagne, pouvait-il tuer Forêt ?

L'homme qui saignait sous lui était impuissant et avait peu de chances de survivre à ses blessures. Autant laisser son sort entre les mains du destin.

— Je te conseille de ne plus croiser mon chemin, mon frère, dit Rivière. Si tu retournes à Havrefer, je te tuerai. Sans la moindre hésitation.

Forêt resta silencieux. S'il survivait, il suivrait peut-être le conseil de son frère.

Peut-être.

Rivière se leva sans un mot et courut vers le balcon avant de bondir sur un toit voisin. Une faible brise soufflait de la mer de Midral. Elle était chaude, presque amicale.

Les quais n'étaient pas loin de la tour. Rivière y courut sans s'arrêter. Il vit que le dernier navire était sur le point de larguer les amarres. Il se précipita vers l'extrémité de l'appontement où des débardeurs terminaient de charger les provisions. Il se joignit à eux sans prononcer un mot. On lui tendit une caisse en bois et il la prit avant de s'engager sur la passerelle. Personne ne lui prêta attention quand il monta à bord. Personne ne lui adressa la parole quand il posa la caisse pour se diriger vers la proue. Personne ne le vit quand il se recroquevilla dans l'ombre et attendit que le capitaine donne l'ordre de lever les voiles.

Le navire s'éloigna du quai et mit le cap au nord. Rivière était incapable de s'arracher à la contemplation de l'horizon. La traversée durerait des jours, et chaque matin, il se demanderait avec angoisse si Geai était vivante.

Il devait croire qu'elle l'était. Et si elle était morte, il se jura que d'autres la suivraient dans la tombe.

La liste serait longue.

Achevé d'imprimer en octobre 2016
Par CPI France
N° d'impression : 3019303
Dépôt légal : novembre 2016
Imprimé en France
81121861-1